Dunkles Wasser

Frances Fyfield

Dunkles Wasser

Deutsch von Rainer Schmidt

Weltbild

Originaltitel: *The Art of Drowning*
Originalverlag: Little, Brown Book Group, London

Besuchen Sie uns im Internet:
www.weltbild.de

Deutsche Erstausgabe 2008
Weltbild Buchverlag –Originalausgaben–

Projektleitung: Almut Seikel
Übersetzung: Rainer Schmidt
Redaktion: Claus Keller
Umschlaggestaltung: Hauptmann & Kompanie Werbeagentur GmbH, München
Umschlagabbildung: © David McCormack / Trevillion Images
Satz: Florian Zeller
Gesetzt aus der Adobe Garamond 12/15,5 pt
Druck und Bindung: Bagel Roto-Offset GmbH & Co.KG, Schleinitz

Gedruckt auf chlorfrei gebleichtem Papier

Printed in the EU

ISBN 978-3-89897-820-0

Für Robert Acton

Mit Dank an Ken – er hat mir einen Bauernhof gezeigt, der ganz anders ist als der aus meiner Kindheit und der in diesem Buch. Für alle Fehler bin ich selbst verantwortlich.

Prolog

Jemand will mich umbringen.

Es war das erste Mal, dass er so weit gekommen war, und er spielte nachdenklich damit, denn er war auf logische Weise zu diesem Schluss gekommen. Carl war immer nachdenklich. Er schrieb etwas nur auf, wenn es wahr war. *JEMAND WILL MICH UMBRINGEN.*

Er betrachtete die Worte, die er geschrieben hatte, auf dem Bildschirm, und schrieb stattdessen: *JEMAND WÜNSCHT SICH MEINEN TOD.* Die Wirkung war nicht die gleiche. *Wünschen* war etwas anderes als *wollen.* Wünsche waren leichter verrückbar; man konnte sie beispielsweise durch andere Wünsche ersetzen, wie man einem Kind sagte: Du kannst dieses Bonbon nicht bekommen, aber stattdessen kannst du ein Stück Schokolade haben. Die nachdrücklicheren Worte klangen immer noch lauter in der Stille seines Zimmers. Er korrigierte sie.

JEMAND will mich umbringen.

Fröstelnd tippte er: *Woher weißt du das?* Und dann schrieb er selbst die Antwort: *Es ist unübersehbar.* Dann: *Warum?* Er lehnte sich zurück.

Weil er es spürte. Weil jemand in sein allerheiligstes Büro eingedrungen war, zwei Meilen weit von diesem sicheren

Ort entfernt, und auf seinen Computer zugegriffen hatte, um ihm das Bild zu schicken, das jetzt in gedruckter Form auf seinem Schreibtisch lag. Die Schwarzweißzeichnung eines Gehenkten am Galgen, der über dem Wasser hing, mit den Füßen strampelte und die Hände in den Strick um seinen Hals krallte. Darunter stand in plumper Schrift: *Auch der Richter wird gerichtet.*

Er wusste, dass jemand sich seinen Tod wünschte – deshalb, wegen des Autos und wegen des Mülls. Wegen der Gewalt, die dauernd da draußen regierte, wegen des formlosen Verlangens zu töten. Nichts davon, nicht einmal dieses Bild, war auch nur annähernd genug, um die Fassung eines Mannes zu bedrohen, der wie er in Canary Wharf in einem Apartment mit Blick über die Themse wohnte. Angst zu haben widersprach der Logik. Er hatte nicht genug Geld, um einen sinnlosen Mord auf sich zu ziehen, er war nicht prominent genug, um einen eigenen Terroristen anzulocken, er hatte keine bekannten Verbindungen zu irgendeiner Sache oder Religion, die extreme Reaktionen herausforderte, und er besaß nicht genug Macht, um Neid zu wecken. Er war nicht mehr und nicht weniger als ein Engländer von gemischter Herkunft, der es zu etwas gebracht hatte. Nicht beliebt, nein, aber das gehörte zu seinem Arbeitsfach. Die wöchentlichen Drohungen, jetzt und in der jüngeren Vergangenheit, waren allesamt nur verbal und spontan gewesen, so harmlos wie das Schütteln der Faust gegen einen vorüberfahrenden Zug.

Jemand will mich umbringen.

Er betrachtete das Bild des Gehenkten fragend, als könne es antworten. Warum willst du meinen Tod, wenn mich doch nichts überlebt, was du gebrauchen könntest? Ich habe nichts Kostbares außer dem Sohn, der mir nicht ähnelt, und wenn er älter ist, wird er frei sein. Jemand wird einen Nutzen aus meinem vorzeitigen Tod haben, aber niemand, der das hier tun würde, und er gewiss am wenigsten von allen.

Wer will, dass ich diese Bosheit spüre, die da wie ein Nebel vom Fluss heraufkriecht? Ich bin keine Entführung wert, und schon gar keinen Mord.

Wer bin ich? tippte er und gab die Antwort gleich dazu. *Das ist unwichtig.* Und weiter: *Es ist also nur ein Gefühl, dass jemand sich deinen Tod wünscht? Nur ein Gefühl?*

Gefühle sind flüchtig. Es gibt nur Leidenschaften. Niemand hat versucht, dich unter den Zug zu stoßen; es war nur voll, und wir alle haben uns gegenseitig angerempelt. Es gibt Tausende von blonden Frauen in dieser Stadt. Du hast sie nicht gesehen. Jemand macht sich seinen Spaß mit dir und deinem Jungen. Du bist weinerlich und überreizt, weil heute der zehnte Jahrestag deiner Schande ist und weil du davon träumst, wie sie wohl heute wäre.

Jahrestage haben solche Wirkung.

Das war also das. Die Vergangenheit war Vergangenheit, die Zukunft das, was sie sein würde, und der Bildschirm war voll vom Kauderwelsch eines juristischen Textes. Er speicherte ihn und suchte die Fotos, die vor langer Zeit in das Gedächtnis der Maschine gescannt und in sein eigenes geätzt worden waren. Er musste sie betrachten, um die Dinge im richtigen Verhältnis zu sehen, um die Toten zu ehren, sein Gewissen zu befragen und demütig zu werden. Um zu trauern.

Zehn Jahre schon, und es war, als sei es gestern gewesen. Lebendige Schnappschüsse, leuchtend vom Sommer. Das erste Bild war eine Luftaufnahme der Landschaft, kreuz und quer durchzogen von schmalen Straßen zu fernen Ansammlungen von Häusern, die neben allem andern bedeutungslos aussahen. Eine solche Ansammlung lag im Vordergrund, dem fahlen Fleck des Sees am nächsten. Die Gebäude wirkten klein und farblos in der Weite der goldenen und grünen Felder und vor den breiten, dunklen Bändern der Bäume, die sich als die eigentlichen Landmarken in der Ferne durch das Bild zogen. Der See war auf einer Seite von Bäumen verdeckt. Ein Pfad führte zu diesem Wäldchen. Der Blick reichte meilenweit bis dahin, wo das Land am oberen Bildrand in den blauen Streifen des Meeres überging.

Er betrachtete das nächste. Es zeigte den See selbst, der im Fokus der Kamera größer aussah. Die Autos, die an seinem Ufer parkten, sahen aus wie Spielzeug. Ein großer, stiller Wasserspiegel, eine schiefergraue Fläche, die die Sonne reflektierte, eine braune Landzunge, die ins graue Wasser hineinragte, und noch ein Pfad, der davon wegführte. Das nächste Foto war am Boden aufgenommen worden, am Ufer des Sees, als sei die Kamera immer näher herangerückt. Das lyrische Bild eines heißen Sommertages. Das lebhafte Grün der Bäume am anderen Ufer spiegelte sich im Wasser, in dem vier majestätische Schwäne – zwei erwachsene, gefolgt von zwei jungen – in militärischer Linie schwammen. Eine elegante Welle kräuselte sich in ihrem Kielwasser. Graue Sommerweiden drängten bis ans Ufer, und ein blasser Gegenstand trieb unter ihnen, an der Böschung verfangen, verschwommen in den Reflexen des Sonnenlichts.

Das nächste war wieder aus einem anderen Blickwinkel aufgenommen. Die Kamera befand sich hinter der Gruppe von Männern, die um den Gegenstand herumstanden, aber man hatte freie Sicht auf den weißen Leichnam, der ausgestreckt an der Uferböschung lag, die Füße noch im Wasser. Dann folgte eine Aufnahme von Kopf und Hals eines blonden Mädchens: eine schöne Schlafende im Halbprofil mit Sand in den Brauen und zartem Flaum auf der Wange. Nur die fahlroten Flecken an ihrem Kinn beeinträchtigten ihren stillen Liebreiz, das wässrige Blut, das aus ihrer Nase in den Mund gesickert war und ihre Lippen mit dunklerem Rot verfärbte, und das Mal an ihrem Hals.

Sonst hatte der Tod durch Ertrinken sie nicht entstellt. Sie war immer noch seine Tochter, bis die Brutalität einer Obduktion sie veränderte.

Er hatte sehen wollen, wie es geschah, ja, damals hatte er sogar die Aufsicht dabei führen wollen. Niemand außer ihm hatte den Leichnam seiner Tochter berühren sollen. Wenn sie schon vom Skalpell eines Chirurgen der Rechtsmedizin verunstaltet werden sollte, hatte er dabei sein und ihm die Hand führen wollen, um sicher zu sein, dass niemand ein falsches Spiel mit ihr trieb. Aber an einem Leichnam gibt es kein Besitzrecht; er gehört niemandem. Er hatte keine Rechte, und am Ende war er froh, dass er es nicht mit angesehen hatte. Es war besser, nicht zu wissen, was da getan wurde. Zur Einäscherung hatten sie sie hübsch zusammengeflickt und ihr blondes Haar so arrangiert, dass es die Stelle verdeckte, wo sie ein Stück Haut aus ihrem Hals geschnitten hatten. Er hatte das Stück zurückhaben wollen, und widerstrebend hatten sie es ihm gegeben. Er hatte nie jemandem davon erzählt, aber er bewahrte es auf, wie andere eine Reliquie aufbewahren: ein kleines Stück Haut, zu hartem braunem Leder eingetrocknet, irgendwo in einer Schachtel.

Carl klickte die Fotos zurück zum Anfang und hielt nur bei dem mit den Schwänen inne, die in ihrer königlichen Prozession den Leichnam ignorierten, an dem sie vorübersegelten. Sie waren alle tot. Vor zehn Jahren war er ein guter Schütze gewesen, sogar mit einem so alten Gewehr. Er wandte sich vom Bildschirm ab und wischte sich über die Augen.

Damals hatte nichts mit *jetzt* zu tun, nichts mit irgendjemandem, der *jetzt* seinen Tod wollte, außer dass es seine Fantasie entzündete und ihm Sorgen wegen seines Sohnes bereitete. Der Tod seiner zehnjährigen Tochter war nichts als ein launischer Unfall gewesen. Der See war nicht tief; sie konnte sich darin bewegen wie ein Aal, und das Wasser war ihr Element gewesen, seit sie bei ihrer Mutter das Schwimmen im Meer gelernt hatte. Wassernixen, alle beide. Cassie hatte das Wasser so sehr geliebt, dass sie nie herauskommen wollte – das war das Problem gewesen. Ihr Vater konnte sie vom Ufer aus nicht zwingen, seinen Befehlen zu gehorchen. Er konnte sie auch nicht herausholen oder wenigstens damit drohen, denn zu seinem tiefen und anhaltenden Verdruss konnte er nicht schwimmen.

Der Gedanke an diese lächerliche Lücke in seiner ansonsten umfassenden Ausbildung beschämte ihn noch heute. Sportlich an Land, aber unfähig zu schwimmen wie jedes Kind mit seiner ärmlichen, entbehrungsreichen Herkunft, die ein solches Talent überflüssig machte. Er hatte nur gelernt zu studieren, und dazu kamen all die anderen Fähigkeiten, die er in jenen Sommertagen erworben hatte: zum Beispiel mit einem Gewehr umzugehen und Heu zu machen. Es hatte etwas Liederliches an sich, den Körper ohne Sinn und Zweck ins Wasser zu tauchen. Auf diese Weise bestand man kein Examen. Aber am Ende war es diese Gewandtheit im Wasser und die Liebe zu ihm, die ihnen Macht verlieh. Es war die eine Fähigkeit, die sie besaß und er nicht, und sie trug sie stolz zur Schau.

Er schaute aus dem Fenster. Es war eine schreckliche Ironie des Schicksals, dass er mit diesem Großstadtblick auf das Wasser lebte, und er fragte sich, warum er es tat. Weil es erstrebenswert war, gut für den Jungen und deshalb wertvoll. Wenn jemand meinen Tod will, braucht er mich nur ins tiefe Wasser zu stoßen. Ich würde untergehen wie ein Stein und sterben. Vielleicht würde Cassie zusehen wollen, wie ich ertrinke, so wie ich ihr zugesehen habe, dem armen, tapferen Kind. Vielleicht wäre es besser, zu glauben, dass sie nicht gestorben war, sondern sich einfach in ein anderes Wesen verwandelt hatte. Das glaubte ihre Mutter.

Die Reifen seines Wagens waren zerstochen worden, als er über Nacht in der Tiefgarage gestanden hatte. Gestohlen war nichts. In seinem Briefkasten lagen leere, verschmuddelte Umschläge mit seiner Adresse. Der Bettler draußen auf der Straße streckte den schmutzigen Fuß aus, damit er darüber stolperte, wenn er vorbeiging. Er war von einer alten Frau angerempelt worden, die ihn wütend anstarrte, als er sich in die U-Bahn drängte. Jemand hatte seinen Müll durchsucht und auf dem Boden ausgebreitet. Großstadtleben, weiter nichts – nicht genug, um dieses Gefühl der

Bedrohtheit aufkommen zu lassen. In seinem Gerichtssaal hatte jemand geschrien: »Du bist tot, Junge«, und er hatte nur gelächelt, denn es stimmte ja. Der Tod war ein laufender Prozess. Ein Teil seiner selbst war mit seinem ersten Kind gestorben, und er musste leben für das zweite.

Und doch war es so. Jemand wollte, dass er starb, und wenn er nicht starb, sollte er leiden. Seine Knochen taten ihm weh; daher wusste er es. Er spürte die dauernden Blicke auf sich, und daher wusste er es. Er fühlte das Messer in der Brust, im Rücken, fühlte, wie das Wasser über ihm zusammenschlug. Daher wusste er es.

Es klopfte zaghaft an der Wohnungstür. Ohne Hast ging er hin und blieb noch einmal stehen, um sich mit den Fingern das Haar zurückzukämmen. Dann erstarrte er jäh. Es gab keinen Grund zum Klopfen; ein Videomonitor offenbarte jeden rechtmäßigen Besucher, vorausgesetzt, dass er auf den Klingelknopf gedrückt hatte – eine abweisende Sicherheitsmaßnahme, die er verabscheute. Wer zum Teufel …? Die Putzfrau, der Hausmeister, der Mann von der Autowerkstatt? In der Tür war ein Spion, aber er würde sich nicht dazu herablassen, durch dieses Guckloch zu spähen. Er öffnete die Tür und rief: *»Ja!«*

Er hörte das Getrippel ferner Schritte auf dem Laminatboden der fünften Etage. Sie klangen leichtfüßig wie die einer Maus, und dann verhallten sie ganz.

Eine tote Ratte lag auf dem Boden, so frisch verstorben, dass leuchtend rotes Blut in ihren Nasenlöchern glänzte.

Er lachte vor lauter Erleichterung.

Er war nicht zimperlich. Er hob die Ratte auf, wie sie war, schloss die Tür wieder, marschierte durch das Zimmer, trat auf den Balkon hinaus und schleuderte die Ratte mit ausholendem Schwung in den Fluss.

Richtet nicht, sagte er zu sich, auf dass ihr nicht gerichtet werdet.

Er würde etwas unternehmen müssen, um seines Sohnes willen, aber seine Erleichterung war ungeheuer. Er wusste jetzt, wer es *nicht* war.

Ivy würde niemals auch nur in die Nähe einer Ratte gehen.

Er hieß Joe und war sechsundzwanzig. Arbeitete in der IT-Branche.

Er hatte eigentlich nicht vorgehabt, an die See zu fahren, und die Aussicht, nach einem Abend im Pub im Dunkeln schwimmen zu gehen, war ihm nie in den Sinn gekommen, aber das ganze Projekt war ansteckend. Er war schließlich ganz und gar entspannt und beschwingt nach der allabendlichen guten, lauten Geselligkeit und fühlte sich immer noch erhellt von dieser völlig neuen Erfahrung von fünf Tagen auf einem Bauernhof. Ja, er, der Großstädter, hatte eine Woche auf einem verdammten *Bauernhof* gelebt. Wenn er das den Typen auf der Arbeit erzählte! Geht ihr ruhig schnorcheln und tiefseetauchen, ihr Scheißer, würde er ihnen sagen. Für mich war es ein Fest. Bis dahin hatte er es kaum geschafft, eine Abkürzung durch den Park zu nehmen. Jetzt konnte er ewig laufen. Das ganze Erlebnis hatte besser funktioniert, als er es sich je hätte träumen lassen. Es hatte einen der Risse in seinem gebrochenen Herzen geheilt, und der dauernde Eindruck, willkommen zu sein, das verführerische Gefühl, dazuzugehören, hatte am letzten Abend seinen Höhepunkt gefunden. Es war wirklich, als gehörte er in dieses Haus, in den Schankraum dieses Pubs, zu dieser Familie. Das Mädchen, das ihn verlassen und den Urlaub abgesagt hatte, für den das hier ein Ersatz in letzter Minute gewesen war, würde eifersüchtig werden.

Nichts ging über Landluft, und nichts war besser als ein echter Country-Pub. Schon, weil hier die Männer regierten. Man konnte einem Mädchen an die Titten greifen und ihr die Hand unter den Rock schieben; niemand hatte etwas dagegen, und alle lachten.

Joes Sachen waren gepackt und standen bereit für die Abreise früh am nächsten Morgen. So war er; er galt als leicht analfixiert, was seine Kleidung und seine persönlichen Habseligkeiten anging: allzeit bereit. Aber jetzt war er nicht mehr einer, der nur Zeitschriften darüber las, wie man Geld ausgab, sondern ein amüsanter Satan, der mit seinen neuen Freunden im Pub saß, wo man noch ein Glas trank und verstohlen einen Joint durchzog, bis schließlich einer vorschlug, zum Schwimmen ans Meer zu fahren. Das Meer lag zwei Horizonte weit entfernt, auch wenn es nur ein paar Meilen waren. In diesem herrlichen Tal hatte es keine Rolle gespielt, und plötzlich schien es eine tolle Idee zu sein, es einzubeziehen. Ein letztes Erlebnis, hey? Und ein weiteres erstes Mal für ihn, passend für diesen irrsinnig heißen, schwülen Frühsommerabend, ein unerwartet gutes Abenteuer zur Krönung aller anderen. Die einfachsten Dinge waren die besten. Er wusste nicht mehr, wer aus der Gruppe den Vorschlag gemacht hatte, aber die Idee hatte schneller die Runde gemacht als ein Virus. Ja, ja, ja, super: Dauert nur eine Viertelstunde auf leeren Nebenstraßen. Zwar

war er diese Woche ein Schlappschwanz gewesen, wenn er es mit Pferden und Kühen zu tun gehabt hatte, und bei einer Zehn-Meilen-Wanderung hatte er auch ein bisschen geschwächelt, aber er wusste, dass er ein guter Schwimmer war, und das hier war vielleicht eine Gelegenheit, sich hervorzutun. Im Schwimmbad in der Nähe der Firma schaffte er vierzig Längen. Alle kindermädchenhaften Bedenken gegen das Schwimmen im Suff schob er beiseite. Sie hatten ihn in dieser Woche schon einmal nach Hause gebracht, die Jungs hier, und überhaupt, er war ja nicht betrunken, er war nur berauscht von der Atmosphäre in diesem behaglichen, warmen Pub, vom Druck des Arms neben seinem auf dem Tisch, von der verräucherten Luft voller Parfüm und Gelächter. Er war zehn Meilen gewandert, und seine Blasen waren verheilt; er war auf einem Pferd geritten, und der Schmerz dieser Demütigung war verklungen. Schwimmen war das Einzige, was er noch nicht getan hatte. Das Einzige, was er wirklich konnte.

Es war wirklich voll im Pub, voll von schwitzenden Achselhöhlen. Glänzende, lachende Gesichter. *Pferde schwitzen, Männer transpirieren, Frauen glühen,* sagte jemand. Er war es, der das sagte, und die andern lachten. Im Laufe der Woche hatte er auf jeden Fall ein Talent entwickelt, sie zu erheitern. Sie lachten nicht über ihn – keineswegs, sie lachten mit ihm. Er wurde mütterlich und brüderlich geliebt.

Und so, juchhe, hatte sich der gewöhnliche Computerfreak durch einen simplen Urlaub in einen amüsanten Frauenhelden und Action-Man verwandelt, der unversehens im Auto saß und über einen Feldweg holperte. Seine

Begleitung neben ihm kicherte und fuhr gleichzeitig. Noch nie nackt gebadet? Na, es gibt nichts Besseres. Du hast gesagt, du bist ein guter Schwimmer, ja? Na, das will ich sehen. Ja, ich schaffe wahrscheinlich eine Meile. Und zwar schnell. All das, was er früher getan hatte und von jetzt an wieder tun würde.

Joe sah die Scheinwerfer des Wagens hinter ihnen; gut, dass die Meute mitkam. Er fühlte sich absolut sicher mit dieser Truppe. »Bauern« würde er sie nennen, wenn er wieder in London wäre. Er würde sich über ihren schweren kentischen Akzent lustig machen, wenn er seine Geschichten erzählte. Die Person am Steuer hatte kräftige, sonnengebräunte Arme mit hellen Härchen.

Die Bucht sah aus, wie man es ihm versprochen hatte. Sie lag im Mondlicht, und sie war ruhiger als der Waldsee, auf den er nur einen kurzen Blick hatte werfen können, und wirkte viel einladender. Gejohle gellte durch die Nacht und zerriss die Stille über dem Meer, als die Truppe ausstieg und zum Sandstrand hinunterrannte. Er war nicht sicher, ob es wirklich Sand war; es fühlte sich rauer an, wie zermahlener Schiefer vielleicht, aber angenehm kühl an den Fußsohlen.

Wer zuerst an der Landspitze ist! Siehst du die Klippen da hinten? Wir schwimmen um die Wette. Mal sehen, was für ein Schwimmer du bist. Der Verlierer zahlt die Drinks. Der Sieger darf vögeln – später. Wartest du auf was, oder willst du mir einen Vorsprung geben?

Er wartete. Er hatte plötzlich Angst, als er zu den Klippen im Scheinwerferlicht des Mondes hinüberspähte und auf das sanfte Zischeln der kleinen Wellen lauschte, die da am Strand knabberten. Die letzten Kleider abgestreift, die geschmeidige Gestalt neben ihm schon nackt, anfeuerndes Geschrei – und alle Zweifel verflogen. Er würde als Erster bei den Klippen sein, jawohl, jawohl, *jawohl.* Jemand überholte ihn auf dem Weg zum Strand und stürzte sich klatschend ins Wasser. Joe rannte hinterher und folgte dem schäumenden Kielwasser strampelnder Fersen. Er würde es ihnen zeigen.

Die Kälte war ein Schock, aber nach den ersten paar Zügen kehrte die Erinnerung an die erste Begeisterung beim Schwimmenlernen zurück und brachte ein machtvolles Gefühl von köstlicher Wärme und wunderbarer Schwerelosigkeit mit. Er war pummelig, aber hier war er schlank und stark. Er spuckte das Wasser aus, das ihm in den Mund geraten war, und wich in seinem besten Kraulstil seitwärts aus der Bahn der vor ihm lockenden Fersen. Er genoss den belebenden Salzgeschmack des Wassers und schwamm mit schnellen Zügen los. Nicht lange, und er hatte den ersten Schwimmer überholt. Im Geiste hörte er die erstaunten Rufe derer, die ihnen folgten und jetzt sahen, wie schnell er schon so weit vorangekommen war. Vierzig Züge Kraul, vierzig Züge Brust, vierzig auf der Seite, und die Klippen nicht aus den Augen verlieren. Er würde gewinnen, und wenn sie zurückkämen, würden alle wissen, dass er der Sieger war.

Als er hochblickte, waren die Klippen woanders. Und alle andern lagen weit hinter ihm.

Die einsame Gestalt watete aus der flachen Brandung zurück auf den Sandstrand, blieb eine Weile stehen, um zuzusehen, wie er draußen vorankam, und dann hob sie

Joes Sachen auf und ging damit zurück zum Auto. Es war das einzige Auto.

Oh Gott, sieh ihn dir an, er pflügt sich immer noch zu diesen Klippen hinaus. Nur wird die Strömung ihn jetzt voll und ganz im Griff haben, denn das hier ist keine Bucht, sondern ein tückischer Küstenstreifen, und selbst als Olympiaschwimmer hast du keine Chance, dagegen anzukommen, und die Kälte erwischt dich umso schneller, wenn du besoffen bist, und du hast sogar noch gewartet, damit ich dich einholen kann. Aber das habe ich nicht getan, denn ich bin nicht dumm genug, um da hinauszuschwimmen. Also werde ich jetzt deinen Wagen zurückbringen; dein Gepäck ist schon drin. Und morgen oder übermorgen – du hast mir ja so viel von dir erzählt – werde ich wohl Zeit haben, ihn vor deiner Haustür in London abzustellen.

Du warst ein Geschenk, Joe, ein echtes Geschenk. Ein bedauernswerter Trottel, der niemals glücklich geworden wäre. Reine Platzverschwendung.

Mord durch Überredung. Du warst eine erstklassige Übung, aber ich brauche mehr.

Rachel Does private Datei, gespeichert in ihrem PDA.

Ich blicke zurück auf mich selbst und auf die Person, die ich war, und ich kann es nicht glauben. Ich war ein Vakuum, und die Natur verabscheut so etwas. Vielleicht hatte ich einen kleinen Zusammenbruch; ich weiß es einfach nicht. Ich weiß auch nicht, wie ich mich zu dem entwickeln konnte, was ich war. Ich litt unter Tunnelsicht, weißt du. Wenn ich auf konventionelle Weise Erfolg hätte, das heißt, wenn ich einen von der Mehrheit der Bevölkerung mit Beifall betrachteten Status erreichte – wenn ich, mit anderen Worten, eine berufstätige Frau würde, von der man sagen kann: »Sie hat es zu etwas gebracht« (vorausgesetzt, ich hätte dies durch Arbeit und nicht durch Mogelei erreicht), dann, so dachte ich, würde ich stolz auf mich sein, und andere wären es auch. Aber es gibt nur Kompromisse. Ich habe nie geglaubt, ich könnte alles haben; das können nur Leute, die ein natürliches Anrecht darauf verspüren. Für alle andern ist diese Aussicht einfach zu verwirrend. Deshalb bin ich nie auf den Gedanken gekommen, ich könnte Liebe und Zufriedenheit oder gar Vergnügen ebenso finden wie harte Arbeit. Von fünfzehn bis einunddreißig war ich eine Drohne. Ich war das Thatcherismus-Baby meines Vaters.

Natürlich hatte ich einen Partner, als ich in den Zwanzigern war; das war unerlässlich. Ich passte zu ihm, und er zu mir: die gleiche ehrgeizige Haltung, die gleiche ehrgeizige Firma. Wir schlossen uns zusammen weg, er mit seiner Hypothek und ich mit meiner, ohne uns je ganz zu vertrauen, ohne uns verbindlich einzulassen, viel zu beschäftigt – eigentlich nur, um den Rest unserer selbst in Schach zu halten. Paare brauchen keine Freunde, und zwei, die ein Paar sind, kennen einander auch nicht unbedingt. Ich habe nie bemerkt, wie sehr er mich kritisierte (daran war ich gewöhnt) oder dass er mich für prüde und schüchtern hielt, aber ich bemerkte es sehr wohl, als er in seinem Ehrgeiz den Einsatz erhöhte und anfing zu stehlen. Ich ließ ihn auffliegen, und dann war es, als sei eine Bombe detoniert, und der Fallout regnete herab wie nach einer Atomexplosion. Danach war mir klar, dass ich bei niemandem besonders beliebt war und außerdem keine Ahnung von irgendeiner

Welt außerhalb meiner eigenen hatte, als hätte ich nie einen Blick hinausgeworfen; ich war eine philisterhafte Zahlenfresserin und lebte auf einer Insel, die ich mir selbst geschaffen hatte. Echte Grausamkeit, Leiden, Entbehrung, sogar mangelnde Selbstbeherrschung waren mir fremd. Ich hatte weder das Talent noch die Neigung zur Selbstanalyse, ich war ein oberflächliches Geschöpf, das alle Tiefen, aber auch die Höhen gemieden hatte. Ein zweidimensionales Geschöpf. Nicht einmal meine Hormone hatten mich je belästigt. Ich kannte meine Rechte, und sie waren mir stets gewährt worden; mir hatte nie etwas gefehlt, denn ich hatte mir nie überlegt, was ich eigentlich wollte, weil ich zu sehr damit beschäftigt war, zu tun, was ich tat. Ich hatte nie zur Seite geschaut oder mich vor Entscheidungen gescheut, die eindeutig *richtig* waren, hatte die Zeitverschwender verachtet, und jetzt musste ich hinsehen, hinauf oder hinunter in einen Abgrund. Ich musste lernen *hinzusehen.* Zaghaft und halsstarrig, sagte er. Ein Biest. Nur eine dieser Beschreibungen ist wahr.

Mein Leben lang bin ich gehetzt und kritisiert worden. Meine Einstellung dazu ist die eines pawlowschen Hundes, und auf das Gegenteil reagiere ich, wie ich festgestellt habe, völlig überzogen mit unaussprechlichem Entzücken und atemloser Dankbarkeit. Mit einer Art fürsorglicher Kritik brachten meine Eltern mich dazu, besser zu arbeiten, mit Kritik nötigte mein Partner mich zu besserem Aussehen, und mit der gleichen Methode spornte mein Arbeitgeber mich zu höheren Leistungen an. Nur soweit ich nützlich war, verdiente ich zu existieren. Niemand hatte sich je neugierig gefragt, worin ich vielleicht sonst noch gut sein könnte, am wenigsten ich selbst – außer darin, zu rechnen und meinen Lebensunterhalt zu verdienen. Andere Fähigkeiten hatte ich nicht zu bieten, ich besaß keine Talente, und was das Schlimmste war: Im Vergleich zu anderen waren alle meine Tragödien lächerlich geringfügig. Das beschämte mich mehr als alles andere.

Nie, nie wieder würde ich irgendjemanden verraten. Mein Leben lang wollte ich mich zugehörig fühlen, aber die Tür, an die ich klopfte, war verschlossen.

Lob konnte sie aufschließen. Das Gefühl, akzeptiert zu werden, warf mich um. Ich wollte das Leid anderer inbrünstig mitempfinden und es verstehen, ich wollte wachsen.

Aber halt – das ist nicht die Wahrheit. Ich war naiv für mein Alter; ich wollte, dass Mutter, Schwester, Freund die Lücke ausfüllten. Ich hatte das Bedürfnis zu *geben*. Ich brauchte eine Mission, um nicht nützlich, sondern unentbehrlich zu sein. Ich wollte jemandem zu einem besseren Leben verhelfen. Ich wollte, dass man mir Liebe und Vertrauen schenkte, und als ich beides bekam, stieg es mir geradewegs in den Kopf.

Liebe, das universale Bedürfnis, die selbstsüchtigste Zutat in der ganzen Mixtur. Bloße Begierde wäre so viel weniger kompliziert. Wenn man begehrt, glaubt man zumindest zu wissen, was man will. Begierde ist eine klägliche Imitation des wahren, dankbaren Gefühls.

Ich war weit, weit offen. Sie hätten meine Beine in der Luft spreizen und meinen Bauch kitzeln, mich lebend oder tot vergewaltigen können, und ich hätte sie immer noch geliebt.

Ich tue es noch heute.

1

Es ist schön, hier zu sein«, sagte Rachel, und es klang in ihren eigenen Ohren lahm und übermäßig höflich. Es war eine von vielen ihrer Eigenschaften, die ihr nicht gefielen. Ihre gesellschaftliche Unbeholfenheit war in Anbetracht der Umstände kaum überraschend, sagte sie sich, und sie durfte nicht alles noch schlimmer machen, indem sie darüber nachgrübelte. Oder, was das anging, über irgendeinen ihrer sogenannten Fehler. Es war alles in Ordnung mit ihr; sie war nur verzweifelt darauf aus, einen guten Eindruck zu machen.

»Es ist so wundervoll, dass Sie kommen konnten«, sagte Grace Wiseman. »Die Freude ist ganz auf unserer Seite. Und Sie haben so schönes Wetter mitgebracht. Es ist wirklich und wahrhaftig ein Segen für uns.«

Es war eine förmliche Begrüßungsansprache, aber in halsbrecherischem Tempo und mit so viel Herzenswärme vorgetragen, dass die Aufrichtigkeit spürbar war. Rachel fragte sich plötzlich, wie sie Ivys Mutter anreden sollte? Doch sicher nicht als Mrs Wiseman? Also Grace? Ja, ganz sicher Grace. Grace nannte die meisten Leute »Schatz«, und sie meinte es so. Sie war warmherzig und freundlich.

Grace Wiseman war unerhört erfreut gewesen, sie beide

zu sehen, tatsächlich bebend vor Aufregung und Freude; glückstrahlend hatte sie die Hände ausgestreckt und Rachel in eine Umarmung gezogen, die nach Gebäck und Lavendel duftete, nach Seife und Politur und einem Hauch von Pfeifenrauch – irgendwie genau die Mischung von Düften, die zu einer gemütlichen Bauersfrau aus einem Roman gehörte. Sie hatte keine Apfelbäckchen; sie war braun wie eine runde, sonnengedörrte Rosine. Ihre Umarmung war kraftvoll; Grace sah viel jünger aus, als sie mit ihren fünfundsechzig Jahren tatsächlich war, und sie war stark wie ein fünfzigjähriger Mann. Oben auf ihrem Scheitel saß eine Großmutterbrille, und ihre füllige Gestalt war voller Energie. Sie hatte herzlich wenig Ähnlichkeit mit ihrer Tochter, die – wenn sie nebeneinanderstanden – anderthalb Köpfe größer zu sein schien, kühl und gertenschlank, auch in ihrer üblichen Kleidung – Jeans, T-Shirt und Turnschuhe. Grace' Geruch, der Duft einer Versorgerin, Ernährerin, Köchin und Putzfrau, passte zu ihrer selbstbewussten Erscheinung. Ebenso gut hätte sie nach Dieselöl riechen und mit einem Schraubenschlüssel in der Hand im Overall dastehen können. Ihre nackten braunen Arme waren weich und muskulös zugleich. Weitere Überraschungen fügten eine neue Dimension hinzu. Ihr wallendes Baumwollgewand war leuchtend grün, ihr wallendes Haar auffallend violett, und an ihren Handgelenken klingelten Armreifen.

»Sie ist von Kopf bis Fuß Bäuerin und Hausherrin«, hatte Ivy auf der Fahrt von London hierher erklärt. »Sie ist nur niemals ganz über ihre Hippie-Phase hinausgekommen. Hatte ihren Höhepunkt wahrscheinlich in den Sechzigern, als ich gerade zur Welt gekommen war, und ich traue ihr durchaus zu, dass sie noch heute nackt bei Vollmond tanzt. Aber wenn sie es tut, wird man es sicher bemerken. Wenn du meine Mutter suchst, folge dem Lärm.«

Rachel war hingerissen von ihr. Sie hätte einen Totschlag begangen, um eine solche Mutter zu haben. Eine Hausfrau, die Brot und Kekse buk, wusch und bügelte, mit Begeisterung Gäste empfing und die Plackerei in der Küche auf sich nahm, zwischendurch einen Garten mit Blumen, Gemüse und Kräutern versorgte und die ganze Zeit Sympathie und Weisheit verströmte. Mach dich auf Moralpredigten und selbst gemachten Wein gefasst, hatte Ivy gewarnt. Das sind ihre Spezialitäten.

»Sie müssen die Einnahmen des Hofes vergrößern«, sagte Ivy. »Daran hat Ma lange vor allen andern gedacht. Lange vor der europäischen Agrarpolitik, vor BSE und Maul- und Klauenseuche. Wenn du ein großes Haus hast, sagte sie, dann nutze es. Bed and Breakfast mit Atmosphäre. Nur dass sie die Atmosphäre nach Lust und Laune verändern kann. Es war schon ein Refugium für Maler, ein Refugium für Schriftsteller und ein Partyparadies. Tatsächlich hat sie das alles in sich. Sie muss die Leute wegschicken.«

»Nehme ich dann nicht ein Zimmer in Anspruch, das jemand anders bezahlen würde?«, fragte Rachel.

»Sei nicht albern. Zimmer haben wir wirklich genug, und außerdem besteht sie darauf, ab und zu eine Woche freizunehmen, sogar mitten im Hochsommer.«

Sie hatte ein hübsches Zimmer unter dem Dach, gleich neben Ivy, von ihr getrennt durch ein gemeinsames Bad. Es hatte einen behaglichen Holzfußboden und einen weißen Teppich für die Füße, wenn man aus dem warmen, hohen

Bett mit der blauweißen Patchwork-Steppdecke kam. Frische weiße Handtücher hingen an dem eisernen Bettgestell, und eine Vase mit Blumen und eine Wasserkaraffe standen auf dem Klapptisch neben dem Bett.

»Sie hat ein Händchen dafür«, hatte Ivy gesagt. »Und sie liebt das alles.«

»Und dein Vater?«, hatte Rachel bang gefragt.

»Dem ist es scheißegal. Solange er sich nicht von seinen Tieren trennen muss und nicht gestört wird, ist er so zufrieden wie eins seiner Schweine. An der nächsten Kreuzung nach rechts.«

Ivy hatte während der ganzen Fahrt geschwatzt wie ein Wasserfall und Rachel mit der Erkenntnis überrascht, dass sie tatsächlich in zweifacher Hinsicht nervös war: weil sie sich fragte, ob Rachel gefallen würde, was sie am Ende fände, und ob Rachel selbst einen guten Eindruck machen würde. Als ob es auf Rachels Meinung ankäme. Rachel war gerührt. Als der Wagen über den schmalen Feldweg auf den Bauernhof zurumpelte, hörte Rachel nicht mehr zu und verlor sich stattdessen in all dem Neuen ringsumher, und sie fand es ebenso schön wie geheimnisvoll. Weißdornzweige schlugen ans Fenster und ließen sie zusammenzucken; es war wie die Fahrt durch einen Tunnel an der Grenze zwischen einem Land und einem anderen. Aber so hatte sie sich auch in den Monaten absoluter Einsamkeit im letzten Jahr gefühlt: als lebe sie in einem dunklen Tunnel. Erst als sie Ivy kennengelernt hatte, war sie ins Sonnenlicht herausgekommen. Und jetzt das – dieser herrliche Trubel, die kindliche Aufregung darüber, *gewollt* zu sein. Das alles war zu viel, ein Übermaß an Liebe und Fürsorge.

Grace umarmte sie noch einmal, und die dicken braunen Arme waren wie weiche Kissen. Rachel schaute zum Dachfenster, das in der Sonne verschwommen strahlte, und wollte den Kopf von dem grellen Licht abwenden.

»Es ist alles zu viel, nicht wahr?«, sagte Grace. »Wir sind einfach zu viel. Es tut mir leid. Lass dich nicht von uns überwältigen. Aber Ivy hat so viel von dir erzählt, dass ich es wirklich nicht erwarten konnte, dich kennenzulernen. Du hast ihr so gutgetan. Du ahnst nicht, wie sehr du mir willkommen bist.«

Rachel stand da und lächelte idiotisch.

Grace ließ den Blick prüfend durch das Zimmer wandern und ging dann zur Tür. »Komm zum Tee herunter, wann immer du fertig bist. Ich sollte meine großen Plattfüße aus dem Weg schaffen und dich in Ruhe lassen. Von diesem Fenster aus kannst du dir einen Überblick verschaffen, anders als die zahlenden Gäste, die nie über das Erdgeschoss hinauskommen.«

Sie kehrte noch einmal um und zupfte am Vorhang. »Ivy wird dich auf dem Grundstück herumstöbern lassen, wie sie es später auch tun wird, nehme ich an. Sie ist wie eine Katze. Sie tut es jedes Mal, wenn sie nach Hause kommt, und wenn es nur für zwei Tage ist. Im Sommer können wir sie manchmal für eine ganze Woche hier festnageln; dann bleibt sie und hilft. Aber sie muss immer nachsehen, ob alles noch beim Alten ist. Zum Glück – oder leider – ist es das meistens. Okay, ich gehe jetzt und brühe den Tee auf. Wenn du mich brauchst, musst du nur die Ohren spitzen. Ich bleibe in der Nähe, und du wirst immer hören können, wo ich bin.«

In der Tür blieb sie noch einmal stehen und strahlte mich an. »Weißt du, eins hat Ivy nicht erwähnt, obwohl sie uns schrecklich viel von dir erzählt hat. Am Telefon kann sie überhaupt nicht aufhören, von dir zu reden. Aber sie hat nie gesagt, wie schön du bist. Verzeihung, das ist unhöflich von mir. Die Leute sagen es dir sicher dauernd.«

Dann verschwand sie mit klirrenden Armreifen.

Rachel hatte einen Kloß im Hals. Es war so *schön* hier. Die untertriebene Beschreibung eines intensiven Wohlbehagens, an das sie sich hoffentlich niemals gewöhnen würde. Es war anstrengend. Sie versuchte es unter Kontrolle zu bringen, indem sie analysierte, warum ihr so himmelhoch jauchzend zumute war. Du bist so misstrauisch gegen das Glück, hatte John immer gesagt. Du behandelst sogar Zufriedenheit mit Verachtung. Wie jemand, der eine gesunde, blühende Pflanze dauernd ausgräbt, um nachzusehen, ob die Wurzeln noch in Ordnung sind. Was ist los mit dir? Du kannst die guten Dinge des Lebens nicht akzeptieren. Du glaubst nicht mal, dass sie existieren. Sie hatte alles geglaubt, was er sagte, und erst viel später war ihr klar geworden, wie wenig er sich dafür interessiert hatte, sie zu kennen, und wie klein er sie gemacht hatte. Und nein, er hatte ihr nie gesagt, dass sie schön sei. Er hatte immer nur durchblicken lassen, das Rohmaterial sei gut genug, um eine Überarbeitung zu rechtfertigen, und sie konnte es ihm nicht verdenken. Sie selbst hatte ihr Leben so klein gemacht.

Es war *schön* hier, analysierte sie, weil es ein guter Ort war, um ein bisschen über eine Lebensweise zu lernen, die so verschieden von ihrer eigenen war, dass sie ebenso gut zum Mars hätte fliegen können, um diese Erfahrung zu machen. Und weil, was noch wichtiger war, niemand sich so sehr gefreut hatte, sie zu sehen, seit sie Ivy das zweite Mal allein getroffen hatte, per Verabredung, außerhalb des Klassenzimmers. Bei dieser Gelegenheit hatte Ivys Gesicht vor Freude und Erleichterung dermaßen gestrahlt, dass Rachel selbst das Gefühl hatte, ihre Anwesenheit sei ein Wunder. Oh, du bist gekommen, hatte Ivy hingerissen gesagt. Ich kann dir nicht sagen, wie schön es ist, dich zu sehen. Ich habe mir Sorgen um dich gemacht. Ich habe an dich gedacht.

Sorgen um mich? An MICH gedacht? Das hatte schon lange niemand mehr getan. Es war Musik in ihren Ohren gewesen, aber es hatte auch ironisch geklungen. Sie war nicht der Mensch, um den man sich Sorgen machte. Tüchtige zweiunddreißigjährige Wirtschaftsprüferinnen gaben keinen Anlass zur Sorge. Wenn jemand in ihrer zivilisierten Großstadtwelt es verdiente, dass man sich Sorgen um sie machte, dann war es die rastlose, verrückte, mittellose, instabile und wilde Ivy, die mit neunundreißig viel zu alt für das Lotterleben war, das sie führte. Und aus einem zweiten Grund war es *schön*, hier zu sein, fand Rachel: Sie sah, dass ihre bange Sorge um Ivy vielleicht unbegründet war. Es war ein bisschen so, als habe sie festgestellt, dass ihre scheinbar arme Freundin in Wirklichkeit reich war. Ivy mochte in London ein Landstreicherleben führen, aber sie musste stabil wie ein Felsblock sein, denn das hier war das Haus ihrer Eltern, und hier hatte sie ihre Wurzeln.

In diesem Haus war es, als seien die Wurzeln aus der Erde gewachsen und hätte sich kreuz und quer ausgebreitet und ein Schutzdach gebildet. Die Küche – als Rachel sie schließlich wieder gefunden hatte – war eine Freude. Eine Küche wie aus einem Film, mit einem großen Gasherd, einem riesigen, sauber geschrubbten Kiefernholztisch, Blumen auf dem einen Fensterbrett und einer geordneten Reihe von Töpfen mit Kräutern auf dem anderen und einem richtigen Schinken, der an einem Haken von der Decke hing. Das Einzige, was zur bühnenhaften Vollkommenheit noch fehlte, waren ein alter Hund, der Fremde schwanzwedelnd begrüßte, und eine Katze, die zusammengerollt in ihrem Korb vor dem Herd lag. Auf den zweiten Blick war der Herzschlag des Hauses nicht ganz so altmodisch konventionell. Es gab auch eine Menge Edelstahl, und die Wände, die weiß verputzt hätten sein müssen, waren leuchtend gelb gestrichen. Anheimelnd, aber zugleich lebhaft – wie Grace selbst.

»Die Sache ist die«, erklärte Grace, während sie aus einer überraschend eleganten Porzellankanne den Tee eingoss, »die verdammten Gebäude auf diesem sogenannten Bauernhof sind das einzige wirklich Ökologische. Alles wurde um die Bedürfnisse der Tiere herumgebaut. Die Menschen kamen an zweiter Stelle. Die ersten festen Gebäude waren deshalb Ställe. Das Haus kommt als Zweites. Erst ein Haus, und dann hier und da ein Anbau. Ich glaube, wir haben das Gleichgewicht zugunsten menschlicher Prioritäten zurückverlagert, aber ganz sicher bin ich nie. Ich bezweifle, dass die zahlenden Gäste wissen, dass sie im alten Schweinestall wohnen.«

Rachel begriff, dass sie eine Weile brauchen würde, das alles einzuschätzen, und dann dachte sie, eigentlich war es nicht wichtig, ob sie es tat oder nicht. Sie musste aufhören mit den Versuchen, ihre Umgebung im Griff zu behalten, indem sie sie wie eine Landkarte im Kopf fixierte.

Sie wollte einfach nur sein. Glücklich. Rachel empfand es als Schande, dass sie noch nie einen Fuß auf einen richtigen Bauernhof gesetzt hatte, außer um sich nach dem Weg woandershin zu erkundigen. Land und Landwirtschaft waren ein Stoff für Mythen und Politik gewesen. Das offenbarte ihre Ahnungslosigkeit und Unschuld. Insgeheim hatte sie eher Angst vor Tieren, die größer waren als eine Katze.

»Jetzt sieh dich doch an, Ivy!«, dröhnte Grace, als Ivy zur offenen Tür hereinspaziert kam. »Du warst fünf Minuten draußen, und schon hast du Schlamm an den Schuhen. Ich weiß nicht, wo du den findest. Es hat seit Tagen nicht geregnet.« Sie wandte sich an Rachel. »So war sie schon immer, weißt du.«

Ivy bückte sich lachend, um ihre zweifellos schlammverschmierten Schuhe aufzubinden. Rachel konnte sich nicht erinnern, sie jemals anders als in Variationen von Jeans und T-Shirts gesehen zu haben, außer bei ihrer ersten Begegnung, als Ivy überhaupt nichts angehabt hatte. Selbst da waren ihre nackten Füße schwarz gewesen.

Ivy schob die schmutzigen Turnschuhe von der Tür weg und in den Alkoven daneben. Dort stand eine Waschmaschine im Industrieformat, daneben lagen lauter Schuhe.

»Da kommt alles rein«, klagte Grace. »Schuhe, alles. Mein lieber Mann hält diese Waschmaschine für allmächtig, und er glaubt, sie kann auch Stiefel putzen. Seine stellt er jedenfalls dort hin, voller Hoffnung. Wo steckt er übrigens, Ivy? Hast du ihn gefunden?«

»Bei den Schweinchen«, sagte Ivy fröhlich. »Er sagt, er traut sich nicht herein, solange er stinkt. Und er will nicht, dass ich Rachel in seinem Königreich herumführe. Er will es selbst tun, morgens, wenn alles sauber und frisch ist, sagt er. Was für ein Spaßverderber. Aber er behauptet, es ist sein Vorrecht.«

Sie wetteifern um meine Aufmerksamkeit, dachte Rachel. Das gefällt mir. Grace schob ihr einen Teller mit Keksen hinüber. Aus irgendeinem Grund hatte sie mit Scones gerechnet, aber das hier waren kleine, zarte Mandelwaffeln, die perfekt zum Tee passten. Die Luftblase ihres Glücks blieb erhalten.

»Dahin schmeißt du also deine Sachen.« Grace deutete mit dem Kopf zum Alkoven. »Manche der Pensionsgäste haben eine so merkwürdige Vorstellung von dem, was man auf dem Land anzieht. Sie schleppen haufenweise gewachste Jacken und solches Zeug an, und anscheinend ist ihnen nicht klar, dass man nichts weiter braucht als einen Haufen alter Klamotten und eine Waschmaschine, weil sowieso alles die meiste Zeit dreckig oder nass ist. Ivy, Schatz, wenn dein Dad sich den Rundgang durch die Viehställe vorbehalten hat, warum zeigst du Rachel dann nicht einfach den Rest, solange die Sonne noch scheint? Abendessen gibt's in zwei Stunden. Ihr könntet mit einer Flasche Wein an den See gehen.«

»Ja. Es wäre verrückt, im Haus zu bleiben.«

»Was ist das für ein See?«

»Eigentlich ist es eher ein Teich«, sagte Grace.

Mutter und Tochter wechselten einen Blick, den Rachel nicht deuten konnte. Sie schaute auf ihre Füße hinunter und stellte mit Genugtuung fest, dass ihre alten, abgetragenen Sandalen jedenfalls nicht für diesen Anlass gekauft worden waren.

»Du willst uns nur aus dem Weg haben«, stellte Ivy fest.

»Ich will euch aus der Küche haben«, sagte Grace. »Es ist noch viel zu früh für Rachel, um zu sehen, was alles ins Essen kommt.«

»Von einem See hast du mir nichts erzählt«, sagte Rachel, als sie den Hang hinuntergingen. »Kann man drin schwimmen?«

»Ah ja. Der Sport deiner Wahl.«

Der Tag erschien endlos, und immer war es, als beginne gerade eine neue Episode.

»Hier, halt mal, ja? Danke.«

Ivy reichte ihr die Weinflasche. Der Korken klemmte bedenklich schief im Hals, sodass sie aussah, als sei sie selbst schon beschwipst, ein Wesen, das seinen winzigen Kopf schräg hielt. Ivy wühlte ihre Zigaretten aus ihrer Segeltuchtasche, zündete sich eine an und übernahm dann mit einem zweiten, gemurmelten Dankeschön wieder die Kontrolle über die Flasche. So waren sie beide, erkannte Rachel, Ivy und Grace. Nie fordernd, immer bittend. Würdest du bitte? Könntest du vielleicht? Und dann: Danke. Die Anerkenntnis, dass es nicht selbstverständlich war, was immer du getan hast. Es hatte einen ansteckenden Charme.

Ivy blieb in einer Wegbiegung stehen und atmete tief durch. Sie trug ihre bunte Segeltuchtasche über der Schulter, hielt die Flasche mit selbst gemachtem Wein zwischen zwei Fingern der linken Hand und die Zigarette in der rechten.

»Ich komme normalerweise nicht hierher«, sagte sie nachdenklich. »Anscheinend will Grace, dass du es siehst. Sie manipuliert die Leute. Sie kann es nicht leiden, wenn etwas versteckt ist.«

Sie ging weiter. Rachel hatte den Eindruck, dass der Weg nur zu ein paar Bäumen führte, aber dann, nach einer weiteren Biegung, erstreckte sich vor ihnen das Wasser glänzend in der Abendsonne, der weite glatte Spiegel eines Sees, dessen diesseitiges Ufer von Gebüsch bewachsen war. Ein dichter Wald begann auf der anderen Seite. Im ruhigen Wasser spiegelten sich die Farben des Laubs in allen Schattierungen von Gold über Oliv bis zu einem tiefen, hungrigen Grün am anderen Ufer. Rachel verschlug es den Atem. Sie folgte Ivys kundigen Schritten von dem überwucherten Pfad hinunter bis an den Rand des Wassers. Sie waren nicht ganz allein. Zwei dürre Halbwüchsige stopften Handtücher in einen Beutel und zogen fröstelnd ab. An einem heißen Abend hätte ein solcher Badesee viel mehr von ihnen anlocken müssen, aber es waren nur zwei.

»Meistens ist es hier ganz einsam«, sagte Ivy. »Es führt keine Straße her, nur der Weg.«

Rachel setzte sich unvermittelt hin. Es war, als sei es ihre eigene Entscheidung gewesen, aber Ivy hatte es zuerst getan. Dicke Büschel von Heugras bildeten natürliche Ruheplätze dicht am Ufer.

»Oh, Ivy«, flüsterte Rachel. »Warum willst du das hier nicht erwähnen? Es ist himmlisch. Allein dafür wäre ich hergekommen. Wasser verzaubert mich. Sogar eine Badewanne.«

»Wie gesagt, ich selbst komme nicht so oft her«, sagte Ivy.

Sie zog den Korken aus der Flasche, holte die beiden Gläser heraus, die in ihrer Tasche geklirrt hatten, stellte sie vorsichtig balancierend auf den grasigen Boden und schenkte ein. Es war Holunderblütenwein, und Grace hatte ihn als »dünnes Stöffchen mit einem niederträchtigen Kick« beschrieben – köstlich, wenn man den Duft von Heu trinken wolle.

Rachel nahm einen kleinen Schluck. Auf der Waldseite des Sees erschienen vier Schwäne, als hätten sie dort gewartet, zwei prachtvolle erwachsene, gefolgt von zwei jungen, die in majestätischer Prozession gelassen über den See glitten und sich darin spiegelten.

»Nach einer irischen Sage gab es einen König, dessen zweite Frau so eifersüchtig auf seine Töchter war, dass sie ihre Zauberkraft benutzte, um die Mädchen in Schwäne zu verwandeln«, erzählte Ivy. »Aber der Zauber war unvollständig wie jeder Zauber, und so behielten sie ihre Fähigkeit zu singen, und sie sangen. Ihr Lied bezauberte Freier und Freunde, und am Ende wurde die Stiefmutter für ihre Sünden getötet. Die Geschichte gefällt mir. Nur dass die verdammten Schwäne nicht singen. Nie.«

Sie nahm einen Zug aus einer neuen Zigarette und deutete hinüber.

»Siehst du den da drüben? Das ist mein Mädel. Sie kann singen, wenn sie will, darauf wette ich. Ich glaube nicht viel, aber ich glaube, dass ein Mädchen in einen Schwan verwandelt werden kann. Wie die Töchter des Sagenkönigs Lir. Ich wollte immer in einen Schwan verwandelt werden, als ich klein war. Schade, dass es nie passiert ist.«

»Es gibt nichts, was ich an einem Ort wie diesem nicht

glauben würde«, sagte Rachel und rutschte ein bisschen näher an Ivy heran. Ihre Schenkel berührten sich freundschaftlich. Geteilte Wärme. Nach einem zweifelhaften Anfang wurde der Wein von Schluck zu Schluck besser. Das Gras kitzelte ihre Waden.

Rachel hatte das Gefühl, zwischen Wasser und Himmel zu schweben.

»Vermutlich sollte man nicht an Mythen und Sagen glauben, außer man fühlt sich versucht«, sagte Ivy. »Und du kennst mich und die Versuchung. Ich gebe ihr immer nach.«

»Kommst du deshalb nicht zuerst hierher, wenn du zu Hause bist? Damit du der Verlockung der Sagenwelt nicht erliegst? Ein großes altes Mädel wie du?«

Ivy schüttelte heftig den Kopf. Sie hatte hartes blondes Haar, das aussah, als sei es nicht frisiert, sondern mit der Schere zerschnippelt worden. Haar, das gebleicht und gefärbt, gewellt und ignoriert worden und schließlich ungehindert zu Stroh gewachsen war.

»Nein. Ich vermeide es ja nicht herzukommen. Ich warte nur bis zum Ende, weil …«

»Weil was?«

Rachel wartete, und die weißen Schwäne verschwanden im Dunkel der Schatten. Ivy zündete sich wieder eine ihrer selbst gedrehten Zigaretten an, die sie in einer verbeulten Blechdose aufbewahrte.

»Weil meine Tochter hier ertrunken ist.«

Die Sonne sank tiefer, und die Konturen des Waldes verschwammen. Aber es war nicht so still, wie es schien. Es gab zahllose Geräusche: das Plätschern des Wassers, die Rufe der

Vögel über den Bäumen, das kaum hörbare Rascheln des hohen Grases. Rachel wusste nicht, ob es an der Schönheit dieses Ortes, an den Geräuschen oder an dieser Mitteilung lag, dass sie plötzlich den Tränen nahe war. Sie empfand ein absurdes Gefühl der Enttäuschung und verabscheute sich für ihre eigene Selbstsucht.

Ivy riss einen Grashalm aus, steckte das Ende in den Mund und kaute darauf.

»Entschuldige, dass ich dich damit überfalle. Ich weiß, dass ich dir davon erzählt habe. Kind, *Kinder*, Ehe, Tod, Zusammenbruch. Ich habe dir nur nicht erzählt, wo es passiert ist.«

»Ich dachte, sie wäre im Meer ertrunken.«

Ivy schüttelte den Kopf. »Nein. Hier. Ein paar Schritte weit von zu Hause. Aber das soll dir den See nicht vergiften. Du musst herkommen und schwimmen, wann immer du Lust hast. Es ist jetzt wunderbar sicher.« Sie berührte Rachels Hand. »Ich habe dir keine Einzelheiten erzählt«, fuhr sie leichthin fort, »weil es wohl eine Zumutung wäre, irgendjemanden damit zu belasten, und ich dachte mir, ich habe dich schon genug belastet.«

»Du belastest mich nicht«, sagte Rachel ebenso leichthin. »Du hast Farbe und Sinn in mein eintöniges Dasein gebracht, und ich will alles über dich wissen. Ich habe dir auch alles über mich erzählt. Dinge zu wissen ist keine Belastung, sondern ein Privileg.«

»Erzählen Leute einander jemals wirklich alles über sich?«, fragte Ivy. »*Besonders*, wenn sie einander lieben?«

Dann lachte sie plötzlich. »So, jetzt habe ich es gesagt. Ich liebe dich. Was für ein absolut skandalöser Zustand. Zwei heterosexuelle Frauen, die verrückt nacheinander sind. Aber im Ernst, meine Liebe, ich habe dir nicht alles über Cassie erzählt – und darüber, wie und wo sie gestorben ist –, weil ich mir nicht mehr zutraue, dir die Wahrheit zu sagen. Ich kenne sie nicht mehr. Wenn du also wirklich alles wissen willst, frag meine Mutter.«

Rachel nickte.

»Und dann kannst du meinen Vater nach dem See fragen. Da gibt's eine ganze Geschichte. Er wird sie dir gern erzählen. Sie reden beide gern. Aber wenn du ernsthaft schwimmen willst, Liebste, nehmen wir deinen Wagen und fahren ans Meer.«

Die Schwäne waren im Schatten des Waldes verschwunden. Rachel wünschte, sie würden zurückkommen.

»Sie waren so verschieden, meine beiden Kinder«, sagte Ivy. »Cassie war zu gern hier. Mein Sohn hat den See gehasst, wahrscheinlich aus Notwehr, aber eigentlich hat er alles gehasst, nur nicht seinen Vater, der arme Knirps.«

»War er denn auch hier? Wie hat er denn reagiert, der arme Junge …?«

»Reagiert? Mit der Gleichgültigkeit der Kindheit, hoffe ich. Aber eigentlich weiß ich es nicht genau. Ich war völlig weg vom Fenster. Unfähig zur Mutterschaft. Nach der Heroinsucht jahrelang im Arsch – und dann war es zu spät.«

Sie klang immer noch unbeschwert. Die Luft war immer noch warm.

»War wohl am besten so«, sagte sie ohne Bitterkeit. »Ohne mich war er besser dran. Ich habe nicht viel übrig für Männer, schon gar nicht für junge. Wollen wir nach Hause spazieren? Ich habe einen Bärenhunger.«

Sie hatte immer Hunger. Rachel fühlte sich zwischen zwei verlockenden Aussichten hin- und hergerissen: Sie wollte etwas essen, weil ihr Magen so leer war, dass er rumorte, und sie wollte gern bleiben, wo sie waren. Wollte mehr hören, aber nicht fragen. Wollte sich führen lassen.

»Müssen wir schon?«

Ivy lächelte. »Wie oft muss ich es dir noch sagen, Rachel Doe? Du musst lernen, zu tun, was du willst, und nicht dauernd zögern. Aber ich muss dich warnen: Mein Vater redet gern und kann einem manchmal auf die Nerven gehen.«

»Warte ab«, sagte Rachel, »bis du meinen kennenlernst.«

2

Ernest Wiseman hätte Lehrer werden sollen. Ein hochgewachsener, schlanker, gebeugter, aber behänder alter Mann, der nur darauf wartet, mit seinem Unterricht zu beginnen. Jünger als Grace, aber älter aussehend auf seine eulenhafte Art mit der Lesebrille auf der Nase. Die beiden hatten etwas an sich, das Rachel glauben ließ, sie seien immer noch ein Liebespaar. Vielleicht lag es an der Art, wie sie einander berührten – genauer gesagt, wie Grace ihn berührte, wenn sie auf dem Weg zum Herd hinter ihm vorbeiging, wie sie dann kurz seine Schulter drückte, als wolle sie ihn wissen lassen, dass er nie vergessen sei, und wie er dann lächelte. Vielleicht war es nur ein Code, ein zärtlicher Austausch von Signalen oder ein Ausdruck der Freude aneinander. Vielleicht war es das Glück der Nährenden und des Genährten. Das Essen, falls Rachel es bemerkte, war von beiläufiger Exzellenz. Draußen erstarb das Licht und ließ sie behaglich gestrandet am Anker des kerzenbeschienenen Holztischs zurück, satt und zufrieden, zu faul, um sich zu bewegen. Ernest war ein passender Name für den Landwirt Wiseman. Er war ziemlich ernst. Nach dem Essen saßen sie nur noch zu dritt am Tisch. Ivy war in den Pub gegangen; ihre Einladung zum Mitkommen hatte niemand annehmen wollen.

»Ach, der See.« Ernest blinzelte Rachel freundlich lächelnd an. »Du hast nach dem See gefragt. Tja, wenn du mit Ivy auf einen Hügel steigst und hinunterschaust, siehst du eine Landschaft, die aussieht, als wäre sie so alt wie die Zeit. Aber sie ist nicht so alt. Was du siehst, ist nicht einmal vor einem Jahrhundert, sondern im letzten Jahrzehnt entstanden. Früher hättest du ein Landgut gesehen; dieser Hof und der Nachbarhof gehörten zu einem großen Haus, und der Fluss war zu einer Reihe von künstlichen Seen gestaut, die auch zum Anwesen gehörten. Das Gutshaus ist weg, es gibt nur noch einen Hof und einen See mit ungewisser Zukunft. Jüngste Geschichte. Seit ich auf der Welt bin, jedenfalls. Der Krieg hat mehr verändert als alles andere, viel mehr als der Verfall einer Dynastie. Es gibt nur noch halb so viele Bäume wie früher.«

Er zerbröckelte ein Stück Käse, tupfte die Krümel mit der Fingerspitze auf und steckte sie bedächtig in den Mund. Der Käse lag da und wartete darauf, dass man ihn aß – eine Einladung an alle, noch zu bleiben, wo sie waren. Das gehörte zu ihrer Gastfreundschaft, dachte Rachel: dass das Essen nicht schleunigst abgetragen wurde, sondern immer noch etwas zum Knabbern dablieb.

»Gegen Ende des Krieges«, sagte Ernest, »waren hier mehr Deutsche als Engländer. Gefangene, weißt du. Ein Lager, rund um das große Haus, das als Truppenunterkunft gedient hatte und in dem dann die Verwaltung des Kriegsgefangenenlagers untergebracht war. Damals hättest du die Gegend nicht wiedererkannt. Nissenhütten und Stacheldraht, obwohl sie den kaum brauchten. Wo sollten sie schon hin, die armen Hunde? Nicht, dass die Leute hier in der

Gegend Mitleid mit ihnen gehabt hätten. Als ich fünf war, hörte ich, dass sie besser aßen als wir, und angesichts der Lebensmittelrationierung fiel es mir nicht schwer, das zu glauben. Aber mein Vater, der diesen Hof führte, mochte sie bald gern. Einen oder zwei jedenfalls, weil sie auf dem Feld arbeiteten. Wir hatten nie mehr so viele kostenlose Arbeitskräfte wie damals. Und da merkte man dann, dass sie zwar nicht verhungern mussten, aber doch immer Hunger hatten. Na ja, zumindest diejenigen, die hier arbeiteten.«

Grace hüstelte und berührte seinen Arm. »Rachel hat sich nach dem See erkundigt.«

Seine Hand schwebte über dem Käse, aber dann nahm er stattdessen einen Apfel. »Ach ja. Was bleibt mir übrig. Bei Ausbruch des Krieges, bevor die Familie das große Haus der Armee überließ oder enteignet wurde, war der See ein Ort für Schwäne. Früher gehörten alle Schwäne der Krone, musst du wissen. Geschützt wegen ihrer Schönheit und zum Essen, und zuletzt dann nur noch zur Zierde. Aber während des Krieges waren die Chancen dafür gering. Mein Gott, die Leute haben Krähen gebraten. Also verschwanden die Schwäne. Die deutschen Kriegsgefangenen waren immer verdächtig, aber sie hatten keine Flinten, und deshalb waren sie es wahrscheinlich nicht. Dann war der See leer, und er wurde schmutzig und verunreinigt. Man braucht Vögel, um einen See sauber zu halten. Vögel und Fische. Beides ausgestorben. Und der Wasserspiegel stieg.«

»Er stieg?«, wiederholte Rachel.

»Soldaten. Soldaten und Wachleute, die in die Stadt gingen – na ja, keine richtige Stadt und heute nur noch ein Dorf ohne einen Laden, aber damals eine Stadt mit drei

Pubs und mit *Mädels*. Und das Meer, wo man schwimmen gehen konnte. Auf dem Rückweg klauten sie jedes Fahrrad, das sie sahen, und warfen es in den See. Einmal auch ein Auto und – gnade uns Gott – sogar einen Traktor. Beides Gold wert, auch das Benzin. Der Fluss versandete. Der See wurde zu einem stehenden Tümpel.«

Er biss in den Apfel.

»Mein Vater hat mir erzählt, dass Bauern wie er allmählich der Ansicht waren, sie seien mit den deutschen Kriegsgefangenen besser dran als mit den verdammten Soldaten. Sie richteten sehr viel weniger Schaden an. Und ein paar von ihnen hatten wirklich etwas übrig für das Land. Mein Dad sagte, sie konnten von Glück sagen, dass sie sie hatten. Na, wir hatten jedenfalls Glück mit Carl, und er fand, er hatte Glück mit uns.«

»Hmmpf«, schnaubte Grace.

Er berührte ihre Hand. »Das war später, Schatz«, sagte er. »Das war Carl der Jüngere. Mit ihm hatten wir nicht so viel Glück. Wo war ich? Ach ja.«

Er schien plötzlich müde zu werden, aber dann hellte sich seine Miene wieder auf. Rachel gefiel es, wie aufmerksam Grace ihm zuhörte, obwohl sie das alles schon ein paar Dutzend Mal gehört haben musste. Diese Familie hatte die Gewohnheit zuzuhören. Ivy hörte zu, als komme es auf jedes Wort an, und jetzt hörte Rachel zu.

»Carl war Deutscher, aus Berlin. Als der Frieden kam, dauerte es eine Weile, bis alle Deutschen zurückgehen konnten, und Carl, der mir alt erschien – ich war damals erst zehn, und er war kaum älter als zwanzig –, erfuhr, dass seine ganze Familie bei den Bombenangriffen ums Leben gekommen war. Er war bei uns zu Hause und schlief im Schuppen. Wir brauchten ihn; er blieb. Und er fing an, sich um den Teich zu kümmern. Er hat gern gearbeitet, der Mann.«

Er aß den Apfel mit Stumpf und Stiel zu Ende.

»Eines Tages traf ich ihn dort, als er ein Fahrrad herauszog. Wir machten den See zu einem Projekt, er und ich. Mein Dad sagte immer: Verrückt, dass ihm was dran liegt. Aber es war so. Er sagte, er wollte wieder Schwäne auf dem See schwimmen sehen. Das ist die Geschichte des Sees. Wir verdanken sein Überleben einem Kriegsgefangenen, der fortging, als er fertig war – vor fünfundfünfzig Jahren. Das zeigt, dass man auch etwas in Ehren halten kann, das einem nicht gehört.«

»Und ist er je noch einmal zurückgekommen? Dieser … Carl?«

Grace erstarrte für einen Moment. Dann bewegte sie sich wieder und fing an, unauffällig den Tisch abzuräumen. Der Platz, an dem Ivy gesessen hatte, war leer; ihre Abwesenheit war ebenso natürlich wie ihre Anwesenheit. Sie hatten gute Manieren ohne strikte Regeln. Jeder Abend würde anders werden. Rachel war wohlig zumute bei dem Gedanken, dass es noch mehr Abende wie diesen geben würde, diesmal und nächstes Mal. Sie wusste, es würde ein nächstes Mal geben.

»Oh ja, er ist zurückgekommen. Ich glaube nicht, dass er je wegwollte. Ich weiß, dass ich ihn nicht gehen lassen wollte. Er war eine Art großer Bruder für mich, aber vermutlich gab es hier weder Geld noch Zukunft für ihn. Er ging nach London, arbeitete bis zum Umfallen, heiratete, bekam einen Sohn und kam her, meistens im Sommer, Jahr für

Jahr. Heu machen, das liebte er. Dann brachte er seinen Sohn mit. Wir waren seine Familie, weißt du – soweit das möglich war. Die Sommerferien ... es war immer heiß, nicht wahr, Grace?«

»Als wir jung verheiratet waren«, sagte Grace, »und ich als Kindbraut, die ich war, im Haus meiner Schwiegereltern – ich hatte immer etwas dagegen, dass dieser große, schweigsame Kerl sich mit seinem Sohn für zwei Wochen hier einnistete, und dazu noch an jedem zweiten Wochenende. Vor allem störte mich der Junge. Es ärgerte mich, dass mein Mann ihn anbetete, und außerdem sprachen sie eine Sprache für sich allein. In dem Alter geht es einem so.«

»Er wollte, dass sein Sohn außer Smog noch andere Dinge kennenlernte«, sagte Ernest. »Er wollte, dass er das Land kennenlernte.«

»Gott weiß, was die wirklich wollten«, sagte Grace in scharfem Ton.

Sie war flink zwischen Spülbecken, Herd und Kühlschrank hin und her gegangen, hatte geräumt, gewischt und geordnet, und das alles beinahe ehrfürchtig leise. Rachel erkannte, dass sie nicht immer laut war. Selbst mit ihren Armreifen war sie unhörbar wie ein Fuchs, wenn sie wollte. Ernest ließ den Kopf hängen.

Grace blieb hinter ihm stehen und knetete liebevoll seine Schultern. »Fortsetzung folgt«, sagte sie und drückte ihm einen Kuss auf den Scheitel. »Morgen ist *immer* auch noch ein Tag.«

»Ich langweile dich, ja?«, fragte Ernest.

»Nein, nein, ganz im Gegenteil«, sagte Rachel wahrheitsgemäß.

»Er braucht eigentlich nicht viel Ermunterung«, sagte Grace. »Morgen früh wirst du noch sehr viel mehr zu hören bekommen. Jetzt ist Schlafenszeit, glaube ich.«

Er nickte zustimmend, stand auf und wippte einmal in den Knien, bevor er hinausging. Seine sanfte Stimme wehte herein. »Gute Nacht, schlaft gut … gute Nacht.«

Es war behaglich still, als er gegangen war. Grace setzte sich auf seinen Stuhl und seufzte beglückt. »Ja, verdammt«, sagte sie, »da ist ja noch Wein übrig. Das geht aber nicht, oder? Wir können nicht nüchtern ins Bett gehen, falls Ivy betrunken nach Hause kommt. Hier …«

Flaschen waren auf dem Tisch erschienen, Wein war getrunken worden. Rachel wusste nicht, wie viel; sie fühlte sich entspannt. Unversehens fragte sie sich, ob sie auf nette Weise manipuliert wurde. Nein, das war das falsche Wort. Manövriert – so, dass sie ohne Ivy mit ihren Eltern und schließlich mit ihrer Mutter allein war. Aber wenn hier ein Element der Berechnung im Spiel war, machte ihr das nichts aus. Sie fand alle beide absolut bezaubernd, und sie hätte ihnen gern stundenlang zugehört. Man hatte Vertrauen zu ihr, das war alles. Ivy wollte wirklich, dass sie sie kennenlernte, und der Gedanke war sehr schmeichelhaft. Ihr war, als sei Mitternacht, und es war erst halb elf. Sie wollte am längsten Tag des Jahres und jeden Tag davor hier sein. Bei dem Gedanken an den nächsten Morgen war sie aufgeregt.

»Ja«, sagte Grace, »das ist schön. Nicht, dass ich nicht gern in den Pub gehe, aber ich habe einen Menschen lieber für mich allein. Muss an meinem Alter liegen. Ein bisschen schwerhörig. Ich kann immer nur einer Person zuhören. Ernest sagt, das ist Absicht. Er sagt, ich muss mich selbst taub gemacht haben.« In diesem Licht glühte sie rosig. Richtige Apfelbäckchen hatte sie. Ihre kräftigen Finger strichen zärtlich über den Stiel ihres Weinglases. Täglich eine Flasche Wein, und der Doktor kommt nicht rein, hatte sie vor einer Weile gesagt. Die und einen Apfel.

»Unterhältst du dich mit den Pensionsgästen?«, fragte Rachel spontan. Vermutlich war es eine ungezogene Frage. Sie klang besitzergreifend und eifersüchtig, als wollte sie wissen, ob anderen ebenso viel Herzlichkeit und Vertrauen entgegengebracht wurde, wie sie es selbst empfand.

»Oh ja, wenn sie wollen. Wir haben immer nur einen oder zwei auf einmal. Manche unterhalten sich gern. Manche möchten Gesellschaft haben und buchen jeden Abend ein Essen. Manche sind auch einsam und blöd, und … na, egal. Manche müssen im Pub eingeführt werden. Manche wollen bemuttert werden. Wenn man mit ihnen redet, entspannen sie sich. Nur so bringt man sie selbst zum Reden. Wenn es ihnen nicht gefällt, können sie jederzeit weglaufen. Das kannst du auch, weißt du.«

Eine zweite Frage hing im Raum wie ein zarter Schatten der ersten. Sie lautete: Bist du eine echte Freundin meiner ungeratenen Tochter? Kann ich dir vertrauen?

Rachel lachte. »Ich habe es gern, wenn Leute reden«, sagte sie. »Und überhaupt – du machst mir nichts vor. Du redest, um die Leute zum Reden zu bringen. Du hast meine ganze Lebensgeschichte aus mir herausgeholt, während wir den Salat gemacht haben. Ivy ist genauso. Sie kann Steine ausquetschen, und dabei schwatzt sie ohne Punkt und Komma, ohne je ein Wort zu verpassen, das man sagt. Vermutlich ist es ein ererbtes Talent.«

Grace lächelte. »Du hast uns durchschaut. Nein. Es ist reiner Zufall. Ein Resultat der Neugier. Für etwas anderes bin ich nicht clever genug. Ich bin nicht wie du. Nicht gebildet – abgesehen davon, dass ich lese. Ivy führt dich in die Irre. Sie beweihräuchert mich. Sie glaubt, es war geschäftliche Weitsicht, das zu tun, was ich mit dem Haus und den alten Schweineställen getan habe. Aber es war nichts dergleichen. Ich wollte einfach, dass Ernest weiter tut, was er tut, und dass Ivy ein Zuhause hat.«

Rachel schob ihr Weinglas von sich. Sie wollte am nächsten Morgen einen klaren Kopf haben, aber sie wollte noch nicht gehen.

»Erzähl mir von Carl dem Jüngeren. Und wie Cassie im See ertrunken ist.«

»Langsam«, sagte Grace. »Hat Ivy das erlaubt?«

»Ja. Sie hat mir ein bisschen darüber erzählt.«

Grace zündete sich an der Stummelkerze eine Zigarette an. Das bunte Wachs, das an der alten Chiantiflasche klebte, legte Zeugnis für Dutzende von Kerzen ab, die dieser vorausgegangen waren. Grace blies Rauch durch dic Nase wie ein Drache.

Rachel war absolut sicher, dass dies etwas war, woruber sie mit den zahlenden Gästen nicht sprach.

»Natürlich, sie muss es dir erzählt haben. Carl der Jüngere, der Sohn Carls des Teichretters, war der Mann, den Ivy geheiratet hat. Mit siebzehn – ich bitte dich. Er und sein Vater kamen hierher, als er noch ganz klein war und Ivy noch nicht einmal ein Funkeln im Auge ihres Vaters. Und dann, kaum einen Lidschlag später, war er ein Teenager und sie ein kleines Mädchen, das ihn anbetete. Und noch einen verdammten Lidschlag später war er ein Mann, zehn Jahre älter als sie, und er kam her, dieser Mistkerl, und erhob Anspruch auf sie. Ich wollte so viel mehr für sie. Sie war für die Kunstakademie bestimmt.«

»Da ist sie am Ende doch auch hingekommen«, sagte Rachel.

Grace lehnte sich zurück und schnaubte empört. Dann beugte sie sich wieder vor, mit klingelnden Armreifen, laut wie zuvor.

»Ich wollte ein verrücktes Kind, das Lust auf Experimente hatte, genau wie ich. Du weißt schon – wild, kunstversessen und all das. Nicht eins, das noch früher als ich in festgefahrenen Bahnen steckte. Keinen schwangeren Teenager, dem hinter dem Heuschober ein Kind von einem Mann gemacht worden war, der zehn Jahre älter und genauso ein Kontrollfreak wie sein verdammter Vater war. Ich bitte dich. Damals musste man noch heiraten. Ist ein Riesenunterschied zwischen damals und heute. Jedenfalls, er wollte es. Nur darum ging es. Gehörte zu seinem großen Plan. Er hat immer genau gewusst, was er wollte. Eine Karriere und eine Frau – in der Reihenfolge. Vorzugsweise eine Frau mit einer nachweisbaren Abstammung. Das ist der Deutsche in ihm.«

Sie umfasste den Stiel ihres Glases, als wolle sie ihn zerbrechen.

»Und dann kamen sie wieder her, mit *ihren* Kindern. Er wollte für sie das, was er als Kind gehabt hatte, und Ivy war zweifache Mutter, bevor sie zwanzig war. Unerträglich. Aber für mich auch herrlich.«

Grace drückte ihre Zigarette in das blubbernde Wachs und betrachtete sie kritisch.

»Der Junge und das Mädchen, fünfzehn Monate auseinander. Verschieden wie Tag und Nacht, je älter sie wurden. Ivy wollte immer mit ihnen herkommen, weil sie nie wirklich weggegangen war. Sie war nicht erwachsen genug, um wegzugehen. Sie haben sich nie einrichten können. Haben gestritten wie Hund und Katze, über alles. Cassie gehörte zum diesem Spiel. Von Kopf bis Fuß das eigensinnige Kind ihrer Mutter. Ivy warf sie in den See, als sie vier war. Sie fing einfach an zu schwimmen.«

»Jetzt ist sie jedenfalls ein Stadtmensch«, sagte Rachel.

Grace ließ den Stiel ihres Glases los und wedelte den Rauch weg. »Oh, du bist ein wunderbarer Mensch, dass du das alles wissen willst.«

»Sie hat gesagt, ich soll dich fragen. Ich will es wissen.«

»Morgen, wenn du es dann immer noch willst. Mein liebes Kind, du schläfst im Sitzen ein. Wir warten nicht auf Ivy. Du weißt doch, wie sie ist.«

»Ja, das weiß ich. Eine Nachteule. Arbeitet und spielt Tag und Nacht. Braucht ihre Unabhängigkeit, will nicht gefragt werden. Frei und ungebunden. Unbekümmert.«

»Kommst du damit zurecht, wenn sie zu dir in die Wohnung zieht?«

»Kein Problem. Es wird mir gefallen. Wir sitzen einander nicht auf der Pelle. Aber es hat mich ein bisschen Überredung gekostet.«

»Du bist ein wunderbares Mädchen«, sagte Grace. »Das schönste auf der Welt.«

Sie will wirklich, dass sie mich kennenlernen, und ich sie auch, dachte Rachel staunend, als sie sich das Gesicht wusch. Ich bin noch nie so behandelt worden. Ihre eigenen Altersgenossen hätte sie nie in die Nähe ihres Vaters kommen lassen. Als sie behaglich in dem hohen Bett lag, dachte sie an ihre Londoner Wohnung wie an einen fernen, schmuddeligen Planeten, der gottlob weit entfernt war. Ich werde *ihnen* erzählen, nahm sie sich vor und dachte an das Büro, in dem sie arbeitete, dass ich unter dem Dach und unter den Sternen geschlafen habe, und sie werden mir nicht glauben. Es ist heilsam für mich, Ivy und ihresgleichen zu kennen.

Jetzt war es wirklich still. Da war die selektive Taubheit, geschaffen durch Essen und Wein, und dann war da ihre eigene köstliche Erschöpfung, die daher rührte, dass sie eigentlich nichts getan hatte, außer zu fahren, sich lieben und versorgen zu lassen. Die Erschöpfung, die vom See kam, vom Zuhören und all dem.

Und dann ertönte ein ohrenbetäubender Lärm in dem winzigen Bad zwischen ihrem und Ivys Zimmer im Dachgeschoss. Wasser gurgelte mit einem Getöse, das in dieser Stille klang wie das Ende der Welt. *Wirrrr-app bäng skaschh gurgel gurgel spotz.*

Sie stand auf, hob den Riegel an ihrer Zimmertür hoch und schob sich seitwärts über den Treppenabsatz. Die Tür zu ihrem gemeinsamen Bad stand offen. Ivy war da, wie Rachel sie beim ersten Mal gesehen hatte, splitternackt, die schlanke Taille über das Waschbecken gebeugt. Die Wasserhähne rauschten lärmend. In den Rohrleitungen gurgelte es ohne Rhythmus. Der Raum war weißer als weiß – die Fliesen weiß, der Wandputz weiß, die Badewanne weiß, weiß, weiß, und das Wasser, das von Ivys großen, tüchtigen Händen floss, war rosa. Ihr buschiges blondes Haar stand stachlig vom Kopf ab. Das Gesicht im Spiegel war totenbleich. Ivy hatte sie gesehen und lächelte flüchtig.

»Oh Gott, ich habe vergessen, dass die Leitungen solchen Lärm machen. Entschuldige, dass es so spät geworden ist. War's okay mit Mutter?«

»Deine Hände. Du blutest.«

Ivy schaute auf ihre Hände, streckte sie dann nach dem ebenfalls weißen Handtuch aus und fing an, sie abzutrocknen. Sie schüttelte den Kopf.

»Ich? Nein, das bin ich nicht. Ich blute nicht. Bin nur ein bisschen blutig. Ein Auto auf der Straße hat einen Vogel angefahren und ihn zappelnd liegen lassen. Musste ihn erledigen.«

Ihre Hände waren trocken. Das Handtuch war immer noch weiß.

»Das Leben auf dem Lande, Schätzchen. Wildschaden. Gnadentod. Musste sein. Tut mir leid, dass ich dich geweckt habe. Geh wieder schlafen.«

Rachel gehorchte, schläfrig und beruhigt, und sie ließ ihre Tür angelehnt. Der Riegel fühlte sich kalt an. Sie wusste nicht, wie viel später es war, als sie fröstelnd aufwachte. Schritte auf der Treppe, abrupt abbrechende Schreie, ein gedämpftes Wimmern. Fast wieder Stille. Rachel wusste nicht, woher es gekommen war, von draußen oder aus dem Haus, von Mensch oder Tier. Sie kannte nur Großstadtgeräusche. Fröstelnd und unschlüssig stand sie an der Zimmertür und lauschte den Geräuschen, die jetzt leise und menschlich klangen. Sie schlich um die offene Tür herum auf den Treppenabsatz.

Licht fiel aus dem Zimmer, das Ivy gehörte. Durch die halb offene Tür sah Rachel Grace' Umrisse; sie beugte sich über das Bett, in dem Ivy zusammengekrümmt lag und vor sich hin murmelte. Grace gab beruhigende, besänftigende Laute von sich. Sie tat es entspannt und mühelos. Es war etwas, das die beiden schon öfter getan hatten.

»Nur ein Wildschaden, Schatz. Du darfst dich nicht aufregen.«

»Nein, Mummy, nein. Darf nicht.«

»Ganz ruhig.«

»Kann's nicht. Wir müssen ihn herholen. *Hierher.*«

»Ja, Liebling, ja, ja. Schsch.«

»Wir müssen ihn herholen. Damit er es sehen kann. Er muss herkommen.«

»Der Butzemann ist tot, peng, peng«, sagte Grace sanft scherzend. »Na komm.«

Rachel zog sich zurück, so leise sie konnte. Das instinktive Streben nach diplomatischer Zurückhaltung war immer da. Lauschen war verachtenswert, hatte ihr eigener Vater immer gesagt. Sie war halb verliebt in alle hier; sie wollte zu ihnen gehören. Sie wusste nichts, und sie wollte wissen, wie es war, zu sein wie sie. Es wurde still, als wäre es nie anders gewesen. Rachel wusste nur, dass Ivy nicht allein leben sollte.

Du wirst den leeren Raum mit mir teilen, Ivy. Ich will dich nicht behüten. Ich will dir nur eine Basis geben. Ich will dafür sorgen, dass es jemandem besser geht, wie ich es noch nie getan habe.

Grace würde das gefallen. Sie waren jetzt schon Verbündete.

Der Junge stand da und schaute auf die Themse, bevor er ins Haus ging. Er war ein Junge oder ein Mann, je nachdem, wie man es sah. Der Kotflügel des anderen Wagens war verbeult worden, als er unten eingeparkt hatte – na und? Die Wand war plötzlich da gewesen, und er war dagegengeprallt. Tiefgaragen verwirrten ihn; es war ein beschissenes Auto. Nicht seins; es gehörte seinem Vater. Alles gehörte seinem Vater. Den Schaden an dem anderen Wagen würde man tagelang nicht bemerken – der Besitzer benutzte ihn nur selten –, aber sein Vater würde ihn bemerken, weil sein Vater immer alles bemerkte und sich, falls nötig, an seiner Stelle deshalb melden würde, dieser verdammte Tyrann.

Es gab Ratten in der Tiefgarage. Er würde sagen, eine Ratte habe ihn abgelenkt. Abends kamen sie hervor, würde er sagen, bei Niedrigwasser vom Fluss herauf, hin und her.

Er kehrte noch einmal zurück in die Tiefgarage und schob mit dem Fuß ein paar Glasscherben unter das Vorderrad des anderen Wagens. Dann ging er die Treppe hinauf und blieb vor der Tür seines Zuhauses stehen, und ihm war zumute, als ginge er zurück in ein Gefängnis. Sam. Neunzehn. Voller Angst vor seinem Dad, schlich er sich in seine eigene Wohnung wie ein Dieb. Dieses Gefühl gab sein Dad ihm jedenfalls. Eigenes Zimmer, alles, was ein Student sich wünschen konnte – DVD-Player, Handy, Laptop. Da war es wirtschaftlich vernünftig, bei Dad in Canary Wharf zu wohnen, selbst wenn es bedeutete, mit einem Tyrannen zusammenzuleben. Er schob den Schlüssel ins Schloss und ermahnte sich, früh genug aufzustehen, um die Post an sich zu nehmen, bevor sein Vater es tat. Die

Post kam jetzt nie mehr vor zehn – gut, kein Problem, reichlich Zeit, um alles zu beseitigen, was er nicht sehen sollte. Die Kreditkartenrechnung, noch einen von diesen winselnden Briefen … Wieso sollte er Lust haben, sie zu sehen? Schließlich war sie diejenige, die gegangen war.

Während er auf Zehenspitzen durch die Wohnung zu seinem Zimmer schlich, erinnerte er sich an den letzten dämlichen Vortrag, Wort für Wort, bla, bla, bla, blabla … Dad am Fenster, er an der Tür. *Wir gehören verschiedenen Generationen an, Sam. Da ist es klar, dass wir uns gegenseitig auf die Nerven gehen. Wird Zeit, dass du ausziehst, deine eigenen Sachen kaputt machst und lernst, was sie wert sind, statt weiter dieses lachhaft privilegierte und private Leben zu führen, das dich mit nichts in Berührung bringt.*

Er äffte sich selbst vor dem Badezimmerspiegel nach. Da sind Ratten in der Tiefgarage, Dad. Ist das nicht Realität genug? Ich werde nirgendwo hinziehen, und komm mir *nicht* wieder mit dieser alten Predigt. Mit dieser alten Leier, wie gut es mir geht. In Frieden und Wohlstand aufgewachsen – als müsste ich dafür Buße tun. Mich wieder daran erinnern, dass ich nichts als selbstverständlich hinnehmen kann, weil du es nicht konntest und weil dein Vater es nicht konnte. Wieso nicht, Dad? Wieso kann ich nichts als selbstverständlich hinnehmen? Andere Leute tun es doch auch. Nennt man das nicht Fortschritt? Warum muss ich dauernd so dankbar sein? Scheiße, du erwartest sogar, dass ich dankbar bin, weil ich in meine Generation geboren bin. Tja, aber ich bin es nicht. Ich habe sie mir nicht ausgesucht, und ich finde sie beschissen. Und ich ziehe nicht aus. Oder soll ich nur gehen, damit man dir nicht die Schuld an etwas gibt, das ich getan habe? Ich soll um meiner eigenen Sicherheit willen gehen? Hör auf. Das ist wirklich bescheuert.

Er würde seinem Vater den Rücken zuwenden, damit er dessen Gesichtsausdruck nicht sah. Diesen Ausdruck oder seine Abwesenheit, Zorn, Trauer oder gar nichts, sein bestes ausdrucksloses Gesicht, das Gesicht eines undurchschaubaren Richters, der redete, wie er im Gericht redete, der alte Heuchler. Das Echo des Urteils, das sein toter Großvater gesprochen hatte, seiner deutschen Worte: *Er ist ein richtiger Junge.* Oder er würde ihn anschauen und ihn sagen hören: Wir alle haben Probleme, Sam. Meinst du nicht, es würde helfen, wenn du …?

Nein, würde er sagen. Nein. Lass mich in Ruhe. Warum sollte ich? Lasst mich in Ruhe, ihr alle.

Es ist deine Schuld, dass ich Angst habe, es allein zu versuchen. Du hast zu viel getan.

Oh, leck mich, Dad!

Und dann, vor dem Zubettgehen: Bist du wach, Dad? Ich hab's nicht so gemeint, Dad. Ich raste einfach aus, wenn ich mich schäme – oder Angst habe.

Wir haben es beide manchmal nötig, dass man sich um uns kümmert, nicht wahr, Dad?

Ach ja, und ich habe einen wirklich guten Witz gehört. Den muss ich dir morgen früh erzählen. Erinnere mich daran. Er wird dir gefallen.

Ich wünschte, du wärest noch wach.

Ich muss mit dir reden. Du bist nicht so übel, wenn du lachst.

3

Ivy Wiseman (ihr Mädchenname – verheiratet hieß sie Schneider) hatte stets drei oder vier Jobs gleichzeitig. Außerdem studierte sie sehr gelegentlich an der Kunstakademie; ihr Grundkurs dauerte inzwischen fünf Jahre. Das hat mich gerettet, erzählte sie Rachel. Zu einem Anfang zurückzugehen – das und die Arbeit. Ich pfeife auf die lange Arbeitszeit. Da bleibt immer noch genug übrig, und ich will von niemandem Geld haben. Ich zahle meine Miete selbst.

Irgendwann zwischen einer Tagschicht, einer Modellsitzung und einer Nachtschicht erschien Ivy mit dem Flüchtlingsbündel ihrer Habseligkeiten in Rachels Wohnung. Sie war keine Fremde; sie hatte hier schon übernachtet, aber jetzt war es für länger. Sie hatte nur eine einzige, aber dafür riesengroße, pralle Segeltuchtasche mit Kleidern und Schuhen, eine Grafikmappe aus pinkfarbenem Plastik und ein Handy; das war alles. Nicht viel vorzuweisen nach all den Jahren, lachte sie.

Am Dienstagabend sah Rachel ihren eigenen Vater, der das alles erwartungsgemäß missbilligte. Er war ein kleiner, grauer Witwer, der einmal im Monat heraufkam, um nachzusehen, ob es seiner Tochter gut ging. Wenn er nichts Praktisches und Nützliches tun konnte, hielt er diese Besuche gern kurz, damit es nicht so aussah, als mische er sich in ihr Leben ein. Er war stolz auf seine Tochter, machte sich aber ständig Sorgen um ihre finanzielle Sicherheit, erst recht, nachdem sie einen neuen Job hatte. Er vermutete Extravaganz, und Schulden erfüllten ihn mit Grausen. Nach zwei Entlassungen war das sparsame Haushalten sein persönlicher Gott und die Sorge seine ständige Begleiterin, und das ließ ihn gehemmt aussehen, wenn er in ihrer Londoner Wohnung auf der Sesselkante saß, als wage er nicht, sich zurückzulehnen. Rachels Vater sah nie aus, als ob er dort hingehörte, und immer so, als könne er es nicht erwarten, wieder zu gehen, als betrage die Entfernung zwischen ihm und seinem eigenen Haus, eine kurze Fahrt mit dem Vorortzug, in Wirklichkeit tausend Meilen und als müsse er zurück in sein Refugium, bevor es vollends unmöglich wäre, sich in Sicherheit zu bringen.

In Rachel kribbelten noch immer die Empfindungen des Wochenendes. Sie waren in ihrem Kopf verankert, hauptsächlich als Sonnenschein, Lachen, Faszination und der Sehnsucht danach, so bald wie möglich wieder dort hinzukommen, an einen Ort, der sich schon jetzt wie ein Zuhause anfühlte. Den ganzen Montag hatte sie mit Tagträumen verbracht; sie hatte die Verabredung mit ihrem Vater fast vergessen, und sie wusste, dass man es ihr ansah. Es war falsch, seine Eltern mit anderen Eltern zu vergleichen, aber sie konnte nicht anders. Ivys Eltern waren zauberhaft, ihre waren es nicht.

»Alles in Ordnung, Dad?«

»Ja, ja, alles bestens in Ordnung.«

»In Ordnung« war der Gipfel seines Bestrebens. Alles, was

mehr als »okay« wäre, würde ihn beunruhigen. Ihm gegenüber konnte sie nicht zugeben, dass sie glücklich oder traurig war, und er konnte es umgekehrt auch nicht. Wenn Rachel ihren Vater sah, hatte sie immer das Gefühl, ihn im Stich zu lassen, weil sie ihm nichts zu tun geben konnte. Und weil sie ihn nicht verstand. Sie liebte ihn hilflos, war besorgt um ihn und erwartete immer, dass es anders sein würde, aber das war es nie. Niemals ließ er zu, dass sie ihn verwöhnte. Wollen wir ins Theater gehen, Dad? In ein italienisches Restaurant?

Wozu?

Er bat nie um etwas. Er verabscheute Schnorrer und vertrat die Auffassung, man müsse sich am eigenen Schopf aus dem Sumpf ziehen und dürfe niemals borgen oder betteln. Seine Frau war der Mittelpunkt seines Universums gewesen, und ihr kleines Haus in Luton war ein Tempel der Do-it-yourself-Kunst, durch die alle Liebe ihren Ausdruck gefunden hatte. Die Kinder verliebter Eltern sind nicht selten Waisen. Rachel hasste jeden einzelnen Stein dieses Hauses.

Sie redeten parallel zueinander, wie sie es immer taten, ohne viel zu sagen. Grace' volltönendes Lachen hallte in ihrem Kopf, und sie wünschte, sie und ihr Vater könnten einander auch so umarmen.

»Wie geht's dir wirklich, Dad?«

»Man darf nicht klagen.«

»Was treibst du so?«

»Nicht viel. Und du?«

Die Freuden des Lebens in London ließen ihn kalt; mit Sky TV und seinen Wundern und dem Einkaufen bei eBay ging es ihr genauso. So gab es eigentlich nicht viel zu erzählen. Zumindest konnte sie ihm diesmal ein bisschen von dem Bauernhof erzählen und so den Augenblick hinausschieben, da sie anfingen, einander auf die Nerven zu gehen, wenn es dazu nicht schon zu spät war. Sie sah auf die Uhr. Zeit für den Kursus. Das würde er respektieren.

»Es gefällt mir nicht, dass du diese Wohnung mit jemandem teilst«, sagte er. »Aber vermutlich wird es dir helfen, die Hypothek abzuzahlen. Du wirst dir ja keine Schmarotzerin ins Haus holen.«

In seinen Augen war die Welt voll von Schmarotzern und Dieben. Von Leuten, die Sicherheit versprachen und sie dann wegnahmen.

»Nein, Dad, bei der Hypothek wird es nicht helfen. Sie hat kein Geld. Aber ich wollte dir von diesem wunderbaren Wochenende bei ihren Eltern erzählen. Sie haben einen Bauernhof mit seinem See … na ja, der See gehört ihnen nicht, aber er ist da.«

»Oh, gut, dann müssen sie ja wohl ein bisschen Geld haben.«

Rachel knirschte mit den Zähnen. »Nicht unbedingt, Dad. Nur wenn sie verkaufen. Sonst nicht.«

»Du auf einem Bauernhof, das kann ich mir nicht vorstellen. Durftest du Kühe melken?«

»Sie haben eine Melkmaschine.«

Das weckte einen Funken Interesse. Er vergaß, auf die Uhr zu schauen und den Fahrplan in seiner Tasche bei seinen Tabletten zu befingern.

»Ach ja?«

»Ja. Und es läuft über einen Computer. Sie haben alle

eine Nummer am Hals. Eine war blind – das arme Tier. Wahrscheinlich werden sie sie schlachten müssen, denn sie kalbt nicht. Sie kommen alle in diesen Melkraum gestapft, wie auf Autopilot, und wenn du siehst, wie viel Milch sie da loswerden, verstehst du, weshalb sie da so gern hinkommen. Was die wiegt! Dann werden sie angestöpselt. Drei Stunden dauert es jedes Mal, und jeder Tropfen wird gemessen. Dann stapfen sie wieder hinaus und fressen noch mehr Heu. Silage, gemischt mit irgendwelchem Zeug. Melasse. Das riecht herrlich. Ich konnte nicht glauben, wie *technisch* das ist. Das Melken, meine ich. Der Rest ist Arbeit und Schweiß. Tonnen von Stroh und Futter müssen da bewegt werden. Es sieht aus, als fräßen sie jeden Tag ihr eigenes Körpergewicht.«

Rachel sagte nichts davon, dass ihr im Melkstand, umgeben von den eingepferchten Kühen, fast schlecht geworden war. Sie hatten auf Kopfhöhe mit ihr gestanden, und Ernest hatte ihr gezeigt, wie die Gummikappen, die über die Zitzen der gewaltigen Euter gestülpt wurden, tatsächlich funktionierten. Sie saugen nicht, und sie ziehen nicht, siehst du? Sie üben nur leichten Druck aus. Er hatte sie den Finger in eine solche Kappe hineinstecken lassen, und sie hatte einen leichten Druck gespürt. Die Luft war dick von Geruch von Milch und Kuhscheiße gewesen, aber vor allem vom süßlich stinkenden Atem der Tiere, die sie mit durchdringender Neugier angestarrt hatten, während sie Mühe hatte, vor ihrer monströsen Körpermasse nicht zurückzuweichen.

Sie waren selbst riesige, sanfte Maschinen mit scharfkantigen Wirbelsäulen und hilflosen Gesichtern. Sie trampelten durch ihre eigenen Fäkalien. Sie brauchten einen Stall, so groß wie eine Kirche. Sie versuchten einander zu reiten, wenn sie heiß waren. Sie waren so dumm. Und sie waren auf eine seltsame, verwundbare Weise liebenswürdig.

»Die Schweine habe ich nicht gesehen. Aber beim nächsten Mal. Ich habe die Felder gesehen. Er hat Gras für die Kühe, und den Weizen gibt er auf. Der ist nur nützlich, wenn das Heu knapp wird. Dann kann er den Weizen mähen, wenn er noch grün ist, und in die Silage geben.«

Zu viele Informationen. Rachels Vater liebte technische Details; Einzelheiten über die Konstruktion des Kuhstalls und woraus er gebaut war, hätten ihn noch länger festgehalten. Aber genug war genug. Er sah auf die Uhr.

»Ich sollte jetzt gehen. Und du hast deinen Abendkurs, nicht wahr?«

»Ach ja.«

»Ich habe gehört, auf einem Bauernhof ist es gefährlich«, sagte er. »Du solltest da nicht wieder hingehen.«

Nicht darauf reagieren. Rachel half ihm in den Mantel. Immer der Mantel, auch in einer Hitzewelle. Immer zu viel Kleidung. Der Mantel war gleichbedeutend mit einer Handtasche, aber eine Tasche hätte er niemals getragen. In seinen Taschen klapperte es: sein Inhalator für das kontrollierte chronische Asthma, seine Beruhigungstabletten, die Säurestabilisatoren, die er wie Bonbons gegen sein vermutetes Magengeschwür kaute. Er hatte die Krankheiten eines Schwarzsehers, die gebeugte Haltung eines Schwerarbeiters und einen ganzen Berg von Vorurteilen. Sie sah sich in ihrer Wohnung um, als sie hinausgingen. Was für eine farblose Behausung. Ein guter Kauf; er hatte ihn gebilligt. An der Tür drehte sich ihr Vater um.

»Du solltest dir gut überlegen, ob du die Wohnung mit jemandem teilst, weißt du. Es ist schwierig, jemanden wieder loszuwerden. Du darfst kein Risiko eingehen.«

Jetzt stieg ein Ärger in ihr auf, den sie kaum zügeln konnte. Am liebsten hätte sie ihn angebrüllt. Sie wollte schreien, weil sie ihn nicht glücklich machen konnte, aber trotzdem – wie jedes Mal, wenn sie ihm zum Abschied nachwinkte und zusah, wie er in den Bauch der U-Bahn hinunterstieg – war sie den Tränen nahe. Er sah so klein aus, so ganz und gar ohne jeglichen Zauber.

Ich will deine Freundin kennenlernen, sagte er. Du hättest deinen Freund behalten sollen. Du brauchst jemanden, der sich um dich kümmert.

Nein, dachte Rachel. Das Gegenteil ist der Fall. Ich bin dein Kind, ein Kind der Thatcher-Ära, dazu erzogen, Erfolg zu haben, Eigentum zu besitzen, mit einer Karriere verheiratet zu sein und nicht nach rechts oder links zu schauen. Genau so, wie mein Vater, der ungelernte Fabrikarbeiter, traumatisiert durch zwei Entlassungen, es für mich haben wollte. Der Stolz des Wohlstands, die Solidität eines guten Berufs, die Sicherheit einer Qualifikation. Herrin, nicht Dienerin. Und jetzt macht er sich Sorgen für den Fall, dass er alles falsch gemacht hat. Er ist nicht der Einzige.

Sie ging schnell, und sie spürte, dass ihr Schritt leicht war und ihr Gesicht der Sonne zugewandt. Nach diesem Wochenende auf der Midwinter-Farm schaute sie immer in die Sonne und träumte davon. Der Hof und seine Verheißungen waren nur das letzte in einer langen Reihe von Geschenken, die Ivy ihr gemacht hatte.

London war innen verschwitzt und nach außen hin trocken. Der Bus rumpelte schwerfällig durch die Oxford Street, und sie schaute aus dem verstaubten Fenster und dachte nicht zum ersten Mal, dass das London, das sie bewohnte, ganz anders war als das, welches Ivy kannte. Rachels London bestand aus Hochhäusern und Glasfassaden, Computermonitoren, Übernahmeangeboten, Teppichböden, zivilisierten Mahlzeiten im Restaurant und Fertiggerichten aus der Mikrowelle zu Hause. Sie war konzentriert und zielstrebig, und die Stadt war ein Arbeitsplatz, den sie vom Taxi aus bewunderte. Für Ivy bestand die Stadt aus Schmuddelbars mit billigem Fusel, einer Serie von mehr oder minder dreckigen Jobs zum Überleben und einem Kunststudium, das schon Jahre dauerte. Einkünfte, die nie genügten, der Wohnsitz eine Reihe von Absteigen bis hin zu der winzigen Kellerkammer, die sie jetzt aufgegeben hatte, ihr Angestelltenstatus der einer bekehrten Heroinsüchtigen, ihre Instinkte die einer straßenerfahrenen, wohnungslosen Bettlerin, die sie auch gewesen war. Ivy kannte Obdachlosenasyle und die Temperaturen des kalten Pflasters. Erledigt mit dreißig – das war Ivy gewesen. Es hatte eine Zeit gegeben, da wäre Rachel um sie herumgegangen und hätte sie liegen lassen, wenn sie sie überhaupt bemerkt hätte.

Rachel betrat das Institut und nickte dem Mann am Eingang zu. Sie liebte den Kontrast zwischen diesem Ort und der Ordentlichkeit, die den Rest ihres Daseins erfüllte. Hier gab es keine Uniformen, wie die Anzüge etwa, es gab keine Etikette, keine Regeln, keine Anmaßung. Hier war man, was immer man sein wollte. Niemand bemerkte es, niemanden interessierte es. Niemand erinnerte sich an ihren Namen oder wollte wissen, warum sie da war; man akzeptierte einfach, dass sie da war. Sie ging den Korridor hinunter und durch die Schwingtür mit den Schrammen von tausend Fußtritten hinaus in den Durchgang, nach links an den Spinden vorbei und in das Atelier, wo der Aktzeichenkurs stattfand. Seltsam, wie rasch dieser anarchische Ort, der so wenig Ähnlichkeit mit einem sterilen Büro hatte, ein Teil ihres Lebens geworden war. Es war herrlich schmuddelig hier, ganz so wie in ihrer ersten, geliebten Grundschule, und Rachel hatte die Schule immer geliebt. Vielleicht deshalb atmete sie die muffige Luft mit Genuss, blinzelnd im grellen künstlichen Licht. Es war heißer als auf einer Krankenstation, heißer als draußen. Unbekleidete Modelle brauchten die Wärme. Hier hatte sie Ivy kennengelernt.

»Hi. Warm hier drin, nicht? Wen, glaubst du, kriegen wir heute?«

Noch jemand war zu früh gekommen und stellte die Stühle auf – Lehrers Liebling. Der einzige verklemmte Schüler, der Dödel, Norman. Der Einzige mit einem kaum intellektuell zu nennenden Interesse an der unbekleideten weiblichen Gestalt. Die gibt's immer mal, sagte Ivy vergnügt. Auf ein Dutzend Männer kommt ein Irrer.

Rachel war ursprünglich in die Aktklasse gegangen, weil sie verfügbar war, weil sie etwas radikal anderes hatte tun müssen und weil sie lernen wollte zu *sehen*. Sie hatte gewusst, dass sie naiv war. Sie hatte lernen wollen zu beobachten. Es war mehr als der Versuch, eine Lücke auszufüllen; es hatte einen Zweck. Damals war sie fleißig gewesen, organisiert und völlig hohl. Ihre Mutter war seit drei Jahren tot, und der Mann, den sie zehn Jahre geliebt hatte, war weg. Sie trug den Stempel der Fremden in einem neuen Job, wo man sie mit Misstrauen betrachtete, aber Nervenzusammenbrüche waren nicht erlaubt. Man füllte die leere Zeit aus und weinte, wenn man allein war; so gehörte es sich. Man lenkte sein furchtbares, unbequemes Gewissen ab, indem man etwas tat, das volle Konzentration erforderte, erst recht, wenn sich dadurch an einem kalten Winterabend ein warmer Raum voller Menschen bot, die Chance, etwas zu lernen, was bei der durchorganisierten Ausbildung übergangen worden war. Außerdem war das Zeichnen unter dem Aspekt der Karriere völlig sinnlos, und auch das war beabsichtigt. Jeder andere Kurs hatte irgendwo hingeführt; dieser hier tat es nicht, und niemand würde ihren Erfolg oder ihr Scheitern bewerten. Es war ein privater Prozess. Den Zeitaufwand konnte sie rechtfertigen, indem sie behauptete, es gebe schreckliche Lücken in ihrem kulturellen Wissen; Beobachtung sei nie ihre Stärke gewesen. Und dann, nach der dritten Sitzung, war sie süchtig gewesen. Etwas an der Wissenschaft des Zeichnens begann ihr einzuleuchten. Man musste mit den Augen lernen. Die Hand vom Handgelenk bis zur Fingerspitze ist normalerweise genauso lang wie das Gesicht vom Kinn bis zum Haaransatz. Das Gesicht macht nur einen kleinen Teil des Kopfes aus; lassen Sie Platz für den Rest. Bringen Sie das Wesentliche auf das Papier, sonst geht Ihnen der Platz aus. HINSCHAUEN. Messen, wenn Sie wollen. Füße sind gewaltig und wunderschön, und Hände sind obskur; alles besteht aus Kurven und Winkeln, nichts ist gerade. Ihre eigenen Hände bewegten sich bald gegen ihren Willen. Die Modelle faszinierten sie und ließen sie erkennen, wie viel Persönlichkeit ein Mensch zum Ausdruck bringen konnte, ohne ein Wort zu sagen. Wie viel wir preisgeben, ausdrücken oder verbergen, indem wir einfach stillhalten, ohne uns mit Kleidern oder Worten zu verhüllen.

Der Raum war von einer Staubschicht bedeckt. Ein mit Farbe bekleckertes Podest in der Mitte, ein Durcheinander von Plastikstühlen, Staffeleien an den Wänden. Das Brummen der Busse drang durch die Milchglasscheiben. Überall die Farbspritzer und Holzkohlespuren zahlloser Experimente. Ein Waschbecken, ein Papierkorb, eine Reihe Kleiderhaken, der gesammelte Müll alter Arbeiten. Das Aktmodell hatte eine Kabine in der Ecke, wo es sich an- und ausziehen konnte. Aus dieser war Ivy hervorgetreten, in ihrer ganzen Pracht. Das war in Woche sechs gewesen. Tolldreist, flüssig wie Wasser. Gebend, grinsend. Ein faltiges Gesicht, Haare wie Stroh, ein langgliedriger, schlanker Körper mit schweren Brüsten. Sie verströmte eine große, schwindelerregende Wolke von Leben, und die Sohlen ihrer riesigen Füße waren schon grau vom Staub, als sie den Raum durchquerte.

Vier kurze Posen, eine lange Pose, und nach einer Stunde dann Pause. Die meisten Modelle ruhten sich aus; sie saßen im Bademantel da und kauten. Aber nicht Ivy. Ivy spazierte in einem abgerissenen T-Shirt umher. Rachel machte sich immer Sorgen um die Modelle. Hatten sie es auch warm genug? Behandelte man sie respektvoll? Wer würde diesen Job für einen kläglichen Stundenlohn übernehmen? Ist dreimal besser als kellnern, sagte Ivy später zu ihr, und es hilft mir, die Studiengebühren aufzubringen.

Ist zwar nicht so gut wie das Putzen in der Nachtschicht, aber es ist okay, es ist in Ordnung.

Ivy nutzte die Pause, um Tee zu trinken und zu plaudern. Wie sehe ich denn aus?, fragte sie. Sag's mir, ich weiß es nicht. Sie lachte mit ihnen, zog sie auf und brachte die sonst schweigsame, ernste Gruppe zum Schwatzen. Rachel hatte sie aus dem Augenwinkel gesehen, wie sie herankam und neben ihr anhielt wie ein Bus, den jemand herangewinkt hatte. Sie hatte dagestanden und auf die Zeichnung gestarrt.

»Guter Gott«, sagte sie. »Als ob ich in den Spiegel schaue. Du hast mich eingefangen. Du hast mich wirklich eingefangen.« Hatte ich auch, dachte Rachel. Ich hatte einen guten Tag, und Ivy hat mich inspiriert. Ich habe meine Leidenschaft für Details vergessen, kühne Striche gemacht, schnelle Entscheidungen getroffen. *Sie* hatte mich befreit. Ivy hatte in klassischer Pose dagestanden, halb Rachel zugewandt, über die Schulter geschaut und einen Arm um die Taille gelegt. Rachel hatte ein langgliedriges, geschmeidiges Tier gezeichnet, das kurz verharrte, bevor es kämpfte oder flüchtete. Sie hatte sogar einen Schwanz skizzenhaft angedeutet.

Ivy lachte, ein prachtvolles Geräusch in einem Raum, der an Gemurmel und das vergessene Summen des Straßenverkehrs gewöhnt war. Dann nahm sie Rachel den Bleistift ab und skizzierte ein Paar Ohren.

»Könnte eine Katze sein«, sagte sie. »Oder ein Stinktier. Jedenfalls bin ich das.« Sie beugte sich zu Rachel hinüber und flüsterte ihr ins Ohr.

»Besser als der Idiot da drüben. Schade, dass ich ihm frontal gegenüberstehen musste. Er geht auch in andere Kurse, und er kommt nie über meine Titten hinaus.«

Heute warf Rachel einen Blick quer durch den Raum, wo der Staub sich schläfrig herabsenkte; sie spitzte ihre Bleistifte an und dachte an den Augenblick, als Ivys Lob und das Gefühl, etwas geleistet zu haben, so schmeichelhaft gewesen waren.

»Ich glaube, du bist die Einzige hier, die wirklich dabeibleiben sollte«, hatte Ivy gesagt. »Du hast mich wirklich eingefangen. Das hat niemand sonst hingekriegt. Das bedeutet, du hast ein Stück von mir, für immer.«

Am Ende der Sitzung wartete Ivy, wartete Rachel. Sie gingen zusammen ein Glas trinken, und daraus wurden viele Gläser. Sie lachten, bis ihnen schwindlig wurde. Verabredeten ein nächstes Treffen, und der Rest war Geschichte. Rachel nahm den Skizzenblock, stellte ihn auf die Plastikstaffelei und schlug ihn auf. Sorgfältig blätterte sie die Seite zurück. Beim Umgang mit Papier war sie unwillkürlich sorgfältig, auch wenn sie in den letzten Monaten in allem andern ziemlich gleichgültig geworden war. Sie verstieß gegen lebenslange Gewohnheiten.

Während sie darauf wartete, dass das Modell seinen Platz einnahm, fragte sie sich plötzlich, was ihr Vater wohl getan hätte mit einer Tochter wie Ivy. Wie es für Ivys Eltern gewesen sein musste, abseits zu stehen und zuzusehen, wie sie ihr ganzes Leben in den Abgrund fuhr und sich dann mühsam wieder hinaufhangelte. Sie waren stolz auf sie. Sie hatten gelernt, nicht übermäßig beschützerisch zu sein. Sie waren zu Recht stolz. Ivy hatte in ihrem Leben eine Tapferkeit bewiesen, wie Rachel es niemals getan hatte. Sie hatte Dämonen vertrieben, denen Rachel nie hatte ins Auge sehen müssen.

Und sie war aus allem hervorgekommen wie die Sonne an einem Regentag. Großzügig und stark, und immer noch kämpfend.

»Ich war es, die das alles versaut hatte«, hatte Ivy gesagt. »Und deshalb musste ich die Sauerei auch wieder in Ordnung bringen. Hätte ich mir Hilfe gesucht, wäre es nicht das Gleiche gewesen. Und ich hatte ja Hilfe. Ich wusste immer, ich konnte nach Hause kommen. Und jetzt kann ich es. Ich bin neununddreißig. Ich bringe dieses verdammte Studium zu Ende, und dann wird vielleicht sogar mein Sohn mich kennen wollen.«

Fünf Jahre für ein Grundstudium, das zwei hätte dauern sollen. Ivy war eine feste Einrichtung in der Kunstakademie; sie war ein Hausgespenst.

Ivy war Putzfrau. Sie putzte Büros und Läden und Theater und Clubs.

Sie sah nicht aus wie neununddreißig. Sie sah aus wie achtzehn. Nur ihr Gesicht war älter und weiser, wachsam und mutwillig.

Diese Woche würde die Aktklasse ohne Ivy stattfinden, obwohl sie in mehreren Kursen regelmäßig Modell saß. Die Modelle waren beiderlei Geschlechts und unterschiedlich im Alter; um zu lernen, musste man verschiedene Körper sehen, verschiedene Proportionen, aber trotzdem herrschte allgemeine Enttäuschung, wenn es nicht Ivys Körper war, denn Ivys Schwung belebte sie alle. Der Mann, den Ivy und Rachel den Dödel nannten und der seine Aufmerksamkeit immer auf das Zeichnen von Brüsten und Genitalien beschränkte, wenn der Lehrer nicht auf ihn achtete, rückte mit seinem Stuhl näher an Rachel heran, sodass sie fast seinen Atem riechen konnte. Es gab immer jemanden, der zu nah kommen wollte.

»Ich wünschte, wir könnten immer nur Ivy hierhaben«, raunte er ihr zu. »Man kann sich an sie gewöhnen. Ich gehe auch in den Samstagskurs. Einmal ist sie mir halb bis nach Hause gefolgt, wissen Sie. Glauben Sie, ich habe da eine Chance?«

Rachel ignorierte ihn und seinen Pfefferminzatem und konzentrierte sich auf ihre Aufgabe. Heute interessierte sie sich nur für Finger und Daumen. Ob Ivy nachher zu Hause sein würde?

»Wir fangen wie immer mit den kurzen Posen an. Nur drei Minuten. Denken Sie daran: Bringen Sie das Wesentliche zu Papier.«

Das heutige Modell hatte kaffeebraune Haut, einen schwarzen Hodensack und einen yogagestählten Körper, und es strahlte Mutwillen aus. Der Mann benutzte das Modellsitzen als eine Art Übung, eine Einstellung, die er von Ivy hätte gelernt haben können. Man braucht dazu ein gewisses Maß an Selbstvertrauen, behauptete Ivy. Man muss etwas *geben*. Und man kann Späße machen, wenn einem langweilig wird.

Langsam und bedächtig ging das Modell in den Kopfstand und umschloss seinen Schädel mit beiden Händen. Alles deutete abwärts und blieb in dieser Position.

Die Klasse fing an zu kichern und heulte dann vor Lachen.

Das muss ich Ivy erzählen, dachte Rachel, Ivy wäre begeistert. Ivy würde bald nach Hause kommen.

Sie waren ein ganzes Geschwader, das um acht Uhr über das Gebäude hereinbrach. Sie versammelten sich im Eingangsflur; manche kamen zu Fuß, andere warteten schon, und wieder andere quollen aus dem Lieferwagen, begleitet vom Vorarbeiter, der sie abzählte und einteilte und den Neulingen zeigte, wo alles war. Alle Türen standen ihnen offen, alle Geheimnisse lagen bloß, wenn sie wussten, wohin sie schauen mussten. Das Ziel war es, drin und so schnell wie möglich wieder draußen und zur nächsten Arbeitsstelle unterwegs zu sein. Es gab eine Schicht von sechs bis acht, eine von acht bis zehn und die Frühschichten. Die meisten arbeiteten entweder in dieser oder in jener, manche in allen, nachdem sie sich in der Woche zuvor zu einem rotierenden Arbeitsplan verpflichtet hatten. Wer nicht erschien, bekam kein Geld. Der Nachschub war unerschöpflich. Es gab ein Minimum an Gelegenheiten zum Diebstahl und wenig mehr zur Kameradschaft. Drei Leute pro Etage und ein strenger Zeitplan. Sie rückten vor wie müde Fußsoldaten. Eher noch wie eine Herde Kühe, gehorsam und mit schwerem Schritt.

Die nächtliche Putzkolonne war da.

Sie schwärmten im Gebäude aus wie emsige Ameisen und holten und schleppten ihr Material, nachdem der Aufseher die Schränke aufgeschlossen hatte. Maschinen wurden in Gang gesetzt, Gummihandschuhe übergestreift. Ein großer, grauhaariger Schwarzer frotzelte mit einer noch größeren, breiteren Nigerianerin unter den unergründlichen Augen eines Albaners. Sie waren kein Team, aber sie konnten sich benehmen, als wären sie eines. Scherze machten die Dreckarbeit leichter. Kleine Racheakte gegen Rücksichtslose waren erlaubt. Neugier gegenüber der Umgebung war keine Tugend, und es war auch keine Zeit dafür.

Die meisten kannten das Gebäude und schalteten auf Autopilot. Es gefiel ihnen, weil es relativ wenig Mühe machte. Nichts Altes, nichts Hölzernes, keine Bereiche, die den skrupellosen Einsatz von schnell wirkenden Chemikalien nicht erlaubten. Alles mit einem Wisch erledigt. Es gab keine Hierarchie, keine Hackordnung. Jeder musste Toiletten putzen.

Die Frau mit dem Kopftuch summte beim Arbeiten immer vor sich hin, unhörbar im Geheul der Staubsauger und Bohnermaschinen. Bohnerwachs auf dem blanken Boden vor den Aufzügen konnte ein Mittel zu Sabotage sein, wenn jemand dazu neigte. Polierte man es nur halb weg, konnte jemand ausrutschen und sich den Knöchel brechen, wenn er am nächsten Morgen aus dem Fahrstuhl käme. Manche von denen, die hier im Haus arbeiteten, waren nicht besser als Schweine. Einer beschmutzte den Boden rund um seinen Schreibtisch mit den Abfällen dessen, was er im Laufe des Tages aß. Hühnerknochen, Suppenkleckse, klebrige Krümel – und unter dem Schreibtisch standen seine stark riechenden Reserveschuhe. Ein anderer ließ schmutziges Sportzeug auf der Stuhllehne hängen. Die Männer, die die Toilette auf dieser Etage benutzten, zielten äußerst schlecht. Einer hatte letzte Woche an seinem Schreibtisch gewichst und das Kleenex in den Papierkorb geworfen. Erstaunlich, was in einem Großraumbüro alles möglich war.

Die Schreibtische standen wie Inseln auf der weiten Fläche, jeder mit einem kleinen, leicht verrückbaren Schubladenschränkchen für Arbeitsgerät und persönliche Gegenstände. Die Bürovorschriften erlaubten, dass sie diese kleinen Schubladen abschlossen, und die meisten taten es auch, aber trotzdem konnten sie Spuren ihrer Persönlichkeit wie eine Wolke über ihrem kleinen Revier zurücklassen. Den Ausdruck einer Persönlichkeit in Abwesenheit.

Hier war ein Schreibtisch, der besondere Sorgfalt verdiente. Ein hübsch ordentlicher Schreibtisch mit Kinderfotos an der Wand, die ihn vom Nachbartisch trennte, einer sorgsam gegossenen blühenden Pflanze und einer Schachtel Süßigkeiten. Kein Müll im Papierkorb daneben – ein rücksichtsvoller Schreibtisch. Die Putzfrau wischte über die Flächen und betrachtete die Kinder. Die oberste Schublade dieser Frau war voll mit Haushaltsrechnungen und Scheidungsunterlagen. Arme Kuh.

Die Putzfrau war heute auf der falschen Etage. Das Betreten des nächsten Stockwerks war verboten.

Was taten sie wohl, all diese Gestraften, die an diesem stillen Ort arbeiten mussten? An einem Ende stand ein Regal mit Büchern. Werbung, Versicherungen, An- und Verkauf, Buchhaltung, irgendetwas, und wen interessierte es überhaupt? Wer schnell arbeitete, hatte reichlich Zeit, sich umzusehen, aber um fünf nach halb neun wurde es Zeit, sich zu beeilen. Der Vorarbeiter war auf dem Weg nach oben; der Lift summte, und jemand wartete, um zu erklären, dass bestimmte Stellen nicht erreichbar seien und anderes Arbeitsgerät benötigt werde. Oder um Dinge zu melden, die spezielle Aufmerksamkeit erforderten, wie zum Beispiel eine Überflutung der Toilette. Nicht ihr Problem.

Das einzige Problem auf dieser Etage war ein Mann, der

am letzten Schreibtisch hinten links in der Ecke saß und schlief. Ausgezählt. Ein großes, fettes, hässliches Vieh mit einem Bauch, über den sich das Hemd spannte, als er breitbeinig auf dem Drehstuhl hing. Der Hosenstall barmherzig geschlossen, der Kopf reglos herabhängend, ein Arm auf dem Schreibtisch, die Finger neben einem großen Glas Wasser. Um fünf losgezogen, um ein Glas oder auch sieben zu trinken, dann ins Gebäude zurückgeschlichen. Eingeschlafen. Die Schreibtischplatte war klebrig; er hatte sich das Wasser geholt, solange er noch stehen konnte, hatte dann in den Papierkorb gekotzt und würde mit rasendem Durst aufwachen. Alles ganz vorhersehbar.

Die Putzfrau hielt die Plastikflasche mit dem klaren Bleichmittel in der einen Hand. Es war das No-Name-Produkt, das sie für die Toiletten benutzten, stärker als das milde antibakterielle Spray, mit dem sie andere Flächen reinigten. Was sie für die fleckigen Porzellanschüsseln nahmen, konnte man im Supermarkt nicht kaufen. Nur reines Gift wirkte schneller.

Das Wasserglas ausschütten, mit dem Bleichmittel füllen, einmal kreisen lassen und wieder hinstellen. Ganz einfach. Er war ein Verlierer. Eine Art Rache, und leichter ging es nicht. Noch drei Minuten.

Dann sah sie, dass seine Wangen, von Falten der Erschöpfung durchfurcht, noch nass von Tränen waren. Salz verkrustete seine Lider.

Sie wich zurück.

Nicht einmal zum Üben. Ganz gleich, wie jämmerlich er war. Es war zu sehr, als töte man ein dummes Tier.

Tu es trotzdem.

Um halb neun ertönte die Sirene in dem Institut, in dem das Aktzeichnen stattfand, und das Modell stieg erleichtert von seinem Podest herunter.

Ein Tadel für den scherzhaften Kopfstand hatte ihm einen Dämpfer verpasst.

Anders als Norman, der neben Rachel saß. Ein traurig aussehender Mann, wenn sie sich die Mühe machte hinzuschauen – einer, der immer Aufmerksamkeit suchte. Der ungeduldig zappelte, wenn das Modell ein Mann war.

»Lust auf einen Drink?«, fragte er sie.

In diesem Kurs waren zehn Frauen und fünfzehn Männer. Rachel vermutete, dass der Dödel wahrscheinlich dieselbe Frage schon allen Frauen und wahrscheinlich auch einigen Modellen gestellt hatte. Er litt an ansteckender Einsamkeit. Sie war sicher, dass ihre Antwort die gleiche war wie bei allen andern.

»Keine Zeit, danke. Muss mich beeilen.«

Dann tat er ihr leid. Sie wusste, was Ablehnung war. Ihr Mitleid war zu Ärger verblasst, als sie oben an der Straße angekommen war und am Fußgängerüberweg wartete. Es war immer noch sommerlich hell; das abendliche Gedränge ließ nach, die Leute verschwanden zu ihren Vergnügungen. Sie wollte nach Hause, und da war er hinter ihr, folgte ihr, winkte.

Jetzt war er nicht mehr mitleiderweckend, jetzt war er lästig. Eine einsame Gestalt auf dem Spielplatz von Central London. Rachel fing an zu laufen.

Ihre Wohnung erschien ihr ultrastill und außerdem fad, als sie hereinkam. Im Bus hatte sie sich nach dem Gefühl gesehnt, nach Hause zu kommen und dort jemanden vorzufinden. Kaum hatte sie die Tür geschlossen, ging sie zum Telefon und rief Ivy an. Ivy trug ihr Handy in einem Beutel an einem Lederriemen um den Hals, immer. Wenn sie sich auszog, um Modell zu sitzen, war es das Letzte, was sie ablegte.

»Hi! Kommst du nach Hause?«

»Gleich. Muss noch aufwischen. Wie war der Kurs?«

»Er hat einen Kopfstand gemacht!«

»Gut.« Ivy lachte Grace' Lachen. »Ein guter Junge. Gut, gut, gut. Das müssen wir auch lernen.«

4

Es war komplette Zeitverschwendung, aber okay. Sowieso wusste niemand so recht, was man mit ihm anfangen sollte. In seinen Augen hatte die Polizei sich schon immer durch exzellentes Missmanagement ihrer menschlichen Ressourcen hervorgetan, wenn es um den richtigen Einsatz von Alter und Erfahrung ging. Er hatte sich daran gewöhnt und resigniert. Es war Jahre her, dass er Lust gehabt hatte, irgendwo an der Spitze zu sein, und wäre es nur die einer Stecknadel. Der Mumm war dahin. Das war bekannt, vor allem ihm selbst. Detective Sergeant Donald Cousins, begeisterter Historiker, eignete sich perfekt für Papierkram anstelle von Krawallen. Ein Bürohengst, dem ein ruhiges Leben lieber war als jede Action. Sein Vorteil war, dass ihn die Bürokratie, die den meisten seiner Altersgenossen sehr viel mehr Angst einjagte als jede Schlägerei, nicht aus der Fassung bringen konnte, und er war der ideale diplomatische Kandidat für alles Sinnlose, das nirgends hinführte. Kindermädchen für einen Richter spielen – und nicht einmal für einen oberen Richter in roter Robe, der Verhandlungen gegen Terroristen oder Mörder führte, sondern für einen ganz normalen Strafrichter, dessen täglich Brot aus Einbruchsdiebstählen und Körperverletzungen bestand.

Wenn dieser Richter Schneider sich einbildete, dass er die Voraussetzungen für polizeilichen Schutz erfüllte, würde er sich wundern.

Was Donald Cousins – wenn auch nur leicht – verärgerte, war die Tatsache, dass die nebulöse Anzeige des Richters überhaupt keine Beachtung gefunden hätte, wäre sie von jemand anderem erstattet worden. Es war einfach nicht fair, aber zumindest tat der Richter sich selbst den Gefallen, deswegen verlegen zu sein. Das Erste, was kam, war eine Entschuldigung.

»Es tut mir leid«, sagte er. »Auf der Grundlage solcher Indizien hätte ich gar nichts gesagt, aber mein Sohn wohnt bei mir. Kein idealer Zustand, aber ich mache mir Sorgen um ihn. Haben Sie Kinder, Mr Cousins?«

»Nennen Sie mich bitte Donald, Sir. Ja, zwei Töchter. So erwachsen, wie sie nur jemals werden. Es dauert wirklich lange, sagt meine Frau.«

Beide nickten und waren sich einig. Elternschaft war ein großer Gleichmacher.

»Noch nicht lange genug in meinem Fall«, sagte der Richter.

Männer fanden zumeist einen Draht zueinander – oder entspannten sich ein wenig –, wenn sie ihre Kinder erwähnten, dachte Donald, aber Richter Carl Schneider hatte auf die Einladung, ihn mit Vornamen anzureden, nicht reagiert. Das gefiel Cousins: Wie man ihn anredete, interessierte ihn nicht, und er bevorzugte das anonyme »Sir« als Anrede für jede öffentliche Person, zumal wenn sie eine Perücke trug. Ein »Sir« war leicht von allen freundschaftlichen oder respektvollen Konnotationen zu befreien.

»Sam ist neunzehn«, sagte Richter Carl. »Kein besonders reifer Neunzehnjähriger, wie ich sagen muss. Mit zehn auf eine Privatschule, und jetzt studiert er und wohnt bei mir, und er weiß nicht viel über die wirkliche Welt. Er ist gescheit und faul – und verwundbar. Seine Mutter hat ihn verlassen, als er klein war, und ich habe ihn übermäßig beschützt. Können wir jemals wissen, ob wir unsere Kinder richtig behandeln? Ich weiß es nicht.«

Der Richter war nervös und redete zu viel. Er suchte nach einer Gemeinsamkeit. Das schuf ein funktionierendes Gleichgewicht im Machtverhältnis, wie es Donald gefiel. Der Mann brauchte ihn und seine Billigung sehr viel mehr, als es umgekehrt der Fall war.

»Wir handeln jederzeit nach bestem Wissen und Gewissen«, sagte er. »Mehr können wir nicht tun. Das Schreckliche ist, dass man ihnen alles geben will und es nicht hinbekommt.«

Carl neigte zustimmend den Kopf. Im Sonnenlicht, das durch das Fenster hereinfiel, sah Donald, dass sein blondes Haar von Grau durchzogen war, ein grausam selektiver Prozess des Alterns, der den Eindruck erweckte, als habe er für Strähnen bezahlt. Selbst dunkelhaarig und blasshäutig, fand er es ein wenig abstoßend. Eine Frau würde für solche Haare einen Mord begehen.

Die Sache, um die es ging, hatte keine Eile, und dies war kein schlechter Ort, um seine Zeit zu verschwenden. Sie saßen im Büro des Richters, und Detective Sergeant Cousins war überrascht von seiner klaren, modernen Strenge. Minimalistisch. Wo er altmodisch Traditionelles erwartet hätte, jede Menge altes Holz und ledergebundene Bücher, gab es Laminatböden und Möbel aus hellem Holz und schwarzem Metall. Die Fachliteratur befand sich hinter dem Flachbildschirm des Computers, nicht in ehrwürdigen Folianten. Cousins war enttäuscht über die Abwesenheit holzgetäfelter Tradition, die er mit dem Zimmer eines Richters verbunden hatte. Kein Hauch von Geschichte, nicht einmal von Behaglichkeit, und nur ein einziges gerahmtes Foto an der Wand, das aussah, als hinge es schon lange da, eher vergessen als beabsichtigt. Die Wohnung des Mannes, wo er ihn abgeholt hatte, war noch schlimmer. Nicht Cousins' Geschmack – aber andererseits wusste er mit seiner Leidenschaft für Geschichte, dass seine eigenen Vorlieben eher altmodisch waren. Das sagten auch seine Töchter, und seine Frau zog ihn immer damit auf. Dem Richter war nicht entgangen, dass er die Umgebung kaum verhohlen musterte. Das Zimmer war klein.

»Ich kann von Glück sagen, dass ich das hier habe, seit ich Richter bin. Platz ist kostbar. Heutzutage müssen die Amtszimmer mit Hightech vollgestopft sein. Sie sehen aus wie jedes andere Büro in der City. Wir könnten auch Seife verhökern. Stattdessen sind wir nur Leute, die sich selbst und ihre juristischen Fähigkeiten verhökern. Dieses Zimmer ist meine Zuflucht vor dem Gericht und vor meinem Zuhause.«

»Und der Ärger hat hier angefangen?«

Er bemühte sich, Mitgefühl in seinen Ton einfließen zu lassen. Bisher empfand er wenig davon.

»Nein. Es waren die zerstochenen Reifen zu Hause, in der Tiefgarage, die vielleicht gar nichts weiter zu bedeuten haben. Post, die verschwindet, Müllsäcke, die zerfetzt und durchwühlt wurden. Aber wenn ich es mir recht überlege – vielleicht habe ich es falsch verstanden. Es gab ein … Eindringen hier, das sich aber anscheinend auf mein Zimmer beschränkte. Einer meiner Kollegen, der etwas suchte. Kein direkter Diebstahl, nur ein Eindringen; wir schließen unsere Türen nicht ab. Jemand, der kurz einen Platz brauchte. Einen Computer. Dann kamen die E-Mails. Ein bisschen zu kenntnisreich, um sie zu ignorieren.«

Einen so trockenen Humor hatte dieser Richter. Er war trockener als ein alter Knochen mit seinem gelb gesträhnten Haar. Das und sein regungsloses Gesicht ließ Cousins nicht nur an einen Friseur denken, sondern an jemanden, der sich an Botox vergriffen hatte, um sich aufzupolieren und zu kaschieren, dass er Mitte vierzig war. Als wäre er so empfindlich nach allerlei Behandlungen, dass er sich nicht erlauben konnte zu lächeln. Die Züge einer Sphinx – aber ein Richter, der kicherte, war natürlich auch ein Ding der Unmöglichkeit. Vielleicht war es völlig normal: Cousins' jüngste Tochter, die Kosmetikerin war, würde darüber mehr wissen, als er ahnen konnte. Er selbst wusste nur, dass der Ort, an dem er sich jetzt befand, in früheren Jahrhunderten ein Bordell gewesen war, in dem die Prostituierten sich ihre blonden Locken erhielten, indem sie sie in ihrer eigenen Pisse bleichten.

»Ich habe die E-Mails doch an Sie weitergeleitet, oder?«

»Ja«, sagte Cousins. »Ein zweifelhafter Segen, die E-Mail. Ich weiß gerade so viel, dass ich keine öffne, wenn ich nicht weiß, von wem sie kommt, und dass ich schon gar keine Anhänge anrühre. Das Risiko ist zu groß: Porno, Viren und so weiter. Ich wundere mich über Sie. Ich hätte gedacht …«

»Aber ich *wusste*, von wem die erste kam. Die erste war von *mir* an *mich*. Als ob der Absender, wer immer es war, beweisen wollte, dass er es konnte. Ich habe diesen Computer und zu Hause einen Laptop, wissen Sie. Manchmal arbeite ich nach den Verhandlungen hier, und manchmal arbeite ich dort. Unerledigte Angelegenheiten maile ich an mich selbst. Also habe ich sie geöffnet.«

Cousins war entsetzt. »Aber selbst angenommen, der Absender der ersten E-Mail war hier in Ihrem Büro – wie um alles in der Welt konnte er sich in Ihren Computer einloggen? Haben Sie kein Passwort? Schaltet er sich nicht automatisch ab, wenn Sie abends weggehen? Und es gibt doch sicher eine Firewall?«

Der Richter machte ein betretenes Gesicht.

»Hmm, ja, es *soll* das alles geben, aber ich verstehe nicht sehr viel von solchen Dingen. Ich vergesse Passwörter und dergleichen; deshalb habe ich mir aufgeschrieben, wie es geht.« Er deutete auf einen abgegriffenen Post-it-Zettel, der auf dem Schreibtisch klebte. »Wie ich hinein- und wieder herauskomme, mein Passwort, meine E-Mail-Adresse für den Fall, dass ich mich nicht erinnere.«

Er schien ziemlich stolz auf seine Vorkehrungen zu sein.

»Ich verstehe, *Sir*«, sagte Cousins düster. »Sie hinterlassen hier für sich selbst und für jeden anderen eine klare Anweisung, die jedes Kind verstehen könnte, um an Ihre vertraulichen Informationen heranzukommen und das Sicherheitssystem zu umgehen. Erstaunlich. Ist das nicht ein bisschen so, als würden Sie Ihre Haustür offen stehen lassen?«

Er genoss das Gefühl der Überlegenheit. Carl sah noch betretener aus.

»Es ist einfacher so, wissen Sie«, sagte er. »Wir Juristen sind nicht unbedingt so clever.«

Ihr Juristen seid dämlich, dachte Cousins, aber das sagte er nicht. Er freute sich darauf, den andern in seinem eigenen Büro zu erzählen, was für Idioten diese Juristen waren. Sein Vorrat an Mitgefühl schrumpfte noch weiter, aber den andern darüber zu berichten würde Spaß machen.

»Was stand in der E-Mail, *Sir?*«

»Na ja, Sie wissen schon. *Siehe Anhang*. Das Gleiche, was ich mir selbst auch schreibe, wenn ich mir beispielsweise ein Gerichtsurteil zusende. Es war die Zeichnung eines Gehängten.« Er schluckte. »Als Nächstes kam ein Ertrinkender. Das heißt, ein Mann, der ertrinken würde. Er war gefesselt und wurde aus einem Boot geworfen.«

»Und dann?«

»Ein ertrinkender Junge. Und als Nächstes kam ein Mädchen mit einer Kette um den Hals. Sie lag auf einer Steinplatte unter Brettern, auf denen dicke Steine lagen.«

»Text?«

»Nichts Handfestes. *Ich will Gerechtigkeit. Du musst sterben*. Und dann: *Du* wirst *sterben*. Fast, als hätte ich mich geweigert, etwas Verlangtes zu tun. Oder der Absender war verwirrt. Es waren sehr plumpe Zeichnungen.«

Cousins hüstelte. »Meinen Sie, Sir? Wissen Sie, was das war?«

»Plumpe kleine Zeichnungen.«

Cousins wusste nicht, warum er plötzlich so enttäuscht war. Hatte der Mann – ein Richter, Herrgott noch mal – niemals die Geschichte seines eigenen Berufes studiert? Oder sich die Illustrationen seiner Vorfahren angesehen?

»Ich glaube, Sie werden feststellen, dass es sich um Illustrationen der Inquisition handelt. Vielleicht sogar um Gottesgerichte. Der Vorläufer des modernen Gerichtsverfahrens. So etwas finden Sie in Büchern oder im Internet. Damals gehörten sie zu den Prozessakten. Das hier« – er deutete auf die dritte Zeichnung – »ist ein Holzschnitt, der in ganz Europa verbreitet war.« Er hüstelte höflich. »Aus Deutschland, glaube ich. Eine beliebte Methode bei den Inquisitoren, um die Wahrheit herauszufinden, bestand darin, dass man jemanden mit Steinen belastete, bis er buchstäblich zerplatzte. Kleine Zeichnungen, ja. Plump – nein. Zeugnisse dessen, was die Inquisitoren im Geheimen taten. Proteste. Die Inquisition betrachtete das Geständnis als das letzte Wort in Wahrheitsdingen, ganz gleich, wie es erwirkt wurde. Manche behaupten, die modernen Verfahrensmethoden sind nicht besser.«

Ein Hauch von gegenseitiger Abneigung breitete sich jetzt zwischen ihnen aus. Es war nicht abzusehen, wie weit sie gehen würde, bis der Richter lächelte.

»Sagen Sie es mir«, antwortete er. »Mein Interesse an der Jurisprudenz begann erst mit dem Interesse meines Vaters an den Nürnberger Prozessen. Kamen die Gottesgerichte nicht vor den Methoden der Inquisition? Noch weniger verlässlich, aber immerhin vermieden sie die Umstände, die eine Jury bereitet, wie sie von den Engländern erfunden oder doch zumindest eingeführt wurde, glaube ich.«

Donald sah, dass das Bild an der Wand Schwäne darstellte. Eine alte, matte Fotografie. »Jemand schickt Ihnen alte Illustrationen, Sir. Vielleicht jemand, der es gut mit Ihnen meint.«

Wenn er es sich recht überlegte, sah Carl eher wie ein Bauer denn wie ein Akademiker aus. Ein Mann, der in einer Kette aus soliden Luftblasen lebte, der aus dem Gerichtssaal in sein Amtszimmer in der Kammer und von dort in seine Wohnung gelangte, ohne dass seine Füße je den Boden berührten.

Es würde sehr schwer sein, an ihn heranzukommen.

»Aber zusammen mit den Begleittexten läuft es vermutlich auf Morddrohungen hinaus, obwohl so etwas meist konkreter formuliert wird. Ich denke da voraus, Sir, ich denke an beweisbare Absichten. Hat irgendeiner Ihrer Kollegen so etwas bekommen?«

»Das nehme ich nicht an. Sie hätten es angezeigt, und bisher weiß ich davon nichts.«

»Und die Mails haben aufgehört, als Sie Ihre Adresse geändert haben?«

»Ich habe sie nicht geändert. Das ist viel zu lästig. Außerdem will ich wissen, was mir da geschickt wird. Seit einer Woche habe ich keine mehr bekommen.«

Herr, gib mir Geduld, seufzte Cousins. »Wer, glauben Sie, hat genügend Abneigung gegen Sie, um so etwas zu tun?«

»Das weiß ich nicht. Richter sind keine beliebten Leute.«

»Haben Sie vor jemandem Angst?«

Carl schwieg und rückte das gerahmte Foto an der Wand gerade. Dann antwortete er mit seiner Richterstimme, und Donald fühlte sich an einen Priester bei der Predigt erinnert.

»Mr Cousins, wir alle kennen Leute, denen wir lieber nicht begegnen. Leute, die uns nicht mögen, weil wir sind, was wir sind. Wegen einer tatsächlichen oder eingebildeten Kränkung. Das gilt noch mehr für einen Richter oder – wenn ich das sagen darf – für einen Polizisten. Bei Gericht könnten manche glauben, ich sei es, der sie verurteilt, aber ich bin es nicht. Es ist die Jury. Andere könnten einem Richter einen Vorwurf machen, weil jemand *nicht* verurteilt wurde und sie deshalb auf Wiedergutmachung oder Vergeltung verzichten müssen. Ich kenne mich ein wenig in der Geschichte aus, wenn auch nicht so gut wie Sie. Ich weiß zum Beispiel, dass das Wort *Miasma* früher einmal die Ausdünstung eines Mörders bezeichnete, die sich auch an den heftet, der es versäumt, den Mord zu rächen, und sein Leben für immer vergiftet. Sie existiert noch heute, diese Verpflichtung, in Kulturen, die älter sind als unsere, und ganz gewiss in der unseren. Deshalb bin ich ganz sicher, dass man mir Vorwürfe und Abneigung entgegenbringt, weil ich es scheinbar versäumt habe zu strafen, weil ich es im Falle eines Freispruchs unterlassen habe, als Werkzeug der Rache zu dienen. Der Angeklagte hingegen, der aus meinem Gerichtssaal ins Gefängnis geht, ist in den meisten Fällen darauf vorbereitet und dazu bereit. Da ich noch nie das drückende Privileg hatte, jemanden zum Tode zu verurteilen, vermute ich, dass der wahre Zorn bei der ersten Kategorie zu finden ist.«

Donald zwang sich, in den pragmatischen Polizeimodus zurückzuschalten. Vergiss das *Miasma*, dachte er, obwohl ihm das Wort gefiel. Ermittle nur im Offensichtlichen. Im Obskuren konnte er nicht ermitteln, ganz gleich, wie lang er sich die Dauer dieses Auftrags wünschte. Deshalb war es unmöglich, gegen Leute zu ermitteln, die wegen eines negativen Prozessergebnisses verärgert waren, solange sie sich nicht vorher zu erkennen gaben. Dagegen konnte und würde er seine Zeit damit verschwenden, dass er sich die Akten vornahm und nach Angeklagten aus der Vergangenheit des Richters suchte, die ihr Missfallen über die von ihm erfahrene Behandlung kundgetan hatten, und diese würde er überprüfen. Wenn er diejenigen isolierte, die immer noch grollten, immer noch aggressiv waren und die außerdem über historische Illustrationen sowie über die Mittel verfügten, sie per E-Mail zu versenden, würde er es mit einer überschaubaren Zahl zu tun haben. Vergiss die zerstochenen Autoreifen. Sieh dir den Sohn an, schreib einen nebelhaften Bericht, der zu Verschwörungstheorien einlädt, und vermeide die Schlussfolgerung, Kollegen des Richters könnten ihm einen Streich spielen.

Er würde sich wochenlang damit beschäftigen können. Das war gut.

»Was mich beunruhigt«, sagte der Richter, »ist die Reihenfolge. Jemand ist in dieses Zimmer hier eingedrungen und hat so herausgefunden, wo ich wohne. Dieses Zimmer ist wichtiger als meine Wohnung. Ich bewahre mein Privatleben hier auf, wenn auch sehr nachlässig, wie Sie festgestellt haben.«

Zumindest gab er es zu. Mit krimineller Nachlässigkeit, hätte Donald gern gesagt, aber das verkniff er sich.

»Irgendwelche privaten Feinde, Sir? Verwandte vielleicht?«

Carl schüttelte den Kopf. »Von denen sind keine mehr übrig, Donald. Waren von Anfang an nicht viele. Meine Eltern waren beide Kriegswaisen, und Onkel oder Tanten hatte ich nicht. Da gibt es nur meinen Sohn. Er studiert Wirtschaftswissenschaften und weiß deshalb, dass es kaum in seinem Interesse ist, mir etwas anzutun.«

Kalt, aber interessant. Sag ihm das Übliche. »Sie sollten Ihren Weg zur Arbeit variieren. Wie kommen Sie normalerweise ins Gericht?«

Der Richter war überrascht. »Ich gehe zu Fuß. Wie sonst bekomme ich etwas von der Welt zu sehen?«

Oh, Scheiße. Er fing an, den Kerl zu mögen. Es gab schlimmere Möglichkeiten, seine Zeit zu verschwenden.

Muss mir den Sohn ansehen.

Ivy hatte Gelegenheit, am Wochenende zu arbeiten. Gutes Geld. Ordentlich bezahltes Modellsitzen am Samstag, dann eine Theaterschicht. Hör mal, ich kann dieses Wochenende nicht nach Hause fahren. Muss mich einrichten, habe sechzehn Stunden bezahlte Jobs, da geht's nicht. Muss arbeiten, Geld verdienen, studieren. Fahr allein. Mutter wird entzückt sein, sagte Ivy.

Mutter rief an, Mutter war entzückt. Rachel konnte nicht widerstehen.

Und so war sie jetzt hier und fuhr die sonnenbetupfte Straße zu dem Haus hinauf, das sie jetzt schon mehr liebte als den Bauernhof. Im Schweinestall würden Pensionsgäste wohnen, hatte sie gehört, zurückgezogene Gäste von der Sorte, die auf dem Zimmer blieb und zum Essen in den Pub ging. Völlig easy. Wanderer, Vogelbeobachter. Ich werde Zeit haben. Ernest wird Zeit haben, dir die Schweine zu zeigen. Wie schön, dich bei uns zu haben, ganz allein. Wir gehen shoppen. Wir fahren ans Meer.

Es war lächerlich, dachte Rachel, mit allen dreien so glücklich zu sein. Mir egal, wenn das nicht ewig so bleibt.

Die Luft roch nach Moschus. Es war neun Uhr abends, immer noch hell um diese Jahreszeit, wenn das Licht endlos erschien und der Sommer ewig dauern wollte. Rachel fröstelte. Sie verließ ihren Weg und nahm eine Nebenstraße, um einen Aussichtspunkt zu suchen. Letztes Jahr um diese Zeit hätte sie niemals einen Umweg genommen. Sie wäre geradewegs zu ihrem Ziel gefahren und hätte dabei ihre eigene Navigation kritisiert. Jetzt folgte sie ihrem Instinkt und fand Pointed Hill, etwa eine Meile weit vom Hof entfernt, wo sich ein Blick über das flache Land bot. Oben, wo der Wind warm und böig war, orientierte sie sich und schaute hinaus.

Da war das Tal; da war die schmale Straße, die sich auf das Dorf zuschlängelte, das nur aus ein paar Häusern, einer Kirche und dem Pub bestand, und dort war die andere, überschattete Straße, die zum Hof führte. Und da der matte Schimmer des Sees hinter den Bäumen. Ein leuchtend rotes Auto tuckerte auf das Dorf zu, als suche es die Gesellschaft anderer Autos, die dort parkten.

Statt hinunterzuschauen, spähte sie über alles hinweg, und zu ihrer Überraschung entdeckte sie in der Ferne, hinter Senken und Mulden und Weizenfeldern, das Meer – eine lang gestreckte blaue Linie, wo das Land jäh zu Ende war. Überrascht war sie nur, weil das Land vom schützenden Tal aus betrachtet endlos und grenzenlos erschien. In mittlerer Entfernung sah sie einen verlassenen Flugplatz, mit keiner Straße verbunden, und näher am Rand des Tals standen ein paar niedrige, verwahrloste Gebäude, umgeben von Grün. Wie anders würde das alles vor sechzig Jahren ausgesehen haben, bevölkert von Soldaten und Fremden, von Fahrrädern und Pferden statt von Autos.

Grace erschien in Safrangelb, und ihr pflaumenblaues Haar hatte liebenswerte graue Wurzeln. Sie begrüßte sie dröhnend und klirrte mit ihren Armbändern, mit anderen, silbernen diesmal. »Sie sind alle weg! Ist das nicht wundervoll! Du musst halb verhungert sein.«

Das war sie.

Es war kühler in dem Zimmer, das sie schon als ihr eigenes betrachtete. Wind wehte zum Fenster herein, und das Zimmer nebenan und das gemeinsame Bad waren leer.

Kaltes Hühnchen. Bratkartoffeln mit Rosmarin und Salzkruste. Erdiger Spinat. Du glaubst doch nicht, dass ich das alles selbst ziehe, oder?, sagte Grace. Wozu um alles in der Welt wäre ein Supermarkt gut, wenn ich es täte?

Es wurde allmählich dunkel, und die Küche verströmte ihren Zauber.

»Ich hatte eine ausgezeichnete Woche«, erzählte Grace. »Ein Ehepaar ist hier. Nicht zum ersten Mal. Wanderer. Den ganzen Tag draußen, selbst wenn es regnet. Wollen nichts als Frühstück und Mitte der Woche ein Abendessen. Unterhalten wollen sie sich auch nicht. Den Abend verbringen sie im Pub, und dann kommen sie singend nach Hause. Vielleicht hörst du sie später. Möchtest du nicht diesen Käse probieren?«

»Nein danke. Sag, wenn die Pensionsgäste im Schweinestall wohnen, wo wohnen dann die Schweine?«

»Ach, das habe ich vergessen – da bist du beim letzten Mal ja nicht hingekommen. Schweine leben heutzutage in einer Art Scheune. Wie Kühe, aber anders als Kühe. Der Schweinestall – sorry, die Gästezimmer –, das waren Stallungen. Früher für Pferde, dann für Schweine. Geben nette kleine Einzelzimmer ab – oder zwei zusammen ein Doppelzimmer. Natürlich ziemlich dunkel. Ernest hat Fenster in die hintere Wand eingesetzt, lange bevor man für so etwas eine Planungserlaubnis brauchte, versteht sich.«

»Wo ist er?«

»Beim Melken. Der Knecht hat heute frei; deshalb musste er es heute zweimal übernehmen. So haben wir beide mehr Wein. Der, den du da mitgebracht hast, gefällt mir. Schmeckt teuer. Guten Wein bekomme ich hier nur, wenn jemand ihn mitbringt.«

»Ich werde es mir merken«, sagte Rachel.

Die inzwischen vertraute Trägheit beschlich sie, die Faulheit, die am vergangenen Wochenende dazu geführt hatte, dass sie wenig mehr tat, als einen halben Rundgang über den Bauernhof zu machen und lange im Garten herumzusitzen, während Grace sie bis zur Besinnungslosigkeit vollstopfte.

Ohne Ivy würde sie sich mehr wie eine Urlauberin benehmen, die alles erkundete und Fragen stellte.

»Ich kann dir nicht sagen, wie froh ich bin, dass Ivy zu dir gezogen ist«, sagte Grace hastig; sie hatte darauf gebrannt, es zu sagen, aber sie hatte es bisher aufgeschoben. »Froh und dankbar. Womit hat sie das verdient? Womit hat sie jemanden wie dich verdient, der ihr so lieb und einfühlsam vertraut, dass er ihr erlaubt, sich ganz allein in ihrer neuen Behausung einzugewöhnen? Hast du keine Angst, dass sie alles demoliert?«

»Nein. Sie ist der ordentlichste Mensch, den ich kenne. Und wenn sie es täte, würde es auch nichts ausmachen.«

Grace knabberte an einer Brotstange.

»Wenn ich deine Mutter wäre«, verkündete sie, »würde ich mir den Mann, der dich verlassen hat, greifen und ihm die Eier abschneiden. Er muss von Sinnen gewesen sein.«

»Oh, er war ganz und gar Herr seiner Sinne. Ich wünschte nur, es hätte ihn nicht so lange gegeben. Meine Mutter hätte gesagt, es war alles meine Schuld, aber ich habe keine Mutter mehr.«

»Doch«, sagte Grace gelassen. »Du hast mich. Mit zweiunddreißig ist man viel zu jung, um ohne Mutter zu sein, und ich habe immer mehr Kinder gebraucht, als ich hatte. Also zähl auf mich. Ich bringe ihn für dich um.«

Rachel verschränkte die Finger auf dem warmen Holz der Tischplatte und schaute auf sie hinunter.

»Wolltest du das auch mit Carl tun? Mit Carl dem Jüngeren?«

Grace berührte ihre Finger. Ihre Hand war rauer als das Holz. »Willst du das wirklich wissen?«

»Ja. Wenn du auch meine Mutter sein willst, will ich das natürlich wirklich wissen.«

Grace zupfte ein Gänseblümchen aus der Blumenvase auf dem Tisch. Es war ein kleiner blauer Krug, wie der Krug mit Lavendel, den Rachel in ihrem Zimmer gesehen hatte. Klein genug, um etwas zu bedeuten.

»Ihn umbringen? Nein, nichts so Mildes. Sie zu schwängern, das war verzeihlich – ich konnte sehen, dass er verrückt nach ihr war. Sie zu heiraten – na ja, wer hätte das nicht gewollt? Du hättest sie damals sehen müssen. Ich glaube nicht, dass irgendjemand ihr hätte widerstehen können. Und die Leidenschaft war gegenseitig. Es kam erst später. Er wollte sie zähmen, wollte eine respektable Frau und Mutter aus ihr machen. Auch das war verständlich. Sie hatte Sehnsucht nach den Lichtern der Großstadt und nach einem entsprechenden Leben, und sie wollte so sein, wie er sie haben wollte. Und als Ehemann war er nicht schlecht. Er ließ sie zur Kunstakademie gehen und bezahlte dafür. Dass sie hierher zurückkam und ihren Kindern geben wollte, was sie gehabt hatte, das gefiel ihm nicht. Ich sah, dass er es als bedrohlich empfand. Ich versuchte ihn zu verstehen. Ich wusste damals noch nicht, was für ein eiskaltes Monstrum er war.«

Sie steckte das Gänseblümchen in den Krug zurück, bevor sie es zwischen den Fingern zerdrücken konnte, und wählte stattdessen einen Farnzweig.

»Nein, damals noch nicht. Damals kannte ich ihn nicht. Ivy erzählte mir nichts. Wie du bemerken wirst, hat sie ihren Stolz. Ich begann erst, ihn zu verabscheuen, als er sich weigerte, bestimmte Dinge zuzugeben. Cassies Tod war seine Schuld. Er sollte auf die beiden aufpassen, unten am See, ausnahmsweise allein. Er hatte immer mehr für den Jungen übrig. Sam machte Theater, also brachte Carl ihn nach Hause. Er ließ sie allein, und sie ertrank. Okay, ein Unfall. Es war das, was er danach tat und seitdem immer getan hat. Er schloss sich ab und sperrte Ivy aus, zog den Jungen an sich, um sich zu trösten. Und als Ivy schrie und heulte, da schlug er sie …«

»Nein!«, sagte Rachel scharf.

Grace schüttelte den Kopf.

»Oh, um fair zu sein: Sie war unmöglich. Von Sinnen vor Schmerz und Schuldbewusstsein, ja, aber da war sie auch schon auf Drogen. Führte das Studentenleben, das sie versäumt hatte, nur schlimmer, denn er gab ihr Geld. Alkohol und Drogen. Ging nicht mehr nach Hause in das schöne Stadthaus, um sich verprügeln zu lassen. Sie lief weg von ihnen. Kam zurück. Er ließ sie vor der verschlossenen Tür stehen. Das Schlimmste war, dass er es uns nicht erzählte. Bis sie durchdrehte und verschwand. Da erst sagte er es mir. Ich habe mich bald daran gewöhnt, durch die Londoner Straßen zu wandern, das kann ich dir sagen. In Centrepoint habe ich sie gefunden. Es dauerte ein Jahr. Das schlimmste Jahr meines Lebens.«

»Irgendwie kann ich mir dich in London nicht vorstellen, Grace.«

Grace lachte. »Nicht? Ich kenne es gut. Früher bin ich in jede Ausstellung gegangen, aber die weniger gesunden Gegenden kenne ich besser. Absteigen und Krankenhäuser. Natürlich wollte sie nicht mitmachen. Sie hauste mit einem Junkie zusammen. Haben gebettelt, für Stoff und Lebensmittel. Ich sollte mich verpissen, sagte sie. Dann wurde sie zum letzten Mal verhaftet und in ein Rehabilitationsprogramm gesteckt. Entweder das oder Knast, hieß es. Ersteres hat nicht funktioniert, Letzteres schon. Da ging ihr allmählich ein Licht auf. Gott, diese Leute hatten Geduld, aber Ivy hatte auch ihren Charme nie verloren. Allmählich ging es ihr besser. Es war kein geradliniger Prozess, das kann ich dir sagen. Und sie machte es ganz allein. Es wurde besser. Und da tat Carl das Schlimmste von allem.«

»Konnte er noch etwas Schlimmeres tun?«

Grace nickte. »Ja, er konnte. Für uns und für sie. Viel schlimmer. Er verhinderte, dass sie ihren Sohn sah. Und dass sein Sohn uns sah. Er tut es immer noch. Deshalb«, fügte sie mit tränenfeuchtem Lächeln hinzu, »habe ich ein solches Verlangen nach Kindern. Weißt du, dass du der erste Mensch bist, den Ivy jemals mit nach Hause gebracht hat?«

Die Küchentür öffnete sich leise. Ein scharrendes Geräusch, und Grace drehte sich um. »Oh, Ernest, Schatz, du Nachtschwärmer, du. Möchtest du eine Tasse Tee?«

Ernest Wiseman kam herein und kämpfte mit seinen Stiefeln. Er schleuderte sie in den Alkoven bei der Waschmaschine, kam in den Lichtkreis am Tisch und ließ die Tür offen. Seine blauen Augen wurden groß, und sein Gesicht erstrahlte in einem Lächeln argloser Freude, als er erst Grace, dann Rachel ansah.

»Dieser Anblick ist Balsam für wunde Augen«, sagte er. »Ich hoffe, du hast für morgen Stiefel mitgebracht, Mädel. Du wirst sie brauchen.«

Durch die offene Tür hörten sie Gesang und das sanfte Rauschen von Regen. Die Pensionsgäste waren zu Hause.

Nie war der frühe Morgen so schön wie nach dem Regen. Ernest und Rachel – in geborgten Stiefeln und Socken – stapften über das Feld zum Kuhstall. Daneben war ein karges kleines Büro mit Schreibtisch, Stuhl, Aktenschrank und dem schmutzigsten Computer, den Rachel je gesehen hatte. Es war eine zivilisierte Zeit – nach dem Frühstück, auch wenn es erst neun war. Das Melken war noch im Gange; die Hälfte war geschafft. Ein langer Prozess, selbst bei vierzig

Kühen, von denen einige noch hinten im Stall waren. Ernest führte sie zwischen ihnen hindurch. Sie streiften frei durch den riesigen Stall und drangen doch mit großen Augen von allen Seiten auf sie ein.

»Sind nur neugierig«, sagte Ernest. »Jeden Neuling behandeln sie so. Komm jeden Tag her, und sie zucken nicht mehr mit der Wimper. Es sei denn, eine hat ein Kalb und du kommst als Fremde hier herein, mit einem Hund noch dazu. Dann geht sie vielleicht auf dich los. Aber sonst niemals. Sie würden dich höchstens aus Versehen umschubsen. Die Schweine sind da drüben. Okay, wenn wir durchgehen?«

Trotz seiner beruhigenden Worte glaubte Rachel nicht, dass sie es über sich bringen würde, den Kühen zu trauen. Ihre Dummheit, ihr Gewicht und ihre Gefühle, an denen sie nicht zweifelte, entnervten sie. Besser war es draußen auf dem Feld, weit weg von den schmutzigen Hinterteilen dieser Zehntonnenbestien.

»Schweine sind viel sauberer«, sagte Bauer Wiseman. »Sie legen sich nicht in ihre eigene Scheiße. Sie hassen das. Aber trotzdem stinken sie schlimmer, ganz gleich, womit wir sie füttern. Die Rinder werde ich nach und nach abschaffen müssen, aber die Schweine niemals. Ich liebe sie. Vielleicht, weil sie überhaupt nicht liebenswert sind – außer manchmal.«

Er liebte die Schweine wirklich und erklärte ihr jedes Detail. Der Schweinestall war ein eingeschossiges Gebäude mit einer Grube darunter, und der erhöhte Holzboden bestand aus Brettern. Die Schweine schienen zum Liegen kaum mehr zu brauchen als diese Bretter, und ihre Fäkalien fielen dazwischen hindurch in die Grube darunter. Ernest zeigte es ihr. Rachel konnte nur an den denken, der wegschaffen musste, was zwischen den Brettern in die Grube fiel; sie war dankbar, dass sie es nicht war, und befürchtete, man könnte sie eines Tages bitten, es zu tun. In dem Stall gab es fünfzehn Boxen, und in den beiden ersten wohnten zwei riesige trächtige Säue. In den nächsten Boxen waren Säue mit neugeborenen Milchferkeln und dann welche mit älteren Ferkeln. Sie sah, wie die Tiere ihr Gewicht innerhalb von einer Woche verdoppelten. Sie hasste sie und hielt sich von ihnen fern, blieb in der Mitte des Ganges zwischen den Koben, berührte nichts und hoffte, Ernest würde es nicht bemerken.

»Sie können innerhalb weniger Tage entwöhnt werden.« Ernest zeigte auf einen Wurf von beinahe schockierend rosigen Ferkeln, die ihre Mutter aussaugten. Diese lag auf der Seite, festgehalten von Gitterstäben.

»Aber nur, wenn man ihnen das richtige Futter gibt«, fügte er hinzu. »Und das ist sehr teuer. Also lässt man sie am besten bei ihrer Mum. Gierige kleine Halunken, nicht wahr? Aber keine Sorge, sie kann sich jederzeit auf den Bauch rollen und sie wegschicken. Das Gitter soll nur verhindern, dass sie sich umdreht und sie zerquetscht. Ich kann die Boxen von außen öffnen, wenn sie auf den Markt gebracht werden. Dann versuchen sie die Türen einzurennen.«

Die schläfrigen Säue mit ihren schniefenden, quiekenden Ferkeln hoben die Köpfe und ließen sie zurückfallen. Wie bei den Kühen war es auch hier ihre schiere Größe, die Rachel verstörend fand. In einer Box kroch ein unterentwickeltes Ferkel, rosa wie ein Flamingo und so groß wie eine kleine Katze, weg von seinen dreimal so schweren Geschwistern und drückte sich in eine Ecke.

»Der wird's nicht schaffen«, stellte Ernest fest.

In den letzten Boxen waren Jungschweine, die hungrig quiekten.

»Sie fressen alles«, sagte Ernest mit sichtlicher Bewunderung. »Aber das Problem ist, wir können ihnen nicht alles geben.«

»Wie macht ihr hier sauber?« Rachel brannte darauf, hinauszukommen.

»Wir fegen das Stroh durch die Mitte hinaus und lassen es in die Grube fallen. Ab und zu wird die Grube geleert. Grace lässt mich danach erst ins Haus, wenn sie mich mit dem Schlauch abgespritzt hat. Du magst die Tiere nicht, was?«

»Nein, sie machen mir Angst, um ehrlich zu sein.«

Er lachte. »Ich verrate es niemandem.«

Er legte einen Hebel um, und Futterpellets rasselten in den Trog vor jeder Box. Dann wurde es still.

Der Geruch: Sie wusste, dass dieser Gestank in ihren Kleidern hängen bleiben würde. Ein wilder, animalischer, beißender Geruch, der alles durchdrang. *Eau de Cochon.*

»Ich liebe sie, weil sie keine Hemmungen haben. Und keine Manieren. Wenn ein Eber eine Sau besteigt, gibt's eigentlich kein größeres Vergnügen. Er verdreht die Augen und trappelt mit den Füßen und macht Geräusche, wie ich sie noch nie gehört habe, während sie vibriert wie eine Violine. Sie wissen, wie man sich amüsiert. Sie haben Spaß an allem.«

Rachel merkte, dass ihr von dem Gestank schwindlig wurde. Sie musste an eine Mordgeschichte denken, in der die Leiche an die Schweine verfüttert wurde. Sie fraßen alles. Draußen schnappte sie nach Luft. Sie hörte Schritte an der Tür. Ernest stolperte und legte ihr kurz eine Hand auf die Schulter, um sich zu stützen. Dann richtete er sich wieder auf.

»Ich werde langsam alt«, sagte er. »Eigentlich ist mir das alles zu viel. Schweine und Rinder und Felder, die mich ernähren. Und es kommt nichts dabei rum. So ist das. Habe einen Freund in der Normandie, der lebt von vierzehn Rindern. Hier würde das nicht gehen. Komm, Kindchen, ich zeige dir den Heuschober, wo Carl und ich uns immer versteckt haben.«

Es war, als gehörte sie zu dieser Geschichte, als nehme er an, sie kenne den ganzen Rest. Ivy war auch so, aber Ivy hatte nichts von der gelegentlichen Vagheit, die sie bei Ernest bemerkte, dessen Langzeitgedächtnis so viel besser war als das Kurzzeitgedächtnis.

Die Scheune war eine hochgewölbte Schönheit, die Balken alt und krumm wie die Zeit selbst, das Dach voller Löcher.

»Mit ihr habe ich nichts mehr zu tun«, sagte er, »außer dass ich sie für immer erhalten muss. Heutzutage bezahlt man mich dafür, dass ich Gebäude und Hecken erhalte, nicht dafür, dass ich Lebensmittel erzeuge. Für Söhne und Enkel gibt es hier nichts mehr. Trotzdem hoffe ich, dass *er* zurückkommt.«

Sie wusste nicht, was er meinte. Und wollte es auch nicht wissen.

»Letzte Woche«, sagte sie, »habe ich die kleine blinde Kuh gesehen, die nicht kalben kann. Ist sie noch hier?«

»Noch ein Weilchen«, sagte er. »Ich kann sie nicht schlachten. Ich muss den Abdecker kommen lassen. Ich kann einfach kein Tier töten, es sei denn, es ist wild; dann hole ich einen Mann mit einem Gewehr, der es tut. Auf diesem Hof gibt's keine Gewehre. Na ja, zumindest keins, von dem irgendjemand weiß. Ich habe das von Dad versteckt. Wir haben nur Pistolen. Eine Pistole reicht auch, aus einem Meter Abstand. Aber ich kann es nicht selbst. Muss auf Ivy oder Grace warten. Ich darf meine eigenen Rinder nicht schlachten und sie anständig begraben, oh nein. Nicht seit BSE. Man muss seine Rinder schlachten *lassen*. Bei Schweinen ist es anders.«

Sie war erleichtert, die Schweine hinter sich zu lassen. Der Gestank hing in ihren Kleidern. Und sie war froh, dass sie niemals diese Grube würde säubern müssen. Der Schlamm des Hofes schmatzte unter ihren Füßen. Sie sah, dass Gummistiefel ihre Vorzüge hatten.

Ernest warf einen Blick auf ihre und dann auf seine eigenen schweren Wildlederstiefel.

»Ich verschleiße alle sechs Monate ein Paar von denen«, sagte er. »Sie verrotten. Dann wandern sie in den Verbrennungsofen. Da ist er. Eigens für dich angezündet. Ist zu teuer für jeden Tag.«

Sie waren von der Scheune weggegangen. Im Hof auf der anderen Seite, näher bei den Schweinen, stand ein kleiner Bunker. Er erinnerte sie an einen alten Maschinengewehrunterstand, den sie auf dem Feld gesehen hatte, ein Überbleibsel aus dem Krieg, zu schwer, um es zu beseitigen. Als sie näher kamen, hörte sie, dass es in dem Bunker summte. Ernest fummelte an einem Thermostat an der Seite herum und öffnete dann die Tür.

Hitze und Licht loderten ihnen entgegen. Tosende Flammen. Ein Schrank voll Feuer, so groß wie ein riesiger Kleiderschrank. An der hinteren Wand lehnten die Überreste einer schwelenden Gestalt, und vorn lagen drei noch erkennbare Ferkel, umgeben von Asche. Es roch sauber. Ernest bückte sich, hob vorn etwas Weißes aus der Asche und schloss die Tür wieder.

Er reichte es ihr strahlend. »Bitte sehr«, sagte er.

Sie nahm es mit spitzen Fingern. Es war ein kleines Stückchen zerbröckelnder Kalk.

»Nur ein Stück Knochen. Morgen ist alles da drin reine Asche. Zauberei, nicht wahr?«

Er sah ihr blasses Gesicht. »Zeit für eine Tasse Kaffee, denke ich. Grace will mit dir ans Meer fahren. Ich glaube, das hat sie gesagt.«

Auf dem Rückweg bergab über das Feld kam sie sich miesepetrig vor. Sie hätte mehr Fragen stellen sollen. Sie deutete auf einen Hügel neben dem Weg. Ein komisches Ding, sah nach nichts aus, aber oben war ein großer Kanaldeckel.

»Was ist das?«

»Oh, das ist die Grube. Geht runter wie ein Brunnenschacht. Keine Ahnung, wer das angelegt hat. Früher haben wir tote Tiere da hineingeworfen. Sie verwesen gut da unten, nur Schafe nicht. Dürfen es aber nicht mehr, weil es das Grundwasser verunreinigen könnte. Blödsinn. Das hat es nie getan. Ist jetzt verschlossen. Man sollte seine Tiere selbst schlachten dürfen; nur so kann man ihnen Respekt erweisen. Man sollte nicht gezwungen werden, sie zum Sterben wegzuschicken. Tiere haben eine Seele. Sie sollten zu Hause sterben.«

Er schlug mit seiner schmutzigen Hand in das hohe Gras am Wegrand. »Ich wünschte, er würde zurückkommen. Dann käme ich zurecht.«

Er klopfte ihr auf die Schulter.

»Sorry, Mädel. Ich sollte nicht so viel reden, nicht wahr? Vor allem, wenn ich meinen Platz verloren habe. Aber wir haben diesen Schmerz, weißt du? Solchen Schmerz. Wir alle. Wir sind genau wie diese Schwäne.«

5

Rachel blieb vor der Küchentür stehen und lauschte auf die Geräusche, die von drinnen kamen. Die Vögel sangen im Garten, und in der Küche weinte jemand. Ernest ging vor ihr hinein, als wäre sie nicht da. Sie wartete auf der Schwelle.

»Sei nicht albern«, sagte er. »Na, komm. Stell dich nicht so an.«

»Wieder einen Brief zurückgeschickt! Ich ertrage das nicht. Er liest, was ich schreibe, steckt es wieder in den Umschlag und schickt es zurück. Mit Briefporto zweiter Klasse. Ich bitte dich. Das ist eine zweifache Kränkung. Oh, dieser Scheißkerl!«

»Du darfst dich nicht aufregen.«

»Ach, ich darf nicht? Warum nicht, verdammt? Warum nicht, warum nicht?« Sie wurde lauter. Die Armreifen an ihren Handgelenken klirrten. Dann sah sie Rachel in der Tür und erstarrte.

Rachel war vom Sonnenlicht geblendet; in der Küche war es dunkel, und ihre Augen mussten sich anpassen. Grace war verlegen. Rachel war froh, dass sie kaum etwas erkennen konnte, bis Grace anfing, sich mit einem Geschirrtuch das Gesicht abzuwischen. Ein Hauch von

Speckgeruch hing in der Luft, ein Rest des Frühstücks für die Pensionsgäste. Die Spülmaschine brummte.

»Ernest, mach uns Kaffee, sei so lieb. Entschuldige, Rachel, Schatz. Ich bin heute Morgen die tragische Königin. Ich bin an der Reihe.«

»Warum? Was ist passiert?«

Wieder sah sie den Blick, den die beiden wechselten. Grace erwartete so etwas wie Zustimmung von Ernest, aber sie bekam sie nicht. Er wandte ihr den Rücken zu und kümmerte sich um den Wasserkocher. Grace putzte sich mit dem Geschirrtuch die Nase und richtete sich auf. Sie erholte sich kurz und sackte gleich wieder zusammen. Es war unerträglich, sie weinen zu sehen. Rachel legte ihr unbeholfen den Arm um die Schultern. Zärtlichkeiten waren ihr selbst willkommen, aber sie lernte nur langsam, selbst welche zu verteilen; sie wartete immer darauf, dass der andere sich dann zurückzog.

Aber Grace lehnte sich an sie. Es war ein außerordentlich befriedigendes Gefühl, jemandem Kraft zu geben und zu spüren, dass sie angenommen wurde.

»Kannst du es mir erzählen?«

»Nein«, sagte Ernest. »Nicht. Das ist nicht fair.«

»Bitte«, sagte Rachel. »Ich möchte gern helfen.«

Grace hatte massige Schultern, aber die Haut an ihren bloßen Armen war feucht und fiebrig.

»Ernest, Liebling«, sagte Grace. »Ivy wohnt jetzt in Rachels Wohnung. Ich denke, vielleicht sollte sie es wissen. Auch wenn es nicht fair ist, sollte sie es wissen.«

Sie drehte sich zu Rachel um, und ihr zittriges Lächeln rührte Rachel bis ins Herz. Grace und Ivy, Ivy und Grace –

sie waren jetzt beide in ihrer Blutbahn. Im Laufe von Monaten hatte sie gelernt, welche Pflichten und Privilegien durch Vertrauen übertragen wurden, und sie hatte vor, beides zu akzeptieren. Sie fühlte, dass das kleine Knochenstück, das sie von Ernest bekommen hatte, in der Tasche ihrer Shorts zu zerbröseln begann. Das Leben war kurz. Jetzt, da ihre Augen sich an das Halbdunkel gewöhnt hatten, sah sie, dass die Morgenpost auf dem Tisch verstreut lag. Ein paar ungeöffnete Umschläge, die aussahen, als enthielten sie Rechnungen, Rundschreiben, Reklame, und zwei handbeschriebene Blätter.

»Warum zerknüllt er sie?«, fragte Grace. »Ich schreibe immer so säuberlich. Warum muss er meine Handschrift zerknüllen, sie in einen Umschlag stopfen und zurückschicken? Warum antwortet er nicht? Oder ignoriert mich?«

Ernest ging hinaus.

»Es ist dieser Drecksack, Carl«, sagte Grace. »Hör zu, ich weiß nicht genau, was Ivy dir erzählt hat. Über ihren Sohn.«

Rachel zögerte.

»Sehr wenig. Dass sie keinen Kontakt zu ihm hat und dass es so wahrscheinlich am besten für sie beide ist.«

»Ha. Das sagt sie vielleicht. Aber es ist einfach nicht wahr. Es ist eine *Qual* für sie, und was ist mit mir? Als es ihr besser ging, wollte sie ihn gleich sehen. Ich hatte immer Kontakt zu Carl gehalten. Ernest hatte immer Kontakt zu Carl dem Älteren, bis er starb. Nicht lange nach Cassie. Er war die Stimme der Vernunft, sage ich dir.«

»Moment mal. Ivy hat mir erzählt, dass sie versuchte, Kontakt zu ihrem Mann aufzunehmen, um Verbindung mit ihrem Sohn zu bekommen, als sie aus diesem Sumpf aufgetaucht war. Aber er – Carl, meine ich – hielt es für eine schlechte Idee. Sie kam ja erst wirklich wieder zu sich, als Sam schon ein Teenager war. Und sie stimmte zu. Sie scheint mir deswegen nicht verbittert zu sein. Wie alt ist der Junge jetzt? Achtzehn? Neunzehn?«

»Was Ivy nicht weiß«, fauchte Grace, »ist, dass *ich* immer Kontakt zu Carl gehalten habe. Ich wollte wissen, was aus meinem Enkel wurde, selbst nachdem der Dreckskerl eine gerichtliche Verfügung gegen sie erwirkt hatte und ihr verbieten ließ, sein Haus zu betreten. Anfangs war er anständig, das muss ich zugeben. Er schickte mir Berichte. Er erzählte mir – natürlich nicht in ausführlichen Worten, niemals konkret –, auf welche Schule er ging, wie gut er vorankam, all das. Wurde vermutlich zu einem kleinen Privatschulscheißer gemacht. Ich sagte ihm, Sam sollte sich mit seiner Mutter treffen. Nach einem ganzen verdammten Jahr antwortete er, sorry, Sam ist im Examen, et cetera. Ich hielt mich zurück. Dann schrieb ich ihm wieder, und da passierte das hier. Fünf Mal inzwischen. Dieser Scheißkerl.«

Sie betupfte sich die Augen. »Und dabei geht es nicht so sehr um *mich*. Was ist mit Ernest? Carl der Ältere war der große Bruder, den er nie hatte, Carl der Jüngere war der Sohn, den er nie hatte, und jetzt träumt er von seinem Enkel. Ach, Scheiße.«

»Weiß Ivy das?«

»Nein. Natürlich nicht«, antwortete Grace hastig. »Sie war jahrelang außerstande, irgendwelche Informationen aufzunehmen. Und dann gab es diese gerichtliche Verfügung, die ihr den Kontakt verbot. Nicht einmal ich weiß, wo sie wohnen. Die Briefe gehen immer an seinen Anwalt, und der leitet sie weiter. Nur unter dieser Bedingung war Carl überhaupt bereit, mit uns Verbindung zu halten. Ich kann doch meiner Tochter nicht erzählen, dass ich hinter ihrem Rücken agiert habe, oder? Und ich kenne mein Kind. Ich weiß, sie wird erst ganz in Ordnung sein, wenn sie ihren Sohn sieht. Was immer sie behauptet.«

Zum ersten Mal empfand Rachel die Bürde einer solchen Information. Sie wollte von diesen Geheimnissen nichts wissen.

»Ivy hat von nichts eine Ahnung.« Ernest kam wieder herein.

»Mit wem redest du denn?«, schrie Grace. »Sie konnte Pistole schießen, als sie fünf war, Auto fahren, als sie zehn war. Mit vierzehn konnte sie malen, mit siebzehn sich fortpflanzen, und Rachel kennt sie besser als du. Raus hier. Nein, nicht du, Schätzchen. Du brauchst einen Kaffee. Komm zurück, Liebes, bitte. Bitte.«

Ernest ging schweigend hinaus, Rachel setzte sich wieder.

»Ach, zum Teufel«, sagte Grace. »Männer. Vergiss, was ich gesagt habe. Er hat recht, ich bin nicht fair. Lass uns ans Meer fahren. Das hatten wir doch vor, oder?«

Grace fuhr genauso schwungvoll Auto, wie sie alles andere tat. Der Wagen war der älteste, den Rachel je gesehen hatte, so alt, dass sie die Marke kaum erkennen konnte. Ein Volvo aus dritter Hand mit altertümlichem Aussehen, gebaut wie ein Panzer.

»Gut für absolut alles«, schrie Grace. »Außer, wenn man ihn aus dem Graben ziehen muss. Hast du dein Schwimmzeug mitgebracht?«

»Nein.«

»Keine Sorge. Da ist welches hinten. Nicht, dass du musst. Du musst überhaupt nichts. Gott, was ist das für ein herrlicher Tag heute.«

Es war der Höhepunkt eines grünen, feuchten Sommers, bevor die Fäule einsetzte. Der Wagen rumpelte über Feldwege zur Hauptstraße, und die Anwesenheit anderer Autos dort wirkte beinahe impertinent. Sie fuhren an der Kreuzung mit dem Pub und der kleinen Ansammlung von Häusern vorbei, rasten bergab und wieder bergauf, vorbei an Weizenfeldern und dann hinaus in die Ebene, wo Grace zu Rachels Überraschung aus Respekt vor größeren Fahrzeugen auf ein gemächliches Tempo abbremste.

»So ist es besser«, sagte sie. »Manchmal muss ich einfach raus. Eine Fahrt zum Supermarkt reicht dann nicht. Manchmal fühle ich mich eingesperrt. Es gibt da so einen Schaukeleffekt, wenn man etwas liebt und gleichzeitig hasst. Geht es dir mit deiner Arbeit vielleicht so? Ist es noch schlimmer, wenn es ein dynamischer und verantwortungsvoller Job ist?«

»Das kann ich nicht sagen«, schrie Rachel durch den Krach des Motors. »Manchmal kann ich es nicht erwarten, zur Arbeit zu kommen. Dann wieder würde ich alles tun, um nicht hinzumüssen.«

Sie schaute nach vorn auf die Straße und überlegte, was sic da sagte. »Aber ich arbeite auch ausschließlich wegen des Geldes. Ich bin nie auf den Gedanken gekommen, dass es noch einen anderen Beweggrund geben könnte. Ich verwalte und kontrolliere das Geld anderer Leute. Ich helfe Unternehmen, die vom Finanzamt bedroht werden. Ich berate in Verfahrensfragen. Ich bin ein Rädchen in einem Getriebe.

Ich bin noch nie auf den Gedanken gekommen, dass es möglich sein könnte, etwas zu tun, das Spaß macht, *und* gut dafür bezahlt zu werden. Es ist keine Berufung. Ich war entschieden auf das Geld aus. Und das bekomme ich.«

»Es muss merkwürdig sein«, sagte Grace und bremste vor einer Kreuzung, »etwas zu tun, ohne jemals wirklich das Endresultat zu sehen. Ich habe den Eindruck, du bringst immer nur in Ordnung, was andere vermasselt haben. Kein Wunder, dass du gern zeichnest.«

Die düstere Stimmung war verflogen, und Rachel hatte eine Entscheidung getroffen: Sie würde sich nicht dagegen wehren, in das Leben dieser Familie hineingezogen zu werden. Wenn sie sie brauchten, gehörte sie ihnen, mit düsteren Stimmungen und allem Drum und Dran.

Beim ersten Anblick des Meeres wollte sie immer Beifall klatschen. Jedes Gewässer wirkte so auf sie. Ganz gleich, ob ruhig oder stürmisch – es verhieß Freiheit. In ihrer Kindheit hatte es pflichtschuldige, hygienische Ausflüge an die Küste gegeben; sie hatte planschen dürfen, und dann wurden ihre Füße abgetrocknet und wieder in solide Sandalen gesteckt – zum Schutz vor Glasscherben, Dornen, Hundescheiße und Bazillen. Später dann die Pauschalreisen nach Spanien, mit ständigen Klagen über die Hitze und das Essen, wo Rachel, eingeschmiert mit Lichtschutzfaktor 50, in der Sicherheit eines kleinen, nach Chlor stinkenden Hotelpools schwimmen gelernt hatte. Sie wünschte, sie hätte es im Meer gelernt.

Die Gegend, wo Grace den Panzer auf einem schmuddeligen Parkplatz zum Stehen brachte, war kein idyllischer Küstenstrich.

Der Strand war flach und unordentlich, voller Disteln und Steine, aber das Meer und der Himmel waren da.

»Als ich klein war«, erzählte Grace, »waren alle diese Strände und Buchten im Sommer überfüllt. Heute steigen sie ins Flugzeug und fliegen woandershin, Gott sei Dank. Sei hier vorsichtig, ja? Am Ufer bist du sicher, aber weiter draußen wird die Strömung stärker.«

Rachel sah, warum diese Bucht keine Familien anlockte. Sie wirkte unterschwellig vernachlässigt, und der Strand war übersät vom Abfall zahlloser Feuer und Picknicks ausgelassener Erwachsener, von Flaschen und Dosen. Meeresliebhaber sahen davon nichts. Das alles war nicht wichtig, solange es nur die andern fernhielt und sie das ganze Wasser für sich allein hatten. Sie standen am Kofferraum und zogen sich schnell und unbefangen aus. Rachel zog einen alten Badeanzug an, der sie bedeckte und an ihr herunterhing. Sie lachten beide wie Kinder. Mit ihrer Mutter hatte sie so etwas nie getan. Hand in Hand liefen sie auf Zehenspitzen zum Wasser. Es war klirrend kalt, und sie kreischten. Sie planschten ein paar Minuten in den Wellen; das genügte. Es war der Akt des Eintauchens, der das Triumphgefühl weckte. Auf Strecke und Dauer kam es nicht an. Rachel hatte es immer schwierig gefunden, den Wunsch, im Wasser zu sein, zu beschreiben. Grace verstand es instinktiv. Es machte einfach alles besser.

»Ist der See wärmer?«, fragte Rachel zähneklappernd zwischen Flüchen.

»Oh ja. Viel wärmer. Warm und seicht.«

Grace trat zurück und betrachtete sie, während sie sich mit einem dünnen Handtuch die Haare trocken rieb.

»Rachel, du musst dir unbedingt einen Itsy-Bitsy-Teeny-Weeny-Bikini besorgen«, sagte sie. »Du siehst einfach umwerfend aus, weißt du. Selbst wenn du blau angelaufen bist. Kleider sind an dir verschwendet, verdammt.«

Rachel schaute auf das Meer hinaus und lachte. Es war diese Bemerkung, es war Grace' eigene Schönheit, wie sie so dastand, in ein Badelaken gewickelt, wie ein prachtvoller, knorriger Baumstamm, der durch das heilige Eintauchen in kaltes Wasser zu neuen Kräften gekommen war. Getauft, erlöst.

»Genau das habe ich auch zu deiner Tochter gesagt. An dem Tag, als ich sie kennenlernte. Sie drohte mir damit, die Probe aufs Exempel zu machen und den Zeichensaal unbekleidet zu verlassen. Aber es war ziemlich kalt.«

»Sie hätte es getan, weißt du. Fordere Ivy niemals zu irgendetwas heraus. Dann ist es schon so gut wie getan«, sagte Grace fröstelnd. »Ich habe mir das erste Mal Sorgen um sie gemacht, als sie zwölf war«, fuhr sie fort. »In ihrem Schulzeugnis stand: *Dieses Mädchen übt einen schlechten Einfluss aus.* Ich habe ihr natürlich gratuliert. Vielleicht hatten sie recht. Was hat deine Mutter in dem Alter zu dir gesagt?«

Sie waren wieder in ihre Kleider geschlüpft, bevor Rachel antwortete.

»Dass ich abnehmen und fleißiger sein sollte, dass ich nicht so viel essen und mich nicht dauernd über meine Zahnspangen beschweren sollte, denn sonst hätte sie mich bis in alle Ewigkeit am Hals. Ich gebe es frei wieder, aber das war in etwa der Kern dessen, was sie sagte. Und sie hatte auch recht. Das hatte sie immer. Sie wollte, dass ihr hässliches Entlein sich in einen Schwan verwandelte und davonsegelte.«

»In einen Schwan?«, sagte Grace leise.

»In irgendetwas, das fliegen konnte«, sagte Rachel.

»Eine ziemlich öde Nummer, ein Schwan zu sein. Ein Vogel, der nicht fliegen kann.«

Rachel lachte wieder. Sie schlang sich das Haar zu einem Knoten und setzte sich auf eine kribbelnd warme Schieferplatte. Ivy war diejenige, die Einzige, die jemals behauptet hatte, sie sei gut genug so, wie sie sei. Es kam ihr illoyal vor, über ihre eigene strenge Mutter zu sprechen, und den Ehrgeiz, den sie für ihre Tochter gehegt hatte, in unaufhörliches Mäkeln zu übersetzen.

»Vielleicht dachte sie dabei an ein schönes Geschöpf, das sich für sein ganzes Leben vermählte, und das auch ohne zu singen oder zu tanzen. So, wie sie es mit meinem Vater getan hatte. Sie liebte mich, und sie wollte mein Bestes, aber Tatsache war, dass sie meinen Vater mehr liebte.«

Grace nickte verständnisvoll. »Ich glaube, ich weiß, was du meinst. Es gibt solche Eltern. Für ein Kind ist es hart, wenn die Eltern verliebt bleiben. Sie schicken das Kind ins Bett oder zum Studieren, damit sie allein sein können.«

»Ich hatte großes Glück«, sagte Rachel.

»Deine Mutter auch«, sagte Grace. »Gott, sieh nur, wie spät es ist. Du musst halb verhungert sein.«

»Du fängst schon wieder an.« Rachel lachte – es war ganz natürlich, mit Grace zu lachen –, und das Meer glitzerte. »Hörst du jemals auf, Mutter zu sein?«

Grace erschauerte. »Nein«, sagte sie inbrünstig. »Niemals. Da ist immer noch Platz für mehr. Ich hätte eine ganze Brut haben sollen. Schade, dass es nicht dazu gekommen ist. Gott weiß, bemüht habe ich mich.«

Möwen kreisten über ihnen und stimmten in das Lachen ein. Ihre Schreie klangen klagend und listig. Sie redeten in einer Geheimsprache miteinander. Rachel liebte das Geräusch. »Ich vermute«, sagte sie, »dass du zu einer Sorte Eltern gehörst, die Millionen Meilen weit von meinen entfernt ist. Die Sorte, die glaubt, ihr Kind kann überhaupt nichts falsch machen.«

»Absolut und unbedingt. In Ivys Fall, und jetzt auch in deinem, mein Schatz. Du wirst immer recht haben. Scheiß auf den Rest, die haben unrecht. Und was Ivy angeht, sie hat wirklich nie etwas Unrechtes getan. Man hat es ihr angetan.«

»Ich glaube nicht, dass sie es so sieht.«

»Na«, sagte Grace und lächelte, »das weiß Mutter am besten. Und nur, weil ich euch jetzt beide liebe, muss ich dir ein bisschen mehr über Carl, den Ehemann, erzählen. Damit du weißt, was für ein destruktives Monstrum sie geheiratet hat. Und ich weiß, es ist nicht fair, aber sie wohnt in deiner Wohnung, und sie hat immer noch Albträume. Besser, du weißt, warum. Ihr braucht beide Platz zum Wachsen. Und übrigens, Ivy wird sich bei dir einnisten. Das tut sie – aber nicht wie ein Kuckuck, das verspreche ich dir.«

Es war schön, hier zu sein. Es gab nichts Besseres, als in einem Zuhause willkommen geheißen zu werden. Aufgefordert zu werden, es als sein Nest zu betrachten, und sei es nur ein Eckchen davon. Ivy nistete in dem kleinen zweiten Schlafzimmer der Wohnung und fragte sich von Zeit zu Zeit, was ihre Mutter und ihre beste Freundin wohl gerade taten, aber sie dachte nicht sehr viel darüber nach. Es hatte keinen Sinn, über irgendetwas viel nachzudenken. Es störte die Zufriedenheit des Tages. Pläne mussten sich im Vakuum bilden, ganz von allein.

Sie musste hier ihren Einfluss geltend machen, hatte Grace gesagt. Es musste klappen. Als Erstes stellte sie die Möbel um und fand einen Platz, wo sie die Mappe mit den Zeichnungen verstecken konnte. Rachel würde sie sehen wollen; Rachel wollte immer ihre Arbeiten sehen, aber das durfte sie nicht. Damit dieses Arrangement funktionierte, musste es im Gleichgewicht sein. Sie würde nicht die Nehmende sein. Liebe jeder Art hing davon ab, dass einer gab, was der andere brauchte. Rachel gab ihr ein Zuhause und eine Basis, und das war schrecklich viel. Ivy spürte, dass sie dagegen wenig in die Waagschale legte, und sie machte eine Liste dessen, was gegeben und empfangen worden war. Sie zeichnete sie auf einem Blatt Papier auf, mit einer Reihe von Kritzeleien und Symbolen, aus denen ihre private Kurzschrift bestand, und dann sah sie auf die Uhr. Sie war Modell in der zweiten Hälfte eines eintägigen Aktzeichenkurses, und sie musste in einer Stunde anfangen. Samstage wurden besser bezahlt. Leichte Arbeit.

Was brauchte Rachel? Akzeptanz, Lob, Spaß, weniger Hemmungen. Sie zeichnete eine Maus. Das alles hatte Ivy reichlich geliefert. Sie hatte Rachel ermutigt, die langen blonden Haare zu lösen und ihre Schönheit zu offenbaren. Sich farbig zu kleiden. Auf einer seichteren Ebene hatte sie ihr beigebracht, ohne Gewissensbisse etwas zu trinken, Musik zu hören und Gemälde anzuschauen, ohne sich als zügellos zu empfinden. Ein Talent zu pflegen, neue Wege zu suchen, herzhaft zu essen, zu spät zur Arbeit zu kommen und gelegentlich zu widersprechen. Hatte sie dazu gebracht, ihre eigene Stadt zu erkunden. Sie hatte sie sogar zum Tanzen gebracht. Rachel konnte tanzen, sie hatte einen natürlichen Rhythmus, zutiefst unterdrückt. Was hatte sie sonst noch gegeben? Ihre eigene Mutter hatte sie ihr gegeben, in Geschenkverpackung. Die beste Therapeutin unter der Sonne. Ein Geschenk der Liebe, für beide, genau gesagt. Grace hat immer schon eine Tochter neben mir gebraucht. Ja, sie lagen gleichauf, als wären sie Schwestern.

Ivy schaute in den Spiegel. Es gab immerhin eine oberflächliche Ähnlichkeit. Zwei hinreißende Blondinen. Der teutonische Typ, auf den ihr Exmann stand. Sie bedeckte ihren Haarschopf mit einer Mütze. Sie besaß drei. Eine Mütze und ein nackter Körper wirkten Wunder in der Zeichenklasse. Rachel war fünf Zentimeter kleiner. Rachel sollte lernen, hohe Absätze zu tragen.

Zeit zum Gehen. Modell sitzen für Amateurstudenten und Anfänger, samstags nachmittags von vier bis acht im Institut. Ausschließlich saubere Arbeit an den Wochenenden. Kein Putzen in Büros. Es würde so gut sein, in eine bequeme Wohnung zurückzukommen, statt mit der schmuddeligen Central Line zum Arsch der Welt hinauszufahren.

Sie könnte Wandbilder malen in dieser Wohnung hier. Vielleicht. Nur wenn Rachel es haben wollte. Aber andere Farben müssten mindestens her. Was sie noch tun könnte, bevor Rachel nach Hause käme – sie könnte die Wohnung mit Blumen füllen. Alles würde blitzsauber und voller Blumen sein. Das würde sie auf Ideen bringen.

Sie würde mit einer Mütze in den Zeichenkurs gehen, sie zum Lachen bringen, ihnen die Hemmungen nehmen.

Das Telefon klingelte. Nicht das Handy, das sie an einem Lederriemen um den Hals trug und körperwarm aus ihrem BH zog. Das andere. Rachels Festnetzanschluss. Sie hatte vergessen, dass es Leute gab, die immer noch auf diese Dinger angewiesen waren.

Sie nahm den Hörer ab.

»Hallo?«

»Bist du es, Rachel? Dein Dad hier. Hör zu …«

»Ich bin nicht Rachel. Sie ist nicht da.«

»Sie ist immer da«, antwortete er nörgelnd.

»Nicht mehr«, sagte Ivy fröhlich. »Sie ist in diesem Moment bei meiner Mutter. Ein bisschen an der frischen Luft. Wie geht's Ihnen, Mr Doe? Ich bin die neue Mitbewohnerin.«

»Oh.«

Einen Herzschlag lang Schweigen, getränkt von Argwohn.

»Wir hatten gehofft, Sie könnten nächste Woche zum Abendessen in die Stadt kommen, Mr Doe. Ich weiß, dass Sie meine Existenz beunruhigt, aber ich zahle Miete und alles. Würde Sie zu gern kennenlernen. Können Sie? Mittwoch oder Freitag würde es uns am besten passen. Ich kann kochen.«

Wiederum Schweigen, länger diesmal.

»Mittwoch«, sagte er dann.

»Schön. Ich freue mich. Gegen halb sieben? Rachel sagt, Sie essen gern früh, damit Sie noch nach Hause kommen.«

»Okay.«

Sie bemühte sich nur, die Waage ins Gleichgewicht zu bringen und Rachel eine Freude zu machen, aber er klang misstrauisch und verwirrt. Auch gut. Angewidert legte sie den Hörer auf die Gabel. Alles, was größer war als ein Handy, war ein Störenfried in ihrer Hand. Sie kritzelte das Datum auf einen Zettel und überlegte, ob sie anrufen sollte? Soll ich? Aber vielleicht war sie mit Grace unten am See, und überhaupt war es Zeit, zur Arbeit zu gehen.

Norman, der Dödel, würde in der Samstagsklasse sein; er kam zu allen. Der Typ mit den blonden Haaren, der ihrem Liebling Rachel vor ein paar Tagen Angst eingejagt hatte. Es gab überall zu viel von der falschen Sorte Liebe. Auf einiges davon konnte man gut verzichten. Wenn Norman sie diesmal auf einen Drink einladen sollte, würde sie mitgehen, denn sie hatte Lust dazu, und samstagabends wurde sie immer rastlos und wollte um die Häuser ziehen. Sie wollte ausgehen und sehen, was passierte. Vielleicht würde er sie zum Essen einladen. Das wäre Gesellschaft von der Art, die sie ignorieren, benutzen und abstreifen könnte wie einen Mantel, und womöglich wäre er ein Verbündeter. Weiter dachte sie nicht, und sie vermisste ihre anderen Freunde aus den guten alten, schlechten alten Zeiten, als jemand vielleicht wirklich wusste, wer sie war.

Sie trug eine adrette dunkelblaue Jeans und ein dazu passendes Oberteil – beinahe förmlich. Eher wie Rachels Bürokleidung, bevor Rachel Doe Farben entdeckt hatte. Abgesehen von der Mütze. Sie könnte mit der Dunkelheit verschmelzen, wenn sie nach Hause käme. Aber es würde noch ein paar Stunden hell sein. Sie spürte die Energie der Straße, die auf sie wartete.

Später. Ein klebrig heißer Samstagabend. Am Leicester Square war eine Prügelei im Gange; die letzten schreckensstarren Zuschauer verkrümelten sich, als die ersten Sirenen ertönten und Polizei und Krankenwagen anrollten. Es waren Messer im Spiel gewesen, man sah Blut und Zähne auf dem Boden, Verletzungen, die Stichflamme war so schnell gekommen, dass niemand es richtig gesehen hatte oder gar wusste, warum dieses Blutbad geschehen war. Unter den Sanitätern und den hemdsärmeligen Uniformierten herrschte Verwirrung um die Prioritäten: wen verfolgen, wen behandeln, wen als Ersten befragen oder retten.

Ein Paar, immer noch auf der Suche nach einer geöffneten Bar, blieb unschlüssig an der Ecke stehen. Sie mussten hinüber, zu der Seitenstraße dort drüben, aber sie warteten und drückten sich in den Eingang des Kinos. Ein Krankenwagen mit offenen Türen parkte in der Fußgängerzone. Sie konnten geradewegs in das hell erleuchtete Innere sehen, wo ein Mann auf der Trage lag, eine Maske vor dem Gesicht, unbehandelt. Zwei Sanitäter und der Fahrer standen fünfundzwanzig Meter weit entfernt und versorgten einen jungen Mann, der schreiend auf dem Boden lag.

»Komm weg«, sagte der Mann im Kinoeingang nervös und zog am Arm seiner Freundin. »Lass uns verschwinden. Das ist ja furchtbar. Warum wolltest du hierherkommen?«

»Geh du. Geh nur, geh einfach. Ist am besten so. Lauf da rüber, ich komme nach. Schnell. Da wird überall Polizei sein. Wir wollen da nicht reingezogen werden.«

Er warf einen Blick nach links und lief los, außen um den Platz herum. Blieb unsicher stehen und sah sich um. Von seiner Freundin keine Spur. Das Licht aus dem Krankenwagen erhellte die nächste Umgebung. Die orangegelbe Straßenbeleuchtung warf ihre Schatten durch die Bäume. Er blinzelte. Da waren zwei Gestalten im weißen Lichtkreis des Krankenwagens.

Zwei. Eine auf der Trage, eine, die sich darüberbeugte.

Ein Polizeiwagen rollte langsam auf den Platz.

Er rannte weiter.

Die zweite Gestalt löste sich vom Krankenwagen, sprintete los wie ein Windhund, und ihr Lauf war grenzenlos übermütig und sorgenfrei.

Das Morgenlicht war freundlich auf dem Land. Es sickerte ins Zimmer, statt einzudringen wie in London. Es lud sie ein, herauszukommen, statt sie zum Aufstehen zu ermahnen. An diesem Sonntag, der Gedanke an den Abschied dräute schon am Horizont, setzte sich Rachel mit den Pensionsgästen an den Frühstückstisch. Sie waren für eine ernsthafte Tageswanderung gekleidet und konnten es nicht erwarten loszumarschieren; sie aßen alles, was Grace ihnen vorsetzte, und spähten dabei durch die offene Tür in den makellosen Morgen hinaus. Es blieb nichts übrig für nicht existierende Haustiere. Auf der Midwinter-Farm hielt man keine Haustiere.

»Wo waren wir?«, fragte Grace, als die Gäste mit einem zweistimmigen Chor von Dankesworten verschwunden waren. »Ach ja, da waren wir.«

Sie ließ sich am Tisch nieder.

»Um es in aller Fairness zu sagen«, erzählte sie, »Ivy war nicht dazu fähig, für Sam zu sorgen, nachdem Cassie ertrunken war. Sie stand unter legalen Beruhigungsmedikamenten und beruhigte sich noch weiter mit denen von der anderen Sorte. Carl erlaubte nicht, dass ich den Jungen zu mir nahm, nicht einmal für eine Weile ... Wer konnte es Ivy verdenken? Sie machte sich Vorwürfe, weil sie nicht da gewesen war, weil sie Cassie ermuntert hatte, sich ihrem Vater zu widersetzen. Und ich glaube, sie machte Sam Vorwürfe, weil er ihr nicht zu Hilfe gekommen war. Wir alle erwarten zu viel von den Männern, auch von den kleinen. Carl hatte ihn ja schon nach Hause gebracht.«

Grace schnaubte in ihre Teetasse.

»Carl übertrieb natürlich. Er ist ein so überzeugender Lügner, dass er seine eigenen Lügen glaubt. Er sagte, der Junge hätte schreckliche Angst vor ihr, aber in Wirklichkeit hatte er Angst davor zu sehen, wie seine Mutter verprügelt wurde. Es sei besser, sie voneinander getrennt zu halten, sagte er. Sie schwirrte wie eine Billardkugel hin und her zwischen London und hier. Zunächst mal hatte sie Wahnvorstellungen. Sie redete sich ein, Cassie sei nicht wirklich tot. Sie sagte immer wieder, Cassie sei in einen Schwan verwandelt worden – nicht tot, einfach nur verwandelt. Das waren die Drogen, die da redeten, aber sie glaubte es. Ich ließ sie. Wenn es sie nur tröstete. Und dann ... passierte noch etwas. Sie fuhr nach Hause, nach London, aber er sperrte sie aus, und da verschwand sie.«

»Hat er nicht versucht, sie zu finden?«

»Nicht lange. Er hat mir Geld geschickt, damit ich es übernehme. Und die Scheidungsunterlagen außerdem. Sie brauchte nur noch zu unterschreiben.«

»Aber Besuchsrechte, Unterhaltszahlungen, all das. Großelternrechte. Es gibt doch Gesetze, oder? Ihr habt Rechte.«

»Du hast Rechte, wenn du Lust hast, sie durchzusetzen«, sagte Grace verbittert. »Du hast Rechte, wenn du das Geld hast, sie durchzusetzen. Du hast Rechte, wenn du nicht mitten im Nirgendwo bist und nicht weißt, was du tun sollst. Du hast Rechte, wenn du entsprechend qualifiziert bist oder jemanden kennst, der es ist. Wir waren es nicht, und wir kannten niemanden. Wir hatten einen landwirtschaftlichen Betrieb in Gang zu halten. Wir hatten keinen Penny übrig, noch heute nicht. Und besonders versiert sind wir auch nicht. Ich hätte keine Ahnung, wo ich anfangen müsste, meine Rechte durchzusetzen. Einen Detektiv bezahlen? Wovon? Und welche Chance hat man überhaupt gegen einen Anwalt? Stillhalten und sich verstecken, etwas anderes brauchte er nie zu tun. Briefe zerknüllen und sie zurückschicken. Er weiß, dass wir hilflos sind. Ivy weiß es auch. Ich wüsste nicht mal, wo ich anfangen sollte, ihn zu suchen. Und sie auch nicht.«

»Aber sie könnte es doch, oder nicht? Sie könnte ihn ausfindig machen, wenn sie wollte.«

»Herzchen, ist dir nicht klar, dass Ivy kaum das Kleingedruckte lesen kann? Sie sieht Formen, keine Buchstaben. Unsere Schuld. Eine nicht erkannte Lesestörung, eine Dyslexie. Auch dafür hat Carl sie verachtet, hat sie mir erzählt. Sie verbirgt es und lernt alles auswendig, indem sie es übt. Er hat sich ihrer geschämt. Es schickt sich ja auch nicht, oder? Ein Jurist, dessen Ehefrau halbe Analphabetin ist? Was konnte sie dagegen sagen?«

Grace weinte wieder. Auch Rachel war den Tränen nahe, aus geteilter Frustration und Wut, aus Mitleid für etwas, das sie nicht gewusst hatte.

»Und weißt du, was das Schlimmste an ihm ist? Das Einzige, was ich über ihn weiß, weil ich es in einer Zeitung gelesen habe, die jemand hiergelassen hat. Weißt du, womit dieser Scheißkerl inzwischen sein Geld verdient? Warum er uns nicht mehr kennen wollte? Er ist Richter. Ein gottverdammter Richter. Und deshalb unantastbar.«

»Weiß Ivy das?«

»Ja. Es ist das Einzige, was ich ihr erzählt habe.«

»Oh.«

Ivy hatte so viel ausgelassen. Ivy verachtete Mitleid, und gerade deshalb verdiente sie es.

Vielleicht seid ihr nicht imstande, ihn zu finden, dachte Rachel. Aber ich könnte es.

6

Donald Cousins wartete am Dienstagmorgen hinten im Gerichtssaal Seiner Ehren, des Richters Schneider; er sah und hörte nur mit halbem Ohr zu, wie eine Zeugin durch ihre Aussage stolperte. Er hatte sich nur schwer überwinden können, aus der Sonne hier hereinzukommen, aber die Kühle hier drinnen war willkommen. Middlesex Crown Court, dem Parlament gegenüber, war früher einmal ein Gedicht in geschnitzter Eiche gewesen, und Donald trauerte darum. Heute war Saal fünf, in dem der Richter verhandelte, eine weiß gestrichene Schachtel voller Powerpoint-Beamer und Laptop-Monitore, so anonym wie alles andere, auch wenn ein deplatziert wirkender thronartiger Sessel für den Richter erhalten worden war. Das Wappen darüber, der Schild mit dem alten Wahlspruch *Honni soit qui mal y pense* – Ein Schuft, wer Böses dabei denkt –, war in leuchtend roten, blauen und goldenen Farben gemalt und sah aus wie eine grelle Warntafel. Die Unsicherheit der Engländer, dachte Donald. Die Sprache des Rechts war Latein, die Mottos in den Gerichtssälen waren in altem Französisch, und der Richter in diesem Fall hatte einen teutonischen Namen. Schneider. Den Vorsitz im Nachbarsaal führte ein schmächtiger Goaner, dessen braune Haut eigenartig gut zu der weißen Perücke passte. Die Zeugin vor diesem Gericht war eine hier ansässige Skandinavierin, die gesehen hatte, wie ein Mann von einer Gruppe anderer Männer brutal angegriffen worden war; einer der Männer saß auf der Anklagebank. Sie wurde von einem afrikanischen Verteidiger ins Kreuzverhör genommen. Donald Cousins spürte mit geschwellter Brust, dass er stolz darauf war, Engländer zu sein. Nirgendwo sonst war die Justiz so farbenprächtig. Er versuchte sich zu konzentrieren.

Das Verfahren wiederholte die Geschichte einer Straßenschlägerei, die sechs Monate zuvor, von Fremden beobachtet, an einem dunklen Abend stattgefunden hatte. Ein Mann war entstellt worden, weil er das simple Verbrechen begangen hatte, zur falschen Zeit am falschen Ort zu sein. Die Zeugin, die gerade befragt wurde, litt Qualen, als sie es jetzt noch einmal durchleben musste. Er sagte etwas, ja; dann schlug er ihn, und der andere schlug zurück, und dann prügelten sie sich, und einer ging zu Boden. Drei von ihnen haben auf ihn eingetreten.

Können Sie den Mann auf der Anklagebank als einen dieser Männer identifizieren?

Ja. Er war derjenige, der am längsten weitergemacht hat. Die anderen hörten auf.

Ja, aber können Sie meinen Mandanten identifizieren?

Für Donald Cousins war das alles nur der Beweis dafür, dass Fäuste, Füße und Messer immer noch die bevorzugten Waffen in der City waren. An Samstagabenden, an Fest- und Feiertagen und nach Fußballspielen kehrte das Westend zu historischen Formen zurück. Hartes Trinken war die Freizeitbeschäftigung der Wahl, lange bevor Queen Victoria regierte, der Gin kostete einen Penny der halbe Liter, danach kamen die Prügeleien, und so war es noch heute. In denselben Gegenden der Innenstadt strandete jeden Samstagabend ein Heer von Betrunkenen, angelockt von hellen Lichtern und Musik, von billigem Alkohol und voneinander, ohne eine Möglichkeit, nach Hause zu kommen, und außerdem ohne jedes Richtungsgefühl. Donald machte die Sechzigerjahre dafür verantwortlich, die eine neue Welle der Hemmungslosigkeit in Gang gesetzt hatten. Carnaby Street und all das. Alberne Kleidung, Drogen, neues Geld. Protestmärsche, die für das Recht auf Gewalt eintraten. Wirklich die Lust verloren hatte er zum ersten Mal dann viel später, bei den bösartigen Krawallen gegen die Kopfsteuer; auf späteren Demos hatte er sie begraben und sich bei einem Polizeieinsatz während der Silvesterfeierlichkeiten auf dem Trafalgar Square endgültig davon verabschiedet. *Honni soit* … Die Liebe zum Leben, die zur Silvesternacht gehörte, wurde in den ersten Stunden des neuen Jahres schnell ranzig. Es gab endlose Gelegenheiten für beiläufige Morde. Zurzeit fand die Action in der Umgebung des Leicester Square statt, des Zentrums für Bars, billige Restaurants und Kinos, wo Pubs und Clubs die Spaßverliebten zu Tausenden ausspuckten, wenn die Nachtbusse selten geworden waren, und sie wanderten dann ziellos umher, fingen wahllos Schlägereien an und ließen einander im Stich. Sogar der Sohn eines Premierministers. Und nichts einigte eine festlich gestimmte oder protestierende Meute besser als die Anwesenheit der Polizei, die schnell zum gemeinsamen Feind wurde. An diesen Fronten, an diesen unberechenbaren Samstagabenden lernte ein Mann in

Uniform, umgeben von historischen Monumenten, zu hassen, zu fürchten und die erbarmungswürdige, erbarmungslose Öffentlichkeit zu verachten. Es kam vor, dass diese spezielle Trübsal die Seele nie mehr verließ.

Er hörte zu. Die Zeugin stotterte. Natürlich war er das. Er trug eine Baseballmütze. Er hatte Streifen an den Schuhen. Er trat auf den Mann am Boden ein, als der sich schon lange nicht mehr bewegte. Mir wurde schlecht davon. Er war der Schlimmste, er hat auf den Kopf gezielt. Es war, als wollte er überhaupt nicht aufhören.

Wie blind sind Sie, Miss Gunstrom? Haben Sie an jenem Abend Ihre Brille getragen? Ich stelle fest, dass Sie sie jetzt tragen. Sie konnten nicht richtig sehen, nicht wahr?

Donald stöhnte. Ein billiger Trick der Verteidigung, die Zeugin so zu befragen.

»Viele von uns tragen eine Brille, Mr Peal«, sagte der Richter und rückte seine eigene zurecht. »Sie hebt das Sehvermögen nicht auf und kann es im Gegenteil sogar verbessern. Dazu ist sie da. Und Sie dürfen die Zeugin nicht drangsalieren. Ich glaube, wir sollten die Verhandlung vertagen. Wir sehen uns um vierzehn Uhr dreißig.«

Richter Schneider machte seine Sache nicht schlecht, das musste Donald zugeben. Er beschränkte seine Unterbrechungen auf ein Minimum und beschützte die Zeugin. Kühl, gewissenhaft und überraschend einfühlsam. Er hatte in letzter Zeit vermutet, dass die gleiche Trübsal, die in die Seele eines Polizisten drang, auch die eines Richters befallen müsse, wenn auch später und nicht früher, denn ein Richter wurde besser bezahlt, er musste nie mit den Leichen hantieren und das Blut berühren und betrachtete die

Umstände eines Gemetzels aus der Distanz, aus dritter Hand. Aber die verbalen und visuellen Wiederholungen der Unmenschlichkeit des Menschen gegen den Menschen mussten am Ende auch ihn ermüden, selbst wenn sie durch das Erzählen sterilisiert wurde, vor allem, wenn sie von so sinnloser und stupider Bosheit war wie in diesem Fall. Und was die Bestrafung anging, so konnte der Richter niemals ein Auge für ein Auge und einen Zahn für einen Zahn bieten. Dieses Privileg hatte er nicht. Er urteilte nach Schablonen, während die hungrigen Augen im Zuschauerraum nach Rache gierten.

Es war ein angemessener Fall für diesen Dienstagmorgen, nachdem die Schlagzeile des *Evening Standard* eine neue Variation über die Samstagabendbrutalität gebracht hatte. Ein niedergestochener Mann war in einem Krankenwagen am Leicester Square allein gelassen worden, wo er zumindest in Sicherheit war, bis jemand ihn dort besucht und erledigt hatte, was nicht einmal zur Hälfte vollbracht worden war. Hatte ihn wie ein Huhn mit einer Garrotte erwürgt, während eine ganze Phalanx von anderweitig beschäftigten Polizisten nur wenige Meter entfernt gestanden hatte. So etwas erforderte jede Menge bösartigen Vorbedacht, in einen Krankenwagen zu klettern und einen Verletzten umzubringen. Donald wusste nicht, was ihn mehr schockierte – die Grausamkeit oder die Dreistigkeit.

Am Montag hatte er mehrere Stunden damit zugebracht, mit der Sekretärin des Richters die Akten durchzusehen, und dabei war ihm klar geworden, dass Carl so übel nicht sein konnte, denn diese anderthalb Zentner schwere, großbusige, nüchterne Jamaikanerin, die er sich mit drei Kollegen teilte, schien ihn tatsächlich zu mögen. Sie war eine große Hilfe bei den Fakten und hatte ein Gedächtnis wie Methusalem. Er kriegt andauernd rassistische Beschimpfungen, erzählte sie, wegen seines Namens. Ausschließlich von dämlichen Weißen. Was soll man dazu sagen? Ich rate ihm immer, er soll sich Smith nennen. Wenn er sich Dolores Smith nennt, sage ich, und ein bisschen Schmuck trägt, dann wird er befördert. Er ist ein netter, warmherziger Mann.

Wie sieht es mit seinem Privatleben aus?, fragte Donald. Sie schüttelte den Kopf und antwortete, wenn sie darüber etwas wüsste, würde sie es ihm nicht erzählen.

Nett? Warmherzig?

Er war wie ein Eisberg, als er in das winzige Richterzimmer kam, und lächelte so kurz, dass es aussah, als schalte jemand eine Glühbirne ein und wieder aus, innerhalb von einer Sekunde. Mit einem Kopfnicken nahm er die Verabredung mit Donald zur Kenntnis.

»Können wir aus dem Haus gehen?«, fragte er. »Wenn es Ihnen recht ist. Ich gehe lieber aus.«

»Selbstverständlich, Sir.«

»Sie sind der Einzige hier, der ihn Sir nennt«, kommentierte die Sekretärin. »Wir andern nennen ihn Gott. Nicht wahr, Carly-Baby?«

Jetzt lächelte er sie an, und dieses echte Lächeln war eine Offenbarung. Er ging voraus durch ein Labyrinth von Korridoren, die von den Hinterzimmern des Gerichts zu einem Nebenausgang führten. Draußen auf der Straße übernahm er wieder die Führung und ließ das Gebäude, wie Donald fand, mit unnötigem Tempo hinter sich.

»Wir können am Fluss entlang zu meinem Büro in der Kammer laufen«, sagte er. »Oder bei Winston Churchill am Parliament Square sitzen. So halte ich es an einem Tag wie heute meistens. Alles – nur keinem Juristen über den Weg laufen.«

Sein gelbgraues Haar war platt gedrückt von der Perücke, die er den ganzen Vormittag getragen hatte. Donald war es ein Rätsel, warum die Juristen gegen diesen bizarren und wenig schmeichelhaften Teil ihrer Amtstracht nicht rebellierten. Jeder vernünftige Mensch würde etwas dagegen haben, sich an einem solchen Tag Rosshaar auf den Kopf zu stülpen. Aber vielleicht half es ihnen, sich zu konzentrieren, sodass sie vergaßen, wie sie aussahen. Mit Perücke, Robe und weißem Kragen waren sie alle gleichermaßen anonym. Ohne das alles sah Carl kleiner aus.

Um vom Gericht aus auf den Platz zu gelangen, mussten sie über die Straße sprinten, quer über drei Fahrspuren hinweg. Der Richter war es offenbar gewohnt. Wegen der Tauben und des Lärms war der Platz kein idealer Ort für eine Unterhaltung, aber der Autoverkehr machte ihn zu einer isolierten Insel, und nur wenige Leute riskierten, sie zu betreten, obwohl der Blick auf die Mutter der Parlamente und Big Ben mit seinem lächelnden Gesicht besser war. Carl setzte sich auf die steinerne Umfriedung eines Blumenbeets vor dem massigen Rücken der Statue Winston Churchills, der seinen alten Mantel trug und finster in die Welt starrte. Donald blieb nichts anderes übrig, als sich danebenzusetzen. Die Mauer war angenehm kühl. Donald konnte sich vorstellen, dass der Richter auch dann hier saß, wenn sie mit Eis bedeckt war. Er wirkte nicht wie ein Mann, der in leiblichen Genüssen schwelgte. Mit seiner großen, kompetenten Hand tätschelte Carl den Stein.

»Winston war der Held meines Vaters«, sagte er, wie um seine Ortswahl zu begründen. »Da mein Vater deutscher Kriegsgefangener war, habe ich nie ganz verstanden, warum. Er hat immerhin gesagt, wir müssten vernichtet werden.«

Diese Bemerkung erforderte anscheinend keine Antwort. Carl saß erwartungsvoll da und legte die Hände in den Schoß.

Donald, der die wenigen verfügbaren Details über seine Vergangenheit nachgelesen hatte, nickte nur, um zu zeigen, dass er darüber Bescheid wisse, und stellte dann eine Frage, weil sie ihn interessierte. Sie saßen dicht nebeneinander, damit sie sich im neutralen Rauschen des Verkehrs ringsum besser hören konnten.

»Sie sind Ende der Fünfzigerjahre geboren, nicht wahr? Nicht sehr lange nach dem Krieg. Was hat es für Sie bedeutet, dass Ihr Vater Deutscher war?«

»Ich weiß es, ehrlich gesagt, nicht genau. Vielleicht einfach nur, dass ich eine andere Kindheit hatte als andere Leute, obwohl es mir damals nicht so vorkam. Wenn er diskriminiert wurde, sprach er jedenfalls nicht darüber. Er war einfach sehr probritisch eingestellt. Ich wurde dazu erzogen, dankbar dafür zu sein, dass ich lebte, und alles Britische zu verehren – natürlich mit einer gewissen germanischen Disziplin. Der Unterschied kam später.« Er lächelte nachsichtheischend. »Als ich ein Teenager war, nach dem Tod meiner Mutter, war es für mich verwirrend zu sehen, wie meine englischen Altersgenossen jede Tradition mit Hohn übergossen und das Establishment hassten, das ich zu ehren gelernt hatte, wie ich es immer noch tue, wenn auch vielleicht etwas selektiver. Ich bin immer ein wenig aus dem Rahmen gefallen, nehme ich an. Ultrakonservativ, mehr nicht. Haben Sie Neuigkeiten für mich? Noch einmal: Es tut mir leid, wenn ich Ihnen zur Last falle.«

Donald räusperte sich. Er sehnte sich nach einem schönen warmen Bier. »Ich habe ein paar potenzielle Personen ermittelt«, sagte er. »Die gute Nachricht ist die, dass die Liste nicht lang ist. Die schlechte: Sie sind schwer zu finden. Und ich habe keinerlei Mittel, eine von ihnen zum Reden zu bringen, falls ich sie doch finden sollte.«

»Wie um alles in der Welt haben Sie die Auswahl getroffen?«

»Nach ein paar Grundprinzipien, die an sich schon eine Menge einfach voraussetzen. Erstens: Ich habe nach Personen gesucht, die sich verärgert über Sie geäußert haben. Das ist die umfassendste Kategorie; davon gibt es jede Menge. Zornige junge Männer hauptsächlich, Kunden von Ihnen, die Drohungen ausstoßen, während sie in ihre Gefängniszelle geführt werden. Diejenigen, die bis dahin frei waren.«

»Aber ich habe Ihnen doch gesagt …«, unterbrach Carl.

»Dass diese Leute meistens darauf vorbereit sind und sich damit abgefunden haben, ja«, sagte Donald ungeduldig. »Wie die Menschen es theoretisch auch im Falle des Todes oder kleinerer Tragödien sind, die sich schon eine Zeit lang ankündigten. Wir mögen gewarnt sein, aber nichts bereitet uns auf das vor, was wir empfinden, wenn es dann tatsächlich geschieht. Dann sind wir immer noch wütend und gekränkt. Wie gesagt, die größte Kategorie der Drohenden sind diejenigen, die Ihnen öffentlich die Schuld daran gaben, dass sie ins Gefängnis mussten. Hass tritt oft an die Stelle der Schuld, zumal, wenn es die eigene Schuld ist.«

Carl schwieg.

»Also«, fuhr Donald fort, »die größte Kategorie ist die Brigade derer, die gesagt hat: *Ich bringe dich um, du Schwein.* Diejenigen, die diese Worte tatsächlich schrien, weil das Urteil sie gedemütigt hat. Und vor allem diejenigen innerhalb dieser Kategorie, die bereits eine Neigung zur Gewalttätigkeit an den Tag gelegt hatten. Ich meine, Leute, die Sie wegen Gewaltverbrechen verurteilten, im Unterschied zu allen andern.«

»Das klingt sehr theoretisch«, sagte Carl. »Aber diese Leute sind nicht die gerissensten. Betrüger sind schlimmer. Sie ruinieren ein Menschenleben ohne den leisesten Hauch von Gewalttätigkeit. Im Vergleich zu ihnen erscheint ein Schläger beinahe als vorbildlicher Mensch.«

Es hörte sich an, als versuche er, das Thema zu wechseln.

Donald redete weiter. »Die andere Kategorie, von der Sie sprachen, habe ich ignoriert: diejenigen, die Sie womöglich für etwas hassen, das Sie – in ihren Augen – *nicht* getan haben. Weil sie beispielsweise kein hinreichend rächendes Urteil gegen jemanden fällten, der ihrem Kind etwas angetan hatte. Leute, die um eine hinreichende Vergeltung geprellt wurden – die Sache mit dem Miasma, von dem wir sprachen –, weil jemand aufgrund einer Formalität davongekommen ist. Solche Personen kann ich unmöglich ausfindig machen, es sei denn, sie hätten sich öffentlich entsprechend geäußert. Ich muss mich an das Offensichtliche halten, und das ist die Gruppe der Gewalttätigen, Lautstarken, die geschrien haben. Und diese kleine Gruppe habe ich auf diejenigen reduziert, die die notwendigen Fähigkeiten und genug Ausdauer besitzen.«

Carl beugte sich vor und legte die Hände auf die Knie. Er schaute in den Himmel und genoss die Wärme in seinem Gesicht, reckte den Hals wie eine Katze, die auf die Sonne reagiert. Sein Profil sah harmlos aus: eine stumpfe Nase, eine breite Stirn, ein rundes, nicht aggressives Kinn, ein dicker Hals. Aber er hatte riesige Hände, die für schwere Arbeit geschaffen zu sein schienen. Chirurgen hatten solche Hände. Donald hatte das unbehagliche Gefühl, dass er dem Richter, obwohl der Mann älter war als er selbst, nicht gern nachts in einer dunklen Gasse in die Quere kommen würde. Er war eine kompakte Erscheinung.

»Was genau meinen Sie mit Ausdauer? Ist das neuer Polizeijargon?«

Donald hatte das Gefühl, dass der Mann sich über ihn lustig machte. Dass er schon im Voraus wusste, wie unnütz diese Ermittlungen waren und dass hier nur mit Worten gespielt wurde. Er hob die Stimme und sprach langsamer.

»Ich meine damit die Fähigkeit und die Willenskraft, etwas zu Ende zu bringen. Seinen Groll zu hegen, seine Rache zu planen und an dem Plan zu feilen, ein Ziel zu haben und es sich zu erhalten, über Monate, wenn nötig, über Jahre hinweg. Ich sehe mir nur die beiden letzten Jahre an. Und außerdem sehe ich mir nur Männer an. Frauen tun so etwas nicht, und Sie haben auch nur eine Handvoll vom schöneren Geschlecht ins Gefängnis geschickt.«

»Die Geschworenen verurteilen«, fing Carl an. »Nicht ich.« Er tat, als sei er schwer von Begriff.

»Oder sie tun es nicht.« Donald war plötzlich wütend.

»Die dummen Geschworenen mögen das Urteil fällen, sie sind verantwortlich, aber Sie sind derjenige, der die Typen ins Gefängnis schickt, und an Sie erinnern sie sich, nicht an die zwölf grauen Figuren.«

»Ich halte die Geschworenen niemals für dumm«, sagte Carl. Er versuchte wirklich, das Thema zu wechseln. »Man hat sie jahrhundertelang schikaniert – erst als gemietete Zeugen, dann als Pappfiguren mit dem Befehl, nichts anderes zu tun, als jemanden zu verurteilen. Kein warmes Feuer, nichts zu essen, nichts zu trinken, bis sie es taten. Schließlich rebellierten sie, im Prozess gegen William Penn, den Quäker. 1670, nicht wahr? Eine an den Haaren herbeigezogene Anklage wegen einer Gebetsversammlung. Nie im Leben. Die Geschworenen wollten ihn nicht verurteilen. Sie wurden ausgehungert und eingesperrt, und sie taten es immer noch nicht. Sie hatten etwas dagegen, dass der Staat einen Buhmann aufstellt und dann erwartet, dass sie ihn hängen. Am Ende konnten die Geschworenen sich durchsetzen. Penn nahm das Jury-System mit nach Amerika. Und schauen Sie sich an, was sie dort daraus gemacht haben. Wie sagte William Blackstone? *Das Urteil von zwölf Männern, ohne Ansehen erwählt und über jeden Verdacht erhaben …*«

»*… ist das heilige Bollwerk der Freiheit der Nation*«, endete Donald.

Der Richter sah auf die Uhr. »Das ist alles, was ich zu bewahren habe. Das Recht der Geschworenen, sich nicht einwickeln zu lassen. Damit sie ihr Urteil fällen können. Ich wünschte wirklich, die Angeklagten könnten das einsehen. Aber ich schweife ab. Sie sagten soeben?«

Dieser raffinierte Gauner tat, als kenne er sich in Geschichte nicht aus, dachte Donald. Unter andern Umständen hätte ihm dieser Mann Spaß gemacht. Er wollte entgegnen, dass die Geschworenen im Fall William Penn wohl kaum unvoreingenommen waren, denn der Vorsitzende der Jury sei selbst ein eingefleischter Quäker gewesen. Und was war mit diesem armen Irren, der gehängt wurde, weil er das Feuer angezündet hatte, das London in Schutt und Asche legte? Auch das waren die Geschworenen gewesen. Er spürte, dass sie lange Zeit so weiterreden könnten und dass der Richter versuchte, ihn abzulenken. Er fragte sich, warum, aber da war er auf Vermutungen angewiesen.

»Der Mann, der Ihnen drohende Bilder schickt, Sir, und der sich vielleicht Zugang zu Ihrem Büro verschafft hat, ist auf alle Fälle gefährlich, zumindest potenziell, denn er ist berechnend, und er muss zwei Qualifikationen besitzen. Die letzten drei Bilder übrigens stammen aus zwei Quellen: eins von einem College mit einem für jeden im Hause offenen Computerraum und zwei aus einem Internetcafé. Vielleicht kann unser Mann sich unentdeckt irgendwo einschleichen, aber auf jeden Fall kennt er sich mit Computern aus. Er kann Bilder herunterladen oder scannen, er kann mit den Geräten umgehen.«

»Kann das nicht heutzutage jeder?«, fragte Carl unbekümmert.

Er wohnte also doch im Elfenbeinturm.

»Nicht das arbeitslose Gesindel, das in Ihren Gerichtssaal kommt und Drohungen ausstößt – es sei denn natürlich, einer kommt ins Gefängnis, wo er es vielleicht lernt. Sie lernen den Umgang mit Computern im Gefängnis.«

»Ich wäre froh, wenn sie überhaupt irgendetwas lernen würden«, sagte Carl. »Abgesehen vom Rauschgiftnehmen. Sie glauben also, die Person, die mich bedroht, ist ein Exsträfling, der mir immer noch grollt, *nachdem* er wieder auf freiem Fuß ist? Und der die notwendigen Fähigkeiten erworben hat?«

»Ein computererfahrener Exsträfling, der in Ihr Richterzimmer eindringen kann. Vielfältig begabt, vielleicht schon früher wegen planmäßiger Belästigung aufgefallen. Ich bezweifle, dass es ihn interessiert, ob Sie leben oder tot sind, aber er will, dass Sie sich unbehaglich fühlen.«

»Irgendjemand besonders auffällig auf Ihrer kleinen Liste?«

Donald spürte, dass er sich bemühte, keinen sarkastischen Ton anzuschlagen. Er konnte es riskieren, beleidigt zu sein, denn seine Trumpfkarte hatte er noch nicht ausgespielt. Er hatte noch den Pik-Buben, der ihm die Rechtfertigung lieferte, diese ruhige Kugel zu schieben, solange er Lust dazu hatte. Es sei denn, natürlich, der Mörder des Mannes im Krankenwagen startete eine ganze Serie von Morden. Dann würden sie alle hinzugezogen werden.

»Ja, rein zufällig gibt es da jemanden. Erinnern Sie sich an einen Mann namens Blaker? Rückfalltäter, Dropout? Mildes Urteil mit Rücksicht auf sein Alter, trotz seiner Bosheit? Wegen Raubes verurteilt. Er hat Frauen die Handtasche entrissen, die Kreditkarten verkauft, das Bargeld behalten. Und dann, wenn sie gerade anfingen, sich von dem Schrecken zu erholen, hat er Kontakt mit den Frauen aufgenommen. Hat ihnen gesagt, er wisse, wo sie wohnen, und sie sollten nur aufpassen. Hat ihnen Angst eingejagt, ohne jeden Grund, nur weil es ihm Spaß machte. Als er verhaftet wurde, und das wurde er, weil er nur eine einzige Bleibe hatte und immer wieder an dieselben Orte zurückkehrte – er kann nirgendwo anders als in Soho arbeiten oder sich zu Hause fühlen, dieser Typ –, fand man bei ihm eine hübsche alte Sammlung von Schlüsseln. Hatte nie versucht, sie zu benutzen, aber er muss daran gedacht haben. Sie haben ihn zweimal verurteilt, und es hat ihm beide Male nicht gefallen. Wurde im April aus der Haft entlassen. Ein Verrückter, aber er weiß sich auszudrücken.«

Carl richtete sich auf. Er sah ungeheuer erleichtert aus.

»Ah ja. Blaker. Unangenehmer Kerl, zurückhaltend gesagt. Ja. Er hat gebrüllt, nicht wahr? Behauptete, man habe ihn reingelegt, und ich sei Teil einer endlosen Verschwörung gegen ihn. Er sollte noch sitzen. Wo ist er jetzt?«

Big Ben läutete zwei Uhr. Der sonore Klang übertönte alle anderen Geräusche und hallte um sie herum wider. Donald wartete, bis die Glockentöne verklungen waren.

»Keine Ahnung, wo er ist. Vorzeitig entlassen, mit freundlichen Grüßen vom Bewährungsausschuss. Es gibt eine Adresse, an der er nicht ist; also spaziere ich entweder durch die Straßen, in denen er unterwegs sein könnte, oder ich warte, bis er sich bei seinem Bewährungshelfer meldet. Inzwischen muss ich mit Ihrem Sohn sprechen. Ich habe ihn auf seinem Handy angerufen, wie Sie es mir gesagt haben. Aber er ruft nicht zurück.«

Daran, wie die Schultern des Richters sich spannten, erkannte Donald, dass er recht gehabt hatte und dass dies eines der Themen war, die Seine Ehren gern vermeiden wollte. Carl sah aus, als habe das Glockenläuten ihn betäubt, und er rutschte unbehaglich hin und her. Dann nahm er sich zusammen und schüttelte den Kopf. »Ich bitte um Entschuldigung für seine Unhöflichkeit. Ich musste es ihm natürlich erzählen. Er sagt, ich bin paranoid.«

»Wann erreiche ich ihn am besten?«

Donald hätte ihn gern Carly-Baby genannt, um ihn zu provozieren. Carl erhob sich seufzend und sah sich nach Winston um, als suche er dort nach Inspiration.

»Er studiert«, sagte er. »Wirtschaftswissenschaften, das habe ich Ihnen gesagt, glaube ich. Deshalb findet er es sehr vernünftig, bei seinem Vater zu wohnen und den ganzen Vormittag zu verschlafen. Dort werden Sie ihn während der ersten Hälfte des Tages erreichen. Ich sage ihm, dass er Sie erwarten soll, ja? Inzwischen wird er an einem Tag wie heute draußen vor dem College sitzen und mit seinen Freunden Hof halten. Vorstellbar ist auch, dass er in einer Vorlesung ist, aber das glaube ich nicht. Sie haben das Foto, das ich Ihnen gegeben habe?«

»Ja.«

Selbstverständlich hatte er Fotos von beiden. Donald fragte sich, wie jemand, der einen Hass auf den Richter entwickelt hatte, als der eine Perücke trug, ihn jemals ohne sie erkennen sollte. Vielleicht war ja auch das ihr Zweck.

»Sams Foto wird vielleicht nicht besonders hilfreich sein«, sagte Carl. »Sie verändern sich in diesem Alter sehr schnell. Mein Sohn ganz besonders.«

»Das ist komisch. Meine Frau sagt das Gleiche über unsere Töchter.«

Sie machten sich auf den Weg zurück zum Gerichtsgebäude. Einen seltsamen Augenblick lang wollte Donald ihn nicht gehen lassen. Wollte lieber sagen: Lass uns ein Bier trinken gehen und herausfinden, was du wirklich über Geschichte weißt. Lass uns über die Ignoranz der Kinder reden. Und darüber, dass sie einen Scheißdreck kapieren. Einen Moment lang war er Carl dankbar. Schließlich war der Richter für die nächsten paar Stunden praktisch eingesperrt mit Dreckschweinen, Anwälten und Geschworenen, während er selbst frei herumspazieren konnte.

»Glauben Sie, Ihre Jury wird den Kerl, den Sie da auf der Anklagebank haben, verurteilen?«, fragte er, während sie darauf warteten, dass sie über die Straße zum Gericht gehen konnten. Der Verkehr erschien endlos und wütend in seinem Wettlauf gegen die Zeit, als wollten alle weit weg sein, bevor die ungeheure Uhr wieder die Stunde schlüge.

»Oh ja. Das Beweismaterial ist ausnahmsweise vollständig. Es war, wie die Zeugin sagte: *Es war, als wollte er überhaupt nicht aufhören.* Er hat nicht aufgehört zu treten, unser Angeklagter, bis man ihn wegriss, mit Blut an seinen gestreiften Schuhen. Er war in Raserei. Ich verstehe es nicht – Sie etwa? Wiederholte Fußtritte gegen Körper und Kopf, ein Milzriss. Woher kommt solcher Hass? Sie kannten sich nicht einmal.«

Jetzt waren sie atemlos auf der anderen Straßenseite angekommen.

»Macht es das besser oder schlimmer, Carly-Baby?«, keuchte Donald.

Carl blieb wie angewurzelt stehen und dachte nach. Es war, als komme es nur auf diese Frage an und als müsse jede Frage auch beantwortet werden. Er spreizte in ehrlicher Ratlosigkeit die Hände. »Ich weiß es einfach nicht. Ich wünschte, ich wüsste es. Nur das Opfer könnte es Ihnen sagen. Es ist die sinnlose Gewalt, die ich nicht verstehe. Ich verstehe, dass man Gewalttaten plant, für Geld, um Rache zu nehmen, was auch immer – aber nicht für *nichts*. Ich verstehe, dass jemand wegläuft, sich versteckt, lügt. Vernünftige Menschen zielen und schießen einmal, oder, Don? Eine Wut, die nicht irgendwann verraucht, verstehe ich nicht.«

»Oh, ich schon.« Donald lächelte. »Ich verstehe es. Haben Euer Ehren jemals Schießen gelernt? Sie müssen schießen und schießen, bis Sie nicht mehr danebentreffen.«

»Seien Sie nicht hart zu meinem Sohn«, sagte Carl. »Er ist sehr … jung.«

Er neigte kurz den Kopf und ging unvermittelt davon. Donald blieb allein auf dem Gehweg stehen. Er hatte für den Nachmittag nichts Wichtiges vor; er würde später nur Rechenschaft darüber ablegen müssen, wie er seine Zeit verbracht hatte. Ein bisschen kreatives Berichteschreiben. Der Gedanke an einen Spaziergang am Fluss entlang war verlockend – irgendeine nichtsnutzige Mission, die mit sich brachte, draußen unterwegs zu sein. Warum sollte er nicht versuchen, den Studenten aufzustöbern? Die Suche nach einer Nadel im Heuhaufen hatte insofern etwas Befriedigendes, als man sie – zumindest auf dem Papier – als wichtig betrachten konnte. Der ungezogene kleine Scheißer, der auf Anrufe nicht reagierte, konnte auch ein Hauptverdächtiger sein, und das wussten sie beide, er und der Richter.

Er ging los. Der Weg von Westminster nach Temple am Flussufer entlang war nicht weit. Das College des Sohnes lag oberhalb des Embankment, nicht weit vom Aldwych entfernt. Nach dem großen Brand von 1666 waren Steinhäuser an der Tagesordnung, allesamt erbaut und umgebaut bis zur Unkenntlichkeit, verändert durch Kriege, Moden, Geld. Er hätte wetten mögen, dass ein verwöhnter Student nicht ahnte, wie viel Glück er hatte, da zu sein, wo er war: in einem außerordentlichen Zeitalter des Friedens und des Wohlstands, das inzwischen länger dauerte als die meisten anderen im Laufe der Jahrhunderte. Seine eigenen Töchter waren genauso.

Es war heiß. Siebenundwanzig Grad, schwül, Londoner Hitze. Mit Bedauern wandte er sich vom Fluss ab und ging hinauf zum Aldwych und den hellen Gebäuden der London School of Economics. Die jungen Leute saßen dutzendweise draußen. Während er bergauf wanderte, schienen sie scharenweise bergab zu gehen, und das Gedränge wurde dichter, je weiter er kam. Er hasste es, wenn er nicht geradeaus gehen konnte; es war dann, als sei er mitten in einem Fliegenschwarm. Er betrachtete das Gewimmel der Studenten mit tiefem Abscheu und machte kehrt. Selbst mit einem Foto würde er den Jungen hier niemals finden. Stattdessen fand er einen Pub und einen Platz zum Sitzen im Freien. Er holte seinen Stundenzettel hervor und fing an zu schreiben.

Mr Terry Blaker, durchgeknallt und ohne festen Wohnsitz, von einer Obdachlosenunterkunft abgesehen, existierte natürlich. Der Richter erinnerte sich an ihn besser, als er zugab. Blakers Abschiedsworte, als er schreiend aus dem Saal geführt wurde, waren dem Protokoll zufolge von außergewöhnlich biblischer Natur. Gerichtet wirst du werden, hatte er gebrüllt. Deine eigenen Sünden werden über dich kommen. Du Mörder! Es wäre nett zu wissen, was er damit gemeint hatte. Allmählich war Donald von seinen eigenen

Argumenten überzeugt, von seiner eigenen Kategorisierung der verschiedenen Klassen derer, die potenziell des abscheulichen Verbrechens schuldig waren, dem guten Richter schlaflose Nächte zu bereiten. Je länger er darüber nachdachte, desto fester war er davon überzeugt, dass Blaker ein guter Tipp war, denn Blaker mochte sich durch den Bewährungsausschuss bestätigt fühlen – ein Unschuldiger, der auf Rache sann. Donald stellte zu seiner Überraschung fest, dass ihn das alles auch zu interessieren begann, ein wenig zumindest. Als Schuldiger wäre ihm Blaker lieber als der Sohn des Richters, denn er mochte den Richter. Er mochte Männer, die etwas von Geschichte verstanden. Er mochte es, wenn sie ihre Kinder beschützten. Daraus folgte nicht, dass die Sache dringend war. Er war ganz sicher, dass der Richter weniger gefährdet war als die meisten Leute, wenn sie die Straße überquerten, und das bedeutete, dass es morgen auch noch früh genug war.

Es regnete am späten Dienstagnachmittag, ein überfälliger Regen, der nach der drückenden Hitze des Tages in einem Schwall herniederprasselte. Rachel dachte jetzt anders über Regen. In der Stadt war er einfach lästig; auch wenn er die Luft reinigte und die Bäume glänzen ließ, hatte er keinen erkennbaren Sinn. Aber jetzt dachte sie an Bauer Wiseman und sein Heu. Sie brauchten Regen, hatte er gesagt – richtigen Regen, nicht das Geniesel vom Samstag. Je mehr, desto besser. Eine Woche lang, das wäre gut. Sie hatte nichts mehr gegen den Regen, abgesehen von der Tatsache, dass er die Leute dazu brachte, sich schlecht zu benehmen. Ein Wolkenbruch nach einer Dürre hatte in der Stadt die gleiche Wirkung wie ein plötzlicher Schneefall; er rief schlechte Laune und Erstaunen hervor, als habe es so etwas noch nie gegeben. Er lieferte einen Vorwand, zu spät zu kommen und Züge ausfallen zu lassen. Das Modell für den Zeichenkurs erschien nicht. Alle andern waren da, und niemand glaubte der Entschuldigung.

Das kommt vor, sagte der Lehrer. Sie sind nicht alle zuverlässig. Sorry, Leute, wir müssen uns selbst behelfen. Betrachtet es als Chance. Heute machen wir Köpfe. Unsere Köpfe. Freiwillige? Sie? Warum nicht mit einem hübschen Kopf anfangen? Fünf Minuten, bitte.

Rachel folgte seinen Anweisungen; sie setzte sich auf den verstaubten Plastikstuhl auf dem Podest in der Mitte des Raums und machte es sich bequem, wie sie es bei den anderen Modellen gesehen hatte. Sie suchte eine Stellung, die sie halten konnte. Das war schwieriger, als sie gedacht hatte. Es kam im Laufe eines Tages nur sehr selten vor, dass man eine Zeit lang völlig stillhielt, außer wenn man schlief – und nicht einmal dann. Sie starrte auf die hintere Wand und hatte sofort das Bedürfnis, sich zu bewegen. Es war still im Raum; man hörte nur das Rauschen des Verkehrs im Regen draußen, so beruhigend wie das Meer. Das Gefühl, gemustert zu werden, empfand sie nicht als unangenehm; sie saß still da, blickte starr in eine Richtung und ließ ihre Gedanken schweifen. Es war eine großartige Gelegenheit zum Träumen und zum Planen, hatte Ivy ihr erzählt.

»Man sieht selten ein lächelndes Porträt«, sagte der Lehrer gerade. »Jedenfalls nicht in Bleistift oder Kohle. Nicht unmittelbar vom lebenden Modell. Niemand kann ein Lächeln lange beibehalten. Nicht einmal ein Politiker. Denken Sie daran, wie fixiert es auf ihrem Gesicht aussieht. Nach einer Weile fängt es an wehzutun. Ernst ist die natürliche Ruhestellung des Gesichts.«

Was für ein kurzes Gedächtnis du hast, dachte Rachel. Ivy konnte ihr Lächeln zehn Minuten behalten. Sie hatte es hier einmal getan – aber der Lehrer hatte recht. Es war ein bisschen verstörend gewesen.

»Diejenigen von Ihnen, die nur den Hinterkopf sehen können«, sagte der Lehrer. »Seien Sie unbesorgt. Er ist ebenso aufschlussreich wie die Vorderansicht. Besonders, wenn Sie die Neigung des Halses sehen können. Hälse sind wie Blumenstiele, sie neigen sich immer.«

Rachels Haar war wie gewöhnlich zu einem strengen Knoten hochgebunden. In letzter Zeit sehnte sie sich immer danach, es offen fallen zu lassen. Jetzt hatte sie das Gefühl, sie sei hilfsbereit.

»Danke. Jetzt Sie, Norman.«

Ein Männerkopf, als Kontrast. Der Mann, den sie den Dödel nannten, setzte sich auf den heißen Stuhl. Es erinnerte sie an eine ärztliche Untersuchung vor Publikum. Er saß ihr gegenüber und beliebte, sie beschwörend anzustarren, statt auf die Wand zu schauen. Kein übles Gesicht, wenn sie es so direkt ansah und den Abstand zwischen Haaransatz und Augen maß, zwischen Nase und Mund, das schmale Kinn. Da war nichts Unfreundliches. Den leisen Schauder der Abneigung und der Verlegenheit, den er in ihr hervorgerufen hatte, empfand sie nicht. Er war nur ein Gesicht. Niemand sonst bemerkte, dass er sie anstarrte und ihre Aufmerksamkeit mit flehendem Blick zu erzwingen versuchte. Er zuckte; seine Zeit war auf drei Minuten begrenzt. Sie stellte fest, dass Köpfe weniger hergaben als Körper. Auf dem Weg zu seinem Platz auf der anderen Seite des Raums blieb er an ihrer Staffelei stehen.

»Hören Sie«, flüsterte er eindringlich und nutzte die Unruhe, als ein neuer Kopf seine Position einnahm und Zeichenblöcke umgeblättert wurden. »Hören Sie, ich muss mit Ihnen sprechen. Sie wohnen doch mit Ivy zusammen, oder? Ich muss Ihnen etwas erzählen ...«

»Nein, müssen Sie nicht.«

»Ich war am Samstagabend mit ihr aus.« Seine Stimme wurde lauter, als das Geraschel aufhörte.

»Sie träumen«, murmelte Rachel.

»Fünf Minuten. Bitte.«

Er ging zu seinem Platz.

»Wenn Sie den Kopf zeichnen«, predigte der Lehrer müde und funkelte dabei Norman an, »denken Sie immer daran, Platz für das Gehirn zu lassen.«

Als der Kurs zu Ende war, ging Rachel als Erste hinaus und überließ es jemand anderem, ihre Staffelei und ihren Stuhl wegzuräumen.

Ivy würde zu Hause sein, und die Wohnung war voller Blumen. Es regnete noch immer, und es war herrlich, jetzt nach Hause zu gehen.

In ihrer Jackentasche fand sie das Knochenstück aus dem Verbrennungsofen, das Bauer Wiseman ihr gegeben hatte. Ein Souvenir aus einem anderen Land. Sie und Ivy würden bald wieder dort hinfahren. Dies war ein Sommer des Glücks und des Erfolgs für sie.

Sie *konnte* ihn finden. Die Frage war nur, ob sie es auch tun sollte.

7

Rachel war stolz auf ihre Wohnung. Genauer gesagt, sie war stolz darauf, sie zu besitzen. Etwas zu besitzen war ein Erfolg. Ein eigenes Heim mit einer eigenen Tür, das war das Ziel. Es war das Gelobte Land, beteuerte ihr Vater, und es waren die einzigen ehrenwerten Schulden. Der Pass ins Land der Sicherheit. Aber natürlich war der Rückfall seines eigenen Hauses an die Bank ein Albtraum gewesen, den er nie vergessen hatte, nicht einmal, als sie es mühsam geschafft hatten, in ruhigere Gewässer zurückzukehren, sich in einem in letzter Minute vor dem Verlust geretteten Haus einzurichten und zurechtzukommen. Sie hatten es nie für einen falschen Traum gehalten, eine lebenslange Verschuldung anzustreben, und sie dachten auch nie daran, dass es noch andere Träume geben könnte, die es wert waren, dass man sie verfolgte.

Ihrer Tochter würde es besser gehen. Ihrer Tochter ging es besser.

Ivy kapierte das alles überhaupt nicht.

»Manchmal glaube ich, er ist vielleicht neidisch auf mich«, erklärte Rachel ihr. »Und er hat schreckliche Angst, jemand könnte es mir wieder wegnehmen. Eine eigene Wohnung schon mit fünfundzwanzig? Das übersteigt seine kühnsten Träume. Seine Generation hat mit Lebensmittelkarten angefangen, und sie haben gespart, damit sie heiraten konnten. Dann hat er gespart, um mich zu bekommen. Noch ein Kind konnten sie sich nicht leisten.«

»Wie schade«, sagte Ivy. »Bei uns hätte es mehr geben sollen. Meine Eltern haben es versucht und nicht geschafft. Mich interessiert es vermutlich deshalb nicht, irgendetwas zu besitzen, weil es immer *da* war. Dads Hof war Dads Hof, und davor war es der Hof seines Dads; unser Haus war unser Haus und gehörte nie einem Vermieter. Frei hat es sie nicht gemacht, denn sie waren daran gefesselt. Sie mussten mit Klauen und Zähnen darum kämpfen, es zu behalten, und so kam es nicht infrage, es jemals zu verlassen. Dad ist bis über beide Ohren verschuldet, aber er könnte nichts anderes tun. Sie haben niemals einen Penny übrig gehabt, und verkaufen können sie es ebenso wenig, wie sie zum Mond fliegen können. Es besitzt sie.«

Sie hatten sich, behaglich wie Katzen, in den Sesseln zusammengerollt, barfuß und warm. Durch das offene Fenster drang das Rauschen des Regens.

»Wer wird es übernehmen, wenn sie zu alt sind?«

»Niemand.«

»Du könntest es.«

Ivy schüttelte den Kopf. »Nein. Ich wäre niemals stark genug dazu. Ich hab's nicht im Blut, und er könnte es nicht ertragen. Es wäre einfach nicht die natürliche Ordnung der Dinge, weißt du. Es muss einfach an einen Mann weitergegeben werden. Er spricht nicht darüber, aber ich weiß, wovon er träumt. Von einem Sohn, der alles übernimmt, oder jetzt von einem Enkel. Oder der es – wenn er es nicht übernimmt – wenigstens bewundert, versteht und zu schätzen weiß. Der es sieht. Der es mit ihm teilt oder es betrauert, vielleicht. Der arme Mann. Ich habe ihn im Stich gelassen.«

Rachel konzentrierte sich auf ihr Glas. »Man kann nie wissen. Vielleicht ist Sam irgendwo da draußen und sehnt sich nach dem Leben auf dem Lande. Wünscht sich einen Großvater.«

Ivy lachte. »Wäre das nicht schön? Carl müsste sterben, bevor Sam je dorthin zurückkehren dürfte, und sei es nur, um es zu sehen.«

»Das weißt du nicht.«

Rachel war unbehaglich zumute. Es war der falsche Augenblick für dieses Gespräch. Ivy empfand es genauso.

»Doch, ich weiß es. Glaub mir, ich weiß es. Er würde alles tun, um es zu verhindern. Woher kommt dieser Wein? Er ist so wunderschön pissgelb. Ich möchte lieber darüber reden als über meine Eltern. Warum tun wir es immer wieder?«

»Weil du meinen Vater zum Essen eingeladen hast, und weil wir über ihn gesprochen haben. Weil wir mit ihnen durch diese verdammte Nabelschnur verbunden sind, die niemand jemals durchschneidet. Sie sitzen wie eine Injektionsnadel in unseren Adern. Wir wollen, dass sie glücklich sind; sie wollen, dass wir glücklich sind. Sie sind die einzigen Menschen, mit denen uns eine gegenseitige Faszination verbindet. Oh Gott, sieh mal auf die Uhr. Schon wieder. Wann musst du morgen anfangen?«

»Morgen früh. Um fünf. Nach der Schicht habe ich noch reichlich Zeit, um zur Berwick Street zu gehen. Ist mein altes Jagdrevier. Ein bisschen von diesem fabelhaften Stoff ist noch übrig.«

»Ich wünschte, du hättest nicht so verrückte Arbeitszeiten«, maulte Rachel. »Ich weiß nicht, wie du das schaffst. Drei Stunden Schlaf, und du scharrst wieder mit den Hufen.«

Sie war schläfrig. Es war weit nach Mitternacht. Sie konnten stundenlang miteinander reden; es war leichter als Atmen, und sie waren wohlig und träge betrunken. Als sie heimgekommen war, hatte es Hausmannskost gegeben; Ivy konnte kochen wie ihre Mutter.

Die Wohnung war immer noch voller Blumen, und es duftete nach Kräutern und Parfüm und Kaffee und Zuhause wie in einer bewohnten Höhle. Ivy hatte ein Händchen dafür, so etwas zu bewirken, ohne etwas zu verändern. Es war ein seltsames Talent für eine, die auch die Obdachlosigkeit genießen konnte.

»Ich koche was Besseres, wenn dein Vater kommt. Um wie viel Uhr, hast du gesagt?«

»Morgen Abend gegen halb sieben. Er isst keinen Knoblauch. Wie viel hast du heute genommen? Oh, ich werde morgen süß duften. Darf niemanden anhauchen.« Rachel rülpste diskret.

»Wird er gut nach Hause kommen, wenn wir ihm solchen Wein geben?«, fragte Ivy.

»Oh ja. Er wird losschwirren wie eine Brieftaube, sobald er kann. Er ist erst achtundsechzig. Ein Schlaganfall, jede Menge Ängste, ein bisschen Arthritis, Asthma – aber das ist unter Kontrolle, solange er seinen Inhalator und seine Beruhigungstabletten dabeihat. Er ist kurzatmig und schüchtern. Mag die Dunkelheit nicht. Ist einsam und gibt es nicht zu. Gott weiß, was er bei seiner Heimwerkerei alles eingeatmet hat. Mehr als nur die vierzig Zigaretten am Tag, die in seiner Jugend Pflicht waren, wie er behauptet. Hat aufgehört, als sie teuer wurden, und trauert ihnen seitdem nach. Ich weiß nie, wo die wirkliche Krankheit aufhört und die Hypochondrie anfängt. Er sagt es nicht. Und Wein trinkt er nur, wenn ich sage, er war billig. Je billiger, desto besser.«

»Als eine, der das Hausgemachte abgewöhnt wurde«, sagte Ivy, »finde ich alles andere wundervoll.«

Die Wohnung lag am Rande der City, wo die Gray's Inn Road in einem Gewirr von Mehrzweckstraßen auf die Theobald's Road stieß. Sie war als Geldanlage gekauft worden, nicht wegen ihrer Schönheit. Rachel war es gleichgültig gewesen; sie konnte zu Fuß oder mit dem Bus zur Arbeit kommen.

Kein Objekt der Schönheit an sich also: vier aneinandergereihte, nichtssagende Zimmer in einem alten Haus, das nicht erkennen ließ, was es vielleicht einmal gewesen war. Erst durch Ivys Auftauchen, die Blumen und den Kontrast zur Midwinter-Farm sah Rachel plötzlich, wie reizlos ihr eigenes Heim war. Auch das würde sich ändern. Sie hatte angefangen, eine Wand in ihrem Schlafzimmer anzustreichen, aber das hatte sie nie zu Ende gebracht. Morgen würde sie wieder zu spät zur Arbeit kommen, aber das kümmerte sie nicht.

»Ich könnte schwören, da ist ein alter Kamin hinter der Wand«, sagte Ivy und deutete in eine unbestimmte Richtung. »Müsste jedenfalls sein. Wir können diese Bude richtig cool machen, weißt du. Lade ja niemals Grace ein; sie wird die Wand einreißen, sobald sie sie sieht. Hab vergessen zu fragen: Wie war der Zeichenkurs? Habt ihr mich vermisst?«

»Allerdings. Das Modell hat gefehlt. Wir haben Köpfe gezeichnet. Der Dödel war da und hat nach dir gefragt.«

»Ach ja? Am Samstag war er auch da. Ich schätze, er geht in jeden Kurs. Ich glaube, nächste Woche bin ich wieder dran. Da komme ich bestimmt.«

Es war so leicht, mit Ivy zusammen zu sein, Ivy dazuhaben, eine Flasche Wein zwischen ihnen. Einen vollen Magen. Unnötig, sich besonders vernünftig zu unterhalten. Unnötig, geistreich oder witzig zu sein oder auch nur geradlinig zu reden.

Es gab nichts zu beweisen.

»Mein Vater wird dir eine Menge Fragen stellen«, sagte Rachel. »Er ist so. Kritisch und misstrauisch.«

»Ist nur natürlich. Er will, dass du gut aufgehoben bist, dass es dir gut geht und dass du geeignete Freunde hast, vorzugsweise männliche. Keine Schulden, keine Schuldner, verstehst du? Keine Probleme. So müssen Eltern sein. Oh Gott, wir sollten längst schlafen. Ehrlich, was machen wir hier eigentlich? Ich bin ein schlechter Einfluss.«

»Nein, bist du nicht. Du tust mir gut.«

Rachel stand unsicher auf und setzte sich wieder. Eigentlich musste sie doch gar nicht so dringend ins Bett. Hier war es viel netter.

»Hast du von dem Mann gehört, der im Krankenwagen ermordet wurde? Es hieß, er sei mit einer Garrotte erwürgt worden. Wer zum Teufel läuft mit einer Garrotte in der Tasche herum?«

»Keine Ahnung«, sagte Ivy. »Ein Käsehändler.« In diesem Augenblick war das über die Maßen komisch. Das Beste an Ivy war das Kichern.

Das vierte Bild war am Abend zuvor an den Richter geschickt worden. Er hatte die E-Mail weisungsgemäß weitergeleitet, und Donald trug eine ausgedruckte Kopie zusammengefaltet in der Tasche.

Wieder ein alter Holzschnitt, vielleicht aus einem Buch. Er zeigte Eva, die aus dem Garten Eden verbannt wurde. Gott stand mit erhobenem Schwert neben einem Apfelbaum, den Fuß auf eine Schlange gestellt, und wies Eva aus dem sicheren Wald hinaus in eine Wildnis, die aus nichts als Wasser bestand. Sie bedeckte das Gesicht mit den Händen und flehte um Gnade. Obwohl Gottes großer Fuß auf ihrem Kopf stand, wand die in den Boden getretene Schlange sich vor Entzücken über ihren Triumph. Donald fand es erstaunlich, wie viele Botschaften mit ein paar Strichen übermittelt werden konnten.

Das Ganze war verziert mit der Unterschrift: *Der Wurm hat sich gewendet. Du wirst bald sterben.*

Donald hatte es gern, wenn es morgens neblig war. Besonders wenn der Nebel den Verkehr am miesen Ende der City verschleierte, rund um City Road, Whitechapel und Commercial Road, wo alles nur hässlich war. Er wusste, dass das Hinterland dieser Straßen reich an exotischen Geschäften, Ausbeuterwerkstätten und asiatischen und afrikanischen Unternehmen war, aber er konnte nur an die solide Identität und Geschichte denken, die es verloren hatte, und er konnte es nicht lieben. Die Hochhäuser der City, der Gherkin Tower und alle anderen Wahrzeichen lagen hinter ihm, während sich vor ihm der dichte frühmorgendliche Verkehr auf den Blackwall-Tunnel zuwälzte, der unheimlichen, geschwungenen unterirdischen Röhre, die sich unter der Themse hindurchschlängelte und East London mit dem Ostrand der Grafschaft Kent auf der anderen Seite verband, ohne dass man hier beides je zu sehen bekam. Mit dem Auto kam man langsamer voran als auf dem Wasser. Besser wäre es gewesen, die Einschienenbahn zu nehmen, die oben über alles hinwegglitt und die verschwitzten Wohnsiedlungen und die entschieden altmodische Armut darunter im Sonnenschein glanzvoll und im Nebel noch besser aussehen ließ. Man konnte auf der Südseite am Fluss wohnen und zur Arbeit ins Zentrum fahren, ohne jemals den Boden zu berühren und ohne zu sehen, wie alle diejenigen, die sich herein- und hinausdrängten, ihr Ziel erreichten.

Mit dem Auto war es das gleiche Erlebnis – weniger malerisch, aber ebenso distanziert. Beim Fahren blickte man starr geradeaus, suchte nach einer Gelegenheit zum Überholen und verdrängte die demütigende Aussicht darauf, sich zu verirren.

Er fand den Apartmentkomplex, stellte den Wagen ab und verfluchte die Tatsache, dass er irgendwann, womöglich eher früher als später, zurückkommen und den Wagen wiederfinden musste, um die ganze Strecke noch einmal zurückzufahren.

Aber gut – so kamen Dienststunden zusammen. Niemand würde leugnen oder bestreiten können, dass es lange dauerte, in London irgendwo hinzukommen.

Das Apartment des Richters lag in einem Komplex, dessen Bewohner ihre Autos in einer unterirdischen Garage parkten und dessen Besucher sich an einem Tor meldeten und ihre Wegbeschreibung von einem Mann in einer Kabine erhielten, der aussah, als sei er an Ort und Stelle festgewachsen, und der zwei Silben beherrschte: ja und nein. Der Mann in der Kabine schien mit einem anderen Mann zu verhandeln, und beide debattierten über Methoden der Ungezieferbekämpfung. Zwanzig Apartments, allesamt nach außen gewandt, sodass niemand ins Hinterland blickte, sondern alle nur auf das Wasser. Donald fand seinen Weg.

Es war immer ein Glücksspiel zu hoffen, dass ein Neunzehnjähriger eine Verabredung einhielt oder einen Anruf erwiderte; mit größerer Wahrscheinlichkeit konnte man darauf spekulieren, dass ein Student morgens um zehn noch im Bett lag, selbst wenn er bei seinem Vater wohnte. Donald hielt den Finger auf dem Klingelknopf und wandte der kleinen Kamera, die sein Gesicht nach drinnen übermitteln würde, sein harmloses Profil zu. Videoüberwachter Eingang. Beschränkt auf diese Wohnung. Angemessen vielleicht für einen Richter. Aber nicht, soweit er wusste, für einen Allerweltsstudenten.

Er hatte recht mit seiner auf Erfahrung gegründeten Annahme, dass Sam das Haus noch nicht verlassen haben würde. Donalds Frau hätte das Gleiche gesagt, und beide hätten überdies fälschlich angenommen, dass er noch schlief. Der Junge, der die Tür aufriss, ohne sich die Zeit zu nehmen, drinnen auf den Monitor zu schauen, war hellwach, als habe er darauf gewartet, sich zu präsentieren, wohl wissend, dass er einen erfreulichen Anblick bot – als trage er eine neue Garderobe, die er vorführen wollte. Er machte ein langes Gesicht, und als er einen Blick auf den Ausweis warf, zog er übertrieben resigniert die Schultern hoch.

»Oh, Scheiße. Ich dachte, Sie sind der Mann, der wegen der Ratte kommt. Oder mein Freund.«

»Ich bin jedermanns Freund«, sagte Donald. »Kann ich hereinkommen?«

Sam wandte sich von der Tür ab und überließ es Donald, sie zu schließen und ihm in das Wohnzimmer zu folgen: ein Balkon mit Blick auf den Fluss, informelle, recht bequeme Sitzmöbel, und das Ganze unnatürlich, büroartig sauber und aufgeräumt. Ein Schreibtisch beherrschte den Raum, wie ein überdimensionierter Flügel ein anderes Zimmer beherrscht hätte.

Donald war froh, dass er dem Jungen den Rücken zuwenden konnte, um sein Gesicht für einen zweiten Blick zu sortieren. Der Richter hatte recht: Das Foto des Teenagers war nicht hilfreich.

Was er hier sah, war eine liebreizende Vision, die sich bewegte wie ein Tänzer mitten in der Probe, auf halbem Wege zwischen einem Szenenwechsel und ganz sicher auch einem Wechsel des Kostüms, möglicherweise in Erwartung eines beratenden Kommentars. Das Kostüm für Szene zwei bestand aus einer voluminösen weißen Hose, die über sonnengebräunte Füße herabfiel, einem ärmellosen Top aus orangegelbem Leinen, einer kleinen Kette aus zarten Perlen um einen schlanken Hals sowie Ohr- und Nasensteckern, die im Licht des Zimmers violett blitzten – ein dissonanter Kontrast zu der roten Strähne in seinem kurzen, dunklen Stachelhaar.

»Gefällt's Ihnen?« Er fuhr mit der Hand hindurch. »Es braucht 'ne *Ewigkeit.*«

»Lange Haare bei Männern sind mir lieber«, sagte Donald. »Hasse dieses kurze Zeug. Ich selbst steh auf 'ne ordentliche, krause Dauerwelle. Zumindest haben Sie keinen rasierten Schädel wie alle Schwulen. Sind Sie einer, übrigens? Oder bloß schräg?«

Sam zuckte die Achseln.

»Beides«, sagte er. »Seit ich zwölf war. Kaffee oder Tee? Sie müssen der Bulle sein, der sich um Dad und seinen Buhmann kümmert, ja? Okay, okay. Ich gestehe. Ich war's. Ich hab die Ratte reingebracht. Ist mir gefolgt, sozusagen.«

»Ach? Wie kam das?«

»Da unten wohnt 'ne Frau, die ihr kostbares Auto im Keller parkt. Hab's leider geschrammt, als ich unseres parken wollte. Hab vergessen, es zu erwähnen. Kann sein, dass sie die Ratte da hingelegt hat, als kleine Botschaft. Hier gibt's immer Probleme mit Ratten. Hihihi. Grässliche Leute wohnen hier.«

»Kaffee, bitte«, sagte Donald.

Der pfauenhafte Sohn verschwand hüftwackelnd. Die Hose saß nicht. Donald dachte als Vater und hoffte, dass sie nicht sehr teuer gewesen war. Nicht zum ersten Mal war er dankbar für seine Erfahrung als Vater, und flüchtig erinnerte er sich, wie er selbst Mühe gehabt hatte, sein empörtes Entsetzen im Zaum zu halten, als eine seiner Töchter das erste Mal mit einem Bauchnabelpiercing aufkreuzte. Wenn der Sohn dieses Vaters sich einbildete, er könnte ihn mit seiner pfauenhaften Erscheinung schockieren, war er an den Falschen geraten, auch wenn Donald zugeben musste, dass er überrascht war. Der Sohn eines Richters? So gekleidet, schräg wie ein Alien? Aber warum nicht? Gott, man musste sich doch nur ansehen, wie Richter sich kleideten. Rote Roben, und ein Hermelin zu besonderen Anlässen. Vielleicht war das ansteckend. Wenn er es von der betrüblichen Warte der drohenden mittleren Jahre betrachtete, wünschte Donald, er hätte einmal den Mumm gehabt, sich so anzuziehen.

Er folgte dem Jungen, der mit fließenden Bewegungen in der Küche verschwunden war. Der Raum war klein und makellos, absolut funktional und frei von allem Zierrat. Kein Hauch von Kochdunst.

Die Küche war nicht das Herz dieser Wohnung; sie schien kein Herz zu haben.

Der Junge stand vor dem Rahmen des Fensters, als er den Kessel am Wasserhahn füllte, und die Sonne, die durch den dünnen Stoff seines Hemdes schien, offenbarte einen mageren Oberkörper. Sam sah plötzlich verwundbar aus. Er war einfach ein Junge, mit den Problemen eines Jungen und noch einem verdammten Haufen mehr, der arme Kerl. Kein Wunder, dass sein Vater ihn beschützen wollte. Er hatte jetzt schon ein Leben voller Probleme vor sich. Was so ein Junge brauchte, war eine Mutter. Mit einem Jungen, den er als Mädchen betrachten konnte, fühlte Donald sich wohler als mit einem sportlichen Macho-Bengel, wie er für die Privatschule eher typisch war. Er kletterte auf einen hohen Hocker vor der Küchentheke. Auf der anderen Seite stand noch einer; so würde ein komfortabler Abstand zwischen ihnen sein.

»Ihr Dad sagt, Sie studieren Wirtschaftswissenschaften. Sollten Sie nicht lieber Modedesign machen?«

Sam antwortete über die Schulter, während er gemahlenen Kaffee in eine Cafetiere löffelte. Schlichter Nescafé kam hier nicht infrage.

»Politik *und* Wirtschaftswissenschaften. Nein, ich finde es faszinierend. Außerdem ist es sicherer, und egal, was mein Vater denkt, ich möchte eines Tages meinen Lebensunterhalt verdienen können. Milch?«

»Bitte. Fühlen Sie sich nicht ein bisschen eingeschränkt, wenn Sie bei Ihrem Vater wohnen? Wäre eine eigene Bude nicht besser?«

Besonders, wenn du Autos zu Schrott fährst und wie ein Flittchen herumläufst?

»Für meine Seele, ja. Für mein Portemonnaie, nein. Ich studiere ja nicht umsonst Wirtschaftswissenschaften. Er versucht immer, mich loszuwerden, vor allem in letzter Zeit. Er sagt, es ist unsagbar überprivilegiert, es ist meinem Alter nicht angemessen, bla, bla, bla – aber warum sollte ich gehen? Warum soll ich in einem Dreckloch campieren, wenn ich hier ganz easy wohnen kann?«

Seine Stimme war schrill von kindlicher Empörung.

»Dauernd hält er Vorträge. Dass eine Generation des Friedens und des Wohlstands uns verdorben hat. Warum denn nicht? Ist das nicht ein Fortschritt? Warum soll ich im Elend hausen und den ganzen Tag schuften, nur weil er getan hat, was sein Vater tat? Wirklich! Er will, dass ich zu seinen abscheulichen Wurzeln zurückkehre. Nie im Leben.«

»Zu seinen deutschen Wurzeln?«

»Nein, zu den anderen.«

Donald fand das alles ein wenig amüsant, und er schwieg, bis der Kaffee eingeschenkt wurde. Sam setzte sich ihm gegenüber auf den Hocker und wartete herausfordernd darauf, dass er etwas sagte. Donald fragte sich, ob die Sonnenbräune echt war. Dann schüttelte er sich seufzend. Der Junge übte eine verzweifelte Faszination aus, aber er hatte hier etwas zu tun.

»Sie wissen, warum ich hier bin. Jemand bedroht Ihren Dad. Bei Richtern kommt so etwas vor. Sie sind nicht beliebt.«

Sam schnaubte. »Ich glaube, das ist alles Blödsinn. Ich glaube, er übertreibt. Er will, dass ich ausziehe ...«

Sieh ihn als Tochter. Fühl dich wie zu Hause. Riskiere einen Streit.

»Ach, kommen Sie. Glauben Sie wirklich, er würde lügen, nur damit Sie ausziehen? Er würde auf diese Weise Aufmerksamkeit auf sich ziehen? Er müsste doch nur Ihr Zeug auf die Straße stellen und das Schloss auswechseln, wenn es ihm nur darum ginge.«

Er will dich beschützen. Und ich sehe, warum.

Sam sackte in sich zusammen. Dann zuckte er die Achseln und lächelte. Es war eine große Erleichterung, einen Jungen ohne das serienmäßig eingebaute Problem mit den Bullen zu treffen. Vielleicht lag es an seinem eigenen Gesicht. Vielleicht war der Junge einsam.

»Nein, ehrlich gesagt, glaube ich das nicht. Aber er würde mich auch nicht regelrecht rausschmeißen. Er kann sich so was nicht ausdenken; er ist zu aufrichtig. Aber vielleicht möchte er, dass ich Mitleid mit ihm habe, damit ich tue, was er will. Sie wissen schon: Ich Armer, da ist jemand hinter mir her, tu mir doch einen winzigen Gefallen und hau ab. So ungefähr. Er ist andauernd damit zugange ...«

Wahrscheinlich hast du im Grunde Angst davor, auszuziehen. Donald seufzte.

»Das tun Eltern, Sam. Das ist unser Job. Ich wollte von Ihnen wissen, ob Sie eine Ahnung haben, wer dahinterstecken könnte. Sie zum Beispiel? Oder könnte diese kleine Kampagne gegen Sie gerichtet sein und gar nicht gegen Ihren Vater?«

Er wartete auf eine beleidigte Explosion angesichts dieser unerhörten Vermutung, aber es kam keine. Sam wirkte leicht amüsiert, sogar geschmeichelt. Er klapperte mit den Lidern und legte eine Hand auf sein Herz.

»Gegen mich? Was für ein Einfall. Irgendein armer, verstoßener, rachsüchtiger Boyfriend mit gebrochenem Herzen? Ich *bitte* Sie! Nein, Mr Cousins, Schätzchen, bei allem, was ich sage, habe ich den alten Scheißer wirklich gern, außer wenn er an mir rumnörgelt und von früher labert. Ich will ihn nicht allein lassen, und ich will nicht, dass er stirbt, bevor ich bereit bin zu erben. Er war eigentlich nicht übel zu mir, und ich hab's ihm nicht leicht gemacht. Zumindest hat er mich nicht zum Psychiater geschleift, als ich sämtliche Anzeichen zeigte und das erste Mal von der Schule flog. Aber er ist nicht konsequent. Erst hält er mich fern von meiner Mutter, und jetzt will er, dass ich Kontakt zu ihr aufnehme. Er nervt und nervt.«

Die Selbstbezogenheit war faszinierend, aber Kinder waren eine Plage, wenn sie quengelten. Wie oft hatte er seinen eigenen gesagt, es sei das Schlimmste, was sie tun könnten, besonders wenn sie ihren Kopf durchsetzen wollten. Hysterie war wirkungsvoller. Donald wollte nicht ins familiäre Vertrauen gezogen werden; er wollte lediglich zeigen, dass er gründlich war. Natürlich musste er den Sohn befragen, aber auf adoleszente Ängste konnte er verzichten, selbst wenn sie ihn interessierten. Die verschwundene Mutter/Ehefrau konnte hier schließlich nicht im Spiel sein; sie und der Richter hatten sich schon vor Jahren getrennt, und zwar freundschaftlich, hatte Carl gesagt. Es gab eine Tochter, die bei einem Badeunfall ertrunken war. Die Ehe hatte sich davon nie erholt; ihre Wege hatten sich getrennt, und er hatte den Jungen großgezogen. Donald hatte bisher keine Nachforschungen über sie angestellt; allerdings hatte er ihrem Register entnommen, dass sie eine ziemlich Wilde war. Er wünschte, in den Unterlagen stände, wer ihre Geldstrafen bezahlt hatte, aber das stand dort nicht. Merkwürdig, dass sie nichts mit dem Jungen zu tun haben wollte, aber vielleicht war er nicht ihr Typ. Nicht jeder hätte Freude an einem solchen Sohn. Wonach er wirklich fragen musste: Hatte der Sohnemann irgendjemanden bemerkt, der sich in der Nähe herumgetrieben hatte, real oder metaphorisch gesprochen? Hatte Carly-Baby vielleicht eine eifersüchtige Freundin? Gab es eine andere offenkundig verdächtige Person?

Den Gedanken, Sammy könnte das Ziel oder der Täter sein, hatte er bereits verworfen. Dazu war er zu untüchtig, und etwas an dem Jungen roch nach Jungfräulichkeit. Vielleicht nicht im buchstäblichen Sinne, darüber konnte man nichts wissen, aber er schien doch frei von Arglist zu sein, unschuldsvoll. Viel zu unschuldsvoll, viel zu selbstbezogen für jegliche Art von kriminellen Unternehmungen, viel zu sehr beschäftigt mit dem, was *ihm* angetan worden war. Man konnte jederzeit auf Umwegen zu Erkenntnissen gelangen; man ließ sie plappern und achtete auf Hinweise.

Man ließ sie glauben, sie seien weit über ihre Jahre hinaus witzig und weltklug. Eigentlich hatte er als Vater mehr über Vernehmungstechniken gelernt als in jedem anderen Fortbildungskurs. Seine Frau behauptete es.

»Ich nehme an, Ihre Mutter macht sich Sorgen um Sie«, sagte er. »Sie hören nie auf, wissen Sie. Sich Sorgen zu machen.«

Die Reaktion auf diese Bemerkung war so dramatisch, als habe er eine Injektionsnadel in eine Hauptvene gestochen oder dem Jungen einen Elektroschock verpasst. Sam packte die leere Cafetiere und schleuderte sie gegen die Edelstahlfront zu seiner Linken. Sie prallte heil davon ab, fiel auf den Boden und zerbrach in tausend Stücke. Das Resultat war ein Brei von Kaffeemehl auf dem blitzblanken Boden und ein Regen von schwarzen Spritzern auf Donalds Hosenbein unterhalb des Knies. Er trug eine dunkelblaue Jeans; es war ihm egal, er blieb still sitzen und wusste, dass der Junge ihn beobachtete.

»Meine Mutter«, sagte Sam theatralisch, »hat sich einen Scheißdreck um mich gekümmert. Okay, sie war im Arsch, als meine Schwester ertrunken war. Das kapiere ich. Aber sie war *schrecklich*. Sie hat mich gekniffen, sie hat mich gequält, sie war scheiß*gefährlich*, und dann ist sie abgehauen. Als ich klein war, wurde ich auf diesen Bauernhof geschleppt, ins Meer geschmissen, in einen See getaucht, weil meine Schwester es wollte. Ich hab das gehasst. Und meine Mutter hat mich gehasst, weil ich es hasste. *Ich hasse sie*. Wenn meine Großmutter schreibt, schnappe ich mir deshalb die Briefe vor ihm und schicke sie zurück. Dad weiß nichts davon. Weshalb zum Teufel sollte ich je an diesen grässlichen Ort zurückkehren müssen? Warum sollte ich sie jemals wiedersehen? *Er* findet, ich sollte es tun. Oh, *Scheiße*.«

Er stand auf, und mit gewissenhafter, flinker Sorgfalt wischte er den Kaffeebrei mit einem Ballen Küchenkrepp auf und sammelte die Scherben mit einer Faustvoll Papier ein. Er ignorierte die Spritzer an Donalds Schienbein; Bluejeans zu retten lohnte sich nicht. Donald blieb ziemlich still sitzen; er streckte nur das Bein aus, um den Schaden zu begutachten. Es würde aussehen, als sei er durch flüssige Scheiße gewatet. Auf der Jagd nach Ratten an einer Uferböschung. Auch gut.

»Kriegen Sie so was oft? So einmal am Tag oder so?«

Irgendwo hinter einer Ecke klapperte es, als Sam die Scherben in die Mülltonne warf. Sichtlich erfrischt kam er zurück und setzte sich wieder auf den Hocker gegenüber.

»Nur, wenn Sie von meiner Mutter anfangen. Sie erzählen Dad aber nichts von den Briefen, nein? Ich meine, sie sind an ihn gerichtet, von meiner Großmutter, aber ich sehe sie als Erster, weil ich immer hier bin, wenn die Post kommt. Dann schicke ich sie zurück. Und es wäre nett, wenn er von jemand anderem von der Ratte erfahren würde. Ich kann es ihm nicht erzählen.«

»Als ich ein Junge war«, sagte Donald, »ließ man einen Mann mit einem Frettchen kommen, der sich um die Ratten gekümmert hat.«

»Das haben sie auf dem Bauernhof auch getan«, sagte Sam verträumt. »Mein Vater erinnert mich immer daran, dass sein Vater ein Landarbeiter war. Er findet, das ist Teil meines Erbes, und er findet, ich sollte es wiederentdecken.

Sie wollen mich dahin zurückschleifen. In diesen See. Meine Mutter wollte mich ertränken. Versucht hat sie es wirklich. Warum sollte ich sie kennen wollen?«

Die Sache lief wirklich aus dem Gleis. Aber vielleicht auch nicht. Der Bengel roch sauber. Keine Drogen – nur flatterhaft. Donald räusperte sich.

»Vielleicht haben wir jemanden ausfindig gemacht, der einen entsprechenden Groll gegen Ihren Vater hegt«, sagte er. »Jemanden, den er ins Gefängnis geschickt hat. Wüssten Sie sonst noch jemanden, der ihn vielleicht hasst? Sie kennen ihn schließlich am besten.«

Sam brühte frischen Kaffee auf. Donald sinnierte. Seine eigene, verzweifelte Alltäglichkeit war das Talent, das seine Vorgesetzten mehr als alles andere übersahen. Die Menschen erzählten ihm Dinge, weil er von dem Mann, der den Gaszähler ablas, nicht zu unterscheiden war. Und weil er am Ende aussah wie jedermanns Dad. Na ja, nicht wie jedermanns Dad, um ehrlich zu sein. Sam beschäftigte sich weiter mit dem Kaffee.

»Ich kenne ihn? Ich bezweifle, dass irgendjemand ihn kennt. Er ist ein harter Hund, der viel von sich verlangt und findet, alle andern müssten es auch tun. Arbeiten, arbeiten, arbeiten. Er brauchte niemanden, der droht, ihn umzubringen, damit es ihm elend geht. Er kann sich nicht mal eine Frau besorgen. Ich wünschte, er würde es tun.«

Er grinste kurz zu Donald hinüber.

»Er jammert mir die Ohren voll, wissen Sie? Wie ihr es alle tut, stimmt's? An anderen Tagen – ich sage Ihnen, da bringt er es jede Minute auf einen Lacher, da ist er ein gottverdammtes Juwel. Man muss ihn ein bisschen hervorlocken, verstehen Sie, was ich meine? Ich wünschte bloß manchmal, ich wäre nicht der Einzige, der den blöden Kerl liebt. Er hat was Besseres verdient als mich, wirklich. Eine richtige Frau. Haben Sie ihn je lachen sehen? Das ist ein Genuss, das sage ich Ihnen.«

Nein.

»Hat er je etwas getan, wofür er sich schämt? Soweit Sie wissen?«

Sam schüttelte den Kopf und dachte dann noch einmal nach. »Nein, das bezweifle ich sehr. Es sei denn, Sie nehmen die Schwäne, die er abgeschossen hat.«

Ein großes, ausdrucksloses Gesicht konnte sehr vorteilhaft sein.

»Ach, er kann schießen?«

Sam goss Wasser in eine neue Kanne und setzte den Kaffeeduft frei, nach dem Donald selbst dann süchtig war, wenn er vom Koffeinschock zitterte.

Sams Hände waren ruhig. Donald bewunderte jeden, der nach einem Tobsuchtsanfall zur Ruhe finden konnte, als sei er dadurch gereinigt worden.

»Mein Vater kann die Ernte einbringen, Äpfel pflücken, auf Bäume klettern und schießen«, sagte Sam stolz, und er zählte diese Talente auf, indem er langsam applaudierend in die Hände klatschte. »Und er möchte, dass ich diese Begabungen mit ihm teile. Aber …« Er kam zur Theke, stellte die Kaffeekanne ab und ging zurück zum Wasserhahn, um sich die Hände zu waschen. Nie im Leben würde dieser Junge je eine tote Ratte anfassen. »Das ist lange her. Er hat es von seinem Vater gelernt, Liebling« – das letzte Wort auf Deutsch –, »und sein Vater war Soldat. Also, Bulle, suchen

Sie hier nicht nach Waffen. Das alles war unten auf diesem verdammten Bauernhof. Wo Mummy herkam. Ich kann meinem Vater kaum vorwerfen, dass er das Morden gelernt hat. Bei der Viehzucht geht es nur ums Töten. Und die Schwäne abzuschießen war eine schreckliche Sache, weil sein Vater das Gleiche getan hatte. Bla, bla, bla.«

»Meinen Sie«, fragte Donald, »wir können noch einmal zum Anfang zurückkehren?«

Grace packte die Pistole mit beiden Händen und schoss auf die Wand. Der Lärm überraschte sie jedes Mal. Die blinde Kuh, die niemals ein Kalb bekommen würde, scheute bei dem Schuss, aber sie tat es ohne Elan. Sie waren am hinteren Ende des Kuhstalls, weit weg von den anderen. Die Kuh, die kleiner war als die übrigen, war mit einem Halfter an die Wand gebunden, aber es war nicht der Strick, was sie dort hielt. Sie wusste es. Grace sprach mit ihr. Dein Daddy hat dich ohne Papiere gekauft, du dummes Vieh, weil er dachte, er sieht gute Ansätze in dir. Wundert es dich, dass niemand ihm je das Geld gegeben hat, um ein Rennpferd zu kaufen? Und du musst weg, weil die andern dir aus dem Weg gehen. Sie wissen, dass du niemals brünstig werden wirst. Du bringst Unmut. Kühe haben Gefühle; sie können grollen, Angst vor der Zukunft haben, wissen, dass eine von ihnen zum Tode verurteilt ist, und wollen, dass es vorbei ist.

Es war etwas schrecklich Anrührendes an einem blicklosen Schädel, der sich hin- und herwiegte, an den Ohren, die die Fliegen fortwedelten, an der mahlenden Zunge, der grollenden Verdauung, an all den Muskeln, die das Fleisch und das mammuthafte Gewicht trugen, selbst an dem schrumpligen Euter. Die hier war so klein; sie war nicht größer als drei stattliche Männer, zusammengeschweißt. Sie ließ sich führen. Sie fraß nicht, sie wuchs nicht, sie pflanzte sich nicht fort. Ihre Unfruchtbarkeit machte sie unerwünscht selbst bei den dummen Kühen, die in der Herde zusammengedrängt die eine brünstige bestiegen wie ein Bulle, um irgendein primitives Jucken zu stillen. Keine Brunst, keine Besamung, keine Trächtigkeit, kein Kalb, keine Milch. Das war's. Wenn sie nur nicht so beschämt aussehen wollte. Sie roch nach dem süßlichen, schlechten Atem der Unproduktivität. Wenigstens war sie blind.

Grace hob die Pistole und zielte. Der Schuss machte weniger Lärm als der Übungsschuss, der in die Wand gefahren war. Eine solche Pistole war nur aus nächster Nähe brauchbar, auf etwa einen Meter. Besser so, Schätzchen, als mit allen andern auf den Lastwagen getrieben zu werden. So viel klarer. Und schnell.

Grace war wütend auf Ernest. Ernest hätte es tun sollen. Ernest hatte sich wegen des Tiers gequält, wie Ernest es tat, und sie hatte es satt. Ernest konnte nichts töten. Er hatte das Tier aus Sentimentalität gekauft, und er konnte es nicht einmal töten. Sie konnten Rinder kaufen und sie züchten, aber sie durften sie nicht schlachten – es sei denn, sie entzogen sich dem bürokratischen Netz, wie sie es getan hatte. Sie durften sie ernähren, aber sie durften sie nicht auf humane Weise töten; sie mussten das entsetzte Rindvieh fesseln und warten lassen, bis der schmähliche Abtransport kam. Sie durften es nicht töten oder anständig begraben, ihr eigenes Vieh, aufgezogen mit ihrem eigenen Heu, auf ihrem eigenen Land. Ferkel, ja, aber Rinder nicht.

Die Kuh war anmutig eingeknickt wie eine Tänzerin, die sich trunken verbeugt, war auf der Bühne zusammengebrochen mit einer gewissen Eleganz und kaum einem Beben. Grace betrachtete den großen Kadaver. Zu groß für den Verbrennungsofen. Zu viel für die Gefriertruhe.

Sie ging für einen Augenblick davon, eine Zigarette rauchen. Ein paar Minuten liegen lassen, damit das Blut zur Ruhe kam. Und nicht böse auf Ernest sein, weil er es ihr überlassen hatte. Es war immer sie – oder Ivy. Frauenarbeit. Ernest konnte mit der Pistole die Krähen von den Bäumen verjagen, aber das war alles. Mit seinem Messer konnte er die Schnüre an den Strohballen zerschneiden. Grace trat ihre Zigarette aus und rieb den Stummel in den Schlamm.

Sie ging die Axt holen. Wenn sie den großen, dicken Kopf abschlagen und die Beine über den Knien abtrennen könnte, würde der Torso in den Ofen passen, obwohl es lange dauern würde, bis die Knochen verbrannt wären. Zerhacken und handhabbar machen. Den Rest könnte er erledigen. Er war der Metzger. Wenn etwas tot war, hörte Ernest auf zu trauern. Töten konnte er nicht, aber er konnte die Teile einsammeln. Er war immer noch so stark wie der Ochse, den er nicht schlachten wollte, und er hatte das Gedächtnis eines Elefanten, den er in Wirklichkeit noch nie gesehen hatte. Wenn er jemals fernsah, schaute er sich Tierfilme an.

Sie war zur Seite getreten, um den Kopf mit der langstieligen Axt abzuschlagen, und trotzdem bespritzte sie sich. Es erforderte Übung. Ohne Übung konnte man nicht töten; es war eine Fähigkeit, die man nur langsam erlernte.

Sie warf den Kopf in den Verbrennungsofen, stellte die Temperatur auf die höchste Stufe und ließ den Rest für ihn liegen. Sie trug das Halfter, das sie zuvor gerettet hatte, zurück ins Haus.

Sie wussten es: Die Rinder wussten, der polnische Viehknecht wusste, was sie getan hatte. Tiere und Menschen. Sie waren alle da; das Melken war eben zu Ende. Starrten sie an, als sie in den Stall kam, musterten sie mit ihren Kuhaugen. Riesige Augen über träge mahlenden Kiefern, Augen mit vorwurfsvollem Blick. Statt sie zu ignorieren und sie einfach hindurchgehen zu lassen, drehten sie sich zu ihr um und kamen auf sie zu, wie sie es bei jemandem taten, den sie nicht kannten, beängstigend in ihrer ungewohnten, anklagenden Neugier. Hundert Tonnen Fleisch und Knochen versperrten ihr den Weg. Sie schrie sie an: Sie wichen einen Schritt zurück und kamen dann wieder. Grace beachtete sie nicht.

Sie schälte sich den übergroßen, blutbespritzten Overall vor der Küchentür vom Leib, trug ihn am ausgestreckten Arm vor sich her und stopfte ihn in die Waschmaschine im Alkoven.

Die Lizenz zum Töten war auch eine Lizenz zum Waschen. Töten, waschen, töten, waschen. Sie summte vor sich hin, als sie ein spätes Frühstück zubereitete. Omeletts heute, Toast, Müsli. Kein Speck. Obwohl, dachte sie – bei Schweinen empfand sie nie den geringsten Anflug von Sentimentalität. Sie summte bei der Arbeit.

Da sprach meine Liebste: Deine Mutter wird's leiden,
da keiner dir gleicht, wird's mein Vater nicht neiden.
Und als sie davonging, da sprach sie so fein:
Schon bald, du mein Liebster, wird Hochzeitstag sein.

Ernest kam scheu herein. »Du musst sie zerlegen«, sagte Grace sanft. »Und du hättest die Pistole reinigen müssen. Ach, Schatz, was machen wir nur?«

»Auf Ivy warten«, sagte er und korrigierte sich dann, als er sah, wie sie ihn anstarrte.

»Auf ihn warten.«

Ihre Augen waren immer noch wie früher, durchsichtig, weit blickend, blau. Nur heller jetzt.

Die Gäste kamen zum Frühstück herein.

Ernest erzählte ihnen vom See. Er hatte ihnen auch gestern vom See erzählt.

Sie sahen sich um und suchten die Katze und den Hund, die für sie zu einer Bauernküche gehörten.

Grace vermisste sie auch. Und die Hühner, die sie gehabt hatten, als Ivy klein war.

8

Haustiere waren ein Luxus, erklärte Grace. Sie brauchten keinen Hund zum Schafehüten, weil sie keine Schafe hatten. Sie brauchten keine Katze zum Mäusefangen; chemische Gifte erledigten das.

Und was ist mit Ratten?, fragte einer. Sie müssen doch Ratten haben auf einem Bauernhof. Grace öffnete den Mund und wollte es bestreiten. Doch sicher nach der Ernte oder nach dem Heumachen?, fragte der Gast mit dem kundigen Blick dessen, der nach jahrelangen Spaziergängen über die Felder anderer Leute über solche Dinge Bescheid wusste. Sie nahm an, dass er eine gesehen hatte; der nächste Schritt wäre der, dass er einen Preisnachlass fordern würde. Oft verbarg sich auch hinter den kunstlosesten Fragen Methode.

Ernest schüttelte den Kopf. Dafür holt man den Rattenmann, sagte er, mit seinem Frettchen. Das ist sein Job. Haben Sie mal ein Frettchen gesehen? Hier gibt es jede Menge. Man sieht sie aber nur nachts. Schöne Tiere. So etwas nenne ich ein lohnendes Haustier.

Seit drei Tagen wusste sie, dass eine Ratte im Haus war. Ihr Erscheinen zu bestimmten Zeiten im Jahr war rätselhaft, aber sie war sicher, dass es eine logische Erklärung dafür gab. *Ich kann die Ratten nicht ausstehen,* sagte Ivy immer. Kann sie auch nicht töten. Sie vermisste ihre Tochter plötzlich schmerzlich.

Als sie lärmend ihre Stühle zurückschoben und sich für Omeletts, Toast und Obstkompott bedankten, verdunkelte eine neue Gestalt die Tür. Den Beinamen »Dorfpolizist« verdiente Ed nicht, obwohl er aussah, als könne er sich um diese Rolle bewerben, denn er war dick, trug eine altmodische Uniform und benahm sich wie ein müder Familienvater. Normalerweise erschien er, um Führerscheine zu kontrollieren oder einen gestohlenen Wagen zu überprüfen, der auf einem Feld abgestellt worden war, und Grace betrachtete ihn lediglich als einen x-beliebigen faulen Bürokraten mit fremdartigem Akzent. Er lächelte den Pensionsgästen zu wie ein bejahrter Onkel, wünschte ihnen einen schönen Tag – und war es nicht herrlich draußen?

Das war es, wenn Grace Zeit gehabt hätte, es zu bemerken. Sonnig und warm, aber nicht zu warm, gerade richtig, um in Hemdsärmeln unterwegs zu sein. Ein guter Tag nach dem Regen, und für den Nachmittag war weiterer Regen angesagt. Das richtige Wetter für das Heu.

»Machen Sie es kurz, Ed«, sagte sie. Sie reichte ihm einen Becher Kaffee und klapperte hinter seinem Rücken herum. »Ich habe nämlich viel zu tun. Zum Beispiel will ich mit meinem Mann spazieren gehen. Nach Waffenbesitzerlaubnissen können Sie ja wohl nicht suchen wollen. Sie wissen, dass wir hier seit Jahren kein Gewehr mehr haben.«

Ed setzte sich schwerfällig hin. Sein gewichtiges Verhalten ließ erkennen, dass er in einer ernsten Mission gekommen war.

»Nicht mal ein altes, darauf wette ich. Nein, Mrs Wisemann, es geht um einen Ihrer Bed-and-Breakfast-Gäste. Erinnern Sie sich an einen Mann, der vor einiger Zeit eine Woche hier gewohnt hat? Mitte Mai ungefähr? Ein junger Mann aus London? Er war allein hier. Im Pub erinnern sie sich an ihn.«

»Ich erinnere mich an alle, aber an keinen besonders. Warum?«

»Anscheinend wurde er vermisst, zu Hause in London. Nach seiner Abreise hier dauerte es zwei Wochen, bis jemand es bemerkte. Dann tauchte seine Leiche auf, vor der Küste, sechs Meilen unterhalb von Wethering. So lange haben sie gebraucht, um zwei und zwei zusammenzuzählen.«

Grace räumte den Tisch ab. Ernest saß stumm da.

»Was hat das mit uns zu tun?«, fragte sie.

»Weiß ich nicht genau, aber wie es aussieht, war es in seiner letzten Nacht in Ihrem Bed and Breakfast, dass er zum letzten Mal lebend gesehen wurde. Da war eine Party im Pub.«

»Im Pub ist immer eine Party, wenn jemand bereit ist, die Drinks zu bezahlen«, sagte Grace mürrisch.

»Er war an den meisten Abenden im Pub, sagen sie.«

Ihr schien ein Licht aufzugehen. Sie nickte und setzte sich.

»Ach ja, *der*. Ich erinnere mich an ihn. Jack Sowieso. Jack, der Junge … Nein, Joe hieß er. Hat Urlaub gemacht, weil er sich von seiner Freundin getrennt hatte, oder so was. Erinnerst du dich an ihn, Ernest? Er war der Einzige, den wir jemals hierhatten, der eine ruhige und gesunde Woche auf dem Land in der ausdrücklichen Absicht verbringen wollte, sich jeden Abend zu betrinken. Der Arme. Was ist denn passiert?«

»Keine Ahnung. Er ist nach London zurückgefahren, das steht fest. Hat seinen Koffer zu Hause abgestellt, und das ist alles. Im Pub sagen sie, Ivy war an dem letzten Abend da.«

Grace nickte und versuchte, sich zu erinnern. »Und? Ja, jetzt hab ich's. Sie war in dieser Woche zu Hause, nicht wahr, Ernest? Wir waren *beide* im Pub an dem Abend. Manchmal darf ich ausgehen, wissen Sie. Und dann spendieren sie mir was zu trinken, weil ich so viele Leute zu ihnen schicke. Wir sind gut fürs Geschäft.«

»Das ist schön.«

»Er war ein bisschen unangenehm, um ehrlich zu sein«, sagte Grace. »Mein Gott, er hat sogar mit *mir* geflirtet. Ich hatte ihn ein bisschen bemuttert. Jetzt weiß ich es wieder. Wir hatten eine kleine Hitzewelle, wie manchmal im Mai. Ich habe ihn zurückgefahren, und er ist ins Bett gegangen. Er hatte schon alles gepackt, weil er früh am nächsten Morgen fahren wollte, um nicht in den Berufsverkehr zu geraten. Das hat er auch getan. Nicht mal ein Dankeschön. Ich fand es komisch, denn er hatte sich wirklich wohlgefühlt. Hatte Freunde gefunden, sagte er.«

Ed stand auf. »Ist das alles? Sie haben keine Ahnung, warum er an die Küste zurückgekommen sein könnte?«

»Da müssen Sie die im Pub fragen. Sie dürften ihn am besten gekannt haben. Wir wissen nichts. Er hat gesagt, er würde auf jeden Fall nächstes Jahr wiederkommen. Ich weiß es nicht, ich weiß es einfach nicht.«

Alle senkten in stillem Mitgefühl den Kopf.

»Na ja«, sagte Ed. »Man hat mich gebeten, mich zu

erkundigen. Ich lasse Sie dann jetzt Ihren Spaziergang machen. Manche haben einfach Glück. Wie geht's Ihnen, Mr Wiseman?« Er brüllte, als sei Ernest taub. Das tat er bei allen alten Leuten.

»Gut.«

Das war nicht die Wahrheit.

Es war eine alte Gewohnheit, um den Hof herum oder weiter draußen spazieren zu gehen. Ernest und Grace hatten ihre Brautzeit mit Spaziergängen verbracht, um sich prüfenden Blicken zu entziehen. Was sie im Haus nicht tun konnten, konnten sie auf dem Feld oder in einem Wäldchen tun. Er konnte sie zu einem Drink in den Pub einladen, wenn er den Wagen seines Dads geborgt hatte, um woanders hinzufahren. Der zügellose, kostspielige Hedonismus der Sechzigerjahre hatte hier einfach nicht gegolten, sondern immer nur dieselben alten Rituale. Das erste Mal halb nackt hatte er sie am See gesehen. Grace im Badeanzug hatte ihm den Atem verschlagen. Dass Grace die bessere Schwimmerin war, hatte ihn beunruhigt. Sie war ein paar Meilen weit von hier an der Küste geboren, und sie liebte das Meer. Er hatte ihr den See angeboten, auf den er so stolz war, als habe er ihn erschaffen, um ihr eine Freude zu machen. Hatte ihn als Ersatz für das Meer geschenkt. Den habe ich mit Carl gemacht, erzählte er ihr. Carl war bei mir.

Ivy ging dort schwimmen, jeden Tag im Sommer, aber erst, nachdem Grace es ihr im Meer beigebracht hatte. Im Auftrieb des Salzwassers war es leichter zu lernen. Selbst nach der riesigen Weite des Meeres erschien der See in den Augen eines Kindes romantisch groß. In Wirklichkeit war er höchstens hundert Meter lang und wurde immer schmaler, bis er wie ein Fluss war und dann ein Bach, und der Abstand zwischen der Uferböschung und dem Wald auf der anderen Seite, wo die Schwäne nisteten, war gering. Ein Schwimmer konnte hier Bahnen schwimmen wie in einem Sportbecken. Der See war sicher und geschützt und halb geheim, weil er so weit entfernt von jeder Straße war; es gab keinen offiziellen Fußweg dorthin, und die Leute waren faul. Die Einheimischen kannten ihn; Kids mit Fahrrädern kannten ihn, aber er war auf keiner Landkarte verzeichnet, denn er galt als tot. Es gab keine Toiletten, keinen Coffeeshop, keine Spielplätze; man konnte nur dasitzen und picknicken. Gelegentlich kamen Camper, die vorher im Haus um Erlaubnis baten. Einen leichten Zugang zum Wasser gab es nicht; am Rand war es schlammig, und der See stand in dem Ruf, verunreinigt und gefährlich zu sein.

Die Wisemans waren nicht die Eigentümer, obwohl alle Welt es annahm, weil es Ernest war, der dort den Müll einsammelte. Aber es war sein See. Ihr Ausgangspunkt und ihre Nemesis.

In den Gedanken, einen Teich vor der Haustür zu haben, hatte Grace sich viel eher verliebt als in Ernest. Und Carl war immer da, damals und jetzt.

Sie hatten die Gewohnheit, dort hinzuspazieren und sich hinzusetzen, irgendwo, auch hier, und dann über das zu reden, was wichtig war oder nicht. Manchmal ging es darum, überhaupt nicht zu reden, und was immer dann schwärte, heilte sich selbst, und man konnte sich später damit befassen. Oder niemals, weil es nicht mehr wichtig war. Die Existenz des Sees war tatsächlich sein Geschenk an sie. Grace hatte oberhalb davon auf der Wiese gesessen, war in der Wegbiegung stehen geblieben, hatte sich auf die Bank gesetzt, war bis zur Erschöpfung geschwommen, sie hatte nachgedacht und dabei ihre größte Verbitterung zugedeckt, ohne sie tatsächlich zu begraben. Die Tatsache, dass er sich gegen sie gewandt hatte, dass der See selbst und die dort regierenden Schwäne ihr den Leichnam ihres Enkelkinds zu Füßen gelegt hatten, war eine zeitweilige Verirrung, eine Enttäuschung und ein Verrat, tief greifend, aber für gewöhnlich verziehen. Die Auswirkungen dieses Ereignisses reichten viel weiter. Sie fragte sich jetzt, als sie im Hochsommer auf der Bank saßen, ob Ernest sah, was sie sah, oder ob sie sehen konnte, was er durch seine dunkle Brille sah, und wie lange es her war, dass sie vergessen hatten, wie sie einander die Wahrheit sagten, oder in welchem Augenblick sie entschieden hatte, dass er es nicht aushalten konnte, ebenso wenig wie sie. Oder wann genau er angefangen hatte zu welken. Sie wusste nur, wenn sie auf den See hinausschauten, hatte er Erinnerungen, die älter waren als ihre, andere Visionen von Glück und Grauen. Und er hatte nie auch nur ein Gramm von ihrer Gerissenheit und ihrem Scharfsinn gehabt – oder von ihrer Leidenschaft. Dafür dankte sie dem, was als Gott gelten konnte, und sie liebte ihn desto mehr, weil er immer noch schön war und weil er sic immer überraschen konnte. Solange er tat, was man ihm sagte.

»Warum hast du gelogen?«, fragte er geistesabwesend, als sie im Gras lagen.

»Worüber?«

»Darüber, wer wen aus dem Pub nach Hause gebracht hat. Dieser arme, dumme Junge. Was für eine Nervensäge.«

»Ich habe nicht gelogen. Ich habe es so in Erinnerung.«

»Du lügst die ganze Zeit, mein Herz. Danke, dass du dich um die Kuh gekümmert hast. In der Küche hast du gesungen. Kannst du es noch einmal tun? Vielleicht lockst du sie heraus.«

Grace fing an zu summen.

Und als sie davonging, da schaut' ich ihr nach,
wie über den Markt sie wandelt' gemach.
Als heimwärts sie schritt, war ein Sternlein erwacht
wie der Schwan auf dem See, der dort hinzieht zur Nacht.

»Da sind sie«, sagte er. »Warten nicht auf den Abend.« Auf der Waldseite des Sees kamen die Schwäne in Sicht. Die Jungtiere waren jetzt zwei Monate alt und kamen allein zurecht; sie putzten einander. Das klobige Nest lag versteckt. Ernest wusste, was in dem Nest steckte; er kannte jeden einzelnen Bestandteil, denn er hatte den Bau verfolgt. Grace hatte es nie getan. Das Nest wurde im März und April gebaut, vorzugsweise an einem isolierten Uferabschnitt, aus Pflanzenmaterial, Binsen und kurzen Grashalmen – versteckt, aber unförmig. Aggressiv verteidigt. Dabei kamen sie in die Mauser; sie polsterten das Nest mit ihren Federn und konnten danach sieben Wochen lang nicht fliegen und ihre Zitadelle nur vom Wasser aus schützen.

Die Jungschwäne trugen ein braunes Daunenkleid und waren halb so schwer wie die Erwachsenen, aber ohne deren gelassene Würde.

»Haben ein Weilchen gebraucht, nicht?«, sagte er. »Ich meine, sie kommen voran, oder? Mit drei Jahren können sie anfangen zu nisten, und so alt waren die Viecher, als ich sie besorgt habe. Wie lange ist das her, Grace? Fünf Jahre? Ich weiß, sie können's noch eine Weile weitermachen, und sie brauchen einige Zeit, um sich niederzulassen. Vielleicht werden sie einundzwanzig Jahre alt, bis der Schwanengesang ertönt, aber ist das nicht großartig? Sie sind acht Jahre alt, diese beiden Eltern, und sind sie nicht stolz? Ich bin es. Es verändert das Bild.«

Sie wusste, was er sah. Er sprach nicht von *diesen* Schwänen; er meinte die anderen Schwäne, die hier vor zehn Jahren geschwommen waren. Die Maischwäne und ihre Küken segelten über den See. Maiblüten vom Weißdorn trieben verstreut auf dem Wasser. Schmieriges Blut lag wie Ölschlick auf dem gekräuselten Wasser, weiße Federn tanzten im Wind, Gewehrschüsse hallten über dem See wider. Der reale Tod. Das sah er jetzt, und Grace wusste, dass er es sehen konnte. Er sah es hinter diesen relativ neuen Schwänen; er konnte das alte Gemetzel sehen. Ernest erinnerte sich an eine ganze Folge von Schwänen, an einige besser als an andere, und besonders an Nina und Hans.

»Gott, wie habe ich ihn gehasst«, sagte Ernest. »Der alte Carl und ich, wir hatten die Schwäne bekommen, ich weiß nicht mehr, woher. Das Paar, das wir vor zehn Jahren hatten – wir nannten sie Nina und Hans, nach seinen Geschwistern. Sie waren schon alt, mindestens sechs Jahre. Ich hatte die Hoffnung schon aufgegeben, dass sie es jemals bringen. Drei Jahre lang bauten sie Nester, aber für nichts und wieder nichts, die armen Viecher. Keine Küken, bis zu dem Jahr, und dann – bingo, da waren sie. Die Guten, sie hatten es geschafft. Kein Wunder, dass Hans so kess wurde. War wahrscheinlich seine letzte Chance. Im Mai sollte niemand hier schwimmen. Und dann hat er sie alle abgeschossen, sogar die Küken. Da habe ich ihn gehasst.«

»Das tut deine Tochter auch.«

Er schien sie nicht zu hören. Sie wusste, was er sehen konnte, und wenn sie ihn nicht geliebt hätte für das, was er war, hätte sie ihn gehasst wegen seines Bedauerns. Immer nur Carl und die Schwäne. Es war, als trauere er um den Tod der Schwäne mehr als um den Tod eines Kindes, als überlagere die Erinnerung an die Schwäne das Bild jenes anderen, weniger interessanten, weniger beschädigten, beinahe unblutigen Leichnams. »Er kam am Abend zurück. Er holte das Gewehr und schoss sie aus dem Wasser.«

»Ich hasse ihn nicht dafür, dass er die Schwäne getötet hat«, sagte Grace. »Es war das Einzige, das ich verstehen konnte. Vielleicht hätte ich es selbst getan.«

»Und ich hasse ihn auch nicht mehr, Carl den Jüngeren. Warum sollten wir es tun? Nina und Hans sind wieder da. Ich will, dass er zurückkommt. Und seinen Sohn mitbringt, wie Carl der Ältere es getan hat.«

Flauschige Wolkenknäuel zogen über den blauen Himmel und warfen ihren Schatten auf das Wasser; es wurde stumpf und dann wieder hell, wenn sie weiterzogen. Die Schwäne waren strahlend weiß und im nächsten Moment mattweiß, und die orangegelben Schnäbel der beiden Erwachsenen leuchteten, als sie sich zu beraten schienen. Grace erinnerte sich an die andere Szene, an den Mai-Mord, als die Federn, die verstreut auf dem Wasser schwammen, aussahen wie treibende Blüten. Sie sah, wie die Vögel sich aus dem Wasser erhoben – zu spät. Einen Schwanengesang hatte es nicht gegeben.

Grace verspürte die alte, vertraute Eifersucht. So hatte sie empfunden, als Carl der Ältere mit seinem kleinen Sohn gekommen war, während sie noch kinderlos war, als sie zugesehen hatte, wie sie einander als Brüder und liebevolle Freunde umarmten, und wie Ernest ein großes Gewese um das Kind machte, weil es ein *Junge* war.

»Es war ein Fehler, nicht wahr? Ivy nicht sofort zu erzählen, wie es passiert war. Zuzulassen, dass sie träumte, Cassie sei in einen Schwan verwandelt worden.«

»Es freut mich, dass du dich daran erinnerst«, sagte Grace bissig.

»Ich habe dich mit ihr gehört. Vermutlich hat es ihr geholfen einzuschlafen.«

Hitzewellen im Mai. Jäh aufkommende Augusthitze, bei der man die Winterkleider ablegen wollte. Im April konnte es noch schneien und im Mai dann glühend heiß werden, aber niemals für lange. *Der heißeste Bank Holiday seit 1899.* Das sagten sie immer.

»Es war nicht Carls Schuld«, sagte Ernest. »Ich wünschte, er würde wiederkommen.«

Nie sah er den springenden Punkt, dachte Grace und schloss die Faust um ein Grasbüschel. Natürlich war es Carls Schuld gewesen. Sie erinnerte sich, wie er ins Haus gekommen war, mit diesem plärrenden, abscheulichen Bengel auf dem Arm, als könnte er nicht allein gehen, und ihn seiner Mutter in die Arme drückte, die eine wohlverdiente Ruhepause am Küchentisch machte und sich bei einer Tasse Tee in mütterlichen Klagen erging. Er hatte nichts weiter zu tun, als unten am See auf die Kinder aufzupassen. Nicht einmal das konnte er. Der Junge wurde ungebärdig, und da brachte er ihn zurück. Cassie allein zu lassen war okay. Genau genommen, schien es tatsächlich okay zu sein, Cassie allein zu lassen; das dachten jedenfalls alle. Sie konnte schwimmen wie ein Fisch, der See war nicht tief, sie konnte barfuß in drei Minuten nach Hause laufen. Aber das tat sie nicht. Sie hatte es nicht getan. Grace konnte nie verstehen, wie Ernest den jüngeren Carl nicht dafür hassen konnte, dass er danach seine Frau, Ernests Tochter, so beiläufig und absichtsvoll vernichtet hatte.

»Sie muss auf dem Rücken geschwommen sein, mit ausgestrecktem Hals, wenn der Schwan sie so beißen konnte«, sagte Ernest. »Und dieses Mal hinterlassen konnte. Sie muss zu nah ans Nest herangeschwommen sein.«

Als ob sie das nicht wüsste. Als ob es nicht immer wieder durchgekaut worden wäre.

Der See lag still und dunkel unter den unruhigen Wolken. Es war eigentlich kaum ein See, wirklich eher ein Teich. Schwer vorstellbar, wie das Wasser brodelte, wie der Schwanenschnabel sich um den kleinen Hals spannte, sie unter Wasser zog, sie in Panik brachte, ihre Schreie ertränkte. Dieses lautstarke, entschlossene, redselige kleine Ding.

»Er hätte sie nicht allein lassen dürfen«, sagte Grace störrisch.

»Ich habe Hunger«, sagte Ernest. »Gibt's was zum Mittagessen?«

So war er jetzt. Eine kurze Konzentrationsspanne, und immer wieder huschte er davon und flüchtete sich in die Träume, die sie ihm so gern erfüllen würde. Sie streckte die Hand nach seiner aus und zog ihn auf die Beine, und dabei spürte sie das Gewicht seiner Knochen. Er sah immer noch so viel mehr, als er je preisgab. Manchmal hatte sie das Gefühl, ihn kaum zu kennen. Der Weg zurück zum Haus erschien lang. Nach dem Lunch würde er sich um die Kuh kümmern müssen, auch wenn bis dahin noch mehr Fliegen da sein würden. Aber sonst würde er nichts essen.

»Ivy geht es jetzt gut«, stellte er fest.

Ihr Glaube an seinen Scharfblick verblasste wieder. Er hatte dieses eine Mal, vor zehn Jahren, gehört, wie sie Ivy erzählte, Cassie habe sich nur in einen Schwan verwandelt. Nie hatte er gehört, wie Ivy nachts schrie, nie war er auf der Suche nach ihr durch die schäbigen Londoner Straßen gestreift, nie hatte er gewusst, woran sie litt und welches das einzige Mittel war, um sie zu heilen. Rache. Er wusste nichts von kalter Wut, kannte nur die kurze Hitze.

»Ich mag diese Rachel«, sagte er. »Ein nettes Mädchen. Aber dass Ivy bei ihr wohnen will, gefällt mir nicht. Ist nicht wirklich fair gegen sie, oder? Ihr benutzt sie, alle beide.«

Ja, er verstand es wohl doch. Sie durfte ihn niemals unterschätzen.

»Wir müssen dafür sorgen, dass sie sich besser amüsiert, wenn sie wiederkommt. Mit ihr in den Pub gehen, statt sie zu Tode zu schwatzen«, sagte Grace. »Nein, wenn ich es mir genau überlege – nicht in den Pub.«

Er seufzte und ignorierte sie schon wieder.

»Eigentlich macht es nichts, dass er die Briefe zurückschickt. Der Junge wird kommen, wenn er dazu bereit ist. Er wird seinen Weg selbst finden. Macht nichts, dass wir nicht mehr wissen, wo der jüngere Carl wohnt, und dass wir keine Möglichkeit haben, es herauszufinden – und Ivy auch nicht. Wir haben nicht das Recht dazu, weißt du.«

»Nein«, sagte Grace kleinlaut. »Wir können nicht herausfinden, wo er ist. Nicht, ohne Geld auszugeben, das wir nicht haben.«

»Er hat gesagt, er würde sich um uns kümmern«, klagte Ernest. »Er hat es *versprochen.*«

»Das war, als er Ivy geheiratet hat.«

Er lebte auf einem anderen Planeten. Der Computer war nur für die Kühe und für seine Unterlagen, und auch da benutzte er ihn mit Mühe und Widerwillen. Natürlich konnten sie herausfinden, wo ein Mann, von dem sie wusste, dass er Richter geworden war, *arbeitete,* wenn schon nicht, wo er wohnte. Wenn sie nur wüssten, wie man Internetverzeichnisse und -bibliotheken benutzte, und wenn sie den Mut dazu hätten.

Natürlich gab es Möglichkeiten, aber sie kannte sie nicht. Und sie konnte ihn nicht lange genug allein lassen, um sie zu finden. Ivy auch nicht. Ivy hatte aufgegeben, nicht wahr? Das sagte sie Ernest jedenfalls.

Rachel könnte es. Für Rachel wäre es ein Kinderspiel, denn sie gehörte zu derselben Welt. Rachel könnte ihn finden, ihre Visitenkarte zücken und verlangen, ihn zu sprechen, und man würde sie einlassen. Rachel besaß alle Qualifikationen. Rachel könnte es.

Ja, Rachel könnte es tun. Und sie wusste, Rachel würde es tun.

Ernest stolperte und nahm ihren Arm, und er sah sie mit seinem lieben Lächeln an, als hätten sie alle Zeit der Welt, um nach Hause zu kommen, sich um die Kuh und die Zukunft und den Zusammenbruch ihrer Träume zu kümmern. Als hätten sie Zeit, während seine Verstandeskräfte dahinschwanden und Ivy geheilt werden musste. Ivy, die wieder werden wollte wie früher und die ihm immer zu Gefallen sein wollte, weil sie kein Junge war. Sie hatten herzlich wenig Zeit.

»So ein cleveres kleines Ding«, sagte er. Grace wusste nicht, ob er einen der Jungschwäne meinte, oder Cassie, oder Ivy. Wahrscheinlich sprach er von Carls Sohn Carl. Von dem Jungen. Er sah sie an. Sie wünschte, sie würde ihn nicht ebenso oft falsch einschätzen, wie sie seine Gedanken genau erriet.

»Ich meine Ivy, Schatz. Ich war hart gegen sie, nicht wahr? Habe so viel von ihr erwartet. Clever ist nicht das richtige Wort. Sie hat sich alles zu Herzen genommen und gelernt. Sie wusste, sie musste üben und lernen und sich alles einprägen, und sie hat es getan.«

»Ja, das hat sie. Sie tut es immer noch.«

Entschlossen schob sie den Gedanken an den ertrunkenen Gast beiseite.

Rachel öffnete die persönliche Datei auf ihrem privaten Organizer. *Liebes Tagebuch ...* Sie schrieb meist an sich selbst, und für gewöhnlich tat sie es im Büro. *Weißt du, dass es nie bessere Zeiten für eine heimliche Affäre an einem bevölkerten Ort gegeben hat? Außer, dass man eine Stelle finden muss, wo man sich hinlegen kann. Mitten in einem Großraumbüro wie diesem hier, wo jeder isoliert vor seinem eigenen Bildschirm sitzt, kann ein Liebespaar sich verschlüsselte E-Mails schicken oder auf dem Handy lautlos eine SMS schreiben. Noch nie wurde so viel getan und missverstanden, ohne ein Wort zu sprechen.*

Heute Morgen bin ich in ihr Zimmer gegangen, nachdem sie losgezogen war, um Büros zu putzen. Ich wünschte, sie würde es nicht tun. Ich habe mich nicht lange aufgehalten. Ich wollte nur nachsehen, ob sie irgendetwas brauchte, wonach sie nicht fragen würde, eine bessere Nachttischlampe zum Beispiel, weil sie da drin immer zeichnet und ihre Bücher anschaut. Warum habe ich so lange gebraucht, um zu begreifen, dass sie kaum lesen kann? Wie will sie je ihr Examen machen? Sie ist so großzügig und so stolz. Sie hat sich ein Nest gebaut, ein paar Zeichnungen an die Wand gepinnt. Ich sollte da nicht hineinschauen. Es ist ihre Privatsphäre. Ich werde es auch nicht wieder tun.

Grace ruft an den meisten Tagen gegen elf an. Hier. Oder nachmittags. Eine Flautenzeit bei ihr, und bei mir wohl auch. Wir sprechen nicht über Ivy, wir reden über mich. Was mir gefällt. Sie ist sehr taktvoll. Sie möchte nicht, dass Ivy mir lästig ist, als wäre Ivy ein Kind, für das sie verantwortlich ist. Sie hat mich nicht gebeten, herauszufinden, wo dieser Mistkerl Schneider wohnt oder arbeitet, aber ich habe es getan, es war ganz einfach. Er steht im Anwaltsverzeichnis. Ich habe schon von hier aus angerufen und ihnen gesagt, ich hätte persönlich etwas an seine Privatadresse zuzustellen und ob sie sie mir geben könnten. Sie haben es getan, die Guten. Ich hätte ihn sowieso aus der Wählerliste heraussuchen können. Ich kann mir nicht vorstellen, wo er wohnt. Was er zu verbergen hat … Ich WEISS, was er zu verbergen hat: Grausamkeit und böswilliges Verlassen. Ich will nur noch ein bisschen mehr in Erfahrung bringen, dann werde ich ihn finden.

Heute Abend haben wir Dad zum Essen. Klingt, als ob wir ihn essen wollten – haha. Ich habe ein blödes Gefühl dabei.

Ihre Eltern sind so schillernd, meine so bieder. Grace sagt mir immer, ich bin schön, und dann fühle ich mich auch so. Ich kann es nicht erwarten, wieder hinzukommen und ihr zu erzählen, dass ich ihn gefunden habe. Nein, das werde ich nicht tun; ich werde zu ihm gehen. Dieser Mistkerl. Dieser grausame Mistkerl. In sein Büro, in sein Amtszimmer, wohin auch immer. So jemand, so ein Mann, gehört an den Pranger. Er ist Richter!

Es muss leicht sein, sich von jemandem scheiden zu lassen, der nicht lesen kann. Ich war gestern beim Scheidungsregister und habe nachgesehen. Wegen Ehebruchs – was sagt man dazu!

Sie trug heute neue Kleider. Sie hatte Kopfschmerzen; sie wollte ans Meer und an den See, und sie wollte Gerechtigkeit.

Es war okay, durch die Straßen zu streunen, obwohl Donald gern zu Hause gewesen wäre. Es war nicht der Tag, an dem er sich in Schaufenstern erblicken wollte, schon gar nicht in Soho, es sei denn, hinter der Scheibe läge etwas Essbares. Es war eine seiner Lieblingsgegenden. Hier hatte es schon immer Leute wie Blaker gegeben. Soho veränderte sein Aussehen, aber nicht seinen Charakter. Sex und Essen, Essen und Sex. Nachdem er das Interesse an beidem verloren hatte, war er alles andere als bezaubert. Manchmal fragte er sich, ob alle das Gleiche getan hatten wie er – ob sie den ganzen Prozess der Beurteilung der menschlichen Natur abgekürzt hatten und geradewegs zu dem Schluss gekommen waren, dass jedermann schlecht war. Die Mühe, das Gegenteil zu beweisen, lohnte sich kaum.

Er sah sie um die Stände in der Berwick Street herumflitzen und wusste, dass er sie schon einmal gesehen hatte.

Groß, ein bisschen hager. Sie kaufte Gemüse und Knoblauch und feilschte um den Preis. Ein Flittchen, wenn er je eins gesehen hatte, aber ein Flittchen, das kochte.

Eigentlich wollte Donald nichts über Töchter und Söhne und Ehefrauen wissen. Er suchte nach Blaker. Das hier war sein Revier, schon immer. Blaker war ein sanfter Räuber; er schlug sie nur, wenn es nötig war – das heißt, wenn sie bemerkten, dass sie ausgeraubt wurden. Ein Tageslichttäter, der sie immer nur beim Einkaufen erwischte. Bevorzugte die guten Handtaschen, sorglos getragen, während die Eigentümerin sich auf ihre Einkäufe konzentrierte. Er beobachtete sie erst hier an den Ständen, dann in den Seidengeschäften. Da gingen Theaterfreundinnen und Gardinennäherinnen hinein, und die Kochbegeisterten blieben draußen. Draußen an den Ständen in der Berwick Street hatten sie Metallschalen mit exotischen Früchten und Gemüsen zu einem Pfund das Stück. Es gab Ingwer und Mangos, ein Stand hatte nur Avocados, ein anderer nur pinkfarbene Äpfel, und in den Läden am hinteren Ende der Cafés gab es Seide und Satin, Videos und billigen, auffälligen Schmuck, und die Standinhaber konnten draußen stehen, Karten spielen und fluchen.

Bis hierher waren die Flittchen von der anderen Seite der Themse in den Siebzigerjahren des 19. Jahrhunderts gekommen. Über die Waterloo Bridge, weg von den Viehtreibern und Markthändlern, die einen Shilling pro Nummer bezahlen konnten, hinauf nach Covent Garden, wo die Preise höher waren. Die kein Glück gehabt hatten, kehrten dann verzweifelt zurück, und einige ertränkten sich lieber im Fluss, statt mit leeren Händen heimzukommen. Seufzerbrücke nannten sie die Waterloo Bridge.

Die Frau, die da Gemüse kaufte, war straßenerfahren. Sie hatte sich die Tasche quer über den Körper gehängt und in den Gürtel geklemmt, sodass sie die Hände frei hatte. Niemand würde kampflos an ihr Geld kommen. Sie betastete das Gemüse prüfend und brachte die Auslagen durcheinander, aber niemand diskutierte mit ihr. Sie war Balsam für wunde Augen, wenn man auf Amazonen stand. Donald war hier, weil er Blaker suchte. Das war immer noch besser, als sich mit all dem Zeug über verschwundene Ehefrauen und alten Groll zu befassen. Er konnte die Stunden aufschreiben und Blaker suchen, in der zuversichtlichen Hoffnung, dass er ihn so schnell nicht finden würde.

Die Frau trat von dem Stand zurück, die Verhandlungen waren abgeschlossen. Hier regierte das Bargeld; Kreditkarten waren pfui. Dieser Stand lag gegenüber einem der wenigen Cafés auf diesem Abschnitt, Snackbistros und Hamburgerläden. Sie winkte zum Fenster hinüber. Donald schaute in die Richtung, in die sie gewinkt hatte.

Ein Scheißspiel. Der Mann im Fenster, dem sie zugewinkt hatte, sah aus wie Blaker.

So eine kleine Welt. Und viel zu früh.

Das konnte nicht stimmen. Er wollte, dass dieser Job noch ein Weilchen dauerte.

9

Das Schlechte an eingefahrenen Gleisen und das Letzte, das sie bemerkt hatte, war die Gewohnheit, morgens immer denselben Weg zur Arbeit zur nehmen und nie davon abzuweichen. Wie kann man in London so etwas tun?, hatte Ivy gesagt. Es gibt so viel zu entdecken, wenn du einen anderen Weg nimmst. Die Gewohnheit, die Strecke auszudehnen und an mehr als nur ans Ankommen zu denken, war entstanden, als Rachel mit dem ersten Zeichenkurs angefangen hatte, weil sie plötzlich Gelegenheit haben wollte, mit beinahe lüsterner Faszination Gesichter und Körper anzuschauen. Sie wollte sich Zeit lassen, menschliche Proportionen und ihre Eleganz oder deren Abwesenheit betrachten, wollte sehen, wie anders jeder Einzelne in der U-Bahn oder im Bus saß, wie unterschiedlich gerade oder schräg sie alle gingen, wie jemand sich in der Warteschlange mit der Zeitung entspannte und wie andere es nicht konnten und verspannt dastanden. Wie einige sich stiller als Modelle hielten und andere in ständiger Bewegung waren. Rachel hielt den Kopf nicht mehr gesenkt, sie variierte ihren Hin- und Rückweg, um ihn zu verlängern, und schaute kühn umher.

In jeder Hinsicht den Kopf gesenkt zu halten war zu einer Lebensweise geworden, und sie war daran gewöhnt.

Sie war immer noch isoliert in ihrem relativ neuen Job im Büro von Stirland & Co., weil alle dort wussten, dass sie in ihrem früheren Job gepetzt hatte. Ein scheinheiliges, neunmalkluges Miststück, das einen größeren Betrug aufgedeckt hatte und deshalb nicht geliebt werden konnte; sie hatte sich geweigert, die Bücher einer Firma abzuzeichnen, weil sie gefälscht waren wie in all den Jahren zuvor, und sie hatte nicht für sich behalten, dass ein leitender Buchprüfer ihrer Firma bestochen worden war, diesen Betrug zu vertuschen. Nach außen hin hatte das Management sich dankbar für ihre Informationen gezeigt; sie waren gerade rechtzeitig gekommen, um einen größeren Skandal zu verhindern und aus einem Korruptionsfall ein bloßes Versehen zu machen. Aber die Firma hatte dabei Geld verloren, und das war nicht so leicht zu verzeihen. Und jeder dort – und somit auch jeder hier – wusste, dass ihr Freund ihr seine Kündigung zu verdanken hatte. Sie war schon vorher nicht besonders beliebt gewesen: eine schöne und rechenkundige Frau, die härter und schneller arbeitete als alle andern, im gesellschaftlichen Umgang eher scheu, aber mörderisch hartnäckig und voller Ehrgeiz. Der Umstand, dass sie für die Sache der unqualifizierten Frauen, begrapscht und bedrängt von den überfütterten Männchen der Spezies, eingetreten war, brachte sie auch nicht gerade auf Platz eins der Beliebtheitsliste. Sie war zu unbequemer Ehrlichkeit erzogen, sie hasste Tyrannen und Arroganz, und nichts konnte daran etwas ändern. Es war ihre Überzeugung. Die Kanzleipartner ließen sich nicht gern daran erinnern, dass sie alle nur gut bezahlte Dienstboten waren, die die juristischen und finanziellen Rädchen der großen Konzerne zu ölen hatten, und dass sie zwar für ihre Klienten lebenswichtig waren, aber auch wieder nicht so wichtig wie die Regeln, für deren Einhaltung man sie bezahlte. Es war nicht gut, immer recht zu haben. Rachel Doe war den Männern zu reserviert, den Frauen missfiel ihre strenge Schönheit, und sie musste mit dem Ruf leben, der ihr vorausging. Bei Stirland & Co. war er besser, denn sie war freundlicher geworden und trug ihr Haar manchmal offen. Sie war zugänglicher. Das Personal der Firma wechselte häufig, und viele wussten nicht mehr, dass sie das Zeug zu einer Verräterin hatte.

»Hallo, Rachel, können Sie mir hierbei helfen?«

Sie hatte immer Partnerin in der Firma werden wollen, aber jetzt war es nicht mehr wichtig, und das merkte man ihr an. Sie vermutete, dass sie umgänglicher wirkte und dass das Kainsmal auf ihrer Stirn verblasst war, aber sie wusste eigentlich nicht, was sie dachten, und während ihr früher so viel daran gelegen hatte, dass sie mehr und mehr in sich zusammengeschrumpft war, kümmerte es sie jetzt immer weniger, auch wenn es sie wütend machte, wenn die Unternehmenswelt nicht einsehen wollte, dass langfristige Gewinne niemals unter der Hand zu machen waren. Sie war immer noch die Tochter ihres Vaters. Das war ihre Schwäche und ihre Stärke.

Heute hatte sie einen leichten Kater. Sie wünschte, sie wäre Juristin geworden, nicht die Rechenmaschine, die sie jetzt war. Juristen waren bedeutender. Sie wollte keine Aufmerksamkeit, aber sie hätte gern mehr Einfluss gehabt. Der Aufzug brachte sie geradewegs auf ihre Etage, die fünfte von zehn. Die anderen Stockwerke waren andere Kapseln, wie die Decks auf einem Schiff. Von ihrem Fenster aus konnte sie die Straße unten sehen. Sie sah die Leute, die aus dem Bahnhof gegenüber strömten, nah und doch weit entfernt, und sie fragte sich, ob sie aus diesem sicheren Abstand jemanden erkennen würde. Ja, vermutete sie, und hatte es doch nie getan. Aber heutzutage hielt sie Ausschau, bevor sie sich an die Arbeit machte.

Es war noch früh. Sie setzte sich an ihren Schreibtisch und betrachtete die Tagebuchdatei auf ihrem Organizer. Das Debakel mit dem betrügerischen Buchprüfer, der zugleich ihr Liebster gewesen war, hatte sie veranlasst, die Datei überhaupt noch zu behalten. Sie, die nie wieder belastende oder vertrauliche Informationen einem Bürocomputersystem anvertrauen würde, hatte seine gespeichert und ausgedruckt, und als er es nicht zugeben wollte, als er sie ein dummes, heimtückisches Luder nannte, führte sie *ihnen* in logischer Reihenfolge vor, was er getan hatte. Die Gewohnheit, diese private Datei zu führen, hatte sie behalten. Die Tagebuchdatei gab ihr Zeit zum Denken. Was die Arbeit anging, schien es nichts zu geben, das nicht warten konnte. Alle übertrieben ihre eigene Wichtigkeit und den Zwang zur Eile. Sie hatte jetzt etwas anderes zu tun, das unaufschiebbar war.

Sie schrieb alles auf, was Richter Schneider getan hatte, soweit sie davon wusste. Sie war empört über die Tatsache, dass er ein *Richter* war. Je mehr sie bei einer einfachen Recherche auf der Internetseite der Anwaltskammer herausfand, desto zorniger wurde sie. *Anwaltszulassung 1973. Spezialisiert auf Familienrecht/Strafrecht/Menschenrechte. Ernennung zum Richter: 2000.*

Sie wusste genug über das System, um zu wissen, dass

Schneider noch nicht auf der obersten Sprosse seiner Karriereleiter angekommen war. Er hatte die Risiken – und das hohe Einkommen – des Wirtschaftsrechts gemieden. Vielleicht hatten ihn die bequemen Dienstzeiten und die Pension veranlasst, Richter zu werden, und ohne hochfliegenden Ehrgeiz hatte er sich stattdessen in die moralischen Höhen des Familien- und Strafrechts begeben. Und sich für die anonyme, tugendhafte Rolle des Richters entschieden, weil er etwas zu verbergen hatte.

Folgendes hatte er WIRKLICH getan.

Verführt junges Mädchen/Ehefrau.

Vernachlässigt Tochter, lässt sie ertrinken.

Meidet Ehefrau, sperrt sie aus. Verprügelt sie. Lässt auch sie sozusagen ertrinken.

Arrangiert die Scheidung.

Vernachlässigt Großeltern. Verwehrt ihnen Besuchsrecht.

Hindert Sohn daran, Kontakt zu halten/herzustellen.

Ist grausam.

Schande über ihn.

Morgen, nahm sie sich vor, morgen werde ich versuchen, mit ihm Kontakt aufzunehmen. Telefonisch? Ja, aber warum sollte er mit mir sprechen? Moment mal. Ich weiß, Grace möchte, dass ich es tue; sie fragt nicht danach, aber ich weiß es trotzdem, und ich weiß auch, sie will nicht, dass ich ihn vor den Kopf stoße. Ich soll ihn nur … ja, was? Grace kennt Ivy wirklich am besten. Sie weiß, Ivy wird nie wieder wirklich ganz geheilt werden, bevor ihr Sohn sie als das sieht, was sie ist, über das abscheuliche Bild hinaus, das ihr Vater von ihr gemalt hat … Rachel arbeitete sich in Rage. Wie konnte er wagen, so etwas zu tun?

Noch immer war sie sich nicht schlüssig. Und was würde Ivy denken? Bestimmt wollte Ivy ihren Sohn sehen; Ivy weinte im Schlaf. Sie hatte Bilder an der Wand, Zeichnungen von einem Baby, einem kleinen Jungen, von dem jungen Mann, zu dem er herangewachsen sein würde. Und was war mit ihm? Was war mit dem Sohn – was wollte er, was niemand sonst wusste?

Sie wolle nichts weiter tun, sagte sie sich, als den Richter aufsuchen und ihm alles erklären. Aber vorher waren da noch ihr Vater und Ivy, der Abend, auf den sie sich nicht freute. So war es immer mit ihrem Vater: Sie war stolz auf ihn und seine albernen Prinzipien. Es war schmerzhaft.

Nach und nach kamen die Kollegen zur Arbeit, und sie begrüßte sie fröhlich. Heimlich wich der Katerkopfschmerz einer gewissen Freude am Leben, die sie aber nicht völlig daran hinderte zu bemerken, dass die Papierkörbe seit gestern nicht geleert worden waren und dass der Staub von gestern noch auf Schreibtischen und Boden lag. Es klappte oft nicht mit der Reinigungsfirma, die nachts hier anrückte. Lächelnd fragte sie sich plötzlich, was Ivy wohl gerade tat. Ivy würde ihre Arbeit besser machen.

Es war einfach nicht fair. Blaker, der wichtigste Joker in einem nicht sehr überzeugenden Blatt, sollte nicht so schnell zu finden sein. Es hätte Tage dauern müssen. Donald hielt seinen Frust im Zaum. Zunächst einmal wusste er nicht, was er zu dem Mann sagen sollte; er hatte sich noch nichts zurechtgelegt, und er hatte keine Ahnung, wie er den Ball ins Rollen bringen konnte. Zum Beispiel: Hören Sie, Terry, irgendein Typ bedroht den Richter, der Sie das letzte

Mal in den Knast geschickt hat – sind Sie das vielleicht zufällig? Ich glaub's eigentlich nicht, aber es wäre eine gute Theorie, und ich muss jemanden finden, und Sie könnten es ja sein. Wären Sie also so nett, ein Geständnis abzulegen, und hätten Sie was dagegen, damit bis nächste Woche zu warten? Oder mir wenigstens ein Alibi zu geben, für dessen Überprüfung ich eine Ewigkeit brauche? Nichts für ungut, mein Freund. Okay: Haben Sie Zugang zu einem Computer, kennen Sie sich mit mittelalterlichen Abbildungen aus, können Sie zeichnen? Seien Sie nett.

Donald beobachtete, wie die Frau wegging. Keine gute Handtasche. Billig und fröhlich. Er blieb still stehen und sah ihr mit auffälliger Unsicherheit nach, und dann trat er durch die Tür neben dem Fenster, hinter dem ein Mann saß, der Blaker wie aus dem Gesicht geschnitten war. Zumindest das musste er tun, um sicher zu sein; vielleicht irrte er sich, und es bestand wider Erwarten die Hoffnung, dass es doch nicht Blaker war. Die Identifizierung nach einem Polizeifoto war in puncto Zuverlässigkeit nicht das letzte Wort, selbst bei einer Bildschirmvergrößerung, auf der man die Hautporen und den missmutigen Mund deutlich erkennen konnte. Niemand lächelte fürs Verbrecheralbum.

Die Umgebung ließ wenig Zweifel daran, dass es tatsächlich Blaker war, zumindest für einen misstrauischen Charakter, der mit Blakers Repertoire eingehend vertraut war. Das hier war eine gehobene Nichtraucher-Patisserie, erfüllt vom guten Duft frischer Kaffeezubereitungen, süßen Gebäcks, eifrigen Gefallstrebens, bei den wohlhabenderen Konsumentinnen in der Berwick Street offensichtlich beliebter als das andere Café mit seinen soliden Wurstbrötchen und Schinkensandwiches, in dem die Standbesitzer Zuflucht vor der Kälte suchten. Die Händler standen mit den Hühnern auf und waren immer hungrig. Es war sinnlos zu versuchen, sie zu beklauen; sie hatten Augen im Hinterkopf und sahen dich kommen. Das hier hingegen war der perfekte Laden für Blaker; hier konnte er sitzen und diejenigen begutachen, die Geld hatten oder gleich welches ausgeben würden. Diejenigen, die im Begriff waren, Seide oder Ingwer zu kaufen, und hier eine Pause machten, um ihre Liste zu überprüfen und in winzige, glänzende Handys zu sprechen. Ein gestresstes, multitaskingfähiges weibliches Wesen, das Job, Shopping, Befangenheit und Ehrgeiz gleichzeitig in der Luft hielt wie ein Jongleur seine Bälle, das wäre der Typ seiner Wahl. Das erste Kriterium wäre Kleidung und Körperhaltung, dann eine gute Handtasche mit Bargeld darin, denn das war hier die gültige Währung. Von dieser Warte aus konnte ein Dieb wie Blaker sein Opfer aussuchen, ihm beim Einkaufen und bei der Espressopause zusehen und – wenn er arbeitete – folgen auf dem kurzen Weg bis zur Shaftesbury Avenue im Theaterviertel, das sein anderes Jagdgelände war, auch wenn er stets hier anfing. Sie würden ein Taxi heranwinken oder auf den Bus warten, wenn er zuschlüge. Und verdammt – ein Internetcafé war es auch noch. Er musste es sein. Er war es.

Donald setzte sich mit seinem Kaffee auf einen Platz in Fensterhöhe. Er kehrte Blaker den Rücken zu und konnte sein Spiegelbild in der Fensterscheibe von der Seite sehen. Der Asphalt draußen wurde allmählich glitschig vom Abfall.

Die große Frau kam zurück. Sie hatte ein Paket Spargel vergessen. Also doch nicht so effizient. Diesmal winkte sie nicht. Sie anzustarren konnte sich Donald erlauben; es war sein Alibi. Ihre Größe und Kraft waren das Interessante an ihr, nicht irgendeine Andeutung von Glamour. Inmitten des Abfalls, der von den geschäftigen Markständen geflogen war, wirkte sie auffallend sauber – wie ein polierter Apfel. Ihr Alter konnte er nicht schätzen. Seit seine eigenen Töchter erwachsen waren, hatte er die Gabe verloren, das Alter weiblicher Personen zu schätzen. Es gab die Gruppe der Achtzehn- bis Dreißigjährigen und die der Dreißig- bis über Vierzigjährigen, und die Angehörigen einer Gruppe sahen alle gleich aus. Er sagte sich, dass er anhand ihrer Gesichter und der Haltung ihrer Schultern immer noch etwas über ihr Leben aussagen konnte, wie seine Frau es ihm beigebracht hatte: was sie einkauften, was sie trugen, aber niemals, wie alt sie waren. Der Kaffee war gut. Einstweilen würde er sich damit begnügen. Er konnte den Mann hinter sich riechen; er beging den Fehler, nach seinem Spiegelbild zu schauen, um zu sehen, ob er noch da war, und wäre fast vom Stuhl gesprungen.

»Sie ist ein Sahneschnittchen, nicht wahr?«, sagte Blaker. »Ich würd's an Ihrer Stelle nicht probieren.« Er drehte sich auf seinem Stuhl zur Seite und präsentierte ein Profil mit einer eingeschlagenen Nase. Der Geruch von schmutzigen Haaren wehte herüber. »Sie ist Modell, wissen Sie.«

Donald wandte ihm sein eigenes harmloses Gesicht zu – feines, sauberes Haar, Brille, gekämmter Schnurrbart – und sah einen Schimmer von braunen Zähnen. Es war eine falsche Vorstellung, dass ein Gauner mit Blakers Erfahrung einen Bullen auf vierzig Meter Entfernung riechen konnte, denn sie konnten es einfach nicht. Und wenn sie es doch konnten, was in Blakers Fall wahrscheinlich war, war es ihnen einfach egal, weil sie nichts zu befürchten hatten. Oder sie gehörten zu der Sorte, die sich prima mit denen verstand, die sie die meiste Zeit so ineffektiv verfolgten. Hier waren sie einfach zwei Männer, die sich dabei ertappt hatten, dass sie dieselbe Frau anstarrten.

»Das dachte ich mir schon, dass sie so was ist«, sagte Donald. »Bei der Figur. Ich hätte nichts dagegen, mal mit ihr zusammenzustoßen, ganz langsam, wenn Sie verstehen, aber ich hätte zu viel Angst, dass sie mich bei lebendigem Leibe auffrisst. Modell, ja? Seit wann gehen die selbst einkaufen?«

Blaker kicherte. »So ist sie nicht«, sagte er. »Sie steht mit beiden Beinen auf der Erde. Hat es zu was gebracht in der Welt. Sie wollen gar nicht wissen, was sie früher gemacht hat. War mal mit ihr zusammen. Sind immer noch Freunde. Sie hat mir diesen Kaffee spendiert. Lädt mich ab und zu auf einen Drink ein.«

Seine Stimme hatte einen Unterton von Stolz. Er trommelte mit langen, verhornten Fingernägeln auf den Tisch.

Träum weiter, dachte Donald. Warum sollte diese strahlende Frau mit einer Figur wie aus Stein gemeißelt einem übel riechenden Loser wie Blaker irgendetwas spendieren? Aber natürlich gab es auch so etwas wie schlichte Freundlichkeit. Donald kratzte sich am Kopf, rückte seine Brille zurecht und grinste. Er wusste, dass es nicht an seinem offenen Gesicht lag. Der Mann war gelangweilt und einsam; er würde mit jedem reden. Er musste beteuern, dass er nicht so mies war, wie er aussah. Er hatte nichts, womit er angeben konnte, und deshalb musste er angeben.

»Ich lerne nie solche Frauen kennen, nicht in meinem Job«, sagte Donald. »Wieso haben Sie so viel Glück?«

Blaker kicherte wieder. Er klopfte mit seinem Kaffeelöffel auf den Tisch. Er roch muffig, und seine dünnen Schenkel schlangen sich um das Tischbein, als wollten sie verhindern, dass es weglief. »Ich hab mal versucht, sie auszurauben, ehrlich gesagt. Und nicht sehr langsam. Damals war ich gut.« Er lächelte betrübt. »Aber sie hat mich kommen sehen und mir eins über den Schädel gezogen. Und dann hat sie mir Geld gegeben. Sie sagte, wenn du es so dringend brauchst, dass du so was machen musst, dann sollst du es auch kriegen. Stellte sich raus, dass sie weniger hatte als ich. Da haben wir uns angefreundet. Ich habe ihr immer die Zeitung vorgelesen. Das waren Zeiten.«

Die Uhr an der Wand zeigte elf Uhr dreißig. Donald schaute zwischen den Ständen hindurch und sah den Markthändler-Pub auf der anderen Seite.

»Wollen wir was trinken gehen?« Gott, was für ein Klischee. So leicht zu durchschauen.

Blaker lächelte und zeigte mehr von seinen Zähnen. »Wenn Sie Informationen über unsere Freundin haben wollen, Bulle, dann kostet das ein bisschen mehr.«

Donald seufzte. Es war so ärgerlich, sich zu irren, und so schön, eine Gelegenheit zu bekommen, selbst wenn man sie nicht haben wollte. Aber dieser Umweg stand ihm offen. Sie konnten sich über seine Freundin unterhalten, über jemand anderen, irgendetwas, und dann rückwärts zu ihm kommen. »Was denn, zum Beispiel?«

»Einen richtig guten Fick in den Arsch.« Blaker brüllte vor Lachen. Sie lachten beide, als wäre das wirklich witzig gewesen. Blaker wischte sich mit einer schmutzigen Faust über die Augen. Der Dreck war in die Poren eingewachsen. Donald konnte sich nicht vorstellen, wie diese Finger eine Computertastatur bearbeiteten. Blaker beugte sich vor.

»Wenn Sie langsam mit der zusammenstoßen wollen – da dürfen Sie nicht mal dran denken«, raunte er. »Sie ist mit einem Richter verheiratet. Mit einem verschissenen Richter, ich sag's Ihnen. Hier gibt's wirklich jede Sorte Mäuse.«

Donald hatte das Gefühl, dass die Welt anfing zu kreiseln.

»Ich habe gerade überhaupt nichts zu tun«, sagte er. »Kommen Sie, ich spendiere Ihnen ein Glas.«

Er hatte den Richtigen gefunden.

Rachels Vater kam um sechs, missmutig verfrüht, deplatziert und von der Einladung sowieso überrumpelt; er war ein bisschen griesgrämig und brannte darauf, es hinter sich zu bringen. Er trug seine Sorgen wie einen Sack auf den Schultern und sah aus wie jemand, der noch nie zu den Sternen hinaufgeblickt hatte, sondern darauf wartete, dass sie ihm auf den Kopf fielen. Ivy brachte seinen Mantel in ihr Zimmer, damit er aus dem Weg war, und er schien ihn zu vermissen. Sie überragte ihn. Abneigung legte sich auf seine Züge. Er fühle sich nicht wohl, sagte er. Die übermäßig vielen Blumen im Wohnzimmer brachten ihn zum Niesen. Er hatte eine Topfpflanze mitgebracht. Er starrte Ivy an und schrumpfte vor ihr zusammen, und dann starrte er sie wieder an, als wäre sie ein präpariertes Musterexemplar.

Zunächst war alles weniger katastrophal als vielmehr unbehaglich. Es gab Brathuhn, neue Kartoffeln und Spargel, den er nicht mochte, weil er wusste, dass er teuer war, und er starrte Ivy an.

»Ich bin sicher, ich habe Sie schon mal irgendwo gesehen«, sagte er.

»Bestimmt in meiner Starrolle im Fernsehen.«

Sie strengte sich an, unangestrengt zu wirken; sie hätte einen Stein zu Tränen rühren können, wie sie ihn bemutterte. Er vergaß, Fragen zu stellen. Mitten beim Essen legte er Messer und Gabel aus der Hand und sah Rachel an.

»Ich habe meine Sachen mitgebracht, damit ich den Wasserhahn im Bad reparieren kann. Beim letzten Mal hat er getropft.«

»Oh, das hat Ivy schon erledigt.«

»Und der wacklige Schrank in der Küche, wo das Scharnier ...«

»Ist okay, Dad, das ist repariert. Ivy ...«

Es wurde still. Besteck kratzte auf Porzellan.

»Hier könnte mal alles frisch gestrichen werden«, sagte er schließlich. »Ich nehme an, das könnte Ivy auch übernehmen.«

Sie zogen mit Kaffee und Schokolade vom Esstisch hinüber in den Wohnzimmerbereich. Seine Gereiztheit war verflogen.

»Sie braucht einen Mann im Haus«, sagte er zu Ivy und starrte sie immer noch an. »Aber sie schafft es nie, sie zu halten. Sie schreckt sie ab. Und jetzt lebt sie mit einer Lesbe.« Er erstickte fast an seinen Worten, als er über Rachel redete, als sei sie nicht im Zimmer. Er war verbittert und gekränkt. »So haben wir sie nicht erzogen, ich und ihre Mutter. Ich weiß, wo ich Sie schon mal gesehen habe. In Euston, nicht wahr? Beim Betteln. Gibt nicht viele große, blonde Bettlerinnen. Ich vergesse niemals ein Gesicht. Ich bemühe mich, Bettler nicht anzuschauen, und gebe ihnen nie etwas. Aber Sie habe ich bemerkt. Ich dachte, sie ist jung, sie sieht fit aus – warum sucht sich das Mädchen keinen Job?«

»Dad …«

»Ich glaube, das war eher in King's Cross«, sagte Ivy sanft. »Und inzwischen bin ich total respektabel. Muss sogar jetzt zur Arbeit. Kann ich Ihnen noch einen Kaffee einschenken, bevor ich gehe?«

Er wirkte überrascht von seinem Ausbruch, erschrocken über seinen Zorn, aber er konnte nicht aufhören.

»Zumindest arbeiten Sie«, sagte er. »Das ist schon etwas. Zumindest leben Sie nicht mehr von milden Gaben. Es sei denn, Sie nassauern bei meiner Tochter. Was war es gleich, was Sie machen?«

»Ich putze, Fußböden und Toiletten hauptsächlich, ich kellnere, und ich strippe«, sagte Ivy.

»Sie tun was?«

Ivy stand auf und räumte den Tisch ab. Sie hörten sie in der Küche und dann ihre Schritte, als sie in ihr Zimmer ging, kaum hörbar auf ihren Gummisohlen.

Rachel war wie vom Donner gerührt. Ihr Vater benahm sich mit seinem schrillen Gezeter wie ein kleines Kind. Sie war sprachlos vor Wut. Er drehte sich zu ihr um, aufgewühlt von Gefühlen, die er weder verstehen noch beherrschen konnte.

»Du dummes Ding. Du albernes, dummes Ding. Das warst du immer schon. Du weißt nicht, was gut und was schlecht ist. Du bist so grün wie junges Gemüse. Sie ist eine üble Marke. Eine Schnorrerin.«

Sie ließ ihn sitzen und ging die paar Schritte zu Ivys Zimmer, und dort klopfte sie an die halb offene Tür.

Solche einfachen Regeln zum Schutz der Privatsphäre waren unausgesprochen zustande gekommen: Vor dem Eintreten wurde angeklopft. Dies war das Zimmer, auf das Ivy sich beschränkte. Abgesehen von den kleinen Reparaturen am Wasserhahn und am Küchenschrankscharnier und von der Blumenflut, war ihre Anwesenheit anderswo in der Wohnung kaum zu spüren. Hier drinnen war ein unordentliches Nest; alles andere hinterließ sie ordentlich und aufgeräumt, und den eigenen Raum hielt sie absichtlich klein. Ivy saß auf dem Bett und schaute den Zeitplan an, den sie sich jede Woche machte, damit sie wusste, wo sie als Nächstes arbeiten musste. Alles war in krakeligen Blockbuchstaben aufgeschrieben. Sie weinte.

Der überflüssige Mantel von Rachels Vater lag auf dem Bett, wo Ivy ihn hingelegt hatte, als er gekommen war. Die erste Tat einer Gastgeberin: Man nahm ihm den Mantel ab, damit er es sich bequem machen konnte.

»Es tut mir leid«, sagte Rachel. »Es tut mir wirklich leid. Ich weiß nicht, was in ihn gefahren ist.«

Ivy wischte sich mit der Faust die Tränen vom Gesicht und versuchte zu lächeln. Das Zimmer war aufgeräumter als am Morgen, sah Rachel schuldbewusst. Ivy war um fünf auf gewesen, als sie selbst noch geschlafen hatte; heute Abend um viertel vor zehn ging sie wieder zur Arbeit, und dazwischen hatte sie eingekauft und gekocht, nur um sich beleidigen zu lassen. Sie hatte ihre Zeichnungen von der Wand genommen und stattdessen ein Poster aufgehängt: Matisse' *Leda und der Schwan*.

»Mach dir keine Sorgen«, sagte Ivy. »Bitte nicht. Es ist nicht so schlimm, sich an ein früheres Leben erinnern zu lassen. Jeder vernünftige Mensch würde misstrauisch gegen mich sein.«

»Ich könnte ihn umbringen.«

»Schluss jetzt«, sagte Ivy. »Vielleicht ist er ein bisschen eifersüchtig.«

»Weshalb eifersüchtig?«

»Du bist alles, was er hat, Rachel. Versuch das zu verstehen. Sei nicht meinetwegen hart gegen ihn. Er ist doch nett. Er sagt wenigstens, was er denkt. Er fühlt sich nicht wohl. Ich gehe jetzt lieber.«

Sie schlang sich die Tasche um den Körper und fing an zu pfeifen; sie stopfte den Zeitplan in die Tasche und verließ das Zimmer. Rachel folgte ihr langsam, und als sie ins Wohnzimmer kam, sah sie, wie ihr Vater geduckt dasaß, als warte er auf Prügel, und auch dafür hasste sie ihn.

»Bleiben Sie sitzen«, sagte Ivy vergnügt, und sie beugte sich über ihn und berührte seine Schulter. »Es war nett, Sie kennenzulernen, Jack, ehrlich. Kümmern Sie sich nicht um mich, ja? Ich sehe schlimmer aus, als ich bin.«

»Es tut mir leid«, murmelte er. »Es tut mir leid.« Rachel war verdattert. Sie hatte noch nie gehört, dass er sich entschuldigte. Nie, für nichts. Die Tür schloss sich hinter Ivy, und sie waren allein. Er sah klein, geduckt und kläglich aus, und er würde sich nicht noch einmal entschuldigen.

»Tja, Dad, du hast dich prima benommen. Glaubst du, du kannst nach Hause fahren?«

»Natürlich kann ich das. Wie spät ist es?«

Vor einer Tochter verlor man nicht das Gesicht. Er war beunruhigend bleich. Es hatte keinen Sinn, über alles zu sprechen. Sie holte ihm seinen Mantel und begleitete ihn schweigend bis zur U-Bahn, während es um sie herum dunkel wurde. Sie wünschte, es wäre alles anders, war verärgert, wollte ihm nachlaufen, als er davonging und verschwand. Er war so dumm und so klein.

In dem Theater am nördlichen Ende der Shaftesbury Avenue lief ein Musical mit einem Gaststar aus einer TV-Castingshow, dessen Name im Munde aller unter zwanzig war. Die kleine Putzkolonne für den Backstage-Bereich war zu Fuß gekommen; ihre planmäßige Ankunft sollte erfolgen, kurz nachdem das Publikum und die Letzten vom Ensemble gegangen waren. Jetzt standen sie herum, rauchten Zigaretten und warteten darauf, dass alle verschwanden, damit sie hineingehen konnten. Die Vorstellung hatte länger gedauert als sonst, es war der letzte Abend, und eine Meute von Autogrammjägern und halb durchgedrehten Fans drängte sich am Bühnenausgang; sie schubsten einander und sangen eins der Lieder aus der Show, halb hysterisch vor freudiger Erwartung. Scheißtypen, murmelte jemand aus der Putzkolonne und setzte sich in Bewegung. Wenn wir da jetzt nicht reinkommen, sind wir noch hier, wenn die letzte Bahn weg ist. Kommt, wir schieben uns durch. Den Fans gefiel es nicht. Auch sie mussten warten.

Die Reinigungskräfte waren auf den ersten Blick nicht

von der anderen, größeren Menge zu unterscheiden, und deshalb gab es Schwierigkeiten. Sie waren ebenfalls Kapuzen- und Mützenträger. Aus der Nähe sah man, dass die Putzleute überwiegend älter und schäbiger waren, und sie waren frei von dem Adrenalin, das nach einer Show durch die Adern rauscht. Sie waren nicht so leicht bekleidet, und in ihren Ohren dröhnte kein Beat. Die Singenden sahen nicht ein, warum jemand hineingehen sollte, während sie warteten. Ihre Zahl schwoll an; andere kamen dazu, angelockt durch den Lärm und das Spektakel einer Menschenmenge. Der Abend hatte noch nicht angefangen.

Aber sie mussten hinein; sie hatten einen Zeitplan, und sie wurden nicht dafür bezahlt, dass sie aufgehalten wurden. Die Leute der Putzkolonne wurden angerempelt und beschimpft. Ein Mann vor allem, der ein halb bekleidetes Mädchen abschirmte, das den letzte Song der Show grölte, drängte voran. Scheiße, was glaubt ihr, wo ihr hingeht? Es war heiß.

Mithilfe des Backstage-Personals schlüpfte die Putzkolonne ins Theater; sie wurden gestoßen, und der Mann zerrte an ihren Kleidern. Erst als der Letzte der sechs im hellen Licht des Eingangs verschwunden war und das laute Mädchen noch lauter johlte und der Castingstar erschien und der Lärm verstummte und sich dann in Applaus verwandelte – erst da bekam das Mädchen mit, dass der Mann – Scheiße, was ist … – zu Boden sank und liegen blieb, als sie vorwärtsströmten, und sie verlor ihn im ohrenbetäubenden Begrüßungsjubel aus den Augen.

Die Schlagzeile des nächsten Tages: *Mann von rivalisierendem Fan erstochen.*

Rachel kehrte in Ivys Zimmer zurück. Sah sich in dem kleinen Raum um. Es war nicht fair. Verdammt, es war nicht fair. Zu viele Leute hatten auf Ivy gespuckt. Ihr Vater hatte reagiert wie viele andere. Es war nicht fair. Ivy hatte etwas Besseres verdient.

Rachels Vater hatte ein schlechtes Gewissen. Was zum Teufel war in ihn gefahren, abgesehen von dem Gefühl, wieder einmal überflüssig zu sein? In seinem Alter? Wahrscheinlich war es der Knoblauch an dem Brathuhn; er hätte schwören können, dass welcher dabei war. Sie war eine üble Type. Ihm war schlecht.

Eine Bahn fiel aus, die nächste war überfüllt. Es war später, als ihm lieb war. Die Meute in seinem Wagen sang unbekümmert laute Lieder. Die Fenster waren geschlossen und klemmten. Er fühlte sich krank und alt und müde und beschämt und furchtbar atemlos, und ihm war zu heiß in seinem Mantel. Er wühlte in den Taschen nach seinem Inhalator und dann nach den Tabletten.

Aber da war nichts.

10

Freitag. Tu es jetzt.

Hallo, mein Name ist Rachel Doe. Ich bin eine Freundin von Ivy. Ich muss mit ihm sprechen.

Nein, so ging es nicht. Sie musste an sein Eigeninteresse appellieren.

Hallo, mein Name ist Rachel Doe von Stirland & Co. Ich hätte etwas mit Richter Schneider zu besprechen, in seinem Amtszimmer, wenn es recht ist.

Darf ich fragen, um welchen Fall es geht? Er übernimmt keine Fälle mehr, er verhandelt sie.

Ja, natürlich, das hätte ich sagen sollen. Eine alte Sache, mit der er vor etlichen Jahren zu tun hatte. Jetzt geht es in diesem Zusammenhang um Schadenersatzansprüche zwischen Opfern, und wir dachten, vielleicht könnten wir ihn mit ein paar Fragen zu Details der Strafsache behelligen, die uns entgangen sind. Wir brauchen sein Gedächtnis. Selbstverständlich werden wir ihm seine Zeit vergüten.

Das wird ihn nicht interessieren, meine Liebe. Wie hieß der Fall?

Wiseman gegen die Ivy-Liga. Ursprünglich R. gegen Wiseman, glaube ich. Aber er wird sich sicher erinnern. Mit wem spreche ich eigentlich?

Ich werde nachfragen und mich bei Ihnen melden. Geben Sie mir Ihre E-Mail-Adresse und Handynummer. Richter Schneider ist im Augenblick beschäftigt.

Wie zum Teufel bekam irgendjemand irgendetwas richtig hin? Was wäre, wenn er antwortete? Und was, wenn nicht?

Das Gericht zu finden war einfach, und hineinzukommen ebenfalls, wenn man mit einem gewissen Maß an Autorität auftrat. Aber es war nicht so einfach, damit zurechtzukommen, dass man keine Antwort erhielt.

Die Antwort erschien zwei Stunden später in ihrer E-Mail.

Selbstverständlich, lässt er Ihnen ausrichten. Temple. Paper Buildings, der Name steht an der Tür. Heute Nachmittag sechzehn Uhr dreißig wäre es recht. Bis dahin ist er im Gericht. Bitte bestätigen Sie.

Wenn der Richter etwas zu verbergen hatte oder es verbergen wollte, machte er seine Sache nicht gut, oder die Methode, die er benutzt hatte, um sich vor seiner Frau und ihrer Familie zu verbergen, hatte nur deshalb funktioniert, weil die nicht wussten, wie man in einem Verzeichnis nachsah. Weil sie nicht den richtigen Tonfall hatten, die richtige Technologie, die Mittel oder wenigstens ein Telefonbuch. Die riesige Kluft zwischen dem Leben der Wisemans und ihrem eigenen war demütigend. Sie hatten nicht das nötige Werkzeug.

Rachel lehnte sich zurück und wunderte sich, wie leicht es war, einigen Leuten eine Zeit lang etwas vorzumachen.

Ivy arbeitete heute Abend als Modell und würde erst spät nach Hause kommen. Dann gäbe es keine Gelegenheit mehr, es ihr zu erklären. Was wollte sie eigentlich erreichen?

Ich wollte, schrieb sie in ihre Tagebuchdatei, *Bescheid wissen. Ich will, dass sie das Problem lösen. Ich will, dass Ivy respektiert wird. Dass sie ihr Recht bekommt.*

Jeder Tag hatte sein Programm. Sie und Ivy würden morgen in aller Frühe auf den Bauernhof hinausfahren. Bis dahin musste sie etwas geleistet haben. Sie rief ihren Vater an. Der Friede war wiederherzustellen, indem man so tat, als sei nichts vorgefallen. Er meldete sich nicht. Es würde Tage dauern, bis er sich erholt hätte. Und er würde sich nicht noch einmal entschuldigen.

Sie kleidete sich jetzt mit Bedacht – hauptsächlich Sachen, die Ivy ausgesucht hatte, wenn sie mit ihr shoppen ging. Ivy genoss es sichtlich, auf Teile hinzuweisen, die sie sich selbst nicht leisten konnte, die sie aber an jemand anderem sehen wollte; sie genoss es, als Stilberaterin aufzutreten. Dieser Karrierelook ist völlig out, sagte Ivy. Ich putze mehr Büros, als du je zu sehen kriegst, und deshalb weiß ich, was denen gefällt. Sie laufen den ganzen Tag in Turnschuhen herum und stopfen ihre High Heels in die Schreibtischschublade. Rachel gab sich heute informell. Leinenhose und Slipper, eine helle, unstrukturierte Leinenjacke, das lange Haar offen. Sie würde nicht Schwarz tragen, nur weil sie die Chance hatte, einen gnadenlosen Richter zu treffen. Morgen würden sie in ihren Wagen steigen und ganz früh zum Hof hinausfahren. Die Schuhe abstreifen und barfuß herumlaufen.

Als das Treffen vereinbart war – leichter und schneller, als sie es für möglich gehalten hatte –, dehnte sich der Morgen für Rachel wie ein Gummiband, und Minuten dauerten Stunden. Es ging auf die Ferienzeit zu; die Stadt war halb leer, und die jungen Familien standen am Flughafen Schlange. Sie beneidete sie nicht. Um ein Uhr hielt sie es nicht mehr aus; sie räumte sorgfältig auf und machte Feierabend. Jemand hatte sich über die Reinigungskolonne beschwert, und die hatte ihre Anstrengungen verdoppelt. Ihr Computer druckte den benötigen Kartenausschnitt auf ein weißes Blatt. Middlesex Crown Court lag im Herzen Londons, und Rachel entwickelte sich zu einer spezialisierten Form von Touristin.

Da die Gerechtigkeit sichtbar sein musste, hatte die Öffentlichkeit, wie sie wusste, Zugang zu allen Verhandlungen und zu den meisten Gerichtssälen, wo nicht die höchste Sicherheitsstufe herrschte – und selbst dort, soweit der Platz es erlaubte. Die wenigen Besucher der Zuschauergalerien im Middlesex Crown Court wurden wie am Flughafen durch Detektorschleusen geleitet, und dahinter konnten sie nach Belieben umherspazieren. Nach den Verhandlungen eines Vormittags waren die Wartebereiche vor jedem Gerichtssaal übersät von verbrauchten Pappbechern, Coladosen standen unter Plastikstühlen, und die Papierkörbe flossen über. Eine Gruppe von Leuten stand draußen und rauchte, und der Geruch war hereingeweht. Rachel suchte selbstbewusst ihren Weg; sie wusste, dass sie das Recht zum Zusehen hatte. Im Gerichtssaal fünf gab es eine kleine Zuschauergalerie am hinteren Ende, die man durch einen separaten Eingang und über eine Treppe erreichte. Als sie oben war, schaute Rachel hinunter. Drei andere Leute waren da und sahen lustlos zu; anscheinend hatten sie nichts zu tun mit dem trägen Theaterstück, das da unter ihnen aufgeführt wurde. Sie sahen aus, als seien sie nur hereingekommen, um irgendetwas zu tun. Rachel wollte den Richter bei der Arbeit sehen und ihn verächtlich anstarren. Sie wollte alles, was sie über ihn wusste, bestätigt haben, und sie wollte wissen, wie er aussah und sich benahm, bevor sie ihn um halb fünf besuchte.

Es gab keine Geschworenen. Kein Fall wurde verhandelt. Der Gerichtsdiener hatte ihr erklärt, an diesem Nachmittag werde es um die Verurteilung von Angeklagten gehen, die bereits für schuldig befunden waren, um Verfahren, die bis zum Eingang des Berichts über soziale Verhältnisse zur Klärung der Hintergrundumstände vertagt worden waren, um Urteilsempfehlungen und die Abfassung von Strafmilderungsplädoyers, die an die Nachsicht Seiner Ehren appellierten.

Der erste Angeklagte schlurfte, ohne dass man ihn führte, zur Anklagebank; er gebärdete sich wie einer, der das Warten satthatte, und gab sich unbekümmert. Erst als er die Balustrade vor der Anklagebank fest genug umklammerte, um sie zu zerbrechen, sah sie, wie viel Angst er hatte. Ein gewohnheitsmäßiger Tageseinbrecher, per definitionem erfolglos. Als er aufgefordert wurde, seinen Namen zu bestätigen, konnte er nur nicken. Sie spürte, wie sehr er sich wünschte, sich zu übergeben, wegzulaufen, zu entrinnen. Als jemand, gesichtslos und unter einer Perücke hervor, für ihn sprach und vortrug, er habe eine Wende vollzogen, er fühle nicht mehr den Drang zum Stehlen und er habe gut auf den Drogenentzug reagiert, regte sich Zynismus in ihr. Ja, ja, ja. Er hatte seit seiner Kindheit gestohlen, er würde es wieder tun. Er gehörte in den Knast. Abhaken, hörte sie sich selbst sagen und wartete darauf, dass er entlassen wurde. Als das Plädoyer zu Ende war, fing der Mann an zu zittern. Der Richter sprach ihn unmittelbar an.

»Sie haben wenig Glück gehabt, nicht wahr?«, fragte er.

Ein Kopfnicken.

»Na ja, vielleicht wird es Zeit.«

Es überraschte sie, dieses sanfte, kurze Mitleid ohne Verurteilung, ohne Strafpredigt. Der Nächste war anders, die Methode die gleiche. Auf Kaution freigelassen aufgrund von Gutachten, die erklärten, warum er wegen Körperverletzung in drei Fällen, begangen im Zustand der Trunkenheit, nicht inhaftiert werden solle. Und hier, weg von der Straße, allein auf der Anklagebank, von allem entblößt, lächerlich in seinem Trotz, ließ eine gefährliche Nervosität ihn zittern. Jemand sprach kurz und herablassend für ihn, pro forma, seiner und seinesgleichen offenkundig überdrüssig. Die Spannung zerriss; der Angeklagte schrie, er habe genug davon, und drängte sich von der Anklagebank. Dann schien er zu zögern, als wisse er, dass sein Schicksal damit besiegelt wäre, und drehte sich halb um, und in diesem Bruchteil einer Sekunde hätte Rachel um ihn weinen können. Es war so nutzlos und so töricht und machte alles nur noch schlimmer.

»Wollen Sie so schnell wieder gehen?«, fragte der Richter. »Nicht einmal Auf Wiedersehen sagen? Bitte kommen Sie zurück. Sie würden uns fehlen.«

Als bliebe ihm etwas anderes übrig. Eine kurze Welle von Gelächter ging durch den ganzen Saal, aber es war der Richter, der den Spott auf sich nahm und ein wenig geziert dreinblickte.

Genauso bei der nächsten Angeklagten, einer fetten

Sozialbetrügerin und Wiederholungstäterin. Seine Ehren lud sie ein, Platz zu nehmen. Sagen Sie mir, forderte er sie auf, was ich mit Ihnen machen soll. Es floss wie Seide durch diesen abscheulichen, trostlosen Saal. Einer nach dem andern – Gefangene, Anwälte, wie immer das Urteil ausfiel, wie schlecht ihre Plädoyers auch waren – ging hinaus, ohne seine Würde zurückzulassen. Es war sanft beeindruckend. Nicht das, was sie erwartet hatte. Jeder hier wurde gehört.

Rachel fröstelte auf dem Weg hinaus in die Sonne; eilig ging sie hinunter zum Embankment und machte sich auf den zehnminütigen Fußweg nach Temple, vorbei an Big Ben, als es vier Uhr schlug. Sie sagte sich, es sei sicher leicht, als Richter großmütig und sogar freundlich zu sein, wenn man die ganze Staffage hatte, die einen stützte, einen Thron, auf dem man saß, eine Perücke und eine Robe, um sich dahinter zu verstecken, und jemanden, der einen beschützte, falls irgendjemand eine Pistole oder ein Messer hervorziehen sollte, das er durch die Detektorschleuse geschmuggelt hatte. Sie versuchte, sich mit Argumenten in eine kritische Stimmung zu bringen. Ein Richter erfüllte seine Pflicht nicht, indem er nachsichtig und gütig war. Er hatte das Schutzbedürfnis der Gesellschaft gegen die Hoffnung des Einzelnen auf Schonung abzuwägen, und es war nicht dieser Einzelne, der ihm sein Gehalt zahlte. Mehr als sonst etwas war ihr aufgefallen, wie alltäglich und wie reduziert die Menschen auf der Anklagebank im Verhältnis zu dem Schaden aussahen, den sie anrichten konnten. Wer verlor das meiste? Und wer gewann, wer hatte den Nutzen? Und noch etwas hatte einen nachhaltigen Eindruck hinterlassen: wie einsam der Richter auf seinem Thron unter der Inschrift

Ein Schuft, wer Böses dabei denkt ausgesehen hatte. Ob er von ihnen träumte, von diesem Treibgut, das da an seinem Richtersessel vorüberzog? Vielleicht waren sie es, die ihn menschlich gemacht hatten. Vielleicht hatte seine rote Amtsschärpe ihm ein Herz gegeben.

Ihr eigenes Herz hatte sie hart gemacht, als sie in die Middle Temple Lane einbog und von der idyllischen Ruhe der Inns of Court empfangen wurde, dieses Geflechts von kopfsteingepflasterten Gassen und Plätzen, die sich in scheinbar ziellosen Mäandern von der Themse aufwärts erstreckten. Am Rande neigten sich uralte Steinhäuser einander entgegen, die dann zu schattigen Plätzen auseinanderwichen; auf Kolonnadengänge folgte eine weitere Gasse zu der offenen Fläche der Temple Gardens. Über eine Treppe gelangte sie hinunter zu einem Rasen mit Büschen und Bäumen, so überraschend in seinem geheimen, geräumigen Liebreiz mit seiner schwindelerregenden Blumenpracht, dass sie stehen blieb, um Atem zu schöpfen. Geschäftige Schritte auf den Pflastersteinen klangen hier impertinent. Die größeren Gebäude wirkten majestätisch, die kleinen behaglich und verschwiegen. Sie hatte vergessen, wie schön es hier war.

Sie überlegte, wann sie das letzte Mal hier gewesen war, und erinnerte sich an eine Winterlandschaft. Der versteckte Park hatte unter einer Schneedecke gelegen, wie es sie nur selten gab. Ach ja – Ivy hatte sie hergeführt. Das gehörte zu ihrer winterlichen Ausbildung. Einer der vielen Orte in der Stadt, die aussehen, als wären sie nicht öffentlich zugänglich, obwohl sie es sind. Niemand lädt einen zum Eintreten ein, aber man braucht nur hineinzuspazieren.

Ivy hatte sie dazu gebracht, ein Gebäude anzuschauen und den Wunsch zu verspüren, es von innen nach außen zu kehren, als wäre es ein Puppenhaus, dessen Vorderfront man abnehmen konnte, um das Komplexe, Exzentrische und Praktische zu betrachten, das sich darin verbarg. Als öffne sich der Vorhang an einer Bühne. Paper Buildings sah aus wie aus einem Roman von Dickens. Aus den vorderen Räumen konnte man vermutlich über die Bäume und den Fluss hinwegschauen. Neben dem Eingang an der Rückseite waren die Namen der Juristen in der Reihe ihrer Bedeutung aufgeführt, in einer prachtvollen, altmodischen, in Rot und Schwarz ausgeführten Handschrift, ganz so, wie es zu Dickens' Zeiten der Fall gewesen wäre, und einige sahen auch aus, als seien sie schon so alt. Innen führte eine Steintreppe im Bogen nach oben, und das schwarze Eisengeländer war wulstig von einem Dutzend Schichten Rostschutzfarbe und fühlte sich kalt an. Selbst im August waren die Stufen ein wenig feucht und ließen an den Geruch des Winters denken. Für einen Aufzug in den fünften Stock war kein Platz; solchen Luxus gab es hier nicht. Die Wände waren kalt. In jedem Stockwerk kam sie an separaten Nestern von Zimmern vorbei, und als sie im fünften Stock ankam, endeten die Steinstufen, ein Teppichboden begann, und die gleiche Handschrift forderte zum Anklopfen und Eintreten auf. Eine andere Welt.

Er erwartete sie an der Tür. Hinter ihm konnte sie das vertraute Summen und den Geruch eines Büros aus dem 21. Jahrhundert wahrnehmen; sie hörte das Geräusch eines Faxgeräts, das Klingeln von Telefonen, das Schnurren eines Druckers und diskutierende Stimmen.

»Miss Doe?« Er streckte ihr die Hand entgegen. »Wiseman gegen Ivy-Liga? Es tut mir so leid. Wir haben sehr wenig Platz hier; es reicht einfach hinten und vorn nicht. Haben Sie etwas dagegen, wenn wir uns nach draußen setzen?«

Sie konnte ihm nicht die Hand geben. Sie konnte es einfach nicht. Die Hand, die Ivy geschlagen, die ihr die Tür verschlossen hatte – NEIN. Sie gingen wieder nach unten. Rachel wusste, dass sie irgendwie ausmanövriert wurde, aber ihr blieb nichts anderes übrig, als vorauszugehen, bis sie aus dem Zwielicht wieder ins Helle traten und er die Führung übernahm. Sie setzten sich auf eine Bank im Schatten und blickten in den Garten hinaus. Es war ein Schock, ihn zum ersten Mal ohne Perücke zu sehen. Sein Haar lag flach am Kopf an und glänzte in der Sonne. Hier draußen war seine Präsenz zweimal so mächtig wie im Gerichtssaal.

»Ich habe Ihnen heute Nachmittag im Gericht zugesehen«, sagte sie.

»Ja«, sagte er, »ich weiß. Ich habe Sie gesehen. Es ist ungewöhnlich, dass eine einzelne Frau auf der Zuschauergalerie sitzt, es sei denn, es ist eine weinende Mutter. Überhaupt jemand, der schön ist – selten. Ich wünschte, es kämen mehr Leute.«

»Ich fand, Sie waren sehr … fair.«

Er machte ein angenehm überraschtes Gesicht und lächelte. Die Wirkung war hypnotisierend.

»Sie meinen, ich habe mich einwickeln lassen? Fairness ist das Mindeste, was sie verdienen. Die meisten von ihnen haben ein mieses Los im Leben gezogen.«

Er fragte nicht: Warum? Er fragte auch nicht: Weshalb sind Sie hier? Natürlich war der Name des fiktiven Falls, Wiseman, ein Hinweis. Aber er war nicht in der Defensive oder offensichtlich neugierig. Er saß einfach da und wartete. Sie versuchte, ihren Zorn wieder heraufzubeschwören, und es fiel ihr schwer; sie wollte, dass er anfing, und geriet zusehends in Verwirrung, als er ihr den Gefallen nicht tat.

»Der beste Teil des Jahres ist vorbei«, sagte er schließlich und deutete über den Garten hinweg. »Aber vielleicht doch noch nicht. Wenn es nichts zu sagen gibt, sollte ich vielleicht lieber gehen, damit Sie den Ausblick genießen können. Anfangen müssen Sie, wissen Sie. Ich habe absolut keine Ahnung, was Sie möchten, und es ist nicht *fair*, anderen Worte in den Mund zu legen.«

Sie starrte eine leuchtend rote Fuchsie an, dachte, ja, der beste Teil des Sommers ist allmählich vorbei, und fing langsam an zu sprechen. Seine sorgfältige Redeweise war ansteckend wie das Protokoll der Gerichtsverfahren, die sie verfolgt hatte. Das Skript, das sie einstudiert hatte, war längst verworfen. Ihr blieb nur Ehrlichkeit. Er war kein Richter; er verdiente es nicht, Richter zu sein. Er war nur ein x-beliebiger unehrlicher Mann. Das rief sie sich in Erinnerung.

»Ihre Frau, Ihre Exfrau, ist Ivy Wiseman, nicht wahr? Sie haben sich von ihr scheiden lassen, zwei Jahre nach dem Tod Ihrer Tochter Cassie, im Mai vor zehn Jahren?«

Er nickte mit dem glänzenden Kopf. Bei der Erwähnung der Namen zuckte er nicht zusammen.

»Wir haben uns voneinander scheiden lassen«, sagte er. »Wie man das so tut.«

Das war der Auslöser für sie.

»Man kann wohl kaum von Gegenseitigkeit sprechen, wenn es auf dem Papier geschieht und einer von beiden kaum lesen kann.«

Wieder neigte er den Kopf, weder verneinend noch bestätigend, lediglich als Hinweis darauf, dass er zuhörte.

»Und Ihr Sohn Sam, der jetzt neunzehn ist, hatte seit Cassies Tod keinen Kontakt mehr mit ihr oder mit seinen Großeltern, Grace und Ernest Wiseman?«

Diesmal war es ein blutleeres Nicken. Die Schatten über dem Garten wurden länger. Es war beinahe unfair, dass es Rasenflächen mit Rosen und Schatten gab, die an einem sonnigen Nachmittag niemand benutzte. Er sah aus, als nicke er den Blumen zu und lausche aufmerksam einer ganz anderen Stimme.

»Weil Sie es verhindert haben«, fuhr Rachel fort. »Wie Sie es noch immer tun. Es bricht ihnen allen das Herz, vor allem Grace. Ernest vielleicht noch mehr. Es ist nicht recht.«

»Wessen Herz?«, fragte er, als komme er aus weiter Ferne zurück. »*Ivys* Herz?«

»Ja, auch Ivys Herz, und das weiß ich, denn ich bin ihre Freundin. Sie wohnt bei mir. Sie ist meine Freundin. Sie hat sich mit mir angefreundet, wie haben uns miteinander angefreundet ... Ach, Scheiße. Und mit ihren Eltern.«

Er drehte sich ganz zu ihr um und betrachtete sie gründlich, als wolle er sich jede Einzelheit einprägen.

»Sind Sie ihre einzige Freundin?«

»Ja ... ich ... Nein, natürlich nicht.«

»Vielleicht sollten Sie sich fragen, warum. Wie es kommt, dass Sie die einzige sind. Und dann sagen Sie mir, was Sie wollen.«

Was wollte sie? Sie war völlig ratlos. Tatsache war, dass sie eine dämonische, germanische Gestalt erwartet hatte. Einen guttural sprechenden Nazi im Schafspelz. Ja, sie war voreingenommen.

»Lieben Sie sie?«, fragte er sanft.

»Nicht … nicht *so*. Als Freundin, ja. Sehr sogar.«

»Ich meinte es nicht so. Ich meinte als Freundin. Höchst unterschätzt, nicht wahr? Die asexuelle Liebe. Aber genauso mächtig wie jede andere. Schwester- und Bruderliebe sind nichts dagegen.«

Das klang schwülstig, und es brachte sie wieder ins Gleis. Sie ließ eine Maschinengewehrsalve von Fragen und Vorwürfen los, die seit dem letzten Wochenende in ihrem Kopf rumorten.

»Es war Ihre Schuld, dass Cassie ertrunken ist. Nein, es tut mir leid, das hätte ich nicht sagen sollen. Aber Sie haben Ivy verstoßen, Sie haben sie ausgesperrt, als sie verwundbar war. Hören Sie, niemand ist dafür verantwortlich, wenn jemand den Verstand verliert, niemand behauptet, Sie hätten ihr Drogen gegeben, aber Sie haben sie verlassen. Sie ist in einen Abgrund gestürzt und wieder herausgeklettert, und ich wette, Sie haben keine Ahnung, was das bedeutet, und es geht ihr gut, und … und … Ich weiß nur, es kann ihr nie wieder ganz und gar gut gehen – ich kann es mir jedenfalls nicht vorstellen –, bis sie sozusagen mit Ihnen ins Reine gekommen ist. Und bis sie es ihrem Sohn erklärt hat. Sie will, dass er stolz auf sie ist, statt sich ihrer zu schämen. Sie kann den Anfang nicht machen; sie wagt es nicht. Aber Grace versucht es, mit all den Briefen, die sie an Ihren Anwalt schickt und die Sie zerknüllen und zurückschicken.

Das ist wirklich verachtenswert.« Dieser letzte wirre Satz ließ ihn zusammenschrecken.

»In letzter Zeit?«

»Natürlich in letzter Zeit. Im ganzen letzten Jahr, verdammt.«

»Oh. Diese.«

Seine gleichgültige Reaktion trieb sie zur Raserei.

»*SIE* haben sie voneinander ferngehalten. Sie lassen sie im Ungewissen. Sie verhindern jede Lösung. Grace kann damit nicht leben.«

»Sie reden von einem Abschluss? Ein wirklich schreckliches Wort.«

»Nicht von einem Abschluss«, erwiderte sie wütend. »Von einer Öffnung. Von der Chance einer Wiedergutmachung. Von der Chance, die Dinge zu sehen, wie sie sind – ach, ich weiß es nicht. Ivy gibt sich die Schuld, an allem. Sie will, dass man ihr verzeiht. Sie hat sich fabelhaft geschlagen.«

Er nickte wieder, als habe er alles verstanden. Ein guter Trick. Wahrscheinlich behandelte er auch Zeugen so, um sie auf seine Seite zu bringen, um ihnen das Gefühl zu geben, er stehe irgendwie hinter ihnen und teile ihren Standpunkt.

»Sie sind keine Rechtsanwältin, Miss Doe, obwohl Ihre Firma …«

»Sie haben Nachforschungen über mich angestellt?«

»Nicht ich, meine Sekretärin. Aber lassen wir das beiseite. Ist Ihnen die Regel über das Hörensagen bekannt?«

»Sogar Wirtschaftsprüferinnen wissen ein bisschen über das Recht.«

»Es gibt eine Regel, die besagt, dass Berichte über Gespräche zwischen Dritten in einem Strafgerichtsverfahren als Beweismittel nicht zulässig sind, weil sie ihren eigenen Wahrheitsgehalt nicht durch sich selbst beweisen können. Dass eine Person zu einer anderen gesagt hat, der und der habe sich gestern die Haare schwarz färben lassen, ist kein Beweis dafür, dass er es tatsächlich getan hat. Darum lassen wir es nicht zu. Ich denke oft, diese Regel ist auch auf das Leben anwendbar.«

»Sie herablassender Knilch«, fauchte Rachel. Sie war plötzlich so wütend, wie ihr Vater gewesen war, und sie wurde genauso schnell unbedacht wie er. »Sie wollen einfach nicht, dass Ivy erscheint, ganz gleich, in welcher Weise und in welcher Gestalt, weil Ihre eigene Heuchelei sonst ans Licht kommen könnte.«

Sie rührten sich beide nicht; sie saßen auf der Bank und blickten starr geradeaus wie ein Liebespaar, das sich stritt, nur mit dem Unterschied, dass er immer noch ganz entspannt wirkte. In Wahrheit gab es mehrere Gründe, weshalb sie ihn nicht ansehen konnte. Sie war verlegen, weil sie bei dieser selbst auferlegten Kaltblütigkeitsprüfung durchgefallen war, weil er so gefasst und ungeniert blieb, weil sie darauf wartete, dass er sie auslachte, und sich fast wünschte, dass er es tun würde.

Und weil diese große Anziehungskraft von ihm ausging und das schreckliche Verlangen weckte, ihn mit ihrer eigenen Ehrlichkeit irgendwie zu beeindrucken, damit sie sich nachher sagen könnte, sie sei unversehrt davongegangen, wie seine Angeklagten es getan hatten. Er bereitete *ihr* Schuldgefühle.

Es war eine miserable Idee gewesen, ihn im Gerichtssaal zu beobachten und im Voraus etwas von jener Eigenschaft zu entdecken, die Ivy veranlasst hatte, rettungslos auf ihn hereinzufallen. Ein beschissener, grausamer, verschlagener, tyrannischer, heuchlerischer Drecksack, dessen verdammter geschliffener Charme durch nichts als Übung zustande kam. Dieser Scheißkerl. Genau! Die Kehrseite des Talents, Menschen zu beruhigen und ihnen ihre Würde zu erhalten, bestand in der Fähigkeit, sie zu demütigen. Sie wollte knurren und die Zähne fletschen, wollte ihn in die Waden beißen, und vor allem wollte sie, dass er sie anlächelte.

»Wenn Sie mir diese Bemerkung erlauben«, sagte er mit seiner ruhigen Stimme, die ganz sicher geschliffen und geübt war, wenn sie bei dieser geringen Lautstärke so voll klingen konnte, »ich finde es sehr tapfer, dass Sie so etwas tun. Ich meine, es erfordert schon einiges. Nicht jeder kann so aufmarschieren und im Namen der Freundschaft, der Liebe, der Pflicht oder dergleichen einschreiten und der Tragödie anderer in ihrem Namen entgegentreten. Sie zu beheben versuchen, statt nach alter englischer Tradition *nichts* zu tun. Als Freundin handeln, wie sonst nur eine Mutter für ihr Kind handelt. Das ist tapfer. Das ist ungewöhnlich. Und Sie sind es auch. Was ich damit sagen will: So etwas verdient Gehör. Glauben Sie, wir könnten noch einmal von vorn anfangen? Und bevor wir das tun, möchte ich Ihnen sagen, dass ich durchaus verstehe, wie und warum jemand Ivy liebt, ganz gleich, auf welche Weise. Man wäre verrückt, sich dagegen zu wehren. Gegen dieses Vermögen, Liebe zu schenken. Und Hass gleichermaßen. Rede ich zu viel?«

Sie war plötzlich den Tränen nahe wie ein Kind, dem nach einer Ermahnung verziehen worden war, und sie senkte den Kopf zu so etwas wie einem Ja. Noch einmal von vorn anfangen, bitte. Bitte hab mich gern.

Während sie dasaßen, waren mehrere Leute an ihnen vorbeigegangen. Das Hin und Her der Inns of Court, Juristen, die aus den Gerichtssälen kamen, den Kopf voll von der Arbeit, die dem nächsten Tag oder der nächsten Woche vorausging, Leute, die mehr Zeit im Gericht verbrachten als anderswo, immer. Sie entspannte sich, langsam und unsicher, Stück für Stück. Sie würde davonkommen, ohne sich lächerlich zu machen. Schnelle Schritte näherten sich hinter ihnen.

»Da sind Sie ja, Mr Schneider, Sir. Drin haben sie mir gesagt, Sie wären hier. Entschuldigung. Kann ich Sie kurz sprechen, Sir?«

Der Mann sah aus wie die ganze Kulisse, eine Figur von Dickens mit hängendem Schnurrbart, so harmlos und beflissen, dass es beinahe lachhaft war. Kam angetappt in dieser Hitze, als wäre die Sache eilig, und versuchte, aus der Eile eine Tugend zu machen.

»Wir könnten zusammen essen und dabei weiterreden.« Der Richter schälte eine Visitenkarte aus seiner Tasche und legte sie geschickt auf den inneren Rand ihrer Handtasche. Sie hatte ihm ihre gegeben, mit sämtlichen Telefonnummern, verdammt. »Oder, wenn Ihnen das zu bedeutungsträchtig ist, können wir auch nur etwas trinken, wann immer Sie wollen. Und richten Sie Grace meine besten Grüße aus. Nicht ich bin derjenige, der ihre Briefe zerknüllt. Hallo, Donald! Bitte setzen Sie sich. Bitte gehen Sie nicht weg«, fügte er hinzu und drehte sich wieder zu ihr um – mit einem Lächeln, von dem sie nicht wusste, dass sie es ersehnt hatte.

Er wies mit einer wedelnden Handbewegung auf den Eindringling. »Das ist Detective Sergeant Cousins, auch bekannt als der Don. Und das« – er deutete mit dem Kopf auf Rachel – »ist Miss Rachel Doe von Stirland & Co., eine gute Freundin meiner geschiedenen Frau.«

Donald ließ sich schwer auf die Bank fallen und musste erst wieder zu Atem kommen.

»Oh, das ist hilfreich, überaus hilfreich.« Er zog ein Taschentuch hervor und wischte sich über die Stirn. Sie hatte das Gefühl, die beiden spielten eine Szene, wie sie es vielleicht im Gericht tun würden. Donald lehnte sich im Windschatten des Richters auf der Bank zurück. Eine leichte Brise war aufgekommen und wehte durch den Garten zu den trichterschmalen Ausgängen der Inns.

Es war absolut unnötig, dass er gelaufen war oder dass er schwitzte, wie er es tat. Er hätte stehen bleiben und sich abkühlen können.

»Das kommt mir gut zupass«, sagte Donald. »Es wird Zeit sparen. Gibt neue Entwicklungen, Sir. Wäre vielleicht eine gute Idee, wenn ich mich mit Ihrer Exfrau unterhalten könnte. Sie haben immer gesagt, Sie wissen nicht, wo sie ist, aber vielleicht kann die Lady uns helfen. Das heißt, wenn sie eine Freundin ist.«

Rachel fand ihn auf den ersten Blick abscheulich, und sie hatte das Gefühl, in eine Falle gegangen zu sein, als wäre sie zwischen den beiden eingezwängt. Sie sah Carl an.

»Warum wollen Sie sie finden? Sie haben es nie versucht,

und Sie hätten es immer gekonnt. Warum jetzt, zum Teufel?«, fragte sie ihn. »Was ist hier los?«

»Es ist eigentlich nichts weiter, Sir«, sagte Donald und sah erst den Richter, dann sie an. »Sieht nur so aus, als könnte sie in unsere Angelegenheit verwickelt sein, weil sie womöglich jemanden kennt, der es ist, und da könnte es einfach nützlich sein, ein … ein Wort mit ihr zu reden. Um sie aus den Ermittlungen auszuschließen, sozusagen.«

Er sah aus, als könne er gleichzeitig mit den Brauen wackeln und mit den Augen zwinkern. Wie ein schläfriger Esel voller List, der so tat, als schüttele er den Kopf, um die Fliegen zu verscheuchen. Junge, die beiden spielten ihre Nummer wirklich gut.

»Und wo ist sie?« Donald beugte sich zu Rachel hinüber und sah aus, als wolle er ihr gleich das Knie tätscheln. Sie zuckte zurück und fühlte sich seltsam entblößt, wie sie hier in der Sonne des frühen Abends auf der Bank saß, als wäre sie absichtlich dort platziert worden, zu einem Zweck, den sie noch nicht begriffen hatte. Platziert wie eine Zielscheibe, denn sowie seine Sekretärin die Namen Wiseman und Ivy am Telefon gehört hatte, würde Carl vermutet haben, dass sie zumindest wissen dürfte, wo Ivy sich aufhielt.

»Warum will plötzlich ein Polizist wissen, wo Ivy ist?«, fragte sie und ignorierte Donald. »Er braucht Sie doch nur zu fragen, Carl. Sie können sie jederzeit finden. Sie hätten immer schon Kontakt mit ihr aufnehmen können, entweder direkt oder über Grace.«

»Ah ja«, antwortete Carl geschmeidig. »Aber wie Sie soeben feststellten, habe ich sie nicht gesucht. Ich habe es nicht versucht und weiß es daher nicht.«

Ivy sollte schon wieder die Schuld an irgendetwas bekommen. Rachel spürte, wie die Falle sich schloss.

»Ist das hier eine abgekartete Sache?«, fragte sie ihn. Seine unergründlich blauen Augen schauten sie an, und sein Blick sagte: Ich weiß es nicht. Sie glaubte ihm nicht; sie stand auf und strich sich imaginäre Krümel von der Hose. Aber sie hörte trotzdem zu.

Carl wandte sich an Donald.

»Die Freundin meiner Frau sagte eben« – automatisch misstraute sie seinem Plauderton –, »obwohl sie ihre Freundin ist, hat sie nicht die leiseste Ahnung, wo Ivy ist. Stimmt's nicht, Rachel?«

Sie nickte. In gewisser Weise stimmte es ja wirklich. Sie hatte keine Ahnung, was er da spielte.

»Es eilt nicht«, sagte Donald. Er schien etwas im Wind zu wittern. Mit einem gewinnenden, abstoßenden Grinsen sah er sie an. »Ich bin nur jemandem begegnet, der sie mal kannte. Oder den sie kannte. Und vielleicht könnte sie mir etwas Brauchbares über ihn sagen. Das ist alles.«

Es klang so lahm, dass es peinlich war. Sie rückte ihre Handtasche zurecht und trat einen Schritt zurück, als sei ihr soeben klar geworden, wie spät es war, und als müsse sie sofort gehen.

»Ich muss …«

»Gehen Sie nur«, sagte Carl. »Aber wir treffen uns nächste Woche, nicht wahr? Ich rufe im Büro an. Dienstags passt es mir gut.«

Sie wollte Ja sagen, aber dann kam ihr mit verblüffender Irrelevanz das tröstliche Bild des Aktzeichenkurses in den Sinn.

Ihr allwöchentlicher Pflichttermin, den sie niemals versäumte. Bei dem alles angefangen hatte. Der letzte Abend des Semesters.

»Nicht am Dienstag. Oder … es müsste spät sein.«

»Wir reden noch darüber, ja?«

»Ja.«

Sie ging davon, und als sie um die Ecke gebogen war, fing sie unversehens an zu rennen. Als sie die Inns hinter sich gelassen hatte und am oberen Ende im Lärm der Fleet Street angelangt war, blieb sie stehen, um wieder zu Atem zu kommen, und ging dann in die nächstbeste Bar. Ihr Gesicht im Spiegel war gerötet. Verdammt, sie hatte Ja gesagt.

Rachel trank den belanglosen Wein, den sie bestellt hatte, wie Wasser. Sie saß im Gedränge in einer Ecke, als warte sie auf jemanden. Noch niemand hatte je die Kunst gemeistert, allein in einer Bar zu sitzen.

Auf dem Tisch vor ihr hatte jemand den *Evening Standard* liegen lassen. Eine dramatische Schlagzeile prangte auf der Titelseite.

Schlägerkultur erreicht die Mittelklasse! Mann in Theatreland erstochen! Junge Fans laufen Amok! Ist man nirgends mehr sicher?

Sie ignorierte die Zeitung. Sie hatte das Gefühl, mit dem Feind zu konspirieren.

11

Schnell, schnell, beweg dich. Sie wurde wach gerüttelt. Komm schon, Rachel, sei ein Schatz. Es ist ein herrlicher Tag. Wenn wir fahren, lass uns fahren, bevor wir im Verkehr stecken bleiben. Wenn wir jetzt fahren, können wir als Erstes ans Meer. Entschuldige, hast du geträumt?

Rachel hatte geschlafen, als Ivy nach Hause kam, wann immer das gewesen war. Sie sah einen dampfenden Becher Tee vor sich – und Ivy, die sie bedrängte wie ein ungeduldiges Kind, das es nicht erwarten konnte, in die Ferien zu fahren. Ivy, die auf vier Stunden Schlaf und zehn Stunden Arbeit dahinschwebte, überschäumend von ansteckender Energie, weil das Leben gut war, voll war, und weil man jede Minute genießen musste. Das war ihre Begabung. Selbst um sechs Uhr morgens konnte sie ein wenig von dieser Energie weitergeben. Sie war auch dann niemandes Opfer, und sie machte keine Gefangenen.

Rachel hatte wieder vom Bauernhof geträumt. Hatte Grace vor sich gesehen und ihre Umarmung gespürt, die sagte: Nichts anderes ist wichtig, du bist hier in Sicherheit. Und Carl hatte Grace umarmt.

Als sie dann unterwegs waren, sangen sie den ganzen Weg. Sie flitzten durch die verlassenen Straßen Londons, als ob ihnen die Stadt gehörte – als sei alles nur für sie beiseitegeräumt und gereinigt worden. Selbst die Verkehrsampeln fügten sich ihnen, und der Himmel ging auf, als sie die Autobahn erreichten und alles hinter sich ließen. Die erste Stunde verging wie nichts. Das Radio plärrte, und sie sangen mit.

Der Weg, der zum Haus hinaufführte – so schön. Glockenblumen im Mai, sagte Ivy, lauter Blüten im Juni, Grün in allen Schattierungen im Juli. Der August ist gelb. Schneeglöckchen im Februar. *Sagte Ivy, sagte Ivy, sagte Ivy.*

Grace kümmerte sich um die Kübel mit Lavendel und Kräutern vor der Küchentür, aber in Wirklichkeit wartete sie. Ihr violettes Haar passte zu dem schockierenden Rot ihrer Pelargonien und dem pinkfarbenen Baumwollgewand, das aussah, als habe sie es in der Nacht zuvor genäht. Sie war barfuß und trug bunte, klirrende Perlen. Man musste nur dem Lärm folgen. Ihr schriller Begrüßungsschrei hätte Tote aufwecken können, und es war Rachel, die sie als Erste umarmte, dann Ivy, und dann beide zusammen.

Ihr habt es geschafft, sagte sie immer wieder, ihr habt es geschafft – als sei das ein Wunder. Ich habe die Zeitung gelesen, sagte sie. All die schrecklichen Dinge, die in London passieren. Es ist da nicht sicher. Man kann nicht mehr für ein Autogramm anstehen oder in einem Krankenwagen liegen. Furchtbar.

Ivy unterbrach ihren Redeschwall. »Ich hatte einen Plan.«

»Ans Meer fahren«, vollendete Grace. »Ich habe mich die ganze Woche danach gesehnt.«

»Darum kommen wir so früh«, sagte Rachel.

»Partytime für Mutter«, sagte Ivy. »Heute gibt's das Meer

und den Pub. Wir haben alle zu viel gearbeitet. Dad kann Heu machen, solange die Sonne scheint. Nächstes Mal bringen wir Rachels Dad mit, damit er ihm Gesellschaft leistet.«

Darüber hatten sie schon im Wagen gesprochen. Ivy hatte es vorgeschlagen.

»Nur um dich zu warnen, Schatz«, sagte Grace zu Ivy, als sie sich in den Wagen drängten. Rachel war erleichtert, dass sie diesmal als Fahrerin ausersehen war. »Ich darf nicht zu lange wegbleiben. Wir haben gerade ein kleines Problem. Liegt am Heu – sie kommen immer, wenn er das Heu mäht. Aber keine Sorge. Der Mann kommt irgendwann, mit dem Hund.«

»Ist das eine Geheimsprache?«, fragte Rachel. »Oder darf man wissen, worum es geht?«

»Wir haben eine Ratte im Haus«, schrie Grace vom Rücksitz nach vorn, so laut, als säße sie in ihrem Volvo. »Ivy mochte sie nie besonders. Oh, seht doch, wir sind fast da. Diese verdammte Kiste fährt so viel schneller als meine.«

»Ich kann nicht ins Haus, wenn da eine Ratte ist«, sagte Ivy. »Das kann ich nicht.«

Bei dem Wort »Ratte« wurde Rachel nachdenklich. Ein so hässliches Wort. Sie würde niemandem etwas erzählen, nichts von gestern, überhaupt nichts, und sie fühlte sich wie eine heimtückische Ratte – aber der Gedanke zerstob, als sie ihr zuschrien, sie müsse einen anderen Weg fahren, nein, nach rechts, ich meine, links, habe ich links gesagt? Nein, ich meine, da entlang, zu einem anderen Küstenstreifen, der da drüben lag, und die fünf Meilen, die ihn vom Hof und von den Feldern trennten, fühlten sich an wie eine Durchquerung der Wüste Gobi, genau wie die Strecke von der

City hierher. Noch ein geheimer Ort, den sie kannten, erreichbar auf verschlungenen Wegen, verborgen unter Klippen, und über ihnen schlängelte sich ein Bahngleis in einen Tunnel. Die Stadt war eine andere Welt, und die Bahnlinie an der Küste entlang erinnerte nur daran, dass es Leute gab, die das Pech hatten, woanders hinzufahren. Eine winzige Bucht, versteckt hinter einer geheimnisvollen Klippe, die eher schützend als bedrohlich aufragte. Die Leere des Vormittags, und immer noch dasselbe alte, prachtvolle Meer. Genau hier habe ich schwimmen gelernt, sagte Grace eben, aber jetzt bin ich doch nicht ganz sicher. Wir kannten jeden Zollbreit dieser Küste, sagte Grace, als wir klein waren. Meilenweit sind wir mit dem Rad gefahren. Morgens wurden wir mit Marmeladenbroten in Butterbrotpapier losgeschickt, und wir sollten erst wiederkommen, hieß es, wenn wir müde wären. Ich dachte, wir probieren's mal. Mit den Sandwiches, meine ich. Nichts ist ganz so abscheulich wie ein Brot mit Margarine und roter Plempe mit Holzsplittern.

»Golden Syrup auf Toast«, sagte Ivy. »Rübenkrautsandwiches. Butter und Zucker auf frischem Weißbrot.«

»Hör auf«, sagte Grace. »Dafür bist du viel zu jung.«

»Ich weiß, Mum«, sagte Ivy. »Aber alte Gewohnheiten sind schwer auszurotten. Damit hast du mich gefüttert.«

Es gab keine Wellen wie beim letzten Mal; nur ein leichter Wind kräuselte das Wasser, sodass es aussah wie ein glatter See. Es war, als nähere man sich einem anderen, freundlicheren Tier, das einen sanft umarmen und nicht rau und herausfordernd an sich reißen würde. Es war merklich wärmer als in der Woche zuvor; der Sommer war in ein anderes Stadium getreten. Sie zogen sich wieder genauso hastig um, aber Grace und Ivy taten es ohne Scham. Grace zog sich einfach nackt aus und streifte den ausgebeulten Badeanzug über; Ivy sparte sich die Mühe des Umziehens und war als Erste am Wasser; nur mit BH und Unterhose bekleidet, rannte sie mit lautem Gespritze hinein. Rachel folgte ihr; sie watete vorsichtig bis zu den Hüften ins Wasser und prüfte den Boden mit jedem Schritt, um ihren Rückweg zu sichern. Automatisch hielt sie Ausschau nach Quallen und Ungeheuern und lachte sich selbst dafür aus, während Grace quiekend und mit den Armen rudernd rückwärts hineinging, stolpernd und planschend und schreiend – passt auf, es ist beschissen kalt, oh verflucht! Sie waren zum Spielen hier, Ivy zum Schwimmen. Als Schwimmerin übertraf sie jeden; mit natürlicher Schnelligkeit kraulte sie anmutig davon, weit hinaus, und kehrte erst um, als Rachel und Grace sich ins wärmere Flachwasser setzten, sich verdienstvoll fühlten und der vergangenen Woche den Abschiedskuss gaben.

Grace tat es wieder, als sie sich abfrottierten: Sie warf einen kleinen Stein aus Worten in den Wirbel der Bewegungen, als werfe sie ihn ins Meer, um ihn loszuwerden. Die Worte waren an Ivy gerichtet. »Erinnerst du dich an diesen Pensionsgast im Mai, Joe hieß er, der sich die ganze Zeit betrank, als ihr hier wart? Na, der ist tot. Der dicke Polizist musste sich herbequemen und es uns mitteilen.«

»Oh, wie schade«, sagte Ivy mit unbekümmerter Höflichkeit und schlang sich ein Handtuch um den Kopf. Dann balancierte sie auf einem Bein und zog sich die Jeans mit geübter Gelenkigkeit über die nackte Haut.

»Einer von euren Gästen?«, fragte Rachel. »Wie furchtbar. Es lag aber nicht am Essen, oder?«

»Glaube ich nicht«, sagte Grace. »Obwohl er genug davon verschlungen hat. Nein, er ist irgendwo ertrunken, nachdem er abgereist war. Erinnerst du dich an ihn, Ivy, Schätzchen? Er wollte im See schwimmen, und wir haben es ihm verboten. Weil die Schwäne noch nisteten.«

»Ja, stimmt. Aber der Pub war ihm sowieso lieber. Er war verdammt unhöflich zu euch. Wollte dauernd etwas tun, was er nicht konnte. Wahrscheinlich ist er als Nächstes segeln gegangen. Er sah nie ein, dass man etwas üben muss. Genau wie die da.«

Sie deutete zum Horizont, wo eine kleine Flottille von Segelbooten mit gelben und roten Spinnakern umherkreuzte wie schwimmende Schmetterlinge. Die Boote jagten einander, und Grace beschirmte ihre Augen mit der Hand und seufzte.

»Ich wünschte, das könnte ich auch«, sagte sie. »Aber vielleicht auch nicht. Ich bin lieber drin als drauf. Gott, ich fühle mich viel besser. Es ist wie eine Kur. Wann seid ihr denn aufgestanden? Ihr müsst halb verhungert sein.«

Keine unerfreulichen Neuigkeiten würden diesen Tag verderben; das hatten sie beschlossen. Kein Pensionsgast blieb hier lange genug, um als Gespenst umzugehen.

»Der arme Jack.« Ivy war fertig und hob BH und Handtücher auf. »Weißt du, an wen er mich erinnerte, Rachel? An den Dödel aus dem Zeichenkurs. Sie hätten Zwillinge sein können. Das ist einer von Rachels Fans«, sagte sie erläuternd zu Grace. Rachel lachte.

»Einer von deinen, meinst du wohl.«

Grace warf die Hände in die Höhe. »Und was ist mit mir? Wo sind meine? Ist für eine Frau in den besten Jahren noch etwas übrig? Von mir aus können sie dumm sein.«

»Sie kann sie immer noch kriegen, weißt du«, sagte Ivy. »Diejenigen, die eine Mutter suchen. Und sie kann besser schwimmen als ich, wenn sie will.«

»Da ist sie«, sagte Ernest zu Rachel, als sie zurückkamen. Die Luft, die durch die offenen Fenster in den Wagen strömte, hatte das Salz auf ihrer Haut getrocknet. »Da ist mein Lieblingsmädel. Kommst du heute Nachmittag mit zum Heumachen?«

»Essen«, sagte Grace. »Zuerst kommt das Essen. Und danach keine Entscheidungen.«

Es gab Räucherschinken, Kräutersalat und Himbeeren mit gelber Sahne, und sie aßen im Garten. Ivy weigerte sich, das Haus zu betreten.

»Der See ist heute trüb«, sagte Ernest. »Das Meer war eine bessere Idee. Wann kommt der Rattenmann, Liebling?«

»Das weiß man bei ihm nie«, sagte Grace. »Wir können uns inzwischen in die Sonne setzen. Man weiß nie, wie lange es dauert. Du kümmerst dich um ihn, ja? Ich hasse das. Und Ivy auch.«

»Meine kleine Phobie«, sagte Ivy. »Scheißratten.«

Rachel und Ivy legten sich auf Wolldecken auf den ungemähten Rasen und lauschten dem Summen der Insekten, und Rachel döste ein. Das machte das Meer. Es war, als hätte sie alle Zeit der Welt, für alles. Es war ein Vorwand zum Schweigen, und sie war angenehm müde. Bevor sie einschlief, im Ohr das Gesumm des halb lautlosen Lebens, das ungeachtet menschlicher Anwesenheit dicht über dem Boden um sie herum im Gange war, dachte sie: Lösungen finden sich für Insekten, und warum nicht auch für uns? Die Lösung für ein Dilemma war oft viel einfacher als das Problem selbst. Die Bienen und Fliegen kamen ohne viel erkennbares Nachdenken prima zurecht. Es war wunderbar hier. Sie brauchte doch sicher nichts anderes zu tun, als Richter Carl Schneider herzuholen. Er musste wieder herkommen. Zuerst er, dann der Sohn … Ja, das würde funktionieren.

Ein aufgeregtes Kribbeln überlief sie. Sie würde dafür sorgen, dass er herkam, sich von all dem Guten, das er vergessen hatte, bezaubern ließ, und alles andere würde von selbst kommen. Er hatte sie alle einmal geliebt. Er und seine Kinder und sein Vater …

Warm und schwer wachte sie auf; die Sonne schien ihr immer noch heiß auf den Rücken, ihr Kinn war umgeben vom hohen Gras, ihr Mund trocken, und das Salz auf ihrer Haut juckte. Etwas krabbelte über ihre Wade. Sie krümmte sich herum und schlug es weg. Ernest saß neben ihr, zusammengesunken in einem sehr alten gestreiften Liegestuhl. Noch halb schlafend, sah sie, dass die um seinen Kopf herum sichtbaren Streifen des Segeltuchs ebenso ausgeblichen waren wie das Holz des Stuhls, das so blass wie ein heller Champignon aussah. Ernest war im Unterhemd, und er und der Stuhl passten zueinander. *Alter Mann im Liegestuhl mit Unterhemd und geknotetem Taschentuch,* eine Postkarte aus den Fünfzigerjahren, immer noch genauso gekleidet, noch besser in Sepia. Der wochenlange Sonnenschein, auch wenn er lückenhaft und in der Stadt leicht zu ignorieren gewesen war, hatte sein Gesicht, seinen Hals und seine Unterarme dunkelbraun gebrannt. Eine scharfe Grenzlinie oberhalb der Ellenbogen und unter dem Kinn zeigte, wie weit seine Hemdsärmel hochgekrempelt waren und wie weit sein Kragen offen stand, wenn er draußen unterwegs war. Bauern interessierten sich nicht für eine schöne, gleichmäßige Sonnenbräune. Rachel dachte an die Bauarbeiter, die sie hoch oben aus ihrem Bürofenster sehen konnte, nackt bis zur Hüfte, mit gleichmäßig braunem Rücken und ihrem Bauarbeiterhintern, der ein Vorzug ihres Jobs war, und als sie Ernests milchweiße Schultern betrachtete, sah sie plötzlich ihren Vater im Urlaub vor sich. Sie hätte noch einmal versuchen sollen, ihn anzurufen. Sie versuchte sich zu erinnern, wo sie ihr Handy gelassen hatte.

Ivys Wolldecke war leer. Der Rasen war klein, aber er erschien ihr unendlich.

»Oh, hallo«, sagte Ernest. »Du bist wach. Ich habe hier draußen gesessen und darauf gewartet, dass er seine Arbeit erledigt. Sie mussten weg, Ivy und ihre Mutter. Sie halten es nicht aus. Ich weiß nicht, warum. Sie können sonst gut töten. Vielleicht treten sie nicht gern zurück. Aber der Rattenmann ist jetzt im Haus. Ich dachte, es könnte dich interessieren. Wollen wir hineingehen und zusehen?«

Er fing an, sich aus dem Liegestuhl zu stemmen; die Tuchbespannung sackte bedrohlich durch, und er gab den Versuch wieder auf. Er trug seine ausgebeulte Segeltuchhose ohne Stiefel und Socken, und seine Füße waren genauso milchweiß wie seine Schultern. Er griff nach seinem Hemd und ließ die Demarkationslinien zwischen Braun und Weiß verschwinden. Rachel musste an ein Modell im Zeichenkurs denken. Sah durch die Verhüllung, wie er, von seinen Kleidern und seiner Rolle befreit, aussehen würde: ein knorriger alter Baumstamm, schon vom Blitz getroffen, von Flechten verfärbt, schwächer werdend.

»Ist ein cleverer Kerl, dieser Vernon. Aber wenn er nur halb so gerissen wäre wie das Frettchen, hätten sie ein Vermögen gemacht.«

Sie war bestürzt gewesen, dass Ernests unschuldiger Blick sie schlafend in Shorts und kurzem Top angetroffen hatte. Sie spürte, dass er sich bemüht hatte, sie mit der Kraft seines Willens zu wecken, einfach weil er Gesellschaft haben wollte, und sie war ein bisschen gekränkt, weil Ivy und Grace, ihre auserwählten Nachmittagsgefährtinnen, sie einfach verlassen hatten, und dann hörte sie, wie sie miteinander sprachen: Sie schläft, das arme Lämmchen, lass sie. Und sie dachte, ja, das wird der Grund gewesen sein.

»Es hat keine Eile«, sagte er. »Ist nicht die beste Tageszeit dafür.«

»Wofür?«, fragte sie, immer noch schlaftrunken.

»Um die Ratte rauszutreiben.«

»Warum hat Ivy solche Angst vor ihnen?«

»War mal mit ihnen im Keller eingesperrt. Haben den Keller nicht mehr. Sie hatte Angst davor.«

Rachel setzte sich auf, griff nach ihrer Wasserflasche und trank, und sie widerstand dem Drang, sich das Wasser über den Kopf zu gießen. Dann setzte sie ihren Hut auf und hatte das Gefühl, wieder in die Welt zurückgekehrt zu sein; sie sah sich um und betrachtete sie aus einem neuen Winkel. Der Garten war eher eine Wiese, verwildert, abgesehen von dem Lavendel und den Blumen vor der Hintertür und der hässlichen Reihe der Mülltonnen. Er hatte jeder Art von Bearbeitung widerstanden. Die Rückwand des Hauses, sanftrotes Ziegelmauerwerk, war von Ranken bedeckt. Sie sah zeitlos aus.

»Erzähl mir, wie es hier früher war, vor … oh, vor zwanzig Jahren«, sagte sie.

»Das ist nicht lang«, sagte er entschieden. »Ich kann mich sehr viel weiter zurückerinnern. Viel ändert sich nicht, nur die Art, wie wir die Dinge benutzen. Wie es mal war. All die Leute, die viele Gesellschaft. Das ist es, was ich vermisse. Waren immer alle dabei, wenn Heuernte war. Eine ganze Bande, immer eine ganze Bande. Grace machte Essen für alle. Das ist der Unterschied. Die Geselligkeit. Drei von uns für die Schweine, vier zum Melken, und zehn für das Heu. Heute mache ich das Heu ganz allein, ich und eine Maschine. Den ganzen Betrieb führen ein Mann und ein polnischer Stallknecht, der kein Englisch spricht. Es ist einsam, das ist der Unterschied. Ein Tag ist wie der andere, und das wird so bleiben. Wenn Carl nicht zurückkommt.«

Wieder fing er an, sich aus dem Liegestuhl heraufzumühen. So ein Liegestuhl war eine Falle für Leichtsinnige und eine Lektion in Würdelosigkeit. Seine Anstrengungen waren beinahe komisch. Er war nicht daran gewöhnt, irgendwo lange zu sitzen, außer auf den geraden Stühlen in der Küche oder vielleicht noch in den bequemen Sesseln im Wohnzimmer, das erst im Winter, hatte Grace gesagt, wirklich zu seinem Recht kam, wenn Ernest an Regentagen dort seine Tierfilme im Fernsehen anschaute.

»Komm«, sagte er. »Mal sehen, wie er vorankommt.«

Noch immer perplex, folgte sie ihm durch die stets offene Hintertür in die Küche und durch den Korridor, der das Haus durchschnitt. Das Wohnzimmer lag an der Vorderseite des Hauses neben der Haustür, die anscheinend niemand je benutzte. Die Küchentür war der Mund des Hauses, durch den alles und jeder hereinkam, und dort wurde alles zubereitet und verdaut, besprochen und entschieden, bis die Schlafenszeit kam. Die Wohnzimmertür war geschlossen. Ernest klopfte sehr leise an, trat auf Zehenspitzen ein, winkte Rachel zu sich und schloss die Tür wieder. Er nickte dem Mann zu, der entspannt vor dem kalten Kamin saß. Ein Hund lag zu seinen Füßen.

»Das ist Vernon«, flüsterte Ernest und zeigte auf den Hund. Niemand sonst musste vorgestellt werden. Sie setzten sich stumm auf das Sofa. Es war kühl im Zimmer, und Rachel fröstelte es. Es war merkwürdig, an einem so herrlichen Tag still und stumm mit zwei Männern und einem Hund zusammenzuhocken; fast hätte sie gekichert. Der Hund hob den Kopf und spitzte die Ohren. Der fremde Mann im Sessel spielte mit einem weichen Lederbeutel; er knetete ihn in der Hand, wie jemand mit einer Perlenschnur spielt, um seine Finger zu beschäftigen.

Jetzt hörte auch sie die Geräusche, zuerst über ihrem Kopf, dann aus einer Ecke des Zimmers, dann fast unter ihren Füßen. Krabbelnde, kratzende Geräusche, das Getrippel gespenstischer Füßchen, eine Folge von leisen Stößen, ein schnelles Huschen. Sie drehte den Kopf, um die Geräusche zu verfolgen und ihre unheimliche, unsichtbare Herkunft zu entdecken. Es war still, und dann ging es weiter, ein Rascheln und Scharren, Rennen und Stoßen. Etwas wand sich und wuchs hinter den Fußleisten oder unter dem Holzboden. Rachel war starr vor Schrecken.

Ernest beugte sich hinüber und flüsterte: »Es treibt sie vor sich her.«

»Wer ist ›es‹?«

»Das Frettchen. Sieh dir den alten Vernon an.«

Der Hund war aufgesprungen und stand zitternd da. Die Geräusche wurden lauter und hallten im Zimmer wider, ein Wettlauf, der immer näher kam, bis er die hintere Ecke erreicht hatte, wo die alte Fußleiste nicht ganz am Boden abschloss. Das Zimmer war schief, entsann sie sich, voller Ritzen und zugiger Spalten, zu einer ganz eigenen Form verzogen – die dunkle Seite des Hauses.

In ihrem Kopf hörte sie etwas schreien. Sie sah eine braune Gestalt, die sich durch den Spalt zwängte und ins Zimmer katapultierte, ein Lebewesen, das rannte. Bis der Hund darauf zusprang, es mitten in der Flucht packte, schüttelte und zweimal in die Luft warf. Mit gebrochenem Genick landete es auf dem Boden, und der Hund hob die Trophäe auf und trug sie mit den gesetzten, abgezirkelten Bewegungen eines wohlbestallten Dieners zum Sessel seines Herrn, wo er die Ratte mit würdevollem Gleichmut ablegte. Der Mann tätschelte den Hund. Die effiziente Brutalität dieses Todes verschlug ihr den Atem.

Wieder warteten sie. Sie folgte Ernests Blick in die Ecke, aus der die Ratte gekommen war. Ein sehniges, geschmeidiges Tier, beinahe aschblond, kam ans Licht und fing an, sich zu putzen. Der Mann durchquerte das Zimmer auf Strümpfen, packte das Tier mit einer riesigen Pranke um den Hals und hob es auf, sodass der Kopf aus der Faust herausschaute und die Beine herunterbaumelten. Er kam zurück und hielt Rachel das Frettchen in seiner Faust entgegen, damit sie es bewundern konnte.

»Sie können ihn streicheln, wenn Sie wollen«, sagte er. »Aber nur den Rücken, ja? Nicht den Kopf. Er beißt.«

Sie strich mit einem spitzen Finger über die Wirbelsäule der Kreatur. Es fühlte sich an wie glänzende Seide. »Eine ordentliche Jagd gefällt ihm, dem da«, sagte Ernest voller Bewunderung.

Er fasste die tote Ratte beim Schwanz, hob sie auf und ging durch den Korridor zur Küche. Sie sah, wie er den Kadaver ohne feierliche Umstände in das immerwährende Feuer des Küchenherds warf.

»Das ist viel menschlicher, als das arme Biest zu vergiften und unter Qualen krepieren zu lassen. Zumindest kriegt sie einen fairen Kampf. So jedenfalls ergeht es einer Ratte in diesem Haus. In der Scheune funktioniert es nicht so gut.«

Ebenfalls ohne feierliche Umstände verlief die schnelle Übergabe eines Geldscheins aus Ernests Hosentasche; der Mann ließ ihn in der flachen Hand verschwinden und schob ihn in die eigene Tasche. Er grinste zahnlos, pfiff seinem Hund und verschwand durch die Hintertür. Rachel konnte nur an eine Figur aus einem Film denken – absolut unglaubwürdig beim Zuschauen, aber im wahren Leben niemals besser gesehen. Er ließ einen starken Tiergeruch zurück. Vom Küchenherd kam ein unbedeutendes Geräusch, als habe er leise gerülpst. Ernest spazierte hin und her, von der Spüle zum Herd; er füllte den Wasserkessel für den Tee und setzte ihn auf, und dabei plauderte er.

»Nimm es Grace und Ivy nicht übel, dass sie verschwunden sind, während du geschlafen hast«, sagte er. »Grace sagt, du sahst so süß aus, dass es eine Schande gewesen wäre, dich zu wecken. Und Ivy hält es nicht aus, wenn der Rattenmann da ist. Sie sind nur zum Bauernmarkt gefahren. Nicht, weil sie irgendetwas brauchen, nur um aus dem Weg zu sein. Aber ich habe mir die Freiheit genommen, dich zu wecken, weil ich weiß, dass du gern wissen möchtest, wie hier alles geht.«

Sie entspannte sich allmählich; sie spürte erst jetzt die Anspannung durch den jähen Wechsel von der Sonne im Garten Eden in das relativ dunkle, nach Tieren riechende, stille Wohnzimmer mit seinen lückenhaften Fußleisten, dem hohlen Boden und den Wänden mit den Rohrleitungen, die durch das ganze Haus führten. In einem solchen Haus konnte eine Ratte kommen und gehen und sich verstecken, wie es ihr gefiel. Ihr Vater hätte die Ritzen und Löcher schon vor Jahren verschlossen. Keine Ratte hätte da je hereinkommen dürfen. Jede Diele hätte er mit Teppichböden bedeckt, jedes Loch, jeden Spalt hätte er mit Gips oder Holzkitt verschlossen und alles glatt gespachtelt. Das Teekochen erinnerte sie an all die Dinge, für die sie dankbar war. Vielleicht wäre es doch keine so gute Idee, mit ihm hierherzufahren, wie Ivy es vorgeschlagen hatte, auch wenn er hier in einer gewissen Überlegenheit schwelgen würde, die ihm sicher gefiele. Zumindest war sein ödes kleines Haus gegen Zugluft und Ungeziefer bis hin zur kleinsten Fliege hermetisch versiegelt, und er brauchte keine zahlenden Gäste aufzunehmen, um seine Schweine und Rinder zu finanzieren. Grace würde ihn bezaubern, Ernest ihn beruhigen. Es wäre in Ordnung.

Ernest brühte den Tee auf und reichte ihr einen Becher, der bereits Milch und Zucker enthielt. Es wäre kleinkariert, um einen neuen Becher zu bitten. Ab und zu war etwas Süßes ja auch ganz schön. Als sie ihre Stimme wiedergefunden hatte, merkte sie, dass sie forsch klang in dieser stillen, tickenden, summenden Küche, in der es immer warm, niemals heiß war, obwohl der große Herd unablässig seine Arbeit tat und das Wasser, den Backofen, das ganze Haus heizte. Die Sonne draußen lockte nicht mehr. Wie schön wäre es hier im Winter. Sie dachte bereits an die Freuden des Winters.

»Tja, merkwürdig, dass Ivy und Grace Angst vor dem Rattenmann und seinem Frettchen haben. Ich hätte gedacht, die beiden haben vor nichts Angst.«

Ernest lächelte und kratzte sich am Kopf. »Ich schätze, es ist der Stolz. Keine von den beiden könnte eine Ratte umbringen. Die sind zu flink. Das Ziel ist zu klein, und wenn man noch so lange übt. Ich selbst, ich kann überhaupt nichts töten. Darum mussten die beiden es lernen, aber eine Ratte haben sie nie geschafft. Deswegen haben sie Angst vor ihnen. Das kriegt man nur mit Übung richtig hin. Wie dieses Frettchen. Keine Finesse, meine Mädels.«

»Wäre eine Katze nicht besser?«, fragte Rachel.

Er schüttelte den Kopf. »Vielleicht. Wir haben keine Katzen und keinen Hund mehr. Können's nicht riskieren. Damit hat Ivy angefangen zu üben.«

»*Was* hat sie angefangen?«

»Zu üben, sage ich. Was habe ich gesagt?« Er zuckte die Achseln und trank seinen Tee. Er vergaß, wo er war, driftete davon und kehrte zurück.

»Nicht, dass man eine Wahl hätte, weißt du. Hat man nie. Wenn das Tier weg muss, muss es weg. Wie wenn man ein Reh angefahren hat. Ist letzten Endes barmherziger gegen alle. Er hätte die Schwäne nicht abschießen und eine solche Sauerei machen dürfen. Möchtest du noch Tee? Wie spät ist es? Sie haben gesagt, sie kaufen eine Lammkeule zum Abendessen. Das wäre schön. Verrückt, dass wir unsere eigenen Kühe nicht essen dürfen.«

Das Geräusch des Wagens näherte sich von ferne, brach draußen lärmend ab. Türenschlagen, Lachen, eilige Schritte im Kies. Ivy und Grace, überall zugleich, mit Tüten bepackt, kamen herein und entschuldigten sich im Chor, zwitscherten wie die Spatzen, die in den Ranken rings um die Tür schon früh mit ihrem Abendchor begonnen hatten. Wie eine Explosion barsten sie in die Küche, brachten Farbe, Wärme und Lärm herein. Hinter ihnen, als seien sie unsicher, ob sie es wirklich tun sollten, schlichen zwei blonde junge Männer mit Rucksäcken. Pensionsgäste.

»Du lieber Gott«, sagte Grace, »wir dachten, es dauert nur eine Stunde, und ihr beiden schlaft noch. Entschuldigung. Der Rattenmann ist weg, hurra! Habe ihn auf der Straße gesehen. Aber gut, dass wir uns verspätet haben, denn wir haben diese beiden unterwegs aufgelesen. Sie sind gestern am späten Abend angekommen, und sie sind seit dem Morgengrauen zu Fuß unterwegs und völlig erledigt. Sind übrigens Deutsche«, fügte sie hinzu.

Ernest strahlte sie an.

»Guten Tag«, sagte er langsam auf Deutsch. »Ich hoffe, Sie hatten einen schönen Tag. Aus welchem Teil Deutschlands stammen Sie?«

»Ich habe Biowein besorgt.« Ivy schwenkte fröhlich eine Flasche. »Deshalb völlig harmlos. Jemand ein Glas?«

»Haben Sie auch Bier?«, fragte der Blondere der beiden. »Wir sind aus Berlin.«

Ernest klatschte in die Hände und sah entzückt aus.

»Berlin ist eine sehr schöne Stadt«, sagte er, wiederum auf Deutsch.

»Haben wir Bier?«, sagte Grace leise. »Haben Schweine Flügel?«

»Was …?«

»Schon gut«, sagte sie. »Setzen Sie sich, setzen Sie sich.«

»Berliner sind sehr nette Leute«, sagte Ernest.

Partystimmung kam auf, als sei das Verschwinden des Mannes mit seinem Hund ein Vorwand dafür. Nicht, dass Grace und Ivy jemals einen Vorwand zum Feiern brauchten. Ernest brauchte Gesellschaft, und sie hatten ihm welche gebracht. Lächelnde Gesichter leuchteten ihn an. Rachel wollte mitmachen, wollte gefallen. Der eine der beiden Gäste starrte mit unverhohlenem Beifall auf ihre Shorts, und das und die Erinnerung an den Frettchengeruch veranlassten sie, murmelnd zu erklären, sie müsse noch duschen, bevor sie etwas trinke. Sie ging hinauf in ihr Zimmer, wusch sich in dem winzigen Bad und wühlte ein sauberes Hemd aus der Tasche, die sie auf das Bett geworfen hatte. Ihr Handy lag anklagend daneben und erinnerte sie daran, dass sie ihren Vater anrufen wollte.

Zwei Nachrichten. Zu ihrer Überraschung war die erste von ihrem Vater. Er hasste es, Nachrichten zu hinterlassen, er hasste Handys und weigerte sich, eins zu besitzen. Der Klang seiner stockenden Stimme erschreckte sie ebenso sehr wie die Tatsache, dass er die Nachricht hinterlassen hatte. Ging mir nicht so gut, sagte er. In der Bahn hat mir jemand die Taschen ausgeleert. Habe einen Anfall bekommen, musste ins Krankenhaus. Ich war die ganze Nacht da, oder sogar zwei? Ich weiß es nicht. Das wird schon wieder. Ich wollte es dir nur sagen, bevor es jemand anders tut. Bye.

Er sagte es ihr sonst nie, wenn er krank war. Rachel wollte sich die Nummer anzeigen lassen, aber sie war nicht gesendet worden. Sie wählte seine Telefonnummer zu Hause. Er meldete sich nicht. Er war nicht zu Hause. Wo zum Teufel war er? Sie war wütend. Typisch, eine Nachricht zu hinterlassen und ihr furchtbare Sorgen zu machen, ohne ihr Gelegenheit zu geben, etwas dagegen zu tun. Vielleicht war er bei seinem Nachbarn; er hatte einen guten Nachbarn, sie kauften zusammen zum Spaß bei eBay. Sie würden zusammen sogar einen Sack Nägel ersteigern. Sie hatte die Nummer des Nachbarn nicht. Sie stand in einem Buch, zu Hause in London. Verdammt, verdammt, verdammt. Vielleicht würde die zweite Nachricht etwas erklären, aber die zweite Nachricht war nicht von ihm. Sie war von Carl Schneider.

Jeder Abend in der nächsten Woche sei ihm recht. Essen oder einen Drink, oder was immer sie sonst wollte. Bitte.

Rachel setzte sich mit dem Telefon in der Hand auf die Bettkante. Sie hörte lautes Lachen durch das offene Fenster, und sie wünschte, sie hätte das Ding nicht angerührt. Sie wollte wieder hinunter zu den andern, und sie wusste, dass es nicht ging. Unwillkürlich schob sie das Telefon zur Seite, bis sie es nicht mehr sehen konnte. Ivy stand in der Tür und hielt ihr ein Glas Wein entgegen.

»Was ist los, Schätzchen? Wir vermissen dich da unten. Dad bringt alle in Verlegenheit mit seinem bisschen Deutsch. Wahrscheinlich erzählt er ihnen gleich seine Version vom Krieg. Wir dachten, wir machen vielleicht einen Spaziergang zum See, aber ohne dich macht das keinen Spaß.«

»Mein Vater. Er hat eine Nachricht hinterlassen. Er ist krank, sonst würde er das niemals tun.«

Ein Teil ihrer selbst wollte es ignorieren. Aber dann dachte sie daran, wie er ausgesehen hatte, als sie ihn das letzte Mal sah. Alt und grau. Alles andere hatte sie vergessen. Er war ihr Vater.

»Was genau hat er gesagt?«

»Etwas Blödes. In der U-Bahn hat ihm jemand die Taschen ausgeräumt. Das muss neulich gewesen sein, als er von uns nach Hause gefahren ist. Er sagt, er ist ins Krankenhaus gegangen.«

Ivy ließ sich gegen den Türrahmen fallen. Dann kam sie herüber und setzte sich neben Rachel.

»In der *U-Bahn?* Ach, der Arme«, sagte sie. »Bist du sicher, dass er gesagt hat, in der *U-Bahn?* Sonst nichts?«

»Nein.«

»Aber es geht ihm gut? Das muss es ja, wenn er angerufen hat.«

»Wahrscheinlich. Ich habe nur die Nummer nicht, von der er angerufen hat. Ich muss zurückfahren und herausfinden, wo er ist. Er ist nicht zu Hause; vermutlich ist er bei seinem Nachbarn, und dessen Nummer habe ich nicht bei mir. Falls er im Krankenhaus sein sollte, weiß ich nicht, in welchem. Wenn ich jetzt losfahre, bin ich um neun in der Wohnung. Tut mir leid – hört sich an, als ob ich eine Party verpasse.«

Ivy hielt ihr das Weinglas hin. Rachel schüttelte den Kopf.

»Warte bis morgen, dann komme ich mit«, sagte Ivy.

»Scheiße, das habe ich ganz vergessen. Wie kommst du morgen zurück ohne das Auto?«

Ivy legte den Arm um sie. Sie war warm von der Sonne, und in ihrem Atem war die trockene Süße des Weins.

»Wie immer ohne dich. Ich lasse mich zum Bahnhof fahren, und dann mit dem Zug. Bist du sicher, dass er gesagt hat, sie haben ihn in der Bahn beklaut?«

»Ja.«

»Diese Schweine. Diese beschissenen Parasiten.« Ivy klang irgendwie erleichtert. Sie zögerte. »Ich könnte jetzt mitkommen, wenn du möchtest.«

Rachel war ihr dankbar, aber sie schüttelte den Kopf. das Zögern war ihr nicht entgangen, und das genügte.

Dein Vater ist deiner, und meiner ist meiner.

12

Wie sich herausstellte, war Blaker ein Junge vom Lande gewesen, früher. Kam irgendwoher aus dem Norden – unbekanntes Territorium für Donald, der in London geboren und aufgewachsen war, auch wenn er verstehen konnte, weshalb jemand woanders leben wollte, so, wie es jetzt war. Er war eigentlich kein schlechter Kerl, was für Donald bedeutete, er war interessant, er konnte reden, er war gebildet genug, um flüchtige Bekanntschaft mit der Geschichte geschlossen zu haben, und das genügte. Es bedeutete nicht, dass Donald ihn akzeptierte; das war eine andere Sache, aber im Allgemeinen fand er Diebe leichter zu verstehen als ihr moralisch höherstehendes, aber im Ausdruck unterlegenes Gegenüber.

Alles, was er bei jenem ersten Mal herausgefunden hatte, war dies: Blaker war fähig, den Richter so zu bedrohen, wie der Richter bedroht worden war, und durch irgendeinen verrückten Zufall war er verschossen in die Exfrau des Richters. So groß war der Zufall auch wieder nicht, wenn er das Territorium bedachte. Das Londoner West End war immer noch ein ungemütliches, aber brauchbares Refugium für Ausreißer, Diebe, Opportunisten, Drogensüchtige und obdachlose Aussteiger aller Art und jedes Alters, die durch die Maschen des sozialen Netzes gefallen waren. Da war die offizielle Unterkunft im Centrepoint in der Tottenham Court Road, Lagerhalde für heimatlose Jugendliche aus mehreren Stadtteilen, da waren die beliebten Schlupfwinkel rings um Charing Cross, wo man in warmen Unterführungen schlafen konnte. Es gab bar bezahlte Gelegenheitsarbeit in Hülle und Fülle, es gab Hauseingänge und nahe Krankenhäuser und vor allem Millionen von Konsumenten. Man konnte leben von dem, was weggeworfen und liegen gelassen wurde, man konnte dafür bezahlt werden, dass man es aufhob. Geh nach London, denn die Straßen sind mit Gold gepflastert, flieh landeinwärts von der Küste, bergab von überall, geh verloren, lass dich finden, überlebe, wenigstens für eine Weile. Tu dich zusammen mit verwandten Seelen, finde Freunde und Verbündete, oder meide sie. Feiere ein neues Unglück oder einen Sieg. Halte die Kälte von dir ab.

»Ich schätze, bei manchen von uns ist es die schiere Langeweile, die sie dazu bringt, sich durch Raubüberfälle aus dieser Obdachlosenscheiße zu befreien«, sagte Blaker. »Entweder das, oder du legst dich hin und stirbst. Ich kenne Ivy schon lange. Sie kam immer wieder hoch, wie ein Korken in der trüben Brühe, weil sie den Willen dazu hatte, und sie ist nie ganz rausgefallen aus dem System. Sie hatte Unterstützung. Sie hat sich für die Straße entschieden. Sie hat ihr Zeug geteilt; die meisten von uns tun es nicht. Ich war gerade zum dritten Mal aus dem Knast gekommen und war wieder hier, wie eine von diesen verdammten Tauben. Entweder hier oder unten in den Embankment Gardens, wenn das Wetter schön ist oder ich mal Abwechslung haben will. Ivy ist genauso, aber sie hat noch andere Orte. Ich habe sie wiedergesehen, als ich für die letzte Sache gegen Kaution draußen war. Habe ihr erzählt, dass ich vor einen deutschen Richter kommen würde – haben wir dafür diesen Scheißkrieg geführt? –, aber zumindest hatte er mich bis zur Verhandlung laufen lassen. Und sie sagte: Was? Wie hieß er? Und dann lachte sie sich kaputt. Oh, ist er jetzt Richter, ja? Das ist ein Ding. Er war noch keiner, als ich ihn geheiratet habe. Ein verdammter Richter. Ich war einfach platt, und ich habe mitgelacht und ihr kein Wort geglaubt. Ivy mag es nicht, wenn man sie auslacht. Auch nicht, wenn man sie rumschubst oder anfasst. Da muss man vorsichtig sein. Das muss man ihr lassen: Sie hat sich da rausgearbeitet. Sie sagte, es geht nur so. Sie sagte, wenn du das Geld nicht verdient hast, wird jemand es wegnehmen; wenn es geklaut ist, klauen sie es zurück. Ich wünschte, ich hätte auf sie gehört, aber die Arbeit und ich, wir haben uns nie vertragen. Aber jetzt habe ich keine Wahl, denn für das andere reicht die Traute nicht mehr. Sie hat mir einen Job in einer Nachtschicht besorgt.«

»Was für einen Job?«

Blaker sah ihn spöttisch an.

»Gibt alle möglichen Nachtjobs. Ehrlich, ihr Typen wisst nicht mal, dass ihr auf der Welt seid. Nachtschichten beim Be- und Entladen, Nachtschichten im Kino, im Theater, auf öffentlichen Toiletten … Und wann, glauben Sie, werden die Geschäfte geputzt? Pubs, Clubs, Sandwiches verpacken, Böden schrubben, kapieren Sie? Bei vielen von denen ist kein Reinkommen mehr, aber Ivy nehmen sie immer. Schade, dass sie mir nicht auch einen Job als Modell besorgen konnte. Da hätten sie eine Freude gehabt.«

Er prustete vor Lachen über seinen eigenen Witz. Donald erfüllte das Klischee, stand auf und holte noch ein Bier. Sie waren nach der ersten Begegnung noch nicht viel weitergekommen. Noch immer schmerzte ihn der Gedanke an seinen ersten Versuch, dem Richter von seiner großen Entdeckung der Blaker-Connection zu erzählen – wie er zur richtigen Tageszeit zu seinem Amtszimmer gestürmt war und ihn dann auf dieser Bank gefunden hatte. Aber der Richter war zuerst aufgeregt und dann kühl und abschätzig gewesen; er hatte zugehört und gesagt, na ja, schön, aber müssen Sie nicht noch ein bisschen mehr erfahren? Hat er etwas zugegeben? Ich bin sicher, viele Leute kannten meine Frau. Es hatte ihm nicht gepasst, dass sein Tête-à-Tête mit dem Mädel auf der Bank gestört worden war. Anscheinend kannten sie einander gut. Carl hatte sie nicht aus den Augen gelassen, als sie davongegangen war, als schaue er einem Traum nach und wäre am liebsten hinterhergelaufen.

Andererseits, vielleicht hatte er recht damit, dass Donald noch nicht genug wusste und allzu sehr aus dem Häuschen über einen Zusammenhang geriet, der vielleicht gar keiner war. Ja, Blaker hatte gesagt, für diese Ivy würde er alles tun, aber was hieß das schon? Weiter war er nicht gekommen. Er hatte nur festgestellt, dass Blaker einsam genug war, um jederzeit ein längeres Schwätzchen zu halten, und dass er anscheinend eine Menge bereute. Also blieb Donald heute bei der Polizistennummer, spendierte einem alten Knastbruder ein paar Bier und hatte Spaß daran. Samstagsarbeit bedeutete Überstunden, und Samstage und Sonntage waren schlechte Tage für Blaker, weil es nichts zu beobachten gab. Der Pub in dieser Straße hätte einen Frühjahrsputz vertragen können. Sie waren wie zwei Ladys, die sich zum Lunch trafen, und Donald ärgerte sich über die Ausgaben. Blaker hätte er auch mit einem Kaffee schmieren können – nicht, dass der Preisunterschied sehr hoch gewesen wäre.

»Wenn ich fragen darf«, sagte Donald, »nachdem Sie diese Frauen überfallen hatten, wissen Sie – warum haben Sie sie dann angerufen? Warum die Schlüssel behalten? Sie würden doch sicher ihre Schlösser auswechseln. Und Sie hatten doch sicher nie vor, Stalker zu werden, oder?«

Blaker schüttelte den Kopf.

»Es war 'ne Beschäftigung. Ich hatte Langeweile. In dem Moment schien es Sinn zu haben. Mir gefiel die Vorstellung, dass die albernen Tussen Angst hatten. Sich an mich erinnerten, wenn es sonst niemand tat. Bescheuert. Und die Schlüssel waren einfach eine Versicherung für den Fall, dass ich nirgends sonst hingehen könnte. War ein Kick für mich, Schlüssel und Adressen zu haben, eine Versicherung für Regentage. Und sie würden ja auch nicht alle die Schlösser auswechseln lassen. So was ist teuer. Ivy sagte, sie würde sich die Mühe höchstwahrscheinlich nicht machen, wenn sie verheiratet wäre und ein eigenes Haus hätte. Vielleicht wäre es irgendwann mal einen Versuch wert gewesen. Bescheuert – es hat mir bei diesem Scheißkerl ein fetteres Urteil eingebracht. Ich konnt's nicht fassen, dass er mich in den Knast schickte. Beschissener Krautfresser. Weil ich inzwischen alles über ihn wusste. Wie konnte dieses Arschloch wagen, *mich* zu verurteilen?«

Donald hätte ihn am liebsten bei den schmalen Schultern gepackt und die Informationen aus ihm herausgeschüttelt. Stattdessen strich er mit den Füßen über den klebrigen Teppich und stellte sich die Ratten im Keller vor. Das Bier war warm, die Hitze draußen lähmend. Es hatte keinen Sinn, sich zu hetzen.

»Wie konnte er das wagen, sage ich. Ich hatte nie was anderes getan, als blöde Ziegen zu beklauen, die es locker verschmerzen konnten, und sie kriegen sein ganzes Mitgefühl. Dass sie ihre verdammte Handtasche los waren, konnte ihnen schon am nächsten Tag scheißegal sein. Was ist mit dem armen Schwein, das keine andere Wahl hat, als sie ihnen abzunehmen? Wenn du einmal angefangen hast, musst du weitermachen. Nicht wie er, dieser miese Krautfresser, ein Richter, dem alles geschenkt und nichts weggenommen wird. Genau wie die Deutschen nach dem Krieg, oder? Sie haben alles gekriegt, wir gar nichts, und wer ist heute reich? Die. Und davon abgesehen, ich konnte überhaupt nicht fassen, dass er ein verdammter Richter sein sollte nach dem, was er ihr angetan hatte. Er ist ein Mörder, Herrgott noch mal. Und ich habe ihm gesagt, was er ist, verdammt. Er schickt *mich* ins Gefängnis? Dieses Arschloch.«

Ah. Das erklärte alles.

»Ein bisschen extrem, oder?«, erwog Donald im Plauderton. »Ihn einen Mörder zu nennen. Ich meine, Richter können ja niemanden mehr aufhängen, auch wenn ihnen der Gedanke vielleicht gefällt. Wahrscheinlich gibt es ein paar, die danach lechzen, die Todesstrafe zu verhängen, aber das dürfen sie nicht. Nicht mehr seit den Sechzigerjahren.«

Er dachte an die irrelevante Tatsache, dass die letzte öffentliche Hinrichtung durch den Strick im Jahr 1868 stattgefunden hatte. Danach hatte man sie abgeschafft, um die Verunreinigung der Straßen, öffentliche Unruhen und das schwierige Zerstreuen der nach Tausenden zählenden Zuschauer zu vermeiden. Er fragte sich, ob die wohl heute auch kommen würden. Wahrscheinlich. Blaker hatte sich wieder beruhigt. Nie konnte man jemanden dazu bringen, etwas in chronologischer Ordnung zu erzählen. Geschichte war auch in diesem Punkt anders. Das einzig Beständige war der Umstand, dass auch die zivilisiertesten Männer Wilde blieben und dass Frauen noch schlimmer sein konnten. Blaker verkörperte eine individuelle Episode der industriellen Revolution, die die Männer in die Städte getrieben hatte, weil es auf dem Land keine Arbeit mehr gab. *Plus ça change.*

»Wie gesagt«, fuhr Blaker fort, »ich habe ihr nicht geglaubt, als sie sagte, sie wäre mit dem Richter verheiratet gewesen, auch wenn er da noch keiner war. Sie erzählte mir alles über ihren miesen Alten. Hätte nie gedacht, dass ich ihn kennenlerne. Hat das Kind umgebracht und sie rausgeschmissen, der Typ. Ich dachte, sie erfindet das, aber wir haben uns ja auch über 'ne Menge anderes Zeug unterhalten, zum Beispiel über zu Hause. Ich habe als Kind auf einem Bauernhof gearbeitet, wissen Sie, und ich würde es auch heute noch tun, wenn es da einen Job gäbe. Nein, das ist gelogen, ich würd's nicht tun, aber ich weiß, wie man Stroh bündelt und Silage macht und was Schweine fressen und den ganzen Scheiß, und Ivy wusste es auch. Das war kein Jux; sie wusste, wovon sie da redete. Also habe ich irgendwann auch das andere geglaubt, was sie da von ihrer Ehe und von *ihm* erzählte. Ich habe immer gesagt, warum gehst du nicht einfach wieder nach Hause, und dann sagte sie, warum machst *du* es nicht, und ich sagte, weil es da nichts für mich zu tun gab, als ich wegging, also warum sollte ich jetzt wieder hingehen? Und sie sagte, sie würde erst wieder zurückgehen, wenn sie es mit erhobenem Kopf tun könnte. Aber sie hat's getan, weil sie es konnte. Sie war gut zu mir, die Ivy.«

Er nippte sehr behutsam an seinem Bier, um es sich einzuteilen. Auch etwas, das Donald an ihm gefiel. Er war nicht gierig oder fordernd, er wollte nur jemanden, der ihm zuhörte.

»Als ich beim letzten Mal auf Kaution draußen war und mir diese ganze Scheiße mit den Anrufen und den Schlüsseln auf den Kopf kam, ach, wann war das, vor drei Jahren ungefähr, da sagte ich zu ihr, wäre es nicht komisch, wenn dein Alter wieder auf dem Richterstuhl säße? So groß ist die Auswahl da nicht, und man kann sie sich nicht aussuchen, es ist immer wieder dasselbe verdammte Gericht, in dem man da landet. Sie war damals schon auf dem Weg nach oben, hatte ein Zimmer. Wohlgemerkt, Ivy hatte immer ein Zimmer, wenn sie eins wollte, und Jobs und diese Arbeit als Modell, und sie sagte, sie wäre Studentin. Aber sie fand mich immer noch, irgendwo hier in der Nähe oder unten in den Gardens bei den andern. Nicht oft, aber oft genug, um mir Geld zu geben, wenn sie welches hatte. Ich weiß nicht, wann sie mir erzählte, dass ihr Mann ihre Tochter umbrachte und dass sie deshalb komplett abstürzte und rausflog. Das war lange vorher. Mit einem Crackhead verheiratet, konnte er sich ja nicht sehen lassen, oder? Wenn er Richter und das alles werden wollte? Hat sie ertränkt und umgebracht.«

»Beides?«, fragte Donald matt.

»Hat sie gesagt. Und seine Frau auf die Straße geworfen. Ich bitte Sie. Sorgt dafür, dass sie verrückt wird, damit niemand erfährt, was er getan hat. Diese Drecksau. Heuchlerisches Arschloch. Ich war so wütend, als er mich einbuchtete, dass ich ihn angebrüllt habe. Die Leute sollten Bescheid wissen.«

»Ich weiß nicht, wie man jemanden ertränken *und* umbringen kann«, sagte Donald.

»Hat sie ertränkt und ihren Geist erschossen, sagte sie. Lassen Sie uns gehen, Don oder wie immer Sie heißen. Ich brauche eine Aussicht. Ich weiß, ihr Bullen glaubt immer, Saufen ist alles, aber ich brauche eine Aussicht.«

Sie traten hinaus ins Licht, und Blaker, dem die drei Biere nicht anzumerken waren, übernahm die Führung. Donald folgte ihm auf dem heißen Gehweg und war selbst ein wenig orientierungslos nach einem halben Liter kohlensäurehaltigem Ale und von dem Nachmittag überhaupt. Er merkte, dass er der Schattenseite der Straße zustrebte und von Bäumen träumte. Blaker ging voraus, und Donald fragte sich, ob es hier im Umkreis von einer Meile irgendetwas Grünes gab oder überhaupt irgendeinen Ort, wo es nicht von Menschen wimmelte. Sie gingen nicht weit. Blaker suchte keine ländliche Aussicht und hatte plötzlich die Nase voll von ihm. Er deutete auf ein Café in der Wardour Street, vor dem Tische standen.

»Als da noch Italiener waren, ließen sie uns stundenlang draußen sitzen«, sagte er. »Den ganzen Tag, wenn wir wollten. Jetzt ist es ein scheiß Starbucks, und da schätze ich, es dauert maximal zehn Minuten, bis sie uns weiterschicken. Wollen Sie wetten?«

Donald wollte nicht einmal wissen, wie es sich anfühlte, weitergeschickt zu werden. Er ließ Blaker an einem Tisch sitzen, wo er die Aussicht auf einen Zeitungsladen auf der anderen Straßenseite genießen konnte, einen Laden, der dafür berühmt war, dass er jede Zeitung unter der Sonne vorrätig hatte, und kam mit zwei überteuerten Flaschen Wasser zurück. Blaker ignorierte das Angebot und rülpste lautstark.

»Hier haben wir immer gesessen und die Zeitungen gelesen, die andere Leute hatten liegen lassen. Tun's immer noch gelegentlich. Das heißt, ich lese, und sie fragt, was ich lese. Ivy ist unglaublich clever, wissen Sie, aber sie kann kaum lesen. Aber sie wusste alles auswendig. Konnte gut lernen.«

Er rückte sich auf dem Stahlrohrstuhl zurecht und streckte die Beine aus, eine Herausforderung an jeden, der auf dem schmalen und nicht mit Gold gepflasterten Gehweg vorbeiging und ihm ausweichen musste. Donald zog die Beine unter seinen Stuhl, die gewohnheitsmäßige Haltung der Konfrontationsvermeidung.

»Ivy hatte sich verändert, als ich beim letzten Mal rauskam«, sagte Blaker. »Total clean. Nicht, dass sie nicht schon dahin unterwegs war, als ich einfuhr. Der einzige Mensch in meinem Leben, um den ich mir je Sorge gemacht habe – oder der sich um mich Sorgen gemacht hat, übrigens. Aber wissen Sie was? Je mehr sie ihr Leben in Ordnung brachte, je mehr sie arbeitete, desto mehr schien sie zu kapieren, was ihr angetan worden war und dass nichts es je wieder heil machen würde. Nichts würde ihr diese Jahre zurückgeben können. Mir ja auch nicht – nicht, nachdem er mich ins

Gefängnis geschickt hatte. Zwei Jahre! Weil ich Handtaschen geklaut hatte! Da konnte ich nicht für sie da sein. Sie wollte, dass er dafür bezahlt, sagte sie – für das, was er uns beiden angetan hatte. Und ihrer Mum und ihrem Dad und allen andern.«

»Reden Sie von Rache?«

Blaker nickte. »So was Ähnliches. Sie sagte, das würde sie wieder ganz machen. Ihr ihre Seele zurückgeben. Auge um Auge. Sie sagte, alles wäre wieder gut, wenn er tot wäre. Sie hasst ihn. Ist nur natürlich, oder?«

»Wenn Sie es sagen.«

Das brachte Blaker in Rage. Aus redseliger Passivität wurde Zorn, der innerhalb von Sekunden wieder verrauchte, aber seine Stimme hob sich zu einem schrillen Winseln.

»Was ist denn *natürlich* für Sie, Sie blöder Wichser? Was wissen Sie denn darüber? Ich wette, Sie haben noch nie gesehen, wie Gras wächst, geschweige denn was Essbares.«

»Tut mir leid.«

Der Erzählfaden ging zu Ende; Donald spürte, wie er ihm durch die Finger glitt – wenn er Blaker jetzt weiter bedrängte, würde der nur anfangen, Sachen zu erfinden, sofern er es nicht schon tat.

Ihm das Wasser zu bringen war gleichbedeutend mit einer Beleidigung gewesen. Donald wusste, dass er in diesem Handel nichts mehr anzubieten hatte, keinen Einfluss und auch sonst nichts außer seiner Gesellschaft. Und nichts, womit er hätte drohen können.

»Tod allen Juristen«, sagte er.

»Richtig«, sagte Blaker. »Nur allzu richtig.«

»Meine Frau sagt, ich bin ein herablassendes Arschloch«,

sagte Donald. »Aber ich glaube, wenn sie mich rauswerfen würde, dann wollte ich sie vielleicht auch umbringen.«

Blaker nickte mitfühlend.

»Das dachte ich auch über den Kerl, wegen dem ich von zu Hause weggelaufen bin, aber Scheiße, ich wäre ja sowieso gegangen, und am Ende gehen sie alle. Man wird nur geschnappt, also wozu die Umstände? Seit wann ist ein Drecksack ein Leben im Knast wert? Und wer würde die Sympathiestimmen kriegen? Er.«

Der Nachmittag dehnte sich vor ihnen. Wie zwei Ladys, die sich zum Lunch getroffen hatten, hatten sie jetzt beide nichts Besseres zu tun, und die Neugier und die Bedürfnisse, die zwischen ihnen zu gegenseitiger Toleranz erblüht waren, bewirkten, dass Donald ebenso gern bleiben wie gehen, die Sache verlängern oder beenden wollte; er wusste es nicht, aber es war einen Versuch wert. Er fragte sich, was seine Frau denken würde und was sie wohl getan hätte, wenn er je versucht hätte, sie von seinen Töchtern zu trennen. Ja, sie hätte ihn umgebracht … Liebe war ein facettenreiches Ding. Sie war auch der dumpfe Bauchschmerz, den er jetzt verspürte.

»Wenn Sie wissen wollen, wieso ich so früh aus dem Knast entlassen wurde, könnten Sie fragen«, sagte Blaker.

»Ich war nur neugierig. Geht mich ja nichts an.«

»Ich bin HIV-positiv, verstehen Sie? Die haben uns da nicht gern. Kann sein, dass Sie es sich überlegen wollen, bevor Sie mich umarmen. Ivy überlegt es sich nicht.«

Donald bemühte sich, nicht zu reagieren.

»Lust auf einen Spaziergang? Ich weiß schon, im Vergleich zu Ihnen weiß ich einen Scheißdreck darüber, wie es zugeht in der Welt, aber ich weiß, wo ein Garten ist, in dem man umsonst sitzen kann. Angeblich privat, aber eigentlich ist er es nicht. Würde mindestens eine Stunde dauern, bis jemand Sie weiterschickt.«

»Wieso haben Sie nichts zu tun, Bulle? Diese ganzen beschissenen Morde, von denen ich gelesen habe. Dieses arme Schwein in dem Krankenwagen und der andere da vor dem Theater … Schrecklich. Was ist nur aus der Welt geworden?«

»Man munkelt«, sagte Donald, »dass sie besser ist, als sie mal war.«

Was für eine Zeitverschwendung. Sie hatte mehr als die Hälfte des Heimwegs hinter sich, als ihr Vater, den sie alle zehn Minuten anzurufen versuchte, sich meldete, und sie sprachen miteinander, als sie die Londoner Außenbezirke erreicht hatte. Ja, er sei beim Nachbarn gewesen, und es war sehr nett, danke. Was denn los sei? Die Autobahn war zu Ende, und sie fuhr auf einer dreispurigen Straße bergab, vorbei an Hochhaussiedlungen, in denen sie niemals hätte wohnen mögen, und sie fragte sich, wie halten die das hier nur aus, wollte zum See zurück und wollte es doch nicht, war unfähig zu allem, bis sie seine Stimme gehört hatte. Fast wäre sie von der Straße abgekommen. Der Sommerabend ging zu Ende; es war fast dunkel, und der Himmel war schön und von farbigen Streifen durchzogen, rosa, blau, grau, violett, durch die künstlichen Lichter zu einer Kulisse voller Wunder verfälscht, zu einer Bühne für den ersten Akt der Nacht. Halb elf, plötzlich fast zu Hause, und es gab keinen Grund, dort zu sein. Es gehe ihm gut, sagte er. Nein, sie solle ihn jetzt nicht besuchen kommen. Er habe in der

Bahn einen Anfall gehabt und einen Tag und eine Nacht im Krankenhaus verbracht, und das sei mehr, als man heutzutage meistens bekomme. Hätte eher nach Hause gehen sollen. Es sei passiert, weil es in der Bahn so voll war, ein Taschendieb habe ihm den Inhalator und die Tabletten gestohlen, und es sei heiß und beängstigend gewesen. Das wiederholte er immer wieder wie eine Litanei. Also schön, ja, wenn sie freihätte, könne sie morgen kommen, aber es sei wirklich nicht nötig. Lieber wäre es ihm nicht. Ja, er habe gedacht, er müsse sterben, aber er sei ja nicht gestorben, oder? Er wolle erst wieder besser aussehen. Wieder auf den Damm kommen. Bitte. Sie dachte an die Menschenmassen, die den kleinen Mann umdrängt hatten, an seine Panik, als er nach dem Inhalator und den Tabletten tastete, und an die Demütigung, seinen Hass gegen jede Hilfe, und am liebsten hätte sie geweint. Niederes und Hohes trafen sie wie ein Hammerschlag. Ihr Wagen stand mit blitzenden Warnblinkern auf dem Randstreifen in einem Spaghettiknoten aus mehreren aufeinandertreffenden Straßen, wo sie jederzeit gerammt und über die Leitplanke geschleudert werden konnte, und es war ihr egal, solange es ihm nur gut ging. Die Erleichterung darüber, seine Stimme zu hören, war überwältigend, mochte er auch noch so nörgelig klingen. Er lebte, und alles andere war nicht wichtig. Eine Hupe riss sie in die Gegenwart zurück. Das Paradies lag anderthalb Autostunden hinter ihr. Sie legte den Gang ein und fuhr weiter.

Warum hatte er sie nicht gleich angerufen, als er krank war? Warum war sie die Letzte, bei der er sich meldete, wenn er in Not war, und nicht die Erste? Was war da passiert? Wer räumte einem alten Mann in der Bahn die Taschen aus? Da war kaum reiche Beute zu erwarten. Was war der Wiederverkaufswert eines Inhalators? Die Vorstellung, wie er keuchte und zusammenbrach, in einem überfüllten U-Bahn-Wagen nach Atem rang, hatte sie den ganzen Weg verfolgt. Sie hätte mit ihm fahren sollen; sie hätte ihn nicht allein lassen, ihn nicht aufregen dürfen. Sie hätte nicht …

Die Luft in der Wohnung roch staubig von der eingesperrten Hitze. Müde und gereizt ging sie umher, öffnete alle Fenster und räumte dabei auf, rückte einen Stuhl gerade, der schon gerade gestanden hatte, spülte in der Küche die Tassen aus, die schon sauber waren, und ihr war, als sei sie eine Woche fort gewesen, nicht nur ein paar Stunden. Es ging darum, die Kontrolle zu behalten. Hatte er das Wochenende sabotieren wollen? Wusste er nicht, dass sie eilends zu ihm zurückkommen würde, wenn er den Alarm auslöste? Hatte er eine Ahnung, wie sehr sie ihn liebte, dieser streitsüchtige, elende alte Mistkerl mit seinen Vorurteilen? Wusste er, dass sie nichts anderes wollte, als ihn glücklich zu sehen? Etwas anderes hatte er sich für sie auch nie gewünscht, dachte sie. Er glaubte nur, Zufriedenheit sei abhängig von Status und Erfolg und den richtigen Freunden, von lauter Dingen, die er nicht erreicht hatte. Sie betrachtete die Regale, die er für ihre Küche gebaut hatte, und wieder war sie den Tränen nahe.

Dad hatte ihren Freund gemocht. Dad fand, dieser Mann sei das Beste, was Rachel bekommen könnte, und er wollte immer nur das Beste für sie. Vielleicht wollte er sie auch in Sicherheit wissen. Aber ihr Freund war ein Dieb gewesen, und Rachel hatte ihn verraten. Das hatte sie ihm nie erzählt; sie konnte sich kaum darüber beklagen, dass er ihr so wenig erzählte, wenn sie bedachte, wie sehr sie sich gegenseitig vor der eigenen Realität beschützten. Vielleicht kannten Eltern ihre Kinder nicht, und vielleicht kannten Kinder ihre Eltern eigentlich immer erst dann, wenn sie tot waren und sie zusahen, wie sie sich selbst in ihre Eltern verwandelten. Das war die Angst ihres Lebens. Aber ihr Vater hatte ihren Freund gemocht und Ivy auf den ersten Blick verabscheut. Er besaß kein Urteilsvermögen. Doch – er war gewieft, wenn auch übermäßig misstrauisch im Beurteilen eines Charakters, und schließlich war ihr Freund ja auch einmal gut, und sie hatte ihn jahrelang geliebt. Sein Urteilsvermögen war nur genauso mangelhaft wie ihr eigenes. Wie konnte man das alles je wissen? Sie erinnerte sich daran, wie ihr Vater ihre Lehrer an einem Elternabend ins Kreuzverhör nahm. Er hatte ihnen nichts durchgehen lassen, und sie lächelte bei dem Gedanken daran. Er war klein, aber er konnte sie dazu bringen, dass sie den Kopf einzogen, und sie war verlegen und gleichzeitig stolz gewesen. Und samstags hallte das Haus vom Klang seines Hammers wider. Dann hatte er alles repariert und versucht, es besser zu machen.

Es sah nicht so aus, als brauche er sie. Er wusste, dass sie sein kleines Leben und sein winziges Haus hasste. In diesem Augenblick konnte sie auch ihre eigene Wohnung nicht ausstehen; sie war zwar mäßig groß, aber Rachel fühlte sich, als ob sie wie ein Kieselstein in einer Blechdose herumrappelte, und ihre Haut war immer noch klebrig vom Salz. Sie hatte auf dem Bauernhof nicht geduscht, und sie hatte eine Party versäumt, was nichts schadete, obwohl sie sich fragte, was sie dort jetzt wohl taten. Die Wohnung ohne Ivy wirkte schrecklich leer. Ivy war erst seit zwei Wochen hier, und meistens war sie unterwegs; es war nicht, als seien sie unzertrennlich, draußen und zu Hause, oder als habe Ivy die Räume in irgendeiner spürbaren Weise besiedelt. Aber Rachel wusste einfach, dass sie immer zurückkommen würde, manchmal spät, aber immer, bevor die Nacht zu Ende war, und wenn jemand den Schlüssel im Schloss drehte, wusste sie, dass es Ivy war. Schon lange bevor Ivy sie auf den Hof mitgenommen hatte, hatten sie den größten Teil der Sonntage miteinander verbracht. Jetzt würde es seltsam sein, diesen langen Tag allein zu verbringen, zurückzukehren zu den endlosen Sonntagen vor Ivys Ankunft, vor ihrer vorbehaltlosen Freundschaft und dem Berg von Ideen dazu, was man alles praktisch umsonst tun und sehen konnte. Zurück zu der Einsamkeit, die sie in den Zeichenkurs getrieben hatte.

Sie suchte ihr Skizzenbuch hervor, betrachtete die Arbeiten der letzten Woche mit kritischem Blick und legte es wieder weg. Morgen könnte sie den ganzen Tag zeichnen; sie könnte das Buch mitnehmen und ihrem Vater zeigen, und er würde sagen: Wozu? Sie könnte den ansonsten leeren Tag auch als Gelegenheit betrachten. Rachel zog ihr Handy heraus und hörte sich noch einmal die zweite Nachricht an. Die von Carl.

Ivy brauchte sie. Die Wisemans brauchten sie. Ivy würde morgen erst spät zurückkommen. Für ihren Vater war sie zu nichts nutze, aber sie konnte sich auf andere Weise nützlich machen. Es wäre so viel einfacher, sich mit dem Richter zu treffen, wenn Ivy nicht da war, statt an irgendeinem Abend in der Woche, wenn sie irgendwann wieder da wäre und die Versuchung, ja, die Verpflichtung aufkäme, ihr alles zu erzählen. Ihr Instinkt sagte ihr, dass das keine gute Idee wäre, so schwer es ihr auch fallen würde, den Mund zu halten. Sie wusste nicht, wie Ivy auf das reagieren würde, was sie bereits getan hatte: Wenn alles gut ginge, würde sie vielleicht am Ende dankbar sein, aber nicht sofort. Sie würde einen Weg finden müssen; vielleicht sollte sie es zuerst Grace erzählen – ach, zum Teufel, tu's einfach. Nachdenken kannst du später. So würde Ivy es machen. Mach etwas aus dieser Katastrophe, nutze die Zeit.

Halb zwölf an einem Samstagabend. War das zu spät für einen Anruf? Sie wählte hastig, denn sie wusste, wenn sie jetzt zögerte, würde sie es vielleicht gar nicht mehr tun, und sie hoffte, er möge nicht zu Hause sein.

Es war, als habe er gewartet. Meldete sich beim ersten Klingeln, unaufgeregt.

»Hallo, Carl hier.« Es war nicht zu spät, er hatte nicht geschlafen. Höflich und einladend, mit drei Worten.

»Oh, äh, hallo. Rachel Doe. Hören Sie, es tut mir leid, dass es schon so spät ist, aber …«

»Das macht nichts.« Er wartete.

»Haben Sie morgen Zeit? Könnten wir uns dann treffen? Was meinen Sie?«

»Ja, natürlich. Das fände ich sehr schön.«

Später, als das Telefonat vorüber und die Verabredung getroffen war, als sie, gebadet und sauber geschrubbt, versuchte zu schlafen, begriff sie, woher ihre Verwirrung rührte. *Das fände ich sehr schön.*

Ja, sie auch. Was immer die Umstände waren, und was immer er sein mochte, sie wollte ihn wiedersehen. Das wäre sehr schön.

13

Wo wir uns beim letzten Mal getroffen haben, sagte er. Ich kann immer zu Ihnen kommen. Das untere Tor, das am Embankment, ist immer offen, auch sonntags. Ich komme mit dem Wagen und hole Sie ab. Das ist kein Problem sonntags. Und dann gehen wir, wohin Sie möchten. Wir können zu Mittag essen, wir können einen Spaziergang machen, und ich bringe Sie nach Hause.

Besitzergreifend, gut organisiert.

Steig niemals zu fremden Männern ins Auto. Nein. Schon gar nicht, um dich nach Hause bringen zu lassen. Das würde ja bedeuten, dass er dann weiß, wo Ivy wohnt. War das nicht der Sinn der Sache?

Nein. Was dachte sie denn da? Er hätte jederzeit herausfinden können, wo Ivy wohnte oder gewohnt hatte, wenn er gewollt hätte. Grace hätte es ihm gesagt, wenn er Grace nicht aus dem Weg gegangen wäre. Vielleicht wollte er doch wissen, wo Ivy war.

In der Tiefe der Nacht wachte sie auf. Sie hatte von der Ratte geträumt, die quer durch ihr eigenes Zimmer gejagt wurde. Sie versuchte, alles logisch zu durchdenken.

Carl hatte seine Frau vor langer Zeit verlassen. Er wollte mit ihrer Familie nichts mehr zu tun haben. Vielleicht hatte er eine neue Frau, eine neue Partnerin. Er tat, was er konnte, um zu verhindern, dass sein Sohn mit ihnen in Kontakt kam. Alles in allem wäre es besser für ihn, wenn Ivy und ihre Familie gar nicht existierten. Vielleicht spielte Rachel die Rolle des Frettchens, das die Beute aus ihrem Loch trieb. Vielleicht war sie die Lockente, die das Wild ans Messer lieferte. Vielleicht half sie Ivy oder Grace überhaupt nicht. Vielleicht gab sie sie preis.

Sie hatte den Gedanken an den keuchenden Polizisten verdrängt, der sie auf ihrer Bank störte und der ein Wörtchen mit der Frau des Richters reden wollte. Hatten die beiden ein abgekartetes Spiel mit ihr vor? Warum sollte ein Polizist mit Ivy sprechen wollen? War er der Schoßhund des Richters?

Hatte sie in ein Wespennest gestochen? Beschämt dachte sie daran, wie leichtsinnig sie Carl erzählt hatte, dass Ivy bei ihr wohnte, und wie geschickt Carl dem Polizisten ausgewichen war und bestritten hatte, dass sie etwas über Ivys Aufenthaltsort wisse. Das war elegant gewesen, und irgendwie war es ihr fürsorglich erschienen, als wolle er ihr etwas ersparen. Aber eigentlich bewies es nur, dass er mühelos lügen konnte, ganz gleich, zu welchem Zweck. Trotzdem war es eine kostbare Erinnerung, genau wie die an seine Höflichkeit im Gericht.

Als sie am Embankment vor dem Tor zum Temple stand, konnte sie den Blick auf den Fluss hinter ihr und auf die schmale kopfsteingepflasterte Straße, die sich vor ihr in das Labyrinth der Höfe schlängelte, nicht mehr genießen. Sie wünschte, sie wäre gar nicht da, und wusste kaum noch, warum sie es war. Sie fühlte sich schuldbewusst, misstrauisch, nervös, unverschämt, aber trotz allem wollte sie ihn zugleich auch wiedersehen.

Als er in der Einfahrt hielt und aus dem Wagen sprang, war weder das Auto noch seine Kleidung dazu geeignet, Eindruck zu machen. Ein alter Ford mit einer auffallenden Beule im linken hinteren Kotflügel. Er war lässig und für das klebrig schwüle Wetter gekleidet – die Kleidung eines Mannes, der täglich eine Uniform trug und dem alles andere gleichgültig war: ein halb gebügeltes kariertes Hemd, eine zerknitterte Baumwollhose, Schuhe ohne Socken. Es war nicht erkennbar, dass er sich überlegt hatte, was er anziehen sollte. Die Kleider waren sauber und solide wie er selbst. Sie passten ihm. Er lächelte sein strahlendes Lächeln, das die Angeklagten bei Gericht so sehr verwirrt hatte, obwohl es unter der lächerlichen Perücke hervorgekommen war. Es war ein Lächeln, das sagte: Ich weiß, was Sie meinen, und sie ärgerte sich, weil sie darauf reagierte. In einer schmerzlosen Rückblende erinnerte sie sich plötzlich an das letzte Mal, dass sie mit einem Mann ins Auto gestiegen war. Ihr Freund hätte jede Einzelheit seiner kostspieligen Ausstattung sorgfältig bedacht und sich auf den Gesamteindruck konzentriert. Das Auto wäre mindestens ein BMW gewesen. Er hatte das Geld zu sehr geliebt.

»Ich habe den Porsche zu Hause gelassen«, sagte Carl. »Falls es später regnet.«

Ein Witz, erkannte sie. Er passte eher auf einen Traktor als in einen Porsche. »Mein Sohn schämt sich für diesen Wagen so sehr, dass er sich fast weigert, ihn auszuborgen.« Carl hielt ihr die Tür auf. »Aber nur fast.«

Sie sahen aus wie ein Mann und eine Frau, die sich füreinander interessierten und jetzt zum Essen fuhren wie tausend andere in der Stadt und anderswo. Die sich einfach unterhalten wollten. Sie sahen so aus – eine nette Illusion. Sie versuchte, sein Alter zu schätzen. Mitte vierzig, mindestens, einer von denen, die mit dem Alter besser wurden. Nur konnte sie sich nicht vorstellen, dass er je unreif ausgesehen haben könnte.

»Wer war es, er oder Sie, der diese Mühle rückwärts gegen die Wand gefahren hat?«, fragte sie.

Er manövrierte den Wagen rückwärts in den trägen Sonntagsverkehr und quer über drei Fahrspuren bis zur nächsten Kreuzung, wo er wendete und in die entgegengesetzte Richtung zurückfuhr. Er war sich seines Weges völlig sicher. »Diesmal war er es«, sagte Carl. »Aber um der gutnachbarschaftlichen Beziehungen willen ist es immer besser, wenn ich es war. Ich dachte mir, wir suchen uns etwas am Wasser. Die Tate Gallery? Ein Blick auf das Wasser hilft immer.«

Er ließ ihr gar keine Wahl, und in ihrer Ratlosigkeit angesichts der Natur dieses Anlasses war sie froh, dass ihr die Entscheidung abgenommen wurde. Sie nickte nur. Okay.

»Was ist passiert, dass Sie heute Zeit haben?«, fragte er. »Nichts Unangenehmes, hoffe ich. Keine Katastrophe.«

Gleich als sie ihn gesehen hatte, war Rachel klar, dass sie zu Ausflüchten oder Taktierereien heute nicht imstande war, zumal sie nicht wusste, was für ein Spiel sie hier spielte. Sie war nie gut im Spielen gewesen.

»Ich war auf der Midwinter-Farm, bei Ivy und ihren Eltern. Mein Vater war krank, und ich musste gestern Abend zurückfahren.«

»Oh«, sagte er und bremste langsam ab, bis der Wagen fast stand. »Das tut mir leid. Wo wohnt er denn? Soll ich Sie hinfahren? Geht's ihm gut? Ich kann Sie fahren. Dazu sind Autos da.«

Es war so unaufrichtig, dass sie laut lachen musste.

»Er wohnt in Luton, und er will nicht, dass ich heute komme. Eine Asthmaattacke. Nichts Tödliches. Er wollte nur, dass ich es weiß.«

»Sind Sie sicher? Mein Sohn war Asthmatiker; zum Glück hat es sich ausgewachsen. Es kann einem Angst machen. Sind Sie wirklich sicher? Es kommt nicht darauf an, wo es ist. Ich kann Sie hinfahren.«

»Ja, ich bin sicher. Zumindest bin ich sicher, dass er sicher ist. Wenn wir jetzt nach Pimlico fahren, müssen Sie an der nächsten Kreuzung rechts abbiegen, da vorn.«

Sie war froh, ihm Anweisungen geben zu können, und erleichtert, weil er sich beinahe verfahren hätte. Es machte ihn fehlbar. Im Profil hatte er so viel Ähnlichkeit mit dem Foto seines Vaters im selten benutzten Wohnzimmer der Wisemans. Carl der Jüngere, ein Ebenbild seines Dads.

»Wie ist Ihr Vater?«, fragte er, als habe er ihre Gedanken erraten.

Sie war so überrascht, dass sie antwortete.

»Meiner? Oh, starrsinnig – und stolz darauf. Hohe Maßstäbe, schlichte Vorurteile. Es fällt ihm schwer, sich zu entspannen. Muss immer beschäftigt sein.«

»Klingt ein bisschen so, wie meiner war. Ich frage mich, ob wir alle unseren Kindern das Leben schwer machen. Das ist der einzige Grund, weshalb mir vor dem Altwerden graut.«

Sie parkten und gingen zum Fluss, ein neuer Abschnitt mit einer anderen Aussicht. Er schaffe es nie ganz, vom Fluss wegzukommen, sagte er, und er frage sich, warum das so sei. Er hasse es, nass zu werden, aber fast nichts sei so wundervoll wie das Schauspiel des Lichts auf dem Wasser, und ob sie je in der Tate in St. Yves gewesen sei? Ja, sagte sie. Sie war schon überall gewesen und hatte nichts gesehen; diese Erkenntnis überraschte sie. Vor Jahren war sie einmal hingefahren. Vielleicht war der Zeichenkurs doch keine so beliebige Entscheidung. Schon vor Ivy hatte sie Formen anziehender gefunden als die Natur. Das Interesse am Zeichnen war immer da gewesen. Oder vielleicht war es auch ein Interesse an Linien, was sie meinte. Sie erzählte Carl, wo sie Ivy kennengelernt hatte. Ich würde alles dafür geben, wenn ich zeichnen könnte, sagte er; mein Vater hielt solche Beschäftigungen für frivol. Meiner auch, sagte sie. Wenn er wüsste, dass ich einen Aktzeichenkurs besuche, würde er verrückt, selbst jetzt noch. Er würde sagen: Wozu?

»Meiner«, sagte Carl, »hätte gesagt: *Für was?* Er hat Englisch als seine zweite Sprache sehr ernst genommen. Er hat gelernt. Und als ich aufwuchs, musste ich sprechen wie im Grammatikunterricht und die Sätze im Voraus im Kopf formulieren. *Du musst es richtig machen. Sprich nicht so wie ich; die Leute werden es merken.* Er hat es nie richtig hinbekommen. Wenn er jetzt hier wäre, würde er sagen: In welchem Lokal werden wir essen? Wir wollen sitzen, ja?«

Rachel lachte, als er seinen Vater nachahmte, und weil er so schnell sprach. »Meiner würde sagen, mir ist es egal, wohin wir gehen. Es wird mir sowieso nicht gefallen.«

»Na«, sagte er, »hoffentlich geht es Ihnen nicht genauso.«

Sie saßen unter einer blauen Markise auf einer Veranda, und die Farbe warf ihren Schatten auf ihre Gesichter. Erst jetzt fiel ihr ein, dass er der Feind war und dass seine entspannte, als Charme daherkommende Art eine Eigenschaft seines Berufes war. Nein, das stimmte nicht; sie kannte auch viele Anwälte mit schlechten Manieren. Es war fast ein Jammer, dass sie seine Gesellschaft nicht einfach genießen konnte; gern hätte sie die Zerstörung dieser kurzfristigen Illusion hinausgeschoben, die Rückkehr zu dem Wissen, dass er ein Scheißkerl war, die Erinnerung an Grace, die am Küchentisch weinend vor dem zerknüllten Brief saß, und an Ivy, die sich krummlegte, um wieder würdig zu werden, ihren eigenen Sohn zu sehen. Es wäre schön, an einem Sommertag mit einem Mann auszugehen, dessen Gesicht ihr gefiel und der ihres anscheinend auch mochte. Mit ihm im Schatten zu sitzen und über Väter zu plaudern, nichts weiter zu tun, als zu essen und die leeren Stellen in beider Vergangenheit auszufüllen, die sie in seinem Fall, hier und jetzt, lieber vergessen hätte.

Sie sah sich in dem Restaurant um, das er ausgesucht hatte, und dachte daran, dass Ivy zwei lange Nachtschichten würde arbeiten müssen, um das Essen in einem solchen Lokal zu bezahlen.

»Wollen wir zum Geschäftlichen kommen?«, fragte sie eher schüchtern als entschieden, als der Kellner die Bestellung aufgenommen hatte. Einstweilen nur etwas zu trinken, vielen Dank.

Er wurde geschäftsmäßig.

»Mein pedantischer Vater hätte jetzt gesagt, Geschäfte haben immer etwas mit Geld zu tun. Alles andere ist persönlich. Andererseits – vielleicht *geht* es ja um Geld. Will Ivy welches?«

»Nein. *Nein.*«

Rachel war sofort in der Defensive. Die freundliche Atmosphäre war zu schön gewesen, um wahr zu sein.

»Es war nur eine Frage«, sagte er, »weiter nichts. Eine Frage. Eine ganz und gar pragmatische Frage. Sie stehen nicht vor Gericht. Ich bin derjenige, dem der Prozess gemacht wird. Ich habe nie gedacht, Sie könnten eine Abgesandte sein, die Anweisungen befolgt, und ich *habe* an Sie gedacht, unaufhörlich. Vielleicht, weil Sie schön sind und weil Sie mir auf Anhieb gefallen haben. Wie gesagt, Sie sind tapfer.«

»Oh.«

Ein frischer Weißwein im Schatten unter dem Himmel. Ein Lob, sozusagen. Rachel wappnete sich. Lob statt Kritik. Jemand hörte ihr zu, wartete auf sie. Sie kannte ihre Schwächen und ging zum Angriff über.

»Das hat nichts mit Tapferkeit zu tun. Es ist … notwendig. Und nein, es geht nicht um Geld. Es geht um Träume. Ich liebe sie, wissen Sie. Ernest und Grace und Ivy. Vor allem Ivy.«

»Und ich«, sagte er, »liebe sie noch länger. Seit ich ein Junge war, und mein Vater hat sie vor mir geliebt.«

»Aber Sie haben eine feine Art, es zu zeigen.«

»Wenn Sie Kinder hätten, würden Sie – vielleicht – anders denken. Man muss Prioritäten setzen. Die Kinder zuerst, immer und in jedem Fall. Wenn es einen Konflikt gibt, muss einer gehen. Das Kind steht immer an erster Stelle. Man muss ihre Unschuld erhalten, solange es geht. Selbst wenn man dafür jemand anderen opfern muss.«

Jetzt war sie wirklich wütend. Es hemmte sie, dass sie darüber eigentlich nichts wusste, keine Erfahrungen hatte, die sie zitieren konnte, außer ihren eigenen. Sie kam sich ignorant vor: die selbstsüchtige Kinderlose, die immer nur davon geträumt hatte, Kinder zu haben.

»Als ich Ivy heiratete«, sagte er, »war es das Natürlichste auf der Welt. Man brauchte mich nicht mit der Schrotflinte zu zwingen, obwohl der Schuss schon losgegangen war, wenn Sie verstehen. Ich wollte Cassie haben. Mein Vater wollte Cassie. Ich wollte eine Menge Cassies, Jungen und Mädchen. Ich bin der einzige Sohn eines Waisenkindes. Jungen für meinen Vater, Jungen für Bauer Wiseman, Mädchen für mich. *Erfolg* für mich, damit ich sie alle behalten konnte. Ich weiß nicht, wie viel Sie über all das wissen, aber …«

»Ziemlich viel. Von Grace. Erzählen Sie mir einfach die Geschichte.«

Sie versuchte, wenigstens den Anschein von Fassung wiederherzustellen. Er schaute weg. Der Himmel über der blauen Markise verdunkelte sich.

»Ivy war achtzehn, ich war siebenundzwanzig, als Cassie geboren wurde. Einfach lächerlich. Sie war das schönste Geschöpf – sie waren die schönsten Geschöpfe auf der Welt. Ich war kein guter Vater, nicht im Umgang mit Babys. Von geteilter Verantwortung verstand ich so viel wie Adam und Eva. Altmodisch, arbeitsbesessen. Ich begriff nicht, warum Ivy immer noch über die Stränge schlagen wollte. Ausgehen und sich benehmen wie eine Achtzehnjährige. Als hätte die Mutterschaft daran etwas geändert, wie eine Haftstrafe, die endlos dauert. Ich weiß es nicht. Ich wünschte, ich wüsste es. Sam kam ein Jahr später zur Welt. Ich hatte sie wirklich ins Gefängnis gesperrt. Es war ein einziges Schlachtfeld. Cassie klammerte sich an sie, Sam an mich. Wir stritten uns.«

Wie Hund und Katze, vollendete sie. Etwas kam ihr in den Sinn. Ivy hatte an der Katze und dem Hund geübt. Wir können es nicht riskieren, Haustiere zu haben.

Es war warm geworden, stickig.

Vielleicht waren Ivy und Grace noch einmal ans Meer gefahren. Oder zum See hinunterspaziert. Sie musste in diesem See schwimmen. Sie wollte in die gefährliche Themse springen und sich abkühlen. Es war die drückende Hitze vor einem Gewitter.

»Ich will nur«, sagte sie, »dass Sie sich mit Grace und Ernest treffen. Das ist alles. Mehr will ich nicht, mehr möchte ich nicht erreichen.«

»Das ist alles? Und zu welchem Zweck?«

Darüber hatte sie nachgedacht, hatte ihre ehrgeizigen Ziele bei dem, was sie wollte, heruntergeschraubt.

»Ernest wird alt und unsicher. Er träumt davon, dass Sie – und Ihr Vater – zurückkommen. Ich habe – inoffiziell – die Bücher des Betriebs durchgerechnet. Sie verlieren Geld. Grace hat ein Bed and Breakfast, mit dem sie sich über Wasser halten, aber das wird nicht mehr lange gehen. Es könnte ihn, sie … versöhnen, so oder so.«

»Es könnte ihn auch wütend machen. Er könnte im Voraus Geld von mir verlangen.«

Schon wieder Geld. Sie wusste, was ein Richter verdiente. Nicht schlecht, aber Megareichtümer waren es nicht. Sie konnte nicht umhin, sich bei allem für den finanziellen

Aspekt zu interessieren. Es war ihr Job. Es war nur natürlich, dass man Geld wichtig fand.

»Wie meinen Sie das, im Voraus?«

»Ernest hat immer gewusst, dass die Hälfte meines Besitzes an sie fällt, wenn ich sterbe, vorzeitig oder an Altersschwäche. Mein Geld, kann man sagen, gehört niemals mir. Aber leider müssen alle warten, bis ich sterbe, und ich bin erst fünfundvierzig. Uralt, ich weiß. Das ist eine Verfügung in dem Testament, das ich verfasst habe, als wir heirateten, und daran habe ich nichts geändert. Umsichtige Leute setzen ein Testament auf, wenn sie heiraten, wie Sie wissen.«

Ja. Umsichtige Finanzberater rieten immer dazu.

»Ich habe diese Verfügung wegen meines Vaters eingesetzt. Er wollte, dass ich für sie sorge. Er sagte, wir schuldeten unseren Start im Leben den Wisemans. Er war bei ihnen zu Hause, wissen Sie. Aber ich kann ihnen noch nicht helfen. Was ich verdiene, ist für Sam gedacht.«

»Carl der Ältere«, sagte sie.

»Ich sehe, Sie kennen die Vergangenheit. Oder einen Teil davon. Warum reden wir über Geld?«

»Es ist immer … wichtig. Aber hier geht es nicht darum. Ernest muss sich überlegen, was er tun soll, und Träume sind ihm dabei vielleicht im Weg. Was die liebe Grace angeht – ich glaube, wenn sie Sie zu Gesicht bekommt, ist alles verziehen. Und wenn sie ihren Enkel sehen könnte, nur *einmal*, dann *wäre* alles verziehen. Es gäbe ein Ende und einen Anfang, und von da aus könnten sich alle überlegen, wie sie Ivy und Sam zusammenbringen könnten.«

Es hörte sich deprimierend optimistisch an, wie sie es sagte.

»Und Ivy hätte mit dieser ersten Begegnung nicht das Geringste zu tun?«

Rachel schüttelte den Kopf. So war es sicher richtig.

»Nein. Sie würde nichts davon wissen. Es wäre ein … strategisches Treffen. Sagen Sie es ihr später. Oder Grace kann es ihr sagen.«

Er schenkte ihr Wein nach. Sein eigenes Glas hatte er kaum angerührt. Er zappelte nicht. Sie sah, dass er sich ganz auf das konzentrierte, was sie sagte, und auch auf das, was er selbst sagte. Er war kein Mann der unbedachten Bemerkungen. Rachel bemühte sich, an seine Grausamkeit zu denken. Über der Markise verdunkelte sich der Himmel.

»Gut, ich werde es tun, unter diesen Bedingungen.«

»Was?«

»Ich habe gesagt, ich werde es tun. Zumindest werde ich darüber nachdenken, solange Sie es auch tun, denn eines müssen Sie begreifen. Die Wisemans verzeihen nicht. Zumindest die weiblichen Angehörigen dieser Spezies nicht. Ich glaube auch nicht, dass Ernest mir je verzeihen würde. Gott weiß, man müsste mir eine Menge verzeihen. Und es kann sein, dass Ivy Ihnen niemals verzeiht, welche Rolle Sie dabei gespielt haben. Das Resultat könnte so schmerzhaft sein wie der Schmerz, der mit all dem behoben werden soll. Erst recht, wenn ich erklären muss, dass Sam sich so absolut entschieden weigert, seine Mutter oder seine Großeltern zu sehen, dass er zu betrügerischen Maßnahmen greift, um es zu verhindern.«

Sie glaubte ihm nicht. Wie konnte es sein, dass jemand Ivy und Grace nicht kennen wollte? Wie konnte es sein, dass es jemandem nicht besser ging, wenn er sie kannte?

Dies war der Mann, der sein eigenes Kind durch Nachlässigkeit buchstäblich umgebracht hatte, der es hatte ertrinken lassen, und er warf seinem anderen Kind vor, es wolle keine Wiedergutmachung.

»Es ist immer nützlich, jemanden zu haben, dem man die Schuld geben kann«, sagte sie.

»Das könnten Sie über Ivy genauso gut sagen wie über mich. Sind Sie sicher, dass sie es so haben möchte?«

Plötzlich war sie es nicht mehr. Sie wusste nur noch, dass es *richtig* war; das fühlte sie. Es war alles zu einfach. Er war zu verdammt offen, zu *liebenswert.* Er passte einfach nicht zu dem Bild eines Mannes, der seine Frau in die Kälte hinausgejagt hatte, weil sie verrückt vor Trauer war. Aber sie selbst hatte einen Mann geliebt, der von Habgier korrumpiert war, und auch ihm hatte man es nicht angesehen.

»Hören Sie«, sagte er, »möchten Sie mit zu mir nach Hause kommen? Ich habe besseren Wein als den hier, und wenn Sie sich wirklich weiter dafür einsetzen wollen, würde ich Ihnen gern ein paar Dinge erklären. Vielleicht könnten Sie meinen Sohn kennenlernen, aber das bezweifle ich, an einem Sonntag. Die Alternative ist: Sie steigen jetzt aus, und dieses Treffen hat nie stattgefunden. Ivy muss nichts davon erfahren.«

Sie wollte nicht mit ihm nach Hause gehen, und zugleich wollte sie es doch. Es kam ihr irrsinnig vor, riskant. Aber die Neugier war stärker. Und die Herausforderung ebenfalls. Sie hatte sich einmischen wollen, und das bedeutete, sich bis zum Hals darin verwickeln zu lassen. Was für eine Freundin wäre sie, wenn sie jetzt kneifen wollte? Dazu kam dieses lästige Bauchgefühl. Sie wollte ihn noch nicht verlassen, noch lange nicht. Er lächelte dieses Lächeln, das sicher schon Dutzende von Leuten zu dem Glauben verleitet hatte, ihm liege etwas an ihnen. Sie zögerte. Allein in die Wohnung eines als gewalttätig bekannten Mannes zu gehen war dumm, und sie sollte nicht einmal daran denken. Besser war es, auf neutralem Territorium zu bleiben. Aber dann dachte sie, scheiß auf das Risiko, bilde dir nichts ein, und außerdem, er hat schon eine Menge Zugeständnisse gemacht – also warum nicht? Sie dachte daran, was Ivy für sie riskieren würde, ohne die Chancen zu kalkulieren. Ivy würde für sie in eine Klapperschlangengrube springen. Und sie wollte seine Erklärung liebend gern hören, was immer dahinterstecken mochte. Sie wollte ihm eine Chance geben.

Er sah, dass sie zögerte.

»Keine Sorge«, sagte er. »Als Richter habe ich einen Ruf zu wahren. Ich werde nichts Hässliches tun. Nicht bei einer erfolgreichen Karrierefrau, die mich auf alle Fälle sofort anzeigen würde.«

Aber du würdest es bei einer Frau ohne Qualifikation oder Status tun. Bei einer Ehefrau zum Beispiel.

Der Gedanke war nicht ohne Ironie, aber er war beruhigend. Ihr Status schützte sie. Es war eine Schande, dass Ivy diesen Schutz nie genossen hatte. Er würde zu viel riskieren. Sie fasste einen Entschluss. Das ganze Szenario war bizarr. Es sollte ruhig noch bizarrer werden. Und sie war davon überzeugt, dass das alles einfach nicht geplant war.

»Rufen Sie ruhig jemanden an und sagen Sie ihm, wo Sie sind, wenn Sie sich dann sicherer fühlen.«

Sie schüttelte den Kopf.

»Wo wohnen Sie?«

»Am anderen Ende der Themse, am Wasser. Nicht weit an einem Sonntag.«

Es fing an zu regnen. Er nahm ihren Arm, als sie zurück zu dem verbeulten Wagen liefen, und sie fröstelte.

Im strömenden Regen durch das Zentrum zurück, am Flussufer entlang und dann in ein Hinterland, das sie noch nie gesehen hatte, verschleiert vom Regen auf der Frontscheibe. Hinein in die halb leeren Straßen des Bankenviertels, die sie kannte, und auf der anderen Seite wieder hinaus in Richtung Osten. Das Gebiet der alten Märkte, wo eine Welle von Einwanderern nach der andern sich niedergelassen hatte, wo sie gebaut und niedergerissen und wieder aufgebaut hatten, um dann weiterzuziehen. Die Romantik des East End und der alten Docklands hatte sie nie ganz verstanden, davon abgesehen, dass sie ein Weg waren, der irgendwohin führte, und als sie die Gegend durch den Regen betrachtete, verstand sie, warum sie jede Generation dazu trieb, sie wieder zu verlassen.

»Hier bin ich aufgewachsen«, sagte Carl. »In einer Zeit, als niemand ganz sicher war, welche Nationalität er hatte oder welche er haben wollte. Der Hauptunterschied war der zwischen Schwarz und Weiß. Es gab so viele Rassen, dass es unmöglich war, Rassist zu sein. Es war ein guter Anfang. Mein Vater war Gebäudereiniger. Ist zum Vorarbeiter aufgestiegen.«

Das war ein Schock. Der Richter hatte einen weiten Weg hinter sich.

»Ist Ihr Vater je wieder nach Hause gegangen?«

»Er hatte kein Zuhause mehr. Er wollte nie zurück und die Ruinen dessen sehen, was sein Zuhause gewesen war.

Berlin war bis auf die Grundmauern zerstört. Er dachte, es werde ihn zornig machen, und das konnte er sich nicht leisten. Das ist etwas, das er mir beigebracht hat. Halte deine Wut trocken, mein Junge. Sonst lässt sie dich innerlich verfaulen.«

Sie vergaß den Weg, und nachdem die Entscheidung einmal getroffen und der Argwohn verdrängt worden war, fühlte sie sich seltsam behaglich auf dem Beifahrersitz, ohne zu wissen, wohin sie gefahren wurde – wie eine Patientin oder wie ein neugieriger Fahrgast in einem Reisebus. Sie konnte nichts tun; sie konnte höchstens sagen, oooh, sieh mal da, und darauf warten, dass sie ankamen. Das Ziel, irgendein Ziel, wurde immer verlockender, als der Regen zu einem Wolkenbruch wurde und auf den Wagen prasselte. Einen Augenblick lang ergriff sie Beklommenheit, als er in eine Tiefgarage einbog, die aussah wie ein Gefängnis, aber sie war beruhigt, als sie sah, dass es dort hell war. Sie folgte ihm eine endlose Treppe hinauf zu seiner Wohnung und unterdrückte das wiederkehrende Unbehagen, als sie dachte, wie clever er doch war. Hier war man schwer zu finden. Ihr war, als betrete sie eine Festung.

Eine komfortable Festung von attraktivem Minimalismus: nur das nötigste Mobiliar, Holzfußböden und Teppiche, genug Unordnung, um es bewohnt aussehen zu lassen, und der Luxus der Stille. Es war kultiviert und ordentlich, und sie fühlte sich besser. Irgendwelche Details nahm sie kaum wahr, nur die kühle Klarheit des Ganzen, den Balkon und die hypnotisierende Gegenwart des Wassers hinter dem großen Fenster. Das genügte ihr. Wenn sie es schlicht als Wohnung betrachtete, hätte Rachel nach Hause fahren, ihre Sachen packen und am nächsten Tag hier einziehen können. Beinahe hätte sie es gesagt.

Er kam aus der Küche und brachte Wein und Oliven, grob geschnittene Würfel von Brot und Käse. Die Arbeit von Minuten. Besser als ein Lunch. Ein einfaches, entspannendes Ritual. Als sie etwas essen konnte, ging es ihr besser. Ebenso bei der Erkenntnis, dass er derjenige war, der sich nervös bemühte, es ihr recht zu machen, und was er zu bieten hatte, waren Reste – sehr nett, aber kaum das, was auf einen großen Plan schließen ließ. Es war nicht ganz das, was er selbst erwartet hatte. Er war es nicht gewohnt, zu Hause Gäste zu bewirten. Er trug keine Ringe an den Fingern. Das Bad, das sie kurz benutzt hatte, war auffallend frei von weiblichen Düften. Der Wein war ihr in den Kopf gestiegen. Hör auf damit, sagte sie sich. Hör ihm zu. Vergiss nicht, wer er ist. Er vertraut dir. Jetzt, da du weißt, wie er lebt, stehen wir auf einer Stufe.

Warum ist er so nett zu mir?

Carl wischte sich die Hände mit einer Serviette ab. »Was ich Ihnen erklären wollte, ist etwas, das Sie vielleicht nicht wissen, aber es erschließt Ihnen eine Menge. Ivy ist …«

»Wenn Sie jetzt schlecht über Ivy reden wollen, vergessen Sie es. Das will ich nicht hören.«

Er atmete geduldig ein.

»Ich wollte sagen, Ivy ist kompliziert. Ich habe meine Frau niemals kritisiert, und schon gar nicht vor einer anderen Frau. Ich musste auf gewisse Eigenschaften, die sie hat, hinweisen, aber das ist nicht dasselbe. Ich kritisiere sie weder vor meinem Sohn noch vor irgendjemandem sonst. Ich sage den Leuten, sie hatte ihre Gründe, und die hat sie immer noch.

Darüber wissen Sie besser Bescheid als ich. Aber ich möchte sehr wohl auf ihre *Unvernunft* hinweisen. Wenn Ivy jemals einen Gott anbeten würde, dann wäre es der große Gott Pan. Oder irgendein wundersames Wesen aus einer mythologischen Welt – Thor oder Diana, die Jägerin. Einen rachsüchtigen Gott jedenfalls, einen, der Macht hat über Leben und Tod. Aber die haben vermutlich alle Götter. Was ich sagen will: Sie hat eine primitive Seele, mit aller Perfektion, die daraus folgt. Konventionelle Moral ist ihr einfach unwichtig.«

Rachel versuchte ihn zu unterbrechen. Aber er sprach weiter. »Das hindert sie nicht daran, der liebevollste, großmütigste Mensch auf Erden zu sein. Aber ihr Kopf ist voll von Bildern, die Sie und ich uns vielleicht nicht einmal vorstellen können. Und sie hat ein binäres Regelsystem. Sie liebt, oder sie hasst. Weiß oder Schwarz ohne Graustufen. Vielleicht, weil sie nie über die Anfangsgründe des Lesens hinausgekommen ist – und nein, ich konnte ihr nicht dazu verhelfen –, hat sie kaum die Möglichkeit zum Analysieren. Es gibt nichts, das eine fixe Idee relativieren könnte. Sie wurde mit Märchen aufgezogen. Liebe, Tod, Rache. Wenn man nicht liest, kann man den Eindruck dessen, was man buchstäblich mit dem Herzen gelernt hat, nicht mehr verändern. Man kann seine eigenen Maximen nicht ändern. Übung macht den Meister, das war eine von ihren. Heute begreife ich, warum.«

»Es gibt auch andere Möglichkeiten, zu lernen und zu analysieren. Zum Beispiel durch Zeichnen und durch Zuhören.«

»Ja, sicher.«

»Sie sagen, Ivy ist dumm und irrational.«

»Nein, das sage ich ganz und gar nicht. Ich sage, sie denkt sehr buchstäblich, auch wenn sie mit Buchstaben nichts anfangen kann. Sie entscheidet sich für ein Gleis und bleibt dann darauf. Sie musste sich erkämpfen, was sie weiß. Sie bleibt bei dem, was sie gut kann. Sie haben recht; natürlich weiß ich nicht, wie sie heute ist, und ich sage überhaupt nur etwas darüber, weil ich nicht möchte, dass Sie riskieren, von Ivy gehasst zu werden. Ihr Hass ist von furchterregender Entschlossenheit, vor allem, wenn er sich gegen sie selbst richtet. Ach, verflixt. Das ist überhaupt nicht das, was ich erklären wollte, auch wenn es vielleicht dazugehört.«

Er ging zu dem Schreibtisch, der das Zimmer beherrschte, und kam mit einer Fotomappe zurück. Er suchte ein paar Bilder heraus.

»Die möchte ich niemandem wünschen«, sagte er. »Es sind keine Urlaubsfotos, aber wenn Sie wirklich dabeibleiben wollen – und Sie können sich zurückziehen, wann immer Sie wollen –, dann müssen Sie wissen, wie meine Tochter Cassie gestorben ist. Nur so kann man begreifen, wer wem was zu verzeihen hat.«

Er setzte sich neben sie. Ihre Haut prickelte, als sei das Meersalz von gestern noch da.

»Polizeifotos. Nur die Umgebung ist ästhetisch. Sie kennen den See. Cassie kannten Sie nicht.«

Nahaufnahmen eines bleichen, toten Gesichts, zur Seite gedreht, Blut in den Nasenlöchern, rotblondes Haar, und ein dreieckiges Mal am Hals. Rachel wollte sich abwenden, und sie sah mit Abscheu, dass er das Foto mit ruhiger Hand halten konnte. Er nahm das letzte Foto weg und legte es mit dem Gesicht nach unten auf den Tisch neben die Reste des Essens. Besorgt beobachtete er ihre Reaktion.

»Es tut mir leid. Ich habe sie schon so oft gesehen, und ein Richter sieht ständig Fotos von Verletzungen. Ich vergesse immer, dass andere Leute nicht daran gewöhnt sind. Eins noch.«

Das Foto zeigte ein ausgeschnittenes Hautstück, glatt gespannt und auf einer grauen Fläche festgesteckt. Dasselbe Mal, braun verfärbt. Ekel und Neugier kämpften gegeneinander. Er zeigte auf das Mal.

»Beweisstück A. Ein Stück Haut vom Hals. Niemand konnte verstehen, warum Cassie ertrunken war. Schön, sie war allein. Ich war verantwortlich, der ungeduldige Vater, der ich war. Halb eingeschlafen, und es war Teezeit. Sie wollte nicht aus dem Wasser kommen. Sam war wütend auf sie, sie verdarb ihm den Nachmittag, und er hatte Hunger. Er ging zum Ufer und warf mit Steinen nach ihr. Mit kleinen Kieseln nur, und er konnte überhaupt nicht zielen. Keine Chance, sie zu treffen. Aber sie schwamm weiter hinaus. Ich schnappte ihn und versohlte ihm den Hintern; ich schrie zu ihr hinüber, sie sollte machen, was sie wollte, verdammt, und dann schleppte ich ihn nach Hause. Er heulte den ganzen Weg. Ich hatte keine Bedenken, Cassie allein zu lassen. Sie würde herauskommen, sobald sie Lust dazu hätte; sie konnte schwimmen wie ein Aal, und der See war ihr Spielplatz. Normalerweise nicht so früh im Jahr, weil es zu kalt war, aber in diesem Mai gab es eine Hitzewelle. Von den Schwänen wusste ich nichts. Ernests kostbare Schwäne, die Nachkommen derer, die er und mein Vater ausgewildert hatten, um die zu ersetzen, die Carl und seine hungrigen

Kameraden Jahre zuvor geschlachtet und gegessen hatten. Auch das eine Geschichte, die immer auf seinem Gewissen lastete.«

Carl der Jüngere sprach immer schneller, als wolle er es abkürzen, ohne etwas auszulassen, und die Sache hinter sich bringen.

»Cassie hatte keine weiteren Verletzungen, und es war niemand sonst beteiligt. Nur dieses Mal an ihrem Hals. Ernest machte die Polizei auf die Schwäne aufmerksam. Es war zu früh im Jahr … sie ist zu nah an das Nest herangeschwommen. Sie fingen die erwachsenen Schwäne ein und machten Schnabelabdrücke. Einer davon passte. Daddy Schwan hatte sie umgebracht. Es dauerte eine Weile, das herauszufinden.«

Er holte tief Luft und fasste sich. Schweiß glänzte matt auf seiner Stirn. Rachel wollte ihn wegwischen. Er schob die Fotos zurück in die Mappe.

»Ivy blieb bei ihrer Mutter, die versuchte, sie zu beruhigen. Es ging einfach nicht. Sam wollte bei ihr sein. Er saß weinend auf ihrem Schoß und erzählte ihr, dass er Cassie im Wasser mit Steinen beworfen hatte. Sie ging an die Decke. Ich nahm Sam mit zurück nach London. Mein Vater lag damals im Sterben. Ich versuchte, sie beide auf meine ungeschickte Art zu trösten und mich selbst im Griff zu behalten. Ich musste um jeden Preis die Kontrolle behalten. Und dann, vierzehn Tage später, als ich von der Polizei schließlich erfuhr, dass die Schwäne für Cassies Tod durch Ertrinken verantwortlich waren, zerriss etwas in mir. Ich fuhr noch in der Nacht hinunter und holte Ernests Gewehr. Er hatte damals eine Erlaubnis dafür, aber er hat es nie benutzt;

immer musste jemand anders das Töten übernehmen, und mein Vater hatte es mir beigebracht, wie Ernest es Ivy beigebracht hatte. Jedenfalls, ich war außer mir. Ich lockte die Schwäne mit Brotkrumen heran und knallte drauflos wie ein Wahnsinniger. Ich schoss sie alle ab.«

Jäh brach er ab. Schob die Mappe von sich und lachte kurz auf, ohne Heiterkeit.

»Ich weiß nicht genau, warum ich Ihnen das erzähle. Es lässt mich sehr viel primitiver aussehen als Ivy. Dumm und bösartig wie ein Richter aus dem 17. Jahrhundert, der den Vorsitz bei dem Prozess und der Hinrichtung eines Tieres führt, wie sie es damals taten. Der das Erhängen eines Schweins verfügt, weil es ein Baby verletzt hat, das rituelle Schlachten einer Ziege, die etwas beschädigt hat. Nie habe ich mich mehr für irgendetwas geschämt. Mehr als dafür, dass ich Cassie allein gelassen hatte. Ich habe die Schwäne gehasst und sie erschossen.«

Rachel schwieg. Sie hätte ihn gern berührt. Er drehte sich zu ihr um, als wolle er sie anflehen, ihn zu verstehen. Und sie glaubte, sie tat es. Sie wollte seine Hand nehmen, aber sie ließ es bleiben. Das Schweigen schien ihn zu erleichtern.

»*Das* wollte ich erklären, weil ich es nie zuvor getan habe. Und auch, weil ich Ihren überaus gutherzigen Plan in eine Perspektive setzen wollte. Ernest nahm die Schuld auf sich. Die Polizei konnte es ihm nachfühlen und unternahm nichts weiter, aber sie nahmen ihm die Erlaubnis für das Gewehr ab. Ich nehme an, jetzt haben sie nur noch Pistolen mit einer Reichweite von einem Meter. Ich denke jeden Tag daran, wenn ich auf dem Richterstuhl sitze. Es ist eigentlich nicht so schwer, Leuten zu verzeihen, nicht, wenn man an meiner Stelle ist. Ich habe nicht nur meine schöne Tochter in Angst sterben lassen, ich habe auch ihren Geist und Ernests Schwäne getötet …«

»Sie sind wieder da«, sagte sie. Er hörte sie nicht.

»Sie sehen, es gibt eine Menge Gründe zur Versöhnung. Mehr, als man bewältigen kann. Und wenn Sie meinen Sohn jemals lange genug sehen sollten, erwähnen Sie niemals, dass er seine Schwester im Wasser mit Steinen beworfen hat. Er ist ein netter Junge; er verdient es nicht, sich daran zu erinnern. Es hatte am Ende mit all dem nichts zu tun.«

Er verwandelte sich wieder in den besonnenen Richter, schnalzte mit der Zunge, schüttelte über sich selbst den Kopf und bat gequält um Entschuldigung.

»Es tut mir *so* leid. Ich habe Ihnen mehr als genug aufgebürdet. Sie sehen blass aus. Das ist nicht fair. Sehen Sie nur, wie spät es schon ist. Ich bringe Sie nach Hause. Die öffentlichen Verkehrsmittel am Sonntag sind miserabel, wenn man von hier wegwill. Ich hätte Sie gar nicht hierher einladen sollen. Erstaunlich, dass Sie es angenommen haben, erstaunlich, dass Sie mir zugehört haben. Ich möchte nicht, dass Sie es bereuen.«

Ja, wollte sie sagen, ich staune über mich selbst, und ich habe kein Problem mit dem, was Sie mir erzählt haben. Ich bin nur völlig baff, weil Sie es mir anvertrauten, und ich bezweifle kein Wort von allem. Ich bin ratlos. Und ich denke, ich habe nichts einzuwenden bei dem Teil der Geschichte, den Sie mir soeben erzählt haben, nur gegen das, was Sie danach taten. Haben Sie Ihren ganzen restlichen Zorn gegen Ivy gerichtet? Musste sie deshalb gehen? Hat Ihr Sohn Angst vor Ihnen? Ich hätte sie. Ivy hatte sie.

Eine Tür schlug zu, jemand kam lärmend in die Wohnung, pfiff, warf etwas hin. Jemand, der bemerkt werden wollte. Ein Tritt ließ die Wohnzimmertür auffliegen, und er kam hereingeschlendert. Er war ein ziemlich schöner Anblick, dachte sie später. Besser als jeder Blick auf den Fluss. Er war groß und langgliedrig, seine Haltung war von eleganter Lässigkeit. Leuchtend blaue Augen, schwarze Jeans und Tanktop.

Sein Blick wanderte über die Szene, vom regennassen Balkon über die halb verzehrten Oliven und die leere Weinflasche zu Rachels Gesicht, ihrer Figur und ihrer Kleidung und bis hinunter zu ihren Füßen. Der Junge und der Mann wechselten einen Blick voll spöttischer Zuneigung, und Sam zwinkerte ihm zu.

»Cool, Dad«, sagte er. »Deine neue Flamme? Wurde auch verdammt Zeit.«

Er ging zu seinem Vater und umarmte ihn kurz. Dann drehte er sich lächelnd zu Rachel um.

»Schön wär's«, sagte Carl. »Sam, das ist Rachel. Rachel, Sam. Sie ist leider nur meine Steuerberaterin. Und kürzlich wurde sie heruntergestuft und nimmt mir jetzt die Beichte ab.«

Sam zuckte in gespielter Verzweiflung die Achseln.

»Schade«, sagte er zu Rachel. »Seit *Jahren* nichts. Ich gebe die Hoffnung nicht auf, aber er kommt nicht rüber. Sie sind mir sehr willkommen. Sind Sie sicher, dass Sie ihn nicht mögen? Wenigstens ein winziges bisschen?«

Rachel musste lachen. Er wirkte ansteckend. Und er hatte die schlanke Gestalt seiner Mutter und Grace' unerhörtes Lächeln.

»Ich will euch nicht stören«, sagte Sam. »Ich verschwinde gleich wieder, für den Fall, dass sich doch noch etwas entwickelt. Kann ich den Wagen haben?«

»Nicht, wenn du getrunken hast.«

»Machst du Witze? Am Sabbat? Ich meine – nein, noch nicht.«

»Kommt darauf an, wohin du fahren willst.«

»West End.«

»Schön. Vorausgesetzt, du bringt Rachel nach Hause.«

Sam sah sie mit festem Blick an und grinste. Sie konnte nicht anders, sie musste zurückgrinsen.

»Cool«, sagte er.

Sie sah Carl an, immer noch grinsend.

»Ich verspreche Ihnen, dass ich unterwegs nicht alle Ihre finanziellen Angelegenheiten offenlege.«

»Nur zu«, sagte Sam. »Ich liebe Klatsch.«

»Ich hoffe nicht«, sagte Carl. »Wir sprechen im Lauf der Woche über unser Treffen, wenn Sie darüber nachgedacht haben. Wenn Sie möchten.«

»Gut«, sagte sie. »Gut.«

Er *vertraut* mir.

14

Sam fuhr den verbeulten Ford, als sei es ein Taxi, und beschwerte sich darüber, dass der Wagen nicht gerade zu seinem Image beitrage. Er kannte jeden Schleichweg und jede Radarfalle zwischen der Isle of Dogs und dem West End. Nicht nur das Tempo, mit dem er den Rand der City erreichte, gab Rachel das Gefühl, alt zu sein, sondern auch seine Zutraulichkeit. Er schwatzte wie die Spatzen im Morgengrauen auf der Midwinter-Farm. Seine Offenheit erinnerte sie an Grace und Ivy; es war, als sei er noch nie auf den Gedanken gekommen, dass jemand etwas gegen ihn haben könnte, und als sei jeder, dem er begegnete, ein potenzieller Freund, der ihm genauso viel Sympathie entgegenbringen würde, wie er es umgekehrt tat. Auf sich selbst konzentriert – wer war das nicht mit neunzehn? –, aber liebenswert, ja, bezaubernd und von ungekünstelter Komik. Sein Profil war wunderschön. Ein seltsamer, unerbetener Gedanke kam ihr in den Sinn: Sie war in Gefahr, sich in die ganze verdammte Familie wenigstens halbwegs zu verlieben.

»Schade, dass Sie Dads Steuerberaterin sind. An einem Sonntag! Bringen Sie ihn dazu, mein Taschengeld zu erhöhen, ja? Er ist richtig geizig. Ich soll lernen, was Finanzknappheit bedeutet, bevor es zu spät ist und ich total verdorben bin. Ich soll ausziehen, damit ich lerne, wie es zugeht in der Welt. Er predigt viel. Ich möchte dableiben, weil ich nicht will, dass er allein ist. Sind Sie sicher, dass Sie nicht bei ihm einziehen wollen? Schade. Was hat er denn so auf der hohen Kante? Nein, antworten Sie nicht. Finden Sie nicht auch, dass Sonntage ewig dauern? Ein Tag fürs Kino. Da findet man zumindest einen Parkplatz. Allerdings nicht am Leicester Square. Haben Sie von dem Typen gehört, der im Krankenwagen umgebracht wurde? Und einer hinter dem Theater. Furchtbar. Wir brauchen gar keine Terroristen, nicht? Wir haben schon welche. Aber vermutlich ist es ein Unterschied, ob es bloß einer ist oder fünfzig auf einmal. Wo wohnen Sie noch mal? Cool. Eine echt coole Gegend zum Wohnen.«

Rachel wurde bewusst, dass sie seit Wochen keine Zeitung mehr gelesen hatte, und sie empfand unbestimmte Scham über den Verlust einer alten Gewohnheit. Aber sie konzentrierte sich auf die Gelegenheit, die sich ihr bot. Sie fand sein Geplapper hinreißend, aber diese Chance würde sie sich nicht entgehen lassen. Carl wusste ganz sicher, dass es entweder Unvernunft oder übermäßiges Vertrauen war, was ihn veranlasst hatte, sie mit seinem herrlich geschwätzigen Sohn allein zu lassen. Vielleicht hatte er es beabsichtigt, vielleicht sogar geplant. So oder so, es machte ihr Spaß, und alles andere war ihr egal.

Als sie über die London Bridge donnerten, sagte sie: »Ich weiß, dass Ihr Vater geschieden ist. Sehen Sie Ihre Mutter manchmal?«

Sam bremste vor der roten Ampel auf der anderen Seite der Brücke. Dahinter sah sie den unvermeidlichen Stau.

Eine Baustellenabsperrung verwandelte die Straße in einen Trichter. Gut. Leute aller Altersgruppen plauderten in ihren Autos. Der Abend wurde noch schön, obwohl die Fahrzeuge vor ihnen noch vom Regen glitzerten. Sie wünschte, sie hätte den Balkon mit der Aussicht auf den Fluss noch nicht verlassen müssen.

»Nein«, sagte Sam und lachte dann. »Sie wollen was über meine Mutter wissen? Cool. Könnte das bedeuten, dass Sie sich doch für meinen Alten interessieren? Läuft das nicht so? Die Szene ausbaldowern? Mal sehen, ob da noch irgendwo Hindernisse lauern? Alte oder neue?«

»Junger Mann, Sie sind äußerst unverschämt«, sagte sie in hochfahrendem Ton und lachte dabei, weil Sam sie zum Lachen brachte. Wie seine Großmutter, wie seine Mutter.

Er schlug auf das Lenkrad, schwenkte dann links ab und fuhr hinauf in die City. Zuversichtlich, sicher und am Rande des Beherrschbaren. Ich würde mich zu Tode sorgen, wenn er mein Sohn wäre, dachte sie. Ich würde mir Sorgen machen, weil er frieren könnte.

Der Verkehr staute sich weiter.

»Na, Sie haben eine Chance«, sagte Sam mit seinem ansteckenden Lächeln. Sein Haar glänzte kastanienbraun. Seine Haut war gelblich. Er würde schnell braun werden, wie seine Großmutter. »Bei Dad ist nämlich niemand im Spiel. Die Ex am wenigsten. Wir haben sie seit Jahren nicht gesehen. Er mag gescheite Frauen, wissen Sie, vorzugsweise blonde. Die sind aber knapp. Junkies erträgt er nicht. Und von meiner Mutter habe ich nur noch in Erinnerung, dass sie versucht hat, mich umzubringen. Und dass sie mir erzählt hat, eines Tages bringt sie Dad um. Sie ist auf einem

Bauernhof aufgewachsen. Vom Töten versteht sie was. Sie ist richtig gut darin. Hat mich gezwungen, schwimmen zu lernen. Sie war komplett durchgeknallt. Hat mich mit Nadeln gestochen. Mich geschlagen. Ich habe zurückgeschlagen. Ich hatte Asthma. Mit neun hatte ich einen harten Schlag. Wussten Sie, dass man mit neun schon zu drei Vierteln ausgewachsen ist? Heute könnte ich es nicht mehr. Ich denke auch nicht gern daran.«

Er schlug sich mit der Faust an die Stirn, eine theatralische Geste, die jede Andeutung von Selbstmitleid neutralisierte und den Eindruck erweckte, als solle das alles nur amüsieren.

»Ich war ein misshandeltes Kind. Kann man's noch sehen?«

»Nicht so, dass man es bemerkt, nein.«

»Schade. Sie hätten sonst vielleicht Mitleid mit mir. Die Leinenjacke ist klasse. Wo haben Sie die her?«

»Camden Market«, sagte sie, und beinahe hätte sie hinzugefügt: Mit deiner Mutter gekauft. Deine Mutter weiß, wo man so etwas findet. Aber sie sagte es nicht. Nicht alle Bemerkungen, die Sam von sich gab, waren geschmackvoll. Er übertrieb und hielt sich für einen Komiker. Sie biss sich auf die Zunge. Sam sah auf die Uhr.

»Kino fängt um sechs an. Nächste Woche fahre ich in Urlaub. Dad hat's spendiert. Waren Sie schon mal auf Kreta? Gegen Semesterende bin ich immer richtig high. Das wird mir fehlen, wenn ich mal arbeite. Mögen Sie Sonntage?«

»Dieser heute hat mir gefallen.«

»Gut.« Er verließ den dichten Verkehr und bog in eine

Nebenstraße ein. »Supi. Dann hat er also *wirklich* eine Chance, ja? Machen Sie sich keine Sorgen wegen meiner Mutter. Die ist längst weg. Hoffentlich bleibt das so. Jedenfalls hat er die Polizei auf die Sache angesetzt.«

Du mieser kleiner Lügner, dachte sie, aber sie dachte es nicht so inbrünstig, wie sie wollte, und ohne dass sie den Instinkt, ihn zu mögen, ganz verdrängen konnte. Dieses Profil, so ganz anders als das seines Vaters. Der Zeichenkurs, der neue Ebenen des Erkennens und Beurteilens eröffnet hatte. Zu viele Informationen an einem einzigen Tag. Der Verkehr entwirrte sich, und sie schossen wie der Blitz durch die Stadt. Sie näherten sich Clerkenwell, Sam schwatzte von dem Film, den er sich ansehen wollte, und was sie davon halte, und Rachel dachte, warum lade ich ihn nicht ein, mit hineinzukommen, vielleicht ist Ivy wieder da, und ich kann sagen, Ivy, das ist Sam, Sam, das ist Ivy, und vielleicht fallen sie einander um den Hals, und er sieht, dass sie nicht so ist, wie er glaubt. Oder was er sich eingeredet hat zu glauben, um sich selbst dramatisch zu stilisieren. Es wird Liebe auf den zweiten Blick sein. Stattdessen fand Sam ihre Straße ohne weitere Erläuterungen, als habe er eine Landkarte von allem im Kopf. Er kenne die Straße, sagte er, weil in der Nähe ein paar wirklich coole Bars seien, und ob sie da schon mal gewesen sei? Nein, sagte sie, aber jetzt werde sie hingehen. Er verabschiedete sie mit einer schwungvollen Verbeugung aus dem lädierten Wagen und donnerte hupend davon. Sie blieb auf dem Gehweg stehen und lächelte.

Der Regen hatte vorübergehend aufgehört, und die schwülfeuchte Wärme kündigte an, dass mehr davon kommen würde. Die Wohnung war leer wie ein ausgeplündertes Grab. Rachel hörte den Anrufbeantworter ab. Ivy wusste, dass ihr das Festnetztelefon lieber war als das Handy. Nichts von ihrem Vater. Eine von Ivy, warmherzig und besorgt. Wie geht's deinem Vater? Vergiss nicht, wir können ihn am nächsten Wochenende mit hierher nehmen, oder am übernächsten. Heute Nachmittag muss ich Dad helfen. Komme morgen mit dem Frühzug zurück, muss dann gleich zur Arbeit, bis dann. Ruf an, wenn du mich brauchst. Kuss.

Rachel war schwindlig von all den Eindrücken. Sie wusste nicht, was sie mit sich anfangen sollte. Der Fluch des Sonntags senkte sich herab. Verwirrung, Furcht, das gewöhnliche Verlangen danach, die kommende Woche zu verdrängen, aufzuräumen, sich vorzubereiten. Sie zögerte, ja, ihr graute davor, dem toten Raum zum Denken ins Auge zu sehen, der jetzt vor ihr gähnte. Die Wohnung erschien auf subtile Weise verändert, als sei ein Wind hindurchgeweht. Sie fand nichts, suchte nach etwas, um ihre Hände zu beschäftigen, und wo hatte sie ihr Handy hingelegt? Wohlverwahrt in ihr Zimmer, statt es herumliegen zu lassen – warum?

Zeit zum Denken. Gefährlich. Ein harter Tag, der Montag, ein Meeting nach dem andern. *Lassen Sie uns über unser Treffen reden, wenn wir nachgedacht haben*, hatte er gesagt. Sie wollte ihn einfach wiedersehen. Sie war eine dumme, leichtgläubige Idiotin, immer am meisten beeindruckt von dem, der zuletzt neben ihr gesessen hatte, und schon oft von Männern düpiert. Sie mochte ihn, das war alles. Und sie irrten sich so sehr, was Ivy anging. Dieser Junge hatte schockierende Dinge gesagt. Allmählich erwachte ihr Misstrauen, und auch das schob sie lieber beiseite. In ihrer klaren, kraftvollen Handschrift schrieb sie eine Liste für die kommende Woche.

Montag, Dienstag – randvoll. Mittwochabend – Zeichenkurs, letzte Sitzung. Scheiße. Ihr Skizzenblock war voll. Hatte doch einen neuen kaufen wollen. Zeichnen war Therapie. Die Bleistifte, die sie benutzt hatte, waren nur noch Stummel, zu klein zum Anspitzen. Sie tat, was sie oft tat: Sie holte die Skizzenblöcke hervor und betrachtete, was sie an den letzten Abenden im Kurs gemacht hatte. Sie sah ihre Fortschritte; sie war immer freier geworden. Ihre Stimmung hellte sich auf, als sie ihre Arbeiten aus dem vergangenen Semester anschaute. Da war der Dödel, da war Ivy, da war alles andere dazwischen. Sie wollte zeichnen; sie wollte nichts hören. Sie hatte kein Papier mehr. Sie wollte *ihn* zeichnen. Das Zeichnen beruhigte sie. Anfangs hatte sie es wegen der endlosen Sonntage tun wollen. Aber es nahm ihr Gehirn ganz in Anspruch und reinigte es.

Das Telefon klingelte. Sie nahm den Hörer ab. Dad, Carl, Ivy, Grace, irgendjemand, bitte.

»Hallo? Ist da Mrs Schneider?«

»Mrs wer?«

Zu spät erkannte sie den Namen. Es gab hier keine Mrs Schneider. Hier gab es Ivy – Ms Wiseman – und sie selbst. Bring deine Namen in Ordnung. Mrs Schneider? Diese Person war Ivy einmal gewesen, aber sie war es nicht mehr. Er meinte Wiseman. Sie antwortete, ohne zu überlegen, und dachte die ganze Zeit an Ivy.

»Nein, sorry. Sie ist im Moment nicht da.«

Dann schlug sie sich die Hand vor den Mund. Genauso gut hätte sie gleich sagen können, dass Ivy hier wohnte.

»Oh, entschuldigen Sie bitte. Sind Sie Miss Rachel Doe? Detective Sergeant Donald Cousins hier.« Im Hintergrund lief ein Fernseher. Eine sonore Stimme vor der Kamera redete über die Lebewesen des Dschungels. »Wir haben uns neulich kennengelernt.«

»Ja?«

Sie erinnerte sich mit flüchtiger Abneigung. Eine unbehagliche Pause trat ein. Der Fernseher leierte weiter eintönig im Hintergrund. Verstört fuhr sie herum; sie bildete sich ein, es sei ihrer. Der dunkle Bildschirm starrte sie an.

»Tja, wenn sie nicht da ist, kann man nichts machen. Wenn sie zufällig zurückkommen sollte, würden Sie ihr dann sagen, ihr Freund Mr Blaker habe sich nach ihr erkundigt?«

»Ihr *Freund?* Mr wer?«

Sie hat keine Freunde. Ihre Hand war glitschig feucht am Telefonhörer. Sie war plötzlich wütend.

»Ich bin nicht der Auftragsdienst«, fauchte sie. »Hauen Sie ab.«

Sie legte auf. Sie war fuchsteufelswild. Man hatte sie wieder hereingelegt. Verdammt!

Dieses Schwein, dieser *Scheißkerl.* Der verfluchte Richter hatte sie und ihre Gefühle benutzt mit seinem Vertrauensgesäusel und all der Scheiße. Ist nett zu ihr und macht ihr was vor mit Essen und Wein und seinem beschissenen *Vertrauen*, und dann geht er hin und gibt einem bescheuerten, beflissenen, schnauzbärtigen Polizisten, der aus irgendwelchen jämmerlichen Gründen Ivy sucht, ihre Telefonnummer – was bildete er sich ein? Irgendwie folgte daraus, dass weder Carl noch sein Sohn dazu fähig waren, ein einziges wahres Wort zu sprechen. Jede verdammte Einzelheit war erlogen und gedeichselt. WOZU? Sie merkte, dass sie das letzte brauchbare Blatt aus ihrem Zeichenblock in immer kleinere Fetzen zerriss, als sie daran dachte, wie Carl sie vor Ivys Hass gewarnt hatte, der *Scheißkerl*, wie Sam ganz beiläufig von mütterlicher Gewalt erzählt hatte, um sich vor einer roten Ampel ein bisschen wichtig zu machen – und sie, die dumme, kinderlose Ignorantin, hatte zugehört und alles geschluckt, als würde sie dafür bezahlt. Sie wollten nur eins: Ivy sollte im Stich gelassen und aufgegeben werden, wie schon einmal, für etwas, das sie nicht getan hatte, wie schon einmal. Als könnten sie die schlichte Tatsache nicht verkraften, dass Ivy so gut und stark, wie sie war, aus der Asche emporgestiegen war und dass sie eine *Freundin* hatte. Sie wollten sie noch einmal begraben, aber sie sollten sich ruhig verpissen, denn daraus würde nichts werden. Daraus würde nichts werden, weil *sie* wusste, was sie wusste, und sie würde sich nicht abbringen lassen von dem, was sie wusste – nämlich, was richtig und gerecht war, was Ivy verdient hatte, was Grace sich wünschte.

Als Cassie ertrank, hatte Carl ein Kind verloren. Ivy hatte alles verloren.

Rachel wanderte auf und ab. Sie wollte mit jemandem reden, aber niemand war da. Sie wollte zum Hörer greifen und Carl anschreien. Stattdessen wählte sie unter der 1471 die Auskunft, mit deren Hilfe sich der Anrufer zurückverfolgen ließ, und notierte sich Donald Cousins' Nummer. Dann setzte sie sich hin, nahm den vollen Skizzenblock auf den Schoß und blätterte die Seiten um. Sie hatte Ivy im letzten Semester ein paarmal gezeichnet, und diese Woche würde sie es wieder tun. Sie hatte ein überwältigendes Bedürfnis zu kritzeln, es drängte sie, Graffiti in die Wände zu ritzen und sich auf irgendetwas zu konzentrieren, um einen klaren Kopf zu bekommen. Der Akt des Zeichnens an sich hatte diese befreiende Wirkung, ob sie es gut oder schlecht machte. Sie wollte zeichnen, was ihr im Kopf herumspukte: schlängelnde Gestalten, schlüpfrige Frettchen, Ratten, Schwäne. Etwas Besseres hatte sie nicht zu tun, aber sie hatte das letzte Blatt Papier zerrissen, und ihre Bleistifte waren Stummel.

Ivy hatte immer Bleistifte und Papier. Sie benutzte nie etwas anderes, immer nur Bleistifte. Und Ivy war immer bereit, das wenige, das sie hatte, zu teilen. Sie würde ihren letzten Penny hergeben. Rachel ging in Ivys Nest und suchte nach der pinkfarbenen Mappe, in der Ivy Bleistifte und Papier aufbewahrte.

Das Zimmer war aufgeräumter als beim letzten Mal, als sie es gesehen hatte. Sie sah Spuren von Haftstreifen, wo Ivy ihre Skizzen von der Wand genommen hatte, um sie durch das Poster mit *Leda und der Schwan* zu ersetzen. Die Mappe schaute unter dem ungemachten Bett hervor. Rachel wollte anfangen, das Oberbett glatt zu streichen, eine automatische Reaktion wie die, alles aufzuheben, was am Boden lag. Über diesen Instinkt des beiläufigen Aufräumens hatte Ivy sich lustig gemacht. Was herunterfiel, ließ Ivy liegen, bis sie es brauchte. Rachel bremste sich. Wie Ivy ihr Zimmer und ihr Bett hinterließ, war ganz allein ihre Sache. Rachel hatte ihr dieses Zimmer gegeben, und es gehörte ihr. Sie zog die Mappe heraus, öffnete sie und suchte darin nach Bleistiften und Papier. Mehr wollte sie nicht. Dem Drang, sich den Rest anzusehen, würde sie immer widerstehen. Es wäre, als läse sie fremde Post. Mitten in ihrer langsamen Suche sah sie Sam vor sich, wie er die an seinen Vater adressierten Briefe von Grace zerknüllte und zurückschickte. Sie konnte sich vorstellen, dass er so etwas tat.

In dem Durcheinander in der Mappe waren keine Bleistifte. Rachel setzte sich auf das Bett; sie war plötzlich unglaublich müde. Unter dem Oberbett war ein Klumpen, und sie hörte das Knistern von Plastik. Sie sprang auf und schlug die Decke zurück. Hoffentlich hatte sie sich nicht auf etwas Zerbrechliches gesetzt. Sie sah eine Plastiktüte mit der Aufschrift eines Geschäfts, das sie nicht kannte, und sie schaute hinein, um zu sehen, ob sie etwas kaputt gemacht hatte. Sie sah einen Inhalator und zwei kleine braune Tablettenfläschchen, in ein Taschentuch eingeschlagen. Sie hielt eins der Fläschchen ans Licht. Verschreibungspflichtige Tabletten, das weiße Etikett fast abgerieben vom Kontakt mit dem Stoff seiner Manteltasche, aber der Name ihres Vaters war noch lesbar.

Das Zimmer drehte sich um sie herum. Sie legte die Plastiktüte zurück.

Donald Cousins dachte bei sich, dass es vielleicht doch nicht so clever gewesen war, Rachel Doe anzurufen, und er versuchte immer noch herauszufinden, warum er es getan hatte. Vielleicht, weil er an einem Sonntagabend allein zu Hause war; die ganze Bande war drüben bei seiner Schwiegermutter, er langweilte sich, und Blaker ging ihm nicht aus dem Kopf. Obwohl er jetzt mehrere Stunden mit dem Mann verbracht hatte, war es ihm nicht gelungen, ihm eine für seine Ermittlungen relevante Frage zu stellen. Er hatte den Mut dazu nicht aufbringen können. Nachdem Blaker ihm erzählt hatte, dass er HIV-positiv sei, war es ihm grausam vorgekommen, etwas anderes zu tun, als mit ihm in Temple Gardens in der Sonne zu sitzen und zu plaudern, als wäre der Garten wirklich öffentlich und als gehörte er ihnen. Sehr privat, besser als Embankment Gardens, befand Blaker. Donald bezweifelte nicht, dass es stimmte, was Blaker über seine HIV-Infektion gesagt hatte: Niemand posaunte sein eigenes Todesurteil durch die Gegend, wenn er nicht wirklich Aufmerksamkeit haben wollte, und Donald glaubte nicht, dass Blaker an dieser Art von Aufmerksamkeit etwas lag. Überprüfen konnte er es trotzdem, und es gab dem Fall durchaus eine zusätzliche Dimension. Was hatte dieser arme Hund zu verlieren, wenn er einen Richter bedrohte, ob in seinem eigenen oder im Namen eines anderen? Er hatte ein kurzes Leben vor sich, die großen Risiken lagen hinter ihm, und das Spiel war verloren, ganz gleich, wie lange es noch dauerte, bis der Sensenmann seine Schulden einforderte. Er konnte straflos drohen und sogar morden; wie wollte man ihn noch bestrafen, nachdem das Schlimmste schon passiert war? Nein, er hatte Blaker nicht gefragt, ob er Internetcafés besuchte, um einem Richter bebilderte Drohungen zu senden. Das würde Blaker ihm vielleicht irgendwann von selbst erzählen. Einstweilen plauderten sie über Blakers alte Freunde und die wechselhafte Geschichte Sohos. Blaker sah aus wie sechzig und war kaum vierzig. Donald konnte von Glück sagen.

Sie war eine tapfere Lady, diese Mrs Ivy Schneider, die einen HIV-positiven Mann umarmte und sich mit ihm anfreundete. Blaker hatte die Diagnose vor drei Jahren bekommen, vor Antritt seiner letzten Gefängnisstrafe. Ivy sagte, ich soll mich testen lassen, erzählte er. Als ich erfuhr, dass ich positiv war, umarmte sie mich. Zu mehr ist es aber nie gekommen. Ich schätze, sie hätte mich auch gevögelt, nur um was zu beweisen, aber sie kennt meine Präferenzen. Große, dunkle Kerle, die wissen, wo man hingeht. Das Behindertenklo im Starbucks – da ist mehr Platz. Donald wusste, dass er im Grunde kein Bürger der wirklichen Welt war. Er gehörte in die Vororte. Bildete sich ein, über London Bescheid zu wissen, aber das stimmte nicht. Er kannte es nur, wie es einmal war, aus den Seiten der Geschichtsbücher, die ihm sagten, es sei immer schon eine Höhle des Lasters und der Freuden gewesen, nicht immer zu gleichen Teilen, und nicht alle, die sich dort hingezogen fühlten, überlebten es.

Die neue Dimension, die durch Blakers Aidsrisiko hinzukam, war ein zusätzliches Interesse an Ivy Schneider oder Wiseman, einfach weil es ihr Mitgefühl verstärkte. Sie komme ein- oder zweimal in der Woche in die Berwick Street, sagte Blaker, oder nach Embankment Gardens, nicht zu bestimmten Zeiten, auf dem Weg zur Arbeit, was immer sie gerade machte, oder auf dem Heimweg. Und es gebe da etwas, das er ihm über diese Frau erzählen wolle – nämlich dass er sich ihrem wiedergewonnenen Status zum Trotz verzweifelte Sorgen um sie mache, um sie und um das, was sie vielleicht tun werde. Das alles bedeutete, dass Donald die Ivy-Connection nicht ignorieren konnte; zumindest verschaffte es ihm einen Vorwand, seine nutzlosen Ermittlungen noch um ein paar Sommertage zu verlängern, indem er sie einbezog. Er konnte sich nicht denken, dass eine vor so langer Zeit geschiedene Frau, die freiwillig und absichtlich keinen Kontakt zu ihrem entfremdeten Sohn unterhielt, für den guten Richter wirklich eine Bedrohung darstellen sollte, aber Blaker hatte gesagt, sie hasse den Mann. Also sollte er mit ihr reden. Vielleicht war er mit Blaker auf dem falschen Dampfer, und die Drohungen kamen in Wirklichkeit von ganz woanders, und vielleicht wusste sie etwas darüber. Sie würde etwas über die ferne Vergangenheit wissen, nicht über die nahe liegende Gegenwart.

Nachher erinnerte er sich, wie er hastig mit Rachel Doe bekannt gemacht worden war – *eine gute Freundin meiner geschiedenen Frau* – und wie der Richter verschlagen darauf bestanden hatte, dass dieses schöne Mädchen, das ihn mit so unverhohlener Verachtung angesehen hatte, nicht wisse, wo besagte Exfrau wohne. Ach nein? Was war denn das für eine gute Freundin? Jetzt war ihm bei dem Gedanken an den Anruf wieder wohler. Ein brillanter Schachzug, ein Impuls, der sich gelohnt hatte. Natürlich hätte er auch in der Berwick Street herumlungern und darauf warten können, dass die große Frau wieder auftauchte, aber er hatte die Gegend satt. Nicht, dass die Kenntnis ihres Wohnsitzes sofort bedeutet hätte, dass er auch Kontakt zu Ivy Wiseman hatte, aber es war doch ein Anfang und verhalf ihm zugleich zu einem Szenenwechsel.

Es hielt ihn davon ab, sich um seinen verwelkenden Garten zu kümmern, eine häusliche Pflicht, die er verabscheute, die aber gleichwohl kategorisch zu den seinen gehörte. Ich mache das Haus, du machst den Garten, sagte seine teure Gattin, und sie war liebenswürdig genug, um nicht allzu streng darauf zu bestehen. Snaresbrook war eine nette Wohngegend in bequemer Nähe zur Central Line, der U-Bahn, die geradewegs ins Herz der City fuhr und es unterirdisch durchteilte. Wenn er aus ihr heraufkam und blinzelnd wie ein Maulwurf die vergiftete Luft atmete, die er bevorzugte, fragte er sich, wie jemand so blöd sein konnte, zu glauben, dass die Londoner sich durch Bomben davon würden abbringen lassen. Was sie sich gegenseitig oben auf der Straße antaten, war viel erschreckender.

Eine weitere Sonntagsaufgabe war es, die Zeitungen zu lesen und sich auf den neuesten Stand zu bringen – sowohl was das Treiben in der Welt im Allgemeinen als auch das seiner Kampfgefährten anging. Täglich herausgegebene Polizeiberichte mit allen Einzelheiten ungelöster und unlösbarer Fälle. Sie bemühten sich ständig, beim Identifizieren von Terroristen immer besser zu werden, und infolgedessen wurden sie in allem andern immer schlechter; der Vorrat an Experten war nicht unerschöpflich. Computerkenntnisse waren verlangt, weit fortgeschrittener als seine eigenen. Gut. Lasst mich in Ruhe. Lieber gehörte er zum alten Eisen, statt mit einer rauchenden Pistole draußen herumzulaufen.

In den Berichten, die jetzt zu ihm nach Hause gemailt worden waren, las er von neuen Kreditkartenbetrügereien, exotischen Diebstählen und ungeklärten Mordfällen. Bei der Fahndung nach dem Täter, der den Verletzten im Krankenwagen stranguliert hatte, war man nicht weitergekommen; man vermutete lediglich, dass der Fall mit einem albanischen Bandenkrieg zusammenhängen könnte.

Tja, vielleicht. Niemand wollte so genau wissen, ob das alles hausgemacht war. Er las von einem Mann, der in einem

Büro Bleichmittel getrunken hatte, und von einem anderen Mann, der in einer Autogrammjägerschlange erstochen worden war. In keiner Richtung gab es irgendwelche Fortschritte, und angenehm war nur das überwältigende Gefühl der Erleichterung darüber, dass er nicht zu der Nachtschicht gehörte, die diese Toten aufgefunden hatte.

Beklemmend schlich sich die Nacht wie ein Dieb in den Tag und wieder zurück und nahm ihre Geiseln im Schutze der Dunkelheit. Es wurde kühler, als er so in seinem ungepflegten Garten saß. Er hoffte, sie würden alle bald nach Hause kommen, und hoffte zugleich, sie würden es nicht tun. Er war dankbar für den Nachmittagsregen, der ihm das Blumengießen abgenommen hatte. Es war noch früh; sie konnten noch Stunden auf sich warten lassen, seine geliebten und so oft unzufriedenen Töchter und ihre Mutter, die so gern unterwegs war.

Der Zorn einer Frau … Nachtschichten. War jemandem aufgefallen, dass diese nicht zusammenhängenden Todesfälle, zwei Morde und ein scheinbarer Selbstmord, sich alle um die gleiche Tageszeit ereignet hatten? Große Körperkraft war nicht erforderlich – zwei heimtückische Morde, mit dem Messer, mit einer Garrotte, das konnte eine Frau gewesen sein.

Komm schon, Mann, das ist kaum ein Zufall, getötet wird meistens im Schutze der Dunkelheit, es sei denn, es geschieht im Namen des Krieges. Wie behaglich, in der Sicherheit des eigenen Gartens darüber nachzusinnen. Das ganze Problem bei seinen eigenen Ermittlungen bestand darin, dass der Richter ihm nur die Hälfte erzählte. Die andere Hälfte kannte er vielleicht gar nicht.

Der Richter, befürchtete Donald, litt an einem ungesunden Glauben daran, dass die menschliche Natur in ihrem Wesen gut sei und dass jedermann eine zweite und dritte Chance verdient habe. Er sah so aus, und er fällte milde Urteile. Auf die Drohungen, die er erhalten hatte, reagierte er nur, um seinen Sohn zu schützen. Im Grunde glaubte er nicht, dass irgendjemand, von einem religiösen Fanatiker abgesehen, einen persönlichen Hass lange genug, vielleicht über Jahre hinweg, hegen konnte, weil er selbst dazu nicht imstande war. Er würde nicht einsehen, welchen Sinn das haben sollte – so, wie sein Vater auch nicht über den verlorenen Krieg gegrübelt hatte.

Seit seinem Zusammentreffen mit Blaker hatte Donald widerwillig ein paar Nachforschungen über Ivy Schneider, geborene Wiseman, angestellt, und sie hatte seine Fantasie gefangen genommen. Er kannte das Datum ihrer Hochzeit vor mehr als zwanzig Jahren und das Todesdatum ihrer Tochter Cassandra. Er wusste, wo Ivy geboren war. Er wusste, dass sie mit Ende zwanzig, Anfang dreißig straffällig geworden war – mit Bagatellsachen wie Drogenmissbrauch, Behinderung des Fußgängerverkehrs und dergleichen mehr. Keine Diebstähle, keine Betrügereien. Er wusste, dass sie sich gebessert und rehabilitiert hatte und die Freundin eines HIV-positiven Losers geblieben war, und das steigerte seine Achtung vor ihr. Und bei ein paar Telefonaten am Abend hatte er erfahren, dass die Wisemans in Kent einen Bauernhof mit Pension betrieben, und abgesehen von dem Unfalltod des Kindes war nichts Nachteiliges über sie bekannt. Erst vor Kurzem war die Polizei auf sie aufmerksam geworden, und zwar am Rande einer ganz anderen Sache: Ein junger Mann aus London, der ein paar Tage als Pensionsgast auf der Midwinter-Farm verbracht hatte, war verschwunden und dann als Wasserleiche an der nahe gelegenen Küste gefunden worden. Nach allen Zeugenaussagen sah man ihn zuletzt im örtlichen Pub, wo er sich zusammen mit Ivy Wiseman und ihrer Mutter Grace betrunken hatte, bevor er nach London zurückgefahren war. Man hatte drei Wochen gebraucht, um ihn zu identifizieren.

Donald wusste nicht, warum ihm das Kopfzerbrechen bereitete. Täglich verfolgte ihn die Vorstellung, eine seiner Töchter könnte eines Tages das Haus verlassen und nicht mehr zurückkommen. In London gab es jede Menge Leute, die aus gutem Grund an so etwas dachten. Aber nicht zu wissen, was passiert war und warum es passiert war, das war die Hölle.

Langsam dämmerte ihm, dass er sich womöglich diesen verdammten Bauernhof würde ansehen müssen, und sei es nur, weil die Tochter dort ertrunken war; diese Verbindung war Grund genug, um den Zeitaufwand in seinem Abschlussbericht zu rechtfertigen. Donald hasste das Ländliche, aber bei diesem Wetter konnte ein Tag dort draußen ganz nett werden.

Das Klingeln des Telefons drang zu ihm hinaus in den Garten, und er schlenderte ins Haus, ohne sich zu beeilen. An einem Sonntagabend konnte es außer seiner eigenen Arbeit nichts Dringendes geben.

»Hallo?«

»Rachel Doe. Sie haben mich angerufen.«

Er war überrascht. »Ja. Und Sie haben gesagt, ich soll abhauen.«

Darauf ging sie nicht ein. »Ich möchte wissen, warum Sie mit Mrs Schneider sprechen wollen – und sie heißt *Wiseman*. Sie können nicht einfach aus heiterem Himmel anrufen und wissen wollen, wo jemand ist … Warum wollen Sie das wissen?«

Es hörte sich an, als habe sie geweint. »Ich muss es wissen«, sagte sie, und ihre streitbare Stimme wurde brüchig. »Und ich muss wissen, wer Ihnen meine Nummer gegeben hat, verdammt. Das ist unerhört. Sie haben kein Recht dazu. Der verfluchte Carl hat sie Ihnen gegeben, stimmt's. Er hatte kein Recht dazu.«

Donald holte tief Luft. Gott schütze mich vor heulenden Weibern, hatte irgendein König gesagt.

»Er hat es nicht getan, Miss Doe. Ich kannte Ihren Namen, und Ihre Nummer steht im Telefonbuch, wenn Sie es genau wissen wollen. Und ich wusste nicht, dass die Dame in Ihrer Wohnung verkehrt, bis Sie es mir bestätigt haben.«

Erst nach einer Pause sprach sie wieder, entschlossener jetzt, halb aggressiv, halb flehentlich.

»Ich *muss* wissen, was Sie von ihr wollen. Was soll sie getan haben?«

Noch einmal atmete er tief durch. Sie war eine beruflich erfolgreiche Frau, gut gekleidet, gut etabliert, erinnerte er sich. Er sah schon eine Beschwerde hereinflattern. So etwas würde seiner ohnehin beeinträchtigten Karriere nicht gut tun. Verletzung der bürgerlichen Freiheitsrechte, Einbruch in die Privatsphäre, bla, bla, bla. Er antwortete hastig und versöhnlich.

»Natürlich nichts, Madam, absolut nichts. Gar nichts. Im

Gegenteil, nach allem, was ich über sie weiß, scheint sie eine gutherzige Frau zu sein. Es geht nur darum, dass wir« – es war besser, sich immer hinter dem »wir« zu verstecken –, »dass wir in einer völlig anderen Angelegenheit ermitteln, die … bei der …« Jetzt fing er an zu stottern. Der Jargon ließ ihn im Stich. Das tat er immer, wenn er zu Hause war.

»Hören Sie, Miss Doe, es war ungehörig von mir, Sie anzurufen. Wir ermitteln *nicht* gegen Mrs … Wiseman. Wir ermitteln gegen einen Bekannten von ihr, aus der fernen Vergangenheit, nehme ich an, und ich hatte gehofft, sie könnte uns helfen. Das ist alles.«

»Oh.«

Nach einer kurzen Pause fuhr sie noch etwas zuversichtlicher fort.

»Und was soll dieser Mensch getan haben? Warum sollte Ivy Ihnen da helfen können?«

»Darüber darf ich Ihnen leider nichts sagen, Madam. Nur, dass es nichts besonders Schwerwiegendes ist.«

»Aber schwerwiegend genug, dass Sie versuchen, sie an einem Sonntagabend zu finden?«

»Die Polizei kennt keine festen Arbeitszeiten, Miss Doe. Sonntagabends trifft man die Leute eher zu Hause an.«

»Das hier ist nicht ihr Zuhause. Ich habe keine Ahnung, wo sie ist. Sie hat hier gewohnt, aber sie tut es nicht mehr.«

Das kam zu hastig, um wahr zu sein, aber es war aufschlussreich. Egal. Die Aussicht auf eine Beschwerde trat in den Hintergrund. Er riskierte, sich ein kleines Stück weiter hinauszulehnen.

»Könnten Sie mir sagen, wo sie arbeitet? Dann könnte ich sie vielleicht finden. Es drängt nicht.«

»Wo sie arbeitet? Niemand arbeitet wie Ivy. Sie arbeitet überall. Im West End, in der City. Nachtschichten, als Putzfrau, Modell, alles Mögliche ...« Es entging ihm nicht, dass sie es mit Stolz sagte. Dann kam wieder eine Pause. Er wartete, bis sie zu Ende war.

»Warum haben Sie gesagt, sie *scheint* eine gutherzige Frau zu sein?«

Er dachte darüber nach.

»Weil sie sich auffallend liebevoll gegen den Mann verhalten hat, der im Blickpunkt unserer Ermittlungen steht, und glauben Sie mir, Miss Doe, er ist nicht gerade jemand, den ein normaler Mensch gern anrühren würde.«

Nachtschichten.

»Danke.« Sie klang ungeheuer erleichtert. »Wenn ich Ivy sehe, werde ich mir überlegen, ob ich ihr Ihre Nachricht ausrichte.«

Ivy war der gutherzigste Mensch, den sie je kennengelernt hatte. Daran musste sie immer denken, ermahnte Rachel sich.

Aber warum hatte sie *das* dann getan?

Was getan? Sicher waren die Tabletten aus der Tasche gefallen, als sie seinen Mantel auf das Bett geworfen hatte. Aber er bewahrte sie nie in einem Plastikbeutel auf, denn er wollte sie jederzeit griffbereit haben. Er wollte sie immer berühren können.

15

Rachel konnte immer nur an ihren Vater denken. An seinen Mantel und seine Medikamente.

Sie rief ihn an, nur um seine Stimme zu hören und ihm Gute Nacht zu sagen. Er klang verschlafen und wollte sich nicht unterhalten. Dann zeichnete sie sein Gesicht, so gut sie es aus dem Gedächtnis konnte, auf die Rückseite einer anderen Zeichnung. Sie versuchte, sich die entscheidenden Einzelheiten vor Augen zu rufen, aber seltsamerweise legte sich immer wieder Carls Gesicht über die alten Züge. Sie benutzte einen Bleistiftstummel, und als er abbrach, fing sie an zu weinen.

Sie blieb lange unter der Dusche, schrubbte sich, bis sie rosig glänzte, um den Gifthauch des Tages von sich abzuwaschen, und dann ging sie ins Bett.

Nichts hatte sich im Laufe dieses Tages geändert, nichts. *Es muss ein Irrtum sein. Dads Medikamente wurden ihm nicht in der U-Bahn aus der Tasche gestohlen; sie sind herausgefallen … aber wie?*

Erschöpft versank sie in einen unruhigen Schlaf. Nichts würde an dem, was am Montag passieren würde, etwas ändern. Es gab immer die Arbeit, und ohne sie gab es kein Leben. Sie wünschte, sie wäre von diesem schnurgeraden

Gleis nicht abgewichen, wäre immer noch die arbeitsbesessene, einsame, pedantische Langweilerin, die sie noch vor einem Jahr gewesen war. Träume drängten sich dazwischen, stupsten sie wach. Diesmal waren es schnüffelnde Ferkel; sie saugten an den Zitzenreihen einer Mutter, die von Gitterstangen gehalten wurde, damit sie sie nicht erdrücken konnte. Eine Ratte schlich sich dazu. Jemand legte ihr die Hand in den Nacken. Die Hand war kühl und trocken, beruhigend, und sie tastete unter ihrem langen Haar nach dem Puls. Das hatte ihr Vater auch einmal getan. Ein leises Schlurfen in der Dunkelheit, ein Rascheln, und dann das Klicken ihrer Zimmertür, die sich leise schloss.

Ihr fiel ein, dass sie vorn sämtliche Fenster offen gelassen hatte. Dies war nur der erste Stock, leicht zu erklettern, und ständig wurde in der Nachbarschaft vor Einbrechern gewarnt. Vielleicht hatte sie nicht einmal den Schlüssel in der Wohnungstür zweimal im Schloss herumgedreht; das tat sie jetzt nie mehr, seit Ivy da war. Aber Ivy war weit weg, Ivy war nicht hier. Hier war niemand. Wenn Ivy in die Nacht hinausrief, war immer jemand da. Rachel wiederholte ihren Namen laut, immer lauter, vorwurfsvoll, weil sie nicht da war. *Ivy! Ivy! IVY!*

Die Tür öffnete sich leise. Ivy stand da, barfuß in einem langen T-Shirt, umrahmt vom matten Licht aus einem anderen Zimmer, und sie kam auf sie zu, aus dem Licht in die Dunkelheit, und flüsterte beruhigend.

»Was ist denn? Was ist? Ich bin's doch nur. Kann ich hereinkommen?«

Ja. Alles, jeder. Bitte. Jeder war besser als niemand. Starr vor Angst lag Rachel da. Ivy war sachlich.

»Hör zu«, sagte sie, »ich wollte dich nicht wecken, aber jetzt, wo du wach bist, muss ich dir etwas erzählen. Wir könnten auch bis zum Morgen warten, aber es ist ja schon gleich Morgen.«

»Ich dachte, du bist noch nicht wieder da. Ich dachte …«

»Dass ich erst später zurückkomme? Ich bin hier. Gott sei Dank bin ich jetzt hier. Du hast geträumt. Darf ich hereinkommen?«

Rachel drehte sich um und sah Ivys Profil im Licht aus dem Korridor. Ihre Hand lang schützend an der Tür, und auf ihrem Gesicht glänzten Tränen. Ein kühler Luftzug kam vom Fenster. Ihr war heiß gewesen, sie war verschwitzt, aber jetzt fror sie. Sie vergrub das Gesicht im Kopfkissen und roch den Duft von frischer Seife. In ihrem Nacken juckte es. Sie hörte den Regen draußen, und es fröstelte sie. Sie war nackt; das Oberbett war auf den Boden gerutscht. Ivy hob es auf und deckte sie zu. Dann streifte sie ihr T-Shirt über den Kopf, glitt zu Rachel ins Bett und stopfte die Decke um sie beide fest. Sie lagen wie zwei Löffel. Ivy hielt sie im Arm; ihr Körper schmiegte sich an Rachels Rücken, ihre Brüste drückten sich an Rachels Schulterblätter, ihr Kinn lag auf Rachels Kopf. Rachel erstarrte und entspannte sich dann langsam wieder. Die plötzliche Wärme und das Gefühl von Geborgenheit waren sehr verführerisch. Sie lag ganz still da und wagte nicht, sich zu bewegen. Noch nie waren sie so intim miteinander gewesen, noch niemals nackt. Umarmungen und Küsschen zur Begrüßung, entspanntes Zusammensein, Fußmassagen am Ende eines langen Tages – aber nie hatten sie zusammen im selben Bett gelegen, Haut an Haut. Sie fragte sich, warum nicht.

Es war schön. Sie brauchte es; sie wollte es nicht, würde es vielleicht nie wieder wollen, aber es war schön.

»So hat Grace mich immer beruhigt«, sagte Ivy. »Sie nennt es die menschliche Zwangsjacke.«

»Da war jemand hier«, sagte Rachel. Die Wirklichkeit kehrte zurück. Die Erinnerung an ihre letzten Gedanken, bevor sie in diesen furchtbaren Schlaf versunken war. Sie hatte an ihren Vater gedacht und daran, wie es sein mochte, neben Carls verlockender Gestalt einzuschlafen. Sie hatte seine schwere männliche Hand an ihrem Hals gespürt. Sie sollte sich schämen.

»Nein, Schätzchen. Da war niemand. Nur ich. Höchstens vielleicht ein Geist auf der Flucht vor dem Regen. Geister mögen keinen Regen.«

Das also war es. Ivy war eine Mutter, sie handelte wie Grace, die menschliche Zwangsjacke, die mit ihrer Wärme alles in Ordnung brachte, und folgte demselben Instinkt wie sie, um mit ihrem ganzen Körper für jemanden zu sorgen.

»Was wolltest du mir erzählen?«

»Ich will dir erzählen, was ich glaube, was mit deinem Vater passiert ist.«

Rachel rührte sich und presste ihren Kopf tiefer ins Kissen. Ivys Gewicht drückte sie nicht; sie konnte sich bewegen, wie sie wollte, sie wartete, atmete schwer. Ivy hatte geweint, und sie sprach deutlich und drängend.

»Ich glaube nicht, dass ihm jemand auf der Heimfahrt in der U-Bahn die Taschen ausgeräumt hat. Ich glaube, er hat alle seine Sachen hiergelassen, in meinem Zimmer. Sie müssen aus seiner Manteltasche gefallen sein. Ich habe seinen

Mantel in mein Zimmer gebracht, damit er nicht im Weg ist, weißt du noch?«

Rachel schwieg. Sachen fielen nicht einfach aus einer Tasche, nicht aus der tiefen Manteltasche ihres Vaters, nicht solche kostbaren, lebensrettenden Gegenstände. Trotzdem empfand sie große Erleichterung, weil Ivy darüber redete und nichts verheimlichte, weil es nichts zu verheimlichen gab. Weil Ivy das Thema zur Sprache brachte, bevor sie es tat, und weil sie nicht zugeben musste, dass sie ihr Zimmer durchwühlt hatte. Weil sie nichts von ihrem Misstrauen erzählen musste, das der letzte Höhepunkt eines Tages voller Verrat gewesen war. Ivy schien die leichte Veränderung in Rachels Körper zu spüren. Sie bewegte die Hand, schob Rachel sanft das Haar aus dem Gesicht, strich es zurück. Auch das fühlte sich schön an.

»Ich habe sie gefunden, ich glaube am Freitag. Du kennst das Chaos in meinem Zimmer. Habe mir nichts dabei gedacht. Es hätte mir einfallen müssen, als du sagtest, er habe angerufen und sei krank, aber ich habe den Zusammenhang nicht gesehen und nicht nachgedacht, und deshalb fiel es mir erst irgendwann gestern Nachmittag ein, weil ich mir Sorgen um ihn gemacht habe. Darum bin ich zurückgekommen. Ich dachte, angenommen, Rachel findet die Medikamente, weil sie vielleicht irgendetwas anderes sucht – was würdest du dann denken?«

»Ich gehe nicht in dein Zimmer«, log Rachel.

Sie sah das Wohnzimmer vor sich, wie sie es verlassen hatte. Hatte sie alles weggeräumt? Normalerweise ja, selbst betrunken, besonders dann. Sie war nicht vom Wein betrunken gewesen, sondern von etwas ganz anderem, zum

Beispiel von dem Entsetzen über das, was sie gefunden und wieder zurückgelegt hatte, und darüber, dass sie sich nicht genau erinnern konnte, was sie getan hatte. Sich nicht erinnern zu können machte ihr Angst.

»Aber wenn du es getan hättest«, sagte Ivy und strich ihr weiter über das Haar, »und wenn du die Medikamente deines Dads gefunden hättest, dann könntest du vielleicht – nur vielleicht – vermuten, dass ich sie genommen habe. Und mir vorzustellen, dass du so etwas denken könntest, das konnte ich nicht ertragen. Ich konnte es wirklich nicht ertragen.«

»Weshalb um alles in der Welt sollte ich so etwas denken? Nein.«

Sie log schon wieder. Denn genau das hatte sie gedacht. Darum lag sie jetzt hier, starr und steif.

»Warum du es denken solltest? Weil er gemein zu mir war und weil ich früher ein paar ziemlich bösartige Sachen gemacht habe. Weil es ganz *natürlich* wäre, mich zu verdächtigen. Ich bin unberechenbar, das weißt du doch. Man wirft mir vor, ich hätte meinen eigenen Sohn misshandelt. Mein Gott, sie haben mir sogar vorgeworfen, ich hätte die Katze umgebracht. Es ist also genau das, was ich auch tun würde, oder? Etwas derart Bösartiges. Junkies machen so was.«

Ivy fing an zu weinen. Eine dicke Träne fiel auf Rachels Stirn. Ihr Schluchzen war unerträglich. Rachel schämte sich und wusste nicht, was sie sagen sollte. Ivy stützte den Kopf auf die Hand und wischte sich die Tränen ab.

»Entschuldige. Es geht hier nicht um Selbstmitleid. Es geht um deinen Dad. Er muss wissen, dass er in der U-Bahn keinem Taschendieb zum Opfer gefallen ist, denn sonst wird er nie mehr mit der U-Bahn fahren. Er wird nie mehr herkommen, und er ist jetzt schon viel zu isoliert. Du willst doch, dass er wiederkommt; er ist dein Vater. Es wäre schrecklich, wenn er denken müsste, dass überall Diebe sind; das denkt er ja sowieso schon. Das ist nicht fair, weil es nicht wahr ist. Er hätte ausgeraubt werden können, aber nicht wegen seiner Pillen.«

Ihre Stimme klang wieder beherrscht, warmherzig und fürsorglich. *Sie scheint mir eine gutherzige Frau zu sein. Das hindert sie nicht daran, der großmütigste Mensch auf Erden zu sein.* Sachen springen nicht einfach aus der Tasche eines Mantels, der auf dem Bett liegt.

»Aber andererseits«, sagte Ivy, »weiß ich nicht, ob es nicht doch besser ist, wenn er denkt, er wurde bestohlen, statt zugeben zu müssen, dass er sein Zeug hiergelassen hat. Er würde nicht gern zugeben, dass er vergesslich ist, oder? Er würde sicher nicht gern denken, es war seine eigene Schuld.«

Wie aufmerksam sie war.

»Vergessen? Nicht aus der Tasche fallen lassen?«

Sie fühlte, wie Ivy nickte. Sie flüsterten, als könnte sie jemand hören.

»Ja. Weißt du noch, wie er anfing, so sauer zu werden, und wie er dann zur Toilette ging?«

Nein, das wusste sie nicht mehr. Nur dass ihr Vater jederzeit eine Toilette in der Nähe haben musste. Schob es auf sein Alter. Ivys Arm legte sich wieder um ihre Taille.

»Ich nehme an, da hat er seinen Mantel gesucht, einen Zug aus dem Inhalator genommen, vielleicht eine Beruhigungspille eingeworfen, und dann hat er die Sachen draußen gelassen für den Fall, dass er noch eine brauchen sollte. Dann hat er sich geschämt, weil er aus der Haut gefahren ist, der Arme. Ein furchtbares Gefühl. Er wollte so schnell nach Hause, dass er das Zeug vergessen hat. Du hast seinen Mantel geholt.«

Jetzt bekam Rachel das Gefühl, das alles sei zum Teil ihre eigene Schuld. Und es klang völlig überzeugend. Erleichterung durchflutete sie wie eine warme Welle. Langsam atmete sie wieder normal.

»Was wirst du ihm also sagen?«, fragte Ivy.

»Ich werde ihm sagen, er soll seinen verdammten Inhalator an einer Kette um den Hals tragen.«

Beide schnappten nach Luft vor Lachen. Rachel entspannte sich vollends. Ivys schwielige Hand streichelte ihre Hüfte. Sie atmeten in friedlichem Gleichtakt. Sie wollte, dass es so weiterging, wollte, dass es aufhörte. Der Schlaf lockte, Hormone erwachten, aber der Schlaf siegte. Sie wusste mit absoluter Sicherheit, dass Ivy auf die leiseste Einladung hin mit ihr schlafen würde, und sie empfand diesen Gedanken nicht als bedrohlich. Ivy wollte das Band zwischen ihnen stärken; Ivy wollte ihr gefällig sein, und das war gar nicht nötig. Das Verlangen nach Schlaf war stärker als alles andere. Aber eines noch …

»Ivy …?«

»Ja, Schätzchen?«

»Ich kenne dich doch, oder?«

»Besser als sonst irgendjemand. Aber einmal habe ich dich belogen.«

»Ja?«

»Ich habe gesagt, ich könnte es erwarten, meinen Sohn wiederzusehen. Ich habe gesagt, es ist unwichtig. Aber ich denke dauernd daran.«

»Ivy …«

»Sag's nicht. Schlaf jetzt. Ich bin hier und halte dich warm, das ist alles. Ich werde immer für dich da sein.«

Als sie aufwachte, war Ivy nicht mehr da. Ihr Abdruck war im Bett, an der Seite neben der Wand. So, wie sie dagelegen hatte, hätte Rachel jederzeit von ihr abrücken können, wenn sie gewollt hätte. Auch dafür war sie dankbar. Und dankbar für die Leere in der Wohnung, die sie so grässlich gefunden hatte. Jetzt fand sie sie sogar belebend. Sie war geduscht, angezogen und auf dem Weg ins Büro, als Ivy schon zwei Stunden ihrer Morgenschicht hinter sich hatte.

Ivys Berührung im Schlaf war überaus sanft; sie nahm das Bett nicht in Beschlag, und sie roch nach Sauberkeit und Seife. Einmal war Rachel aufgewacht und hatte sie einen Augenblick lang betrachtet. Ihr ruhiges Gesicht war hart und verwundbar zugleich. Im Schlaf sah sie aus wie die niedrigste Magd eines viktorianischen Hausgesindes, erschöpft von harter Arbeit, die ihr Bett mit anderen teilte und nichts als ehrliche Arbeit vor sich sah – und die trotzdem beschuldigt wurde, das Familiensilber gestohlen zu haben. Rachel empfand es als zusätzliches Band zwischen ihnen, die schlichte Tatsache, dass sie das Bett miteinander geteilt hatten. Es ließ sie erkennen, wie sehr sie sich nach dem Gefühl von Haut an Haut sehnte, nach dem Gewicht eines anderen Körpers. Und es weckte eine neue Entschlossenheit, die Dinge in Ordnung zu bringen, nicht nur, weil sie an Ivys offenkundiger Ehrlichkeit gezweifelt hatte, sondern weil sie ein schlechtes Gewissen hatte, Schuldgefühle, weil sie Ivy solche Bösartigkeit zugetraut hatte und weil sie wusste … ja, was? Einfach, dass sie ihn wiedersehen wollte. Sie hatte von ihm geträumt, als sie neben Ivy schlief, und sich gewünscht, dass er es wäre. Dieses schuldbewusste Wissen ließ sie erröten, als sie vor dem Badezimmer stand, die Hand mit dem Wimperntuschepinsel erhoben, und in ihre eigenen geweiteten Augen schaute.

Das Wohnzimmer war so aufgeräumt, wie sie es immer hinterließ. Die Tasche mit dem vollen Skizzenblock stand bereit und bot noch Platz für den neuen Block, die Bleistifte und die Kohle, die sie irgendwo unterwegs für die letzte Semestersitzung kaufen wollte. Der Rest des Sommers würde sonderbar leer sein. Jetzt war Mitte Juli, die Schulferien hatten angefangen, das Gefühl des Semesterendes war spürbar. Wer hatte davon gesprochen? Sam. In all den Jahren, seit sie Schule und Universität hinter sich hatte, war nie ein Sommer vergangen, in dem sie nicht aufwachte, weil sie geträumt hatte, dass eine Prüfung bevorstand, auf die sie nicht vorbereitet war. Seitdem immer die Fortbildungsseminare, die sich jedes Mal in einem einzigen Monat des Jahres häuften. Bis heute hatte es jeden Frühsommer geprägt, und der Rest des Juli und der August hatten sich dann ohne Unterbrechung vor ihr ausgedehnt. So klein waren ihre bisherigen Albträume, so klein die Dienste und Gefälligkeiten, die sie anderen erwiesen hatte, intolerant, überprivilegiert, manchmal ein oberflächliches Biest, überqualifiziert in allem außer dem wahren Leben und den Verpflichtungen der Liebe.

So dachte Rachel, die sich selbst nicht mochte und kaum bemerkte, welche Wirkung sie auf andere hatte, als sie sich für den Montagmorgen startklar machte, alles, was dafür nicht von Bedeutung war, beiseiteschob und nur noch daran dachte, so auszusehen, als sei sie wichtig. Und sie sah, dass sie im aufgeräumten Wohnzimmer einen abgerissenen Zettel hinterlassen hatte, auf dem stand: *Wer ist Blaker? DS Cousins hat angerufen.* Ivy konnte ihn nicht bemerkt haben.

Sie warf ihn säuberlich in den Mülleimer in der Küche. Alles war wieder unter Kontrolle. Der Gedanke an Dad tat ihr im Herzen weh, aber Dad ging es gut, Ivy hatte nicht seine Tasche ausgeräumt, und über alles andere würde sie beizeiten nachdenken.

Sie hatte die falschen Sachen angezogen. Es war kühl draußen. Sie kehrte um und holte sich die ältere, wärmere Jacke, die sie getragen hatte, als sie zur Midwinter-Farm gefahren waren. Der Himmel war voller Wolken, als sie hochblickte. Sie brachte sich in den Rhythmus der Arbeit und nahm den bevorzugten, kürzesten Weg. Trotzdem schaute sie hoch und zur Seite, und ihr gefiel, was sie sehen konnte. Gut aussehende Menschen, die sich zielstrebig bewegten, erfrischt vom nächtlichen Regen und der gesunkenen Temperatur wie Pflanzen in einem lebendigen Garten.

Grace und Ivy, Ernest und Grace. Scheiß auf die Schwäne, Schwäne interessieren mich nicht. Und mein Handy habe ich doch wieder gefunden, da, wo es hingehört, in meiner Handtasche. Die Tasche quer über den Oberkörper gehängt, marschierte sie voran, eine Hand in der Tasche der alten Jacke. Ihre Finger berührten das kleine Knochenstück, das Ernest ihr als Souvenir geschenkt hatte. Es war teilweise zu harten Krumen zerbröckelt, die sich anfühlten wie Sand. Eine Erinnerung daran, dass die Zeit verging, und mit klarer Dringlichkeit wusste sie, was sie tun würde. Es konnte nicht mehr warten. Wenn Ivy beim Aufwachen noch bei ihr gewesen wäre, hätte sie ihren Plan vielleicht geändert und ihr alles erzählt, voller Vertrauen auf ihre Reaktion, so warm zugedeckt und nah beieinander. Aber jetzt war sie froh, dass Ivy schon gegangen war.

Der Plan von gestern war immer noch der beste. Sie würde Carl veranlassen, auf den Hof zu kommen und sich mit Grace und Ernest zu treffen, und dann würde man weitersehen. Es war der Knochen, der sie an das merkwürdige Gefühl erinnerte, immer weniger Zeit zu haben, ganz so, wie es der Sommer im Juli tat, bevor er noch kaum angefangen hatte.

Trotzdem würde sie abwarten und sehen, ob Carl sie anriefe. Er hatte ihr so etwas wie eine Zusage gegeben, aber er wollte Zeit zum Nachdenken, und er wollte, dass sie Zeit hatte, darüber nachzudenken, wie klug ihr eigener Vorschlag sei. Schön. Sie würde Geduld haben und den Dingen ihren Lauf lassen. Aber als Grace am Nachmittag anrief, war ihre Geduld allmählich zu Ende.

»Wie geht's deinem Vater?«

»Besser, danke. Und dir?«

»Oh, Gott sei Dank. Ich habe mir solche Sorgen gemacht. Habe gestern den ganzen Tag versucht, dich anzurufen, aber du warst nicht da, und ich wusste, dass Ivy zurückfährt, und deshalb wusste ich, dass ich es so oder so erfahren würde, und wenn es schlechte Nachrichten gegeben hätte, hätte ich es sowieso erfahren, denn schlechte Nachrichten verbreiten sich schnell. Sag, wann kannst du ihn für einen kleinen Urlaub herbringen?«

Ein überstürzter Schwall von Worten.

»Ich kenne mich aus mit Asthma. Sam hatte es, als er klein war. Ich werde wunderbar für deinen Dad sorgen können.«

»Er ist nicht so leicht zu überreden, Grace. Ich werde es versuchen. Er geniert sich und geht mir aus dem Weg.«

»Kann ich mir denken. Ich wünschte, du wärest hier. Heute ist ein herrlicher Tag. Ich brauche jemanden, mit dem ich schwimmen gehen kann. Aus dem Samstagabend ist eine kleine Party geworden. So was brauchen wir alle ab und zu. Ernest ist erledigt. Ziemlich erledigt, jedenfalls. Er hat seine Stiefel in die Gefriertruhe gelegt, der Himmel weiß, warum.«

»Um sie zu kühlen?«

»Wahrscheinlich. Beinahe hätte ich sie herausgenommen und gebraten. Kommst du nächstes Wochenende? Bitte, sag Ja. Ivy kann nicht; sie hat noch einen Theaterjob zum Spielzeitende, der das ganze Wochenende dauert und ihr ein Vermögen einbringt, sagte sie. Hat sie es dir erzählt? Aber ich möchte nicht, dass sie es macht. Ich habe im Radio von dem Mann gehört, der da draußen vor dem Eingang erstochen wurde.«

»Das war letzte Woche, Grace. Diese Woche wird es was anderes sein.«

»Du kommst, ja? Ich möchte auch nicht, dass du allein in London bist.«

Es war ein bisschen besitzergreifend. Rachel hatte das Gefühl, Grace vorbehaltlos zu lieben, aber vielleicht trieb

Grace ihre Rolle als Muttterersatz ein wenig zu weit. Typisch Grace – sie erriet ihre Gedanken.

»Oh Gott. Ich kommandiere dich herum, was? Und ich rede zu viel und störe dich bei der Arbeit, bloß weil ich nichts Interessantes zu tun habe und weil Ernest wie eine einsame Wolke irgendwo herumwandert. Ich bin nicht deine Mutter. Ich wünschte nur, ich wäre es. Wie ist das Wetter bei euch?«

Sofort war ihr verziehen. Ihre Wärme umwehte Rachel wie ein Mantel und brachte sie zum Lachen.

»Kühl«, sagte sie und dachte an Sam. »Hör zu, Grace. Ich weiß, es kommt überraschend, aber ich habe Carl gefunden. Carl den Jüngeren.«

»Oh mein Gott …«

»Angenommen, er ließe sich überreden, sich mit dir und Ernest auf dem Hof zu treffen, nur mit euch beiden, oder vielleicht auch nur mit dir – meinst du, das wäre eine gute Idee?«

Grace erstickte fast an ihrem Wortschwall. Oh mein Gott, du liebe Güte, oh *Scheiße*, verdammt, ja! Dann brach sie jäh ab.

»Wann?«

»Ich weiß es nicht. Es ist nur eine Hypothese. Ich weiß nicht, ob es sich wirklich machen lässt. Vielleicht bald.«

Grace weinte. Ihr Weinen klang genauso wie Ivys, und sie hatte sich rasch wieder gefasst.

»Ach, mein wunderbares, liebes Kind. Es würde Ernest so glücklich machen.« Sie schwieg kurz. »Nächstes Wochenende ist niemand hier. Gäste haben abgesagt.«

»Aber ich kann nichts versprechen.«

»Das weiß ich, Schatz, aber es ist so lieb, dass du es versuchst. Womit haben wir dich verdient? Oh, es wird fantastisch werden. Ich spüre es in den Knochen. Nur Carl und Ernest und ich – und wir werden herausfinden, warum das alles schiefgegangen ist. Oh, mein Schatz.«

Wenn es Ernest glücklich machte, auch wenn sonst nichts weiter erreicht werden würde, dann wäre es die Sache schon wert, dachte Rachel. Sie ermahnte sich, ihre Ambitionen klein und ihre Aufregung im Zaum zu halten, denn sie hatte keinerlei Macht, über nichts und niemanden, was immer Grace denken mochte. Trotzdem hatte sie das Gefühl, es ging voran.

Um halb fünf rief Carl an. Ob sie am Abend Zeit habe. Er habe genug nachgedacht, sagte er. Ja, natürlich hatte sie Zeit.

Grace saß in ihrer Küche und starrte den Herd an. Die Haushaltsmaschinerie summte, Geschirrspüler und Waschmaschine machten zusammen eine Musik, die an guten Tagen zufriedenstellte und ihr an anderen Tagen auf die Nerven ging. Was würde sie ihm zu essen geben, wenn er käme? Was war noch sein Leibgericht gewesen, vor einem Dutzend Jahren? Er musste herkommen, er musste. Sonst würde Ivy niemals aufhören, und Cassies unsterbliche Seele würde immer weiter am See spuken. Er musste die Geister zur Ruhe bringen und seine Strafe auf sich nehmen.

Ernest war fleißig gewesen. Er hatte den Termin vereinbart. Irgendwann in den nächsten vierzehn Tagen würden die Lastwagen kommen und die Rinder zum Verkauf abtransportieren. Milch brachte weniger Geld ein, als ihre eigene Produktion kostete. Mit dem Auktionserlös für die guten Kühe würden sie einen Teil der Schulden tilgen können. Der polnische Viehknecht würde zu einer größeren Herde gehen, und sie würden seinen Lohn einsparen. So würde es kommen, wenn nicht …

Sie hörte, wie Ernest draußen auf der Matte seine Stiefel abkratzte, bevor er ins Haus kam. Sein Blick war heute klar, und er schien er selbst zu sein, als er eintrat, feucht vom Regen, und nach vertrauten Gerüchen schnupperte. Noch jetzt sah er sich immer nach dem alten Hund um, den er nicht mehr hatte, und nach der Katze, die ihm auf den Schoß springen würde, sobald er sich setzte. Beide waren längst tot, getötet und nie ersetzt worden.

Er wusch sich die Hände und setzte sich erwartungsvoll hin. Wartete wie immer darauf, dass man ihm etwas gab, hoffte stets, dass etwas Schönes passieren würde. Sein Optimismus rührte ihr Herz, und zugleich wollte sie schreien. Du musst richtig arbeiten, um zu bekommen, was du willst, hatte sie ihn einmal angebrüllt, und für das, was du brauchst, musst du noch härter arbeiten.

Du brauchst einen Plan dazu, und du hast das Töten immer mir überlassen, bis du es Ivy beigebracht und einen Mann aus ihr gemacht hast.

Grace schenkte Tee ein. Da heute ein guter Tag war, spürte er, wie sie innerlich vorsichtig jubelte. Stimmungen, Einzelheiten, unterschwellige Strömungen bemerkte er nur, wenn er wollte. Und er konnte hören wie eine Fledermaus, wenn er wollte.

»Dann hast du ihn also, ja?«

»Vielleicht«, sagte sie bescheiden und wandte ihm den

Rücken zu, damit er ihr Gesicht nicht sehen konnte. Er trank seinen verdammten Tee. Sie könnte ewig leben, dachte Grace, ohne noch eine einzige Tasse Tee zu trinken.

»Du hast dir gedacht, weil er unserer Ivy nicht widerstehen konnte, würde er auch ihrer Freundin nicht widerstehen können? Da könntest du recht haben.«

»Ich weiß nicht, was du meinst, Schätzchen.«

Er goss noch mehr Milch in seinen Teebecher und gab zwei Stück Zucker dazu, für die Kraft.

»Das ist der Unterschied zwischen dir und mir«, sagte er. »Ich könnte niemanden so lange hassen. Nicht wie du. Nicht wie Ivy.«

Es klang wie ein Vorwurf, aber sie wusste, es war keiner. Es war so etwas wie Staunen.

»Nein, Schätzchen. Aber du wirst tun, was man dir sagt, oder?«

Er zuckte die Achseln. Er ging gebeugt in letzter Zeit, aber seine Schultern waren immer noch breit, auch wenn sein Bauch weich war.

»Tue ich das nicht immer? Weiß ich nicht, dass ich dir alles verdanke? Dass ich immer tue, was nachher getan werden muss? Ich habe die Kuh weggeschafft, den Hund, die Katze – wie lange ist das her?«

»So lange, dass du dich nicht mehr daran erinnern dürftest. Es ist nicht mehr wichtig.«

»Warum, Grace, warum? Warum diesmal?«

Jetzt zuckte sie die Achseln. Am liebsten hätte sie ihm die Teekanne auf den Schädel geschlagen. Aber sie trug sie zur Spüle und signalisierte damit, dass die Befragung zu Ende war.

»Man muss für alles bezahlen, Liebling. In jeder Beziehung. Und ich kann nicht zulassen, dass Ivy immer weiter übt und irgendwann erwischt wird. Außerdem ist es wirklich der richtige Augenblick dafür, alles in Ordnung zu bringen. Einen neuen Anfang zu machen.«

»Übung macht den Meister«, sagte Ernest.

»Nicht immer«, sagte Grace. »Hast du eine Idee, wie man die Leute davon abbringen kann, an den See zu kommen? Ich weiß, da kommen nur wenige, und sie kommen selten, aber es wäre besser, wenn niemand käme. Ein Schild, dachte ich mir. Und eine Art Sperre auf dem Weg. Und du könntest eine Stelle für die Asche aussuchen.«

»Ding dong, plumps gemacht, Kätzchen ist im Brunnenschacht«, intonierte Ernest rhythmisch. »Was gibt's zum Abendbrot?«

16

Es war das komische Gefühl in der Magengrube, das sie auch gehabt hatte, als sie Ivy kennenlernte: dass sie alles sagen könnte und dass es nichts gäbe, das zuzugeben sie sich schämen müsste. Verrückt unter diesen Umständen, bei denen es kaum ein Element des Vertrauens gab – außer seinem offensichtlichen Vertrauen zu ihr. Konnte sie einen Heuchler gernhaben? Einen Tyrannen, einen Mehrfachtäter? Aber die Menschen änderten sich, nicht wahr?

Er besaß all die Eigenschaften, die sie vermutet hatte – seine Autorität, seine Vergangenheit, sein Charme –, und dennoch näherte sie sich leichten Fußes, als wäre er echt und als hätte sie ihn schon immer gekannt. Es fühlte sich richtig an und zugleich ganz und gar falsch.

Sie trafen sich an der U-Bahn-Station St. James's Park, näher bei seiner Arbeitsstätte als bei ihrer, aber für sie nur eine kurze Fahrt mit der Circle Line von der City herüber. Ein grauer Tag wie heute sei ideal für einen Spaziergang durch den Park, sagte er. Ob sie gern spazieren gehe. Ja, sagte sie, jetzt ja, aber früher nicht. Sie war immer auf dem schnellsten Weg zur nächsten Station gegangen, ohne auf die Umgebung zu achten. Erst Ivy hatte sie dazu ermuntert, im Winter und im Frühling zu Fuß zu gehen. Man fühle sich dann freier, man sehe alles Mögliche, und außerdem sei es am billigsten.

An kühleren Tagen, wenn der Himmel unruhig und regenschwer war, blieb die Pracht des St. James's Park ein paar Dutzend Bewunderern vorbehalten, nicht Tausenden wie sonst. An heißen Sommertagen verschwand der Rasen unter den Menschen, die dicht an dicht in den Liegestühlen oder auf dem Boden lagen und die verschlungenen Wege in einem inneren Kreis rings um die Teiche verstopften, während die Leute sich auf dem äußeren Kreis zielstrebiger bewegten und Jogger unter dem Blätterdach der Bäume dahintrabten.

Sie begannen beim Admiralty Arch und schauten die Mall hinunter zum Buckingham Palace in der Ferne, und dann betraten sie den eigentlichen Park und spazierten auf den unregelmäßig geformten See zu, der sich in Mäandern durch das ganze Tal zog, ein Revier für Enten und Schwäne. Weiden ließen ihre Zweige anmutig über die Uferböschung hängen; es gab eine Brücke, auf der man stehen und träumen konnte, und auf halber Strecke ragte eine geheimnisvolle Insel in millionenfachen Grün-, Gelb- und Rottönen aus dem Wasser, und dort, stellte sie sich vor, verbrachten alle Vögel die Nacht. Die Enten, die man von der Brücke aus sah, schillerten türkisblau, weiß, schwarz und braun, drollig und immer beschäftigt, während die Schwäne gemächlich vorüberglitten und manchmal anhielten, um ihr Publikum zu begrüßen, und dabei verzichteten sie auf vulgäre Gesten wie Winken.

Carl kaufte Kaffee an einem Stand, und als sie sich damit auf eine Bank setzten, erklärte er scherzhaft, wie man sehe, wisse er ziemlich genau, was Frauen Freude mache. Ein Spaziergang im Park und ein Pappbecher Kaffee. Rachel sagte, ihr sei es ganz recht, und dies sei sicher der schönste Park in London, ein benutzerfreundlicher Park, genau dazu gemacht, auf einer Bank zu sitzen und sich daran zu freuen. In der Abendkühle war sie trotzdem froh, dass sie die alte Jacke angezogen hatte, und sie tastete nach dem Knochensplitter in der Tasche, um sich daran zu erinnern, dass etwas drängte. Sie sprachen nicht über den Grund ihres Treffens, aber sie waren seltsam entspannt, als seien sie beide ganz zufrieden damit, es noch eine Weile zu vermeiden und einfach da zu sein. Es war ein gutes Gefühl, das nicht von Dauer sein konnte.

»Sind wir hergekommen, um die Schwäne anzuschauen?«, fragte sie schließlich.

Er schüttelte den Kopf. Alle seine Bewegungen und Gesten wirkten energisch, aber er sah müde aus. Hoffentlich war es die Folge einer schlaflosen Nacht, dachte sie – das war das Mindeste, was er verdient hatte –, aber zugleich wünschte sie doch, er wäre nicht müde.

»Ich glaube, ich komme aus allen möglichen Gründen hierher. Hauptsächlich, um Menschen zu sehen, die sich friedlich vergnügen und erholen. Das ist eine Übung in Harmonie, nicht wahr? Ein ummauerter Park, ein sicherer Ort, der das Land nachahmt, aber weit von dessen Strapazen entfernt ist. Gezähmte Wildnis. Ich wünschte, ich könnte so etwas in meinem Gerichtssaal haben. Ich sage immer, wir sollten da Blumen aufstellen.«

Er winkte in Richtung des gelben Palastes, der halb verborgen zwischen den Bäumen hindurchschimmerte.

»Ich komme aber auch her, um mein Erbe zu bewundern. Paläste, Könige und Königinnen, eine Verfassung, die immer noch besser funktioniert als die meisten – das weckt meinen gar nicht so latenten Patriotismus. Macht mich stolz auf das, was wir haben. Seltsam, wie unmodern es ist, Patriot zu sein, selbst in Zeiten wie diesen.«

»Das ist Teil Ihres eigenen Erbes«, vermutete sie. »Das Bedürfnis nach Patriotismus.« Er nickte und lächelte sie an, befangen und auf der Suche nach Verständnis. Und Rachel verstand. Sie hatte angefangen, sich auf ihre eigenen Privilegien zu besinnen, zu denen das Wahlrecht gehörte.

»Ja. Mein Vater hat sich dafür entschieden, hier zu leben. Er hat sich dazu bekannt. Er konnte nichts davon als selbstverständlich betrachten, und ich kann es auch nicht. Aber es tut mir leid – ich habe noch nicht gefragt, wie es *Ihrem* Vater geht. Besser, hoffe ich? Wann werden Sie ihn sehen?«

»Wenn er möchte, dass ich ihn sehe. Sein Stolz, wissen Sie.« Und unversehens erzählte sie ihm, wie ihr Vater den Inhalator und seine Notfalltabletten in ihrer Wohnung vergessen hatte, als er zum Essen da gewesen war, und wie er deshalb in der U-Bahn nichts gegen einen Asthmaanfall unternehmen konnte. Noch während sie es erzählte, wie sie es im Laufe des Tages mehreren Leuten im Büro erzählt hatte, fragte sie sich, ob sie die Geschichte dauernd wiederholte, um sich selbst zu beruhigen. Sie ausschmückte und Details hinzufügte, damit sie noch wahrer klang. Und es war ein so gutes Essen, fügte sie jetzt hinzu. Ivy hatte gekocht; das kann sie gut. Sie biss sich auf die Lippe: Das würde er noch wissen.

»Haben die beiden sich gut verstanden?«, fragte er.

»Nein – jetzt, da Sie danach fragen. Aber so ist mein Vater. Ihm gefällt so leicht niemand.«

Er schwieg eine Weile und nickte mitfühlend, und dann schlug er vor, ein paar Schritte zu gehen. Jetzt waren sie endlich wieder bei Ivy. Rachel fiel auf, dass er sein Tempo dem ihren anpasste; er verlangsamte seine schnelleren Schritte. Am liebsten hätte sie es noch hinausgeschoben, über Ivy, Grace und Ernest zu reden, und stattdessen über sie beide und die Farben des Parks gesprochen. Sie wollte sitzen bleiben und die Menschen betrachten und zusammen mit ihm staunen.

»Ihr Sam hat mir gefallen«, sagte sie. »Er ist unerhört, aber großartig. Feuer und Flamme und frei von Hemmungen. Er leuchtet irgendwie, wissen Sie. Ich wünschte, ich könnte auch so sein, wenigstens für einen Tag.«

Carl hob die Brauen, zog eine Grimasse und lächelte dann wieder. In seiner Stimme lag Stolz.

»Wie um alles in der Welt kommen Sie darauf, dass Sie es nicht sind? Sie leuchten. Sie leuchten vor Schönheit und Zielstrebigkeit. Sam leuchtet auch, ja, aber das Dumme ist, dass er immer imponieren muss. Er muss jeden herausfordern, seine Reaktionen testen, riskieren, dass er ihn wütend macht oder schockiert – nur um zu sehen, ob man ihn akzeptiert. Ich weiß nicht, ob das zum Schwulsein dazugehört oder ob es nur Unsicherheit ist. Oder schlichter Mutwille; davon besitzt er eine Menge. Und ich habe ihn gern, wie er ist. Er gewinnt Selbstvertrauen.«

»Er redet wie ein Wasserfall«, sagte Rachel. Sie kamen um die letzte Biegung des Teiches herum; vor ihnen war ein Beet mit leuchtend bunten Blumen, und sie sah plötzlich vor sich, wie Sam und Grace einander in einem Wirbel von Farben und Lärm begegneten. Wenn es doch nur passieren könnte. Es würde, es musste passieren: Es könnte sie nur beide bereichern. Dann käme Ivy dazu, und auch sie würden einander lieben. Und sie, Rachel, schliche sich leise davon, und alle lebten glücklich und zufrieden bis ans Ende ihrer Tage.

»Schauen Sie sich die Schwäne an«, sagte Carl. »Ich zwinge mich dazu, die Schwäne anzuschauen.«

»Ivy liebt Schwäne immer noch«, sagte Rachel. »Sie hat ein Poster an der Wand: *Leda und der Schwan*, von Matisse, glaube ich. Lauter anmutige Formen und Kurven. Der Schwan ist blau, und Leda ist gelb, alles rot umrandet. Ein sehr abstrakter Schwan.«

»Leda, die Frau des Königs von Sparta und Mutter vieler berühmter Kinder, darunter Klytämnestra und Helena, trifft Zeus, der die Gestalt eines Schwans angenommen hat und mit ihr ein gottähnliches Kind zeugt. Ja, ich kann mir vorstellen, dass sie das an ihrer Wand haben möchte. Wir hatten es zu Hause.«

Rachel zuckte zusammen. Es erinnerte sie an all das, was sie nicht wusste. Sie wusste nur von dem Unglück, von dem man ihr erzählt hatte, nichts von dem Glück. Sie fühlte sich alt und war neidisch und neugierig.

»Eine Variante der Jungfrauengeburt, ein Gott aus dem Himmel, und keine freie Entscheidung«, sagte Carl leise. »Die Befruchtung scheint durch das Ohr vonstatten gegangen zu sein, während der Schwan über ihr schwebte, aber vielleicht war Leda auch durcheinander; sie hatte ja schon andere Kinder. Vielleicht wäre Ivy das als Erklärung der

Empfängnis lieber. So, wie sie lieber glaubte, Cassie sei nicht gestorben, sondern in einen Schwan verwandelt worden – wie die Töchter des irischen Sagenkönigs Lir – und würde so lange überleben, wie der Schwan überlebte. Wissen Sie, ich würde viel lieber von etwas anderem sprechen. Ich habe Sie nicht hergebracht, um Schwäne anzuschauen. Ach, ich wünschte, es wäre vorbei.«

Gehorsam schwammen die Schwäne um eine Biegung am Südrand der Insel und verschwanden. Carl und Rachel standen auf und gingen weiter. Er schob ihren Arm schützend unter seinen und schirmte sie vor einem Jungen auf Rollerskates ab, der auf sie zugerast kam.

»Hören Sie«, sagte er, »es war nicht so schwierig, darüber nachzudenken. Es liegt auf der Hand, nicht wahr? Ich muss versuchen, mit Grace und Ernest Frieden zu schließen, um aller Beteiligten willen. Ich muss versuchen, ihnen zu helfen, wenn sie in finanziellen Schwierigkeiten sind. Das habe ich meinem Vater versprochen, ich habe ein Testament aufgesetzt, als wir heirateten …«

»Grace hat davon nie etwas erwähnt.«

»Ich weiß, es geht im Grunde nicht darum. Ich muss mich mit ihnen treffen, und dann muss ich irgendeinen Weg finden, meinen widerstrebenden Sohn nicht nur dazu zu überreden, sich mit seiner Mutter zu treffen, sondern ihm auch klarzumachen, dass das alles seine eigene Idee war. So vieles ist da längst überfällig. Ich kann mit Plan A zurechtkommen. Also tun wir's. Ich fahre zu ihnen, und dann sehen wir weiter.«

Er schwieg einen Moment.

»Sie sind es, die mir Sorgen macht«, sagte er dann. »Sie

sind irgendwie in ein Geschlinge geraten, das nichts mit Ihnen zu tun hat, und jetzt bringt es Sie in einen schrecklichen Zwiespalt: Sie verheimlichen Ihrer Freundin etwas. Und das müssen Sie, wissen Sie. Wenn ich – sagen wir, morgen oder übermorgen oder nächstes Wochenende – auf die Midwinter-Farm fahre, dann sind Sie die Vermittlerin, und das kommt mir verdammt unfair vor. Ich werde meinem Sohn nicht sagen können, wohin ich gehe, und Sie können es Ivy nicht erzählen. Und ich will es tun, weil Sie so tapfer waren, es vorzuschlagen, und gleichzeitig wünschte ich von ganzem Herzen, wir hätten uns in einem anderen Zusammenhang kennengelernt. Ich bin nicht der leibhaftige Teufel, und ich möchte, dass Sie das wissen, und ich selbst wüsste sehr, sehr gern, wer Ihnen so wehgetan hat, dass Sie jetzt blinzelnd wie ein frisch geschlüpfter Vogel im Sonnenlicht wieder hervorkommen, schön und leuchtend und so entschlossen, wie Sie sind. Ich möchte gern alles über Sie wissen, ich möchte Ihnen den Hof machen, Miss Doe, wirklich. Und ich bin nicht würdig. Noch nicht. Und ich würde zu gern Ihren Vater kennenlernen.«

Dad würde ihn mögen. Natürlich. Der Gedanke drang in ihr Bewusstsein wie eine warme Injektion. Sie versuchte ihn wegzuschieben, aber das Glücksgefühl blieb.

»Ich bin selbst nicht würdig, dass man mir den Hof macht, Carl – und was ist das für eine wunderliche Formulierung. Der letzte Mann, der mir nahestand, war ein Dieb, und ich habe ihn verpfiffen. Ich bin nicht gut im Auswählen der männlichen Exemplare dieser Spezies, ich bin nicht gut in meinem Urteil, Richter, und ich schade den Männern, die in meine Nähe kommen. Wollen Sie wirklich sagen, Sie würden das tun – ich meine, Sie würden sich mit Ernest und Grace auf deren eigenem Territorium treffen, damit ich eine gute Meinung von Ihnen habe? Oder ist es nur eine neue Taktik aus Ihrem Arsenal, um mich rot werden zu lassen?«

Er blieb gelassen und war nicht gekränkt; er setzte sich lächelnd hin und überlegte.

»Das mit dem geliebten Dieb könnte eine Menge über Sie erklären«, sagte er.

»Ich habe mit ihm zusammengearbeitet«, sagte sie. »Er war ein … Kollege.«

Carl hörte auf zu lächeln und berührte ihre Hand.

»Sie Arme. Damit müssen Sie sich sehr isoliert haben. Sie müssen sehr einsam gewesen sein. Aber – ja, um es zu Protokoll zu geben, ich würde sehr weit gehen, damit Sie eine gute Meinung von mir haben. Als ersten Schritt. Und Sam mag sie. Wir mögen Menschen auf den ersten Blick, Sam und ich. Fällen unser Urteil sofort. Und meistens hat es Bestand, zum Leidwesen der Betroffenen.«

»Das heißt, wenn ich ihm bei unserer ersten Begegnung sympathisch war, könnte ich die Chance haben, ihn zu einem Treffen mit seiner Mutter zu überreden?«

»Spielen Sie Ihre Karten richtig aus.«

Er lächelte mit sanftem Spott und bemühte sich, das alles weniger ernst klingen zu lassen, als es war. Sie konnte nicht widerstehen und lächelte zurück.

»Erzählen Sie mir von dem geliebten Dieb.«

Rachel seufzte. Genau das wollte sie gern tun, wollte erzählen, wie es war, sich als Verräterin zu fühlen. Aber dies war weder die Zeit noch der Ort, um Zynismus und Einsamkeit zu beschreiben, es sei denn, sie fügte hinzu, dass es Ivy gewesen war, die ihr geholfen hatte, sich zu ändern.

»›Geliebter Dieb‹ ist eine ziemlich romantisierende Bezeichnung«, sagte sie. »Rückblickend glaube ich, sein größtes Verbrechen war es, dass er keinen Humor hatte und dass er mir meinen nach und nach geraubt hat.«

»Aber nicht Ihre Fähigkeit, zu tun, was Sie für richtig hielten?«

»Nein. Die noch nicht.«

»Eine Frau nach meinem Herzen. Aber genug davon. Wann soll ich in die Höhle des Löwen fahren und die beiden auf der Midwinter-Farm besuchen?«

JA! Sie atmete tief durch.

»Am Samstag? Dann wird Ivy nicht da sein.«

Er zog einen Terminkalender aus der Tasche, steckte ihn wieder ein, ohne hineinzusehen, und nickte.

»Ja. Ich weiß, das wird gehen. Ein freier Tag. Sam fliegt am Donnerstag nach Kreta; dann ist er aus dem Weg, und ich kann es mir verkneifen, ihm etwas davon zu erzählen. Und Sie? Werden Sie da sein?«

Sie zögerte. »Ja, wenn Sie möchten …«

»Ja, ich möchte es.«

»… dass ich da bin«, endete sie.

»Ja«, wiederholte er. »Wenn ich Sie im Hintergrund wüsste, würde es mir viel leichter fallen. Auch wenn es nicht fair ist, Sie darum zu bitten.«

»Das haben wir schon erledigt. Ich werde als Freundin von Grace und Ivy und Ernest da sein.«

»Und als meine«, fügte er hinzu.

»Ja«, sagte sie. »Als Freundin für alle.«

Carl stand auf, streckte ihr seine Hand entgegen und sagte, wollen wir weitergehen und von anderen Dingen reden?

Von Schuhen, Schiffen, Siegellack, von Kohlköpfen und Königshäuptern.

Etwas später, als sie sich mit beidseitigem Widerstreben, das sie beide zu verbergen versuchten, voneinander verabschiedeten, verdarb er alles. Er zerstörte den Traum, sie seien zwei normale Menschen, die spazieren gingen, plauderten, aßen, tranken und gern zusammen waren.

Er bestand darauf, ein Taxi zu rufen, das sie nach Hause bringen sollte. Es war ebenso altmodisch wie seine Feststellung, er wolle ihr den Hof machen. Sie wollte es nicht, aber er ließ nicht mit sich reden, und während sie am Straßenrand warteten und die schwarzen Taxis mit den orangegelben Lichtern vorübergleiten sahen und sich noch nicht sofort trennen konnten, sagte er: »Da ist noch etwas … Ich sollte es Ihnen erzählen. Ihr Vater und sein Inhalator. Das erinnert mich an Sam. Sie hat seinen Inhalator weggenommen und versteckt. Das war der Tropfen, der das Fass zum Überlaufen brachte.«

Und dann hielt das Taxi, und sie stieg ein, und er bezahlte wie ein altmodischer Gentleman; er ignorierte ihre Proteste, aber er tat es höflich, nicht herablassend, und dann saß sie auf dem Rücksitz und war wieder voller Misstrauen gegen ihn. Er konnte es nicht lassen, nicht wahr? Er musste eine hässliche Andeutung machen, eine unausgesprochene Kritik an Ivy in der Luft hängen lassen, dieser miese Deutsche. Er musste das Bild Ivys als Monstermutter wieder erwecken, um sich selbst zu rechtfertigen. Dieser Dreckskerl. Rachel hatte sich über ihren Erfolg gefreut, sie war glücklich gewesen, und jetzt stolperte sie kraftlos aus dem Taxi vor ihrem Haus, in dem sie sich nicht mehr zu Hause fühlte.

Muss Grace anrufen. Darf nie wieder in Ivys Zimmer gehen. Darf nie wieder jemanden verraten. Darf meine Loyalität nie wieder teilen. Alle Männer waren Scheißkerle, vor allem die charismatischen Richter. Aber als sie ins Bad lief, um sich das Gesicht zu waschen, leuchteten Hoffnung und Zweifel in ihren Augen im Spiegel.

Es ergab sich, wie Polizisten und Anwälte wohl sagen, dass Donald Cousins an diesem Montag nirgendwo hinging, sondern sich in die West End Central Police Station verfügte, weil er die Anweisung erhalten hatte, seine hoffnungslosen kleinen Ermittlungen im Fall eines niederen Richters deutscher Herkunft aufzuschieben, weil es sogar für ihn, der so oft als Letzter in ein Team gewählt wurde, etwas Besseres zu tun gebe. Was an diesem Werktagmorgen gebraucht wurde, waren altmodische Fertigkeiten: Überprüfen und Gegenprüfen, Finden und Befragen. Vielleicht hatten sie sich erinnert, dass er darin gut war, aber Donald machte sich nichts vor. Sie hatten ihn in den realen Dienst zurückgeholt, weil sie Panik hatten, eine Panik, die durch einen Artikel in einer Boulevardzeitung in der vergangenen Woche verursacht worden war, der seinerseits Aktivitäten auslöste, die zum Ziel hatten, weitere ungünstige Publicity für die Polizei abzuwenden. Gegenstand des Artikels, den andere Zeitungen in der nachrichtenarmen Zeit nach dem Ferienbeginn aufgriffen, waren die innerstädtische Gewalt und die schandbare Zahl der nicht aufgeklärten Fälle von anscheinend beiläufigen, anscheinend im alkoholisierten Zustand begangenen Morden wie dem entsetzlichen Tod des Mannes im Krankenwagen, der Bluttat im Gedränge hinter dem Theater und dem Vergiftungsfall in einem Bürogebäude. Irgendein brillanter Kopf mit einem Computer war auf den Gedanken gekommen, dass die beiden letzten Fälle miteinander zusammenhängen könnten. Beide Taten waren nachts verübt worden. Bei beiden war dieselbe Gebäudereinigungsfirma in Erscheinung getreten. Das war keine besonders überzeugende Verbindung und nur wenig besser als gar nichts, aber dies war einer der Tage, an denen etwas unternommen werden musste.

Donald hatte etwas Ähnliches erwartet, denn für diese Jahreszeit war es nicht ungewöhnlich. Es gab ein Briefing und den notwendigen Trubel ringsum. Sie summten umeinander wie die Bienen im Stock. Er dachte an seinen geplanten Ausflug aufs Land und daran, dass er Blaker sehen musste, und er seufzte. So war es immer; nie konnte er etwas zu Ende bringen, aber zu seiner eigenen Überraschung stellte er jetzt fest, dass er diese kleine Ermittlung zu Ende bringen *musste*, obwohl er sie so widerwillig begonnen hatte. Er leistete seinen kleinen Beitrag und trug die paar Beobachtungen vor, die er gemacht hatte, aber viel war es nicht. Es gab Nachtschichten aller Art, in Theatern, Büros, Geschäften, Bars, Pubs, und was sollte das alles damit zu tun haben?, fragte er weise, und man tat es als negative Äußerung ab. Wie hieß die Reinigungsfirma? Clean Company. Lohnte es sich, der Sache nachzugehen?

Wir müssen jemanden finden, der etwas mit der Nachtarbeit in den Theatern zu tun hat, sagte jemand. Ein Chef ist nicht aufzutreiben, die sind alle in Urlaub. Eine Nadel im Heuhaufen würden sie nie finden, wollte Donald sagen und dachte an Heuhaufen. Dann dachte er, dass es vielleicht einen Weg geben könnte. Er war geschickt darin, zu bekommen, was er wollte. Ein bisschen fühlte er sich wie ein Verräter, als er die Hand hob und Blaker ins Spiel brachte. Laut sagte er, er kenne einen auf Bewährung entlassenen Mann mit einem üblen Strafregister, der nichts mehr zu verlieren habe, einen Mann, der bekanntermaßen in diesen Nachtschichten arbeite, und ob er mit ihm anfangen solle. Kein Verdächtiger, nein, aber ein Mann, der redete.

Er brauchte den ganzen Tag, um so weit zu kommen, dass Blaker offiziell ihm gehörte. Um freie Hand zu bekommen, zu tun, was er sowieso hatte tun wollen. Ihn aufzutreiben, allein. Ihn einzuladen, bei den Ermittlungen behilflich zu sein, zumindest in dem allgemeinen Bestreben, die üblichen Verdächtigen zusammenzubringen.

Es war Abend geworden, als er ihn endlich fand.

So kam es, dass er an einem Montagabend um neun mit Blaker im Warteraum der Notaufnahmestation saß. Blakers Kopf lag auf seinem Schoß, murmelnd und mit blutüberströmtem Gesicht, und schmieriger Schleim versaute ihm die Hose. Es war, wie wenn man sich in einem fremden Haus mit einem großen, sabbernden Hund abgeben musste: Irgendein Verhaltenskodex diktierte, dass man es sich gefallen ließ. Das Murmeln war auf das Schluchzen gefolgt, das nach dem ersten Murmeln gekommen war, und wenn der Leib der Tempel der Seele war, wie Donald gelernt hatte, dann war dieser Tempel bombardiert worden. Die Verletzungen waren eher oberflächlich: ein Schlag auf den Kopf und ein paar schreckliche Schrammen am Hals. Der Schaden an der Seele war das Entscheidende. Donald rieb Blaker den Rücken und sagte, ist ja gut, ist ja gut. Oh, das hat sie getan, ja? Und die ganze Zeit dachte er, dass dies eigentlich weit über das Maß seiner Pflicht hinausging, aber vielleicht auch wieder nicht, denn an Blakers jämmerlichem Zustand war eigentlich er, Donald, schuld.

Irgendwann, erinnerte er sich, hatte Blaker ihm erzählt, dass einer seiner Lieblingsplätze in den Victoria Embankment Gardens sei. Der Park lag verborgen hinter einem Zaun am Ufer der Themse, bei der Hungerford Bridge. Er war lang und schmal und immergrün, und wegen der Schutzdächer konnte man dort bei jedem Wetter herumlungern. Zu voll war es auch, denn im Sommer gab es Musikveranstaltungen und zu viele Penner von beiden Seiten der Themse, zu viele heiße Körper an einem heißen Tag, wie überall.

Es war kein heißer Tag gewesen; es war kühl und nass, als Ivy ihn am späten Nachmittag gefunden hatte, zwei Stunden eher als Donald.

»Sic wciß, dass ich an den meisten Tag da hinkomme«, sagte Blaker. »Ich sage ihr immer, wo ich vielleicht bin. Ob Sie's glauben oder nicht, ich plane meinen Tag.«

»Was ist passiert?«

Blaker hatte am Boden gesessen, noch erkennbar mit seinem zugeschwollenen Auge und von Passanten so unbeachtet wie das übrige Dutzend zerschundener Obdachloser, die den Rausch des Tages ausschliefen und aussahen, als hätten sie sich beim Hinfallen verletzt. Durch eigene Schuld Verwundete gehörten hier zur Landschaft; man ging meist ohne Blickkontakt um sie herum, denn Mitleid verschwendete man nicht an hoffnungslose Fälle. Und niemand würde sich in ihre Streitereien einmischen; man ignorierte die betrunkenen Diskussionen, die irgendwann umschlugen, die halbherzigen Rangeleien und Schläge, das johlende Gelächter.

»Sie war wütend«, erzählte Blaker. »Ich saß ganz allein auf einer Bank, und da kam sie von hinten heran, packte mich am Hals und schlug mich, und dann legte sie mir beide Hände um den Hals und … schüttelte mich. Ich habe sie zuerst gar nicht gesehen, aber ich konnte sie riechen, und ich kriegte keine Luft mehr. Hör auf, wollte ich sagen, was ist denn los? Aber sie hielt mich gepackt, als wollte sie mich umbringen. Hier.« Er betastete seinen Hals, den ein Ring von Schrammen zierte wie ein rot-violettes Halsband. »Ich dachte wirklich, sie bringt mich um, und es war ihr egal, ob es jemand sah. Ich bekam ihre Arme zu fassen und versuchte, sie loszuwerden, aber ich dachte, ich sterbe, Mann, ich sterbe hier, ohne zu wissen, warum. Und dann hörte sie auf. Als ob die ganze Wut plötzlich verraucht wäre. Sie ließ mich los. Ich bin irgendwie zusammengesackt, und … und dann kam sie und setzte sich neben mich und sagte, es täte ihr leid. Und ich sagte, wieso hast du das gemacht, Ivy? Und sie sagte, du weißt, was du getan hast. Du hast mit jemandem über mich geredet.«

Blaker sah mit blutunterlaufenen Augen zu Donald auf, und die Trauer in seinem eindringlichen Blick war erschreckend.

»Ich denke, wir schaffen Sie jetzt ins Krankenhaus und lassen Sie untersuchen.«

Blaker wollte nicht, aber vor allem wollte er nicht allein sein. Also saßen sie jetzt hier im Warteraum, und Blaker, erfüllt von blubberndem Jammer, Schmerz und dem Whisky, den seine Peinigerin ihm dagelassen hatte, fing auf Donalds Schoß an zu schnarchen. Donald schob ihn zusammengekrümmt auf den Plastikstuhl neben ihm, zog sein Notizbuch hervor, um zu schreiben.

Er wollte immer gern anfangen wie ein alter viktorianischer Bobby: *Ich bewegte mich in westlicher Richtung, als ich …* Er hätte seine Notizen gern verfasst, als erzähle er eine Geschichte, aber alle Notizbücher hatten Inventarnummern, man musste Rechenschaft über sie ablegen, sie zurückgeben und prüfen lassen, und so waren sie nicht dazu geeignet, niederzuschreiben, was er dachte, sondern für Zusammenfassungen von Fakten und Dialogen. Er steckte das offizielle Notizbuch mit Datumsstempel und der Seriennummer 1366197 wieder ein, zog sein eigenes hervor und schrieb darin, weil er es hier in seiner eigenen Sprache tun konnte. Einen offiziellen Bericht konnte er – wenn überhaupt – später verfassen.

Blaker ist ein hartnäckiger Wiederholungstäter, HIV-positiv, hat nicht viel zu verlieren. Er wurde heute unter freiem Himmel von einer wütenden Frau überfallen, die er seit Jahren kennt, nur weil sie erfahren hatte, dass ich mit ihm gesprochen habe und deshalb von ihr weiß. Das wusste sie, weil sie bei Ms Rachel Doe wohnt, die ich angerufen hatte, weil ich nichts zu tun hatte und auf die Idee kam, einen Köder auszulegen, ohne zu wissen, was ich eigentlich fangen wollte. Daraus folgt, dass Ivy W. mehr als üblich zu verbergen hat, was ihren seltsamen und tragischen Hintergrund angeht. Ich glaube, dass

Blaker (der eine reizende alte Tunte ist, was immer er getan haben mag – er hat Frauen beraubt, weil er auf ihre Handtaschen mindestens so scharf war wie auf alles andere) Ivys Komplize ist und dass Ivy ihn benutzt hat, um ihrem Exmann E-Mails mit Bildern zu schicken. Ich habe dafür nicht den geringsten Beweis, aber ich glaube es. Ich glaube außerdem, dass Ivy gewalttätig, aber nicht unbeherrscht ist. Blaker ist ein Beleg dafür. Es ist ein sehr verwegenes Unternehmen, jemanden in aller Öffentlichkeit zu erdrosseln, wirklich sehr verwegen. Und sie hat ihm nicht die Hände um den Hals gelegt … es sieht eher aus, als sei es so etwas wie eine Schnur gewesen. Er hat Schrammen und Kratzer. Vielleicht eine Garrotte.

Blaker bezeugt auch ihre Gutherzigkeit. Passt das zusammen? Er sagt, sie ging unter Tränen und entschuldigte sich überschwänglich für das, was sie getan hatte, und sie schenkte ihm eine halbe Flasche Whisky. Gutherzigkeit – oder der kürzeste Weg zum Vergessen? Als sie ihn verließ, sagte sie, es tue ihr sehr, sehr leid, aber sie habe etwas zu tun, und er dürfe mit niemandem über sie reden. Worüber reden? Was weiß Blaker, das so schlimm ist?

Blaker regte sich, und Donald schrieb.

Wie ist sie? So viel weiß ich: Sie ist potenziell zu einem Mord fähig. Sie hasst ihren Exmann, den Richter, sagt Blaker. Nach Aussage des Sohnes war sie gewalttätig gegen ihn. Sagen die beiden die Wahrheit? Und sie arbeitet ständig in der Nachtschicht. Angenommen, sie verfolgt eine Vendetta. Gegen Männer? Oder gegen eine besondere Art von Männern?

Garrotten. Ich habe ihn hergebracht, weil Schrammen, auch wenn sie nicht tief sind, leicht zu einer Sepsis führen können, und ich weiß nicht, was ein HIV-Positiver riskieren darf. Sie hat sich nicht allzu sehr angestrengt, nicht so sehr, wie er glaubte; sie wollte demonstrieren, dass sie noch etwas viel Schlimmeres anrichten könnte. Und sie hätte es gekonnt, wohlgemerkt. In den Victoria Embankment Gardens hätte niemand Notiz davon genommen.

Er hielt inne, als ihm etwas durch den Kopf ging, das gar nicht zur Sache gehörte. Königin Victoria hatte den deutschen Einfluss ins Land gebracht. Durch sie hatten die Deutschen in dieser Stadt so vieles bewirkt. Die viktorianische Moral. Erfolg hatte immer auch eine Kehrseite. Armut, Prostitution und Denkmäler gehörten irgendwie zusammen. Er schüttelte den Kopf und schrieb weiter.

Ivy W., ein Mädchen, das auf einem Bauernhof aufwuchs. Sie könnte wissen, wie man Tiere schlachtet, aber nicht, wie man Menschen tötet. Übersehe ich hier irgendeinen Dreh?

Sie ist ein Nachttier, das arbeitet und Freundschaften schließt. Sie ist ebenso gutherzig wie bösartig. Blaker redet dauernd vom Üben.

Er klappte sein Notizbuch zu, holte das mit der Seriennummer aus der Tasche und fing noch einmal an.

Habe Mr Blaker aufgefunden, in hilfsbedürftigem und alkoholisiertem Zustand; konnte mir daher nichts über Clean Co. sagen. Er gab an, überfallen worden zu sein. Habe Mr B. in die Notaufnahme gebracht. Stelle jetzt Nachforschungen nach seinem angebl. Angreifer an …

Ein unheiliges Frohlocken erfüllte ihn, ja, ja, ja, denn was immer er gesehen hatte, er hatte jetzt einen legitimen Grund, die ehemalige Mrs Schneider festzunehmen, und zwar wegen Körperverletzung, begangen an Mr Blaker. Und er wusste, wo er sie finden würde.

Er konnte sie holen und sie vernehmen – über die Gründe für den Angriff auf Mr Blaker und über Nachtschichten.

Nein, das konnte er nicht. Korrektes Vorgehen hätte darin bestanden, Blaker auf das nächste Revier zu bringen – das zufällig West End Central war – und den für die Gegend zuständigen Polizisten zu überlassen oder jemanden von dort an den Tatort zu rufen. Er hätte den Fall behandeln müssen wie eine gewöhnliche Straftat, begangen auf offener Straße. Er verdrehte den Gang der Justiz, und durch das, was er schon getan hatte, war er bereits hoffnungslos kompromittiert. Er tat nicht annähernd seine Pflicht. Er tat, was Blaker wollte, und schützte ihn.

Blaker rührte sich, schmiegte das Gesicht an seine Schulter wie ein Kind.

»Sie hat das nicht so gemeint, wissen Sie. Scheiß drauf … können Sie mich nach Hause bringen?«

»Sie müssen untersucht werden. Gesäubert. Sie brauchen vielleicht ein Antibiotikum.«

Und ich brauche die Zeugenaussage eines Arztes.

»Sie werden sie doch nicht anzeigen, oder? Sie werden niemandem erzählen, was Ivy mit mir gemacht hat? Ich will nicht, dass sie Ärger kriegt. Wenn Sie es tun, werde ich es abstreiten und sagen, es war jemand anders. Ich hätte es Ihnen gar nicht erzählen sollen. *Scheiße*, wieso habe ich es Ihnen erzählt? Ich war nicht ganz bei mir, oder? Was habe ich Ihnen sonst noch alles erzählt?«

Donald schwieg absichtlich so lange, bis Blaker ihm einen heftigen Rippenstoß gab.

»Scheiße, versprechen Sie es mir, oder ich mache Ihnen Ärger.«

Dann fing er wieder an zu weinen. »Nein, ich hab's nicht so gemeint. Ach, bitte, Don, unternehmen Sie nichts. Ich will, dass sie wiederkommt. Ich wünschte, sie hätte mich umgebracht.«

»Warum um alles in der Welt sollte sie das tun?«

Blaker schloss die Augen.

»Haben Sie dem Richter E-Mails geschickt, Blaker? Ich glaube, im Schlaf haben Sie so was gesagt.«

Blaker nickte. Allmählich setzte der Schmerz ein, und mit ihm eine dumpfe, ohnmächtige, überfällige Wut auf sich selbst und auf alles. Das war gut, dachte Donald, aber was zum Teufel er mit dem anfangen sollte, was Blaker ihm erzählen könnte, war eine ganz andere Frage.

Er wünschte, er müsste nicht reagieren wie ein Polizist, er könnte die übrigen Instinkte eines normalen Menschen wiederfinden und einfach etwas Freundliches tun. Er hätte es gern getan.

Es ging nicht.

»Dass Sie dieses Zeug verschickt haben, Bilder aus Büchern – war es das, worüber Sie nicht mit jemandem wie mir reden sollten?«

Er nickte und schüttelte dann so heftig den Kopf, dass es wehtat.

»Das ist doch nichts Besonderes, oder? Oder gab es da noch etwas anderes?«

Blaker schluchzte wieder und hielt sich die Kehle.

»Sie wird ihn umbringen«, brachte er schließlich hervor. »Sie hat geübt. Vor mir gibt sie damit an, weil mir niemand glauben würde. Sie wird ihn umbringen, auf die eine oder andere Weise. Sie sagt, sie hat jemanden, der ihr hilft.«

Scheiße. Donald hätte am liebsten laut geschrien. Er machte hier gemeinsame Sache mit einem zum Tode verurteilten Fantasten, der ein schreckliches Talent dafür hatte, die Wahrheit zu sagen. Vielleicht konnte er mit dieser Sache seinen Ruf wiederherstellen. Vielleicht war es ein Coup. Aber Donald hatte in seinem ganzen Leben noch keinen Coup gelandet, und wer würde Blaker glauben?

Was würde seine Frau denken, wenn er Blaker mit nach Hause brächte? Wenn er ihn auf dem Revier ablieferte, wäre er am nächsten Morgen wieder auf freiem Fuß, auf und davon, und vorher würde er bestimmt alles zurückziehen, was er hier ausgesagt hatte, und Donald stünde wie ein echter Trottel da.

Eine Schwester kam auf sie zu. Langes Leiden stand ihr ins Gesicht geschrieben, als sie sich dem zwanzigsten Betrunkenen des Tages gegenübersah.

Donald fand, es sei an der Zeit, sich Rat bei dem Richter zu holen. Aber vielleicht auch nicht. Der Richter würde nicht wollen, dass Donald auch nur in die Nähe seiner Exfrau käme, das wusste er, denn sonst hätte er sie von vornherein selbst erwähnt. Er gab Blaker einen Stoß, als der vor der Schwester zurückweichen wollte.

»Er ist HIV-positiv«, sagte Donald zu der Schwester und fragte sich, ob Blaker mit dieser Information wohl freiwillig herausgerückt wäre.

»Oh«, sagte sie. »Dann hole ich mir rasch Handschuhe.«

Donald lehnte sich zurück.

»Tja, damit wäre ich wieder ganz hinten in der Schlange«, sagte Blaker giftig. Ihre Reaktion hatte ihn aufgemuntert. »Vielen Dank auch.«

Nein, Donald konnte ihn nicht mit nach Hause nehmen. Ein so gutes Herz hatte er nicht. Er musste an seine Töchter denken.

»Es wird schon wieder«, sagte er. »Also, mein Freund. Sie haben gesagt, diese Ivy ist Modell. Wenn sie nicht gerade was anderes macht. Wo, sagten Sie, sitzt sie Modell?«

Blaker blickte überrascht auf. Wieder packte ihn Verwirrung. Er konnte sich nicht erinnern, dass er Donald davon erzählt hatte.

»Na, die Straße hoch. In der Kunstakademie. Sie wollte ja nicht weit weg, oder?«

17

Rachels Umgang mit dem Richter folgte einem klaren Muster, ganz so wie ein Tanz. Einerseits fühlte sie sich abgestoßen von ihm beziehungsweise den Geschichten über ihn, aber dann sah sie ihn und fühlte sich zu ihm hingezogen, bevor sie ihn dann wieder abstoßend fand. Zu Anfang hatte sie ihn verabscheut, und zwar auf der Grundlage dessen, was er als Hörensagen bezeichnet hätte. Dann hatte sie ihn bewundert. Dann fühlte sie sich hoffnungslos zu ihm hingezogen, dann abgestoßen, dann wieder angezogen, und jetzt war sie verwirrt. Sie konnte nicht glauben, dass er so gut war, wie er ihr erschien, und so böse, wie er anderen erschien, die ihn fast sein ganzes Leben lang gekannt hatten. Rachel war ein Neuling in Sachen Körper und Geist, aber sie wusste, hätte sie ihn kennengelernt, ohne etwas über ihn zu wissen, wäre Unwissenheit ein Segen gewesen, und sie hätte ihn bewundert. Doch selbst etwas so Unschuldiges wie Respekt kam ihr vor wie ein Verrat, und fast wünschte sie sich, sie könnte ihn hassen. Im Geiste nannte sie ihn den »Richter«, wenn sie an ihn dachte, was sie am Dienstag und am Mittwoch die meiste Zeit tat – um ihn auf Distanz zu halten, einen Mann ohne Namen aus ihm zu machen, und um sich selbst zu objektiver Analyse zu ermuntern, statt einfach zu sagen: *Carl.* Sie bemühte sich, ihre eigenen Gefühle in eine Schachtel mit der Aufschrift *Anonym* zu packen und den Deckel zu schließen, statt den Inhalt gleichsam auf einem sauberen Boden zu verstreuen, wie sie es manchmal mit Arbeitsunterlagen tat, um zu sehen, was ihr ins Auge fiel, um Abfolgen zu erkennen, zu entdecken, was nicht hineinpasste, was hervorstach, ohne sich ablenken zu lassen durch das, was *hätte* da sein sollen. Zu betrachten, was sie mit eigenen Augen sah, statt davon auszugehen, dass das, was man ihr gesagt hatte, die Wahrheit war. Aber natürlich hatte sie noch nie so empfunden wie jetzt. Noch nie hatte sie sich zu dem abscheulich selbstsüchtigen Ehemann ihrer besten Freundin hingezogen gefühlt. Es verzerrte alles.

Ich bin so unsicher, schrieb sie im Büro in ihr Tagebuch, *dass ich mich in jeden verliebe, der mir nur eine Spur von positiver Aufmerksamkeit entgegenbringt. In jeden, der mich ernst nimmt. Ich bin eine zweiunddreißig Jahre alte Jungfrau.* Löschen.

Sie schaute aus dem Bürofenster und sah den Leuten zu, die tief unten vorübergingen. Sie verbrachte zu viel Zeit damit. Aber sie schaute immer weiter hinaus, weil sie sicher war, dass sie früh am Morgen Grace gesehen hatte, die im Gedränge des Berufsverkehrs aus der U-Bahn gekommen war. So sicher war sie angesichts des metallischen Haars und des Gangs gewesen, dass sie beinahe STOPP geschrien hätte und die Treppe hinuntergerannt wäre, um sie zu finden. Aber sie hatte gewartet, bis die Gestalt verschwunden war. Immer wenn sie an Grace dachte, sah sie, wie sie einherschritt, gefolgt von ihrem eigenen Schatten – so, wie sie auch an Ivy dachte. Eine Person mit einem langen, eleganten Schatten.

Es konnte nicht Grace gewesen sein. Grace war zu Hause, als sie am Nachmittag dort anrief, und erzählte lauter Geschichten über das Wetter, bis sie anfingen, in einer seltsamen Geheimsprache miteinander zu reden, als ob Ivy zuhörte.

Samstag okay, Grace? Oh ja. Aber du kommst schon am Freitag, oder. Ja, ich glaube. Bist du sicher? Nur wenn du willst … Ja, ich will.

Hast du ihn *kennengelernt*? (Das war Grace.) Nein, eigentlich nicht, aber wir haben miteinander gesprochen. Wie hast du ihn überredet, Schätzchen? Ach, du bist einfach wunderbar.

Ich habe ihn nicht überredet, Grace. Ich habe ihm gedroht, und da war er dazu bereit. Wie leicht es war, zu lügen.

Ich werde einen erstklassigen Lunch machen, sagte Grace. Ernest ist ganz aus dem Häuschen. Ich freue mich, dich zu sehen. Hat Ivy so viel zu tun, wie sie sagt? Ja, Gott sei Dank. Grace, hast du je welche von Ivys Freunden kennengelernt? Nein, Schatz. Ich glaube, sie kannte nur Gesindel, bevor sie dir begegnet ist, das habe ich dir doch schon erzählt. Kannst du früh kommen am Freitag? Ich bin so nervös. Und wie geht's deinem Vater? Trotzig und unkommunikativ? Oh Gott, sind sie nicht alle gleich? Männer. Verdammte Männer. Ich liebe dich, Schätzchen. Ich werde mir die Haare scharlachrot färben, nur um ihm Angst einzujagen. Mach's gut, bis bald.

Hat Ivy so viel zu tun, wie sie sagt?

Zwei Punkte, die sie an den Fingern abzählte. Ivy und Grace schwatzten jeden Tag miteinander wie zwei Stare und tauschten Neuigkeiten aus, auf eine Weise, wie sie es nie vermutet und wie Ivy es nie erzählt hatte. Ivy hatte immer Freunde gehabt, aber keinen davon hatte Rachel je kennengelernt. Zum Beispiel jemanden namens Blaker.

Sie hat Sams Inhalator weggenommen. Das war der Tropfen, der das Fass zum Überlaufen brachte.

Ivy war nicht da gewesen, als Rachel am Montagabend nach Hause kam. Sie kam spät zurück und hinterließ am nächsten Morgen einen Zettel. *Wir sehen uns Mittwoch im Zeichenkurs … Sei brav.* Wo ging Ivy hin, wenn sie nicht nach Hause kam?

Die letzte Sitzung des Semesters, und Rachel konnte sich nicht darauf freuen, dass Ivy das Modell sein würde, während es ihr früher den Abend vergoldet hätte. Es waren die Heimlichkeiten, die dafür sorgten, dass es jetzt anders war, weiter nichts. Ivys unregelmäßiges Aufkreuzen, die Kommunikation über Zettel und SMS, die ihr gemeinsames Dasein kennzeichnete, war nur normal bei zwei Wohnungsgenossinnen, von denen die eine tagsüber und die andere meistens nachts arbeitete, aber im Moment war es, als gingen sie einander aus dem Weg.

Rachels Vater blieb auf Distanz, als habe auch er etwas, das er ihr nicht erzählen wollte. Er bat, dass sie nächste Woche zu Besuch käme, bitte, wenn er mit der Renovierung des Badezimmers fertig wäre. Und wie es denn ihrer Freundin gehe. Ivy … wie hieß sie gleich?

Gut, Dad, gut.

Du darfst deinen Kurs nicht verpassen.

Sie hat Sams Inhalator weggenommen. Das war der Tropfen, der das Fass zum Überlaufen brachte. Sachen fallen nicht einfach aus einer Manteltasche. Sie musste sich konzentrieren. Die Woche würde wie der Blitz vorübergehen. Sie war sicher, dass sie Grace gesehen hatte. Nein, sie war überhaupt nicht sicher. Nirgendwo.

Um sich abzulenken, las sie eine Zeitung, die herumlag, und legte sie dann wieder weg. Der übliche Mist. *Mord im Krankenwagen ungeklärt.* Es war leicht, zu lesen, dass London eine gefährliche Stadt voller Gewalt sei, und es mühelos und vollständig zu ignorieren, wenn man mittendrin wohnte. Sie warf die Zeitung weg. Es war das London, das ihr Vater fürchtete, nicht das London, das sie kannte.

Gegen Ende des langen Mittwochnachmittags wurde Rachel zum Empfang gerufen, zwei Etagen tiefer: Da sei eine Lieferung für sie, und der Bote brauche ihre Unterschrift. Ungewöhnlich – aber sie ging hin. Hauptsache Bewegung.

Im Foyer des Gebäudes sah sie einen bunten Blumenstrauß auf der Theke, in Farbe und Größe überstrahlt von Sam Schneider, der danebenstand, ganz in Weiß und blendend aussehend. Gegen ihren Willen überlief sie ein Schauder des Schreckens, und sie hatte das Gefühl, auf ihrem eigenen Territorium bedrängt zu werden, aber zugleich war er ihr augenblicklich vertraut, und er brachte sie zum Lächeln. »Was um alles in der Welt machen Sie denn hier?«

Er verbeugte sich übertrieben schwungvoll, raffte die Blumen von der Theke und redete los wie ein Maschinengewehr. »Dad schickt mich. Er lässt mich Botengänge machen, weil ich freihabe und er nicht. Dafür wird er mich vielleicht mit niederen Arbeiten bezahlen müssen, mit Waschen und Bügeln zum Beispiel – darin ist er unübertroffen, wussten Sie das? Und offen gesagt, er vertraut mir ein kleines bisschen mehr als Interflora.«

»Die sind wunderschön.« Sie vergrub ihre Nase und ihre Verlegenheit im süßen Duft der Blumen. Jasmin und Rosen waren dabei. Sie wusste nicht, was sie sagen sollte.

»Besser gesagt«, fuhr Sam fort, »er vertraut meinem Geschmack bei der Auswahl floraler Tribute an schöne Frauen mehr als seinem eigenen, telefonisch übermittelten. Gefallen sie Ihnen wirklich?«

»Aber natürlich.« Sie lachte. »Was denn sonst? Kann ich Ihnen einen Drink oder einen Kaffee spendieren, oder wäre Ihnen ein konventionelleres Trinkgeld lieber?«

Sam zog eine imaginäre Mütze und grinste sie an.

»Ich darf keine Schmiergeldzahlungen annehmen, Miss, ehrlich nicht, und ich erniedrige mich für gewöhnlich auch nicht durch Botengänge, außer wenn ich neugierig bin. Der alte Knauser hat seit einer Million Jahren niemandem mehr Blumen geschickt außer seiner Sekretärin, also schicken Sie sie bitte nicht zurück.«

»Das werde ich nicht tun, das verspreche ich Ihnen, aber ich kann Sie doch sicher irgendwie entlohnen?«

Sam zwinkerte drollig.

»Nein. Ich fahre jetzt in Urlaub. Wissen Sie, Sie könnten sich um ihn kümmern, während ich weg bin. Sie haben eindeutig Chancen bei ihm.«

Damit rauschte er hinaus, und sie blieb mit außergewöhnlich leichtem Herzen zurück. Sie wusste nicht so recht, was sie mit jemandem anfangen sollte, der sich freute, sie zu sehen.

Bei den Blumen war eine Karte, auf der stand: *Danke, dass Sie sind, wie Sie sind. Wir sehen uns am Samstag um zwölf? Oder vorher?*

Besser nicht vorher. Sie rief ihn an, um sich zu bedanken; halb hoffte sie, dass er nicht da sein werde, und dann sprachen sie eine Stunde miteinander, hauptsächlich über die Blumen auf ihrem Schreibtisch. Schade, dass sie sie nicht mit nach Hause nehmen konnte. Aber Ivy würde wissen wollen, von wem sie waren.

Sie blieb lange im Büro und kam dann zu früh und mit leichtem Herzen zum Zeichenkurs. Der Korridor, der durch das Labyrinth des Colleges zum Zeichensaal führte, war kühl und staubig, aber in dem Raum war es heißer als in einem Brutkasten. Die Blumen wären hier verwelkt. Die schweißtreibende, übellaunige, schlecht funktionierende und überdrehte Heizung, angelassen für das letzte unbekleidete Modell, würde noch Stunden später unter Volldampf stehen. Rachel drehte sie ab. Sie wollte die Fenster hoch oben in der Wand öffnen, aber sie wusste nicht, wie das zu machen war, und so ließ sie die Tür offen, damit wenigstens ein kleiner Luftzug hereinkommen konnte. Obwohl sie mit den Gedanken woanders war und trotz der absurden Hitze betrachtete Rachel den verwahrlosten, schäbigen, farbverschmierten Raum mit großer Zuneigung. In den dunklen alten Zeiten, als sie die ersten Male zaghaft hereingekommen war, hatte sie sich sofort in diesen Ort verliebt – so sehr, dass sie gern zu früh erschienen war, um die Luft einzuatmen und das brave Mädchen zu sein, das die Stühle für die große Mehrheit der Zuspätkommenden aufstellte, solange sie nur dem Dödel nicht begegnen musste, der auch oft zu früh kam, weil er ebenso wenig ein eigenes Leben hatte wie sie. Es war der letzte Tag des Semesters; sic wusste nicht, ob sie je wieder herkommen würde, aber sie dankte diesem Raum für das, was er in den bleiernen Tagen des Winters für sie getan hatte, in den Tagen der größten Dunkelheit. In diesem hässlichen, schönen Raum hatte sie ein Talent entdeckt und eine ganze, neue Welt. Sie fing an, die Plastikstühle aufzustellen, und sah sich nach den ebenso schmutzigen Plastikstaffeleien um. Erst jetzt fiel ihr auf, dass der Raum noch unordentlicher war als sonst. Stühle waren umgekippt; anscheinend war die letzte Gruppe wie eine panische Rinderherde hinausgestürmt. Vermutlich wegen der Hitze. Rachel war wieder auf vertrautem, wenn auch geborgtem Gelände; sie schnalzte leise tadelnd mit der Zunge, lachte über sich selbst, warf einen Blick auf die Uhr, die ihr sagte, sie habe noch zehn Minuten Zeit, bis der Lehrer käme. Warum kam sie immer so früh? Anfangs war es Nervosität gewesen.

Sie hörte ihn, bevor sie ihn sah. Ein Stöhnen, das aus der behelfsmäßigen kleinen Kabine kam, wo das Modell sich hinter einem schlaffen Vorhang auszog und dann in die Hitze hinaustrat und auf Anweisungen wartete. Die Kabine war nichts als eine abgeteilte Ecke in bequemer Nähe zum Waschbecken mit seinem einzelnen Kaltwasserhahn hinter demselben Vorhang. Das Stöhnen ging weiter. Rachel riss den Vorhang zur Seite.

Der Rödel kauerte dahinter, den Kopf zwischen den Händen, die Ellenbogen auf den Knien, und wimmerte vor sich hin. Seine Sommeruniform für heiße Tage bestand aus Sandalen und weiten Shorts, die seine dicken bleichen Schenkel und behaarten Waden entblößten. Er war ein Mann, der niemals in der Öffentlichkeit Shorts hätte tragen dürfen. Ob Winter oder Sommer, er trug immer die falsche

Kleidung. Zu viel oder zu wenig. Die falsche Kleidung, sorgsam ausgewählt, um ein längst überlebtes Image zu fördern, einem von ihm geliebten Film mit einem Helden entnommen, der eine andere Figur hatte als er, und aufgemotzt durch ein albernes Halstuch.

»Was ist los?«

»Aaaggghhh!«

Es war ein lauter Schrei in diesem stillen Raum. Norman legte sich die Hände um den Hals und sprang auf. Dann ließ er sich wieder schwer auf den Schemel fallen, auf dem er gehockt hatte. Mit zitternden Fingern schlang er sich das alberne Halstuch fest um den Hals und hustete laut. Dann hob er eine Hand und wackelte mit den Fingern. Rachel wusste nicht, ob er sich damit für den Schrei entschuldigte oder was es sonst bedeuten sollte. Vor ihrem geistigen Auge sah sie plötzlich, wie ihr Vater als junger Mann ausgesehen haben mochte. Er wäre auch ein Typ gewesen, den alle Welt als Umstandskrämer oder Dödel oder Ähnliches bezeichnet hätte. Das machte ihn nicht zu einem schlechten Menschen. Es war eher ein Merkmal hilfloser Tapferkeit. Norman, der Dödel, sah traurig aus.

»Was ist los?«

Er schaute beschwörend zu ihr auf und unternahm einen kläglichen Versuch, die Achseln zu zucken.

»Ich dachte, Ivy kommt zurück«, flüsterte er.

»Was soll das heißen, sie kommt zurück? Sie wird jeden Augenblick hier sein, zusammen mit allen andern. Was machen Sie da drin? Kommen Sie heraus.«

Er schüttelte den Kopf.

»Sie wissen es nicht, was? Sie wissen es wirklich nicht. Sie haben keine Ahnung. Ich bin froh, dass Sie es sind; ich dachte, sie ist es, sie kommt zurück. Sie war vor zehn Minuten hier, sie sagte, wenn ich irgendjemandem etwas erzähle, bringt sie mich um, und das würde sie tun, ich weiß, sie würde es tun, ich …«

»Was zum Teufel reden Sie da?«

»Ich war an dem Abend mit ihr zusammen«, brabbelte er. »Sie ist weggelaufen, sie ist in dieses Ding gestiegen, sie hat es getan. Sie muss es gewesen sein. Sie müssen ihr sagen, dass ich es nie jemandem erzählen werde, nie, nie, nie. Sie hat mir die Hände um den Hals gelegt und fest zugedrückt.« Er befingerte sein Halstuch und kratzte daran. »Sie hat gesagt …«

Schritte näherten sich der Tür. Er fing an zu stammeln. »Sie müssen doch wissen, wie sie ist. Sie hat gesagt, wenn ich jemals …«

Rachel zog ihn auf die Beine und in den Raum hinaus.

»Meinen Sie nicht eher, dass Ivy gesagt hat, sie würde sich nicht mal mit vorgehaltener Pistole dazu zwingen lassen, mit Ihnen auszugehen oder zu schlafen? War es nicht das, was sie gesagt hat, als Sie hier herumlungerten, um sie abzupassen? Nein?«

Er sah sie hilflos an, mit dem Gesichtsausdruck eines Mannes, dem niemand je glaubte.

»Sagen Sie ihr, ich werde nichts erzählen«, murmelte er.

Ivy und der Lehrer kamen zusammen hereingerauscht, er klein und gedrungen, sie groß und schlank, ein schräges Paar. Ivy kannte allen Klatsch und Tratsch, und sie sprach die Sprache der Lehrer. Ivy sprach jedermanns Sprache; sie erinnerte sich an alles, was jemand gesagt hatte. Strahlend schaute sie zu Rachel und Norman herüber, umarmte sie beide mit ihrem Lächeln, und dann kam sie zu Rachel und drückte ihr einen Kuss auf die Wange.

»Hallo, hallo, da sind wir wieder, und das Semester ist zu Ende. Heute gibt's Spaß. Für die Pause haben wir Chips und Wein, billig und erfrischend scheußlich rot. Das müssen wir später wiedergutmachen.«

Der Dödel wandte sich ab und stellte einen der umgekippten Stühle auf. Er zitterte wieder. Ivy schaute Rachel mit hochgezogener Braue an, als wollte sie fragen: Was hat er denn? Rachel antwortete mit einem Achselzucken: Keine Ahnung.

»Ich werd's mir überlegen«, sagte Rachel und lächelte zurück. Sie waren immer wie zwei Verschwörerinnen gewesen, Ivy und sie. Es war ein gutes Gefühl.

Draußen hallte Fußgetrappel, die Hauptmannschaft kam in letzter Minute und brachte eine Woge von Lärm und die beruhigende Gegenwart der Außenwelt mit herein. Stühle und Staffeleien wurden herumgerückt, und Rachel ging an ihren gewohnten Platz. Aus dem Augenwinkel sah sie, dass Ivy auf dem Weg zur Kabine einen Umweg machte, Norman die Hand auf den Arm legte und lächelnd Hallo sagte. Er wich zurück, aber dann lächelte er auch. Alles in Ordnung also. Nur verknallt.

Sie versuchte, sich in den Zustand absoluter Konzentration auf den Unterricht und die reine Übung des Zeichnens zu zwingen, der sie als Erstes betört hatte, und der Zauber wirkte: Es wurde still in dem immer noch überheizten Raum, und man hörte nur noch die Geräusche von draußen und das Rascheln von Menschen und Papier. Rachel saß dem Dödel gegenüber; er hatte sich absichtlich auf die andere Seite des Raums zurückgezogen, ausnahmsweise nicht allzu nah bei irgendjemand anderem. Anscheinend riss er sich jetzt wieder zusammen.

»Drei-Minuten-Posen, bitte.«

Ivy kam aus der Kabine, sprang auf das Holzpodest und lächelte in die Runde. Sie blieb stocksteif stehen, die Beine gespreizt, eine Hand auf der Hüfte, und ließ die andere locker herabhängen. Sie wandte Rachel ihr Profil zu. Sie hatten sich schon vor langer Zeit darauf geeinigt, dass Ivy, wenn sie hier Modell stand, Rachel niemals direkt ansah, weil sie sonst beide anfangen würden zu kichern, und wenn das einmal anfinge, wäre es nicht mehr zu bremsen, genau wie ein Lachkrampf in einer Kirche. Ivy schaute also immer woanders hin. Rachel fing an, mit schnellen Strichen die Umrisse zu Papier zu bringen. Es war eine einfache Pose; Ivy verstand es, mit einfachen Posen anzufangen. Ein kurzer Blick zur Einprägung, die äußeren Dimensionen von Kopf, Füßen und Körper markieren, und dann ging es los. Sie blickte auf, an Ivy vorbei, und sah, wie der Dödel hinaufstarrte. Sein Mund stand offen, und sein Blick war voller Angst und Anbetung wie bei jemandem, der vor der Statue einer grausamen Heiligen eine Gunst erbittet. Sein Halstuch war verrutscht. Im harten Licht sah Rachel, dass sein Hals gerötet und sein Gesicht bleich war. Sie schaute weg.

»Posenwechsel.«

Ivy bewegte sich; sie änderte den Blickwinkel, ließ beide Arme herabhängen und legte den Kopf zurück. Ihre Finger krümmten und streckten sich, aber sonst stand sie still. Rachel sah Schrammen an ihren Oberarmen, rot in der sonnenbraunen Haut, schockierend leuchtende Schrammen, die geblutet haben mussten. Das Wort *Wildschaden* kam ihr in den Sinn, und sie sah Ivy vor sich, wie sie sich das Blut von den Händen abwusch. Wann und wo hatte sie sich diese Schrammen eingehandelt? Und wo hatte sie das Blut abgewaschen? Jedenfalls nicht zu Hause im Badezimmer. Rachel betrachtete ihre ganze Gestalt und sah plötzlich eine ganz andere Erscheinung vor sich, verblüffend anders als sonst. Kein Tier, nicht das gejagte, flüchtende Geschöpf, das sie anfangs gesehen hatte, sondern eine Kämpferin, die ihre Finger krümmte und streckte, kampfbereit, gestrafft und trainiert. Eine Boudicca, die sich die eigene Brust abschnitt, um besser mit dem Bogen hantieren zu können. Eine rücksichtslose physische Gegnerin, gnadenlos.

Sie sah die sparsamen Bewegungen der großen Hände und den gestrafften Rücken, und einen Augenblick lang hatte Rachel Angst vor ihr.

Der Unterricht ging weiter. Der Eindruck verblasste in den längeren Posen, als Ivy vorgebeugt kniete und den gestreckten Rücken darbot, das Gesicht verdeckt, die Arme ausgestreckt wie eine unterwürfige Bittstellerin, völlig wehrlos. Misshandelt, und als warte sie auf einen Fußtritt, und die Schrammen an ihren Armen machten sie zum Opfer, nicht zum Raubtier. Das war das Bild, das Rachel sich bewahren und wie einen Schatz hüten wollte.

In der Pause tranken sie schlechten Wein. Es war kühler geworden, und Ivy brachte sie zum Lachen. Als sie mit einiger Verspätung ihre Plätze für die zweite Hälfte einnahmen, war der Dödel verschwunden.

»Gut«, sagte Ivy, als sie nachher an Rachels Platz vorbeikam. »Gehen wir einen trinken? Ich habe Lust, mich volllaufen zu lassen. Ja?« Sie streckte die Arme aus. »Sieh dir das mal an. Wir mussten hinter einem Bürogebäude ein paar grässliche verdorrte Pflanzen rausreißen. Voller Dornen, dieses Mistzeug. Sieh dir an, wie es mich zugerichtet hat.«

Ich glaube dir nicht. Ich glaube dir einfach nicht. Die Worte hallten in Rachels Kopf wider. Du hast mit jemandem gekämpft. Man bekommt keine Fingernagelschrammen bei der Arbeit. Nicht mal bei deiner Arbeit.

Sie merkte, dass sie die Worte *Ich glaube dir nicht* im Geiste unablässig wiederholte, um zu verhindern, dass sie sie laut aussprach. Stattdessen sagte sie: »Wirklich, Ivy, wenn du herumläufst und Leute verprügelst, musst du schon dafür sorgen, dass sie sich nicht wehren.« Sie wandte sich ab, um ihre Sachen einzupacken, und sie empfand ein machtvolles Gefühl des Verlusts, weil die Lüge so offenkundig und so glattzüngig gewesen war. Ivy packte sie beim Arm. Rachel spürte, wie die Hand sich in ihre bloße Haut brannte, als wäre sie aus glühendem Stahl.

»Ich habe nichts vom Verprügeln gesagt«, zischte sie wütend. »Ich habe gesagt, ich habe stachliges Gebüsch ausgerupft.«

»Na, ich finde nicht, dass man etwas von dir verlangen sollte, wofür du nicht bezahlt wirst«, antwortete Rachel unbekümmert. »Fünf Pfund die Stunde, das ist ohne Gefahrenzulage. Und dafür lohnt es auch nicht, dass fünfzehn Leute im Kurs sich fragen, ob du mit einem Tiger geknutscht hast.«

Ivys Augen strahlten vor Entzücken bei dieser Vorstellung.

»Ich hatte gehofft, dass ihr das denkt«, sagte sie. »Aber sie sind alle so höflich, nicht wahr? Niemand hat gefragt, nicht mal der Lehrer. Komm, lass uns gehen und zusehen, dass wir den Geschmack dieser roten Plörre loswerden. Wir spülen ihn mit was Besserem weg. Habe ich dir erzählt, dass ich nächstes Wochenende zehn Pfund die Stunde kriege? Drei Tage an einem Stück wollen sie mich haben. Da bin ich dann reich. Deshalb lade ich dich heute ein.«

Einfach mit dem Strom schwimmen, dann würde alles gut gehen. Eine Flasche Wein trinken, die Woche zum Teufel wünschen und nicht mehr auf die leise nörgelnde Stimme in ihrem Herzen hören, das schwer war wie ein Stein, auf das Gefühl, sie habe etwas gesehen, das sie nicht sehen durfte und das sie am liebsten nie gesehen hätte. Sie traten hinaus unter den hellen Himmel und in den Verkehrslärm, der jetzt gegen neun allmählich nachließ. Noch immer spürte sie Ivys Finger wie eine Schraubzwinge an ihrem Arm, und unter dem Druck von Hunderten von Menschen auf der Jagd nach dem Vergnügen wurde es wieder heißer.

Und dort neben dem Ausgang wartete Detective Sergeant Cousins mit seinem Seehundschnauzer. Er hatte eine Zigarette in der Hand und lehnte an der Wand wie jemand, der den Bus an der nahen Haltestelle erwischen wollte. Rachel erkannte ihn sofort; als sie sein Gesicht sah, hörte sie seine Telefonstimme am Ohr. Er sah nicht zu ihr herüber, sondern schaute über die Straße. Sie reagierte instinktiv. Als Erstes verspürte sie den absurden Drang, ihn anzurempeln und zur Seite zu stoßen, aber dann kam der ganze Beschützerdrang ins Spiel, den sie Ivy gegenüber immer empfunden hatte, und der Rest war vergessen. Sie hakte sich bei ihr unter, zog ihr die Mütze ins Gesicht und marschierte mit ihr los. Den Blick starr geradeaus gerichtet, redete sie angeregt auf sie ein, bis sie an ihm vorbei waren. Dann zog sie Ivy noch schneller voran, bis das Gewimmel im West End sie verschlungen hatte. Ivy ließ sich ziehen und bemerkte lachend, Rachels Begeisterung für ein anständiges Glas Wein sei aber ein bisschen extrem, oder?, und ob die letzte Sitzung denn dermaßen schlimm gewesen sei, und was war eigentlich mit dem Dödel los? So ging es weiter, nach links und nach rechts und dann in die Kellerbar, in die Ivy beim ersten Mal mit ihr gegangen war.

Ivy drängte sich durch das volle Lokal nach vorn. Die Leute machten ihr Platz. Rachel schnappte sich einen Stuhl und ließ sich schwer darauf fallen. Ihre Tasche mit den Zeichensachen schlug ihr gegen die Knie, und sie holte tief Luft. Was sie empfand, war weniger Wut als vielmehr Enttäuschung. Richter Carls zahmer Polizist, sein Schakal mit dem traurigen Gesicht, war beauftragt worden, auf sie zu warten. Er wollte Ivy, und er war jetzt zum zweiten Mal instruiert worden, wo er sie finden würde. Und ganz gleich, wie unschuldig die Fragen waren, die er ihr stellen wollte – wenn der verdammte Detective Sergeant Cousins sie jetzt erwischte, würden Rachels heimliche Geschäfte mit Carl ans Licht kommen. Gut, irgendwann würde sie darüber reden müssen, aber nicht, solange es noch kein greifbares Resultat gab.

Warum hatte sie Carl nicht nach dem verdammten Kerl gefragt? Weil sie es einfach vergessen hatte. Detective Sergeant Cousins konnte ihren Plan ruinieren. Rachel schaute zur Tür. Niemand war ihnen gefolgt. Detective Sergeant

Cousins in Oberhemd und Schlips würde hier auffallen wie ein bunter Hund, und trotzdem hatte sie das Gefühl, dass sie verfolgt wurden.

Sie war so müde, so schrecklich müde. Diese erwartungsvolle Anspannung kostete Energie, aber noch anstrengender war das unumstößliche Wissen über das, was sie an Ivys nacktem, stummem Körper und in Normans Gesicht gesehen hatte: dass Ivy lieb, großzügig und gutherzig sein mochte, aber zugleich eine Wilde war. Sie war nie völlig machtlos gewesen, und sie hatte etwas furchtbar Unrechtes getan und weidete sich daran.

Ivy war in Hochstimmung; sie schwebte auf nichts als der Londoner Luft und der zwei Stunden lang genossenen Bewunderung, als sie sich mit einer Flasche Wein und zwei Gläsern zum Tisch zurückdrängelte. Sie war in Partylaune wie so oft nach dem Modellsitzen. Sie setzte sich und beugte sich in verschwörerischem Übermut vor.

»Soll ich dir erzählen, was wirklich mit dem Dödel passiert ist? Was für ein Idiot! Warum haben wir Mitleid mit ihm?«

»Was ist denn passiert? Warum hat er solche Angst vor dir?«

»Ach, Quatsch, er hat keine Angst, es ist ihm bloß peinlich. Ich habe vor der Sitzung meinen Kram im Raum ablegen und dann noch einen Kaffee trinken wollen. Und da saß er in der verdammten Kabine und hat auf dich gewartet.«

»Auf *mich?*«

»Ja, Schätzchen, auf dich. Wahrscheinlich wollte er rausspringen und buh schreien, um dich zu bezirzen. Du bist ja die Einzige außer ihm, die immer zu früh kommt. Er hat auf *dich* gewartet. Ein Jux. Er wollte sich einen Jux machen. Was sagst du dazu – wartet auf dich. Du hast da einen Riesenfan.«

Wider Willen musste Rachel lachen.

»Und was ist das, was er nie jemandem erzählen wird? Er wollte unbedingt, dass du es weißt.«

Ivys Gesichtsausdruck änderte sich für einen Augenblick. Dann lachte sie.

»Er kennt mein dunkles Geheimnis. Er treibt sich da rum, und er hat gesehen« – in einer Geste tiefer, dramatischer Beschämung legte Ivy eine Hand an die Stirn –, »wie ich Papier geklaut habe. Ja, ich gestehe es: Einen Stift habe ich außerdem geklaut. Und weißt du, was *sein* trauriges Geheimnis ist?«

»Nein.«

»Er möchte … Aktmodell werden.«

Plötzlich sahen sie ihn beide vor sich, den traurigen, schlaffen Norman, wie er nackt auf dem Podest stand und alles nach unten zeigte. Beide lachten laut und grausam. *Ich glaube dir nicht*, hallte es immer noch in Rachels Kopf, aber sie lachte und suchte Vergessen im Chardonnay.

Donald sah ihnen nach und nickte Blaker über die Straße hinweg zu. Blaker streckte den Daumen hoch. Identität bestätigt. *Sie wird ihn umbringen, und sie hat jemanden, der ihr hilft.* Na, Gott sei dem armen Kerl gnädig, wenn zwei solche Furien hinter ihm her waren. Die beiden voneinander zu trennen wäre ebenso unmöglich gewesen wie eine Besteigung des Everest, aber Donald hatte es auch nicht vorgehabt. Er war nur hineingegangen und hatte sich erkundigt, ob ein Modell dieses Namens im College arbeitete. Ja, hatte man ihm gesagt, und sie werde heute hier sein. Er war gegangen und wieder zurückgekommen, um einen Blick auf sie zu werfen, und er hatte Glück gehabt. Dass Rachel Doe auch da gewesen war, hatte ihn überrascht. Sie wohnten zusammen, doch waren sie auch unzertrennlich? Miss Doe sah nicht aus wie eine Lesbe, aber man konnte nie wissen. Was für ein Luder war sie, dass sie sich an einen Mann und an seine Exfrau heranmachte und dem Mann gegenüber so tat, als wisse sie nicht, wo die Exfrau wohnte? Wozu?

Er war jedes Mal von Neuem überrascht, wie tief die Freundschaft seiner Frau zu anderen Frauen reichte. Frauen, so schien es, würden alles füreinander tun, wenn es darauf ankäme. Dadurch unterschieden sie sich so radikal von Männern. Für Männer gab es Grenzen.

Aber jetzt sollte er sich beeilen und seine Verabredung mit dem Richter einhalten. Verzeihen Sie, dass es so spät wird, Sir, aber ich muss diese Angelegenheit jetzt in meiner Freizeit verfolgen. Bei uns herrscht wieder einmal Panik.

Danke, hatte der Richter gesagt, ich weiß das sehr zu schätzen.

Aber ich wette, er wird nicht auf mich hören. Ich muss mich zurückhalten mit dem, was ich sage, und mich auf Fakten und Fragen beschränken.

Zum Beispiel: Warum will Ihre Frau Sie umbringen, und wer wird ihr dabei helfen?

Rachel Doe, wie es aussah.

Schade, aber alles wies darauf hin.

18

Es war ein weiter Weg mit der Bahn hinaus zur Wohnung des Richters. Er hatte gesagt, es mache ihm nichts aus, dass es schon so spät sei. Donald sollte es recht sein.

Es war schwierig genug, im schwindenden Licht in die Zitadelle hineinzufinden. Als er durch die Wohnungstür trat, empfing ihn eine erfrischende Unordnung. Wie sich herausstellte, hatte Sam das Wohnzimmer benutzt, um die Sachen auszubreiten, die er für eine Woche Urlaub einpacken wollte. Die strengen Linien der Wohnung wurden gemildert durch die Wäsche, die auf dem Balkon hing. Carl ließ Donald herein. Er lächelte.

»Haben Sie kein Zuhause, Donald, dass Sie um diese Zeit noch arbeiten? Kommen Sie herein und trinken Sie etwas.«

»Doch, ich habe ein Zuhause, aber um diese Jahreszeit fährt meine Frau meistens mit unseren Töchtern in Urlaub. Sonne und Sand, das ist nichts für mich. Deshalb habe ich alle Zeit der Welt.«

»Ein Glück für mich. Ich fühle mich geehrt.«

»Vielleicht nicht, Sir. Ich würde ein Bier nehmen, bitte.« Er deutete auf den Berg Hemden auf einem Stuhl. »Rechnet Ihr Sohn damit, dass die Sachen gebügelt sind, wenn er nach Hause kommt?«

»Vermutlich. Und das Schlimme ist, er hat wahrscheinlich recht.«

Donald nickte verständnisvoll. Mit eisgekühltem Bier setzten sie sich hin, relativ entspannt und durchaus erfreut, einander zu sehen, wenn sie von dem Anlass absahen. Schade, dass es kein gesellschaftlicher war. Vielleicht ein andermal. Es wäre eine bessere Welt, wenn Richter und Polizisten zusammen Bier trinken könnten.

»Ich habe den Mann gefunden, der Ihnen die E-Mails geschickt hat. Es *war* Blaker. Ich habe Ihnen von ihm erzählt; er kennt Ihre Frau. Ich habe ihn nicht festgenommen, er hat kein offizielles Geständnis abgelegt. Er ist ein armes, krankes Würstchen.«

»War er es, der in mein Büro in der Kammer eingedrungen ist?«

Das Bier war aus Belgien – köstlich, wenn er nicht so müde gewesen wäre. Donald hatte in letzter Zeit seltsame Träume, statt zu schlafen. Vielleicht kränkelte er irgendwie. Seit Sonntagabend fühlte er sich nicht wohl.

»Nein, das glaube ich nicht. Wenn er es war, war er wohl nicht allein. Aber ich glaube, es war jemand anders. Möglicherweise jemand von einer Putzkolonne.«

Das hatte er sich ausgedacht, aber es klang plausibel, und daran arbeitete das andere Team. »Ich weiß nichts darüber. Was mir Kopfzerbrechen macht, ist das Motiv hinter der ganzen Sache. Blaker redet mit mir; vielleicht redet er auch mit Ihnen, wenn ich ihn freundlich darum bitte, und zwar aus einem Grund, der Sie vielleicht überrascht. Er scheint sich aufrichtig Sorgen um Ihre Exfrau zu machen …«

»Ivy.«

»Aus mir unbegreiflichen Gründen macht er sich tatsächlich Sorgen um sie.«

Carl schwieg. Donald nahm einen Schluck Bier. Der zweite war nie so gut wie der erste.

»Blaker hat die E-Mails versandt, weil Ivy davon nicht so viel versteht, aber ich schätze, sie stand hinter ihm in der Kunstakademie, wo sie arbeitet – als Teilzeitstudentin und Aktmodell –, und vielleicht hat sie die Bilder aus Büchern gerissen. Blaker hat nichts für Sie übrig, weil Sie ihn ins Gefängnis geschickt haben, und Ivy, na ja, sie kann Sie überhaupt nicht leiden, gelinde gesagt. Sir, könnten Sie mir hier weiterhelfen und mir etwas über Ihre Beziehung zu Ihrer Exfrau erzählen? Fangen Sie beim Anfang an. Das ist immer am einfachsten.«

Carl hatte sein Bier nicht angerührt; er hörte aufmerksam zu und arbeitete an einer Antwort, die ebenso ehrlich wie kurz sein würde.

»Früher war unsere Beziehung gut, ganz zu Anfang, leidenschaftlich und absolut unerhört, und dann wurde es übel. Sie wäre zerbrochen, selbst wenn meine Tochter nicht ertrunken wäre. Ich habe sie seit der Scheidung nicht mehr gesehen. Sie hat eine Abfindung von mir bekommen. Mehr hat sie danach nie gefordert.«

»Ich weiß, dass Sie die Schwäne geschossen haben; Sam hat mir davon erzählt. Er hat auch erzählt, seine Mutter habe ihn misshandelt.«

»Wahrscheinlich findet er, ich tue es auch. Was für ein vertrauenswürdiger Junge. Leider hat sie es wirklich getan. Sie hasste mich, und sie gab mir die Schuld am Tod unserer Tochter und vor allem wegen der Schwäne. Dieser Teil ist wirklich ein bisschen zu kompliziert, um ihn zu erklären, aber sie hat Sam noch viel mehr Schuld zugewiesen, an allem – weil er Steine geworfen hatte, weil er überhaupt existierte. Sie hatte schon vor diesem Unfall mit Drogen experimentiert … hat ihre gestohlene Jugend nachgeholt, die Arme. Ivy ist eine obsessive Persönlichkeit. Sie macht keine halben Sachen, und dann hat die Trauer ihr den Rest gegeben. Ich konnte es ihr nicht verdenken, ich konnte auch nicht zu ihr durchdringen. Aber dann war sie sehr grausam zu Sam, und sie hat ihm sehr wehgetan.«

Er schluckte. »Sie hat ihn gestoßen, gekniffen, geschlagen. Es dauerte eine Weile, bis ich merkte, dass er sich vor ihr verkroch. Er konnte nichts sagen; ob Sie es glauben oder nicht, er war gefährlich asthmakrank und ein sehr introvertiertes Kind. Ich weiß nicht mehr, wie oft ich ihn ins Krankenhaus bringen musste. Ivy war oft weg oder nicht bei Sinnen. Es kam so weit, dass man sie einfach nicht mehr mit ihm allein lassen konnte. Sie hat ihm seinen Inhalator weggenommen. Sie hätte ihn umbringen können. Das war der Tropfen, der das Fass zum Überlaufen brachte. Ich ließ sie in eine Therapie einweisen. Sie lief ein- oder zweimal weg. Da konnte ich sie nicht mehr nach Hause kommen lassen.«

»Und Sie haben sie ausgesperrt.«

»Entweder sie oder Sam. Er war zehn. Was hätten Sie getan?«

Donald wühlte eine leere Zigarettenschachtel hervor und zerknüllte sie.

»Das weiß ich nicht. Aber wenn Sie mir die Bemerkung gestatten: Sie hätten ein wenig davon gleich zu Anfang sagen können, denn was mich persönlich angeht, ist eine gewalttätige Exfrau immer die Erste, an die ich denke, wenn jemand Morddrohungen bekommt. Ich habe Sie gefragt, ob es sich um eine persönliche und nicht um eine berufliche Angelegenheit handeln könnte, ob vielleicht eine verschmähte Frau dahinterstecken könnte. Sie haben Nein gesagt.«

»Donald, wenn Sie Ihre Exfrau seit fast zehn Jahren nicht mehr gesehen haben und wenn Sie wissen, dass es ihr gut geht, weil Sie Kontakt zu ihren Eltern hatten, dann können Sie sich eigentlich nicht vorstellen, dass sie Ihnen aus heiterem Himmel bösartige Nachrichten schickt, zumal wenn sie eine halbe Analphabetin ist. Sie war nicht schlecht, sie war wütend, und das hatte sie sicher begriffen. Ja, ich weiß, dass sie mich hasste, und ich habe ihr allen Grund dazu gegeben, aber sie hat ein neues Leben angefangen, und Hass stirbt doch irgendwann, oder?«

Donald klopfte seine Taschen ab und suchte nach einer neuen Schachtel Zigaretten. Er hatte es nie ausgehalten, irgendwo auf der Straße zu stehen und zu warten, ohne eine Zigarette zu rauchen. Nach der letzten war er ein bisschen benommen; eigentlich brauchte er nicht noch eine.

»Nein, Sir. Sie sind viel zu rational. Hass stirbt nicht immer. Meistens, ja, aber manchmal wächst er, er wächst und wächst, bis er alles verzehrt und der Mensch nur noch dafür lebt. Angenommen, sie gibt Ihnen die Schuld an allem, was in ihrem Leben passiert ist, dann hat sie es auch nur Ihretwegen so sehr vermasselt, und der einzige Ausweg aus diesem Schlamassel ist die Rache. Denken Sie an das *Miasma*. Keine Ehre ohne Rache. Die Seele verfault ohne Rache. Angenommen, sie glaubt, Sie hätten ihr nicht nur die Tochter geraubt, sondern auch den Sohn, und Sie wären der Einzige, der verhindert, dass sie … ja, was? Dass sie ihn wieder lieben kann? Dass sie sich – wie soll ich sagen – wieder *vollständig* fühlt? So, wie sie einmal war – mit einer weißen Weste?«

Carl stand auf, ging hinaus und kam mit einem neuen Bier zurück.

»Danke. Das ist schon okay, ich bin ja nicht mit dem Auto hier.« Er hatte das Gefühl, einem Richter so etwas sagen zu müssen.

»Sam verhindert jede Art von Versöhnung«, sagte Carl. »Nicht ich. Und was den Rest angeht, Donald – bei allem Respekt, aber das klingt mir doch ein bisschen nach Psychologengeschwätz. Und wie bekommt sie ihre Rache, ihre *Befreiung*, wenn sie mich mit ein paar hilflosen Gesten dazu bringt, dass ich mich mies fühle? Was sagt das über ihre Gefühle für Sam? Ihm hilft es nicht, wenn sie mir etwas antut. Und weshalb macht dieser Blaker sich Sorgen um sie?«

Donald hätte das Bier am liebsten in einem Zug heruntergestürzt. Er überlegte kurz, ob er es besser lassen sollte, und tat es dann trotzdem. Das Zeug war stark.

»Blaker sagt, sie will Sie verletzen. Im wörtlichen Sinne. Die E-Mails dienen nur zur Vorbereitung, sie sollen Ihnen Angst machen und Sie aus der Deckung treiben. Sie weiß, wo Sie sind, sie weiß, wo Sie wohnen, obwohl Sie in den letzten Jahren versucht haben unterzutauchen.

»*Sam* versucht seit zwei Jahren, uns beide zu verstecken. Er will sich nicht daran erinnern, und ich will auch nicht, dass er es tut.«

»Tja, das passt zu Ihnen. Blaker sagt, er glaubt, sie hat

Hilfe engagiert, jemanden mit mehr Muskeln als er. Und sie habe geübt … Techniken. Blaker glaubt, sie will einen toten Richter sehen, und zwar schon bald.«

Jetzt war Carl derjenige, der hastig sein Bier herunterkippte. Er stand auf und ging zum Balkon.

»Mein Gott, das ist doch lächerlich. Hilfe engagiert? Ivy kann nicht viel Geld haben, es sei denn, sie hat einen reichen Mann gefunden. Ein Killer ist nicht billig. Und was könnte sie allein ausrichten? Sie ist eine Frau. Und WARUM?«

Dicht vor dem Balkon blieb er stehen und lachte kurz. »Vielleicht glaubt sie, ich habe noch Geld, aber ich habe das Haus verkauft, Herrgott, Ivy hat ihren Anteil bekommen, und es ist alles draufgegangen, für Therapien und was weiß ich. Nein, das können sie nicht glauben.«

»Geld ist die Wurzel allen Übels, Carl. Und wer hat etwas von einem Killer gesagt? Von einem Mann?«

»Geld hat Ivy nie viel bedeutet, und wie immer ihr prekärer Geisteszustand aussehen mag, ich glaube nicht, dass sie jemals imstande wäre, mir planmäßig und ernsthaft zu schaden. Sie ist im Grunde ihres Wesens unglaublich gutherzig, und überhaupt – es wäre zu *verwegen.*«

»Es sei denn, sie hätte geübt«, sagte Donald leise.

»Wie bitte?«

»Übung«, sage Donald. Ihm war plötzlich ein wenig schwindlig, und er fühlte sich grässlich. »Kostümproben für einen Mord. Ist Ihnen aufgefallen, dass es bei allen der Hals war? Der Mann in dem Büro, der sich das Bleichmittel durch die Gurgel gejagt hat, der Mann im Krankenwagen, der arme alte Blaker. Der Mann an der Küste, der bei ihnen gewohnt hatte – er hatte Seetang um den Hals. Und ein Mädchen, das von einem verdammten Schwan gebissen wurde. Immer der Hals.«

Das Bier und das davor waren ihm endgültig zu Kopf gestiegen. Er merkte, dass er unzusammenhängend brabbelte. Belgisches Bier, zu stark, und er fühlte sich weinerlich und dumm. Gut, dass der Richter nicht zuhörte, denn er gab hier eine erbärmliche Vorstellung und war in das Reich der Vermutungen und Albträume hinübergewechselt, das er eigentlich hatte vermeiden wollen, denn die gleichen Albträume verdarben ihm auch den Schlaf. Carl ging immer noch auf und ab, und ihm wurde schwindlig davon. Er richtete sich auf und versuchte, sich zusammenzunehmen. In seinem Glas war noch Bier.

»Hören Sie«, sagte er, »ich stimme Ihnen zu. Die verdammten Frauen. Zu nichts zu gebrauchen. Mord ist ein Männerjob. Aber was würden Sie tun, wenn Sie entschlossen wären, damit durchzukommen? Üben. Ich würd's tun, verdammt. Und ich würde mir nicht solche Sorgen machen, Carl, wenn ich nicht schon gesehen hätte, wozu sie vielleicht imstande ist. Ich habe es bei Blaker gesehen, wie Sie es bei Ihrem Sohn gesehen haben. Nur, dass er damals noch klein war, nicht wahr? Sie wurden gewarnt, das ist alles. Ich schlage vor, Sie ändern Ihren Weg zur Arbeit. Und Sam ist gar nicht Ihr Sohn, oder? Er sieht nicht aus wie Sie.«

Carl hörte immer noch nicht zu. Donald betrachtete die Wäsche, die überall hing. Sie machte ihn traurig, und zugleich bemerkte er, dass sein Kinn auf der Brust lag und er in sein Bier blubbern wollte und dass er diesen Mann mochte, sehr sogar; er war ein guter Kumpel und ein guter

Dad, und nur darauf kam es am Ende an. Das machte die Wäsche, die gottverdammte Wäsche. Ein Mann, der bereit war, für einen Jungen zu bügeln, der nicht sein eigen Fleisch und Blut war.

»Das ist sehr nett von Ihnen«, sagte der Richter, der sein erstes Bier noch nicht ausgetrunken hatte, der Scheißkerl. »Wenn auch ein bisschen extrem. Ivy hat immer Fantasien gehabt. Das ist eine Methode, mit Ohnmacht und Frustration umzugehen, wenn man die Fakten nicht analysieren kann. Und wenn sie einem Freund von Rachefantasien erzählt und mit dem Gedanken gespielt hat – von mir aus. Wie die Dinge liegen, hat das Schicksal eingegriffen. Ich glaube, das Ende ist in Sicht. Es gibt nämlich einen anderen Weg. Ich habe mich versteckt, aber ich tue es nicht mehr. Ich tue ausnahmsweise das Richtige. Ich werde am Samstag ihre Eltern auf dem Hof besuchen und versuchen, die schlechten Nachrichten aus ich weiß nicht wie vielen Jahren zu begraben. Den besten Freund meines Dads wiedersehen. Mein Dad war ein Held für Ivys Vater. Schwer vorstellbar, nicht wahr, dass ein deutscher Kriegsgefangener, zehn Jahre älter als er, tatsächlich der Inbegriff des Glanzvollen sein konnte. Ein exotischer Ausländer, das war mein Dad. Ivy hat ihren Dad angebetet, und ihr Dad den meinen. Aber ich schweife ab. Wenn Ivy der Hafer sticht, dann werde ich es von ihnen erfahren und herausfinden, was dahintersteckt. Wenn diese kindischen Drohungen ein Hilferuf sind, wird sie die Hilfe bekommen. Jedem Ärger den Wind aus den Segeln nehmen. Die Situation wird entschärft werden – und dass ich ein bescheidener Richter bin, ist da etwas wert. Diplomatie führt oft sehr weit. Ich werde herausfinden, was mit Ivy los ist und was sie will ... Warum kann sie nicht einfach sagen, was sie will? Rachel hatte recht, man muss es von der Seite her angehen, über Ernest und Grace, und der Augenblick dafür ist absolut richtig. Ach Scheiße, verdammt. Wenn Ivy wirklich krank ist, was ist dann mit Rachel? Wo habe ich sie da hineingezogen?«

»Sie sollten dieser Rachel nicht vertrauen, wirklich nicht.«

»Was haben Sie da noch gesagt?«

»Raschell ... Dow.«

»Nein, nicht das. Über Sam – dass er nicht mein Sohn ist.«

Donald war plötzlich matt. Es fiel ihm schwer, die Worte verständlich zu artikulieren, und der Richter ragte über ihm auf und fragte, ist alles in Ordnung, fehlt Ihnen was? Wann haben Sie zuletzt gegessen, um Gottes willen, es tut mir so leid, was bin ich für ein Idiot. Was brauchen Sie denn? Und dann beugte Donald sich über die Armlehne seines Sessels und übergab sich ohne jede Eleganz auf den Laminatboden. Sofort fühlte er sich besser, aber er war schwach wie ein Kätzchen. Ein langer, heißer Tag, und jawohl, er hatte Hunger. Kaum etwas gegessen seit dem Morgen, viel zu gestresst und traurig, um als untüchtiger Überbringer schlechter Nachrichten zu fungieren, schon bevor er auf Rachel Doe gestoßen war, aber darüber würde er sich nicht weiter auslassen, und er fühlte sich hohl. Hohl vom Kopf bis zu den Füßen. Untauglich bei heißem Wetter, und nichts, das auf ihn wartete, außer einem leeren Haus und den fast vergessenen Überresten eines West-End-Döners, der noch immer seinen Schaden anrichtete.

Er blieb dösend in seinem Sessel, bis auf dem Beistelltisch daneben ein Käsesandwich erschien, wo ein paar Minuten zuvor schon ein Glas Wasser aufgetaucht war, während das Erbrochene so effizient weggewischt worden war, dass nicht einmal mehr ein Hauch davon in der Luft hing. Seine Füße lagen auf einem niedrigen Schemel. Der Richter hätte eine gute Gattin abgegeben. Donald schlang das Sandwich hinunter wie ein Wolf. Es wirkte wie eine Injektion von Adrenalin, Normalität und allem andern, aber die flauen Sedimente der Sentimentalität waren immer noch da. Die verdammte Wäsche, die hier herumhing, daran lag es. Wie zu Hause, kurz vor einem Urlaub.

»Hören Sie, es ist spät«, sagte Carl. »Sie können gern hierbleiben; Sie sind mehr als willkommen, und mir wäre es sogar lieber, aber was wird Ihre Frau denken? Kann ich sie anrufen und ihr sagen, es war alles nur meine Schuld?«

»Ich habe keine Frau«, sagte Donald müde. »Sie ist vor zwei Jahren gestorben. Brustkrebs. Ich denke und benehme mich einfach weiter so, als wäre sie noch da, ich laufe herum und tue so. Es ist die einzige Möglichkeit.«

»Ah«, sagte Carl, als sei dabei nichts falsch oder merkwürdig. »Und die Töchter?«

»Oh, die gibt es. Sind ausgeflogen, aber kommen immer wieder zurück. Vielleicht verstehe ich diesen Mist hier deshalb ein bisschen. Als meine Frau starb, wollte ich die Ärzte und die Schwestern umbringen. Und was die Kinder angeht – wenn jemand mich von ihnen ferngehalten hätte, als sie klein waren, hätte ich den Kerl umgebracht und wäre mit reinem Gewissen zum Galgen marschiert.«

»Sind Sie sicher, dass Sie nicht irgendwo noch einen

netten schwulen Sohn haben, den ich mit Sam bekannt machen könnte?«

»Nein, tut mir leid.«

Jetzt, nachdem die Frage des Gehens oder Bleibens anscheinend geklärt war, servierte Carl einen Brandy. »Ich habe gehört, es sei besser, wenn eine Frau stirbt, als wenn sie einen wegen eines anderen verlässt. Ich habe mich immer gefragt, ob das stimmt.«

Donald dachte darüber nach und schüttelte den Kopf.

»Ich glaube nicht. Ich glaube, mir wäre es lieber, wenn sie noch lebte, egal bei wem sie wäre. Cheers, Richter. Brauchen Sie Hilfe bei der Bügelei?«

»Nein, bleiben Sie ruhig sitzen.«

Er ging in die Küche und kam mit Bügeleisen und Brett zurück und wählte zwei leuchtend bunte Hemden aus. »Zum Teufel damit«, sagte er. »Man ist nur einmal im Leben ein verantwortungsloser, nichtsnutziger Bengel. Okay, Don, Sie können reden oder schlafen oder was Sie wollen, und ich mache diese verdammte Bügelarbeit. Macht mir zufällig sogar Spaß.«

»Sie wären ein prima Gatte für irgendeine Frau.«

»Ich denke gerade darüber nach«, sagte Carl.

»Und Sie sind ein erstklassiger Dad. Sie bügeln seine Sachen, und Sie verwöhnen ihn nach Strich und Faden, und dabei ist er nicht mal Ihr Sohn.«

»Ist das eine Vermutung oder eine simple Schlussfolgerung?«

»Eine Vermutung. Natürlich räume ich ein, dass das Äußere täuschen kann.«

Carl ließ das Bügeleisen hin und her sausen, als sei er

wirklich sehr geübt darin. Wenn sein Gericht ihn jetzt sehen könnte – man würde nie wieder Angst vor Seiner Ehren haben. Seine Ehren, beim Bügeln mit der Perücke auf dem Kopf, das war auch ein Gedanke.

»Sie haben ganz recht. Biologisch ist er nicht von mir. Aber es war meine Schuld, und damit war er dann automatisch mein Sohn. Ivy und die Schrecken der Mutterschaft, das passte nicht recht zusammen. Sie war selbst immer noch ein wildes Kind. Kaum, dass Cassie nicht mehr gestillt wurde, entfloh sie aus dem Käfig, und soweit ich weiß, vögelte sie jeden, der bei drei nicht auf dem Baum war. Hormoneller Wahnsinn, nehme ich an. Hypnotisiert vom Leben in London. Das stieg ihr zu Kopf.«

Mit ruhiger Präzision faltete er Hemden zusammen.

»Da müssen ein paar Erklärungen nötig gewesen sein.«

»Ja. Ausflüchte, Entsetzen, Resignation, Erklärungen, nicht unbedingt in dieser Reihenfolge. Die ausgefallenste Erklärung war, ein Schwan habe sie geschwängert, durch Zauberei. Ich habe ja gesagt, sie fantasiert. Sie wusste, ich würde nicht weggehen; sie hatte viel mehr Angst davor, dass ihre Eltern es herausfinden könnten, vor allem ihr Vater. Sie haben es nie erfahren. Sie würden ihr alles verzeihen, aber das nicht, vor allem Ernest nicht, der ganz aus dem Häuschen war bei der Aussicht auf einen Sohn. Sam war überzeugend blond, als er klein war. In Wirklichkeit hat er jetzt ziemlich dunkles Haar, aber er färbt es in allen Farben des Regenbogens. Er kam einfach irgendwie zur Welt.«

»Und?«

Carl spreizte die Hände.

»Es war Liebe auf den ersten Blick.«

Donald war jetzt sehr schläfrig. Nur noch die blanke, entsetzte Neugier hielt ihn wach.

»Ich dachte, es ist immer die Frau, die am Ende mit dem Baby dasitzt.«

»Jemand muss sie auffangen«, sagte Carl leichthin. »Jeder Junge verdient einen Vater. Und es war ein Privileg und eine Freude. Vielleicht nicht gerade das, was als Nächstes kommt, aber die meiste Zeit doch.«

»Sie sind ein guter Mensch, Carl. Weiß irgendjemand, wie gut Sie sind?«

Seine Lider sanken herab. Eine Stimme kam aus weiter Ferne.

»Die erste Tür links hinter der Küche, das Bad ist rechts. Pyjama liegt auf dem Bett, falls Sie einen brauchen.«

Donald stemmte sich hoch.

»Danke, Dad. Das habe ich gebraucht. Wieso sind Sie so verdammt vergnügt?«

Carl klappte das Bügelbrett zusammen.

»Es war keine schlechte Woche, Donald. Mein Sohn ist glücklich, ich habe eine schöne Frau kennengelernt, vielleicht stehen wir kurz davor, ein großes Problem mit friedlichen Mitteln zu lösen, und ich glaube, ich habe einen guten Freund gefunden. Kann doch alles nicht so übel sein, oder?«

Donald hätte gern geweint, aber stattdessen lächelte er müde. Wenn er jetzt über Rachel Doe redete, würde niemand ihm zuhören.

»In meiner offiziellen Eigenschaft als Ihr Leibwächter, Richter Schneider, werde ich über Ihre Unternehmungen in den nächsten paar Tagen auf dem Laufenden sein müssen.

Und ich finde, Sie sollten nicht ganz allein zu Ihren Schwiegereltern fahren. Das ist nie eine gute Idee.«

»Wenn Sie jetzt nicht ins Bett gehen«, sagte Carl, »werde ich Ihnen einen Gutenachtkuss geben.«

Donald zögerte. Eine letzte Frage ging ihm noch im Kopf herum.

»Haben Sie wirklich *niemals* den Verdacht gehabt, Ihre Frau könnte hinter diesen Drohungen stecken? Sie hatte immer eine künstlerische Ader, oder?«

Carl schüttelte den Kopf.

»Doch, natürlich. Aber dann hat mir jemand eine Ratte vor die Tür gelegt. Eine tote Ratte, erinnern Sie sich? Da war ich überzeugt, dass es nicht Ivy sein konnte. Ivy würde niemals in die Nähe einer Ratte gehen. Sie hat Angst vor ihnen.«

19

Was war falsch, und was war wahr?

Der Donnerstag war endlos; er bewegte sich ruckartig voran, und es gab keinen Zweifel daran, dass Ivy ihr aus dem Weg ging. Sie gingen sich gegenseitig aus dem Weg. Ein bisschen angenehme Kameraderie, angeregt durch Alkohol und grausames Gelächter, und dann ins Bett, und sie hatte schon wieder ihr Handy verlegt, irgendwo in der Wohnung.

Sehnsucht nach Carl, eine Unterhaltung mit Grace, das Vermeiden von Zeitungen und Diskussionen über Schrammen. Ivy, die immer wieder erklärte, wie sehr sie es bedaure, an diesem Wochenende nicht nach Hause zu fahren, und zugleich pervers aufgekratzt bei der Aussicht darauf war, für zehn Pfund pro Stunde ein ganzes Wochenende lang ein Theater in der Spielpause zu reinigen – wenn die Clean Co. den Einsatz nur bestätigen wollte. Und das hatte sie getan. Schön, die Geschichte verrutschte und veränderte sich ein bisschen, als sie nach der Aktklasse in der Bar darüber redeten; Rachel war bald nicht mehr sicher, ob es nicht ein Büro war oder einer der größeren Clubs, die Dream Factory, das Lotus, das Shadow Place oder was. Ivy, noch einmal kurz am Donnerstag gesehen, gleich morgens früh, funkelnd von unheiligem Glück. Rachel empfand nur Mitleid angesichts solcher Begeisterung über die Chance, dreihundert Pfund in bar zu bekommen, einen Betrag, den sie in weniger als einem Tag verdiente. Schuldgefühle.

Carl rief an. Es wurde zu einer Gewohnheit, aber die Telefonate dauerten eine Stunde. Grace rief an, um das Essen für Samstag zu besprechen; sie klang sonnig und sorgenfrei. Ihr Vater rief an, um zu sagen, dass das Badezimmer fast fertig war.

Warum sollte sie sich Sorgen machen?

Liebes Tagebuch, ich weiß, er ist ein guter Mann. Ich weiß es einfach.

Die Blumen leuchteten auf ihrem Schreibtisch.

Mit großer Erleichterung verließ sie London am Freitagnachmittag; der Wagen fuhr wie von selbst, Ivy war fast vergessen, und im Kofferraum lag eine Kiste voll guter Sachen. Als fahre sie zur Wiedersehensfeier einer Familie, zu der sie gehörte. Als wäre das je möglich. Ihre eigene kleine Familie hatte solche Feiern nie begangen. Was immer sie an Verwandten gehabt hatten, Dad ignorierte sie alle. Rachel hatte immer das Gefühl, nichts über die Geheimnisse des Familienlebens zu wissen, und sie deshalb immer romantisiert.

Je weiter sie die Stadt hinter sich ließ, desto besser fühlte sie sich. Sogar das Fahren war frei von Ärgernissen; es war ein Tag, an dem alles funktioniert hatte, und es sah aus, als werde es so weitergehen, angefangen beim Aufstehen in der leeren Wohnung und dem ungehinderten Gang durch die Londoner Straßen an einem weiteren schönen, klaren Tag, der an sich schon geneigt schien, ihr entgegenzukommen, bis hin zu dem Umstand, dass sie früher Feierabend machen konnte, als sie gehofft hatte, und dass sie jetzt auf Straßen fuhr, die ihr Platz machten. Seit dieses bedeutsame Wochenende verabredet war, befürchtete sie, dass etwas dazwischenkommen werde, und jetzt sah es so aus, als werde alles gut gehen. Sie war aufgeregt wie beim ersten Mal, als sie zur Midwinter-Farm gefahren war. Sie dachte an all die angenehmen Assoziationen, nicht an die dunklere Seite, und sie war sicher, dass Carl und alle andern es auch tun würden. Sie hatte vorgehabt, die zusätzliche Zeit für einen Abstecher ans Meer zu nutzen, um ein wenig von seiner Energie aufzunehmen, ein Badelaken auf den Rücksitz gelegt, aber der Drang anzukommen, war zu stark dafür.

Die Landschaft hatte sich im Laufe eines Monats subtil verändert. Die schlanken Zweige, die an den Seiten des Wagens vorbeistrichen, als sie in den schmalen Weg zum Hof einbog, schienen dicker und entschlossener geworden zu sein; die Übergänge vom Licht zur Dunkelheit und zurück zum Licht waren ausgeprägter und erfrischender auf dieser obskuren Fahrt zu einem herrlichen Ort, der dadurch ihr und ihr allein zu gehören schien. Sie fragte sich, ob Carl sich nach so vielen Jahren noch an den Weg erinnern würde, wenn er morgen herkäme, und dann dachte sie, natürlich würde er sich erinnern: Er war unvergesslich, und nichts würde sich verändert haben. Carl … hör auf, an Carl zu denken. Aber sie wusste, dass ein Teil dieser Aufregung aus dem Verlangen kam, ihn wiederzusehen.

Was würde Ivy denken, wenn sie das alles wüsste? Auch dieser Gedanke kam ihr immer wieder in den Sinn. Rachel wusste nicht mehr, was Ivy dachte. In diesem Augenblick, sagte sie sich, sei Grace wichtiger. Grace würde alles voranbringen, und Grace war überglücklich über diese Chance. Sie würde da sein und alles vorbereiten, bereit zur Versöhnung, alles ebnen, bereit zur Umarmung. Wenn Rachel Zweifel hatte – und sie hatte sie, zahlreiche und vielfältige Zweifel –, vertrieb Grace sie am Telefon und tat, als bereite sie nur eine kleine Party vor, und Grace war es, die sagte: Daraus kann nur etwas Gutes kommen. Es kann kein schlechtes Ergebnis dabei herauskommen, selbst wenn es uns aus der Fassung bringt. Und Ernest freut sich so sehr. Du tust etwas Gutes, Rachel, du streichst Salbe auf uralte Wunden, und ich sehne mich danach, dich zu sehen.

Nur – als sie ankam, den Wagen am Wegrand im Schatten eines Baumes abstellte, ungefähr fünfzig Meter weit vom Haus entfernt, und darauf zuging, war alles völlig still. Sie ging um das Haus herum zur immer offenen Küchentür und fand sie verschlossen. Der Garten war aufgeräumt, der Hof war gefegt, und nirgends war ein Lebenszeichen, nicht einmal das Geplapper von Grace' Radio, keine Willkommensschreie. Nur ein leeres Haus. Rachel klopfte an die Tür und rüttelte an der Klinke. Nichts rührte sich, niemand antwortete.

Sie trat zurück, beschirmte die Augen und spähte hinauf zu den Fenstern, die blind zu ihr herabstarrten. Das Haus war wie ausgestorben; man hörte nur das Summen der Bienen, die geschäftig um den Lavendelbusch neben der Tür herumschwebten. Die Enttäuschung, das Gefühl, sich geirrt zu haben, war schier überwältigend.

Sie konnte sich das Haus plötzlich vorstellen, wie sie es

noch nie gesehen hatte: kalt und unbehaglich im Winter, wenn alle drinnen eingeschlossen waren. Sie schaute hinauf zu dem windschiefen Kamin, betrachtete das mürbe Mauerwerk der Wände, das neu verfugt werden musste, die durchlöcherte Dachrinne, sie roch den leisen Hauch von Fäulnis in der Luft und dachte an die Ratte, die ins Feuer geflogen war. Einen Augenblick lang war es, als sei dieser ganze Ort eine Illusion und habe nur in ihrer Fantasie jemals so existiert, wie sie ihn in Erinnerung hatte. Als sei die Hintertür der verzauberten Küche niemals offen gewesen. In Wirklichkeit wohnte hier niemand. Sie schüttelte sich, aber das Gefühl verging nicht: Sie spürte, wie schäbig es war und wie ein Teenager von hier würde entkommen wollen.

Jetzt bereute sie, dass sie den Abstecher ans Meer nicht gemacht hatte. Sie war zu früh gekommen, das war alles. Vielleicht sollte sie wieder wegfahren und dann zurückkommen, den Film zurückspulen und noch einmal von vorn anfangen. Aber stattdessen versuchte sie unversehens, sich vorzustellen, was Carl wohl denken würde und wie er das alles als junger Mann gesehen hatte. So stand sie da wie angewurzelt und wartete und versuchte, die Uhr auch bei all dem zurückzudrehen, was sie jetzt über Ivy wusste, was die Aktklasse und Ivys Ausweichen ihr unwissentlich offenbart hatten: ein Wissen, so negativ und verschwommen, dass es nicht mehr war als ein kurzer Blick auf eine Wildheit, die sie ignorieren sollte, weil doch jeder so wäre an Ivys Stelle, mit Ivys Leben, das nie weit entfernt war vom endlosen, brutalen Zyklus von Leben und Tod, von Aufzucht und Schlachtung, vom wahren Geschäft des Lebens auf einem Bauernhof mit Tieren.

Rachel ging zum Wagen zurück, angelte Badelaken und T-Shirt vom Rücksitz und machte sich auf den Weg zum See. Es war heißer geworden, und der Abend würde mild werden. Sie würde das Wasser ausprobieren und zugleich versuchen, den See so zu sehen, wie Carl ihn vielleicht sehen würde, und wenn sie dann zurückkäme, wäre es wie ein zweiter Anfang: Grace wäre da, und das Haus würde in den warmen Farben seiner Bewohner leuchten. Sie erinnerte sich an den Weg, als sei sie ihn schon tausend Mal gegangen, und sie spürte schon die heilende Berührung des Wassers an ihrer Haut. An der letzten Wegbiegung blieb sie stehen, bereit, den Anblick zu genießen, und schloss für einen Moment die Augen. Als sie sie wieder öffnete, erblickte sie etwas Neues, ein großes, handgemaltes Schild auf einem Pfahl: GEFAHR. ZUTRITT VERBOTEN. VERGIFTETES WASSER. Dann sah sie Ernest in einiger Entfernung; er hockte am Uferrand und streckte die Hand nach einem Schwan aus, der dicht vor ihm im flachen Wasser schwamm. Der Schwan pickte nach dem, was er in der Hand hielt, und zog dann anmutig davon. Ernest blieb, wo er war, und der Wind, der vom Wasser heranwehte, zerzauste sein weißes Haar. Es war ein hübscher Anblick.

Rachel ging schneller und rief: Hallo. Ernest rührte sich nicht; er blieb teilnahmslos wie das Haus. Sie blieb hinter ihm stehen und berührte seine Schulter. Er drehte sich um und lächelte freundlich und leer, und er blinzelte in die Sonne, als erkenne er sie nicht. Wieder durchzuckte sie schmerzliche Enttäuschung und dann bange Sorge: Ging es ihm gut, hatte er das Gedächtnis verloren, war sie nicht wichtig genug, um sich an sie zu erinnern, und kam Carl zu spät, um noch etwas zu ändern? »Ist es heute okay, zu schwimmen, Ernest? Ich bin's, Rachel.«

»Hallo, Schatz, schön, dich zu sehen. Weißt du, einen Moment lang dachte ich, du bist Ivy. Setz dich, Mädel.« Er klopfte mit der flachen Hand neben sich auf den Boden.

»Ivy kommt nicht.« Rachel wollte ihn daran erinnern, wer sie war. »Diesmal nicht.«

»Ich nehme an, sie kommt später«, sagte er.

Er klopfte weiter auf den Boden, und sie setzte sich. Ernest spähte wieder über das Wasser hinaus zu den Schwänen, die mit ihren Jungen zum leuchtend grünen Ufer gegenüber schwammen. Rachels Verlangen nach dem Wasser schwand.

Sie wusste zu viel, um den See mit den Schwänen zu teilen, und sie würde immer Angst vor ihnen haben, zu jeder Jahreszeit.

Sie wollte sich auch nicht ausziehen, wenn Ernest zuschaute. Also saß sie neben ihm und versuchte, die Ruhe des Wassers zu sehen, ohne sich den Knall von Schüssen vorzustellen, das Blut und die Federn, die ans Ufer herantrieben.

»Jede Menge Federn im Frühjahr, wenn sie in der Mauser sind«, sagte Ernest. »Jetzt sind's nicht so viele.«

»Wie bringst du sie dazu, dir aus der Hand zu fressen?«

»Übung.«

»Wo ist Grace?«

»Oh, sie bereitet das Schlachten vor. Oder sie kauft Messer oder so was. Sie lässt mich immer dann allein, wenn ich Hilfe brauche.« Er quengelte. »Ivy und sie streiten dauernd darüber, was sie genau machen werden. Man sollte meinen, nach all der Zeit wüssten sie es längst. Sie wollen mich aus dem Weg haben, und dann will sie mich wieder hierhaben. Manchmal spricht sie mit mir, manchmal nicht. Zum Teufel mit ihnen.«

»Ivy kommt nicht«, wiederholte Rachel. »Sie muss dieses Wochenende arbeiten.«

»Ach ja?« Er war verwirrt. »Oh, dann ist es ja gut. Denn Carl kommt, weißt du. Der arme Carl.«

Er zerrte mühsam ein großes Taschentuch hervor und schnaufte hinein.

»Ich habe ihn geliebt, weißt du. Ich habe den Älteren geliebt und den Jüngeren auch. Hätte mein Sohn sein sollen. Er hat mich geliebt, dieser Carl, und ich ihn, hier unten, dieser Carl, dieser arme einsame Kerl. Wir waren Jungs, obwohl er schon ein großer Junge war, ja, ein sehr großer. Rachel bringt ihn her. Der Junge hätte mein Sohn sein sollen, ja, obwohl nur sein Vater etwas von Schweinen verstand. Und von diesem See. Es ist sein See. Ich will, dass er ihn sieht, bevor sie ihn umbringen.«

»Wen umbringen, Ernest?«

Er sah sie verwundert an und schaute dann wieder auf das Wasser. Die Schwäne waren verschwunden, und der See lag halb im Schatten.

»Sie wollen Carl umbringen, Herzchen. Und die Soldaten wollten ihn umbringen. Sie wollten ihn hier ertränken. Wie Cassie ertrunken ist. Aber den Schwänen ist es egal; es ist die falsche Jahreszeit, da kümmert sie nichts. Ich habe Carl gesagt, es war falsch, dass er seinem Jungen nie das Schwimmen beigebracht hat.«

Er zeigte auf das Wasser. »Es ist nirgends viel tiefer als zweieinhalb Meter. Nur draußen in der Mitte. Wenn er davonkommen will, hält er sich von da fern. Geht auf die Schwäne zu, nicht weg von ihnen. Solange er nicht vergisst, dass er nicht schwimmen kann. Als er die Schwäne abschoss, watete er weit hinaus, und beinahe wäre er nicht zurückgekommen.«

Er kicherte.

»Sie weiß nichts von den Ratten. Ich habe Vernon gesagt, er soll ein paar Ratten sammeln. Massenhaft Ratten aus den Scheunen. Sind immer noch viele übrig. Konnte mir das Gift nicht leisten; ist zu teuer. Eine ist auch ins Haus gekommen. Da drüben am Ufer gibt's auch Ratten. Sie geht nicht mal in die Nähe einer Ratte.«

»Ist dir nicht gut, Ernest? Verdammt, was redest du da?«

Rachel wusste nicht, ob er in der Vergangenheit oder in der Gegenwart war, aber sie hörte sein Gefasel mit wachsender Beunruhigung. Sie fühlte sich versucht, ihm die Hand auf die Stirn zu legen; vielleicht, hoffentlich, war sie glühend heiß. Aber trotz seiner gesunden Natürlichkeit wollte sie ihn nicht anfassen. Er wandte den Blick vom anderen Ufer und starrte sie an, als habe er erst jetzt bemerkt, dass jemand da war. Dann ließ er den Kopf auf die Arme sinken.

»All das Planen und Üben«, murmelte er, »macht mich so müde.«

»Planen und Üben wofür, Ernest?«

Er hob den Kopf wieder und zwinkerte ihr zu.

»Um den Feind zu erledigen, mein Schatz. Man muss immer eine Waffe behalten. Das muss man immer tun. Die Soldaten werden es tun. Hätte immer schon Frauenarbeit sein sollen, sie sind so viel besser darin als die Männer, aber auch viel grausamer. Ich hätte ihn einfach erschossen, mehr aus Trauer als aus Wut, aber so wollen sie es nicht machen. Er soll wissen, wie es ist, wenn man ertrinkt. Im Krieg war nie Zeit für solche Art von Rache. Hat mein Vater gesagt. Besser, man brachte sie schnell um, und fertig. Außerdem wird es schwerer sein, ihn zu verbrennen, wenn er voll Wasser ist. Und ihn zu tragen.«

Er zupfte einen Grashalm ab, fasste ihn mit beiden Daumen und spaltete ihn säuberlich. Dann tat er dasselbe mit einem zweiten und flocht die beiden ineinander.

»Sollten ein Gewehr benutzen«, murrte er. »Ich habe immer noch die alte Flinte. Die, mit der Carl von seinem Dad das Schießen gelernt hat. Ich auch. Ein Gewehr aus dem Zweiten Weltkrieg; mein Dad behielt drei davon. Das eine musste ich verstecken. War so alt, dass niemand was bemerkt hat. Grace weiß nichts davon.«

Er drehte sich um und sah sie an. »Wann kommt Ivy?«

»Sie kommt nicht«, sagte Rachel zum dritten Mal.

»Schade. Na, macht nichts. Ich nehme an, sie wird dafür sorgen, dass du ihr hilfst. Das kann sie gut.«

Er tätschelte ihren nackten Arm. Seine Hand war kalt, und seine Finger hinterließen eine grüne Spur auf ihrer Haut.

Rachel rappelte sich auf, ließ ihr Badelaken liegen und rannte zurück zum Haus. Sie wollte noch weiter rennen, zurück in den Schoß der Stadt, weit weg vom See und dem unheimlichen Gefasel eines alten Mannes. Wen umbringen? Wen meinte er? Sprach er von Carl dem Älteren, von Carl dem Jüngeren, war sein verwirrtes Gehirn wieder im Krieg? Dachte er an Tod und Mord und Ertränken und nicht an Versöhnung, Frieden, den Anblick eines einst geliebten Gesichts? Was er da im Kopf hatte, erfüllte sie mit Grauen. Es konnte nicht um die Gegenwart gehen, niemals.

Als sie am Haus ankam, holte sie tief Luft und lief durch das Tor in den Garten, und dort war alles normal. Grace' Auto parkte im schiefen Winkel vor dem Tor, im Hof standen Einkaufstüten aus dem Supermarkt, die Küchentür war offen, und als sie näher kam, hörte sie Grace mit dem Radio singen. Sie kam zur Tür heraus, bückte sich nach ihren Tüten, sah Rachel, ließ die Tüten fallen und breitete die Arme aus, dass die Armreifen klirrten. Es sah aus, als habe sie eine Rekordmenge von Plastiksäcken und Putzmitteln gekauft, genug für ein ganzes Jahr.

»Schatz! Du bist da! Ich habe den Wagen gesehen und dachte, was zum Teufel ... Oh, Liebste, du hast vor dem leeren Haus gestanden, das ertrage ich nicht ... Wie furchtbar!« Dann kam die allmächtige Umarmung, ihr süßer Duft, und eine Hand griff in Rachels offenes Haar und strich es glatt, und die andere rieb ihr den Rücken, wie um sie zu trösten. Alles wieder normal, die ganze Welt drehte sich wieder wie immer.

»War die Reise gut, Schatz? Muss ja, wenn du so früh da bist. Wo warst du denn? Hast du Hunger? Ist Zeit für den Tee, nie zu früh für einen Schluck, komm herein, komm herein ... oh, es ist so schön, dich zu sehen ... Was ist denn, Schätzchen? Du bist kreidebleich.«

Rachel musste die Umarmung erwidern, sie konnte nicht anders, aber dann war sie starr wie ein Stück Holz. Grace hielt sie mit ausgestreckten Armen von sich ab und betrachtete sie.

»Was ist los?«

»Ich war unten am See und habe Ernest zugehört. Hat er den Verstand verloren, Grace? Sag mir, dass er den Verstand verloren hat.«

»Was hat er denn gesagt?«

»Er redet davon … jemanden umzubringen. Er faselt …«

»Ach, mein armer Schatz. Hat er eine von seinen Mucken, ja? Ich fürchte, ja – seine Gedanken schweifen überallhin ab. Zu viel Aufregung. Nächste Woche verkaufen wir die Kühe. Ja, Schatz, ich fürchte, die Entscheidung ist gefallen. Wir verkaufen die Rinder und behalten nur die Schweine. Ich habe versucht, ihn vom See fernzuhalten, aber er geht immer wieder hin. Dann wird er weinerlich. Oh, ich wünschte, du wärest nicht so früh gekommen und hättest das nicht erleben müssen. Es ist sehr ermüdend. Was genau hat er denn gesagt?«

Sie wandte sich ab und stolperte über die Tüten, als sie geschäftig in die Küche lief.

Rachel bewegte sich wie mechanisch; sie fing an zu helfen, hob die Einkaufstüten auf und wuchtete sie auf den Küchentisch.

»Es war nichts Genaues. Es ging darum, jemanden im See zu ertränken … statt ihn zu erschießen. Er hat auch Carl erwähnt … und ein Gewehr.«

Grace nickte verständnisvoll. Der Wasserkessel auf dem Herd brodelte, die Waschmaschine brummte in der Ecke. Die unheimlichen Bilder begannen zu verblassen, aber sie verschwanden nicht.

»Ja«, sagte Grace, »so ist es meistens, und es wird nicht besser. Siehst du jetzt, wie dringend es war, Carl möglichst bald herkommen zu lassen? Bevor mein lieber Mann vollends entgleitet? Wenn er Carl sieht, könnte sich das alles natürlich ändern, und ich hoffe es, denn die meiste Zeit ist er völlig vernünftig und normal. Wir waren letzte Woche beim Arzt. Schleichende Alzheimer, aber bis jetzt sehr langsam. Ein Frühstadium, und immer noch reichlich Zeit, um glücklich zu sein. Aber die Gedanken wandern immer wieder in die ferne Vergangenheit, und er kann sie nicht in der Gegenwart halten.«

Sie sprach hastig, aber präzise, während sie den Tee aufbrühte. Mit dem Ellenbogen räumte sie einen Platz auf dem Tisch frei und stellte zwei Becher hin.

»Es ist wirklich nicht fair gegen dich, Schatz; du warst immer so wundervoll. Es geht ihm gut, solange er sich von dem verdammten See fernhält. Ich habe die Theorie, dass da etwas Schreckliches passiert sein muss, als er ein Junge war, kurz nach dem Krieg, als die Leute sich gegenseitig für Lebensmittel umbrachten und überall furchtbare Dinge geschahen – etwas, worüber er niemals spricht, lange, lange vor Cassie und allem andern. Es kommt immer wieder hoch, und er ertrinkt darin.«

»Und es hat etwas mit Carl zu tun?«

»Ja. Carl, den er immer angebetet hat. Kindliche Anbetung. Der Glanz des Fremden, des *Ausländers*, all dieser Mist. Aber was immer er gesagt hat, Schatz, er spricht nicht vom Hier und Jetzt. Ich habe ihm erzählt, dass Carl uns besucht, dass er nach Hause kommt, aber ich habe ihm nicht gesagt, wann. Er weiß nicht, dass er morgen kommt. Ach, zum Teufel mit diesem Tee; er schmeckt grauenhaft. Komm, wir trinken einen guten, steifen Gin. Du hast ihn verdient.«

»Mir war, als hätte ich dich letzte Woche in London

gesehen«, sagte Rachel. »Wahrscheinlich, weil ich an dich gedacht habe.«

Erleichterung flutete über sie hinweg wie eine kühle Dusche.

»Kaum möglich«, schnaubte Grace. »Ich kann ihn einfach nicht allein lassen, aber ich sage dir, Schätzchen, wenn das hier vorbei ist, halten mich keine zehn Pferde mehr. Aber jetzt erzähl mir alles über Carl. Wie klingt er so? Glaubst du, Schweinebraten zum Mittagessen ist das Richtige für ihn? Eher ein Winteressen, nicht?«

Es gab nichts Tröstlicheres, keine bessere Ablenkung als solche häuslichen Details. Sie vertrieben alle Fantasiegespinste. Als Ernest hereinkam, begrüßte er Rachel voller Zuneigung, als sei sie gar nicht bei ihm am See gewesen. Rachel dachte, Grace wird Ivy und mich und einen Enkel brauchen, um das alles zu überstehen.

Die Zukunft musste noch etwas Gutes für Grace bereithalten. Nur darauf kam es an.

Und Carl wäre von seiner Vergangenheit befreit.

Donald Cousins saß mit Richter Schneider in dem winzigen Beratungszimmer hinter Saal sieben, und sie diskutierten leise miteinander. Eigentlich war es keine richtige Diskussion, aber doch eine Debatte mit leichter Uneinigkeit und den unvermeidlichen Auslassungen. Gewisse Fiktionen mussten aufrechterhalten werden, zwischen den allerbesten Freunden wie unter Feinden; das wusste Donald, weil er Kinder hatte.

Die erste Fiktion war die, dass Donald kein verschlagener, hinterhältiger Mistkerl war, der die Gastfreundschaft anderer Leute ausnutzte, um in aller Herrgottsfrühe in deren persönlichen Unterlagen zu schnüffeln, und auf diese Weise anhand des aufgeschlagenen Straßenatlasses auf dem Schreibtisch den Weg zur Midwinter-Farm in Erfahrung gebracht hatte. Und der außerdem den Inhalt des richterlichen Testaments kannte.

Die zweite Fiktion, die das freitagnachmittägliche Gespräch mit Carl bestimmte, war die, dass Donald inzwischen nichts weiter getan hatte, als sich wieder mit der gewöhnlichen Tagesarbeit der übrigen laufenden Ermittlungen vertraut zu machen. In diesem praktischen Zusammenhang hatte er entdeckt, dass Ivy Wiseman auf den Personallisten mehrerer Gebäudereinigungsfirmen stand und dass ihr Name im Kreise der Kollegen allenthalben auftauchte. Ganz ähnliche, von anderen durchgeführte Nachforschungen hatten ergeben, dass sie sich möglicherweise am Hintereingang des Theaters aufgehalten hatte, wo der Mann erstochen worden war, und – ebenfalls möglicherweise – in dem Büro, in dem der Mann das Bleichmittel getrunken hatte. Eine Beziehung zu dem Toten in dem Krankenwagen am Leicester Square ließ sich nicht feststellen. Der Name Wiseman tauchte sonst nur noch am Rande der eingestellten Ermittlungen im Zusammenhang mit dem jungen Mann aus London auf, der unter nicht länger als verdächtig geltenden Umständen ertrunken war. Donald hatte diesen Zusammenhang interessant gefunden, aber das erwähnte er nicht. Niemals erwähnte man irgendetwas gegenüber einem Richter, solange man nicht genug Beweismaterial für einen Haftbefehl besaß, und deshalb tat er es nicht, obwohl derselbe Richter ihm ein bequemes Bett zur Verfügung gestellt hatte.

Die letzte der Fiktionen war die, dass er sich keine Sorgen machte und dass er Carl Schneider nicht außergewöhnlich gut leiden mochte. Er würde ihm nicht sagen, was er von ihm hielt, vielleicht niemals, aber er hätte gern Gelegenheit dazu gehabt: Du bist naiv und ehrenhaft und dickköpfig, und du verstehst einen Scheißdreck von Frauen.

»Zwei Dinge, Carl, was die Fahrt zu diesem Hof mitten im Nirgendwo angeht: Sind Sie sicher, dass Ihre Ex nicht da sein wird?«

»Ja. Rachel hat es gesagt. Das ist ja der Sinn der Sache.«

Rachel hat dies gesagt, Rachel hat das gesagt …

Wusste er denn nicht, dass Rachel ein Teil des Problems sein konnte? Oder das Problem *war?* Lesbe oder nicht, sie war ein verschlagenes Luder. Aber Carl würde er es nicht sagen.

»Sie sind absolut sicher?«

»Ja. Ivy muss arbeiten. Ivy lässt nie einen Job ausfallen, sagt Rachel.«

Okay, wenn Rachel das sagt. Aber Donald glaubte es, weil Blaker das Gleiche gesagt hatte. Ivy ließ nie eine Gelegenheit zum Arbeiten aus. Das war eine Frage des Stolzes.

»Okay, Carl. Viel Glück. Halten Sie mich auf dem Laufenden. Und tun Sie ja nicht immer, was alle sagen. Seien Sie kein Trottel, der allen gehorcht. Komm früher, komm später, tu dies, tu das. Übernehmen Sie die Kontrolle.«

»Werden Sie jemals aufhören, Polizist zu sein? Gehen wir nächste Woche vielleicht zusammen essen, zwei kinderlose Männer unter sich?«

»Das wäre schön, Richter. Dann zeige ich Ihnen die wirkliche Welt.«

Nur wenige Stunden später an diesem leeren Freitagabend kehrte er zu dem Polizeiteam zurück, das so viel mehr mit so wenig Erfolg getan hatte, denn alles, was sie ausgruben, war die Tatsache, dass es mehrere Leute gab, die zusammen am Tatort hinter dem Theater und in dem Büro gewesen waren. Donald sah sich ihre Arbeit an, als alle andern nach Hause gegangen waren. Sie hatten ein paar Kopfnüsse verteilen müssen, um Agenturen und Firmen dazu zu bringen, die Namen ihrer legalen und illegalen Mitarbeiter preiszugeben, und dazu die Listen und Schichten der nicht fest angestellten Gelegenheitsarbeiter, die sie in den nächsten drei Tagen einzusetzen gedachten. Diese Listen studierte er mit Interesse.

Ivy stand auf zwei dieser Listen als regelmäßige, zuverlässige freie Kraft, und auf einer davon war sie für das ganze Wochenende zum Arbeiten eingeteilt, wie es schon öfter vorgekommen war.

Aber diesmal war ihr Name durchgestrichen.

Ms Wiseman, so schien es, hatte angerufen und abgesagt.

20

Sie aßen früh zu Abend im Haus, nur sie drei. Das Essen bestand aus verschiedenen kalten Speisen, hastig zusammengestellt und mit einem welken Salat ergänzt; Grace sagte, es sei zu heiß für etwas anderes. Ernest war für den Wein zuständig; es war der selbst gemachte Wein mit Grace' eigenem Etikett, und er schmeckte nach Eicheln. Rachel mochte ihn nicht besonders, aber Grace war nervös, und deshalb lobte sie ihn trotzdem, und Ernest schenkte ihr nach. Das zweite Glas war bleiern in ihrer Hand. Nachdem sie eine schwere kalte Pastete gegessen hatte, war ihr ganzer Appetit dahin. Eine zusammengekratzte Mahlzeit ohne das festliche Gefühl, das die anderen Mahlzeiten hier begleitet hatte. Mühe würde man sich am nächsten Tag machen; Rachel dachte, vielleicht war es immer so, wenn man als echtes Mitglied in eine Familie aufgenommen wurde: Man aß die Reste, wie die echten Familienmitglieder es taten, und hielt sich folgsam zurück, bis die Gäste kamen. Es hätte ihr das Gefühl geben können, wirklich akzeptiert worden zu sein, aber dieses Gefühl wollte sich nicht so recht einstellen. Grace sagte, sie sei müde, und schob es auf die Hitze. Rachel war einfach langweilig zumute. Sie hatten davon gesprochen, vielleicht noch in den Pub zu gehen, aber dabei war es geblieben. Ernest musste noch die Kühe melken – allein an diesem Wochenende, weil der Viehknecht nicht auf dem Hof war. In stiller Übereinkunft verschoben sie jedes Gespräch über Carl auf später.

Der einzige Grund zum Feiern war der Umstand, dass Ernest völlig er selbst war. Sein Gedächtnis war ganz ungetrübt, als gehöre alles, was er unten am See gesagt hatte, in Wirklichkeit zu einem Traum in Fortsetzungen, den er nur dort und nirgendwo anders träumte. Zumindest Ernest ließ für morgen nur Gutes erwarten. Er plauderte freundlich, unbeschwert und intelligent darüber, wie sehr ihm die Kühe fehlen würden, aber er sei wirklich zu alt zum Melken um Mitternacht, und er habe ja immer noch die Schweine. Vielleicht könnten sie aus dem Kuhstall etwas machen – was meinte Rachel dazu? Es gebe Subventionen für so etwas. Sie würden einfach tun, was die Regierung von den Bauern wollte: Sie würden die Landwirtschaft einstellen. Sie könnten den See erschließen. Er sprach von der Zukunft und erwähnte die Vergangenheit mit keinem Wort, als habe das Essen ihm neue Hoffnung gegeben. Lächelnd sah er sie beide an und wartete auf Zustimmung, vor allem von Grace. Sie tätschelte ihm den Kopf und holte ihm die Stiefel, und gegen zehn, als es vollends dunkel geworden war, ging er hinaus zum Melken.

Rachel wollte mit Grace über Ivy sprechen, aber die Müdigkeit erblühte bei ihnen beiden zu einem nachsichtheischenden Lächeln; ohne Ernest hatten sie plötzlich nur noch wenig zu sagen, und immer wieder trat verlegenes Schweigen ein. Grace erkundigte sich nicht mehr nach Carl, und Rachel sagte nicht, was sie gern gesagt hätte. Ihr war, als wolle Grace sie jetzt nicht mehr in der Küche haben. Grace war beschämt wegen ihrer Müdigkeit. Tut mir so leid, Schatz, ist sonst gar nicht meine Art, das macht der Stress, weißt du, und ich mache mir solche Sorgen um Ernest. Manchmal ist es schwer, fröhlich zu bleiben. Wenigstens kann ich mit dir zusammen müde sein. Es ist nur das. Du in der Küche wie Ivy damals, als er ohne Cassie ins Haus zurückkam. Dass er jetzt herkommt. Es ist wie ein Jahrestag: Alles ist wieder da, und es macht mich dumm und traurig. Ich kann an nichts anderes denken. Ich habe nicht geschlafen. Lass uns Schluss machen, ja? Morgen, tja, morgen um diese Zeit haben wir wirklich etwas zu feiern, nicht wahr, Schatz?

»Müde« war alles Mögliche: die Mattigkeit einer Grippe, die angenehm belebende Erschöpfung nach langem Schwimmen, und auch diese Art von Müdigkeit, die einer Amnesie glich und sich anfühlte, als sei man betrunken, obwohl Rachel es nicht war. Nur müde – von banger Erwartung und Erleichterung, von den Blutergüssen diverser Schläge aus allen Richtungen, müde von der Anstrengung, ihr Unbehagen zu unterdrücken. Sie war froh, als sie in ihrem Zimmer war, wo ein Lavendelzweig neben dem Bett stand. Er erinnerte sie an Carls Blumenstrauß. Sie kämpfte gegen den Schlaf; sie hatte ein großes Verlangen danach, ihn anzurufen und ihm zu sagen, es ist wirklich hübsch hier, es wird alles gut werden. Sie schlief ein. Es war für alles gesorgt, für alles.

Sie war halb wach, döste wieder ein und träumte von Stimmen, von Türen, die sich schlossen, vom Ruf einer Eule. Sie riss die Augen auf und sah die Uhr neben dem Bett. Es war drei Uhr morgens. Grace schüttelte ihre Schulter und riss sie aus dem Schlaf. Ihre Stimme klang schrill vor Sorge.

»Rachel, Schatz, kannst du mir helfen? Ernest ist nicht zurückgekommen. Entschuldige, mein Herz, wir müssen unsere Stiefel anziehen und ihn suchen gehen. Es wird nicht lange dauern, Schatz, wahrscheinlich ist er irgendwo eingeschlafen. Komm.«

Grace trug ein bodenlanges Nachthemd und einen sehr alten Morgenmantel. Sie hielt Rachel auch einen entgegen. Rachel stand auf und zog ihn an.

»Stiefel sind unten«, sagte Grace. »So ein Mist. Es tut mir wirklich leid.«

Sie gingen hinunter, hinunter in die Küche, die warm war wie Toast. So müde sie gewesen war, Grace hatte aufgeräumt, und alles war so ordentlich wie in einem Operationssaal.

»Dauert nur eine Minute«, wiederholte Grace und hielt ihr ein Paar Stiefel hin. Rachel schob die Füße hinein. Sie waren zu groß; ihre Füße rutschten darin hin und her. Dann waren sie draußen in der Nacht, und nach der Wärme der Küche ließ die Luft sie frösteln. Rachel flatterte hinter Grace her, und Grace sprach über die Schulter mit ihr.

»Ich hätte dich nicht gestört, Schätzchen, aber es könnte ein bisschen schwierig werden, ihn allein auf die Beine zu bringen.«

»Kommt das oft vor?«

»Nein. Erst ein oder zwei Mal.«

Im Dunkeln sah alles anders aus. Sie hätte den Weg nicht gefunden. Der Boden war glatt und eben. Rachel versuchte, mit Grace Schritt zu halten, angesteckt vom Gefühl der Dringlichkeit. Grace hatte eine Taschenlampe; der Lichtstrahl huschte unstet umher und drang kaum durch die Dunkelheit. Rachel wusste, dass der Weg zum Kuhstall und zum Melksaal ungefähr zweihundert Meter lang war, und sie versuchte sich den Lageplan ins Gedächtnis zu rufen. Sie wünschte, sie hätte gleich besser aufgepasst: erst der Kuhstall, die Schweine mit ihrem Gestank ganz hinten am Ende, der Heuschober zur Linken. Dann ragten die Gebäude vor ihr auf, beleuchtet wie ein Schiff auf hoher See. Sie gingen weiter darauf zu, Rachel stolpernd, Grace mit festem Schritt.

Der Melkschuppen war leer. Der tiefe Innenraum, umgeben von den höher gelegenen Gittern und Boxen, war mit dem Schlauch ausgespritzt worden, sauber und nass, und abgesehen vom Summen der Maschinen war es schmerzhaft still. Es roch nach Milch und Scheuermittel, und der Geruch der Tiere hing noch in der Luft – eine nächtliche Fabrik mit scharfen Konturen im harten Licht der Deckenbeleuchtung.

»Ernest!«, schrie Grace.

Sie ging durch den Vorraum mit den Milchtanks, aus dem das Summen kam. Dann kehrte sie zurück. Sie zitterte. »Komm. Vielleicht im Stall.«

Sie liefen die Rampe hinunter in den Kuhstall. Nur halb erleuchtet, wirkte er viel größer als am Tag. Der süße Geruch von Heu, Silage und Melasse blieb Rachel im Halse stecken. Die stehenden Kühe regten sich; plötzlich war der Raum erfüllt von den gedämpften Geräuschen scharrender Bewegungen, und Rachel sah nichts als eine Reihe von fragenden Augen, unwillig über die Störung. Mit unbeholfenen Schritten bewegte sie sich über den heubedeckten Boden, schwerfällig in den Stiefeln. Grace leuchtete mit der Taschenlampe um die Beine der Kühe herum und ging langsam an ihnen vorbei. Vielleicht nahm sie an, dass Ernest sich bei seinen Tieren schlafen gelegt hatte. Rachel blieb dicht bei ihr. Die Kühe wiegten sich ihnen entgegen; Grace scheuchte sie zurück, aber sie kamen wieder. Rachel fühlte die Anwesenheit von tonnenschwerem Fleisch und Knochen, bereit, über sie hinwegzutrampeln, sie in den Boden zu stampfen, in das Heu und die Scheiße, und fast hätte sie geschrien. Sie klammerte sich an Grace' Ärmel. Grace riss sich los.

»Sei nicht albern«, sagte sie wütend. »Sie sind nur neugierig. Wo zum Teufel ist er? Komm weiter.«

Die Kühe waren so nah. Rachel konnte ihren Atem riechen. Es war gleichgültig, dass sie einem nichts tun wollten. Ihr erdrückendes Gewicht genügte. Sie erreichten das hintere Ende des Stalls, das weite Feld und frischere Luft. Grace blieb stehen.

»Der blöde Kerl wird zu den Schweinen gegangen sein, um ihnen Gute Nacht zu sagen. Komm.«

»Da will ich nicht hin«, sagte Rachel.

Schon drang ihr der Geruch der Schweine in die Nase, und ihre Knie zitterten. Grace drehte sich um und leuchtete ihr mit der Taschenlampe ins Gesicht.

»Ach komm, Rachel, Schatz. Sei nicht so selbstsüchtig. Du weißt tatsächlich nicht viel von der wirklichen Welt, was? Soll ich denn allein gehen? Wenn er da ist, müssen wir ihn herausholen. Was für eine Tochter bist du?«

Sie ging weiter, zuversichtlich davon überzeugt, dass Rachel ihr folgen würde, und Rachel tat es. Wieder hörte sie leises Summen, als sie an dem Verbrennungsofen vorbeikamen, auf den Ernest so stolz war. Mitten in der Nacht heizte er sich auf – wofür? Der kleine Steinkasten strahlte Hitze aus, als sie vorüberliefen. Sie erinnerte sich, dass er einem Tresor voller Feuer glich, erinnerte sich an den kleinen Knochensplitter, den Ernest ihr gegeben hatte. Sie schämte sich für ihre Feigheit. Allmählich war das alles wie ein übler Traum, und trotzdem war sie gekränkt: *Du weißt tatsächlich nicht viel von der wirklichen Welt, was? Was für eine Tochter bist du?*

Auf den Stufen vor dem Schweinestall stolperte sie wieder. Grace zog den großen Holzriegel an der Tür zur Seite. Rachel hatte seine rustikale Zweckmäßigkeit bewundert, bevor der Gestank sie betäubt hatte. Schweinegeruch – ein übel riechender, durchdringender, ätzender Gestank, der die Kehle erfüllte und sich in Kleidern und Haaren verfing, schlimmer als wirklicher Mist. So saubere Tiere, und sie verströmten ihren eigenen, unvergesslichen Geruch und genossen es, wie sie diejenigen abstießen, die nichts für sie übrighatten. Ein Schwein war ein Schwein war ein Schwein. Es wusste, was es war, und liebte niemanden außer seinesgleichen. Rachel dachte an Ernest, wie er über die Schweine geredet hatte. Vielleicht war er wirklich gekommen, um mit ihnen zu sprechen.

»Ernest!«, rief Grace. »Komm heraus, du dämlicher Trottel!«

Die Schweine hatten nichts von der stummen Neugier der Kühe. Die Säue und die Ferkel in den zehn Koben –

fünf auf jeder Seite des Mittelgangs – bäumten sich in ihren engen Behausungen auf und quiekten und schnaubten. Der lange, schmale Stall war von zwei flackernden Lampen erleuchtet, die im Luftzug der offenen Tür hin- und herschwangen, und von Grace' Taschenlampe, die auf den hinteren Ausgang und die Konturen der metallenen Pferche gerichtet war. Stinkende, sich windende Gestalten drängten ihre Schnauzen durch die Käfiggitter. Für menschliche Anwesenheit kannten sie keinen Grund außer Fressen und Gewalt. Jemand war gekommen, um ihnen Futter zu bringen oder ihre Kinder wegzunehmen. Rachel spürte die Berührung einer kalten Schnauze, die sich durch das Gitter drängte, an ihrem nackten Knie, und sie hörte ein ohrenbetäubendes Quieken, unterlegt mit misstönendem Grunzen. Sie wankte auf dem unebenen Holzboden, hielt sich an der nächstbesten Gitterstange fest. Wieder berührte eine Schweineschnauze ihre Hand, und sie fuhr zurück, als habe sie etwas gestochen. Ihr Aufschrei war unhörbar in dem Lärm, und der Gestank ließ sie würgen. Sie verschränkte die Arme und tat einen tastenden Schritt. Das sind Schweine, sagte sie sich, wo ist Grace, wo ist Ernest, das ist die Hölle, und warum … sind sie immer hungrig? Was macht sie so wütend? Warum bin ich hier?

Sie schrie nach Grace.

Dann wurde es stiller.

»Wenn du ruhig stehen bleibst und gar nichts tust, hören sie irgendwann auf.« Grace' Stimme schien aus weiter Ferne zu kommen.

Sie saß am hinteren Ende des Schweinestalls auf der Stufe vor dem Ausgang. Das Licht ihre Taschenlampe fiel auf ihre Füße; im Licht des Stalls sah man die Glut einer Zigarette. Rachel ging auf das Licht und die Stiefel zu; mehr konnte sie nicht sehen.

»Bleib einfach ruhig stehen, ja?«

Die Schweine scharrten enttäuscht, resigniert, murrend.

»Was ich wirklich wissen möchte: Wirst du uns helfen?«, sagte die Stimme. »Ich dachte es, aber jetzt bin ich nicht mehr so sicher. Komm, Schatz, gib mir einen Kuss. Alles wird gut.«

Rachel torkelte auf die hintere Tür zu. Der Lampenstrahl schwenkte zur Decke. Die Schweine fingen wieder an zu quieken. Ein Faustschlag traf sie in den Bauch, und alle Luft wich aus ihrer Lunge. Sie stolperte über ihre Stiefel und fiel auf die Knie, krümmte sich zusammen und drückte die Hände auf den Leib.

In weiter Ferne schlug eine Tür zu. Alles war still. Jemand strich ihr über das Haar. Immer noch zusammengekrümmt, kauerte sie vor der Stufe. Das Licht der Taschenlampe spielte über die Füße in den Stiefeln. Es waren andere Stiefel.

»Ehrlich, Rachel, du bist ein dummes Huhn. Auch nur ein einziges Wort von dem zu glauben, was meine verdammte Mutter sagt! Oder sonst irgendjemand, übrigens. Aber das tust du, nicht? Weil es alles wahr ist. In gewisser Weise.«

Ivy.

Rachel hob den Kopf und starrte hoch. Sie konnte nur starren, aber sie sah nichts. Sie kauerte zu Ivys Füßen, sagte nichts, tat nichts, hörte nur zu.

Ivy hob sie mühelos hoch, und dann saß sie auf der Stufe, ihr Oberkörper klemmte zwischen Ivys Knien, Ivys große Hände lagen auf ihren Schultern und drückten sie nieder.

Eine Hand legte sich in ihren Nacken. Daran erinnerte sie sich; sie erinnerte sich dunkel, dass diese Berührung einmal *schön* gewesen war.

»Hat's dir die Sprache verschlagen?«, fragte Ivy. »Nichts zu sagen? Na, aber ich, du Biest. Wer hat sich denn mit hundert kuscheligen Handyanrufen an meinen Mann herangewanzt? Du. Wer ist der Mensch, den ich am meisten auf der Welt liebe? Du. Wen lieben meine Mummy und mein Daddy so sehr? Wer möchte alles organisieren und geht in mein Zimmer, wenn ich nicht da bin? Du. Wer bringt alles in Ordnung, wenn ich es nicht kann? Du. Wer hat diesen beschissenen Polizisten zu meiner Haustür geschickt, der den alten Blaker zum Quatschen brachte, und sagt's mir dann nur aus Versehen? Du.

Du solltest helfen, du Dreckstück. Du solltest mich *aufhalten.*«

Rachel lehnte sich an sie und nickte. Die Welt und der Schweinegestank waren wieder da. Man hörte nichts als das Scharren und Grunzen.

Ivys granitharte Knie verstärkten ihren Klammergriff und drückten ihre Schultern zusammen, sodass sie die Arme nach vorn strecken musste.

Sie sah Ivy über sich, wie sie eine Pose einnahm. Venus hält die Schlange zwischen den Knien. Sie fragte sich, warum sie nicht allzu überrascht war. Ivy die Wilde – was für ein hübscher Name. Sie sah ihre eigenen Hände, die auf ihren Knien lagen. Sie schaute durch den Gang zwischen den Schweinekoben. Kühe waren gar nichts. Sie konnte nicht aufhören zu nicken. Allmählich sah sie das Bild, das sie längst hätte sehen sollen. Galle stieg ihr in die Kehle.

Alles tat weh. Grace hat mich geliebt. Sie hat gesagt, ich bin eine Tochter.

»Wirst du uns also helfen, oder was?«

»Wobei?«

»Bei dem, was ich immer tun wollte. Carl umbringen. Ach, Schatz, du warst sehr brav. Du hast ihn dazu gebracht, herzukommen. Glaubst du, das wüsste ich nicht? Seit Monaten übe ich, Carl zu töten – seit ich ihn gefunden habe. Ich wusste, ich würde den Mut nicht haben, nicht ohne Übung. Tiere sind eine Sache, Menschen eine ganz andere. Zunächst mal *darf* man es nicht. Keine Ahnung, warum. Zu töten, was du liebst, das erfordert Mut, weißt du. Ich musste lernen, kaltblütig zu sein. Sie waren alle nur Platzverschwendung, also warum nicht? Sie haben mir geholfen, eine ruhige Hand zu bekommen. Aber ich muss straflos bleiben; alles andere ist nicht wichtig. Ich werde es schaffen und Sam zurückholen. Du bist meine Freundin, Rachel. Du hättest mich aufhalten müssen.«

Rachel senkte den Kopf. Es klickte, als Ivy sich eine neue Zigarette anzündete.

Rachel hörte ihre eigene, beherrschte, bewundernde Stimme.

»Du bist unglaublich, Ivy. Ich liebe dich. Wen hast du zur Übung umgebracht?«

»Am Hals erwischt, wie Cassie? Oh, einen nur durch Überredung, einen Mann, der hier wohnte. Er war grässlich, er hatte keinen Respekt, weißt du, konnte nicht so gut schwimmen, wie er glaubte. Halb besoffen. Carl kann überhaupt nicht schwimmen. Einen Mann in einem Büro, der sterben *wollte*. Ich habe ihm geholfen, es zu schlucken. Den im Krankenwagen – da musste es schnell gehen, ich musste es einfach tun, Rachel, damit ich bereit und fähig bin für den Hauptmord. Habe jetzt Nerven wie Stahl. Weiß noch nicht genau, wie, aber ich weiß, ich habe den Mut. Alles muss man lernen. Also – wirst du helfen? Bist du für uns oder gegen uns?«

»Weiß Grace davon?«

Eine dumme Frage.

»Weiß Grace wovon, du dummes Ding? Grace wollte doch überhaupt erst, dass du herkommst. Grace hat es vorgeschlagen. Grace denkt voraus, weißt du? Sie meinte, jemand wie du würde dem lieben Carl gefallen. Ihn herzuholen und hier umzubringen wäre viel weniger riskant, als wenn ich ihn irgendwo in London erledige. Das war der ursprüngliche Plan. Ihn aus seinem Loch treiben, ihm Angst machen, ihn umbringen, sobald ich wüsste, dass ich es kann. Aber das war nicht gut genug, verstehst du? Nicht, nachdem er angefangen hatte, Mummys Briefe zurückzuschicken, und wir begriffen, dass er mir niemals erlauben würde, Sam zu sehen, solange er lebt. Er würde verhindern, dass Sam zu seiner Großmutter nach Hause kommt. Nur über seine Leiche …«

»Das ist nicht wahr.«

Sie spürte die ersten Regungen des Zorns. Sie sah jetzt klarer, wollte etwas erklären, und sie sprach mit leiser Stimme.

»Sam ist derjenige, der dich nicht sehen will. Carl ist ein guter Mann, er wird alles tun, was vernünftig ist. Er muss gut sein, denn er war einverstanden, herzukommen. Ach, Ivy, hast du geglaubt …«

»Du gibst es also zu, du Dreckstück. Du bist mit ihm ins Bett gegangen. Jawohl. Du hast meinen Mann gefickt und es aus ihm herausgeholt. Tja, das war nicht ganz das, was du tun solltest. Herrgott, wahrscheinlich hast du auch meinen Sohn gefickt. Ich habe dich beobachtet, Rachel. Die ganze letzte Woche, seit du dich am Sonntag aus dem Haus geschlichen hast, warst du wie in einem verdammten Traum. Seine Nummer auf deinem Handy, Nachrichten von Bullen, von denen du mir nichts erzählst. Eigentlich ziemlich komisch. Ich sollte dich jetzt umbringen, aber ich liebe dich, weißt du, und ich dachte, du liebst mich. Du bist eine Diebin.«

»Aber ich liebe dich. Wenn du mich liebst, lass mich gehen. Dann kann ich ihm sagen, er soll nicht kommen. Dann kann ich dich aufhalten.«

Ivy streichelte ihr übers Haar. Sie versuchte, der Berührung nicht auszuweichen, aber es gelang ihr nicht. Ivy bemerkte es.

»Oh nein, mein Schatz. Dazu ist es jetzt zu spät. Die Dinge haben sich geändert. Ambitionen ändern sich, wie du mal gesagt hast. Ich will nicht bloß, dass er stirbt, ich will, dass er es weiß. Ich will, dass er erwürgt und im See ertränkt wird, und ich will, dass er es weiß, bis zum letzten Augenblick. Wie Cassie es wusste.«

»Warum? Ivy, warum?«

»Weil alles seine Schuld war. Weil er sie umgebracht hat, und dann mich. Er hat mich ausgesperrt und wegschließen lassen. Er hat Sam gegen mich eingenommen, er hat mir das Leben zur Hölle gemacht, er hat mich auf den Grund der Hölle geschickt. Und als es mir besser ging, als ich wusste, dass er ein beschissener *Richter* ist – tja, das war's. Ich sage dir, Rachel, Schätzchen, es frisst an mir wie eine Krebsgeschwulst, nur zu wissen, dass er da herumstolziert, und ich kann nicht *leben*, solange ich das weiß. Stolziert da durch die große, weite Welt, mit *meinem* Sohn. Nicht mit *seinem*, mit meinem Sohn. Damit kann ich nicht leben.«

Nicht mit seinem, *mit meinem Sohn.*

Ivy kicherte. Es war ein furchtbares Geräusch, schlimmer als das Grunzen der Schweine, die sie jetzt ruhig anstarrten und immer noch auf Futter hofften. Rachel spürte ihren Atem aus dem Schatten des Kobens.

»Du solltest lieber niemandem erzählen, dass ich das gesagt habe«, fuhr Ivy fort. »Ernest will Sam nur, weil Sam von Carl ist. Grace würde durchdrehen. Carls verdammter Enkel – das ist alles, was er will. Wirst du jetzt mithelfen, oder nicht? Ich glaube, ich kenne die Antwort. Ernest sagt, du wirst es nicht tun. Grace sagt, du tust es. Aber sie wusste nicht, dass du ihn gefickt hast.«

Rachel wusste, dass sie so oder so verloren war. Ivy war stark, und Ivy war wahnsinnig, und die Schweine stanken. Alles, was sie im Halbdunkel empfand, war ein überwältigender Schmerz.

»Habe ich denn nichts geändert?«, fragte sie. »Hat es nichts geändert, dass du mich kanntest? Habe ich für dich nichts besser gemacht, wie du es für mich getan hast? Habe ich wirklich nichts an deiner *Krebsgeschwulst* geändert?«

Das Streicheln an ihrem Haar hatte aufgehört. In der Stille begann sie zu hoffen, dass Ivy nachdachte. Ivy lachte. Sie lachte wie eine Hyäne.

»Natürlich hast du etwas geändert. Durch dich habe ich

gesehen, wie es sein würde, ein Leben zu führen, auf dem kein Fluch liegt. Keine Sorgen zu haben, einen Vater, der dich liebt, statt sich zu wünschen, du wärest ein Sohn, keine echten Verluste, keine Fehler, niemandes Opfer. Du Glückspilz. Keine nennenswerten Narben, nur deine lächerlichen kleinen Tragödien, deine lächerliche kleine Moral. Ich bezweifle, dass du jemals in deinem ganzen Leben jemandem etwas bedeutet hast.«

Sie lachte wieder.

»Obwohl du Carl natürlich sicher etwas bedeutest. Gott, ihr nutzlosen, unschuldigen Weiber seid zum Kotzen. Außerdem hast du mich nicht wirklich geliebt. Du weißt nicht, was Liebe ist.«

Sie beugte sich vor und flüsterte Rachel ins Ohr. Ihr Atem strich über ihren Hals.

»Liebe bedeutet, dass man bereit ist, *alles* für einen Menschen zu tun, *alles*, damit es ihm besser geht. Ich hätte es für dich getan, Rachel, aber du wirst es nicht für mich tun, oder?«

Rachel riss den Kopf zur Seite. Ihr war eiskalt, aber sie konnte jetzt sprechen. Sie konnte ihren großen, dummen Mund aufmachen.

»Du bist verrückt, Ivy. Verrückter, als du ahnst, wenn du glaubst, ich werde zusehen, wie du jemanden umbringst, ohne dass ich versuche, dich daran zu hindern.«

Sie fühlte, dass Ivy nickte, sich wiegte. Sie hielt sie immer noch fest umklammert.

»Grace war es klar. Sie sagte, du liebst uns nicht genug. Tja, das tut mir leid.«

Sie stand auf, und es klang, als rede sie mit sich selbst. »Merkwürdig, nicht wahr? Ich kann dich nicht selbst umbringen. Ich kann es nur mit Männern. Ein großer Fehler, dass du hier bist, aber Grace glaubte, Carl würde nicht kommen, wenn du nicht vorher kommst. Tut mir leid. Schade, dass du uns nicht genug liebst.«

Rachel rührte sich nicht. Sie wollte Ivy anflehen, sie wollte sie anspucken, sie wollte sich wehren, aber sie rührte sich nicht. Ein wuchtiger Schlag traf sie seitlich an den Kopf, und sie fiel vorwärts auf den Boden. Die Schweine fingen wieder an zu quieken. Rachel lag mit dem Gesicht auf den rauen Brettern des Gangs zwischen den Ställen und sah die absonderliche Schnauze eines großen jungen Schweins vor sich. Sie hätte sie berühren können.

»Es wird nicht sehr wehtun«, sagte Ivy beinahe betrübt. »Aber die Schweine sind heute nicht gefüttert worden. Ernest wird in zwei Stunden kommen und sie herauslassen. Er braucht nur draußen auf den Knopf zu drücken, um die Ställe zu öffnen. Er sagt, du hättest Angst vor ihnen. Keine Sorge, sie werden dich erst fressen, wenn sie über dich hinweggetrampelt sind, und dann bist du bewusstlos. Wehr dich nicht. Aber das tust du ja nie, oder? Du hast noch nie kämpfen müssen.«

In einem letzten Abschied beugte Ivy sich über sie und berührte noch einmal ihr Haar.

Die Tür fiel zu, und Rachel hörte, wie der große hölzerne Riegel vorgeschoben wurde. Es war dasselbe Geräusch, das sie kaum von der Tür registriert hatte, durch die sie mit Grace eingetreten war. Grace war auf demselben Weg gegangen, auf dem Ivy kam, ihre Rolle war zu Ende gespielt. Vielleicht hatte Grace zugehört, vielleicht hatte sie gewartet hinter der schweren Tür, gemacht, um die Armee der Riesenschweine einzusperren, die sich um sie herum bewegten und hungrig schnüffelten. Der Gestank in Bodenhöhe war übermächtig. Ihr dröhnte der Kopf; sie spürte Ivys Faustabdruck, und sie wollte weinen, weinen um alles. Aus nackter Angst, und weil sie gehasst und geliebt und verraten worden war und jetzt hier so sterben sollte. Vor Entsetzen angesichts dessen, was kommen würde. Aber nach und nach war es das Grauen vor dem, was sie getan hatte, das sie am meisten lähmte. Sie hatte Carl zur Schlachtbank geführt. Im Geiste ließ sie all das Revue passieren, was Ernest am See gesagt hatte, all die Lügen, die Ivy ihr aufgetischt hatte. Wie sie, um geliebt zu werden, immer wieder ignorierte, was sie im Grunde instinktiv wusste. Ivy hatte versucht, ihren Vater umzubringen, Ivy hatte seine Tabletten und seinen Inhalator gestohlen, und sie, Rachel, hatte ihr geglaubt.

Ivy war eine Lügnerin: Dieser Gedanke tröstete sie für einen Augenblick. Es konnte nicht wahr sein, dass hungrige Schweine einen Menschen fraßen; sie fraßen aufbereitetes Protein, zu Brei verarbeitet. Es musste gelogen sein – wie konnte Hass so extrem sein? –, aber sicher war sie nicht. *Du hast keine Ahnung. Schweine fressen alles.* Sie erinnerte sich an eine Frau, die zerhackt und an Schweine verfüttert worden war.

Ihre eigene Hilflosigkeit und die furchtbare Trauer machten sie schließlich so zornig, dass sie sich bewegte. Nein, sie hatte noch nie kämpfen müssen, da hatte Ivy recht, aber jetzt würde sie es tun. Sie musste hier raus, bevor Ernest käme und die Schweine freiließe, damit sie sich um sie balgen konnten. Sie rappelte sich auf und ging mit unsicheren Schritten zur Tür; sie hielt die Arme verschränkt und vermied es, die Stangen zu beiden Seiten zu berühren. Sobald sie sich bewegte, fingen die Schweine an zu quieken. Wenn sie stehen blieb, hörten sie auf. An der Tür angekommen, drückte sie dagegen, aber die Tür rührte sich nicht. Sie ging ihren Weg zurück zum anderen Ende, von neuerlichem Getöse begleitet. Die Versuchung, stehen zu bleiben, damit der Lärm aufhörte, war groß. Sie fing an, vor sich hin zu summen, um ihn zu übertönen.

Auch die andere Tür war fest verschlossen.

Müde setzte sich Rachel auf die Stufe, auf der Ivy gesessen hatte, und rührte sich nicht mehr.

Es wurde wieder still. Dann übergab sie sich heftig.

Das Abendessen, das sie in Grace' Küche zu sich genommen hatte, brach in einem mächtigen Schwall aus ihr heraus und klatschte auf die zu großen Stiefel und auf die Bretter. Es war, als speie sie Gift aus, wieder und wieder, mit allem Elend der Übelkeit und zugleich distanziert genug, um sich zu fragen, wie ihr kleiner Körper aus dem wenigen Gegessenen so viel Galle und Abfall produzieren konnte. Es war, als habe das, was sie gegessen und getrunken hatte, sein Volumen verdreifacht, und jetzt schoss es in rasendem Strom aus ihr heraus. Mit objektivem Abscheu betrachtete Rachel ihren eigenen Ausstoß. Danach fühlte sie sich ein bisschen besser, als habe sie endlich etwas Positives getan. Als habe sie ihre Unschlüssigkeit ausgeschieden, zusammen mit dem selbst gemachten Wein, der scheußlich geschmeckt und sie schläfrig gemacht hatte, damit sie für Grace fügsam und bereit war. Zumindest den war sie jetzt los. Tageslicht schimmerte durch die Ritzen rings um die hintere Tür. Kalt und trostlos musste es hier sein, wenn es windig wurde; vermutlich hatten die Schweine ihre eigene Isolierung. Schweine isolierten sich, Schweine waren sauber, auch wenn sie stanken; sie legten sich nicht in ihre eigene Scheiße. Sie legten sich auf den offenen Lattenboden, der nur mit Stroh gepolstert war, und Kot und Urin fielen zwischen den Latten hindurch in den Hohlraum darunter und wurden dann mit dem Wasserschlauch weggeschwemmt, wenn es sich ergab. Keine Arbeit für einen Regentag, hatte Ernest gesagt. Das schmutzige Stroh wurde hinausgefegt, ebenfalls durch die Bodenrinne.

Rachel legte sich hin und spähte zwischen den Latten hindurch. Der Morgen graute. Sie sah matt schimmernde Flüssigkeit unter sich. Ein Jauchesee. Das war der Ausweg. Sie schluckte. Der einzige Ausweg.

Ohne auf den Protest der Schweine zu achten, dankbar für das zusätzliche Licht, das sie außerdem zur Eile drängte, tastete Rachel an den Rändern der Bretter entlang und suchte nach den Fugen. Sie kehrte ans Ende zurück und arbeitete sich voran, suchte nach einer lockeren Latte, versuchte sich zu erinnern, wo der Boden am lautesten geknarrt hatte, rief sich ins Gedächtnis, was Ernest über das Ausfegen des Strohs gesagt hatte: Er brachte es herein, aber er fegte es nicht hinaus, sondern hinunter. Da war kein Brett am Ende, sondern ein metallener Abfluss in der Mitte des Ganges. Als sie ihn aufhebeln wollte, brach sie sich an der Kante die Fingernägel ab. Sie tastete ringsherum, befühlte die Ecken, versuchte es noch einmal. Ernest würde ein Werkzeug dazu benutzen, aber sie hatte kein Werkzeug. Sie stellte sich auf den Rand des Abflussdeckels, spürte, dass sich die andere Seite leicht anhob. Sie packte sie und zog. Der Deckel fiel zurück und klemmte ihr die Finger ein. Wütend schrie sie auf, zog die Hände heraus und tat es noch einmal; sie hielt den Deckel fest, tänzelte außen herum, schob den Stiefel darunter und stemmte ihn vollends hoch. Das Metall bewegte sich mit klebrigem Geräusch. Aus dem Loch darunter stieg intensiver Gestank herauf. Rachel hielt inne. Dann setzte sie sich auf den Rand des Loches und ließ die Stiefel baumeln. Ihr leerer Magen drehte sich um.

Du hast nie jemandem etwas bedeutet. Sie werden Carl umbringen. Es geht nicht um dich. Du musst ihn warnen. Und wenn es das Letzte ist, was du tust. Das alles ist nur deine Schuld.

Unter dem wütenden Gequieke der Ferkel ließ sich Rachel in das Loch fallen und landete in flüssiger Jauche.

21

Sie stand in einem flachen Tümpel aus Fäkalien, Unrat und Stroh, gottlob aufrecht. Sie watete voran, und der Mist lief über ihre Stiefel. Dann blieb sie stecken und fiel vornüber in den Matsch, sie besudelte sich von Kopf bis Fuß und versuchte, nicht zu atmen. In dem Tank unter dem Schweinestall war Leben. Sie fühlte, wie etwas über ihren Arm lief, und presste die Lippen zusammen, um den Schrei zurückzuhalten. Sie richtete sich auf und schob sich zur Seite, und sie sah die kleinen Gestalten, die an ihr vorbeihuschten und durch die schleimige Brühe dem Tageslicht entgegenschwammen. Rachel griff nach einem Balken über ihrem Kopf; er trug den Boden des Stalls, wo die Schweine jetzt schwiegen. Sie hielt sich daran fest und zog erst einen Fuß aus dem Stiefel, dann den andern. Die dicke, faulige Flüssigkeit schmatzte zwischen ihren Zehen, aber sie konnte sich wieder bewegen. Sie folgte den Ratten zum Tageslicht und hinaus auf den gepflasterten, schlammigen Hof. Reiner Schlamm war gut. Die Ratten, die davongetrippelt waren, hatten etwas Beruhigendes. Sie hatten mehr Angst vor ihr als sie vor ihnen. Sie waren vor ihr geflohen.

Sie blieb neben dem Stall stehen, ohne sich danach umzusehen, schüttelte die jauchetriefenden Arme und blinzelte im Licht. Sie atmete durch die Nase und wagte nicht, sich mit ihren vergifteten Händen das Gesicht abzuwischen; sie wollte nichts als Wasser. Ekelschauer überliefen sie, aber sie war frei. Sie ging zurück, auf die anderen Gebäude zu, und sie dachte daran, dass Ernest gleich kommen würde, um die Schweine freizulassen. Er konnte ihr jederzeit begegnen. Vielleicht hatte Ivy auch da gelogen, vielleicht hatte sie ihr nur Angst einjagen wollen, aber sie würde nicht abwarten, bis sie es herausfände. Ernest – sie hasste Ernest, diesen passiven Betrüger, der seine Gebrechlichkeit als Köder benutzte. Zorn verdrängte ihre Trauer. Sie hasste sie alle.

Rachel kannte keinen anderen Rückweg als diesen, es sei denn, sie hätte sich links oder rechts durch die Felder geschlichen. Selbst auf bloßen Füßen würde sie schneller laufen können als Ernest mit seinen schweren Stiefeln, aber vor Ivy, dachte sie, könnte ich niemals weglaufen. Angenommen, es wäre Ivy, die zurückkam und den leeren Stall und den offenen Deckel fand. Rachel blieb stehen und schaute sich panisch nach einem Versteck abseits des Weges um. Irgendetwas, wo sie für einen Augenblick zur Ruhe kommen und nachdenken könnte.

Sie lief hinüber zu dem Verbrennungsofen. Das Summen der Maschinerie war nur aus nächster Nähe hörbar. Sie ging außen herum und duckte sich in die Nesseln, die dahinter wuchsen. Von hier aus sah sie den Weg, der zum Kuhstall und zur Scheune führte, und das Haus, das halb versteckt hundert Meter weiter stand. Es war eine baumlose Landschaft; die Wiesen waren nach der letzten Mahd flach, und die Bäume begannen erst da, wo sich das Gelände zum Tal mit dem See absenkte. Sehnsuchtsvoll dachte sie an den

Wassertrog der Kühe im Stall. Sie hätte keine Angst mehr vor ihren Körpermassen; sie würde sie schimpfend beiseitescheuchen, um in ihr Wasser zu steigen. So abstoßend es war, es war doch besser als das hier.

Ein belangloser Gedanke ging ihr durch den Kopf: Sie begriff jetzt, dass der Geruch denen, die daran gewöhnt waren, nichts ausmachte. Nie im Leben würde sie wieder so ekelhaft stinken wie jetzt – falls sie am Leben bliebe. Falls das noch wichtig war.

Rachel duckte sich. Es hatte auch seine Vorteile, mit Jauche bedeckt zu sein. Sie würde mit der Landschaft verschmelzen. Es dauerte ein paar Minuten, bis sie es in ihrem Versteck nicht mehr aushielt. Es juckte sie am ganzen Körper. Die Jauche auf ihrer Haut begann zu trocknen.

Als sie den Heuschober erreichte, kam ihr die zweite gute Idee. Allmählich kehrte ihr Verstand zurück, und mit ihm eine langsam anschwellende Wut. Sie trat in den Schatten der Scheune, zerrte Heu aus dem nächsten unverschnürten Ballen und wischte sich damit ab. Heu und Stroh hielten Tiere sauber. Da würde es auch für sie genügen. Sie riss immer mehr Heu heraus und rieb sich damit ab. Es kratzte, und sie hielt inne und fing dann wieder an, sanfter jetzt. Bis jetzt hatte sie noch nicht geblutet. Oh, Wasser! Die Stille in der Scheune war beruhigend. Ein kühler Wind durchwehte sie und säuselte oben unter dem Dach. Dann hörte sie ganz in der Nähe jemanden pfeifen, und sie drückte sich in den Schatten einer Wand.

Ernest kam in Sicht. Er stapfte den Weg entlang, vom Kuhstall herüber, anscheinend völlig gelassen. Sie beobachtete, wie er mitten in der Scheune stehen blieb und sich am

Kopf kratzte, als habe er vergessen, warum er hier war, was er tun, wohin er gehen wollte. Dann nickte er bei sich, sah auf die Uhr und stapfte wieder davon, nicht zu den Schweinen, sondern auf den Melkschuppen und seine Kühe zu. Aber bevor er die Scheune verließ, ging er zur Seite und holte etwas hinter dem offenen Rolltor hervor. Er ließ das Tor offen und verschwand, diesmal ohne zu pfeifen. Er wirkte so vertieft, dass es aussah, als könne sie ihm gefahrlos folgen. Er verschwand im Melkschuppen. Als sie näher kam, hörte sie, wie er die Kühe rief. Der Gedanke an den Trog mit seinem tiefen Wasser verblasste zu einer schemenhaften Hoffnung. Ernest war zu nah. Im Freien hatte sie keine Angst vor ihm, denn alle möglichen halb erinnerten Worte kamen ihr in den Sinn. Es war niemals Ernest, der das Töten übernahm. Mit ihrer juckenden Haut, die sie nicht mehr riechen konnte, zog sie sich ins Heu zurück. Sie erinnerte sich an ein paar Dinge, und jetzt fügte sich alles zusammen.

Ernest tötete nie etwas, hatte Grace sich beklagt, aber er übernahm das Resultat. Er konnte einen Kadaver zerlegen, er konnte ihn in seinen kostbaren Verbrennungsofen werfen und ihn innerhalb weniger Stunden in poröses Knochenmehl verwandeln. Es dauerte lange, den Ofen genügend anzuheizen; er verschwendete kein Geld. Jetzt summte es dort drinnen: Der Ofen war bereit, das Menschenopfer namens Carl entgegenzunehmen. Mehr als andeutungsweise hatte er unten am See davon gesprochen, als sein Verstand eher klar als vernebelt war. Er wusste, dass Carl kommen würde; er kannte seine Anweisungen oder hatte sie, wenn er sie nicht kannte, erraten, denn er hatte zugesehen und zugehört, als Grace und Ivy ihren Plan schmiedeten.

Sie dachte an Grace – trockenen Auges, mit kaltem Zorn und einer Art bitterer Bewunderung. Grace, die vollendete Schauspielerin, so voll von Liebe, dass sie sie heucheln und abschalten konnte, voller Großzügigkeit, Farbe und Wärme, voller Hingabe an niemanden auf Erden mit Ausnahme ihrer Tochter. War ihre Warmherzigkeit jemals aufrichtig gewesen? Als sie so im Heu saß und überall die Insekten spürte, fragte Rachel sich, ob Grace wirklich alles über Ivy wusste. Oder ob jemals irgendjemand alles über Ivy wusste. Ja, dachte sie schließlich, Grace wusste alles. Grace war die Diplomatin, Ivy die Kriegerin.

Grace würde absolut jeden benutzen – alles für das Kind. Sie konnte niemals jemand anderen lieben. Es gab nur nützliche Fremde.

Wenn sie an Ivy dachte, empfand sie leidenschaftslosen Hass und primitive Angst. Sie erinnerte sich an die Konturen ihres nackten Körpers und an all das, was sie hätte wissen und spüren können. Sie fühlte bitteren Zorn, dass sie so töricht gewesen war, dass sie ignoriert hatte, was sie deutlich spürte, immer wieder.

Aber hier ging es nicht um sie. Sie rieb über die braune Haut an ihren Armen und sah ein angeschwollenes Insekt, das sich auf ihrem bloßen Knie niederließ. Sie trug ein langes T-Shirt, das weiß gewesen war, als sie zu Bett ging. Den geliehenen Morgenmantel hatte sie längst verloren. Sie versuchte sich zu erinnern, ob sie ihn irgendwo zurückgelassen hatte, wo man ihn sehen konnte.

Hier geht es nicht um mich oder um meine Gefühle. Wenn ich sie nicht aufhalte, kann ich auch gleich sterben. Ich habe noch Zeit.

Auf einem Bauernhof gab es viele Möglichkeiten, sich zu verstecken und abzuwarten, und es war verlockend, genau das zu tun und alles auszusitzen. An der aufgehenden Sonne konnte sie nicht erkennen, wie spät es war, und sie wusste auch nicht, wie viel Zeit sie im Schweinestall verbracht hatte. Es konnten Stunden gewesen sein. Sie wusste nur, dass es drei Uhr war, als sie auf den Wecker neben dem Bett geschaut hatte, und das war alles. Jetzt war es also Morgen, aber noch nicht lange. Sicher gab es hier viele Verstecke, aber keins, das sie benutzen konnte, denn Ivy würde sie alle kennen. Rachel war fremd hier; für sie gab es keine Wege außer den offenkundigen, und wenn Ivy herausfände, dass sie entkommen war, würde Ivy sie finden, lange bevor sie Carl abfangen könnte.

Sie raffte sich auf. Carl abzufangen war die Hauptsache, und dazu brauchte sie ein Telefon. Sie hatte noch Zeit. Ihr Verstand, geplagt von Gedanken an Ivy, Grace und Ernest und an die Verachtung, die diese für sie empfanden, klärte sich zusehends und machte Raum für ihn. Carl war der Grund, weshalb sie aus der Jauchegrube entflohen war. Ein guter Mann, der ein Kind gerettet und aufgezogen hatte, das nicht seins war, und der jetzt seiner Ermordung entgegenfuhr, der unentdeckbaren Ermordung durch zwei wahnsinnige Frauen, die ihm die Schuld an allem Unglück in ihrem Leben gaben und ihn in irgendeinem irrsinnigen Ritual töten wollten, das sie erlösen und die Toten zurückbringen sollte – ein Plan, der von Wahn und Illusionen gespeist war: Sein Tod würde ihnen ermöglichen, Ernest seinen geliebten Enkel zu bringen, Carl den Älteren auferstehen zu lassen und die Zeit zurückzudrehen. Zwei Primitive, die von Mythen und Legenden lebten, als gäbe es das Jahrhundert nicht, in dem sie lebten. Die nackte Bösartigkeit dieses Unternehmens war ebenso atemberaubend wie die Wahnvorstellungen, die dahinterstanden. Sie lebten nicht in einem Zeitalter, in dem man einen Jungen gegen seinen Willen unterwerfen konnte.

Aus dem, was sie vorhatten, folgte nicht, dass Sam sie lieben würde. Im Gegenteil. Wollten sie warten, bis Sam das mysteriöse Verschwinden seines Vaters betrauerte, und dann mit unwiderstehlichen Schmeicheleien und Trostworten vor ihm erscheinen?

Sie dachten überhaupt nicht nach.

Es ging nur um Rache. Sie wollten Rache, um sich vom Fluch ihrer selbst zu befreien.

Und sie wollten Geld. Das, was der tote Carl hinterlassen würde, was er ihnen versprochen hatte, was nur in Kraft treten würde, wenn er tot wäre. Geld spielte immer eine Rolle. Aber wie, glaubten sie, würden sie es in ihre Hände bringen? Wieder überlief sie ein Schauer des Entsetzens, als sie begriff, dass Grace und Ivy in ihrem Wahn zu der Überzeugung gekommen waren, dass sie ihnen auch dabei helfen würde, mit ihren beruflichen Fähigkeiten und ihren Einflussmöglichkeiten, auf die sie beide blind vertrauten. Mit Schrecken fragte sie sich, wozu sie womöglich noch hätte überredet werden sollen, wenn die gemeinschaftlich begonnene Verführung abgeschlossen wäre, wenn es noch länger gedauert hätte, wenn ihr Vater gestorben wäre. Wenn sie völlig isoliert gewesen wäre, wenn sie niemandem hätte glauben können außer ihnen. Sie hatte zu früh die Initiative ergriffen. Was für eine schreckliche Enttäuschung musste sie für die beiden sein, wie groß das Unheil, das sie angerichtet hatte.

Sie sah Ivy vor sich, wie sie in ihrer ganzen Pracht bei Sam erschien und ihm Trost, Liebe, Mitgefühl und Entschuldigungen anbot, bereit, eine bedeutsame Rolle in seiner Zukunft zu spielen, während die süß duftende Grace neben ihr stand. Sie würden restlos überzeugend wirken. Sie sah es vor sich, wie der arme, verwirrte Sam sich ihrer Umarmung anheimgab, von ihnen und ihrem Auftreten geblendet, wie sie es gewesen war. Er hätte vielleicht keine Chance.

Rachel dachte jetzt ganz ruhig nach. Die Vernunft war wieder da.

Die Tatsache, dass der Plan der Wisemans wahnsinnig und undurchführbar war, bedeutete nicht, dass sie auf Argumente hören würden. Sie waren fest zu diesem Mord entschlossen; Ivy hatte ihn geträumt, sie hatte ihn geprobt, und sie würde ihren Traum erfüllen. Davon war Rachel überzeugt. Carl würde noch heute an der Kehle gepackt werden, bis er tot wäre, wenn sie es nicht verhinderte, und wenn sie Rachel nicht ebenfalls umbrachten, würden sie sie als Komplizin belasten.

Der polnische Viehknecht war nicht da. Im Umkreis von einer Meile war überhaupt niemand. Es war noch früh am Morgen. Carl würde erst später kommen. Sie hatte noch Zeit.

Rachel ging um den Kuhstall herum. Ernest war seit einer halben Stunde drinnen. Danach würde er zu den Schweinen gehen, vielleicht, und dann im Haus Bericht erstatten, oder? Ivy würde sich auf die Suche machen – vielleicht. Sie ging zurück zum Haus und in den Garten und versuchte sich zu erinnern, was sie mit ihrem Handy gemacht hatte. Sie sah es vor sich in ihrer Tasche, das Telefon, das Ivy in der Hand gehabt haben musste; sie hatte Carls Nummer betrachtet und sich einen Reim darauf gemacht, als hätte sie Rachels Gedanken nicht längst viel besser lesen können als jedes Buch.

Sie musste ins Haus gehen, das Telefon und den Autoschlüssel holen, und Schuhe zum Fahren. Dann telefonieren – und weg. Es sah alles ganz einfach aus, bis sie die Rückseite des Hauses vor sich sah. Sie trat hinter einen Baum und schaute es an. Es war unmöglich. Die Hintertür war offen, und beim Anblick der offenen Tür fing sie an zu zittern. Sie stellte sich das Geräusch ihrer Schritte vor, wenn sie sich die Treppe hinaufschlich, die auch unter ihren nackten Füßen knarren würde, selbst wenn sie durch die Küche oder durch den nie benutzten Vordereingang hineinkäme. Selbst wenn niemand sie sah oder hörte, einer von ihnen würde sie riechen. Ihr Gestank würde vor ihr herwehen. Er würde das Haus erfüllen.

Sie machte kehrt und lief den anderen Weg hinunter, der zum See führte. Dort würden sie sicher nicht nach ihr suchen. Sie konnte nichts tun, und es gab kein Versteck, aus dem sie zurückschlagen könnte, solange dieser Gestank an ihr haftete wie ein Fluch. Sie hatte noch Zeit.

Der Morgen war mild, aber nicht warm genug für nackte Füße und ein dünnes Hemd. Sie schlang sie Arme um sich. Der See lag in unschuldiger Schönheit im Morgenlicht, aber diesen hübschen Anblick konnte sie nicht würdigen; sie sah nur die unheimlichen Schatten und die Schwäne am anderen Ufer. Aber auch sie wirkten nicht mehr bedrohlich. Was nicht aussah wie Ivy oder Grace, war nichts. Sie lief den Pfad hinunter und sah ihr Hemd und ihr Badetuch am Ufer, wo sie am Tag zuvor mit Ernest gesessen hatte. Sie hob die Sachen auf; sie waren feucht vom Tau, aber so sauber, dass sie vor Glück hätte schreien mögen. Es war, als sei sie jetzt über den Berg. Rachel schälte sich das stinkende Hemd vom Körper und watete ins Wasser.

Es war eiskalt. Die Schrammen an ihren Füßen brannten, und sie schnappte nach Luft. Sie watete weiter hinaus ins tiefere Wasser, ließ sich hineinsinken und schwamm auf die Schwäne zu. Nach zwanzig Zügen – sie zählte sorgfältig – hielt sie inne, um zu sehen, ob sie noch Boden unter den Füßen hatte. Ernest hatte recht: Nur in der Mitte war es für sie zu tief. Zum Ufer der Schwäne hin wurde das Wasser wieder seicht, und sie kniete sich in den sauberen Schlamm und wusch sich mit beiden Händen. Dann ließ sie sich rückwärtstreiben, strich sich das Haar zurück, fuhr mit den Fingern über die kalte Kopfhaut, bis sie ein bisschen sauberer war. Sie kniete sich wieder hin, betrachtete die Baumwurzeln, die sich ins Wasser streckten, und blieb einen Moment lang ganz still.

Was hatte Ernest gesagt – er habe Ratten zum See gebracht? Ernest war der Einzige, der die Wahrheit sagte. Ernest hatte ein Gewehr.

Sie sah und hörte nichts. Sie schwamm ein Stück zurück, hielt an und wusch sich noch einmal.

Sauber war sie nicht, aber es würde gehen. Jetzt konnte sie positiv denken. Sie war zumindest noch quicklebendig und unter freiem Himmel. Das Wasser hatte sie belebt wie immer; sie zitterte vor Kälte und sprang auf und ab, um die

Tropfen von sich abzuschütteln und warm zu werden, und auch das weckte ihre Lebensgeister. Es machte nichts, dass sie bis in alle Ewigkeit stinken würde.

Sie zog das saubere Hemd an, schlang sich das nasse Handtuch um die Taille und machte sich auf den Rückweg zum Haus, um sich einen Platz zu suchen, wo sie es beobachten konnte. Der eine oder andere von ihnen würde es im Laufe des Morgens verlassen, erst recht, wenn Ernest mit der Nachricht von ihrer Flucht zurückkäme. Irgendwann innerhalb der nächsten Stunde würde sie hineingehen können. Sie warf einen sehnsüchtigen Blick hinüber zu Grace' altem Wagen, der in der Nähe der Hintertür parkte. Der Schlüssel hing an einem Haken in der Küche. Wenn sie nur wüsste, wie man ein Auto kurzschloss, oder sonst irgendwelche brauchbaren Kenntnisse hätte. Wenn sie wenigstens Schuhe hätte. Oder auch nur die Stiefel in der Ecke neben der Waschmaschine.

Denken. Klar denken, rational denken.

Ivy und Grace würden heute Morgen nirgends hingehen. Sie würden annehmen, dass Ernest getan hatte, was sie ihm aufgetragen hatten, und sie würden sich aneinanderklammern und sich bereit machen. Selbst wenn Ernest die Schweine nicht herausgelassen hatte, würden sie annehmen, sie sei sicher eingesperrt, und man könne sich später um sie kümmern.

Es war schwer vorauszusehen, was sie dachten, aber sie musste es versuchen. Sie hatten alles, was sie brauchten. Bald würden sie mit den Essensvorbereitungen anfangen. Dann würde Ivy sich oben verstecken. Sie sollte ja nicht hier sein; es war Rachel, mit der er rechnete. Aber sie plagte die Frage, was er wohl denken würde, wenn sie ihn erst ins Haus geholt hätten, mit Grace' wunderbarer Begrüßung und Ernests Händedruck. Was er denken würde, wenn Ivy erschiene. Carl würde denken: Rachel hat mich hergelockt. Rachel ist Judas. Diese Vorstellung war unerträglich. Judas beging Verrat mit einem Kuss.

Wenn sie nur wüsste, wie spät es war. Denken. Tun, was sie schon früher hätte tun sollen: das Nächstliegende. Um das Haus herumgehen, zurück zum See, auf dem Pfad durch den Wald und über das Feld zurück zu dem schattigen Fahrweg, der zum Hof hinaufführte. Dann hinunter zur Hauptstraße und sich dort hinstellen, bis jemand anhalten musste, der die Polizei anrufen konnte. Bei einer derangierten Frau, die sich mit einem Badetuch verhüllte, würden sie anhalten müssen. Würden sie ihr glauben? Würde die Polizei wirklich kommen? Sie würde sagen, sie sei vergewaltigt worden. Oder, noch besser: Sie würde sich einfach ans Ende der Zufahrt stellen und warten, bis Carl da wäre. Was immer als Erstes passierte. Sich ein Handy geben lassen und ihn anrufen – aber sie wusste seine Nummer nicht. Sie war in ihrem Telefon gespeichert, nicht in ihrem Gedächtnis.

Sie stolperte zurück in Richtung See, aber sie machte einen weiten Umweg durch die Felder und kam auf bloßen Füßen nur langsam voran. Sie wollte möglichst weit weg vom Hof sein, falls man sie suchte, aber sie musste zu der Straße, die sie jenseits des Feldes in der Ferne sehen konnte. Sie erinnerte sich halbwegs an die Umgebung, die sie beim zweiten Besuch von der Anhöhe aus gesehen hatte. Trotzdem verirrte sie sich; sie ging ein Stück zurück und fing noch einmal von vorn an, stieß auf eine unüberwindliche Hecke, dann auf ein Weizenfeld, das sie durchwatete, und schließlich hatte sie die Straße erreicht. Auf dem grasbewachsenen Bankett wanderte sie zurück zur Einmündung des Fahrwegs zum Hof. Hier von einer Hauptstraße zu sprechen war eine Übertreibung; es war eine einsame Landstraße, auf der alle fünf Minuten etwas vorbeikommen sollte. Aber nichts kam. Bald – sie war sicher, bald würde jemand kommen. Sie humpelte und bemühte sich, die Schnitte und Schrammen an ihren Füßen zu ignorieren.

Sie keuchte vor Anstrengung, aber zugleich empfand sie ein leises Triumphgefühl. Sie erreichte ihr Ziel: die Stelle, wo die einzige Zufahrt zur Midwinter-Farm auf die Straße stieß. Carl musste hier vorbeikommen, und dann würde er sie sehen, wie sie hier stand mit ihrem zerfransten Handtuch um die Taille.

Sie spähte die schmale grüne Allee entlang, die zum Hof hin bergab verschwand, und da stand sein Auto.

Sie ging darauf zu, starrte es an, berührte es, um sicher zu sein. Unverkennbar Carls altes Auto. Sie erkannte es an der Farbe und an der noch nicht reparierten Beule im Kotflügel. Er hatte es sorgfältig am Rand geparkt, ein bisschen schräg, sodass jeder vorbeifahren konnte. Offenbar hatte er beschlossen, den Rest des Wegs zu Fuß zu gehen.

Rachel stöhnte laut auf. All das, und der Richter hatte sie ausgetrickst. Carl Schneider hatte beschlossen, früh zu kommen. Schon wieder hatten ihre blöden Manöver versagt. Sie stand mitten auf der Straße und schrie seinen Namen. Die Weißdornzweige winkten schweigend zurück. Und ein anderes Auto war weit und breit nicht zu sehen.

Rachel rannte zurück zum Haus.

Etwas anderes konnte sie nicht mehr tun. Wenn sie Carl umbringen wollten, würden sie sie auch umbringen müssen. Es lohnte sich nicht, dann weiterzuleben.

Ihre Füße gaben auf, bevor ihr die Luft ausging: Ein spitzer Stein in einem kürzlich ausgebesserten Schlagloch schnitt sich tief in ihren zerschundenen Innenrist. Sie verzerrte das Gesicht und kam taumelnd zum Stehen. Dann hinkte sie langsam weiter bis zum Haus, das sie unschuldsvoll anstarrte, dieses ganz und gar verhasste Haus, das ihr einst wie der Himmel auf Erden erschienen war. Die Schmerzen in den Füßen ließen sie an neue Schulschuhe denken. Sie wankte um das Haus herum in den Garten. Die Küchentür war jetzt geschlossen. Fenster offen, Tür zu. Alles war still, als sei niemand zu Hause: ein matter Widerhall dessen, was sie gestern hier vorgefunden hatte. Neue Hoffnung erwachte: Carl war zu früh gekommen, sie waren nicht da, Ivy war auf der Suche nach ihr. Carl war zu früh gekommen, genau wie sie. Carl hatte einen Spaziergang zum See gemacht, genau wie sie. Sie dachten beide gleich, und alles war in Ordnung.

Sie ging um die Ecke zur Seite des Hauses, wo das selten benutzte Wohnzimmer lag. Die Fenster verschwanden fast unter dem Efeu. Das Zimmer mit der Ratte. *Du weißt, was mit Ratten passiert. Das Einzige, wovor Ivy Angst hat, sind Ratten.*

Niemand war in dem Zimmer. Es war leer wie immer, ein Ort für Ratten.

Rachel kroch durch Blumenbeete um das Haus herum zur Hintertür. Grace' Auto stand da, wo es vorher gestanden hatte; also war Grace zu Hause. Das Badetuch rutschte herunter. Sie band es wieder fest, schlich langsam zur Küchentür, duckte sich unter dem Fenster hindurch und versuchte nachzudenken. Hinter dem Lavendelbusch links neben der Tür sah sie etwas, das für ihre unerfahrenen Augen aussah wie ein altes Gewehr, das hinter dem Bienengesumm versteckt stand. Dann hörte sie drinnen lautes Gebrüll.

»Wo ist Rachel? Was habt ihr mit Rachel gemacht? Wo ist Rachel?«

Es war Carls Stimme, flehentlich und laut. Er schrie. Ihretwegen.

Ivy antwortete mit lauter Stimme und ruhiger Präzision, als rede sie mit einem irregeleiteten Kind.

»Deine süße Rachel? Sie dürfte inzwischen fertig sein. Sie ist *meine* Freundin, weißt du. Sie war nie deine, sie ist meine. Sie war nur da, um dich herzubringen, hast du das nicht kapiert? Sie hasst dich genau wie wir. Sie war nur der Köder.«

»Nein«, sagte er. »Nein, nein, *nein*.«

Rachel stürzte zur Tür. Wenn sie beide sterben sollten, war es eine unerträgliche Vorstellung, dass er es in diesem Glauben tun sollte. Sie hasste Ivy wie die Pest, sie hasste sie, hasste sie für das, was sie gerade gesagt hatte.

Alles, was in diesem Haus geschah, geschah in der Küche. Sie hätte es wissen können. Das Handtuch fiel hinunter, als sie hineinlief.

Sie konnte einen kurzen Blick auf das Tableau werfen, bevor Ernest auf sie zukam. Carl, mit den Füßen an den Stuhl gefesselt, schaute zur Tür. Ein Auge war blau geschwollen. Die Fesselung war improvisiert und gehörte nicht zum Plan. Bei einem Plan hätten sie Draht oder ein Seil benutzt, nicht Grace' alte Wäscheleine, aber Carl war zu früh gekommen. Carl sah Rachel an; Rachel sah Carl an. Sein Blick wanderte von ihrem Gesicht zu ihren Lenden. Sie hatte das Badetuch verloren. Grace stand mit Panik im Blick auf der anderen Seite des Tisches. Auch dies hatte sie nicht so geplant. Sie schrie auf wie eins von Ernests Schweinen und schlug sich die Hand vor den Mund. Nur Ivy blieb ruhig.

»Ich wusste es nicht«, sagte Rachel und sah ihm fest in die Augen. »Ich wusste es nicht, ehrlich nicht.«

Er nickte. Nur seine Füße waren an den Stuhl gefesselt. Seine Hände waren frei und lagen aufwärtsgewandt auf dem Tisch. Blut quoll langsam aus Schnittwunden an beiden Handgelenken. Ivy hatte das Messer in der Hand. Anscheinend verspürte sie ein Erklärungsbedürfnis, als wolle sie einem Arzt ihre Symptome beschreiben. Ihre Stimme war fest, ihre Hand zitterte nicht.

»Ich wollte, dass er Blut verliert«, erläuterte sie. »Damit er schwach wird, verstehst du? Hätte ihm das Beruhigungsmittel spritzen können, das wir für die Kühe benutzen, aber so ist es besser, oder? Bin froh, dass du auf unserer Seite bist.« Sie schien Beifall zu erwarten.

Rachel wandte sich den beiden Hexen zu, die rechts und links neben seinem Stuhl standen, stemmte die Hände in die Hüften und sprach, als leite sie ein Finanzstrategie-Meeting, bei dem sie auf jedermanns Seite zu stehen hatte. Nickte den beiden zu, erklärte die Sachlage.

»Das ist genug. Das ist mehr als genug. Lasst uns hier Schluss machen, ja? Keine Zeit mehr. Strategie gescheitert.

Das ist doch Unsinn. Einfach Quatsch. Bringt ihn hinaus, er hat seine Lektion gelernt, er wird alles tun. Gib mir das Messer. Ich fahre ihn nach Hause, bringe ihn in Ordnung, und niemand verliert ein Wort darüber. Okay? Ich bin auf eurer Seite. Warum musste der blöde Kerl auch zu früh kommen?«

Fast hätte es funktioniert. Einen Sekundenbruchteil lang sah es so aus. Dann trat Ernest vor.

»Das ist diese Rachel«, sagte er. »Hat keinen Schlüpfer an. Und sie stinkt. Sie hat ein Schwein gefickt.«

Er blieb vor ihr stehen. Seine Augen waren dicht vor ihr und sahen sie verwirrt an.

»Sie sollte uns Carl bringen. Den kleinen Carl. Den großen Carl schafft ihr beiseite, diesen Mörder, der Nina und Hans getötet hat, und den kleinen lasst ihr da. Wo ist der kleine Carl denn, wo ist er? Wo ist mein Junge? Wo ist mein kleiner Mann? Ihr habt's versprochen.« Er fuhr zu Carl herum, der unbeweglich auf seinem Stuhl saß, und stieß mit dem Finger nach seinem Gesicht. »Wo ist Carls Sohn, wo ist mein Junge?«

»Er ist jemandes Sohn, aber nicht Carls Sohn«, sagte Rachel schneidend und voller Wut. »Sam ist ihr Bastard. Ein prachtvoller Bastard, aber nicht Carls Sohn. Dein Enkel, mein Lieber, aber nicht von Carl. Du solltest ihn sehen. Er ist stockschwul und dunkler als ein Zigeuner, und ich sage dir, wer ihn kennt, muss ihn lieben, aber er ist nicht Carls Sohn.«

Grace fing an zu heulen.

Es roch in der Küche. Hauptsächlich nach Schweinebraten. Ein Schweinebraten, der schon im Ofen brutzelte, früh hineingeschoben, vielleicht weil er kalt gegessen werden sollte. Eine Schale mit Äpfeln auf dem Tisch. Nach der Wanduhr war es zehn.

»Tja, wie die Zeit vergeht, wenn man sich amüsiert«, sagte Rachel mit einer Fröhlichkeit, die selbst in ihren eigenen Ohren künstlich klang. »Ich springe rasch nach oben und ziehe mir etwas an. Dann bringe ich diesen Mann weg, und ihr könnt euch um das Mittagessen kümmern. Oder ich mache einen Spaziergang mit ihm und bringe ihn wieder her, wenn ihr wollt.«

Der Augenblick war wirklich vorüber. Ivy schüttelte betrübt den Kopf.

»Was denn – du willst gehen und dein Telefon holen, Schätzchen? Wenn ich es doch hier habe? Möchtest du sonst noch was sagen, du scheinheiliges Biest? Du BIEST!«

»Moment mal … er ist nicht Carls Sohn?«, wiederholte Ernest. Er sah Grace an. Sie war aschgrau. »Nicht Carls Junge? Nicht von meinem Carl? Wo ist er?«

»Halt's MAUL, Ernest, HALT'S MAUL. Halt dein verdammtes Maul. Tu, was man dir sagt«, kreischte Grace. »Es ist nicht wahr, du dämlicher Trottel. Sie lügt.«

»Rachel lügt nicht«, murmelte Ernest. »Nicht … Carls Junge. Sie hat es mit einem andern getrieben. Nicht mit meinem Jungen.«

Rachel ging zu Carl. Seine Augen waren glasig vom Schock, aber er brachte ein schiefes Lächeln zustande. Sie legte ihm die Hände auf die Schultern und küsste ihn auf die Wange. Er trug einen rauen Strick um den Hals. Sie bückte sich, um die Fessel an seinen Fußknöcheln loszubinden.

Ernest packte sie um den Leib und riss sie weg. Rachel trat um sich und schrie, und durch den Lärm ihrer eigenen Schreie hörte sie, wie Carl ihren Namen rief. Ernest war stärker als sie, auch wenn seine Hände an ihrer Haut abglitten. Er schleifte sie zur offenen Tür hinaus und blieb stehen. Sie wand sich in seinen Armen, aber er hielt sie fest und sprach leise mit ihr.

»Sie brauchen uns nicht, Liebes«, sagte er. »Sie haben uns noch nie gebraucht.«

Aus der Küche kam wieder ein heiserer, erstickter Schrei.

22

Ernest hielt sie mit seiner großen Hand fest, mit der Hand, die Ivys wahres Erbe verkörperte. Kraft ohne Vernunft.

Sie hörte Carls Stimme – leise, flehentlich, erstickt.

»Alles, was ihr wollt«, sagte er. »Lasst sie gehen, bitte.« Dann Grace, die Nein sagte. Es klang unsicher. Ich habe sie an einem sicheren Ort zurückgelassen, fuhr sie dann fort. Ich habe sie eingesperrt, wo sie in Sicherheit war, und es ist ihre eigene Schuld, dass sie herausgekommen ist. Sie hörte Stühlerücken, und dann fuhr Grace prosaisch fort: Ich muss den Herd herunterdrehen, sonst verdirbt der Braten. Schweinebraten verdirbt nicht, sagte Ivy.

Dann wieder Carls Stimme. »Als Richter denke ich, ich habe zumindest das Recht auf eine Anklage, bevor ich verurteilt werde. Was genau habe ich getan?«

»Du hast Cassie umgebracht«, sagte Ivy. »Du hast gewartet, bis sie sich in einen Schwan verwandelte, und dann hast du sie getötet. Dann hast du mich weggejagt und lebendig begraben. Du hast mich zum Tode verurteilt.«

»Dein Vater hat meinen Mann dazu gebracht, ihn mehr zu lieben als mich«, sang Grace. »Du hast meinen Enkel gestohlen.«

»Ich habe ihn gerettet, Grace. Und was ist mir dir? Was hast du getan? Du wusstest, was deine Tochter war. Du konntest es nicht erwarten, sie wegzugeben, sogar an mich, an Carls Sohn. Du wusstest, wozu sie imstande war.«

»Schnauze, Carl. Schnauze, Schnauze, Schnauze …« Ivys Stimme klang kalt und entschieden. »Du hast nicht versucht, mich zu retten, mein Gatte. Du hast mich nicht geliebt.«

Er klang traurig und resigniert.

»Oh doch, das habe ich. Aber nicht genug. Ich habe jemand anderen mehr geliebt. In diesem Punkt bekenne ich mich schuldig.«

»Trink aus, los. Mutter, gib ihm seinen Drink und halte seinen Kopf fest. Das ist für Cassie – ein kleines Betäubungsmittel. Trink es ganz aus.«

Sie hörte die unerträglichen Geräusche eines vergeblichen Kampfes. Husten, Prusten, Stöhnen. Dann eine ebenso unerträgliche Stille.

Vor der Tür stand Rachel gefangen in Ernests geschlechtsloser Umarmung. Tränen liefen ihr über das Gesicht, und ihr war schlecht vor Wut und Hilflosigkeit. Nach einer Weile schien er genug von ihren Tränen zu haben; er ließ sie jäh los und stieß sie beiseite. Aber die Freiheit dauerte nicht lange. Sie taumelte tränenblind, und dann schlang sich sein Arm wieder um ihren Hals und hielt sie mühelos fest. Etwas Kaltes bohrte sich in ihren Rücken. Er war alt, aber einen ganzen Kopf größer und immer noch stärker.

»Komm weg hier, Mädel, rasch«, flüsterte er. »Komm mit zum See. Sie werden mitkommen. Lass sie tun, was sie tun müssen.«

Grace kam aus dem Haus. Carl folgte ihr mit dem Strick um den Hals. Die Schlinge war straff – gerade so locker, dass er atmen und mühsam schlucken konnte. Flüssigkeit tröpfelte aus seinem schlaffen Mund. Whisky. Ivy war hinter ihm und hielt das Ende des Stricks in der Hand, als führe sie einen Hund an der Leine. Dann umfasste Grace seinen linken Ellenbogen, Ivy nahm den rechten. Sie hielten ihn fest zwischen sich und gingen davon. Es sah beinahe liebevoll aus, als sei er ein genesender Patient, der von seiner Familie gestützt wurde. Er war violett im Gesicht und atmete mühsam. Seine Handgelenke waren blutig. Er sah aus wie ein alter Säufer, dem übel war; er schwankte, aber sie hielten ihn fest und führten ihn weiter. Er leistete keinen Widerstand. Primitive Mittel der Unterwerfung, für die man keine Übung brauchte: Fesseln, Blutverlust, genug Alkohol, um ihn lallen zu lassen, aber nicht so viel, dass er ihm barmherziges Vergessen schenkte. Das war die letzte Grausamkeit. Rachel wusste genau, was sie taten und was sie immer vorgehabt hatten.

Stolpernd zogen sie in einer makabren Prozession hinunter zum See – das Trio an der Spitze in zielstrebigem Tempo, gefolgt von Rachel und Ernest. Sie sah, dass Carl zwischen den beiden zusammensackte, und hätte gern geglaubt, dass es ein Täuschungsmanöver war, dass er im nächsten Augenblick die Kraft finden würde, sich loszureißen, sie wegzustoßen und zurückzulaufen. Aber sie rissen ihn hoch und gingen weiter. Halte sie auf, beschwor sie Ernest leise, als er sie voranstieß. Er antwortete nicht. Jemand wird euch sehen, sagte sie, jemand wird kommen. Nein, sagte er schließlich, ich habe ein Schild aufgestellt und den Weg gesperrt. Rachel schaute auf ihre Füße hinunter und beobachtete dann wieder Carl, und sie versuchte, ihn mit der Kraft ihres Willens zu befreien. Minuten dehnten sich wie Stunden, aber es dauerte nur Minuten, bis die beiden Frauen, die jetzt immer hastiger agierten, als wollten sie die Sache hinter sich bringen, am Ufer des Sees angekommen waren, an der flachen Böschung, die einen mühelosen Zugang zum Wasser bot. Rachels eigene Fußspuren waren dort noch zu sehen. Die Sonne war in den Himmel hinaufgestiegen; Rachel fror bis ins Mark und war doch glitschig vom Schweiß. Der Gewehrlauf stieß ihr in die Seite, dass es wehtat. Sie versuchte zu denken, aber sie brauchte ihre ganze Kraft zum Atmen.

Sie würden ihn ertränken, und er würde wissen, was geschah. Ivy würde ihn in den See führen, ihn dort, wo es tief war, unter Wasser drücken und festhalten. Sie hatte den Mut, sie hatte die Übung, und sie würde jetzt nicht mehr zögern. Sie hatte auch nicht gezögert, als sie Rachels Vater seine lebenswichtige Medizin aus der Tasche nahm. Wieder geriet Rachel in Wut, und sie fing an, sich zu sträuben. Ernest hielt sie zurück, zwanzig Meter weit vom Seeufer entfernt, aber nah genug, um alles mit anzusehen.

Die Frauen am Ufer bewegten sich beinahe anmutig wie in einem würdevollen Ritual, das sie geprobt hatten. Ivy überließ es Grace, Carl festzuhalten, und zog sich aus. Dann nahmen sie Carl wieder in die Mitte und wateten alle drei ins Wasser, ohne ihn loszulassen. Als das Wasser ihr bis zur Hüfte reichte, ließ Grace los und kam zurück. Ivy ließ ihn los und schlang sich den Strick um den Arm. Dann watete sie weiter und riss ihn zu sich. Der Ruck ging durch seinen ganzen Körper; unsicher stand er da. Sie riss noch einmal an dem Strick, und er taumelte, brüllte auf wie ein verwundetes Kalb und keuchte. Das Wasser reichte Ivy an die Brust, als sie zum dritten Mal am Strick zerrte. Ihre Kraft war furchterregend, seine Schwäche entsetzlich. Rachel dachte an Ivy: nackt, wild und … voller Angst. Es war jetzt gespenstisch still; man hörte nur das Gluckern und Plätschern des Wassers. Tief war es nur in der Mitte, flach an den Rändern, ein schlammiger Teich zum Ertrinken. Ein bisschen tiefer noch, und sie würde ihn unter Wasser drücken. Oder ihn allein lassen. Ivy gab ihm einen Stoß. Er versank.

Ernest holte tief Luft. Er flüsterte etwas. *Bring sie auseinander.*

Rachel riss sich los und rannte auf Grace zu. Sie wölbte die Hände um den Mund und schrie aus voller Lunge. »Ivy! Pass auf! Da sind RATTEN, Ivy! Tausende von Ratten, PASS AUF! Sie kommen vom Ufer, SIEH DOCH!«

Als Ivy sich umdrehte, erschien im selben Moment ein Schwan aus dem Schatten am anderen Ufer und schwamm eilig dem Lärm entgegen. In hohem Tempo kam er auf sie zu, die Flügel über dem Rücken gespreizt. Carl kam mitten in seiner Bahn an die Oberfläche und ging prustend wieder unter.

»Ratten!«, schrie Rachel. »Ratten, Ratten!«

Ivy schaute zu dem Schwan hinüber, lauschte, reagierte. Sie ließ den Strick los und kam halb watend, halb schwimmend auf Grace zu. Rachel rannte schnurgerade durch das Schilf, das unmittelbar vor ihr und weit genug weg von den andern das Ufer versperrte. Sie stürzte sich ins Wasser und schwamm auf Carl zu, der in der tiefen Mitte hilflos um sich schlug. Ihre Schwimmzüge erschienen ihr wie in Zeitlupe, als wühle sie sich mit bleiernen Armen durch einen zähen Sirup, aber dann war sie bei ihm.

Er wehrte sich, als wolle er sie beide hinunterziehen. Sie musste ihn schlagen, erinnerte sie sich, ihn betäuben, und dann hielt sie seinen Kopf über Wasser und strampelte wie rasend mit den Beinen, um ihn aus dem tiefen Wasser zu schleppen. Es ist nicht weit, dachte sie, nicht weit, nur ein kleiner See, du weißt doch, wie klein, es ist nicht das Meer.

Dann waren sie da; sie spürte den schlammigen Boden unter ihren Füßen. Runter mit deinen verdammten Füßen, Carl, ja, doch, du kannst es. Sie schaute sich um und sah Ivy, die allein im Wasser stand und schrie: NEIN, NEIN! Rachel zerrte ihn ins Schilf und hielt ihn aufrecht. Er sackte gegen sie, und sie verfluchte ihn, als sie den Knall hörte. Ein lauter, dröhnender Gewehrschuss verhallte, und dann schrie Grace, und Rachel sah sich wieder um, und Ivy war nicht mehr da.

Sie würde sich später nie mehr daran erinnern können, wie sie Carl durch das undurchdringliche Schilf ans Ufer gezogen hatte, seinen schweren Körper mit den schweren Kleidern, oder wie ihre gefühllosen Finger an dem aufgequollenen Strick nestelten, der sich jetzt noch fester um seinen Hals spannte, oder wann sie erkannte, dass es keine Schlinge war, sondern ein Halfter für ein Tier, das größer war als er. Oder wann sie anfing, mit den Zähnen daran zu nagen, und seinem Atem lauschte, als jemand zu Hilfe kam. Oder wer dieser Jemand war. Es konnte Ernest mit seinem Messer sein, der den Knoten des Halfters durchsägte, aber es konnte auch irgendjemand anders sein. Sie selbst und irgendein unbekannter Mann, die Carl auf den Rücken klopften, bis ein ganzer Schwall von Teichwasser und Whisky aus seinem Mund schoss. Sie hörte eine Stimme, die sagte, Sie müssen schwimmen lernen, Richter, und dann sagte dieselbe Stimme, sie solle sich hinsetzen und den Kopf zwischen die Knie schieben, was sie auch tat, bis sie wieder aufblickte und sich wünschte, sie hätte weiter auf ihre eigenen schlammbeschmierten Schenkel gestarrt.

Er war kräftig, der alte Carl, und er kam schnell wieder auf die Beine. Donald Cousins folgte selten nur seinem Instinkt, es sei denn, seine Sympathie wäre zutiefst mit im Spiel, was hier der Fall war, es wäre ein schöner, sonniger Tag, was es war, und er hätte ernsthafte Gewissensbisse, wie er sie hatte. Vielleicht würden sie ihm sogar etwas zu essen geben, wenn er bis Mittag da wäre. Rachel Doe mochte ein böses Mädel sein – und zusammen mit Ivy Schneider eine gefährliche Kombination –, aber zumindest war sie professionell und würde Vorsicht walten lassen, wenn er da wäre. Was ihm Angst machte, war die Vorstellung, dass diese beiden Biester womöglich mit dem Richter allein auf einem abgelegenen Bauernhof waren. Die alten Leute zählten nicht. Die beiden Verschwörerinnen aber schon.

Er war der Karte gefolgt und hatte ein leeres Haus vorgefunden, in dessen Küche es nach Braten roch, und dann war er den kleinen Blutstropfen und seiner Nase nachgegangen. Als er an dem berühmten See ankam, sah er aus der Ferne eine Frau und einen bekleideten Mann, die scheinbar im Wasser herumtollten und sich dabei von einer hochgewachsenen nackten Frau entfernten, die er erkannte. Sie stand bis zu den Knöcheln im Wasser und schrie einen Schwan an. Eine bacchanalische Szene, alle hatten ihren Spaß, überhaupt kein Problem.

Dann sah er, wie ein alter Mann ein schweres Gewehr hob und aus nächster Nähe vom Ufer aus auf Ivy Wiseman schoss. Er brauchte nicht besonders gut zu zielen, um aus dieser Entfernung zu treffen; es waren nur ein paar Schritte und ein mächtiger Knall. Der Schuss klang gespenstisch; er hallte noch länger als die Schreie.

Donald rannte im Galopp auf den alten Mann zu, und es war, als spürte dieser die Vibration seiner Schritte, als das Echo des mörderischen Knalls verflog. Er drehte sich um und richtete den Lauf des Gewehrs auf Donalds Brust.

»Gehen Sie und helfen Sie Carl«, sagte er und wedelte mit der Waffe. »Zwei Mal kann ich das nicht.«

Donald würde später in seinem Bericht schreiben, dass der alte Mann das Gewehr fest im Griff hielt, obwohl er weinte und verwirrt erschien. In diesem Augenblick war er nur froh, dass er sein Handy mitgenommen hatte und seine Position auf der Karte kannte. Er war hier völlig überfordert.

Woran sich Rachel später erinnerte, war, dass sie sie in Ruhe gelassen hatten. Dass Carl sehr viel schneller als sie wieder zu sich kam und dass er und sein Freund sie dort sitzen ließen, halb bekleidet am Ufer des Sees. Als sie wenig später aufstand, sah sie, wie alle außer Ernest den Leichnam aus dem Wasser zogen. Von den andern nahm sie keine Notiz, nur von Carl, der am Ufer saß und seine tote Frau in den Armen hielt, als könne er sie nie mehr loslassen, während das Blut aus dem Krater der Wunde in ihrer Brust sein nasses Hemd durchtränkte. Sie war immer noch seine Frau. Die ganze Schwanenfamilie schaute von der Mitte des Sees her zu.

Ein Kranken- und ein Polizeiwagen kamen rumpelnd den Weg herunter. Männer sprangen heraus und rannten auseinander. Rachel dachte wie betäubt daran, dass sie von den Hüften abwärts nackt war.

Grace und Ernest standen beieinander, als sie auf sie zuging. Auch sie waren immer noch verheiratet. Grace war bleich und wütend.

»Du Miststück«, sagte sie müde zu Rachel. »Warum musstest du ihm erzählen, dass es nicht Carls Sohn ist?«

»Nicht Carls«, sagte Ernest. »Nicht meiner. Böses Mädchen.« Rachel sah, dass das Gewehr auf dem Boden lag, wo es hingefallen war. Ernest wandte sich an Grace.

»Ich habe vergessen, die Schweine zu füttern«, sagte er.

Sie hatte nur noch Augen für ihn. Nur noch Augen für das, was übrig war.

Rachel brauchte etwas zum Anziehen. Sie brauchte keine Anerkennung. Niemand nahm Notiz von ihr, als sie den verhassten Weg zurück zum Haus ging. Alles konzentrierte sich auf Ivy. Auf dem Weg durch die Küche stellte sie den Herd ab, wie Grace es getan hätte. Sie ging hinauf in das Zimmer mit dem Lavendelstrauß neben dem Bett und fand ihre Hose, ein Hemd und den Autoschlüssel. Ihre Füße waren geschwollen wie Luftballons. Sie zwängte sie in die Sandalen, und dann nahm sie ihre letzten Kraftreserven zusammen, verließ das Haus zum letzten Mal und fuhr los.

Das Wegfahren war das Einfachste. Sie konnte das Navigationssystem einschalten. Die erste Stunde verging, ohne dass sie es bemerkte. Als sie kurz vor London war, nahm sie nicht den Weg nach Hause, sondern einen Umweg nach Norden und folgte den Schildern zur Autobahn nach Luton.

Es war höchste Zeit, dass sie ihren Vater besuchte. Sie brauchte ihn, sehr sogar, und das war alles, was er sich je gewünscht hatte. Er war eben doch klüger als sie.

Das Letzte, was sie gesehen hatte, war Carl, wie er seine Frau in den Armen hielt und versuchte, sie behutsam ins Leben zurückzulocken.

23

Ende August, sechs Wochen später, war der lange, heiße Sommer endlich dahingegangen.

»Ist nie eine gute Idee, wegzulaufen«, sagte Donald zu Rachel. »Aber ich kann verstehen, warum Sie es getan haben.«

»Ich bin nicht gelaufen, ich bin gefahren, Don. Und ich habe es Ihnen leicht gemacht. Ich habe mein Telefon dagelassen. Ich habe Sie wissen lassen, wo ich war.«

»Und das war sehr nützlich. Wissen Sie was, Rachel? Ich glaube, Sie dachten wie ein Mann. Es ist dieser grausige Drang zur Situationsbeherrschung, zum Zeitmanagement, den Kerle haben. Wenn sie alles getan haben, was sie unter den Umständen tun konnten, und wenn sie im Augenblick niemand mehr braucht, dann verpissen sie sich gern. Ich hab's bei meiner Frau auch getan, bis sie mir sagte, was ich da tat. Aber was konnte ich zum Beispiel tun, wenn sie ein Kind zur Welt brachte? Einen Dreck. Also bin ich in den Pub gegangen. Sie haben ein bisschen abgenommen.«

»Habe ich Ihnen schon mal gesagt, Don, dass ich eines wirklich hasse und verabscheue? Nämlich, wenn Leute mir sagen, sie wissen, was ich denke. Oder wenn sie glauben, sie wüssten, was ich denke.«

Er war wirklich äußerst vergnügt heute, aufreizend wie selten. Er hatte allen Grund dazu, dachte er bei sich; er war ein Mann, der seine scheiternde Karriere gerettet hatte, indem er rein zufällig einen bis drei Mordfälle aufgeklärt hatte. Freilich auf dem Rücken anderer Tragödien, aber das konnte er für den Augenblick außer Acht lassen.

In den ersten paar Stunden waren sie nur insofern vorangekommen, als sie ihn allen andern vorzog, und wie hatte er das geschafft? Ihr Dad mochte ihn, und er mochte ihren Dad. Ein Blick auf einen solchen Dad, und man wusste, wie sie tickte. Eine tolle Küche hatte er. Donald wurde der Vernehmungsbeamte ihrer Wahl, der Einzige, mit dem sie sprach, und sie war, um es im Polizeijargon zu sagen, sehr kooperativ gewesen.

»Meine Tochter«, sagte Donald, »möchte Wirtschaftsprüferin werden. Raus aus diesem Job, der nirgends hinführt. Können Sie mit ihr reden?«

»Sie ist erst zwanzig. Sagen Sie ihr, sie soll ihren Kopf untersuchen lassen. Sagen Sie ihr, sie soll sich in der Welt umsehen. Und sagen Sie mir, was los ist.«

Er war es, der sie gesucht und gefunden hatte, *nicht Carl*, und er war es, den sie lieber in ihrer chaotischen, vom Boden bis zur Decke durchsuchten Wohnung sah. Was sie da alles abgeschleppt hatten, aber nur aus dem einen Zimmer, und das war gut für sie, aber nicht so gut in den Augen aller andern, die es lieber gesehen hätten, wenn die Morde auf eine Verschwörung zweier verführerischer Lesben zurückgegangen und nicht die Tat einer verrückten geschiedenen Frau gewesen wären, die ihren Exmann so sehr hasste, dass sie trainiert hatte, ihn umzubringen. Donald hätte ihr gern erzählt, wie viel er von ihr ferngehalten hatte, aber das brachte er nichts übers Herz, und außerdem wusste sie es schon.

»Schöne Blumen«, sagte er.

Sie schüttelte sich. Das konnte sie gut, sie konnte sich vom Kopf bis zu den Füßen schütteln wie ein Hund, der gerade aus einem Teich kam – sorry, aber das sollte er in diesem Augenblick vielleicht nicht auch noch auf die Liste dessen setzen, was er an ihr bewunderte. Er und seine Frau hatten früher einmal einen Hund gehabt, aber der war gestorben. Er würde sich einen neuen kaufen.

»Gibt keine Anklage«, sagte er.

In Ivys Zimmer war eine Tasche. In Ivys Tasche waren eine Garrotte und ein Skalpell, scharf genug für einen Mörder oder einen Friseur, und an Ivys spärlicher Garderobe fand sich eine interessante Sammlung von DNA-Spuren. Dank Rachel gab es darüber hinaus den Dödel und das, was er gesehen hatte – nämlich Ivy, wie sie ihren Mut und ihre Geschicklichkeit in einem Krankenwagen auf die Probe stellte. Und schließlich Blaker, der jetzt in Sicherheit war und seine eigene Geschichte spann. Nie im Leben wäre er ein zuverlässiger Zeuge. Oder überhaupt ein Zeuge.

»Dreht sich jetzt alles um Terrorismus«, sagte Donald freundlich. »Alles andere verbuddeln wir, so gut wir können. Damit wir so tun können, als hätten wir es im Griff. Alles ändert sich.«

»Es gibt keine Anklage?« Sie sah erleichtert aus. »Wirklich? Keine?«

»Nein. Benutzen Sie Ihren Verstand. Ernest Wiseman ist ein bisschen gaga. Nicht immer, aber die Prognose ist nicht gut. Wenn er oben ist, ist er oben, wenn er unten ist, ist er unten. Und wenn er dann wieder halb oben ist, fällt er ganz nach unten. Zum Beispiel: Die Schweine hätten Sie nicht gefressen. Dann wieder hätten sie doch, und dann wieder doch nicht. So ungefähr. Er wird nie mehr fit genug sein, um vor Gericht gestellt zu werden oder um eine Zeugenaussage zu machen. Mit Grace sieht die Sache anders aus. Sie wechselt ständig die Tonart, rechnet sich ihre Chancen aus und kämpft ums Überleben. Es gibt nichts, was sie nicht sagen oder tun würde.«

»Und?«

Er verließ sich auf sein Glück, als er es ihr berichtete.

»Zuerst sagte Grace, Sie waren mit dabei. Sie hätten sich vorgenommen, den Richter an einen Ort zu locken, wo sie ihre Pläne durchführen könnten, und Sie hätten von allem gewusst. Genauso, wie Sie auch von den anderen Morden gewusst hätten. Hören Sie auf, so mit der Hand zu wedeln – ich weiß, ich weiß, ich weiß.«

Sie rauchte wie ein Schlot. Sie taten es beide. Der Zigarettengeruch wurde von Blumen gut absorbiert. Von Unmengen von Blumen.

»Ich bin rausgeflogen, wissen Sie«, sagte sie. »Volle zwei Wochen nicht zur Arbeit erschienen, eine Verräterin außerdem – da fliegt man raus. So eine Kündigung ist ziemlich einfach, wenn man sich nicht wehrt. Und wissen Sie was? Es ist mir scheißegal.«

»Das ist gut. Jemand wie Sie findet immer einen Job. Sandra …« Er brach verwirrt ab. Soeben hatte er den Namen seiner Frau ausgesprochen. »Sorry, das ist mir so herausgerutscht.«

»Sie meinen, Ihre Frau würde sagen, es macht nichts, und sie hätte recht. Und ich verstehe, warum Sie das meinen.«

»Nein, das verstehen Sie nicht. Und bevor Sie sagen, dass Sie es verstehen, sollten Sie es sich dreimal überlegen. Es ist für mich genauso anstößig wie für Sie, wenn ich Ihnen sage, was Sie denken. Tut mir leid. Und bilden Sie sich auch nicht ein, dass Sie Carl verstehen. Nicht, wenn Sie es nicht versuchen.«

»Schon kapiert. Ich begreife, dass meine eigenen Tragödien dabei sehr unbedeutend sind, wenn man sie mit denen aller andern vergleicht. Ich bin mit niemandem verwandt, der bei Ivys Übungsprogramm getötet wurde. Ich bin nicht tot oder entstellt. Meine Verluste sind minimal; ich muss an andere denken. Das ist die Geschichte meines ganzen glücklichen Lebens. Erzählen Sie mir noch einmal, warum gegen niemanden Anklage erhoben wird.«

»Weil es besser so ist – wenn auch kaum gerecht. Keine Anklage, wenn Sie nicht darauf bestehen, und wenn Sie es doch tun, ist Grace die Einzige, die es trifft, und sie wird kübelweise Scheiße über Sie ausgießen. Und über Carl. Sie wird sagen, Sie hätten die ganze Zeit Bescheid gewusst, und jemand wird ihr glauben. Schöne Wirtschaftsprüferin in Mordkomplott verwickelt. Das wird Ihrer Karriere genauso guttun wie der des Richters. Eine wunderbare Presse. Und noch einmal: Da wäre noch die Kleinigkeit des Beweismangels. Ist immer das Gleiche, wenn der Haupttäter stirbt.«

»Ah, ich sehe, Sie haben sich von Richter Schneider beraten lassen. Ein hauseigener Experte auf dem Gebiet dessen, was vor den Geschworenen funktioniert. Wie ungewöhnlich. Das Opfer als Sachverständiger.«

Sie wusste, dass sie verbittert klang. Das war die Folge von zwei durchweinten Wochen. Sie hatte angefangen zu weinen, als ihr Vater ihr sagte, dass ihm klar war, dass Ivy seine Tabletten und seinen Inhalator genommen hatte, aber er habe es ihr nicht sagen wollen, weil er befürchtete, sie weiter zu kränken.

Dass er instinktiv spürte, wie gefährlich Ivy sei, aber nicht wusste, wie er es ihr begreiflich machen sollte.

Es war so mitleiderregend, dass es sie zum Weinen brachte, und danach hatte sie nicht mehr aufhören können. Sie hatte die Sicherheit dieses kleinen Hauses in Luton zu schätzen gelernt, wo die Bodendielen nicht knarrten und die Fenster geschlossen blieben.

»Dass Grace *nicht* wegen gemeinschaftlich versuchten Mordes angeklagt wird, ist eine absolute Schande, das gebe ich zu. Aber wo wäre der Beweis? Und überlegen Sie sich, wie sie die Sache drehen könnte. Wie sieht es aus? Sie ist gerissen wie ein Rudel Wölfe und fest entschlossen, sich nicht von ihrem Mann trennen zu lassen. Sie steht – um die Argumente der Verteidigung vorwegzunehmen – völlig unter der Knute ihrer psychotischen Tochter, die ihre mörderische Laufbahn schon vor langer Zeit begonnen hat. Ivy war noch keine zehn, als sie die Haustiere tötete. Ivys Instinkte waren immer schon vorhanden. Sie tötete, was sie für überflüssig hielt, wie Ernest es sie lehrte, weil er es selbst nicht über sich brachte. Grace wird sagen, es war nie wirklich beabsichtigt, Carl zu ertränken. Es war ein Spiel. Ivy wollte, dass er das Schicksal seiner Tochter erleidet – beinahe, aber nicht ganz. Und dann hätten sie ihn wieder an Land gebracht. Und Ernest, die arme Seele, hat alles ganz falsch verstanden. Niemand hatte ihm gesagt, er solle das Gewehr mitbringen. Er war plötzlich und ganz irrational am Boden zerstört, weil er soeben von der Untreue seiner Tochter erfahren hatte, und kehrte wieder in die Vergangenheit zurück. Einmal hat Ernest ausgesagt, er habe den Schwan abschießen wollen, weil der auf Ivy losgegangen sei. Dann wieder wollte er Carl verteidigt haben, wie er es schon einmal getan hat. So oder so war es eine spontane Handlung. Es war ein Gewehr aus dem Zweiten Weltkrieg, sorgfältig erhalten, und er hatte seit Jahren mit keinem Gewehr mehr geschossen. Es war ein Unfall, dass er sie überhaupt getroffen hat.«

»Er muss es einmal gekonnt haben, das Schießen. Er hat auf Ivy erst geschossen, als sie ein deutliches Ziel darstellte. Als sie sich von Carl entfernt hatte.«

»Ich weiß«, sagte Donald. »Ich hab's gesehen. Aber natürlich habe ich es vielleicht nicht richtig gesehen.«

»Und dass Grace mich in den Schweinestall gesperrt hat, was ist damit?«

»Na ja, die einzige Zeugin dafür – außer Ihnen – war Ivy, und Ivy ist tot. Und Sie haben selbst sämtliche Spuren von sich abgewaschen.«

»Ich schrubbe mich seitdem täglich zwei Mal ab. Bitte sagen Sie mir, dass keine Spur mehr davon da ist, und ich mache noch einen Tee.«

Tee, das Heilmittel gegen alle Übel der Welt. Donald trank seinen gern mit zwei Stück Zucker.

»Sie waren sehr tapfer«, sagte er.

»Das finde ich nicht. Ich habe alles falsch gemacht. Und dann kam Carl zu früh.«

Sie mochte Donald. Sie war entspannt in seiner Gegenwart. Nicht ein einziges Mal hatte er angedeutet, sie sei töricht gewesen. Er hatte sich dafür entschuldigt, dass er sie verdächtigte, aber dann hinzugefügt, dass es auch sein Gutes gehabt habe, denn sonst wäre er nicht dort aufgekreuzt, um den Richter vor zwei Harpyien zu beschützen. Und er machte kein Hehl daraus, dass er das Endresultat so übel nicht fand. So oder so, Ivy hatte sterben müssen, bevor sie noch jemanden ermorden konnte, und es war nur angemessen, dass sie dort gestorben war.

»Ivy hat Grace von den anderen Morden erzählt, und warum sie sie begangen hat. Der Mann im Büro – zum Üben. Der Mann im Krankenwagen – um zu sehen, ob sie den Mut hatte. Der Mann im Gedränge hinter dem Theater – dito. Die Familien dieser armen Leute müssen erfahren, welches elende Motiv dahinterstand. Übung.«

Rachel nickte. Auch das war eine Erinnerung daran, dass ihre Tragödien neben denen der andern geringfügig waren.

»Und der junge Mann, der ertrunken ist? Der Gast?«

»Das weiß ich nicht. Aber es war nicht Ivy, die den Pub mit ihm verlassen hat, es war Grace. Sie wollten schwimmen gehen.«

Rachel weinte wieder.

»Sie hätten nichts davon verhindern können«, sagte er.

»Sie wollte, dass ich sie aufhalte. Ich habe sie nicht aufgehalten. Ich wünschte, Sie hätten sehen können, wie sie auch sein konnte. Sie war schön. Sie hat das Leben zum *Leuchten* gebracht.«

»Ich weiß«, sagte Donald. »Carl hat es mir erzählt.«

Sie schwiegen beide eine Weile.

»Ohne Prozess«, sagte Donald dann, »ist auch Sam Schneider besser dran. Das ist Carls Problem im Augenblick. Es ist schon schlimm genug, seinem Sohn sagen zu müssen, dass seine Mutter eine Serienmörderin war. Es wäre noch schlimmer, wenn es ein paar Wochen lang in allen Nachrichten käme. Ach ja, und übrigens, dein Dad ist nicht dein Dad.«

»Der arme Sam. Wie um alles in der Welt reagiert man darauf?«

»Ganz interessant: Er hat gesagt, über seine Abstammung habe er immer schon Bescheid gewusst. Er brauche ja nur in den Spiegel zu sehen, und außerdem habe Ivy es ihm erzählt. Sie hat es ihm nach Cassies Tod erzählt. Auch das eine Art Bestrafung. Sam sagt, er wusste genau, wer sein Vater war: Es war und ist Carl in jeder Hinsicht, auf die es ankommt, und er will keinen anderen. Und er glaubt nicht, dass er viel von seiner Mutter geerbt hat: Er hasst das Landleben, und er kann keiner Fliege etwas zuleide tun. Die Ironie der Sache ist die, dass er eines Tages wahrscheinlich einen Bauernhof erben wird. So steht es jedenfalls in Ernests Testament.«

Es war das erste Mal, dass er sie lächeln sah.

»Und da können Sie helfen. Sam sagt, es würde ihm helfen, mit Ihnen zu sprechen. Mit jemandem, der sie kannte. Der ihre andere Seite kannte. Der das Bild vervollständigen kann mit all dem Guten, mit dem, was das Leben besser macht: die zuverlässige Arbeiterin und alle anderen Puzzlestücke, die ihm fehlen. Werden Sie das tun?«

»Ja.«

»Sie sind eine Menge wert, die beiden.«

»Grace hat einmal ein Lied in der Küche gesungen. Ich erinnere mich an eine Strophe: *Und als sie davonging, da schaut' ich ihr nach, wie über den Markt sie wandelt' gemach. Als heimwärts sie schritt, war ein Sternlein erwacht wie der Schwan auf dem See, der dort hinzieht zur Nacht.*«

»Das heißt ›Der Barde von Avalon‹, wo immer das sein mag«, sagte Donald. »Ich würde es an Ihrer Stelle nicht mehr singen. Es ist wie alle diese anonymen Klagelieder: Sie enden schlecht. *Mich träumte von meiner verlorenen Braut; so sanft trat sie zu mir, es gab keinen Laut.* Das Leben ist beschissen, wenn man nichts riskiert. Und so weiter.«

»Donald, ich weiß nicht, was ich ohne Sie getan hätte. Ich glaube, Sie sind der netteste Mann, den ich je kennengelernt habe, denn ich kann Ihnen alles erzählen. Wissen Sie, was mich wirklich plagt?«

»Die Trauer der Missbrauchten?«

»Ja, und das Gewissen derjenigen, die das alles hätte kommen sehen müssen. Ich habe sie nackt gesehen, ich habe gesehen, wie sie war. Ich werde mich immer fragen, ob sie mich ausgewählt hat. Ob sie mein Büro und meinen Schreibtisch sauber gemacht und mich auf diese Weise gefunden hat. Egal. Ich weiß, ich werde es überleben, denn ich kann das Jahr mit Ivy nicht bereuen. Ich würde gern ungeschehen machen, was sie getan hat, aber ich wünsche mir nicht, ich hätte sie nicht gekannt. Ich will nicht die Zeit zurückdrehen und es vergessen. Ich will nicht all das vergessen, was sie mir beigebracht hat, die Welt, die sie mir eröffnete. Ich will dieses Wissen behalten, die Neugier und die Art, die Dinge zu sehen. Und ich will nicht wieder aufhören, Leuten zu vertrauen. Vor allem das nicht. Ich will sagen können: Ja, ich wage den Sprung ins Ungewisse, denn es lohnt sich, selbst wenn es schiefgeht. Man muss das Risiko eingehen, man muss etwas geben. Aber ich bin eifersüchtig. Sie hatte all das Charisma, das mir fehlt. Und Carl, na ja, Carl … ich sehe ihn vor mir, wie er sie am Ufer in den Armen hält. Er liebt sie immer noch. Jeder würde das tun. Am Ende hat Ivy gewonnen, wissen Sie. Ivy und Grace, sie haben gewonnen. Sie haben ihn wieder.«

Donald lehnte sich zurück und zündete sich seine letzte Zigarette an. Er bemühte sich, sehr sorgfältig zu überlegen, was er sagen wollte, und es war wirklich ziemlich verzwickt und stellte seine Fähigkeiten auf eine harte Probe. Oh ja, zweifellos hatte der Richter sie ein letztes Mal berühren wollen. Die Schwäne waren Zeugen gewesen, als er sie auf die Stirn geküsst und gemurmelt hatte, es tue ihm leid. Wie Donald es bei seiner Frau getan hatte, ohne Zeugen. Seit wann konnte die Liebe zu einer Frau einen daran hindern, dass man eine andere liebte? Hadere nicht mit den Geistern, lebe mit ihnen. Denk daran, wie es war, nach dem Krieg wieder Ordnung zu schaffen. Er schüttelte den Kopf. Er fühlte sich wohler, nachdem er den tarnenden Schnurrbart abrasiert hatte. Jetzt war sein Gesicht noch alltäglicher und argloser.

»Ich glaube nicht, dass das viel mit Liebe zu tun hatte, wissen Sie. Er pfiff selbst aus dem letzten Loch, aber ich hatte den deutlichen Eindruck, er wollte sich vergewissern, dass sie wirklich tot war. Darum ging es. Und ich konnte sie nicht allein herausziehen. Und er hat nach Ihnen gesehen, als Sie ohnmächtig waren. Und da sind all diese Blumen hier. Er denkt an Sie.«

Ihr Lächeln erstrahlte zu einem kurzen Lachen. »Wie gut, wenn man lügen kann«, sagte sie. »Ob ich das jemals auch lerne?«

»Riskieren Sie's«, sagte er. »Gute Männer sind schwer zu finden. Ich erkenne einen, wenn ich ihn sehe. Er möchte Sie wirklich wiedersehen. Aber da ist vieles im Spiel, von Sam abgesehen. Das Gleiche wie bei Ihnen. Reue, Scham, das Gefühl, dumm gewesen zu sein. Nicht gesehen zu haben, was er hätte sehen müssen. Und er sorgt sich zu Tode um Sie. Dazu ein Egoproblem. Er war nicht gerade in Bestform, als Sie ihn zuletzt gesehen haben. Verdammt, er musste sich von einer Frau retten lassen und stank dabei nach Whisky. Haben Sie eine Ahnung, wie ein Mann sich dabei fühlt? Und zumindest«, fügte er hinzu, »kaufen Sie keine Katze im Sack, wenn ich es so ausdrücken darf. Das ist mehr, als man normalerweise bekommt. Aber sehen Sie sich vor. Er versteht einen Scheißdreck von Frauen. Das ist immer so, wenn die Mutter jung stirbt. Meine Frau hat wenigstens lange genug durchgehalten. Und er hat Sie nackt gesehen.«

Nicht besonders geschmackvoll. Er seufzte, als er sie verließ. So war es, wenn man jemandes Freund war. Er hätte selbst Chancen haben können. Wir Männer, erklärte er seiner Tochter, wir sind nur berechnende Tiere. Hüte dich vor uns. Wir brauchen verdammt viel mehr Fürsorge als ihr.

Sie trafen sich im St. James's Park. Das Ende des Sommers, die Zeit der Erneuerung: Alles zog sich in die Erde zurück und wechselte die Farbe. Im ruhigen Teich spiegelten sich satte Braun-, Gelb- und Grüntöne, und der Blick war anders und besser, weil das Laub spärlich wurde. Eine gezähmte Natur, ungefährlich, harmonisch, und eine frühherbstliche, friedliche Sonne, die nicht die Haut verbrannte. Die Menschen nahmen ihr Leben wieder auf. Alles um sie herum riskierte den Tod, um wieder zurückzukommen und zu leben. Ivy hatte das Schöne genauso geliebt wie das Hässliche. Gott verdamme dich, und Gott behüte dich, Ivy. Mögest du nicht in der Hölle sein.

Vielleicht würde sie nie die Erste im Leben eines Mannes sein. Als Zweite oder Dritte wäre sie auch zufrieden.

Mit leisen Schritten kam er zu ihr an die Bank. Er nahm ihre kalte Hand und küsste ihre Finger.

»Ich fände es sehr schön«, sagte Carl, »wenn du mir das Schwimmen beibringen könntest.«